中世王朝物語全集 4

いはでしのぶ

永井和子 校訂・訳注

笠間書院

目次

凡例

一、底本

『いはでしのぶ』は、八巻から成る物語と推定される。しかし全体としての一貫した底本は存在せず、複雑な様相を持つ現況を勘案し、各本を取り合わせて底本を定めた。

巻一・巻二に関しては数種の本文が存在する。更に、巻一から巻八の全巻にわたり歌を中心とする部分を抄出したと思しき抜書本として三条西家蔵本がある。また、近年、冷泉家時雨亭文庫より巻四のみの断簡が発見された。このように本文の様相は三態に大別され、各巻に用いた底本・校訂本文を具体的に示せば以下の通りである。

1、巻一は京都大学文学部蔵甲本（巻二の途中までの残欠本、略号・甲）を底本とし、京都大学文学部蔵乙本（略号・乙）と三条西家本（略号・西）をもって校訂した。

2、巻二は宮内庁書陵部蔵本（巻二のみ残存、略号・陵）を底本とし、京大甲本（残存箇所まで）と三条西家本をもって校訂した。

3、巻三から巻八までの底本は、抜書本の三条西家本を用いた（巻四はやや特例とし、冷泉本［略号・冷］を付載する。次項参照）。

4、冷泉本は、巻四の、前半の断簡と、後半のひと続きの部分からなる。巻四の本文は、まず、他巻と同様に三条西家本本文により全体を示した。その際、冷泉本と重なる箇所を太字にして明示した。更に、巻八の後に改めて冷泉本本文のみを付載した。冷泉本の扱いについては「冷泉家時雨亭文庫蔵本」部分の冒頭記述を参照されたい。

5、校訂の細部に関しては「校訂一覧」の凡例を参照されたい。なおその他、底本の本文及び校訂に関して随時注記した部分がある。

二、本文の操作

本文校訂に際しては、読みやすさに配慮し、本全集の方針にしたがい底本に次のような操作を加えた。

1、底本の仮名遣いは歴史的仮名遣いに統一し、漢字に送り仮名が不足する場合は、適宜補った。

2、濁点および句読点を施した。

3、底本の仮名に漢字を当て、漢字を仮名に直し、底本の漢字により適切な漢字を当てなどし、表記の統一につとめた。

4、底本の漢字に必要に応じて振り仮名を付した。底本の仮名に漢字を当てた場合、底本の仮名を振り仮名で示した場合もある。

5、底本の反復符号「〱」「ゝ」は漢字一字の反復のみ「々」で示した。

6、本文は適宜段落に区切り、濁点・句読点を加え、会話や消息等の箇所を明示するために「　」を施した。

7、会話には、直前に話者が記されている場合を除き、右肩に（　）に入れて話者を示した。和歌の詠者の指示も同様に扱った。

8、和歌は二字下げとし、消息文は一字下げとした。

三、小見出し

物語の展開が把握しやすいよう適宜小節に分け、巻ごとに通し番号を付し、各節を要約した「小見出し」を掲げた。

四、本文の注

本文に注記が必要な場合には、当該本文の右肩に巻ごとに通しの注番号を付し、各巻末に掲げた。注の内容の記述は簡明を旨とした。なお、文章表現の既存歌との関係や、『風葉和歌集』に三十三首入集、といった歌との深い関連性から見て引歌を重視し、本歌本文（引歌・引漢詩）の出典を注記した。漢詩・漢文は必要箇所のみを訓み下し文で掲げ、和歌は全句を掲げ、書名・部立・作者を示した。注の部分全体に関する方針については巻一の注の冒頭に記した。

五、現代語訳関係

校訂に関わる箇所については、*を付し、校訂一覧に当該箇所の頁と行を示した。

現代語訳に関しては、主要な登場人物に人物番号を与え、原則として各節の初出ごとに人物名の下に□に入れて示した。この番号は、本文の「小見出し」・梗概・年立・系図等に照応している。

訳文はこの作品の特色を生かすためにできる限り原文に忠実であることを基本としたが、一方で通読の便を考え、語句を補ったり、長文を区切ったりした部分がある。表記については、なるべく統一することを心がけた。

なお、巻三から巻八については、訳文の最初の部分に、読解の便のために注記を施した部分がある。

六、その他

巻末に、各巻の梗概・年立・登場人物系図・校訂一覧・解題を付した。なお、系図は、登場人物の増減や呼称の変化に配慮して、巻一、巻二・三、巻四、巻五・六、巻七・八、女房他、の計六図にまとめて掲載した。この他の詳細については、それぞれ当該箇所の注記を参照されたい。

筆者が本書に着手したのは、松尾聰先生のご紹介により本格的な研究の嚆矢である小木喬氏の高著『いはでしのぶ物語本文と研究』(昭和五二・一九七七)を知った頃のことである。先に述べた二種類の異質な本文を併せた本書の扱い方自体も、結果として小木氏に倣わせていただいたことになった。亡き両先生の学恩に深謝申し上げたい。松尾先生には三条西家本の紙焼きによる貴重な影印のコピーを賜り、本書に使わせていただいた。また当初、巻一の本文の作製等に手を貸して下さったのは、学習院大学大学院を修了された文学修士、渡辺真理子氏である。長年この物語について先進的な研究をすすめておられる横溝博氏には、京大本の現況、引歌の現時点における多数の追加の御指摘を始めとして、非常に多くの示唆を頂戴した。同氏には特にお願いして本物語関係論文の一覧を作製していただいた。各位に対し、厚く御礼申し上げたい。

三角洋一氏は本全集の編者としてのみならず、この物語の本文に関し、『鎌倉時代物語集成　第二巻』において多大な学恩をたまわった。本書の発刊をまたずに平成二十八年四月に逝去されたことに対して、深く哀悼の念をお捧げしたい。

いはでしのぶ

いはでしのぶ　巻一

[一]第一年。二位中将[2]、東宮[4]の使として一条院へ

[一][二]夕べの雨も吹く春風もなほ見る人からに分きける心の色にや、ほかの梢《こずゑ》よりはにほひことなる花の錦も、ただ遠方此方《をちこち》にかひなき御ながめにて、雲居に馴れし春の恋しさ、南殿《なんでん》の桜の盛りには、必ず上の御局《つぼね》にて見せさせ給ひしものを、など思《おも》ほし続くるに、返らぬいにしへのみしのばしく、常よりことにもの悲しき折しも、通ふ御心にやあらむ、二位中将その花の枝を持《も》て参り給ひつつ、御簾《みす》を引きき給へれば、大将は見え給はず。

御几帳《みきちやう》などもいささか押《お》しやられたる心地して、少し世の常めきて見えさせ給ふは、めづらしく嬉しうて、花を持ちながらうちまもりきこえ給ふを、何となくつつましげに思《おぼ》されつつ、[三]御顔の色をかしげにうつろひて、少しかたはら臥しておはします御さまのうつくしげさは、花はにほひ限りありて、えしもならびきこえさせずかし。月頃の御もの思ひにうち面痩《おもや》せておはするしも、[四]いよいよ吹き寄らむ風の心もうしろめたう心苦しげに、らうたうなまめかしなど聞こゆるもなべてなるに、例の人知れぬ心さわぎはけし

[一] 夕方に降る雨も、吹いてくる春風も、やはり見る人の心次第で異なって感じられるというわけなのだろうか、他の所に咲く桜の梢より際立っていきいきと美しいこの一条院の桜の錦も、一品宮[1]にとってはただあちらこちらに咲いている普通の花にすぎず、目を向けながらも、御物思いに誘われて行く――宮中で過ごし慣れていた春の恋しさよ、南殿の桜の花盛りには必ず上の御局で花見をさせてくださったものなのに――などとお思いつづけになると、還らぬ昔ばかりが懐かしく、いつもより特に物悲しく思われる折も折、そのお心が通じたのだろうか、二位中将[2]がまさにその南殿の桜の花の枝を持って参上なさって、入口の御簾を上げて身をさし入れられる、と、そこには宮のご夫君、大将[3]のお姿は見えない。

御几帳なども心持ち脇に押しやられているふうで、宮のご住居でありながら少し世間並みのくだけたさまに拝される点は、目新しく嬉しい気がして、花を持ったまま中将は一品宮をじっとお見つめ申し上げていらっしゃるのを、宮は何となく恥ずかしく思っておいでになり、お顔の色は美しく赤らみ、物に寄り掛かって少し横向きに伏しておいでになるご様子の愛らしさは、花に例えようにも花の色艶には限度があってとても宮にお並び申し上げるわけにはいかない、といったほどである。このいく月かの御物思いのせいで少しほっそりなさったのさえも、ますます、吹きよせる風の動きも気にかかるほど、かわいらしく優雅でいらっしゃると申し上げるのも月

からぬまでになりぬれど、のどやかなるさまに、（二位中将）「ただ今参り侍るに、これは春宮《とうぐう》の御ことづけになん」とてうち置き給へるを、取らせ給ひて御覧ずるほどにぞ、男君入りおはしたる。

【二】一条院の一品宮[1]・大将[3]、東宮[4]の手紙を見る

（大将）「このほどはあやしう、待たるるほどにも」とて、端つ方についゐ給へる用意有様まで、まことにかからざりせば、この御あたりかたはらいたくやあらましと、目もあやなる人の御さまなり。（大将）「何ごとの御消息《せうそこ》にか」とて、うち置かれたるを取りて見給へば、紅《くれなゐ》の薄様《うすやう》の色もつやもなべてならぬに、

（東宮）「九重《ここのへ》**五**のにほひはかひもなかりけり雲居の桜君が見ぬ間《ま》は

　昔の春は恋しうこそ」

と、まことにおなじ御心なるべきを、（一品宮）「あな、むつかしの御もの言ひや」と、うちつぶやき給へば、中将のほほ笑みつつ見やり給へる御気色のきびはなるべきほどともなく、いとなまめかしう心恥づかしげなるにつけて、この君の心

並みな表現であり、宮に対する中将の、例の人知れぬ恋の思いが異様に騒ぎ立ってきたのだが、表面は穏やかな様子で、「ただ今、参上いたしましたが、これは御兄君東宮様[4]からのおことづけでございます」と言って桜の枝をお置きになったのを、宮が女房にお取らせになってご覧になっておいでの時に、ちょうど御夫君大将の君が入っていらっしゃる。

【二】「このごろは、不思議においでがないので、お待ちしておりましたところで」と、中将[2]におっしゃって、端のほうにひざまずいて座っておいでの大将[3]の、行き届いた心遣いにあふれたお姿は、もし本当に大将がこんなにごりっぱでなかったとしたら、この一品宮[1]のご身辺はよそながら気になることだろうと思われるくらい、目もくるめくほどのすばらしいご様子である。「いったいどういうお手紙でしょうか」と、そこに置いてある東宮[4]の御文を取り上げてご覧になると、紅の薄様の、色も艶も特に美しい紙に、

「九重の奥に咲き匂う美しさは、まったくそのかいもないのでした。宮中の桜もあなたがご覧にならないうちは。

　昔の春は、とても恋しく思われて」

と書いてある。東宮のお気持ちと宮のお心もまったく同じはずであるのに、「まあ、厄介なことをおっしゃって」と本心とは逆なことをお呟きになるので、苦笑いしながら宮に視線をお向けになる中将のご容姿は、年若い人のようではなく、とても優雅で、気後れするほどの気品に満ちておいでなので、宮は本心をすっかり見透かしていらっしゃる中将の君の心の

の内までつつましう思されて、しだいにすべり入らせ給ふに、大将の「六たなびく山の桜花」とながやかにうちずんじ給へるも、まことにさこそ見れどもあかず思ひきこえ給ふらめ、と思ひやるは、胸いたき心地ぞし給ふ。

（大将）「御返りにはこれを」とて、御前《まへ》の花折らせ給ふを、さなくともと思さるるにや、文ばかりを中将に奉らせ給へば、（大将）七「花あればとこそ言ふなれ。手折《たを》る主《ぬし》からのことにや。されどいとねたきを、みづから持《も》て参らむよ」とて、もろともに参り給ひぬ。

[三]大将[3]、宮[1]の返事を持って東宮[4]のもとに参内

春宮の御前《まへ》には御笛など吹きすさびつつ、左の大臣《おとど》の宰相の中将・式部卿の宮の三位の中将などやうの、なべてならぬ君達候ひ給ひて、御遊びなどあらまほしう思されけるに、うち続き参り給へるを、待ちよろこばせ給へり。御返し御覧ずれば、

（一品宮）ながらへん心地こそせねふた葉より馴れし雲居の花に
　別れて

目も及ばぬ御書きざまを、うち置きがたげなる御気色も、

中まで恥ずかしくお思いになって、徐々に奥のほうへ滑り入ってしまいになる。大将が「たなびく山の桜花（見れどもあかぬ君にもあるかな）」と長やかに吟詠なさるのも、本当に歌の言葉どおり、大将は見ても飽きることなく宮をお思い申し上げていらっしゃるのだろうと推察すると、中将は胸の痛む気持ちがなさる。

ご返事にはこの一条院の桜を、ということで、大将は御前の花をお折らせになるが、宮はそうしないでもよいとお思いなのだろうか、お手紙だけを中将におさしあげさせになると、大将は「『花あれば』と言うではありませんか。花を添えるな、とは、花を手折る主が悪いからなのでしょうか。しかし東宮にこの花をお目にかけないのも残念だから、私が持って参上しましょう」とおっしゃって、中将と一緒に宮中に参内なさる。

[三]　東宮[4]の御前には、笛などを、興にまかせて吹きながら、左大臣[5]の子の宰相中将[6]、式部卿宮[7]の子の三位中将[8]などのような並々ならぬ貴公子たちが伺候していらっしゃって、管絃の遊びなどをしたいものだと思っておいでのところに大将[3]と中将[2]が続いて参上なさったので、東宮は待っていたとばかりにお喜びになる。一品宮[1]からのご返事をご覧になると、

この世に生きながらえようとする気持ちもないほどでございます。幼い双葉の時から見慣れている宮中の桜に別れてしまって。

をかしの御あはひやとぞ、誰も見奉り給ふ。大将は、ありつる花の枝を参らせ給うて、(大将)「これはまたなかなかに侍るものを」とて、

(大将)(一品宮)＊「『雲居まで思ひも出でずかずならぬ宿とも花のわかぬ
にほひは

とこそ聞こえよ』と侍りつれ」と申し給へば、(東宮)「したり顔にものたまひけるものかな」と笑はせ給ふ。

[四]大将[3]の素姓
—今上帝[9]の兄の、故一条院[10]の御子

八 この大将と聞こゆるは、当代《たうだい》の御このかみ、一条院と聞こえし御子におはします。おほかた＊その帝《みかど》の御子たちあまたおはしましかど、御末を継《つ》がせ給ふはなし。后腹にて坊にすゑきこえ給へりしは、いくほどもなくて、院よりさきにかくれさせ給ふに、つぎつぎのも、あるは御命《いのち》みじかく、あるは御ぐしおろしなど、さまざまあとはかなくならせ給へるに、この大将の君は、三条の内大臣と聞こえし御女《むすめ》、御位の後《のち》、世の末になりて、内裏《うち》の女御にと父大臣《おとど》は思《おぼ》いたりけるを、あながちに、親《おや》ざまにとのたまはせて、参らせ給へりしに、なのめならず時めき給ひしに、いつしかただな

と記されている。目も及ばぬほどに趣のある御書きぶりを、そのまま下に置くこともできずにご覧になっておいでの東宮のご様子も、すばらしいご兄妹の間柄というものだな、と、どなたも拝見していらっしゃる。大将は先ほどの、一条院に咲いていた桜の花の枝を東宮におさしあげになり、「これはこれで、もちろんなかなか見事な花でございます」とおっしゃって、

「『宮中の桜はもう思い出しもいたしません。ものの数にも入らない宿だからといってわけへだてをせずに、わが家の桜も美しく咲き匂っておりますから。

と申し上げるように』という一品宮からのご伝言でございました」と申し上げると、東宮は「宮は一条院の桜自慢を、得意顔になさったものだな」とお笑いになる。

[四] さて、この大将[3]と申し上げる方は、今の帝[9]の兄君で、一条院[10]と申し上げた方の御子でいらっしゃる。だいたい、その帝のお子さま方はたくさんおいでになったのだけれど、帝の御位をお継ぎになる方はおられない。妃のお生みになった方で東宮にお据え申し上げになった方は、それから間もなく一条院より先にお亡くなりになってしまい、その弟の方々も、ある方はご短命であり、ある方は出家なさるなど、さまざまな事情で、心細いことになっておしまいになった。この大将の君のご出生のいきさつは、次のようなものである。その当時三条内大臣[11]と申し上げた方の御むすめ[12]がいらっしゃったのだが、一条院はご譲位ののち、晩年になってから

らずさへ悩み給ひしを、いよいよ契り深くあはれなることに思されしほどに、やがてその頃より、院の上、年頃の御物の怪おこらせ給うて、ほどなく弱らせ給ひしを、苦しき御心地にも、（一条院）「この御ことを平らかに見おかずなりぬること」と、かなしきことに思しのたまはせつつ、せめてのことに思し寄らせ給ひけるにや、今の関白太政大臣《くわんぱくおほきおとど》、その頃大将と聞こえし、御とぶらひに参り給へりけるを、近く召し寄せて、とぢめ果てぬる御身の心細さなどのたまはせつつ、（一条院）「思ひかけぬことなれど、この女御の行く末はるかにて止《と》まり給ひつらん有様の、いみじう心苦しきを、いまだ定《さだ》めたることも聞こえ給はぬに、我がうち捨てなん後《のち》は、必ずこれをよすがと思ひて、止まらんなごりをも、何なりとも、ただ我がまことの子と思せ」など、さまざま、とりわき親しく思しめしたることもなかりしかど、人柄を選らせ給ひて、今《いま》はの期《ご》にしも、なのめならずのたまひ置きつつかくれさせ給ひにしあはれ、いかがはよろしく思ひきこえ給はむ。

――父内大臣は帝の女御にと志しておられたのだけれど――しいて、親のように面倒をみるからと仰せになり、この方を女御としてお迎えになった。この方は並々ならぬご寵愛を受けておられたが、いつしか身ごもって気分がすぐれぬようにおなりになったので、ますます前世からのご宿縁が深くすばらしいことと思っておられるうちに、やがてそのころから、一条院は年来の御物の怪の病が起こってお悩みになり、間もなく衰弱が激しくなってこられて、その苦しいお気持ちの中にも、「女御のご出産を無事に見届けることができずに終わってしまったことよ」と、何度も悲しいことにお思いになったり口に出したりなさって、せめてのことにお思いつきになったのか、今の関白太政大臣[13]――そのころ大将と申し上げた方――が、院のお見舞いに参上なさったのを、近くにお召し寄せになって、命の終わりを迎えてしまった御身の心細さなどを何度も仰せになり、「思いがけなく自分は世を去ることになってしまったけれど、この年若い女御がこれから長くこの世に生き留まっておいでの行く末がとても気掛かりで仕方がないのです。あなたはまだ妻をお決めになったとは伺っていないから、私がいなくなった後には必ずこの女御を妻と思って、私の形見として生まれてくる子をも、どんな子であろうとも、ただご自分の実の子供と思っていただきたい」など、さまざまに、特別に今まで太政大臣を親しいものとお考えだったこともなかったのだけれど、人柄をお選びになって、ご臨終の際に特に遺言をなさって世を去ってしまわれた

[五] 故一条院御息所[12]は関白[13]の妻となり大将[3]誕生

御息所は遅れ*きこえじと思ひまどひ給ひしかど、九憂きに消えせぬならひにて、さすが月日を送り給ひしに、大臣《おとど》は、院ののたまはせ置きしことを、*いつしか心もとなきことにのみ*思して、さまざま聞こえ給ひしを、いみじう心憂くあるまじきことに思《おぼ》いて、「（御息所）恐ろしきほどをも、もしながらへたらば、必ずかたちを変へてん」と思ししかひなく、今に殿の上とてこそもてかしづかれ給ふめれ。

　生まれ給へる御子の、なべてならず、光かかやくばかりにて、いかならむ上《かみ》なき御位にて、九重《ここのへ》の玉のうてなに、百《もも》の官《つかさ》のもてかしづききこゆとてもあかぬがごと、あるまじき御身のほど、御有様の気高う、いつくしさを、まことに腹《はら》の内といふばかりよりただ我がものと朝夕見きこえ給ふは、契り深くあはれに、かたじけなき方をさへ添へて、こは、いづくなりける人、いつくしさぞと、置き所なうもてかしづききこえ給ふに、またたぐひだにものし給はず。やがてこの御腹に、一所《ひとところ》出でき給へりしも女君にてぞおはします。春宮の淑景舎《しげいしゃ》の女御とぞ聞こゆる。さらでは、若

――その深いご心情を太政大臣は、どうして並々の悲しさとおうけとめ申し上げるはずがあろうか。

[五]　一条院[10]がお亡くなりになって、御息所（女御）[12]はお遅れ申し上げたくないと思い惑われたものの、つらいからといって命が消えるはずのないのが世のならいで、それでもやはり何とか月日を過ごしていらっしゃったが、太政大臣[13]は一条院が言い残されたことを早く実現したいものだと待ち遠しくお思いになって、結婚のことをさまざまに申し上げられたけれど、御息所のほうでは、非常につらくとんでもないこと、とお思いになって、「危険な出産の時を無事に乗り切り、もし命ながらえたならば、必ず出家をしてしまおう」とお考えになったのだがそのかいもなく、結局太政大臣の妻となられ、現在も殿の上（関白の北の方）として大切にかしずかれておいでのようだ。

　一条院と御息所との間にお生まれになったお子さま[3]は、並々ならず、光り輝くばかりの美しさで、いかにこの上ない帝という御位につき宮中の玉座にあって百官がお仕え申し上げたとしても、それで十分とは言えないほどのご身分の高さであり、また、お姿は気品高く、その威厳にあふれたさまを、本当に、よく言う「お腹の中にいる嬰児のころ」から自分の子供として朝夕ご覧になるのは、前世からの宿縁も深くしみじみと身にしみ、そのうえもったいないという感じさえ加わって、いったいこれはどこに因縁がある方なのでこれほどの威厳が備わっておいでなのか、と大臣は下にも置かず大切に

きほどの御住まひに、通ひ給ふ所々あまたありしかど、かりそめに名告《なの》り出づることだになきを、げにこの君おはせざらましかば、いかがはおはせまし。「(関白)ただ我がゆゑに出でき給へる人」とのみ、年月に添へては、荒き風にも当てまうく、そぞろにあやふく心苦しきことにさへ思ひきこえ給ふさま、母上の御心ざしには、やや越えてぞ見ゆる。

[六]関白[13]、秀でた大将[3]を実子として深く愛する

さるは、生ひ出で給ふままに、御かたち有様をうち始め、御身の才《ざえ》のかしこうおはするさま、はかなき遊びたはぶれ、琴・笛の調べまでも、*人の耳おどろくばかりの音《ね》をとどめ給ふ。

すべて遅れたることひとこともうち*混《ま》ぜ給はぬにつけて、けしからぬまでなる御心ざしのあはれさは、御みづからも、いはけなうおはせしほどこそ、昔をたどり知り給ふこともなかりしか、やうやうものの心つき給ふままに、あはれにはかなかりける身の契りかなと、思し知らるれど、さるにつけても、いとどかばかり思《おぼ》いたる大臣《おとど》の御心ざしのみ、高き峰にも越え、*千尋《ちひろ》の海の底よりも深う思し知られつつ、

ご養育なさるが、他の方々にはまた若君もお生まれにならない。そのうちにこの御息所からもう一人お生まれになった方も姫君でいらっしゃった。この方は現在、東宮の淑景舎の女御[14]と申し上げる。その他には、若いころのかりそめのしのび所としてお通いになる女の家はたくさんあったものの、内々にでも大臣のお子さまだと名乗り出てくることさえなかったのだから、本当にこの若君がお生まれにならなかったとしたら、どうでいらっしゃっただろうか。「ただ自分のためにお生まれになった方だ」とお考えで、歳月が加わるにつれ、荒い風にも当てないように大切にして、わけもないのにいつも気にかけて若君をお案じになることは、実の母君のご愛情よりはもっとまさっているように見える。

[六]　その若君、今の大将[3]は、そういうわけで成長をなさるにつれてご容貌や御態度をはじめ身に添った学才も秀でておいでになり、ちょっとした遊びごとや音楽、琴、笛の調べまでも聴く人の耳を驚かすほどの音をお弾きとどめになる。

万事にわたって劣ったことはひとつもおありにならないのだから、度をすぎるほどの義理の父大臣[13]のご愛情の深さは並々ではない。大将[3]ご自身も幼くいらっしゃったころは昔のいきさつをご存知ではなかったものの、次第に物心がおつきになるにつれて、何と悲しくも頼りない宿縁よとお思い知りになるが、事情がわかるにつけて、いよいよこれほどまでに思ってくださる父大臣のご愛情だけが、高い峰にもまさってなお高く、千尋もある深い海の底よりももっと深いご恩と

つゆ思ひ知りたる気色もなう、母上よりも隔てなげにのみ思ひきこえ給へるに、かつはいとど色そふ御心ざしなめり。

［七］大将[3]、一品宮[1]に懸想して秘かに思いをとげる

げになみなみの御子たちにてまじらひ給はんよりも、かくもてなしきこえ給ふ大臣《おとど》の御気色にひかれつつ、みづからの御さまのあたらしさといひ、やんごとなき所々の女《むすめ》かしづき給ふ人々は、我も我もと聞こえ給ひしかど、あだにたふれることにのみ御心を入れつつ、また思す方は異《こと》なりければ、〔一〇〕まだ見ぬ人の恋しさを、〔一一〕ただ夜とともの御嘆《なげ》きにて、よろづはみな聞き過ぐし給ひしを、まことに〔一二〕幾重《いくへ》の峰の白雲何ならず、〔一三〕端山《はやま》のしげりを分け入り給ひしかど、〔一四〕稀《まれ》に逢《あ》ふ瀬《せ》はなかなかにて、夕《ゆふ》つけ鳥も待たで明けにし〔一五〕見果てぬ夢のなごりには、生ける人にてやはおはせし。

［八］一品宮[1]は中宮[15]腹の女二宮。昨秋大将[3]と逢う

げにそもいとことわりに、限りなき姫宮の御有様なるや。これは大臣《おとど》の御妹、今の中宮の御腹、春宮の御つぎに出でき給へりし女二宮《をんなにのみや》にておはします。一品宮とぞ聞こゆる。おなじ御腹の女三宮《をんなさんのみや》も、ことのほか並びきこえさせ給はざりけ

感じられる。素姓を知ったそぶりも見せず、大臣を本当の父君として実の母君[12]よりもむしろ隔て心なくお思い申し上げておられるので、大臣のほうもいよいよ細やかに愛情をおそそぎになるようだ。

［七］　大将[3]にとっても本当に、普通の皇子のご身分でお過ごしになるよりもこれはお幸せなことであった。わが子として大切になさる大臣[13]のご意向にひかれ、大将ご自身のご様子がずば抜けていることと相まって、高貴なお家柄で姫君を大切にお育ての方々は我も我もとこの方に結婚の申し入れをなさったのだが、肝心の大将は、その場限りの浮いたことにはたしかに心を打ち込まれたけれど、真剣にお考えになるお相手の方[1]はまた別におありだったので、まだ見たこともないその方の恋しさをただ夜ごとの嘆きの種として、そのほかは万事聞き流しておいでであった。大将は、本当に歌に言うような幾重にも連なる峰の白雲といった障害をものともせず、端山に茂る木々を分け入ってやっとその方への思いを遂げられたものの、稀に逢う瀬はかえってつらく思われて、鶏が鳴くのも待たずに明けてしまった見果てぬ夢の名残は惜しく、その苦しさといったら、命ある人のようでおありのはずがあろうか。

［八］　なるほど大将[3]が打ち込まれるのも当然であって、お相手の方――姫宮[1]は、何ともすばらしいご様子なのだ。この方は関白[13]の御妹である今の中宮[15]の御腹に、東宮[4]に引き続いてお生まれになった女二宮[1]でいらっしゃる。一品

り。二位中将の御母、故女一宮《こをんないちのみや》こそ、なのめならずうつくしうおはしまして、この御さまには通ひきこえさせ給へりしかど、にほはしくらうたきばかりにて、いとかう際《きは》限りなき御光は、ただ今見奉らせ給はぬことなればにや、及ばずなん、上も思ひ出できこえさせ給ひけり。ゆきかはる折節の花紅葉も、なずらひに聞こえぬべきもなし。ただ照る月の光のみや、春の夜の霞の下に朧《おぼろ》に見ゆるかげよりはじめ、[一六]洩り来る月は心づくしに、曇らぬ半《なか》ばの秋の光にもことならず。おほかた家《いへ》々の思ひは、折節の心変はるとも、ただこの光ばかりぞ、[一七]つれなく見えし有明までも、よそへられぬべき御有様なりける。

　されば、帝・后の思ひきこえさせ給ふさまなのめならず。また世になからむ例《ためし》をも取り出でて、いかにもてなしきこえんとのみ思されしに、絶えぬ御思ひの行方《ゆくへ》は、[一八]いかなる関守《せきもり》のうち寝《ぬ》る宵《よひ》の隙《ひま》にか、去年《こぞ》の秋頃、あさましき夢の通ひ路、露に濡れさせ給ひしそのままに、起きも上がらせ給はず。[一九]せき返すほどの御涙ならば、袖の洩らさん浮き名ばかりをこそ、つつましうも思さるべきに、御子たちと聞

宮と申し上げる。同じく中宮の御腹に女三宮[16]もおいでになったが、格別お並び申し上げるというほどではないのだった。二位中将[2]の御母君、亡くなられた女一宮[17]は並々ならずかわいらしくおいでになって、この一品宮のご様子とは似通っておいでになったが、それは匂うような可憐な美しさであって、この一品宮のような、無限に輝く光るがごとき美しさには――ご在世ではなく、見申し上げるわけにはいかないからなのか――どうも及びもつかなかったと、帝[9]も亡き女一宮[17]を思い出し申し上げておいでだった。移りかわる四季の折節の花や紅葉も、この方の美しさをお喩え申し上げるべくもない。ただ、照る月の光だけがこの方の輝きを喩えるのにふさわしく、春の夜の霞の下におぼろに見える光をはじめとして、わずかに漏れてくる秋の月も物思いを誘い、その点では曇らぬ中秋の名月となんら異なることはない。だいたいどの家でも、四季折々につけての思いは変わるものだが、ただこの月の光だけが、つれなく見えた有明の月までもその美しさに喩えられるような一品宮のお姿でいらっしゃる。

　そんな具合であるから、帝や后[15]が一品宮を大切にお思いになるご様子は並々ではない。二度と世にないような前例を引いて、いったいどのように身の上をお決め申し上げようかと、それぱかり考えておいでになったのだが、大将の絶え間のない恋の行き先にはどんな関守がちょっと眠り込んだ隙があったものか、一品宮は去年の秋のころ思いがけない夢のような恋の通い路の露にお濡れになって、その時から起き上が

こゆる中にも、なのめならず奥深き御もてなしに添へて、御心がらなども、あまりなるまでおほどかにのみおはしまししに、さこそは心憂く、つらしいみじと思されけめ。世にかかることやはあるべきと、我が御身も、それかあらぬかとのみ辿《たど》られさせ給ひつつ、やがてその朝《あした》より、帝・后も見あさみ奉らせ給ふいちじるかりし御涙の色深さを、一筋《すぢ》に御物の怪とて、御祈りなど残ることやはありし。

［九］一品の宮[1]、大将[3]と結婚して一条院に移る

男は逢[二〇]ひても逢はぬ夢の浮橋途絶《とだ》えても、待ちわたらんことはかたく、はかなかりし闇[二一]のうつつの御なごり、生[二二]きてかひなき身にとまり、心[二三]をいづちと、寝ても覚めても忘れぬ御面影の恋しさは、身[二四]をせむる心地のみし給ひつつ、日数のみ積もるままに、弱々しうさへ見え給ひしに、なべての心の闇にも過ぎたる大臣《おとど》・母上の御心なのめならむやは。修法・読経・祭り・祓へなど、残ることなかりし御祈りも、逢ふよりほかのかひなくて、*いかで少しをのみなり給ひしに、こなたもかなたも、けしからぬほどの御気色ども*にや、世にも言ひ出づることどもありしに、大臣《おとど》も、事の有様を

ることもおできにならない。せき止めて戻すこともできるほどの袖の涙の少なさであるなら、その袖がこっそりと漏らす浮名ぐらいを恥ずかしいものとお思いになる程度で終わるのだけれど、この宮は、皇女と申し上げる方のうちでも奥深い特別のご待遇であるのに加えて、ご心情なども、あまりに過ぎるほどおっとりとしておいでの方であったから、さぞかし苦しくつらく、たいへんなこととお思いであったろう。この世にこんなことがあるはずがない、と、ご自分の身についても、いったいあれは本当であったのかどうか、と繰り返し思い返されて、そのままその翌朝から、帝や妃もご覧になって驚きあきれておしまいになるほど、流しに流された涙の色の深さを、もう一途に御物の怪のなせるわざと考えて、さまざまのご祈禱を残りなくおさせにならないはずがあったろうか。

［九］　男（大将）[3]は、逢いながらも逢わなかった夢のような恋の浮橋を渡る気持ちであったのに、それがとだえてしまった今は、もう待っても逢うことはむつかしく、はかなかった闇かうつつかの逢瀬の御名残は、生きていてもそのかいのない身体にとどまっていて、「心をどこにやれば忘れられるのか」と、寝ても覚めても忘れられない一品宮[1]の恋しさに身がせめ立てられる気持ちがなさる。日数だけが重なって行くにつれて、お体が弱ってゆくようにまで見えていらっしゃったので、普通の親以上に子を思う闇に惑っていらっしゃるご両親の大臣[13]・母上[12]のご心配は並々であるはずがない。修法・読経・祭・祓など、残ることなくなさった御祈

さりげなくて見給ひければ、苦しき御心地の隙《ひま》には文をのみ書き給ひつつ、はかなき手習ひのすさびにも、[二五]死にはやすくぞ、などやうにのみ見えければ、思しあまり、中宮に忍びて事の有様を聞こえさせ給ひてけるに、(中宮)「思ひしには違《たが》ひて、くちをしういみじ」と思されしかど、(中宮)「さりとて取りかへすべき御身ならぬに、[二六]さてしも流れての御名のみ底清からずや」と思されて、上に、しかじかと聞こえさせ給へば、げにも言ふかひなきに思しめしなして、権中納言にておはせしを、左大将をかけさせ給ひて、師走《しはす》の二十日あまりのほどにこそ大将参り給ひしか。その夜の儀式、有様おろかならんや。上なき御位に定まらせ給はむとても、限りあれば、何ごとかはこれに過ぎんとぞ見えし。

　弘徽殿は中宮もおはします。上の御局も近しとて、梅壺をぞ、玉・鏡とみがきて、渡らせ給ひにし。[二七]かつ見ても、かつ恋しう[二八]水の白波なる心の内も、内裏《うち》わたりはさすがつつましうや思しけむ、わりなく聞こえ給ひて、昔の御住みかあらためたる一条院にぞ、今は渡しきこえ給へる。上も后の宮も、あぢきなきまで恋しうぞ思ひきこえ給ふ。春宮

りも、恋の病には逢うことのほかはまったくその効験もない。（いかで少しをのみなり給ひしに、文意不詳）こちらの一品宮も、あちらの大将[3]も、そろいもそろってご病気とはどうもおかしなことだと、世間にも何かと噂があったので、父大臣も、事の様子をそれとなく気をつけてご覧になったところ、大将[3]は苦しいお気持ちのあいまには手紙をお書きになるのをこととして、とりとめもない手習いのすさび書きにも、「死にはやすくぞ（死ぬことはやさしい）」といった恋の歌ばかりがよみとれるので、お二人の恋という噂は本当だったのだとおわかりになる。思い余って、御妹の中宮[15]に秘かに事情をご相談なさったところ、中宮は一品宮のご将来について「考えていたことと違ってしまって、とても残念だ」とお思いになったが、「といって取りかえしのつくはずの御身ではないので、こんなふうに噂が流れてお名前に傷がついてもどうか」とお思いになって、帝[9]にかくかくの事情でとお話し申し上げになったところ、なるほど今さら言っても仕方のないことだと考えをお決めになって、権中納言でいらっしゃった男君に、左大将を兼任おさせになって、十二月二十日すぎにこの新大将は婿として宮中に参内なさったのだった。ご結婚の夜の儀式の盛大な有様は並々であるはずもない。この上ない帝の御位におつきになるとしても、規定《きまり》があるので、何事がこのすばらしさにまさろうかと見えた。

　弘徽殿には中宮もおいでになる。清涼殿の上の御局も近いというので、梅壺を、玉や鏡のごとく磨き立てて、そこを御

も、いはけなかりし御ほどより、あまり一つにのみ慣《な》らはせ給ひしかば、ひき別れきこえさせ給ふは、そぞろに御涙こぼれて、さまあしきまで覚えさせ給ふも、かつはたぐひなき御有様の、何ならざらん人だに、見奉らでは恋しかりぬべうおはしませばなるべし。

中将の君、いづくへもおぼつかなからず参り通ひ給ひつつ見奉り給へど、[二九]安積《あさか》の沼は、かつ見るからにもまさる御心の内ぞ、いみじう苦しかりける。

[一〇]二位中将2の素姓—母女一宮17は貞観殿女御18腹

この君は、上のいまだ春宮と聞こえさせ給ひし時、貞観殿と聞こえさせし御腹に、上の十四にならせ給ひし御年、女御は十六ばかりにて、世になううつくしき姫宮を生みきこえさせ給ひしを、あまりいつしかなればにや、はじめつ方は、上はいたうも見入れきこえ給はざりしかど、なのめならずうつくしき御さまに、いとかなしきものに思ひ奉らせ給へりしほどに、母女御さへ三年ばかりありてかくれ給ひにしかば、いよいよ心苦しう、[二〇]「何に忍ぶの」と、見奉らせ給ふたびに、御涙のもよほしなりけむかし。

殿として一品宮はお移りになった。お逢いしていても恋しいし、白波が立ち返るようにいつも恋しい、といった大将の心の中であったが、さすがに宮中の梅壺への通い路は窮屈に思われたのか、無理にお願いをなさって、昔住んでおられた一条院を改築なさり、現在はそこに一品宮をお移し申し上げていらっしゃる。帝も后の宮も、どうしようもないほど宮を恋しくお思い申し上げていらっしゃる。東宮4も、ご幼少のころから、あまりにも一緒にばかりすごしなれておいでだったので、急にお別れ申し上げるのは、むやみに御涙がこぼれて、体裁が悪いとまでお思いになるのも、それは一品宮の類まれなご様子が、特に何ということのない人でさえ、見申し上げないではきっと恋しいにちがいないと思われるような、そんな様《さま》でいらっしゃるからなのだろう。

一方、中将の君2は、こういうわけで宮中へも一条院へも、へだてを置かずにいつも参上して一品宮を見申し上げるのだが、安積の沼の歌のように、見るたびにまさる一品宮を秘かに恋う心の中は、非常に苦しいものだった。

[一〇]　この二位中将の君2は、次のような血筋の方である。今の帝9がまだ東宮と申し上げた時、貞観殿女御18と申し上げた方の御腹に——帝が十四歳におなりになった年、この女御は十六歳ぐらいであったが——、世にまたとなくかわいらしい姫宮17をお生み申し上げになった。帝はあまりお若かったせいか、お生まれになった直後は、姫宮にそれほど関心をお寄せにならなかったが、並々ならずかわいらしいご様子な

その後《のち》、かき絶え、男も女もまたたぐひだにおはしまさざりしを、今の中宮参らせ給ひてこそ、春宮・一品宮・女三宮《をんなさんのみや》なども、うちつづき出でおはしつるが、その頃女一宮は、やうやう御盛りにならせ給ひて、いよいよ匂ひ満ち、たぐひなくおはしまししを、今の関白、左の大臣《おとど》などの御弟《おとと》に、右大臣左大将にてものし給ひしは、中宮のひとつ御腹にて、御かたち有様世にすぐれ、いみじき有識《いうそく》にてものし給ひし。世おぼえのあまりにこそ、三郎にものし給ひしかど、今の左の大臣《おとど》を引き越して、年などむげに若くおはせしに、その頃さばかりの位にものぼり給ひけめ。関白殿は大臣《だいじん》にてものし給ひしに、それをもややもせば引き越して、世の政事《まつりごと》をも、父殿《ちちとの》はゆづりや奉らせ給はむとぞ見えし。その大臣《おとど》、いかなりけるものの隙《ひま》にか、この宮をほのかに見きこえ給ひて、たぐひなき心さわぎのあまりに、いかにたばかり給ひけるにか、盗みきこえ給ひしほど、あさましとも言ふはおろかなり。

ので、とてもいとしいものとお思い申し上げておいでのうちに、母女御までが三年ほどしておなくなりになってしまったので、ますますお気の毒で、この姫宮がおられなかったら「何によって忍ぶ草としようか」と、ご覧になるたびに御涙の種となったにちがいない。

　その後、御子は男宮も女宮もまたお一人もお生まれにならなかったが、今の中宮[15]が入内なさってやっと、東宮[4]・一品宮[1]・女三宮[16]なども、ひきつづいてお生まれになり、そのころは女一宮[17]もしだいに盛りの年ごろをお迎えになって、ますます美しさに満ち、比べようもないほどのご様子であった。今の関白[13]や左大臣[5]などの御弟に、右大臣兼左大将[19]である方がいらっしゃったが、この方は中宮[15]とご同腹で、ご容姿・有様が世にすぐれ、たいへんな知識人でいらっしゃった。世間の評判のあまりに、ご三男でありながら、ご次男である今の左大臣を追いこして、年など非常に若くいらっしゃったのに、そのころ右大臣という高位にもおのぼりになったのであろう。今の関白殿はその時大臣でいらっしゃったが、その方をもともすればひき越して、父の殿[20]は世の政事《まつりごと》をこの方にお譲り申し上げになるのではないかとさえ思われた。その右大臣が、どういうものの隙にか、この女一宮をほのかに見申し上げて、すっかり心をうばわれてしまったあまりに、どう計画をなさったものか、お盗み出し申し上げたことは、あきれ果てるとも何とも言いようがない。

〔二〕二位中将[2]誕生直後母宮[17]死去、翌秋父大臣[19]死去

上の御代の初めつ方にてさへありしかば、なのめならず憂きことに思されつつ、なかなかにとや思しめしけむ、知らず顔にて過《す》ぐさせ給ひしに、いくほどなくて、ただならずさへならせ給ひて、光ことに、なのめならぬ男君をとり出できこえさせ給ひつつ、やがて母宮は引き入らせ給ひにし心憂さは、いかばかりかはあらむ。その年十六にぞならせ給ひし。御心ざまも、一筋《ひとすぢ》にはるけ方なく、あえかに心苦しくて、御身の憂さをも置き所なく思し嘆きしに、かつは弱り果てて、消え入らせ給ひけるとぞ申し侍りし。上はかくと聞かせ給ひしより、（帝）「憂くとも、などか思ひゆるして、ありし姿をいま一度《ひとたび》見ずなりにけむ」と、言ふよしなく思されけるあまり、この一品宮の御ことをば、心づくしならず、もていでかしづききこえさせ給ふかとぞ見ゆる。

さてかの右の大臣《おとど》の思ひ嘆き給ひしさまは、書きつくる筆にもあまり、言《ゆ》ひ出《い》でん言の葉にもたへぬほどのことにこそはありしか。朝夕かたみの若君を見きこえ給ひても、忍《しの》三ぶの露のあはれは置き所なく、涙にひちて過ごし給ひし

〔二〕　帝[9]は即位なさって間もないころであったので、一方ならず困ったこととお思いになりはしたが、咎めるのもかえってよくないと思しめしたのだろうか、そ知らぬふうで過ごしておいでになったが、それから間もなく女一宮[17]はご懐妊なさって、光り輝くような、並々ならず美しい男君[2]をお生みになったものの、そのまま母宮は息をお引きとりになった痛ましさは、どんなであったろうか。母宮はその年十六歳になられたばかりだった。お気持ちもお晴らしになりようもなく、弱々しくお気の毒で、こうした身の上の情けなさを置く所もなく思い嘆いておいでだったために、お身体が衰弱しきって、消え入っておしまいになったと人々はお噂申し上げた。父の帝は、女一宮のご死去をお聞きになって、「困ったことではあっても、どうして二人の間柄を気持ちよく許して、生きた姿をもう一度見ないで終わってしまったのだろうか」と、言いようもなく残念にお思いになったという経緯があったために、現在、この一品宮[1]の御事に対してはそのような悲しいことにならぬように、ご結婚を公になさってお世話をし申し上げておいでなのかと思われる。

さて、女一宮[17]が亡くなられてのち、あの右大臣[19]の思い嘆かれた様子は、書きつける筆にも余り、語る言葉にもたえないほど悲痛なものであった。朝夕、遺された若君をご覧になっても、故女一宮をしのぶ悲しみの露は置き所もなく、涙に溺れてお過ごしであったが、ついにはご自分もご病気になられて、次の年の秋、女一宮がお亡くなりになった同じ月の

が、果て果ては我も御病《やまひ》となりて、次の年の秋、宮の失せさせ給ひにし同じ月の九月十六日、夜半の煙《けぶり》にたぐひ果てさせ給ひしは、まことに世の憂ききはめ、これに過ぎたることやはあるべきと、よその袖までも乾きがたう、露[三]のおき臥しかなしき秋の末葉にてなんありける。

とまり給ひし若君をば、上、たぐひなくあはれなることに思ひきこえさせ給へるうへ、中宮さへ、昔の御なごり浅からずかなしきものに思ひ奉らせて、ただ御子《みこ》たちと同じことに、百敷《ももしき》の内にて生ひ出で給へる。かひがひしく、御かたち有様も、一品宮にいみじう通ひきこえさせ給へば、おろかにおはせんやは。琴・笛・文の道にも、深き跡をおこしつつ、恐ろしきまでにおはすれば、いかでかなのめに思されん。その春十三にならせ給ひしに、上の御前にてかうぶりせさせ給ひて、二位中将と聞こゆ。

〔三〕二位中将[2]、一品宮[1]に秘めた思いをよせる

見る目のなまめかしう恥づかしさこそあれど、きびはなる御年のほどなれば、姫宮たちも、春宮よりはなかなかいま少し心やすく隔てなきものに思ひ奉らせ給へるを、とりわき一

九月十六日、夜半の煙と共に絶え果ておしまいになったのは、本当に世の悲しみの極みはこれにまさることがあるはずもないと、それを聞くよその人の袖まで乾く間もなく涙の露が置く、起き伏しにつけて物悲しい秋の末なのであった。

お残りになった若君[2]を、祖父にあたられる帝はたとえようもなくかわいそうなものにお思いになった上に、若君の亡き父君と御同腹の中宮[15]も、御きょうだいの忘れがたみという深いご縁があるために、いとしいものにお思い申し上げになり、ひたすら皇子・皇女方と同様に、この若君も宮中でお育ちになった。そのかいがあって、すばらしくご成長なさって、ご容姿・有様も、御いとこの一品宮にたいへん似申し上げておいでになったので、並々でおありになるはずがない。琴・笛・漢詩文の道にも、深い古跡を再興して、恐ろしいほど秀でておいでになったから、どうしてふつうにお思いになっただろうか。その春十三歳におなりになったので、帝の御前で元服をおさせになって、二位中将と申し上げる。

〔三〕　二位中将[2]は見たところ優雅で気恥ずかしいほどごりっぱな方ではあるが、御年少のことなので、姫宮たちも、東宮[4]よりはかえっていま少し心やすくへだてのないものにお思い申し上げていらっしゃった。とりわけ一品宮[1]のことを、「亡き母宮[17]さまも、あの方のお姿にそっくりでいらっ

品宮をば、「母宮も、あれがやうになんおはしましし」と人の聞こえけるに、御みづからも、いはけなうより、深う思ひしみ、なつかしと思し給ひしが、やうやうものの心を知り給ふままに、男の御心のくまなさは、見奉らせ給ふに、あぢきなき下の思ひの行く方なさを、思ひむせび給ひつるぞ、いみじう心苦しきや。

　さるは、うちかすめ色に出づべきほどのことだに知られ給はず、ただ(二位中将)[三]「神も仏もあはれと思さば、かかる心をやめ給へ」とのみ、さすがに積もらぬ齢《よはひ》のほどには、我が心の内もつつましきまで思ひ給へり。さるままには、さばかり帝・后の思しかしづかせ給ひ、世の人の思ひきこえたるさまなどもなのめならぬ御身を、まだきにいたう思ひしめり、ともすればながめがちにてのみ過《す》ごし給ふを、(帝・后)「いかなればかやうにおはすらん。いたうはかなかりし御なごりなれば、いかなるべき人にか」とあやふくゆゆしきことに思ひきこえ給へるさま、たぐひもおはしまさぬ。今上一宮、春宮の御ことよりも、うちうちの御心ざしはまさざまなるまで、誰も思ひきこえさせ給へり。

しゃいました」と人が申し上げたので、ご自分も、ご幼少のころから、一品宮を深く心にかけ、なつかしい方であるとお思いであったが、次第に物ごとがわかっておいでになるにつれて、男性の恋の心はどんなところにも及ぶもので、宮をお見申し上げになる時は、何のかいもない人に知られぬ思いを向けようのない苦しさに、思いなやんでいらっしゃったのは、何ともお気の毒であった。

　そうは言うものの、恋の心をほのめかし顔色に出るようなことをして、一品宮にお知らせになることさえなさらず、ただ「神も仏も、私をあわれとお思いなら、こうした恋心を止めてください」と願うばかりで、さすがにまだお年若なこともあって、自分の心の中も憚られるほどに思っていらっしゃる。そういう有様であるから、あれほど帝[9]・后[15]が大切にお世話をなさり、また世間の人が並一通りではなくお思い申し上げている御身でありながら、早くもひどく沈みこんで、ともすれば物思いにふけりがちでお過ごしになるのを、「どうしてこんなふうでいらっしゃるのか。はかなく亡くなってしまった方々の忘れ形見なのだから、いったいこれからどうなってしまう方なのだろうか」と、帝や后が不安に思って危惧なさるのは、他に類もないことだ。今上帝の一宮でいらっしゃる東宮の御ことよりも、内々の愛情はまさっておいでになるといってよいほどに、帝も后も中将のことをお思い申し上げておいでなのであった。

〔三〕話は第一年現在に戻る―宮[1]四月末宮中に里帰り

[三四]一品宮は雲居をよそにて月日を隔てさせ給ふことのみ、こは思ひしことかと、御身の憂くつらさはさることにて、上の御恋しさなのめならぬを、さりとてうち向かひ御覧ぜらればやとははた思されず。よろづは昔に変はりたる御心地なれど、四月晦日《つごもり》頃、（帝）「一夜がほどにても入らせ給へかし。その後《のち》かき絶えて、恋しとは思されぬか」と聞こえさせ給へるに、恥づかしさもさしおかれつつ、しのびもあへず嬉しく思されけり。

入らせ給ふほどの有様おろかならんやは。出だし車十五、色々の袖口は、春秋の花紅葉よりもかかやくばかりにて、大臣《おとど》を始め奉り、世に残る人なく参り給ふ。中にも、あるじの大将殿の、同じ袍《うへのきぬ》なれど、人には異に、なべてならず、艶《つや》もこぼるばかりにて、御供し給ひつるかたち有様こそ、まことに時の帝ならでは、かかる光はいかでか出だし入れて見きこえむと、ほかに目移るべくもなきに、また、二位中将の御さまこそ言ふもおろかなれ。いまだ、いかにぞや、かたほにもありぬべきほどを、いと心恥づかしげに

〔三〕　さて、一品宮[1]は、宮中を離れ一条院で月日をお過ごしになることを、こんなことになろうとは思わなかったと、ご自分の身のさびしくつらいことは言うまでもなく、父帝[9]の恋しさは一通りではなかったけれど、だからと言って宮中の帝のもとに帰ってさし向かいでご一緒に暮らしたいとは、またお思いにはならなかった。万事は昔と変わってしまったお気持ちでいらっしゃるが、四月の末日のころ、「一晩だけでも宮中においでなさい。あれから後《のち》はすっかり離れてしまって、恋しいとはお思いにならないのですか」と、帝がお便りをなさったので、宮は恥ずかしさも忘れて、隠しきれないほど嬉しくお思いになったのだった。

宮中にお入りになる時のご様子は、並一通りのものではない。女房の出《いだ》し衣《ぎぬ》をした車は十五台続き、さまざまの色合いの袖口は、春秋の花紅葉よりもはなやかに輝くばかりで、大臣をはじめとし奉って、世に残る人なくお供に参上なさる。中でも、家のあるじの大将殿[3]が、同じ袍ではあるが、ほかの人とは異なって、特別にこぼれるほどの色つやの装束でお供をなさるご容姿や有様は、まさに時の帝でなくては、これほどの光り輝く方を婿として出入りをさせて拝見できようかと、ほかに目移りできそうもないが、また、二位中将[2]のご様子と言ったら、言うもおろかなほどごりっぱであった。この中将は、まだ、大人にはなりきっていらっしゃらないお年ごろであるのに、どういうわけだろうか、こちらが恥ずかしくなるほど気品にあふれ、心遣いは深く、落ちついて、親し

用意深うもて沈めて、なつかしうしみかへり薫《かを》れる心地する、顔のにほひ、なまめかしげなる方など、これはなほ異《こと》に見え給ふを、大将殿は、かれとばかりより、あたりを払ひて、気高うくもりもなう、はなばなとにほはしく、愛敬づき給へるさま、またたぐひなく、言へば、ただとりどりにおはするなむめり。艶《えん》に*なまめかしうしみ返りたることは、これしもぞ異に見え給ふ。かれとても、光ことなるさまの劣り給へるにはあらず。ただとり集め、いづれもおくれたることもものし給はねど、さすがその筋といふことはいかでかなからん。左の大臣《おとど》の君達、式部卿の宮の三位中将なども、ひとりひとりは、あなをかしと見え給ふぞかし。されどこの二所の御さまには、[三五]影踏むばかりも見え給はず。

〔一四〕一品宮[1]の宮中滞在が延び、大将[3]は退出を催促

さばかり残るくまなくおはせし大将の、ことわりながらも、[三六]移り果てにし心の花のうらめしさを、しみ返り思ひなげく人々、あやめわくまじき松の光を頼みて、さすがに重々しかりぬべき際までも、今宵の物見にあながちにやり出だしつつ、見奉りては、人知れぬ袖ども濡らし添へけり。

み深くしみ通るように薫り立つ思いがする上に、お顔がつやつやと美しく優雅な点などは、これはやはり特別な方であると見えるのだが、いっぽう、ご夫君の大将殿は、その方とわかるほどに、あたりを払う気品はくもりもなく、はなやかに匂い立ち、愛敬づいておいでの様子は、また比べものもなく、言ってみれば、お二人ともそれぞれにたぐいのない方と言うべきだろう。しっとりと優美にしみじみとした点は、この中将が特別にお見えになる。あの大将も、輝くような光はお劣りになるはずもない。ただ、いろいろな美点がひとつに集まっていて、どちらも欠点がおありにならないけれど、とは言うもののやはりそれぞれの御血筋の差というものがないとは言えない。左大臣[5]のお子たちや、式部卿宮[7]の三位中将[8]なども、一人一人は、ああすばらしい方だとお見えになるのだ。しかし、このお二人のご様子と比べると、影を踏めるほど近いとは言えず、その差は歴然としている。

〔一四〕 あれほど残るところなくほうぼうの女性に通われた大将[3]が、当然のこととは言え、一品宮[1]ひとすじに移ろってしまった恋の心の恨めしさを、深く思いしめて嘆く女の方々は、ものもよく判別できそうにもない松明の光を頼りにして、そうは言うもののやはり高貴なご身分の方々までも、今夜のご参内の行列の物見に無理に車を繰り出して、大将を拝見申し上げては、人知れぬ涙で袖を濡らし添えるのだった。

こんなふうにして宮中に一品宮がお入りになったので、め

かやうにて入らせ給ひぬれば、めづらしきに添へて、いとど置き所なく、上の待ちよろこびきこえさせ給へるさまなのめならず。言へばいくほどの月日ならぬに、御ぐしも長くならせ給ひにけりとて、とり出でて見奉らせ給ひて、うつくしとのみ思ひきこえさせ給へる御心の闇は、ましてことわりなりかし。

朝《あした》に春宮も入らせ給ふ。三宮なども、なかなかなりぬべき御なごりを、誰も思されて、次の日も出だし奉らせ給はず。二、三日おはしますを、大将いとものむつかしく思されて、疾く疾くと、けしからぬまで焦《い》られがましく聞こえ給へど、御みづからも、つつましう、面《おもて》の置かむ方なき御心地はいと苦しながら、なほかかるついでにしばしもと思されたる御気色なれば、后《きさい》の宮なども、心苦しさに(中宮)「なほ」とも聞こえ給はで、日数《ひかず》は少し積もりけり。

【一五】五月五日、一品宮[1]滞在のまま宮中にて御遊

五月五日にもなりぬれば、いとど何のあやめもかひありて、長き例《ためし》の袖に光を宿したる花の姿ども、今日はいま一際《ひときは》心ことなる。一品宮の御方は、紅の薄様に、菖蒲《さうぶ》の表着《うはぎ》、撫子《なでしこ》

ずらしいのに加えて、いよいよ喜びの置き所もないほど、父帝[9]が待ちかねて嬉しく思っておいでのご様子は一通りではない。数え挙げてみればどれほどの長い月日でもないが、御髪も長くおなりになったことだと、特に目をとめてご覧になって、本当にかわいいと思っておいでになる御親心の闇は、まして当然というものだ。

翌朝には東宮[4]も宮中にお入りになる。女三宮[16]なども、お目にかかってかえってつのった姉宮とのお別れの悲しさをお思いであるし、どなたも名残惜しく思われて、その次の日も一品宮を宮中からお出しにならない。二日、三日と宮中においでなのを、大将はたいへん困ったことにお思いになって、早く、早くと、常軌を逸するほどにいらいらと退出を催促なさるが、宮ご自身も遠慮なさって、顔を向ける方角もないようなお気持ちはとても苦しいものの、やはりこうしたついでにしばらく宮中に、とお思いのご様子なので、母君后の宮[15]なども、お気の毒に思われて、「やはりお帰りなさい」とも申し上げになれないままに、日数は少々重なっていったのだった。

【一五】 こうして一品宮[1]の宮中のご滞在が長びいているうちに、五月五日の菖蒲《あやめ》の節句ともなったので、いよいよあらゆる衣裳の文目《あやめ》も見るかいがあり、菖蒲の根が長くめでたいように、長い袖に輝きを宿らせている花のごとき女房たちの姿も、今日は一段と趣がある。一品宮の御方の人々の衣裳は、

の唐衣、*女三宮の御方は、撫子に、卯の花の表着、二藍《ふたあゐ》の唐衣、后《きさい》の宮の御方は、紫の薄様に、朽葉《くちば》の表着、菖蒲の唐衣、童、*下仕まで、みな色を分きて、さまざま見わたさるるに、あなたこなた許されたる人々、御前《まへ》近う五、六人ばかり候ひて、三宮と二所、御碁《ご》など打ちつつおはしますほどに、春宮渡らせ給へば、何となくすさませ給ふを、うち御覧じまはして、少しほほゑませ給うつつ、(東宮)「御里住みのほどに、ことのほかに思し隔てられけるものかな。さりとても変はるべき身にても侍らぬものを」と、聞こえさせ給へば、御顔の色のをかしげににほひまさりて、ものも仰せられず。堪へがたうつつましう恥づかしげにのみ思されたれど、おほどかなるさまにもてなさせ給へる御用意の、幾重のゆゑよしをもてつけたらむ人よりも、心恥づかしう、なまめかしき方も、並びきこゆべきたぐひぞなきや。

　*花橘に二藍の御表着、若菖蒲《わかさうぶ》の三重《みへ》の織物の御唐衣奉りて、うちやられたる御袖のかかる御衣《ぞ》の裾まで、[三六]言へばえにたをたと身にもしむばかりにて、御ぐしは、取る手もすべるばかりつやつやときらめきかからせ給へる御後ろ手、

紅の薄様に、菖蒲の表着、撫子の唐衣であり、女三宮[16]方の人々は撫子に、卯の花の表着、二藍の唐衣、后の宮[15]方の人々は、紫の薄様に、朽葉の表着、菖蒲の唐衣、といったふうに、女房から童、下仕えの人々に至るまで、お仕えする方により、揃って三様に色を着分けているのは、とりどりに美しい眺めである。帝、后、宮様方の、どこの御前にも伺候するのを許されている女房が、近々と五、六人ほどおそばに侍っており、一品宮は妹君女三宮とお二人で御碁などを打っておいでになるところに、兄君東宮[4]がおでましになったので、何となく気が入らなくなっておしまいになったのを、東宮は見回されて、少し苦笑いをなさりながら、「お里住まいの間に、思いのほかによそよそしいお扱いを受けるようになったものですね。といって私のほうは変わるはずもございませんのに」と申し上げられると、一品宮のお顔色は美しくさっと赤くなって、ものもおっしゃらない。がまんできないほどきまり悪く恥ずかしくお思いであるが、おっとりとした態度でふるまっていらっしゃるお心深さは、さまざまな情趣を身につけている人がいるとしたところでそれよりずっとごりっぱで、優雅さという点からも、お並び申し上げることができる人はありそうにもない。

　一品宮は花橘に二藍の御表着、若菖蒲の三重の織物の御唐衣をお召しになり、そばにうちやられたお袖がかかっている御衣の裾まで、何とも言いようもなく、たおやかに身にもしみるほどでいらっしゃって、御髪は、取る手もすべるほどつ

裾のそぎ目の、まことに五重の扇とかやを広げたらんやうなるも、こちたう、はなばなとうつくしきのみならず、たをたをと心苦しき方の、何ごとにつけても、なほしもすすませ給へるは、げに何と言ひ続くべしとも覚えず、「前《さき》の世ゆかしき御さまかな」と、春宮は他目《ほかめ》もせられず、つくづくとぞまぼりきこえさせ給ふ。

〔一六〕東宮[4]一品宮[1]女三宮[16]歌を唱和。中将[2]の懊悩

御几帳にいと長き根のかかりたるを御手すさみせさせ給ひつつ、

（東宮）あやめ草引き別れにしそのままに長き根のみぞ袖にかかれる

と聞こえさせ給へば、一品宮、

いつとてもうきね絶えせぬ袖の上に何のあやめも別れざりけり

とうち涙ぐませ給ひぬる御まみの、にほひやかにらうたげさなど、かかるたぐひ世にまたあらばと、あらましにだに御心もさわぎぬるを、我がものと見きこゆらん人の心の内の、ねたうさへおしはかられ給ふぞ、我ながらけしからず思さるる。女三宮、

やつやと輝きわたり流れかかっておいでの御後ろ姿は、裾のそぎ目が本当に五重の扇とやらを拡げたかのようであるのも、実にゆたかで、はなやかにかわいらしいというだけではなく、何かにつけてたおやかでいじらしい感じが、やはり強く備わっていらっしゃる美しさは、本当に言葉で表現しつくせそうにもなく思われて、「御前世が知りたいほどのご様子だ」と東宮は、目をはなすことができずつくづくとお見守り申し上げていらっしゃる。

〔一六〕　東宮[4]は御几帳に非常に長い菖蒲の根が掛かっているのを手なぐさみにしながら、

あやめ草を引くように引き別れたあなたが恋しくて、それ以来ずっと長いあやめの根《ね》のように音《ね》をあげて泣く涙が、袖にかかっているのです。

と申し上げられると、一品宮[1]は、

いつもつらいことが多く、音《ね》をあげて涙を袖の上に流すので、何の判断（あやめ）もつきかねております。

と、涙ぐんでおしまいになった御目もとが、ほんのりと赤らんだかわいらしさなど、こうした類がまた世の中にあればその人をと、そう思うだけでもお心がさわぐので、この人を自分の妻として一人占めにしていらっしゃる大将[3]のお心の内が、ねたましいほどに推察されるのが、我ながらよくない心だとお思いになる。女三宮[16]も、

あやめ草が同じ安積の沼から生い育つように、私たち兄弟姉妹は深い契りで結ばれているのですから、いつまで

かばかりは結びな絶えそあやめ草おなじ安積《あさか》の沼の契りを

菖蒲がさね、朽葉《くちば》の御表着、撫子の御唐衣、御子たちと聞こえんにあかぬことなけれど、にほひやかになどは殊におはしまさず、一筋に気高きばかりにて、あてになまめかしき方はものし給はず。二位中将は、宮の御供に参り給へりつる、御几帳の際なる廂のおましに候ひ給うつる、けはひより始めて、にほひ有様ぞ目もあやにめでたきや。二藍の薄物の直衣に、撫子の織物の指貫《さしぬき》、青朽葉の生絹《すずし》の衣《きぬ》、紅の単衣《ひとへ》、千入《ちしほ》に色深く着なし給へり。春宮は、一品宮に一《ひと》年《とせ》御兄《このかみ》なれば、十八などにやならせ給ふらん。なまめかしうあてなる御さまを、あながちに艶《えん》に倒《たふ》れてもてなさせ給へれば、いみじうをかしげにおはしますに、この君は、わづかに十四にこそなり給へど、あまりなるまでもてしづめ心深げなる気色ぞ、今より言ふよしもなく見え給ふ。ただ今御有様をつくづくと見奉り給ふにも、

（二位中将）朽ちねただ心のうきにあやめ草根をば袂《たもと》に掛けてかひなし

もこんなふうに仲良くしてその契りが絶えぬようにいたしましょう。

と詠《よ》まれる。女三宮は菖蒲重ね、朽葉の御表着、撫子の御唐衣をお召しで、帝[9]の御子と申し上げるのに何の不足もないが、匂うような美しさは特におありにならず、ひたすら気品高くいらっしゃって、上品な優雅さはそなえてはおいでにならない。二位中将[2]は、一品宮のお供として参内しておいでで、御几帳の際の廂にある御座に控えていらっしゃるが、物腰からはじめ何から何まで、匂い立つような美しいご様子は、目もくらむほどごりっぱである。二藍の薄物の直衣に、撫子の織物の指貫をはき、青朽葉の生絹の衣をお召しで、紅の単衣を色濃く染めて着こなしていらっしゃる。東宮は、一品宮より一歳お年上であるので、十八歳ほどになっておいでだろうか。優雅で上品なご様子であるものの、しいて艶《つや》めかしい態度をとっておいでなので、たいへん魅力的でいらっしゃる。この二位中将は、わずかに十四歳におなりであるが、少し過ぎるほどしっとりとおちついて心深げなご様子は、もう今から言うこともないほどにお見えになる。一品宮のご様子をつくづくとご覧になるにつけても、中将は、

あやめ草よ、朽ちてしまっておくれ。私の心はとてもつらくて、その長い根を袂に掛けるように、音《ね》をあげて涙で袂をぬらしてもかいのないことなのだから。

と、心の中で何度も耐え忍ぶ気持ちになおなりになるのも、苦しいことであった。

とぞ、心の内にしのびかへされ給ふも苦しかりけり。

〔一七〕東宮4、参内した大将3を宮1のもとに導く

しばしばかりありて随身の声《こわ》づかひことごとしく、かしづき入られ給ふは大将殿なりけり。上の御前《まへ》に候ひ給ひける、中宮の御方へ参り給ふとて、この御前《まへ》は、なかなかうるはしうまめやかなる気色にて過ぎ給ふを、春宮をかしと思して、鳴らさせ給ふに、さなんめりと心えて、少しかしこまりたるさまにて、たち帰り、簀の子に候ひ給ひぬるも、かたじけなき御さまなり。中将もこなたより出で迎ひきこえ給ふ。大将、これも色濃き直衣、紅の生絹《すずし》の衣、白き単衣《ひとへ》、はなばなとあたりを払ひたる御にほひ有様は、殊に光を放ち給へるさまは、さらに並びきこゆべき人なし。（東宮）「かかればぞかし。めざましき宿世は」と、宮はうちまもらせ給ひつつ、よきもやらせず、何かとのたまはすれば、（大将）「ただ今は、暇《いとま》賜《たま》はり侍らん。かたはらいたきこともこそ」と言ひまぎらはして立ち給ふを、（東宮）「あなにくの、思ひやりの深さや」と、のたまはするもをかしき。心にもあらず（大将）二九「垣ほに生ふる」と、うちくちずさみて過ぎ給ひぬるを、誰もことわりにを

〔一七〕　しばらくたってから、随身の先払いの声もおごそかに、うやうやしく守られて入っておいでになったのは大将殿3であった。大将は、帝9の御前に伺候しておいでであったが、中宮15の御方へ参上なさるということで、このご兄妹の宮様方の御前には、奥方の一品宮1もおいでになるので、かえって行儀を正し、まじめな様子でそのまま通りすぎようとなさるのを、東宮4が見つけてこれはおもしろいとお思いになって、扇を鳴らして注意をお引きになると、大将はそういうことなのだろうと心得て、少しかしこまった様子で、引き返して、簀子の所に控えていらっしゃるのも、もったいないほどの御有様である。中将2も座を立って、こちらからお迎えにお出ましになる。大将は、これも紫色の濃い直衣、紅の生絹の衣、白い単衣をお召しになり、はなやかにあたりを払う匂いやかなご様子で、特に光を放っておいでのさまは、まったくお並び申し上げる人もない。「なるほどこんなにすぐれた方であるからなのだ、一品宮の背の君というご幸運は」と、東宮は大将をじっとお見つめになりながら、通りすぎて行かないようにと、何やかやとお話しかけになると、大将は「今のところは、これで失礼させていただきましょう。みっともないことでもあるといけませんから」と、言い逃れて座をお立ちになると、「なんとにくらしい奥方へのお心づかいの深さでしょう」と東宮がおっしゃるのもおもしろい。無意識の内にも「かきほにおふる大和なでしこ（美しい姿が心か

かしと聞かせ給ふ。

　御みづからも、何となく近き御けはひむつかしう、春宮の御気色などいと恥づかしくて、御汗も流れつつ、うつ臥しておはしますほどに、上、后の宮など渡らせ給ひて、皆ひとつにおはしますこそうつくしげに御覧じわたす。

〔一八〕御遊の興趣まさる。大将[3]権大納言に昇進

　やうやう日も暮れつ方になるに、久しくかやうのことなかりつるをとて、御琴ども召して、宮たちに奉らせ給ふ。一品宮は、かやうのことも昔には変はりてもの憂き心地せさせ給へど、琴《きん》の御琴《こと》を、上のそそのかしきこえ給へば、やをら引き寄せさせ給ふ。春宮の御前、御笛吹かせ給ひて、三宮に箏の御琴《こと》*奉らせ給ひつつ、「(帝)二位中将の朝臣の見えつる」と「(帝)二人こなたへ」とのたまはすれば、皆参り給へり。たどたどしきたそかれの御姿ども、いみじうをかしなど言ふもおろかにて、大将殿の常よりことに心づくろひし給へる御用意有様、何ごとにかはなべてなることのおはせん。御簾の*前にしとねさしいでて、皆簀の子にゐ給へり。春宮の御笛を大将にゆづらせ給へば、いとといたうもてなやみつつ、

ら離れない)」と口ずさんで去って行かれるのを、どなたも、それも当然のことでおもしろいとお聞きになる。

　一品宮も、背の君が近くにおいでになるのは何となく具合悪く、東宮のお気持ちもたいへん恥ずかしくて、御汗を流しながら、うつ伏しておいでになるところに、帝、后[15]などがおいでになって、ご兄妹の三人の宮様方がご一緒であるのを、いとしげに見わたしていらっしゃる。

〔一八〕　次第に日も暮れ方に近づくと、久しくこのようなこともなかったことだから、というわけで、帝[9]は、御琴などをお召しになって宮様方にさしあげられる。一品宮[1]は、こういう音楽の御遊も、昔に変わって気が進まないような気持ちがなさるけれど、琴《きん》の御琴を、帝がおすすめ申し上げになるので、ようやく手もとにお引き寄せあそばす。東宮様[4]は、御笛をお吹きになり、女三宮[16]に帝は箏の御琴をおさしあげになりながら、「二位中将[2]の朝臣の姿が見えたが」と「大将[3]と、二人ともこちらへ」と仰せられたので、そろって帝のもとにおいでになった。おぼろに見える夕暮れのお二人の姿は、たいへんにすばらしいなどという言葉でも表現できないほどで、特に大将殿がいつもより特別に心づかいをしていらっしゃる御有様は、何事も並一通りであることがおありだろうか。御簾の前に敷物をさし出してみな簀子《すのこ》に坐っていらっしゃる。東宮が御笛を大将におゆずりになると、大将はひどく困った様子で、「この笛はやはりご遠慮いたしましょう。いやもう、ほかのことよりも未熟なものですから」と申し上

(大将)「これはなほ賜*はり侍らじ。はや、何ごとよりも初々《うひうひ》しきことになん」と聞こえ給ふを、(帝・東宮)「かう聞くしもいとゆかしき心地進みぬるを。知らずともただ今はじめて」など、上も宮ものたまはすれば、(大将)「いとからきわざかな」とは申し給ひながら、吹きたて給へる音《ね》、いとおもしろく心ことに、雲居を響かすばかりなるを、(帝)「何ごともいかでかくしもすぐれ給ひけん」と、上は常よりことに御耳とどめさせ給へり。中将は琵琶賜はり給へり。物の音《ね》がらの、気高う心にくきを、なほ際ことに澄み通り、なまめかしうたをやかなる方をさへ添へ給うて、まことにおもしろきに、春宮の御扇うち鳴らして唱歌《さうが》せさせ給へる御声、さは言へど、気高う、なべてならずおもしろき。中にも、一品宮の御琴の世にすぐれて、聞く人そぞろ寒きまで聞こゆるを、上は、うちしほたれつつ聞こしめして、(帝)「この御琴《きん》の音こそまめやかにこよなうなりにけれ。いとかばかりにてとは思はざりしを。これは一筋に御里住みのゆゑなり。里人に禄あらんや」と大将にのたまはすれば、かしこまりて候ひ給ふを、御みづからは、いとかたはらいたく、(一品宮)「何しにこれをしも」

げられるのだが、「そのように聞くとますます聞きたい気持ちになってしまう。知らなくても、今はじめて吹くということで」など、帝も東宮も仰せになるので、大将は「本当につらいことでございますね」とは申し上げられるものの、お吹きたてになる笛の音色は、とてもおもしろく格別な感じで、空の上を響かせるほどなのを、「何事であっても、どうしてこんなふうにお上手なのだろう」と、帝はいつもより特別にお耳をおとどめになった。中将は琵琶を頂戴なさった。琵琶の音はもともと気高くて奥ゆかしいものだが、それに加え、際立って澄み通り、優雅でたおやかな趣をさえお添えになって、本当に風情があるのに加え、東宮が御扇を打ち鳴らして唱歌をなさるお声は、何と言っても気高く、格別におもしろいのだ。中でも、一品宮の琴《きん》の御琴は、世にまたとないほどすぐれていて、聞く人がぞっと寒気がするほどに冴えて聞こえるのを、帝は涙を流してお聞きになって、「この御琴《きん》の音は、本格的でこれ以上のものはないほど、すぐれたものになったことだ。まったく、これほどに上達なさったとは思わなかったのに。これはひとえに御里住みをなさったせいというもの。里人に禄をあげなくてはね」と大将におっしゃると、大将はかしこまって伺候していらっしゃるが、一品宮ご自身は、とてもきまりが悪く、「どうして琴《きん》を弾いてしまったのか」と一通りではなく後悔していらっしゃる。

　五月雨の名残で曇りがちだった空は今や晴れわたり、夕方の月がぱっとはなやかにさし出て、軒のあやめの香りをしっ

となのめならずくやしうぞ思さるる。

五月雨のなごり、曇らはしかりつる空晴れわたりて、夕月夜《ゆふづくよ》はなやかにさし出《い》でて、軒のあやめの香りしめやかに、吹《ふ》き入《い》るる追ひ風の冷やかに、秋よりも身にしむ心地するに、物の音もいよいよ澄みのぼりて、尋ねよる松の響きも雲居に通るばかりなるを、あかぬほどにてやみぬるなごりもいとなかなかなり。

大将は、今宵女宮の御琴《こと》の禄とかや、数より外《ほか》の権大納言になり給ひぬるも、事のさまと言ひ、置き所なく思しめされ給へるほどのいみじさを、大臣《おとど》も、面目ありて嬉しと思したり。

〔一九〕夏、一品宮1懐妊。第二年二月、帝9、春宮4に譲位

さるはその夏つ方より姫宮何となく悩ませ給ひしを、いかにと誰もおどろききこえさせ給ひしほどに、まことに一際深うあはれなるべき御心地なりければ、大臣《おとど》など思しよろこびたるさまなのめならねど、上は、昔の御ならひに、あぶなくゆゆしとのみ思されて、御祈りのみ、あなたこなた、今よりおどろおどろしきまでこちたかりけり。

とりと吹き入れる風はひんやりとし、秋の風よりも身にしみわたる気持ちがして、楽の音もいよいよ高く澄み上り、それに音を合わせる松風の響きも雲の上まで通るほどであるから、聞きあきる前に終わった御遊の名残惜しさも、かえって聞かぬほうがよかったとさえ思われるくらいである。

大将は、今晩女宮1の御琴の音のご褒美ということだろうか、定員外の権大納言におなりになったそのことも、事の次第といい、帝からこの上もなく大切なものとされておいでのすばらしさといい、大将の父関白13も、面目があって嬉しいことと思っていらっしゃる。

〔一九〕 その上に、その年の夏のころから、姫宮1は何となくご病気めいたふうであったので、どういうことかとどなたもがおどろき申し上げておられるうちに、ご病気ではなくてまことに一段と深く心を尽くすべきご懐妊ということがわかったので、関白13などもとてもうれしく思っておられるご様子は一通りではないが、帝9は、昔の女一宮17が出産後に急逝されたご不幸があるので、危険で心配なことだとばかりお思いになって、あちらこちらでおさせになるご祈禱は、今からものものしいほどの大騒ぎであった。

かやうにてその年もはかなく暮れにしかば、春は御位《くらゐ》譲《ゆづ》りありて、二月春宮御位につかせ給ひぬ。院は今年ぞ四《よ》十路《そぢ》に余らせ給へば、*ことわりの御盛りなれど、見奉りたるは、いま少し若うきよらにおはしまして、中将の君などの、御孫《むまご》にてものし給ふことは、あるべくもなく見えけり。今は中納言にて、中将ももとのままにかけ給へり。

[三〇]三月一日頃一品宮[1]に若君[21]誕生。院にて御五十日

三月ついたち頃にぞ一品宮には、いと平らかに玉光る男君にて生《む》まれさせ給へり。誰も誰もおろかに嬉しと思されんやは。院の上も、今ぞ御心落ちゐさせ給うぬる。御産屋のほどの有様、[四〇]言ひ立つるもなかなかなれば洩らしつ。

御五十日《いか》は、院にてぞ聞こしめしける。ちごの御有様見奉らせ給ふに、いづ方の御にほひもかけ離れず、うつくしなどもなのめなる御顔つきは、思ひやるよりさることにて、いかにもただ人と見えさせ給はず、王気《わうけ》づきて、さまことにおはしますを、院はうち傾《かたぶ》きて、目離《めか》れなくまぼりきこえさせ給ひつつ、たぐひなげなる御気色を、誰もあはれに見奉り給うけり。大臣《おとど》、はた、女御今上一宮を取り出でき

こんなふうなことでその年もはかなく暮れたので、翌年の春には、ご譲位があって、二月に東宮[4]が位におつきになった。帝は院となられ、今年は四十を過ぎていらっしゃるのだから当然、御盛りのご年齢であるが、見申し上げると、お年よりももう少し若くおきれいでいらっしゃって、十五歳の中将の君[2]などが、御孫としておいでになるなどということは、あるはずもないように見えた。この中将の君は今は中納言でいらっしゃって、中将ももと通りに兼任していらっしゃる。

[三〇]　三月一日ごろ、一品宮[1]には、たいへんご安産で玉の光るような若君[21]がご誕生になった。誰もかれも一通りの嬉しさでおありになるはずがない。院の上[9]も、今こそやっとご安心あそばしたのだった。御産のお祝いのころの有様は、述べ立てても中途半端になってしまうほどのすばらしさであったので省略する。

御五十日の祝いは、院においてお催しになった。幼な子のご様子を見申し上げられると、父君大将[3]、母君一品宮[1]どちらのお美しさもうけついで、かわいらしいというのも一通りの形容となってしまう御顔つきは、推察する通り当然なことであって、その上どうしても臣下の人とはお見えにならず、帝王の気品が備わった格別なご様子でいらっしゃるのを、院は首をかしげて不思議に思われ、目を離すことなく見守り申し上げ続けておいでになる、その類なく嬉しげなご様子を、誰もかれも深い感動をもって拝見なさっていらっしゃる。関白[13]も、また、女御[14]が、今上帝[4]の一宮をお産み申し上げ

こえ給はんよりも、なほさしあたりおもだたしう嬉しと思《おぼ》いたる気色のなのめならぬも、げにありがたきこと*なりけりかし。

　されど、内裏《うち》にもいまだ女宮だに出でおはしまさず、院にもおほかた上はなち奉りては、男皇子《みこ》もおはしまさねば、儲《まうけ》の君出でおはしますべき御祈り隙《ひま》なけれど、いづ方にもさやうなることも聞こえ給はず。

〔三〕七月淑景舎女御[14]立后して中宮となる。局は藤壺

　七月にぞこの女御、后に立たせ給ふ。中宮と聞こえさす。大将殿は、あまりいつかしき御さまにて、なべての御せうとのやうに、おりのぼりの御送りなどし給ふことはなけれど、上の御せうとの源大納言、やがてその君達《きんだち》兵衛督・蔵人の少将などぞ、おりたちつかうまつり給ふ。左の大臣《おとど》の君たちも、分かず参りつかうまつり給ふ。今は藤壺にぞ候ひ給ふ。弘徽殿は、大宮の入らせ*給はむ御局にておかれたる。左の大臣《おとど》の承香殿、式部卿宮の麗景殿など、さまざまに候ひ給へど、*御身のやむごとなきばかりにて、いたくのこともおはしまさず。ただたぐひなき四妹背の山の面影にかよひ

るのよりも、やはりこのご誕生のほうが面目があって嬉しいことだと思っておいでのご様子が一通りでないというのも、本当にめったにないことなのである。

　しかし、帝には、まだ女宮でさえお生まれになってはいらっしゃらないし、院にも、だいたい帝以外には、男皇子《みこ》もおいでにならないので、東宮がご誕生になるようにとのご祈禱は暇なく行なわれるけれど、どの方からもそのようなご懐妊のことも奏上なさらない。

〔三〕　七月には、関白[13]の姫君である淑景舎の女御[14]が、后にお立ちになる。中宮と申し上げる。兄君の大将殿[3]は、あまりにも重々しいご身分なので、普通の御兄君のように、后のご退出や参内の御送りなどなさることはないが、中宮の母君[12]のご兄弟である源大納言[22]、そしてその若君の兵衛督[23]・蔵人の少将[24]などが、特にそのお供をなさる。父関白の弟君である左大臣[5]の若君たちも、区別なく参上してご奉仕をなさる。今は中宮は藤壺に伺候していらっしゃる。弘徽殿は、大宮（白河院中宮）[15]が宮中に参内される時の御局としてそのままにしてある。左大臣の姫君承香殿女御[25]、式部卿宮[7]の姫君麗景殿女御[26]など、さまざまな方がお仕えしていらっしゃるけれど、ご身分が高いというだけのことで、特にご寵愛が*はなはだしいということもおありにならない。帝[4]はひたすら妹背山の歌にいう御妹、一品宮[1]のおもかげに似通うような人がいたらその人を、吉野川のよき妻とも思い

きこえたらん人をぞ、吉野川の、とも思ひさだめむと思さるれど、または例《ためし》なきことなりければ、よろづ御心にもつかぬすさびには、残るくまなくのみおはして、采女《うねべ》・主殿《とのもり》司《づかさ》などいふ際までも、若やかに少しも姿をかしきなど言ひつべき限りは、御覧じ過ごさざりけり。

〔三〕九月末、帝[4]は中将[2]と語り、大将[3]に歌を贈る

中納言中将は院にのみつと候ひ給へど、やがてありしながら宣耀殿を御宿直所にて、常に通ひつつ候ひ給ふをぞ、上も嬉しきことに思されて、少しの絶え間をも恨みさせ給ふぞをかしきや。

長月の末つ方、朝餉《あさがれひ》の御前《まへ》の前栽ども*片へは霜枯れわたりたるに、まことに並ぶにほひなき菊の色々を御覧じつつ、白き*生絹《すずし》、紅などの御衣《おんぞ》ども、いたうしみかへり艶《えん》なる心地するに、しどけなうおしやられたる御袖のかかり御衣《ぞ》の裾までも、気高うなまめかしげなるさまに、さは言へど際ことにぞ見えさせ給ふ。御前《まへ》にも、さるべき典侍《ないしのすけ》などやうの人々ばかりにて、のどやかにながめいでさせ給へる夕つ方、中納言中将参り給へり。紫苑色の直衣に、女郎花の

定めようと思っておられるが、ほかに一品宮ほどの方がおられるはずもなく、万事につけてお気に召した方がおられないあまりに、残るくまもなくお探しになって、采女・主殿司《とのもりづかさ》などといった女官の身分の人であっても、若々しくて少しでも姿が美しいなどと言える女性であれば、お見過ごしにならないのであった。

〔三〕　中納言中将[2]は、院にばかりずっと伺候していらっしゃるけれど、宮中ではそのまま昔通り宣耀殿を御宿直所として、いつも往き来して伺候なさるのを、帝[4]も嬉しいことにお思いになって、少しでも参内の間があくと不平をおっしゃるのが何ともおもしろい。

九月の末ごろ、朝餉の間の御前の前栽の、半分はすっかり霜枯れしているのに、まことに他に並ぶものもないほど見事な美しい菊が色とりどりに咲いているのを帝はご覧になっていらっしゃって、白い生絹の、あるいは紅などのお召し物は、深く香りがたきしめられていて優雅な感じがする上に、無造作に押しやられた御袖のかかり具合、御衣の裾までも、気高く優美なご様子であるから、何と言っても際立ってお見えになる。御前に伺候しているのも、しかるべき典侍《ないしのすけ》などといった人々ぐらいであって、くつろいで前栽をご覧になっておいでになる夕方に、中納言中将[2]が参内なさった。紫苑色の直衣に、女郎花の生絹を二枚ほど重ねて、香りを親しい感じにただよわせて伺候していらっしゃる御有様は、いつもより特

生絹《すずし》二つばかり引き重ねて、薫りなつかしげにうちにほひて候ひ給へる有様の、常よりことにめでたう見えて、一品宮にぞいとよう通ひきこえ給へる。(帝)「女にておはせましかば、思ふことなからましを。恨めしの有様や」と思されつつ、何となう腕《かひな》を引き寄せさせ給うて、(帝)「などか、いたう四二狩場《かりば》の小野《をの》にのみはなりまさり給ふ。わが思ひならひには、言はば四三影踏むばかりだになきよ」とただ恨みに恨みさせ給へば、うち笑ひ給うて、(中将)「げに、昨日《きのふ》の昼間より、ただ今までをだに、かばかりの御恨みにて侍るは、かへりて恐ろしきほどにも」と申し給へば、(帝)「水四四の白波、あく世なからんをばいかがはせん。あはれ＊左大将こそ、昔はよそふる方のありしにや、まろをのみまとはすめりしか、今は行方《ゆくへ》も知らずかし。すげなの身の有様や、このほどなどの絶え間よ。心なくとも、おどろかさんよ」とのたまはせつつ、やがて御前《まへ》の菊を一枝折らせ給うて、左の大臣《おとど》の三郎君、蔵人の少将御使にて、

(帝)訪へかしなうつろふ花の色々もさのみやよそに菊の白露

にすばらしく見えて、一品宮[1]にとてもよく似ておいでになる。帝[4]は「この方が女でいらっしゃるとしたら、何も思うことはないのだが。残念なご様子というものだな」とお思いになりながら、何となく中納言中将の腕をお引き寄せになって、「どうして、こんなに狩場の小野のなら柴といった恋しい思いをおさせになるのか。私のいつも思っている気持ちにとっては、あなたとの間は言ってみれば影を踏むほどの間さえないほど近いというのに」とひたすら恨みに恨まれると、中将はお笑いになって、「なるほど、昨日の昼間から、今までの短いご無沙汰にさえ、こんなにひどいお恨みがございますとは、かえって恐ろしいほどですね」と申し上げられると、「水の白波の歌の通りに何度お目にかかってもまだ物足りないほどの恋しさをいったいどうすればいいのか。ああ、今の私と同じように左大将[3]ときたら、昔は一品宮になぞらえる気持ちがあったのか、わたしをいつも身からはなさなかったようなのに、今はどこかへ行ってしまったよ。そっけない有様というものだな、このごろの無沙汰ぶりは。無情かもしれないが、おどろかせてやろうよ」とおっしゃって、すぐに御前の菊を一枝お折らせになって、左大臣の三郎君にあたる蔵人少将[34]をお使いとして歌をおとどけになる。

　私のところにおいでくださいよ。宮中の菊が白露にさまざまな色に移ろって行くのを、あなたはそんなふうに知らぬ顔をしてよそのこととして聞く（菊）とは。

〔三〕女宮[1]と寛ぐ大将[3]、帝[4]の招きにより夕方参内

一条の院にも、しをるる花の秋[四五]の嵐に招く尾花の袖も露けう見わたさるる夕べの気色を、女宮もろともに端近うながめ給ひつつ、（大将）「萩《はぎ》[四六]が花ずり」などうたひすさび給ひて、御琴すすめきこえ給へば、箏《さう》の御琴などなつかしげに掻き鳴らさせ給ふほどなりけり。さすが経《へ》にける年のしるしには、かやうのことなどもいたう心づくしならず、少しうちとけたるさまにもてなさせ給へるは、いとど心の置かむ方なう、涙さへこぼれ給ひつつ、まことに露ばかりのへだても堪へがたう覚え給ふを、「内裏《うち》より蔵人少将なん御使に参り給ひつる」と聞こゆれば、さすがにて出で給へれば、かかる御消息《せうそこ》なりけり。をかしと思して、かしこまりのよし聞こえ給ふ。

（大将）「よろづ代をにほはん花と聞くからになほ長月とやすらふぞかし

ただ今なん参るべきに奏し給へ」とても、まづ内へ入り給ひて、御暇《いとま》聞こえ給ひつつ、まめやかに（大将）「時の間《ま》をよそに思ひやりきこゆるも、人わろかりけるならひにや、あぢ

〔三〕　大将[3]は一条の院においても、しおれた花々や、秋の嵐のせいで招く袖のように揺れる尾花が、しっとりとぬれて見わたされる夕方の景色を女宮[1]と一緒にご覧になりながら、「萩が花ずり」など興に乗ってお歌いになって、御琴をおすすめ申し上げになると、女宮は箏の琴などをしみじみと掻き鳴らしておいでになる、そんな時であった。さすがに結婚以来年月がたったおかげで、このようなことも大将にそれほど気をもませずに、少しうちとけた様子におふるまいになるのは、とてもうれしくわくわくする思いで、涙までおこぼしになって、本当に少しの間でも女宮と離れることは堪えられそうにもない気持ちがしていらっしゃるところに、「宮中から蔵人少将[34]がお使いとしておいでになりました」と申し上げるので、さすがに出ておいでになると、「訪へかしな」という帝[4]からのお便りであった。おもしろいとお思いになって、謹んで承るよしを言上なさる。

「宮中の菊の花は万代も匂い続ける花と聞いておりますから、この長月も長く咲いていることだろうと思って参内せずに家に足をとどめておりました。

ただ今参上いたします、と奏上してください」とご返事なさるものの、まず中にお戻りになって、女宮にお暇乞いを何度もなさりながら、まじめに「少しの間でもおそばを離れて、よそからあなたのことをお思い申し上げると、人がみっともなく思うだろうと考えるのが癖になってしまって、自分ながらまったくどうにもならないほどに思えまして、本当に宮中

きなきまでに覚え*て、げに、内裏《うち》などにだに参ることもおぼろけならではなければ、かくのたまはするよ。さるままには、めづらしげなうむつかしきものに思されたるも、かつはよしなきことなりかし」と、いと近やかに添ひ臥して、御ぐしを掻きやりつつ聞こえ給ふを、うとからねど気近き人々の見奉るもつつましうて、ものも仰せられず。映るばかりなる紅《くれなゐ》に、女郎花の御小袿《こうちき》ばかりを奉りて、端つ方をつくづくと御覧じ出だしたる御まみのわたりつらつきなどのうつくしう、なまめかしげさ、そぞろに立ち出でん空なうのみ見奉らせ給ひつつ、からうじてたそがれのほどにぞ内裏《うち》へ参り給ふ。

[一四] 大将[3]を迎え宮中で管絃の遊び。深夜に人々退出

唐の薄物の二藍の御直衣に、竜胆《りうたん》の織物の指貫、織り浮かされたる花の枝《えだ》ざし、手折《た》りて見たらんよりもなほにほひ多きに、紅葉の色々の御衣《おんぞ》ども、えも言はずめでたう光ことに着なし給ひて参り給ひつれば、(帝)*「いつはりならんとは思ひつれど、なほ頼みける心にや。袖にまがふる花に心を尽くしてこそ」とのたまはすれば、(大将)「まことに何となき乱り心

に伺うということでさえ、特別なことでもない限りやめてしまいましたから、帝はこのように参上せよとおっしゃるのですよ。そういうわけで私はいつもおそばにいますから、あなたのほうでは私をめずらしくもない、厄介なものと思っておいでなのも、まあいっぽうでどうしようもないことですね」と、とても近くに添い臥して、御髪を掻きなでながら申し上げられるので、親しい人々ではあるが、すぐそばにいる女房たちが見申し上げているのに憚られて、宮はものもおっしゃらない。うつるほどに美しく輝く紅の袿に、女郎花の御小袿ぐらいをお召しになって、外のほうをつくづくと眺めていらっしゃる女宮の御目のあたりやお顔つきなどはとてもかわいらしく、その優雅なさまを本当に立ち去りがたいほどにご覧になって、やっと夕方うす暗いころに宮中に参内なさった。

[一四]　大将[3]は唐の薄絹の御直衣をお召しになって、りんどうの模様を織りだした指貫をつけておいでになるのだが、そこに織り出されているりんどうの花の枝ぶりは、本当の花を折って眺めたのよりももっと色艶が美しく、その上に紅葉重ねのさまざまの色のお召し物を、何とも言えぬほどごりっぱに、光輝くばかりに着こなされて宮中に参内なさると、帝[4]は「参内するというご返事は、あるいは偽りかとは思っていたけれど、やはりあてにして待っていたかいがあったというもの。袖の花に紛うばかりに美しい方にすっかり魂を奪われていらっしゃるから」とおっしゃっておからかいになるの

地などのけにや、宮仕ひをば怠りがちになりて侍れど、いつのならひのいつはりにか」とて、うちほほ笑み給へば、（帝）「あまりに今はしおほせたる気色にて、そら病《やまひ》などつきづきしくし給ふこそめでたけれ。いたう上衆《じやうず》*めかしからで、時々はかかる翁《おきな》[四七]の前にても、かやうのこと見入れ給へ」とて琴《きん》の御琴《こと》をさし賜はすれば、賜はりて弾き給ふ。帝の御《お》前《まへ》御琵琶、*中納言の中将横笛、宰相中将笙の笛、三位中将箏《さう》の御琴、名高きこの頃の*上衆にものし給へば、よろしかるべき世の御遊びならぬに、さ夜ふけ方に出づる月影の、紅葉を分けたる光はまことにさやけきに、[四八]調べを松の風にたぐふる琴《きん》の御琴、中納言の御笛の音《ね》など、さばかりの御身にとりてだに、なほ一の御才《ざえ》どもなりければ、おもしろしなど言ふべき言の葉もなくなくになん、袖を絞るたぐひ多かりける。果てぬれど、文つくり何か、夜深うなりてぞ人々まかで給ふ。

［二五］退出の途中、大将[3]と中将[2]、恋の話に戯れ合う

例の、大将殿は、果つるや遅しとまどひ出で給はんとて、[四九]「蓬萊島《ほうらいとう》の月」など口すさびつつ、北の陣ざまにおはするに、

で、大将は「本当に、何ということはなく体調がすぐれぬせいか、宮仕えをつい怠りがちにしておりますが、偽りごとにはまったく馴れておりません」と言って苦笑いをなさると、帝は「あまりにも今は念願が叶ったというご満足のていで、仮病などをもっともらしくお使いになるとはごりっぱなものだ。そんなに貴人ぶっていないで、時々はこの年寄りの前でも、こうした音楽に心を留めてください」と言って琴《きん》の御琴をさして賜るので、大将は頂戴してお弾きになる。帝におかせられては御琵琶、中納言中将[2]は横笛、宰相中将[6]は笙の笛、三位中将[8]は箏の御琴をそれぞれ弾かれるが、どの方も名高い当代の名手でいらっしゃるから、世間にありふれた管絃の遊びであるはずもないが、夜も更けたころにさし昇った月の、紅葉を分けてさし込む光は本当にくっきりと冴え、中でも松風に和する大将の琴《きん》の御琴、中納言の御笛の音は、諸芸に秀でたお二人にとってさえ、やはり第一の得意技であるので、おもしろい、などと形容する言葉もないほどすばらしく、泣く泣く感涙に袖を絞る人も多かった。管絃の遊びは終わったが、漢詩を作ることや何かのことがあって、深夜になってから人々は退出なさった。

［二五］　例のように大将殿[3]は、終わるのが待ちきれないというように大急ぎで退出なさろうとして、「蓬萊島の月の霜を照らす中」などと口ずさみながら、北門の北の陣のほうまでおいでになったものの、妹君の中宮[14]がいらっしゃる藤壺で申し上げなくてはならないことがおありになったので、ま

藤壺にて聞こゆべきこともものし給うて、また立ち帰りそなたに参り給ふに、なほほどふるやうに覚え給ふ心いられも、我ながらけしからず覚え給へば、

（大将）行く方も知らずながめし月影の入れど入るさの山ぞ恋しき

と独りごちつつおはするを、中納言中将は、（中将）「あまりくまなうおはせしに、引きかへたる御有様の、かつはことわりながら、さりともなごりなくやはあらん」といつも疑はれ給ふに、（中将）「出で給ふ人の*また立ち帰るは、*やうあるべし」と思して、我が身は暗き方に立ち隠れて見給ふに、中宮の御方へとおぼしくて、かかる独り言をさへし給ふに、あはれになりぬるものから、何となう胸もさわぐ心地し給へど、聞き過《す》ぐしがたくて、

（中将）「月影のいかに入るさの山の端を所どころにながめわぶらん

心尽くしなる世の有様かな」とて、さし出で給へれば、うち笑ひて、（大将）「むつかしき人の上《うへ》あつかひな。さまでながめわぶる所もあらじ。御ゆゑはさもあらむ」とのたまへば、

た引き返してそちらに参上なさるが、やはり帰る時間が遅くなるように感じられるいらだたしさも、我ながら常軌を逸しているように思われるので、

自分の行く方も忘れて眺めた美しい月は山に入ったが、月の入ったその山が今は恋しくてしかたがない。自分の妻となった今でも、美しい一品宮[1]が恋しいことよ。

と独り言を言っておいでになるその姿を中納言中将[2]が見て、「あれほど多くの女性と関わられたのに、まったく違って今は一品宮だけを大切にしていらっしゃるのは、一方では当然とは言うものの、やはり昔の恋の名残がないとは言えまい」といつも疑わしく思っておられたので、「いったんお出ましになった人がまた戻って来るのは、何かわけがあるのだろう」とお思いになって、自分は暗い所に隠れて様子を見ていらっしゃると、ところがそうではなくて、大将は中宮の御方へおいでのおつもりらしく、こんな歌をさえ詠じられるので、しみじみとした思いがするものの、一品宮を想う自分の胸もなんとなく騒ぎ立つ気持ちであるが、そのまま聞き過ごすことができずに、

「月が入ってしまった山の端を、どんなにあちらこちらで眺めつつ嘆いていることでしょうか。一品宮だけを大事にしていらっしゃるあなたを、たくさんの女性が悲しんで見ていますよ。

気をもむことの多い恋というものですね」と言って物陰から出ていらっしゃる。大将は笑って、「他人のことに面倒なお

(中将)「げにいかに多かるらん。されば身もあまたにこそ分けまほしけれ」とて笑ひ給ふに、をかしうて、(大将)「いたうことのほかになのたまひそ。なかなか下《した》つ世《よ》に、君ぞ[吾]しのぶの奥の通ひ路ぞたづね給はむ」と聞こえ給へば、(中将)「げに道の奥まで修行《すぎやう》せん折は、かしこうさもありなん」とてほほ笑み給へる気色も、ねたげに心恥づかしげなるを、にくみきこえ給ひつつ、例の行く先を忘れてたはぶれ給ふほどに、中宮も上へのぼり給ふ気色なれば、(大将)「よし、聞こゆべきことあれど、後《のち》にも」とて出で給ふ。道の空だに心もとなげなる御気色もあなことわりやと見給ふ。

〔二六〕中将2、見知らぬ女27から歌を詠みかけられる

さらに、うらやましきにや、またいかなるにか、涙もかきくるる心地し給ひつつ、御宿直所の方へと思しつるに、すずろにもののかなしければ、ありつるままに藤壺わたりをたたずみつつ、月の顔のみながめ入り給ひつるに、雲のたたずまひ、風の気色、過ぎ行く秋を惜しみ顔に、鳴き弱りたる虫の音《ね》など、とりあつめ、すごうあはれに身にしむ心地し給へば、笛を少し吹き鳴らしつつ、

節介を焼かれるものだな。そんなにまで月を眺めて悲しんでいる所もありますまい。お節介の理由はご自分のほうにそんな女性がおありだからでしょう」とおっしゃると、「本当にどんなに多いことか。だから私は自分をたくさんの分身に分けたいのですよ」と言ってお笑いになる。おもしろく思って大将は、「私は妻だけを大事にして歌を詠んだのだから、思ってもみないふうにとりなした返歌をなさるものではない。あなたこそかえって将来、忍ぶの奥の恋の通い路をお尋ねになるでしょうに」と申し上げられると中納言は、「恋路ではなくて、陸奥にまで修行におもむく時は、おことば通り、謹んで道を尋ねて参りましょう」と言って苦笑いをしていらっしゃる様子も、ねたましいほどにごりっぱなのを、憎らしいとお思いになりながら、いつものように行く先も忘れて戯れていらっしゃるうちに、御妹の中宮も帝のもとにお上りになる様子なので、大将は「まあいい、申し上げたいことがあるが、それはまたあとで」とおっしゃって退出なさる。その道中さえ女宮が気懸かりでならないといったご様子も、ああ、当然のことだと中将はご覧になる。

〔二六〕　中将2はなおも——大将3が羨ましいのか、またどういうわけか——涙で目の前が曇るような気持ちがなさるままに、御宿直所の宣耀殿のほうへ行こうとお思いになったが、むやみに物悲しい気分におそわれたので、そのまま藤壺のあたりに佇んで、月の顔に見入っていらっしゃると、雲のたたずまい、風のさま、過ぎて行く秋を惜しむかのように鳴き弱

（中将）五二
行く秋の露に涙の置きかへて袖を草葉に宿る月影

としのびやかに吹きすさび給ひつるに、五三ただこともとの妻戸をやをら押しあけて、

（女）
なにごとと涙の色は知らねども秋のあはれによそへてぞ聞く

若やかなる気配のにくからぬこそ、うちなげきつつ*奥へ入りぬる気色なるに、

（中将）
笛の音の秋のあはれによそへてもとふ人あらば世々の契りを

とてやをら入るに、引きとどめ給ひぬるに、さすが覚えなしと思ひたれど、さばかりの気色になりなば、何ごとかは、あながちなる*関守もあらん。

〔三七〕中将[2]、この女[27]と契りをむすび暁に別れる

君もさばかりとは思ひ給はざりけり。ならはぬ細殿ばかりもつつましきに、女のさまもまことに世馴れにければ、いたう艶《えん》にしみ返りたる気色ふさはしからねど、愛敬づきにくからぬも、さすがをかしうも覚え給ひて、なつかしきさまにうち語らひ給ふに、暁近かりつる夜のけはひはほどなく明

っている虫の音など、すべてが、荒涼としてしみじみと身にしみわたる気持ちがなさるので、笛を少し吹き鳴らしながら、

過ぎてゆく秋の露に涙を置き換え、露の宿る草葉を袖に置き換えて、淋しさに泣く私の袖の涙に宿る月の光よ。

と詠んで忍びやかに心の行くにまかせて吹いていらっしゃると、ただすぐそばの妻戸を静かに押し開けて、

いったいどんな事情の涙なのかその色は存じませんが、秋の風情のあわれさにことよせて、あなたの歌と笛の音をお聞きしました。

と、詠《よ》む女（27）がある。若々しい気配を匂わせ憎からぬふうに、ため息をつきながら奥へ入って行く様子なので、

笛の音に込めた私の悲しみを、秋のあわれさにことよせてお考えになるとしても、問いかけてくださる方があるとしたら、私は長くご縁を結びたいと思います。

と詠み返して、静かに入って行く人をお引きとどめになると、女はさすがに思いがけないことと思うが、そのような事態に至ったとしたら、二人の契りを無理に引き止める関守がどうしてあるはずがあろうか。

〔三七〕　中将の君[2]もこんなことになろうとはお思いにならなかったのだった。馴れない細殿あたりも気が引けるが、女の有様も本当に世馴れているので、ひどく優雅な恋の趣とはちぐはぐな感じがするものの、魅力があってにくからぬ点も、さすがにおもしろく感じられるので、親しく語らっていらっしゃるうちに、暁近かった夜は、今はもうそろそろ明けるこ

けなんと思しつつ、(中将)「さても、いかにや。後の世のたのみだになければ、いとこそ心細けれ。これも、浅きにはあらぬうたた寝の夢なりや。人には思ひおとし給ふなよ」とて、

(中将)暁はいつもかくやはうき雲の空をもわかず君は知るら
ん

とのたまへる御気色、くまなうさし入りたる月の光を、まばゆげにもてまぎらはし給へる用意など、言へばえに身にしみ返りつつ、[五三]しげき嘆きの枝さし添ひぬる心地して、涙もとどまらざりけり。

(女)[五四]「君だにもまた有明のたづねずは身をうき雲の空に消え
なん

[五五]雨としぐれん夕べにても」とてむせ返りたる気色などもいみじう馴*れたり。

[三八]中将[2]、昨夜の女は帥宮[28]の姫君[27]と思いあたる

君は、やがて御宿直所におはしてうち臥し給ひぬれど、(中将)「さてもをかしかりつることどもかな。誰ならん。さすが宮仕ひ人のつらとは覚えざりつる。故帥宮の姫君とかや、ゆかりありて、時々中宮へ通*ひ参ると聞こえしを、大将の語らひ

ろだろうとお思いになりながら、「さて、どうでしょうか。これから先のことはまったく頼みにならないので、とても心細い。これも浅くはないうたた寝の夢なのでしょうか。他の人と比べてお見下しにならないでくださいよ」と言って、

暁の別れはいつもこんなにつらいのでしょうか。私は雲の浮く空も見分けられないほど何もわからないのですが、あなたはすべてをよくよくご存じのようですね。

とお詠みになるご様子や、隈なくさし込んでいる月の光を眩しそうに避けていらっしゃる心遣いなど、言葉に表わしようもなく身にしみわたって、女は物思いの種がまた加わった気持ちがして、涙も止まらないのだった。

「あなたまでもが有明の別れをつらいと思って、再びたずねてくださらないとしたら、この身のつらさのあまり、私は雲の浮く空に消えてしまうでしょう。その雲が雨となってしぐれる夕方にでも」と言ってむせび泣く様子も、とても世馴れている。

[三八]　中将[2]はそのまま御宿直所においでになって、お休みになったが、「さてもおもしろいことだったな。いったい誰だろう。さすがに宮仕えをする程度の身分の人とは思われなかった。故帥宮[28]の姫君[27]とかいう方で、縁故があって、時々中宮[14]に伺っているというその方を、大将[3]が親しく語らっていらっしゃった、と人が言っていたその姫君なのだろう。あの様子では、きっと帝[4]もしかるべき間柄でおありに

給ひけると人のまねびしなめり。あの気色には、さだめて上の御前《まへ》もさぞおはすらん。いくたりの人にも言ひかかるらんかし。さばかり父親王《みこ》のかしづき給ふと聞きしを、あはれ、よからぬ女子はもたるまじきものかな。これなどこそは、さすがに心にくかりぬべき際よ」と、なべての世の中いとすさまじく思し給ひつつ、さしも忍ぶべかりつる「また有明」のつきせずとは思されぬも、いとをかしかりけり。

大将にも、さりげなるついで作り出でて、そのあたりのことなど問ひきこえ給へど、まして何とも思《おぼ》*いたらぬ気色いとしるかりけり。愛敬づきてにくからざりしけはひは、さすが忘られ給はねど、ありし夜を思し出づるだに、何となううつつならぬ心地し給へば、まして、たづねばやなどは思ひ寄り給はぬに、いかなりける便りにか、かれよりおどろかしきこえたるに、むげに情けなからんことはいたううたてあれば、御文など時々つかはしつつ、御みづから立ち寄り給ふ折もあるを、忘れがたう恋しき片つ方も、こよなうなぐさみぬべきを、なかなかこれしも、いたう心づく

なろう。大勢の男性に声をかけているにちがいない。あれほど父宮様が大事にお世話をしていらっしゃると聞いていたのだが、ああ、好ましからぬ女の子は持つものではないな。この人などは何といっても奥ゆかしいふるまいをして当然な身分なのに」とすべて世の中を興醒めなものとお思いになるので、また訪れて、なつかしいはずの「有明の別れ」を再び味わい尽くそうとはお思いにならないのも、たいへんおもしろいことなのだった。

大将にも、さりげなく機会を作り出して、そのあたりの事情をお尋ねになったが、ましてこの方は何とも思っていらっしゃらない様子がはっきりしているのだった。魅力があってにくからぬ女の有様は、そうは言うもののお忘れにはなれないが、あの夜のことを思い出すだけで、なんとなく現実ではなかったような気持ちがなさるので、まして訪れようなどとはお思い付きになるはずもないのに、どういう縁をたどったものか、女のほうから手紙をお送りしたので、むげに情を知らぬふうなのもひどく具合が悪く、お手紙などを時々お届けになったり、ご自身もお立ち寄りになる折もあるので、忘れがたく恋しい一品宮[1]のことも、この上なく慰められるはずであるが、かえってこの女との間も、なかなか心が休まらないことなのであった。

しなりける。

〔二九〕十月十日過ぎ、大将3、姫君27邸で中将2を見出す

神無月十日あまり、殿の上、御物の怪にわづらひ給ふとて、所かへてやと試みに、帥の中納言といふ人の家、下つ方なるに渡り給へる。御とぶらひに大将参り給ひて、少し更くるほどに帰り給ふ道、六条わたりにや、中川のほどに、築地所々くづれて、いたうものふりたる所の、木枯らし、気あしう吹き払ふ梢もまばらに、いとすごう見わたさるるを、いかなる人の住みかならんと思すは、はや、故帥の宮ふるき御あとなりけり。あまりさし入らぬくまなうのみまぎれしほどに、なかなかいづこに分きて御目もとまらぬを、まことと思し出でられて、物見より見給へば、築地のくづれより、内もよく見ゆるに、網代車いたうやつれたれど、よしありて見ゆる、引き立てられたり。女車のさまなれど、誰かはただ今たづね来むと、などやらむ、あやしう覚え給ひて、好き好きしき昔の御ならひ、かやうのことにはなほ重からぬ御心にて、ただ夢ばかり気色見むと思して、御車をやり過ぐしつつ、少しのきたるほどより折れ給ひて、あ

〔二九〕　十月十日すぎ、関白の北の方12は御物の怪の病を患っておいでになるので、試しに所を替えてみたらということで、帥の中納言37という人の下京にある家に移っていらっしゃる。その母君12のお見舞いに大将3が参上なさって、少し夜が更けたころにお帰りになる途中、六条の近くであろうか、中川のあたりに、築地が所々崩れて、とても古びた家があり、木枯らしが意地悪く吹き払い梢の葉もまばらに散り落ちてしまって、荒涼とした有様に見わたされるのだが、どんな人が住む所かとお思いになるその家は、なんと故帥の宮28の古い御住みかなのであった。大将は、訪れぬ女の家はないほどほうぼうに忍び歩きをしたころは、かえってここはこの女の家と特に目に止まることはなかったのだが、今は本当にあの家だとはっきり思い出されて、車の物見の窓からご覧になると、築地の崩れから、家の中もよく見えて、ひどく目立たないようにしてはいるが由緒ありげな網代車が停まっているのが見える。女車のようだけれど、誰が今ごろ訪れるはずがあろうかと、なんとなく奇妙にお思いになって、好き好きしかった昔の習慣か、このような忍びごとにはやはり強く引かれるお心なので、ただちょっとだけ様子を見ようとお思いになって、御車をそのまま真っすぐ進ませ、少し先のほうで道を曲がって、別の所から中にお入りになった。季節に関わりなく繁っている深山木の中を分け入って、陰のほうから邸にお上りになり、勝手をよく知った建物のことだから、しかるべき所で

らぬ方より入り給ひぬ。時分《ときわ》かぬ深山木どもの中を分けて、かげの方より上へのぼり給うつつ、よく案内《あんない》知りたる御道づかひなれば、さもありぬべき所にて立ち聞き給ふに、なのめならず艶《えん》ある男の、ただこの端つ方にてぞあひしらふなる。誰ならんとまがふべき人のけはひならぬに、*いとめづらしうて、(大将)「この君さへかかづらひ寄り給ひにけむ。見あらはしつる嬉しさよ」と、心さわぎもせらるるまで覚え給ひつつ、かく、と聞こえで帰らんことは、念なくくちをしく覚え給ふ。

〔三〇〕大将[3]、中将[2]と姫君[27]の別れの歌を立ち聞き

さらに、さばかり暇《いとま》なき御心地を念じつつ、やや夜深くなるまで立ち聞き給へば、例の女方は、いみじうすすみざまにしみかへり思ふべかめるを、男はもとよりいとかりそめなる気色にて、もののたよりか、もしはさして暁ほかへ[五六]*などのていにのたまふなめり。いと言の葉は聞こえず、出で給ひなんとするなるべし、いま少しはしなる心地して、女、

[五七]別るれどたぐひもあらじさ夜深き鳥より先の心づくし
は

立ち聞きをなさると、ひとかたならず優雅な男が、ただこの縁の端に近い所で、女[27]と応対しているようだ。いったい誰だろうかと思う余地もなくはっきりと、この男は中納言中将[2]だとわかるので、大将は目を見張る思いで、「この方までこの女に関わり合ってしまわれたらしい。こんなところを見つけた嬉しさよ」とどきどきするほど興奮なさって、見つけた、と申し上げないで帰るのは何とも悔しく残念にお思いになる。

〔三〇〕　大将[3]はあれほどの間断もない一品宮[1]へ気持ちを我慢して、それからも、少し夜が更けて行くまで立ち聞きをなさると、例のように女[27]のほうはとても積極的に男[2]を思っているらしいのだが、男はもともとほんの気紛れといった様子で、なにかのついでか、もしくは暁に他に行く所があって心はここにあらずといったふうにものを言っていらっしゃるようだ。言葉はよく聞こえず、お出になろうとするのだろう、もう少し端近に声が移って、女が、

夜が深くてまだ鶏も鳴かないのにお帰りとは、お別れしてからの私の心は、比べるものがないほどつらいことでしょう。

と、本当に耐えがたげな風情を作って申し上げると、

まことに堪へがたげに聞こえなせば、

(中将)「おどろかすうきねは鳥に添ふものをいつも別れにたえ
　ぬ涙の

げに心づくしはつきすべうもなしや」とうちなげき給ふ気色など、いたう心に入れたりとは聞こえねど、千々の言の葉をつくし、いかにせんと思ひたらん人よりも、たぐひなうなまめかしげなるは、げに女ならば、必ず心地はなびきなんかしと聞きゐ給へるに、げにもとみに許さぬ気色にて、

(女)五八「見てだにも見る目にあかずながらへんその行く末も志
　賀の浦波

あぢきなのことどもや」と例のにくからぬさまに、何とやらん聞こゆれば、こまやかに語らふ音《おと》して、うち笑ひ給ふこともあり。

(中将)五九「かたがたの見る目は袖に波かくと我しもたえじ下の心
　は

これやまさりてあぢきなからん」とて出で給ふ気色なるに、急ぎおはして、かの立てたる御車に這《は》ひ入り給ひて、(大将)「これ召しつらむ所へさし寄せよ。すでに出で給ふぞ」とのた

「人を起こすつらい声は鶏につきものですが、私にはいつ
　も別れの涙がつきもので絶えることはありません。

おっしゃるとおり心尽くしの種は尽きそうにもなくて」とため息をついていらっしゃる中将[2]の気配は、ひどく心を打ち込んでいるとは大将には聞こえないが、さまざまな言葉の限りを尽くして女の心をどうにかして動かそうとしている人よりも、比べものにならぬほど優雅な風情であるから、本当に女だったら必ず気持ちが靡くことだろうとじっと聞いていらっしゃると、はたして女はすぐには帰さない様子で、

「あなたにお逢いしていながらも、まだあなたを見る目
　(海松布)は満足できず恋しい気持ちがします。志賀の
　浦の波のようにこれから先の行く末も知らないのですが。

どうしようもないことばかりで」と例のようににくからぬ様子で、何ごとか申し上げると、また仲良く話し合う声がして、時々中将もお笑いになる。

「ほうぼうの干潟にある見る目(海松布)は波が来ると隠
　れてしまうかもしれませんが、私に限って下の心はいつ
　までも絶えるはずはありません。あなたが他の男を迎え
　ようと私の心はそのままですよ。

こちらのほうがずっとどうしようもないことでしょう」と言ってお出になる様子なので、大将は急いでそこを去り、あの停めてある中将の網代車にこっそりと這いこまれ、「この車をご命令のあった所にさし寄せて停めよ。もうお出ましになるぞ」とおっしゃると、中将のお供の者たちは、立ち匂う薫

まふに、御供の人々、うち薫る御にほひ、艶《えん》なる御姿のなまめかしさなど、ただ我が君と思ひきこえければ、いとあやしげに思ひたるもことわりにをかしきに、ただ今ぞ君はあゆみ出で給ふなる。

〔三〕大将3、邸から出た中将2を待ちぶせして驚かす

いかさまにもさてあるべきならねば、やをらさし寄せたるに、乗り給ふや遅きと、御手をとらへて引きすゑきこえ給うつつ、

（大将）「深きゐの心の奥は知らねどもこれも忍ぶの道ならぬか
は

かくは、修行者《すぎやう》よ。あな尊《たふと》や。今は験《げむ》つき給ひぬらん。祈りしてたまはせよ」とのたまふに、（中将）「さばかり人に似ず、かやうにすきずきしきふるまひはありとも覚えぬことを、いつしかこの人ゆゑあらはされきこえぬるよ」*と思ふねたさはたぐひなけれど、*いとをかしうなりて笑はれ給ひぬ。

（中将）「吹き払ふ風もさびしき月かげに紅葉をよその錦とや見
ん

ただ今は山伏にもならねば、修行もせず。これはもののたよりに、いづくとも知らざりつれど、紅葉の色にさそはれ

りや、上品なお姿の優雅さなどから、すっかり自分の主君とお思い申し上げているので、どうも変なことだと思っているのも当然でおもしろいことだが、その時本物の中将がこちらに歩み出て来られる様子だ。

〔三〕　お供の者は、どうあろうとも、そのままにしておくわけにもいかないので、おもむろに中将2のところに車をさし寄せると、お乗りになるが早いか、先に車にのりこんでいた大将3は中将の御手をつかまえてその場にお引き据え申し上げになりながら、

「深いご縁があるその奥の事情は知りませんけれど、これも忍ぶ恋の道でないはずがありましょうか。

道の奥まで通って来られたのだから、あなたはまさに『修行者』だな。ああ尊いこと。今はさぞ霊験あらたかなことでしょう。私のために祈禱をしてほしい」とおっしゃると、中将は、「私は、これほど他の人には似ず、こんな好き好きしいふるまいは今までした覚えもないのに、早くもこの大将のせいで見つけられ申してしまったよ」と思う悔しさは比べものもないけれど、とてもおかしくなって思わず笑ってしまわれた。

「吹き払う風も淋しい、月光に照らされたこの美しい紅葉を、関わりのないよそのものとして見過ごすことはできましょうか。

て、木のもとにやすらひつるを、渡らせ給ふべき所にてありける嬉しさよ」とてうち笑ひ給へば、大将、
(大将)「重ねつるさ夜の衣のひまもなく何に紅葉の錦をか見む
あなおそろしの心深さや。げに聞きのこしたることのあると思すか。長き夜すがら露霜にぬれて荒き風にしをれつるほどは、これにても推しはかり給へ」とて、手を胸にさし当て給へる。

〔三〕大将[3]と中将[2]、女[27]をめぐって冗談をかわす

ことに我が身も冷え入る心地し給ひつつ、(中将)「げにいつのほどよりかおはしけむ。さばかりすきまなき*心地に思ひ出で給ひけるよ。さすが捨てがたう思すめり」と、あながちに苦しかるべきことにはあらねど、なからむよりはむつかしうくやしきままに、(中将)「いづちもやりて行《ゆ》け。近衛の大将召したるとて、恐ろしさに様《やう》々しくふるまふにくさよ」*とのたまへば、(大将)「君こそ尊くて、いづちともなくあくがれ給はめ、かかる罪深き身の、さるは、重々しかなるをば、ただもとの所へ返しおかれ侍らばや。我のりたるもののありつるも、何とやらんまどはかしつるよ」とて笑ひ給ふもをかしうて、

もう今は、ものの情けを知らぬ山伏にもなりませんから、修行もしません。これはほんのついでがあって、ここがどことも知らなかったのですが、紅葉の色に誘われて、木の下で休んでいただけなのですけれど、それが何と、あなたがお通いになる所だったとは、これは嬉しい」とお笑いになると、大将は、

「二人でお重ねになった夜の衣に隙間もなくて、あなたには紅葉の錦を見る隙間（ひま）などなかったはずですよ。ああ恐ろしいほどの愛情の深さというもの。本当に私が聞き逃したことがあるとお思いか。秋の夜長をずっと露霜に濡れ、荒い風に萎れていたことは、これによってでもご推量ください」と言って、手を中将の胸におさし当てになる。

〔三〕　大将[3]の手の冷たさに我が身も冷えきってしまいそうな気持ちがなさって、中将[2]は「本当にいつごろからここにいらっしゃったのだろうか。あんなに女宮[1]と隙間のない間柄なのに、この女[27]をお思い出しになったとは。さすがに捨て難く思っておいでのようだ」と思って、自分のほうはそれほど困る状況ではないが、見つかってしまったのは面倒で癪に障るままに、お供の者に、「どこでもいいから車を進めよ。近衛の大将のご命令というわけで、その恐ろしさにもったいぶってふるまうお前たちの憎らしさよ」とおっしゃると、大将は、「あなたのほうは尊い修行者というわけで、どこへということなくふらりと行っておしまいになれようが、こちらはこんなに罪深い身で、そういうものの重々しい身分な

(中将)「さらば、何しにかこれにはのらせ給ふ。我《わ》がものにて侍れば、行くべからん所へぞ行《ゆ》かむ」など腹立ちゐ給ひつれば、(大将)「あなゆゆしの気色や。さらば追ひ下《お》ろし給へかし」*なにかとのたまうつつ、(大将)「さてさてなほ何として渡りそめ給うしぞ。君の思ひ寄り給へりしか、かれより聞こえそめたりしか」と聞こえ給ふに、心のほどはさぞ知り給ひにけむと思ひ、をかしけれど、(中将)「いさ、いかがありけむ。知らず。誰もおはしけんやうにこそありつらめ。さてもむなしう帰らせ給ひぬるかたはらいたさよ。今より後《のち》は、神仏《かみほとけ》をかけてその方へおもむき侍らじ。かまへて、このかはりに、いつまれ御渡り侍れ」と聞こえ給へば、(大将)*「さかしらなし給ひそ。ただ夜をへて我渡り給へ。さばかり院や内裏《うち》などへ昼間のほどかりそめに参るだに、あぢきなき心地する身を、そぞろなる所に一夜もへだてんことこそ。今宵も、見あら*はしきこゆることを聞こえで帰らんくちをしさばかりにこそ、かなしとは思ひつれど、立ち明かしつれ」とて、見つけはじめしよりのことども語り給ひつつ、(大将)「おほかたその人を思ひ出でて、わざとも立ち寄りたらばと。いかばかり

のだから、この身をば、ただもとの所にお帰し願いたい。私が乗ってきた車があったのだが、何だか知らないがどこかへ迷子になってしまったよ」とお笑いになるのもおかしくて、「ご自分の車があるのだったら、どうして私のにお乗りなのか。この車は私のでございますから、行きたい所に勝手に行きますよ」と腹を立てて坐っていらっしゃるので、大将は、「ああ恐ろしい剣幕だ。だったら私を追い降ろされたらどうです」など、何やかやおっしゃる。「さてさて、それはそれとして、どういうふうにお通いになり始めたのか。あなたが思い立たれたのか、あちらから最初に申し上げたのでしょうか」と申し上げられると、あの女[27]の積極的な態度はとうにご承知だと思っておかしいけれど、中将[2]は「さあ、どうだったのでしょうか。知りません。誰かさんがお通い始めになった時と同様だったのでしょう。それにしても私のせいで逢わずにお帰りになってしまうとは気が咎めることですよ。これから後は、神仏をかけて申しますが、あの邸のほうへは参りません。必ず、私の代わりに、いつなりとお通いください」と申し上げられると、大将は、「お節介をなさるものではない。もうこれから毎晩、ご自分がお通いなさい。ほんのちょっと院や宮中に、それも昼間に参上するのでさえ、何ともあじけない気持ちがする私の身なのですから、どうということもない所に泊まって女宮[1]と一夜を隔てるなんて。今夜も、秘めごとをお見つけしてしまいましたよ、とあなたに申し上げないで帰るのが残念だったので、悲しいとは思いまし

も誓ひきこえさせん」などさまざまのたまふも、かつはつゆも心を分くると人や思ふらんといふわびしさなめりと、をかしきもののあはれなりけり。

〔三〕中将②、翌夕大将③邸に赴き、一品宮①と語る

さてその夜は、何やかやと笑ふ笑ふ、中納言殿も一条の院にて明かし給ひにしかど、（中将）「今宵のおこたりに、大将さだめてこのこと女宮に聞こえ給うぬらん。心恥づかしげなる御さまを」と思しつつ、さしも出で給はで、まだ朝霧のほどに帰り給ひにしも、さすがなど、何となうをかしかりしことども思し出でられて、時雨かきくらす夕つ方、[六〇]吹きまよふ嵐にたぐふ香りは、かれとばかりより、かことがましくて、参り給へれば、大将は殿へおはしにけり。女宮、色々の紅葉のちりまがふ庭の錦を御覧じつつ、少し端近うぞおはしける。上あをき紅葉の御衣《ぞ》、こき御単衣《ひとへ》、ややうつろひたる菊、二重織物の小袿奉りなしたるからは、花のにほひ、千入《ちしほ》[六一]の紅葉も、おのが色に色を添へたる心地して、えも言はず光ことなる御さまの、けだかうなまめかしさ、奥深う心恥づかしげなるものから、たをたをとらうたくなつかし

たが、立ちながら明かしたというわけです」と言って、見つけ始めた時からの事の次第をお話しになって、「おおかた、私がその女を思い出して、わざと立ち寄ったのであれば、とお思いなのでは。そうではないとどんなにしてでもお誓いしましょう」などとさまざまにおっしゃるのも、中将はいっぽうでは女宮①以外の女にほんの少し心を分けていると人が思うといけない、という心配からなのだろうと、おかしいものの、しみじみと同情されるのだった。

〔三〕　さてその夜は何かにつけて笑い興じて、中納言中将殿②も大将③の一条院でお明かしになったが、中将は「今夜のご無沙汰の理由をお話しになるついでに、大将はきっと私が女のもとにいたことを、女宮①に申し上げられたことだろう。それでなくても恥ずかしくなるほどの方なのに、具合が悪い」とお思いになって、女宮の方にはおでましにもならずに、まだ早い朝霧のころに大将邸からお帰りになったものの、そうは言っても、何やかやとおもしろかった昨夜のことがいろいろと思い出され、時雨で暗くなった夕方、吹き迷う嵐に乗った香りが、なぜすぐに帰ったのかと不満げに匂って来るようにお思いになって、一条院に参上されると、大将は関白殿⑬へおいでになって留守であった。女宮は、さまざまの色をした紅葉が散り紛う庭の錦をご覧になりながら、少し端に近い所においでになる。上が青い紅葉の御衣、濃い紫の御単衣、少し色が紅に移ろっている菊を二重に織り出した小袿を着こなしていらっしゃるところは、花の色つや、紅に染まっ

げにおはしますさまぞ、なかなか言へばまことしからぬや。近き御几帳のもとについゐ給へば、おどろき顔にはあらぬものから、少し引き入らせ給ひぬるも、そぞろに胸のみさわぎ給ふ。

(中将)「あたらしき御代のことしげさに、数ならぬ身までもいとまなき心地のみし侍りて。あまりなりし昔のなごりには、さもいぶせう侍るものかな。上もただ過ぎにし方の恋しげなる御気色つきせずこそ見えさせ給へ。大宮は院にのみおはしませば、三宮こそつと候ひ給ふめれ。そも斎院の、母后うせて、おり給ひにしかはりに、大嘗会《だいじやうゑ》何か世のいそぎ過ぎんままに、ゐさせ給ふべきとかや」など、世の物語聞こえ給ふにも、(一品宮)「昔思しおきてられしままならば、まことに内裏《うち》などにも候ひてこそあらましう。さも思はずなりける身の契りよ」といつも思さるる中にも、のどやかに恥づかしげなる人の気色に、いとどおき所なうつつましう思されて、あまりにものも仰せられぬもさすがなれば、(一品宮)「げに、見奉らねば、いとどあらぬ世の心地して」*などしどけなげにのたまうなして、御涙のこぼれぬべきをまぎらはさせ給

た紅葉も、美しさに更に美しさを添えているような感じがして、言いようもないほど光輝くばかりのご様子は、気高くしっとりと奥深く優雅で、恥ずかしいほどの気品を備えながら、いっぽうでたおやかにかわいらしく、親しみ深くおいでになるさまは、言葉で言えばかえって本当らしくないほどだ。近くの御几帳のもとに中将が膝をおつきになると、驚いたふうではないが、ふっと身をお引きになるのも、むやみに胸が高鳴る思いがなさる。

「新しい帝[4]の御代になりました忙しさに、私のような取るに足らぬ身までもあわただしい気持ちがいたしましてご無沙汰いたしました。あまりにものんびりしておりました昔の癖で、どうも憂鬱なことでございますよ。帝もただ過ぎ去ったころがとても恋しくいらっしゃるようなご様子にお見受けしております。大宮[15]は院にばかりおいでなので、女三宮[16]だけがいつもおそばにいらっしゃるようです。その女三宮も、斎院[35]が、母后[36]が亡くなられてお下《さが》りになった代わりとして、大嘗会やなにかの行事が過ぎ次第、斎院におなりになるはずとか伺っております」など、世間のことをお話しになると、女宮は「昔、父院[9]がお考え置きになったままであれば、本当に私は宮中にいて帝のお傍《そば》に伺候する身であったはず。まったく思いもかけなかった運命というもの」といつもお思いになるのだが、穏やかでごりっぱな中将の様子に、いよいよ身の置き所がなく遠慮されるような気がして、あまりものもおっしゃらないのも具合が悪いので、「お言葉通り、しば

ひつつ、うちうつ臥しておはします。

[三四]中将[2]、宮[1]に「いはで忍ぶ」の恋心をつのらせる

御分け目、かんざし、御ぐしのかごとがましくこぼれかかる御袖の上などまで、うつくしなど言ふもおろかに、なつかしうらうたげなる御有様、例の身にしむばかり覚え給ひつつ、思ひ分く方なき涙は、これも先立つ心地すれど、（中将）「されば、なにがしが身ばかりこそ、さすがいつも変はらぬものにては侍れ。露の命のかかづらはんほどは、朝夕参り、御覧ぜられであるべきものとも思ひ侍らず。まして、さなど思しめし入れん嬉しさこそ」とてうち涙ぐみ給ふを、何となく心苦しげに御覧じやりて、（一品宮）「浅はかにも取りなし給ふものか。何劣りてかは」とのたまはするも、いかがあはれに嬉しからざらむ。（中将）「げに、いはけなかりしほどより、あはれにむつましう、隔てなきことに思されたるを、我もまた、ことわりも過ぎてうち頼みきこえたるも、[六三]このむせぶ思ひの下燃《したも》えこそ、いかになり果つべしとも覚えず、かへすがへす浅ましけれ。さりともに、苔の下にくち果つるとも、心の色だにあらはすこともあらじ」。思ひ、げに契りのほ

らく帝にお目にかからないものですから、いよいよこの世にいるのではないような気持ちがして」と、わざと何気ないふうにおっしゃって、御涙がこぼれそうになるのをお紛らわしになりながら、つとうつぶしておいでになる。

[三四]　女宮[1]の御髪の分け目や生え具合、またその髪が何かわけありげにこぼれかかっているお袖の上などまで、かわいらしいなどという形容も月並みになってしまうほど、親しみ深く可憐なご様子を、中将はいつものように身に染み透るほどにお感じになって、分別のない涙が、先立つような気がするが、「このように世は過ぎて行くなかで、私の身ぐらいがいつも変わらないものなのでございます。はかない露のような命でございますが、その命がある間は、朝夕参上し、お目にかからないで生きていようとは思っておりません。ましてあなたがそう思ってくださるなら、これにまさる嬉しさはございません」と言って涙ぐんでいらっしゃるのを、何ということなく同情をこめてお見やりになって、宮が「私の気持ちを浅はかにお取りになること。深さはあなたに劣るはずがありましょうか」とおっしゃるのも、どうしてしみじみと嬉しくないことがあろうか。「本当に、幼いころから、女宮は愛情をこめて親しく、隔てを置かぬ間柄とお思いくださったので、私も普通以上にお頼り申し上げていたから、このむせぶような思いの火がひそかに燃えていて、これからどうなっていくのかまったくわからないのは、かえすがえす我ながらあきれたことだ。そうではあるけれど、たとえ苔の下に朽ち

どの遠さは、いかがつらうかなしからざらむ。

（中将）〔二三〕思ふことといはで忍ぶの奥ならば袖に涙のかからずもがな

と思し続くるにつけて、涙はらはらとこぼれぬるも、いとはしたなくわびしきに、大将さへ入りおはすれば、かまへてまぎらはしつつ、例の乱れたることどもにて、なごりなううちぞ笑*まれ給ひける。

〔三五〕中将[2]、他の姫君たちには関心を示さない

言へばまたきびはなるべき御年のほどに、世の常はもの思はしうてのみ明かし暮らし給ふぞ、いかなるべき人の御行方《ゆくへ》にかといとほしかりけるや。院、大宮のもてかしづききこえ給ふさま、なかなかまことの御子たちにておはせんよりもいつかしげなるに、御姿有様何ごとにつけてかは我がものと見まほしう思ひきこえぬ人のおはせん。式部卿宮の中姫君、やがて院の御はらからの、内大臣《うちのおとど》と聞こゆる、ただ一人かしづき給ふ姫君などに、我も我もと聞こえ給へど、御みづからあまりもの憂げに思したれば、誰も誰も心苦しさに、（院・大宮）「よしいかがせん。心にまかせて過ぐし給へかし」などの

果ててしまおうとも、この気持ちを色にさえも表わすことはしまい」と決心すると、本当に運命が遠くかけはなれていることが、どうしてつらく悲しくないはずがあろうか。

恋しいと思いながら、それを言わずに心の奥に忍び込めておくのであれば、その気持ちを裏切ってこのように袖に涙がかかることはあってほしくないのに。

とお思い続けになるにつけて、涙がはらはらとこぼれてしまうのも、とても間が悪くつらいのに、ちょうど大将[3]までが入って来られたので、なんとか工夫をして紛らわしながら、いつものように冗談の言い合いとなり、中将[2]は今までの涙の名残もなくお笑いになるのだった。

〔三五〕　言うならば、また、中将[2]は幼いと言ってよいお年ごろであるのに、いつもは物思いに沈んで毎日をお過ごしなので、この方はこの先どうなってしまいなのかと気掛かりに思われるのだった。院[9]や大宮[15]が大切にしておいでの様子は、現に皇子のご身分でいらっしゃる方々よりもかえって恭しいお扱いなので、ご容姿もご態度もすべてに優れたこの方を自分の婿にしたいとお思い申し上げない人はいらっしゃらない。式部卿宮[7]の二番目の姫君[29]や、院のご兄弟の内大臣[30]が、ただ一人大切にしておいでの姫君[31]などが、我も我もと結婚を申し込まれるのだが、この中将ご自身は結婚に関してあまり気乗りがしないふうにお思いであるから、どなたもみな気掛かりで、院や大宮は「まあどうしようもない。思い通りにお過ごしなさい」とおっしゃって、三条京極のあた

たまはせて、三条京極わたりに、池・山・木立ち広くおもしろき所、院の御領なるを、この一、二年なのめならず造り磨かせ給ひて、時々の御休み所にと思し掟てつつ、(大宮)「いかならん賤《しづ》が伏屋《ふせや》＊よりなりとも、御心につきぬべからん人を、いくたりも集《つど》へおき給へ」などまで后《きさい》の宮も聞こえさせ給へど、をさをさそれにもうち休ませ給ふほどのことだになし。

院、内裏《うち》に通ひ参り給ひつつ、一条院にて、大将もろともの御あそびたはぶれ、何よかよ隙《ひま》なき御心地にて、(中将)「よしや、いくほどなからん世は、かやうにて宿も定めず、海《あ》士《ま》の子などのやうにてもあれかし。つひの住みかと、いづくを思ふべきにてもあらず。なかなかならむあたりに、ことうるはしうとりこめられん心地よ。またさらずともおほかたあながちならざらむことは、人のためよしなう、見る目あまたになるとても、さまことなる心づくしは、いま一《ひと》入《しほ》の色こそまさらめ」など、ありし忍ぶの通ひ路みつけられにし後より、いとどはかなきこともむつかしう、こりぬる心地し給うけり。

りに池、山、木立ちの広く風雅な院のご所領があるのを、この一、二年並々ならず造営なさって、時々のお休み所にとお定めになり、「どんなに貧しい家からでもいいから、お気に入りの人がいたら何人でも集めて住まわせてお置きなさい」などとまで后[15]は申し上げられるけれど、そこにお休みになることとさえまったくない。

中将は院や宮中を行ったり来たりなさりながら、一条院では大将[3]と一緒の遊びや冗談事や何やらに暇がないお気持ちで、「まあいい、いつまでも生きる世ではあるまいに、こうして住まいも定めず『海士（漁師）の子』のように気楽でありたいものだ。終の棲家として、正妻を決めようとは思わない。格の高い家の人と結婚でもしたら、かえってかた苦しく束縛されそうな気持ちがするよ。またそうでなくても、こちらが夢中になれない場合は、相手の人にも気の毒だし、逢う相手が増えるとしても、大切なあの方（女宮[1]）への物思いはいっそうまさるというものだろう」など、この前、帥の宮の君[27]の所に忍ぶ通い路を大将に見つけられてからは、いよいよちょっとした逢瀬も面倒で懲り懲りだ、という気持ちがなさるのであった。

〔三六〕第三年。大将[3]は内大臣、中将[2]は権大納言に

この御後見《うしろみ》には、故女一宮の*御母女御の御せうとの、大納言にて失せ給ひにし人の子、左大弁宰相なるぞ何ごとにもつかうまつる。男女、子どもあまた持ちて、さまざま宮仕はせける。*故右大臣《おとど》は、入道大臣《おとど》のとりわきたりし御心ざしにて、何ごとも*多くは聞こえつけ給ひにし御あとと言ひつつ、宮の御方ざま、院の御ことなどはさらなる御ことにて、昔、女御などいみじうあたり広くものし給ひければ、方々《かたがた》何ごとにつけてもゆゆしき御勢《いきほひ》なり。

年返りて、右大臣にておはしける人失せ給ひて、大将殿内大臣にならせ給ひぬれば、中納言は権大納言とぞ聞こゆる。

〔三七〕内大臣[3]は若君[21]を慈み父関白[13]に孝養をつくす

一条の院には、若君の年まさり給へるうつくしさ、やうやうとりたちなどし給ひつつ、内大臣《おとど》にのみあまりつききこえ給うて、院や大臣《おとど》などの御前《おまへ》にても、まづ見つけ奉らせ給ひては、御手をさし上げて抱《いだ》かれんとし給ふを、さすが内々《うちうち》にてこそあれ、さやうなる折は、つつましげに思しながら、

〔三六〕　中将[2]のご後見役としては、母君故女一宮[17]の御母、祖母君貞観殿女御[18]の御兄弟で、大納言[32]でお亡くなりになった方の子、左大弁宰相[33]である方が、万事につけてお世話をしている。その人は男女の子供をたくさん持っていて、さまざまなところで宮仕えをさせているのだった。御財産に関して言えば、父君故右大臣[19]は祖父君入道関白[20]の特別のご意向で、何事につけても多くお残しになったご遺産といったものがあり、亡き母君女一宮[17]の御財産、母方の御祖父院[9]のご贈与などはもちろんのこと、昔、貞観殿女御などはとてもご一族が多かったので、いろいろな方面で何事につけても中将のご権勢は並ぶものがないほどである。

年が改まって、右大臣[38]でいらっしゃった方がお亡くなりになり、大将[3]は権大納言から内大臣に昇進なさったので、中納言[2]は権大納言にお進みになった。

〔三七〕　一条院では若君[21]が新年を迎えて二歳になられたかわいらしさといったら、やっとつかまり立ちなどなさるころで、父君内大臣[3]にばかりおなつきになって、院[9]や関白[13]などの御前でも内大臣をまずお見つけ申し上げになると、御手を上にあげて抱いてほしいという仕草をなさるのを、いくら内輪であってもそんな時は内大臣もきまりが悪くて困惑されるが、また逃げるわけにもいかないといったそのご様子には、どなたもお笑いになる。一品宮[1]はこうした御間柄をと

またよきがたげなる御気色を誰も笑はせ給ひけり。一品宮は、つきせず憂く恥づかしきことに思されて、ことさらよそのもののやうに思ひきこえさせ給へれど、たぐひも知らぬ御顔つきのうつくしさ、ただ世の常なるをだに、ちごをばをかしきことに思されたりし御心なれば、まことには見ま憂しと思さるべきならず。

内大臣《うちのおとど》は、年月の重なるに添へては、限りなき御心ざしの、いとどにほひを増すやうに、昨日《きのふ》には今日《けふ》は色を添《そ》ふる、見てもあかずさに、かかるうつくしき人さし添《そ》ひ給へれば、ましてつゆの御暇《いとま》あるべうもなう、おぼろけならではいづくへも参り給ふこともなきに、ただ大臣《おとど》の御もとばかりへぞ、*わりなき御心地を念じつつも、待たれぬほどにはおはして見きこえ給ふ、いかがはよろしう待ち奉り給はん。

(関白)「へだてあるとは思はねど、言へばかたじけなき身の、*かばかり暇《いとま》なげなる心地に、かやうにおぼつかなき日《ひ》数《かず》をへだてじと思《おぼ》いたるよ。なべての人ならば、すぐれいみじからむにつけても、昔《むかし》のあはれをかけ、これは憂き身の契

てもつらく恥ずかしいこととお考えになって、わざと他人事のようにお思い申し上げになるが、若君の例のないほどのお顔つきのかわいらしさは、ただ世間並みであってさえ幼な子はかわいいと思っていらっしゃるお心なので、本当は見るのがつらいなどとはお思いになるはずがない。

内大臣は、年月が重なるに従って、一品宮に対する限りない愛情がいよいよ魅力を増し、昨日に比べて今日は色を添える、といった見ても飽かぬ思いに加えて、こうしたかわいい若君までお生まれになったので、まして少しの間も一条院をお離れになることはなく、よほどのことでもない限りどこへも参上なさることもないが、ただ義理の父君関白[13]の御もとだけは、どうしようもなく宮から離れたくないお気持ちを我慢して、待ち遠しいとお思いにならぬ程度には参上なさってお目にかかりお話をなさったりするので、父関白も心からお待ち申し上げていらっしゃる。

父殿は「実の親子ではないという隔たりがあるとは思わないけれど、言ってみれば恐れ多い帝の血筋を受けた身で、あれほど一品宮から離れ難いお気持ちなのに、このように間を隔てずに訪れようとお思いの嬉しさよ。普通なら、昇進してりっぱになるに従って、昔のことを思うにせよ、これは情けない宿命だ、などと思って、義理の父の私を冷たくあしらうはずなのに、このように露ほどの隔てもない、とお思いなのがいとおしい」と言っていつもお泣きになる、と漏れ聞いていらっしゃるその父殿のお心に対しては、いよいよ心を打た

りを、などやうに思ひつつ、我をばすさまじげにもてなしてぞあらんを、さもこそはつゆのへだてありげも思《おぼ》さぬことのかなしき」とて、常は*うちしほたれ給ふをもり聞き給ふ御ぬしの御心地も、いよいよあはれのみまさりつつ、例《れい》の参り給へるに、見てもあかずげに、御物語何よかよと聞《き》こえ給ふほどに、少しほどふれば、しづ心なくてたち給ふをも、また思ふさまげに思《おぼ》しつつ、（関白）宍「恋ひ恋ひてまれにあふ夜なりとも、少しとざまなることもまじらましかば、いかにかたはらいたからまし」とて、うち笑《ゑ》みてぞ見送《おく》りきこえ給ふ。

〔三八〕内大臣3、一品宮1のもとに帝4の御文を見出す

これも一条院よりも二町《まち》ばかりの下《しも》、おなじ堀川《ほりかは》なれば、いみじう近うて、道のほどのたえ間《ま》だにすくなう、君はいと疾《と》*う帰り給ふに、女宮は、御手習《てなら》ひし給ひつつ添《そ》ひ臥《ふ》させ給へるが、御覧じつけて、御硯《すずり》の下《した》へ押《お》し入れ給ふを、（内大臣）「かやうのことまでもなど。さればうちとけず思《おぼ》さるるな。さもつきせず見まほしきものに思《おぼ》されたるものかな」とて見奉り給へば、いたううつくしき御まみのわたりのぬれたるは、

れて、今日も、いつものように参上なさると、父君はいくら見ても飽きないといったふうに御物語を何やかやと申し上げておられるうちに少し時間が経つので、内大臣は落ち着かずに席をお立ちになると、父君はそれをも申し分のないこととお思いになって、「恋しい人がいて、今夜がその人に稀に逢う夜であるとしても、あなたにもし一品宮以外の人がいるとしたら、私はどんなに気にすることか」と言ってほほ笑んでお見送り申し上げになる。

〔三八〕　父君13の関白邸も、一条院から二町ほど南、同じ堀川通りなので極めて近く、道の隔てもわずかなので、内大臣3はとても早くお帰りになると、一品宮1はものに寄りかかって御手習いをなさっておいでで、内大臣をお目に留められた途端に、何かを御硯の下へ押し込まれるので、「そんなことまでどうしてなさるのか。どうもうちとけてはくださらないのだな。相変わらず私にあいたくないとお思いなのですね」と言って女宮に目をお向け申し上げられると、たいへんかわいらしい御目のあたりが濡れているのは、泣いておいでだったのかと思われるので、この御手習いがいっそう見たく

泣かせ給うけるにやと覚ゆるに、この御手習ひいとどゆかしうなりて取りて見給へば、内裏《うち》よりの御文なりけり。

(帝)「つきせぬいぶせさ」など書かせ給ひて、

(帝)六七「思ひきや雲居《くもゐ》に月の影たえて霞《かすみ》の遠方《をち》をながむべしとは

さりとても、なにかあながちに思したえたる」

などあるかたはらに、黒う書きけがされたるを、しひて見給へば、

(一品宮)六八「涙のみ霞の遠方《をち》にふりまがひ光も見えず夜半《よは》の月かげ

嘆きわび憂かりし夢のうちにだに消えなばかかるものは思はじ

六九 かくても経《へ》ぬる」

など書かれたるをうち見給ふ。さらにものものたまはず。

〔三九〕内大臣[3]、自分をうとむのかと一品宮[1]をうらむ

涙をさへほろほろとこぼし給うつつ、(内大臣)「今はかばかり浅はかならず、またおほかたに許《ゆる》しなき御ことにてもあらねば、さばかりの御思ひまでは思はざりけるこそをこがましけれ。かやうに、またたえずおどろかし奉り給ふにいとど御心の

なって取ってご覧になると、それは兄君の帝[4]からのお手紙であった。「相変わらず気がふさいで」などお書きになって、

「思いもかけないことでした。宮中には月影（あなたの姿）が見えなくなって、霞んだ遠くのほうを眺めることになろうとは。

それにしても、どうして長い間、宮中へのご訪問がないのですか」

など書いてある傍らに、黒く書き汚してある女宮の筆跡を、無理にご覧になると、

「涙だけが、霞のかかった遠くにふりそそいで紛れてしまうので、夜半の月の光も見えないのです。

あの嘆き苦しんだつらい夢（内大臣との出逢い）の中で消えてしまっていたら、今こうした物思いはしないですんだはずですのに。

『かくてもへぬる（こうしても生きつづけております）』」

など書いてあるのをご覧になる。内大臣は驚きのあまりまったく声もお立てになれない。

〔三九〕 内大臣[3]は涙をほろほろとこぼされながら、「今は、これほどあなたの私に対するお気持ちは浅くはないし、また、だいたい、許されない結婚でもないのですから、それほど情けないお気持ちであるとまでは思っていなかったのが迂闊でした。帝[4]がこうして、またいつもお手紙をお届けになるからあなたはいよいよ動揺なさるのですよ。まったく例のない

動くぞかし。たぐひなからんことのやうに、あながちに『霞の遠方《をち》』と思しおとさるべしとも思はず。遠きことかは、左の大臣《おとど》の上も、院と一つ御腹の后腹《きさいばら》とかや。また権大納言御母《はは》、故女一宮の御ことよ、后腹ならずとても、さばかりの御代のはじめ、なのめならずこそかしづききこえ給うけれ。それに何のむくいに、御ことはさまで心憂かるべきぞ。我が身なればにや。その人々よりなどか思ひあがらざらむと思へど、げにも当時《たうじ》の有様、さるべきにあらずかし」とてさすがうち笑ひ給ひつつ、(内大臣)「よろづはさることにて、まことにそのままに消えても消ゆる御身なりとは、誰とてもとまるべきことならばこそ。流れひるまの潮《しほ》[七〇]どけさに、見るめの浦によるを待ちわびてだにこそ、藻[七一]《も》塩《しほ》のけぶりにたぐひてむなしき空にも消えぬべかりしか」とて、

(内大臣)「いとふともこの世のみかはわたり川後《のち》の逢《あ》ふ瀬《せ》はたえじとぞ思ふ

これさへげにいかにつらく思さるらん。この御心の末《すゑ》にてつひにいとひ捨てられ奉ることもあらば生[七二]《い》けらんものかと、今御覧ぜさせ給へ」。げに恨めしう腹立たしき。

ことのように私のもとへのご降嫁を無理に『霞の遠方（霞の隔てる遠い所）』とお見下しになるのも合点が行きません。遠いはずがあるものですか。左大臣[5]の北の方[39]も、院[9]と同じ御腹の后からお生まれになったとか。また、権大納言[2]の御母君、故女一宮[17]の御ことですが、后腹ではないとしても帝の御代の初めに並々ならず大切にお扱い申し上げられたということです。それなのに何の報いで、この結婚がそれほどつらいとお考えなのですか。相手が私だからでしょうか。今挙げた人たちより、どうして私が上だと自負していけないことはあろうか、と思うのですが、当時の官位からすればそうでもないでしょうね」と言って、さすがにお笑いになりながら「それはいいとして、本当に、あなたのお歌に、そのまま消え失せてしまう御身、とおっしゃるのは、私も生き止《とど》まっていればこそ、のことです。あなたが消えて私が生きているはずはありません。『流れひるまのしほどけさ』に『みるめの浦によるを待ち』わびて、藻塩の煙とともにむなしい空にも消えてしまったはずですから」と言って、

「私をお嫌いになっても夫婦の間柄はこの世だけというわけではありません。三途の川を渡ってからのちのあの世のご縁は切れないと存じます。

この切れぬご縁さえも本当に、どんなにつらくお思いでしょう。そのお気持ちの成り行きとして、ついに私をきらってお捨てになることでもあれば、私が生きているかどうか、どうぞご覧になってください」。本心から恨めしく腹立たしい。

さらに涙を払ひかね給ひつつのたまひ続くるに、(一品宮)「見せ奉らじと思ひつるものを」といとわびしう思されて、

(一品宮)「とにかくにたえぬ契りは憂《う》からねどありしに変はる身をぞ恨むる

さまで思ひ入りたることもなきものを心深《ぶか》げにも」とてうち背《そむ》かせ給ひぬる御気色のらうたさに怨《ゑん》じもはてられ給はず。

[四]内大臣[3]、宮中を恋う宮[1]の気持ちをうけ入れる

忍びやかにうち誦《ずん》じ給ひつつ、(内大臣)「さても、『ありしに変はる』とは、ただ内裏《うち》にも候はせ給はぬことか。院にはおぼつかなからぬほどに渡らせ給ふめり。なべての御子《みこ》たちも、父《ちち》帝《みかど》の御位など過ぎぬれば、さまで内裏住《うちず》みなどすることや侍る。げにかれにもまたけしからぬまで恋しげに思ひきこえさせ給へり。まろは、中宮などもただおほかたのおろかならぬにて、さこそ*思ひきこえね。かれもまた内々《うちうち》には候はずとも、添《そ》ひてゐんとものたまはず。今よりは恨みきこえん」など言ひゐ給へば、(女宮)「今は、のたまひやみたらばいかにうれしからむ」とまことにむつかしう思されけるまま

内大臣が更に、涙を払うことがおできにならずに言い募られるので、「あの手紙はお見せ申し上げたくないと思ったのに」と、女宮はたいへんやりきれぬお気持ちがなさって、

「あれやこれや夫婦の切れないご縁がつらいのではないのですけれど、今までとは変わってしまった我が身が恨めしいのです。

それほど深刻なことではないのに、まるで私が夫婦の間柄を深く思い込んでいるかのようにおとりになって」と言って、顔をお背けになってしまうご様子のかわいらしさに、内大臣はそれ以上執拗に恨むこともおできにならない。

[四]　内大臣[3]は女宮[1]の歌を低く吟じながら、「さても、お歌で『ありしに変はる（昔とは変わる）』とおっしゃるのは、ただあなたが以前のまま宮中にはおいでにならないという変化のことですか。院[9]には、不安にお思いにならぬ程度にご訪問なさるようですね。皇子や皇女方も、父君が帝の御位を退いてしまわれると、それ以上内裏に住むことがおありでしょうか。本当に兄君の帝[4]もまた、けしからぬほどあなたを恋しいとお思い申し上げていらっしゃる。わたしは、妹の中宮[14]などにもただ、並みの親しさがあるだけで、それほど恋しいとお思い申し上げているわけではない。中宮もまた、私がいなくても、宮中に一緒にお住まいなさい、ともおっしゃらない。これからは中宮をお恨み申し上げることにしましょうか」など言って座っていらっしゃるので、「今はもう、これ以上おっしゃらないでくださったらどんなに嬉しいでし

に、御顔もいとあかうなりてはかなげにのたまひ出でたるは、まことに聞こえつらんも心苦しうくやしくなりて、なごりなううち笑まれ給ひつつ、(内大臣)「これより後《のち》に、かやうなる御手習《てなら》ひなどだに侍らずは今は聞こえ侍らじ。さやうなることはいと品《しな》おくれたることになん。さて、かう聞こゆるもかつはなめげに侍る」と聞こえ給へば、さすがげにと思さるるにや、聞き入りたる御気色にてものも仰せられず。

　をかしと思して、(内大臣)「今はいとねぶたし」と誘《さそ》ひきこえ給へば、おきあがりていとやはらかなるものから、御帳に入らせ給ふ。なほおぼつかなしとにや、先には*入り給はで御後ろをまぼらへきこえ給へれば、紅梅のうすくにほひたる御衣《おんぞ》、数《かず》わかぬほどなるに、柳の織物のなよやかなるひき重ねられたる、まことに[七三]鶯《うぐひす》の羽風《はかぜ》もあやふげに心苦しげなる御後ろ手、間《ま》なうかからせ給へる御ぐしはかげもうつるばかりにて、夜目《よめ》にはいとどかかやく心地するに、細き額《ひたひ》の御ぐしのたもとのほどよりおくれず、裾に引かれて重げに見えたるなど、筆の心ばへ及ばずとも、絵に描き似せても人に見せまほしき御さまを、さすが今はうちとけ我《わ》がも

ょう」と、本当にいやだとお思いになって、お顔をすっかり赤らめてはかなげに口になさるご様子は、まことに、こんないやみを申し上げてしまったのがお気の毒で悔やまれて、恨みの影もなく笑顔になられ、「これからは、こんな御手習いなどさえなければもう何も申し上げますまい。あれはとても品のないことですから。まあこう申し上げるのも、失礼というものですけれど」と申し上げられると、さすがにその通りとお思いなのか、じっと聞いておいでの面持ちで、ものも仰せにならない。

　内大臣は女宮のお心の動きをおもしろくお思いになって、「もう、いかがですか。とても眠い」とお誘い申し上げられると、起き上がってとてもゆっくりとした動きではあるものの御帳にお入りになる。やはり気掛かりだからなのか、先にはお立ちにならずに、あとから入られ女宮の後ろ姿に目をお当て申し上げられると、紅梅の薄く匂っている御衣を数も知れぬほど召して、柳の織物の柔らかな表着を重ねていらっしゃる風情は、本当に鶯の羽の風にも耐えられそうにもなく、心が痛むほどの御姿で、豊かに掛かっている御髪は影も映るほどであり、夜目にはいよいよ輝きを増す気がして、細い額の御髪が、袂の長さに劣らず裾に引かれて重そうに見えているのなどは、筆の力では及ばないとしても、絵に描いて似せてでも人に見せたいほどのご様子を、さすが今はうちとけて自分の妻として見申し上げる宿世は、本当にこの世は言うまでもなく、仏になること以上に優れたものだとお思いになる。

のに見《み》きこゆる宿世は、げにこの世は言はじ、仏になりても何にかはせむと思ひ給ふ。さらにはかなきほどのことどもあやふくいかならむとおそろしきまで覚え給ふなりけり。

[四二]春の末、帥宮の姫君27、宮の君として宮1に出仕

まことや、かの帥の宮の姫君は、御乳母《めのと》なりし何《なに》の守《かみ》とかやさへこの春頃失《う》せにければ、いとどたづきも知らず寄る方《かた》もなうなり給ひつつ、[五四]ながめふるや軒のしのぶのみいと所得《ところえ》顔《がほ》に心苦しき御住まひを、もとよりさやうに埋《うづ》もれ果てにし古宮ばらの御さまには違《たが》ひ給ひつればこそ、思ひかけぬ何のゆかりとかや、物見《ものみ》などにことづけて時々中宮へ参り給うてさまざまのふるまひさへありけめ、人ざまのやむごとなければ、中宮へ参り、（中宮）「同じう」など仰せられけるを、みづからはいとあらまほしきことにも思ひたれど、乳母のありしほどは時々渡り参り給ふをだに人はさやうにや思ひきこゆらんと、心やましさにこそ（乳母）「何かはあながちに」とたびたび聞こえさせしに、まして（乳母）「あな心憂《こころう》」と聞こえければ、さすがえしも振り離れ給はざりけるを、それさへ失《う》せにし後《のち》、御本意《ほい》に違《たが》はず中宮へこそ参らんと思しけれど、

なおさら女宮の些細な点に対しても心配が募って、いったいどうなることかと恐ろしいほどにお感じになるのであった。

[四二]　さてそう言えば、あの帥の宮の姫君27は、御乳母であった某国守とかの妻までがこの春ごろ亡くなってしまったので、いよいよ頼るつてもなく、寄る辺もなくおなりになって、物思いに耽っている古い屋敷の軒の忍ぶ草だけが所得顔に繁るといった気の毒なご境遇であったが、もともとそんなふうに埋もれ果ててしまった古宮方のありようとは異なっておいでで、思いがけない何かのご縁なのか、物見などにかこつけて時々中宮14へお伺いになって、さまざまな目立った行動もあったらしい。身分が卑しくないということで、中宮へ参上した折に、「同じことなら仕えては」など中宮も仰せになるのを、ご本人はぜひそうしたいと思ったのだが、乳母が生きていたころは、時々参上なさるのをさえ、世間の人は宮仕えというふうにお思い申し上げているだろうと、不愉快で「どうして無理に参上することがありましょう」と乳母は何度も申し上げたものだから、まして宮仕えに関しては、「高貴なご身分の方なのに、まあ情けないこと」と申し上げたので、乳母の意向をさすがに無視するわけには行かなかった。その乳母さえ亡くなった後は、もともとの希望通り、中宮にお仕えしようとお思いになったけれど、あの、ご訪問のあった二人の男君——内大臣3と権大納言2——の御ことも、も

かのいづ方の御ことも、いま少しおぼつかなからずこそはと思しつつ、大宮の御方ざまのゆかりを求めて、一品宮に参らむと申し給ふに、内々《うちうち》の御心がらなどは知らせ給はず、わざともあらまほしき人のほどにこそと、かひがひしく仰せられて、春の末つ方、一条の院に参らせ奉らせ給うてけり。宮の君とぞ聞こゆめる。東《ひんがし》の対・廊・渡殿かけて、なのめならずかしづききこえ給へり。心苦しかりぬべき人ざまなれば、なべての列《つら》にやは、御対面《たいめむ》などいと疾かりければ、一品宮の御さま見奉り給ふにぞなごりなくつらき人の御こともことわりに、今はいとど罪なう覚え給ひつつ、一《ひと》筋《すじ》に、「あが君あが君」と仰《あふ》ぎ奉り給ふ御心のほどかへりてあらまほしうびびし[五五]かりける。

[四三]夏、内大臣3、女宮1承知の上で宮の君27に逢う

大将も、さは思ひしかどなほありがたき人の心かなとうちうなづかれ給ひつつ、夢[五六]の浮橋とだえにし御仲の、かたみに波[五七]越す末は何とだに思さぬを、例の面《おも》なき御心のめづらしさはたびたびおどろかしきこえ給ふには、誰とてもこのこと放《はな》てれば、わきてこれをとあき果てにしにもあらぬに、愛《あい》

う少しはっきりさせたいというお気持ちがあり、大宮15の御方の縁故を辿って、一品宮1にお仕えしたいとおっしゃると、この姫君の本当のご性格などはご存じなくて、わざわざこちらから声を掛けたいほどの身分だからと一品宮のほうではすっかりその気におなりになって、春の末ごろ、一条院に宮仕えをおさせ申し上げになったのだった。宮の君と申し上げるらしい。東の対、廊、渡殿までの一帯を自由にお使わせになって、一通りではなく大切にお世話し申し上げていらっしゃる。宮仕えをするのはお気の毒な身分の方なので、普通並みのお扱いであるはずがなく、直接対面を許されるのも非常に早かったので、一品宮の類まれなご様子を拝見なさると、ご夫君である内大臣の自分に対する冷淡な態度も当然であり、いよいよ内大臣の罪ではないと思われて、今は一途に一品宮を「我が君様、我が君様」と仰ぎ奉っておいでのお気持ちは、かえって好ましく似つかわしいのであった。

[四三]　一方、大将＝内大臣3も、そうは思っていたが、やはりめったにないほどわかりが速い宮の君27の心だなと充分に納得して、もう夢の浮橋は途絶えてしまったお二人の仲であるから、お互いに波を越えようとはいささかなりともお思いではないが、例によってめずらしいほどの臆面もないお心から宮の君はたびたびお誘い申し上げると、誰でもこの一品宮1のことを別とすれば、特別にこの宮の君に飽き果てたというわけでもなく、愛敬があって風情のある艶めかしさは以

敬《ぎやう》づきをかしき気色の艶《えん》なることは、いま一入《ひとしほ》まさりつつ、さすがに目に見ゆるほどは進みざまに聞こえ給ふに、もとよりかやうの方は少しもてをさめ給はぬ御心にて、気色見まほしきことさへあれば、もとより女宮は知らせ給へることにて、忍びて暇《いとま》聞こえつつ立ち寄り*給へるをおろかにうれしと思されんやは。

いとどいかにして夢ばかりも立ちどまり給ふ方ともなさばやと、消えかへり染み深うもてなし給へる用意、気色、昔よりはけに見所まさりて、なべての人の心地にはなどか見まほしうもなからむと覚え給ふ。されどいと*ことなしびなることのみまさりて、

(内大臣)三六「立ち返り見てもあはれのいかならむ人は変はらぬ心なりせば

ひがごとにや。さる例《ためし》なほ我が身のことわりは過ぎてこそ覚え侍れ。さればいつよりのことにか」とて、ありし夜《よ》のことなど語り給うつつ、わざと思ひ立ちて、空《むな》しう帰りしなどやうに、いつはり多《おほ》う聞こえ給ふに、死ぬばかり心憂しともなのめならぬをばさることにて、(宮の君)「さは忘れず立ち

前よりまさって、宮の君のほうでもさすがに目に見えるほどはっきりと積極的にお誘いになるので、内大臣はもともとこうした色めいたことがお好きなお心であるから、逢いたい気持ちがないわけではなく、もとより女一宮はご承知の上で、宮にご挨拶をなさってからこっそりとお立ち寄りになるのを、宮の君は並一通りの嬉しさとお思いになるはずはあろうか。

いよいよ、どうにかして夢ばかりでも立ちどまってくださる所ともしたいものだと、息も絶えんばかりに恋に打ち込んでおふるまいになる宮の君の心遣い、有様は、以前よりはもっと見所があり、普通の人の心であれば、どうして逢いたくないことはあり得ようか、とお思いになる。しかし内大臣にとっては、女宮に比べればたいしたことはなく平凡だと思う心ばかりがまさって、

「立ち戻って再び逢った時の感動はどれほどでしょう。もしその人が私を裏切らずに変わらぬ心を持っていたとすれば。

これは間違いではないでしょう。例のことはやはり私のほうが当を得ていると思いますよ。さていったい、大納言[2]との間柄はいつからのことなのか」と言って、先夜大納言とかち合ってしまったことなどをお話しになりながら、あの時はわざわざ思い立って訪れたのに空しく帰った、というようなでまかせを語られると、死にそうなほどつらいけれど、並々ではないご訪問のお志は嬉しくて、「それで、今、私を忘れずに立ち寄ってくださったのだ」とお思いになると、涙がまず

寄り給ひけるこそ」と思すにぞ涙はさきだち給ふ。

（宮の君）「いつとてもつらき契りのうきならで何とか変はる心だにあらむ

さらばうれしくもありなむかし」と、つれなげに言ひなし給へるも、若びてにくからねど、ただこのことばかりをかしきさまにのたまふに、*短き夜半《よは》の臥《ふ》すほどなさを、夕べをかけて出でにし月の西にだに傾《かたぶ》かぬさきに出で給ひぬる御なごりいとなかなかなりけり。

〔四三〕盛夏、内大臣3と宮1が寛ぐ所に大納言2来訪

あながちに心恥づかしからぬ人ざましもなかなかつつましう思されて、一品宮は何となきさまにて、昼などはあながちにさやかに向かひ給ふこともなけれど、こなたには、年頃むつまじう仕うまつり馴れたる人よりもけにさし進み参り給ひて、二所《ふたところ》うち乱れておはします御中にもまじろひて、さまざまにくからず聞こえかかり給へば、さる方なる人のをかしき御遊びがたきと思されて、ことさらうらもなき御気色などのなつかしげさ、いかならむ仇《あた》なりとも泣きぬべうぞ見えさせ給ふや。

溢れていらっしゃる。

「いつでも冷たいあなた様との契りが、つらくないのであればどうして私の心が変わることがございましょうか。そうすれば嬉しゅうございましょうのに」と、何でもないふうに言いなしておいでなのも、若々しくて悪くはないが、内大臣はあの夜のことばかりをおもしろくお話しになるうちに、短い夏の夜は臥す暇もないほど早く明けて、夕方さし出た月が西に傾かぬ前にもうお出ましになってしまうその名残惜しさは、かえってつらいのであった。

〔四三〕　宮の君27の人柄はそれほど気の置けるものではないのが、かえって憚られるふうにお思いになって、一品宮1は、何気なくあっさりとお扱いになり、昼間などはむやみに向かい合われることもないけれど、宮の君のほうではこちらの宮の傍らには長年親しくお仕えし慣れている人よりももっと進んで入り込まれて、ご夫婦が寛いでおいでの中に混じって、いろいろ無邪気に話し掛けられるので、女宮もこういう闊達な性格の人ということで、たわいない遊び友達とお思いになる、ことさら無心な女宮の親しみ深いお姿は、どんな仇敵であろうとも感涙を流しそうにお見えになることだ。

非常に暑い昼間のこと、本当に扇の風もぬるいという気がして、若い女房たちは、氷よ水よ、何やかやと、お行儀が悪いほど、裳、唐衣なども脱ぎはずして、部屋の片方にみな休

いみじう暑き昼つ方、まことに扇の風もぬるき心地して、若き人々は氷水《ひみづ》よ何よかよとけしからぬまで裳・唐衣なども*脱ぎすべして、片つ方に皆うちやすみたれば、御前《おまへ》もいと人も候はず、ただ二所おはしますに、例の宮の君参り給へれば、碁盤《ごばん》召して御碁など打たせ給ふに、大臣《おとど》は見証《けんぞ》し給ひつつ、何とやらん石とりかくし何かといづ方の御ためもよからぬことのみし給ふを、*宮の君は折れかへり笑ひこぼれ給ふに、権大納言さへ渡り給へる、御心の内ぞいみじう置き所なきや。

碁もはや打ちさし給うつつ、扇にまとはれてゐ給ひつるを、まことに心恥づかしげなる後目《しりめ》にかけてうち見やり給へば、白き薄物の単衣襲《ひとへがさね》に髪は少し色なるが翡翠《ひすい》だちてはらはらとこぼれかかりたる裾は*秋の野の心地していと長う見ゆ。分《わ》け目《め》髪《かむ》ざしなどことさらうつくしげにて、ふり散らしはなやかにそば向き給ふを、内大臣《うちのおとど》さし寄り給ひて、(内大臣)「な、その御扇の風をばひきこめて。暑かはしげさぞ」とて取り給ひぬるに、いと御面《おもて》も色そひてうち赤み給へる御顔のにほひ、愛敬、まみのわらかに細《ほそ》く見えたるほど

んでいるので、御前には誰も伺候しておらず、ただご夫婦だけおいでになる時に、いつものように宮の君が参上なさったので、碁盤をお召しになって女性二人で御碁などをお打ちになると、内大臣は審判役をおつとめになりながら、戯れに何やら碁石を取り隠すなど、どちらにもためにならぬことばかりなさるので、宮の君は体を二つに折ってふざけてお笑いになるその時、まさに、権大納言[2]がお越しになったので、宮の君は恥ずかしくて身の置き所がない気持ちがなさるというものだ。

碁も、もう途中で打ちやめておしまいになって、扇の陰に顔を隠して座っておいでの宮の君を、権大納言が本当に見る人が引け目を感じるほどの流し目でご覧になると、宮の君は白い薄物の単衣襲を着て、髪は少し艶があり翡翠色めいていて、はらはらとこぼれかかっている裾は、秋の野の風情に打ち乱れてたいへんに長く見える。分け目や髪の具合などはことさらにかわいらしく、その髪を振るようにして、ぱっとはなやかに横をお向きになるのを、内大臣が近くにさし寄られて、「どうして、扇の風を止めるのか、暑いでしょうに」と言って扇をお取りになってしまうと、いよいよ肌の色がうっすらと赤くなっていらっしゃるお顔の色艶、愛敬、目もとがにこやかで細く見えているのもいかにも悪くない。顔つき、額の具合などは（物の本たいにくうや――文意不詳）、かわいいことと言ってもよい。だいたいが宮の姫君という身分にふさわしい高貴で洗練された所はお見えにならぬものの、総

もいとにくからず。*面やう、額《ひたひ》つきなどぞものの*本たいにくうや、うつくしきことと言ひつべき。おほかたの身のほどに合ひてあてにらうらうじき所こそ見え給はね、なべてにはをかしう、見まほしからずしもなけれど、さばかりの御前《まへ》にては土などの心地ぞし給ふ。(内大臣)「一際のけぢめこそありと言へば、あながちにこよなかるべきほどかは」と見くらべきこえ給ふ心地ぞ*たとしへなしと言ふもおろかなりや。二藍の薄物の御単衣《ひとへ》ばかりを奉りていまだありつるまま碁盤によりかからせ給うつつ、隙《ひま》なき御ぐしもあつしさにや少し片方《かたかた》へなびきかかりたるに、隠れなき御身なりの雪をすかしたらむよりもにほはしく透《す》き通《とほ》り心苦しげにて、ひき結《ゆ》はれたる御袴の腰つきなどまでいかに言ひ立つべしともなくたぐひも知らぬ御さまなり。

〔四〕内大臣[3]、大納言[2]、宮の君[27]、氷に興じる

御乳母の按察使《あぜち》の大納言の女《むすめ》、大納言の君といふ人、宮の君に氷《ひ》を割りて、(大納言君)「これや御覧ぜさせ給へ」とて几帳のそばよりさし出でたれば、(宮の君)「身ひとつに秋の来にけるにや、今日などは風さへ身にしむ心地こそすれ。これは御前に御覧じ

じて魅力的であり、逢ってみたくないわけではないけれど、あれほどの一品宮の御前では、まるで土くれ程度に感じられる。「帝の御むすめと宮の御むすめ、といった差があるとは言え、そんなに格段の違いがあるとも思えないのに」と卓絶した一品宮の美しさとお見比べになる気持ちは喩えようもないと言ってもまだ言い足りない。一品宮は二藍の薄物の単衣くらいをお召しになり、まだそのままになっている碁盤に寄り掛かっておいでで、豊かな御髪も暑いせいか少し片方に靡き掛かっているので、隠れもないお身体が、まるで雪を透かすよりもほんのり匂うように透き通っていじらしく、引き結んである御袴の腰付きなどまで、いったいどう形容したらいいかわからないほど類のないお美しさである。

〔四〕 按察使大納言の妻である一品宮[1]の御乳母ⓐのむすめで大納言君ⓑという女房が、宮の君[27]に氷を割って、「これをまあ、ご覧あそばせ」と言って几帳の脇からさし出したところ、「我が身一人が飽きられたのか、秋が来て、今日などは風までが身に染みる気持ちがします。これは一品宮の御前にお目にかけなさい」と言ってお置きになったので、内大

させよ」とてうち置き給ふに、内大臣《うちのおとど》、(一)「かたへ涼しき風を待つ間《ま》の心もとなさに、(二)さばかり照る日のかげにも障らず、御身にさへしみわたるらんこそ羨《うらやま》しながら、また羨しからね」とて笑ひ給へば、大納言も「むつかしの一方《ひとかた》ならずさや」とてほほ笑みつつおはするに、何となうあまりはなやかなる気色を我恥づかしげに思されて、御顔は赤みぬるものからさすがにうち笑ませ給ひつる御にほひはよそまでうつる心地するに、よき御あはひかなと見ゆる大臣《おとど》の御さまぞめづらかなるや。これも薄物の丁子《ちやうじ》にそそきたる単衣《ひとへ》、うつるばかりなる紅《くれなゐ》の袴に、直衣はただ今着給へればしどけなげなるに、くもりもなう透きたる身なり腰つき*などのうつくしげさ、(大納言)「何ごとにつけても偽《いつは》りにや人は同じほどにのみ言ひたつめるをこよなかりける身の宿世かな。いかにもさばかりのたぐひこの世の内にはあるべくもこそ慰《なぐさ》むほどのことだにあらめ」と思し続くるもいみじうものあはれなりけり。

臣[3]は、「片側だけが涼しいという秋風を待つ間のじれったさを私は感じているのに、あんなに照りつける日光にも影響を受けず、あなたの御身には秋風が染みわたるとか、羨ましいような、羨ましくないような」と言ってお笑いになると、大納言[2]も、「面倒だな、どちらかいっぽうとはいかないしね」と言って苦笑いをしていらっしゃるので、何となくあまり花やか過ぎる雰囲気を一品宮は恥ずかしくお思いになって、お顔は赤くはなるものの、さすがにほほ笑んでおいでの美しい色つやは、よそまでうつって来そうな気がして、お似合いのご夫婦だなと見える内大臣のご様子はまたすばらしい。内大臣も薄物の丁子から染めつけた単衣、映るほど鮮やかな紅の袴に、直衣は今お召しになったので、無造作な感じで、曇りもなくすっきりと透いた着こなしや、腰つきなどの美しさに、大納言は「何事に関しても、嘘かまことか、世間では内大臣と自分とを同じ程度と噂しているらしいが、内大臣のほうが格段にまさった宿世だと見るべきだな。いかにも、これほどの女人がこの世の中に他にあるのならば、心が慰むというものだろうが」とお思い続けになると、ひどく嘆かわしいのであった。

[四五] 秋、一品宮1内大臣3、一条院で琴を弾く

宮の君は情けすてぬさまに訪れ給うしかど、なかなかかやうになりて、おどろかるまじき御本性《ほんじやう》と言ひながら心劣りの数は添ひて覚え給ふ。さらにさばかりまめにすさまじげなるものとのみ世には言ひ思ふべかめるを、ありありてかかる人をいみじきもの見つけたるといつしかかかづらひ寄らんもいかにぞや覚え給ひつつ、今はただ さやうにて遠ざかりなんとのみ思すに、近きかひなき恨みのあまりつもりぬるもまたさすがなるにや。

秋となりて少し涼しき風待ちえたる夕月夜《ゆふつくよ》のかげに誘はれて、そなたざまへ忍びてたちや寄らましと思しつつ内裏《うち》より出で給ふままに一条院へさし入り給ひつれば、二所《ふたところ》琴《きん》の御琴《こと》弾かせ給ふほどなりけり。（大納言）「さし出でなば何ごとにてもすすめられんを、なかなかまじりものなうよそにて聞かむよ」と思して、渡殿のほどにやすらひて聞き給へば、さる世にすぐれたるものの音《ね》を、うちとけ心にまかせてまじれるものなう弾き合はせ給へるおもしろさ、たぐひもなう澄みとほり空に響《ひびき》ある心地するに、女宮のはいかにぞや

[四五] 宮の君27の所には、今まで大納言2は情けを捨てずに訪問なさっていたのに、一品宮1にお仕えするという事態になると、今さら驚くべきことではないご性質とは言いながら、宮の君に対して、宮より落ちるな、と思う場合が多くなった、と感じていらっしゃる。その上、あれほど真面目でほかに興味を移さない人物とばかり、世間では自分のことを言ったり思ったりしているらしいのに、あげくの果てに、こんな人を、たいへんな女性を見つけたものだ、とばかり関わりを持つのもいかがなものかとお考えになって、今はもうこのままで遠ざかってしまおうと思っておいでであるが、せっかく近くにいるのにそのかいもないと、宮の君に恨みをあまり積もらせるのも、またさすがに具合が悪いということなのだろうか。

秋になって、少し涼しい風がやっと吹いてきた夕月夜に誘われて、大納言は宮の君の方へ忍んで立ち寄ろうかとお思いになりながら、内裏から退出されてそのまま、一条院へおでましになると、ご夫婦は琴《きん》の御琴を弾いておいでのところだった。「顔を出したら、何であれ弾くようにと勧められるだろうから、かえって自分は加わらずによそで聞こうよ」とお考えになって、渡殿のあたりに立ち止まってお聞きになると、世に聞こえた妙音を、うちとけて心置きなく、人もまじえず合奏しておいでのすばらしさは比類もなく、空に響き昇る気持ちがするのに、女宮の琴はどうしてどうして、ひときわその優雅さは形容できないほどすぐれていて、もう少し身に染

一際《ひときは》なまめかしげには言はん方なく、いま少し身にしむ色の秋の風なればにや、涙もいとどすすむ心地し給ふままに同じ声に笛を吹きつつさし出で給へれば、大臣《おとど》端つ方に御《み》簾居《すゐ》丈《たけ》ばかりに押し張りてゐ給へり。

〔四六〕一品宮[1]、内大臣[3]、大納言[2]の合奏

折からことに待ちよろこびきこえ給ふさまなのめならず。隈なき月を後ろにて高欄のもとについゐ給へば、(内大臣)「さて」など聞こえ給へど、我もすべりおり給ひぬ。されどなほ御簾は上《あ》がりたるに、宮は母屋《もや》のきは、廂《ひさし》にあたる御座《おまし》に小《ちひ》さき几帳ばかり引き寄せておはします。きは少しのきたるほどに宮の君候ひ給ふ。こなたに大納言の君、やがておととの中納言、また中務宰相*などやうのなべてならぬ人々ばかりぞ近うは候ふ。まだ秋浅き野べよりはこよなう見ゆる花の色々おりつくしたる姿ども、髪のつやなどまでことなる月影をかしう見えて、もてなし有様の皆さまざま心にくき心地するも、あまりなる御ことのならひ末々のきはまでもつゆ乱るることなく、はかなきほどのことまでもゆゑあるさまになんなべてには越えたりける。この人々にも琵琶・箏

みる色の秋の風のせいか、涙もいよいよこぼれる気持ちがなさるので、同じ調べに笛を吹きながらその場にお出向きになると、内大臣[3]は端のほうに、御簾を座の高さに押し上げて座っていらっしゃる。

〔四六〕 そうした折であるからことさら、内大臣[3]が、喜んで大納言[2]を歓迎なさる有様は一通りではない。限ない月光を背にして高欄の下に膝をつき座っておいでになると、「さあこちらに」など内大臣はおっしゃるけれど、ご自分も高欄の下にすべり下りていらっしゃった。しかし御簾はそのまま上がっているから、宮[1]は、母屋の端、廂にある御座所に、小さな几帳ぐらいを引き寄せておいでになるのが見える。端から少し下がったあたりに宮の君[27]が伺候していらっしゃる。こちらのほうには大納言の君ⓑ、妹の中納言の君ⓒ、また中務の君、宰相の君などの、並々ならぬ女房たちが近くに侍っている。まだ秋も深まらぬ野のさまよりもっと優れて見える秋の花の色をさまざまに折りつくしたような女房の姿、髪の色艶などまで、さやかな月の光に美しく見えて、物腰や様子がみなそれぞれ洗練されているように思われるのも、たいそう優れた一品宮に倣って、隅々までわずかな乱れもなく、ちょっとしたことまでも品格に溢れ、並みのものから卓絶した美しさなのであった。この人々にも琵琶、箏の琴などをお与えになって、宮の君には東琴をおさしあげになったので、本当に類もないご様子でお掻き立てになるのも上品で愛敬があ

の琴など賜ひて宮の君に東《あづま》奉り給へれば、まことにえならぬ御気色にて掻きたて給へるほども上衆めかしげに愛敬づきたる。いづれもさばかりの御中にまじりぬればさまざまをかしう聞こゆるに、内大臣《うちのおとど》の唱歌《しやうが》し給へる御声なのめならずおもしろきに、権大納言の笛を持ちながら折々うち添へ給ひつるなどぞ、げにとりあつめ、かばかりすぐれたるたぐひ、いかに二つしもものし給ひけむと、とにかくに目も耳もうつる御さまどもなりかし。

しばしばかり遊び給ひて、大納言「今はありつるままの御*むつごとどもにて侍らばや。おのが憂《う》き音《ね》はよしや」とて笛を吹きやみ給はんに、誰かは頭《かしら》さし出でむとをかしきに内大臣《うちのおとど》も笑ひ給ひて、(内大臣)*四「天つ乙女などの下《くだ》りて教へきこゆるにや、耳も及ばぬことのみなむ多かむめる。あやしあやしとあることどもの中にもおのづから残しおかばやと思ふこともありしかど、この一、二年に恐ろしきまで*なぞりとらせ給ひぬれば、いとこそねたけれ。これはただぬけ殻《がら》なれば一所弾かせ給へかし。さるにてもその憂き音とかやは侍らばや」といづ方もすすめきこえ給ひつつおはすれば、

る。どの女房も、これほどすぐれた方々の御中にまじって弾くので、さまざまにおもしろく聞こえるのだが、内大臣が唱歌をなさるお声が普通ではなくおもしろいので、権大納言も笛を持ちながら時々お吹き添えになるのなど、本当に名手が揃って、これほど優れた音楽を奏でる方がどうして二人もいらっしゃったのかと、とにかく、目うつりし耳もうつるようなご様子であったのだ。

しばらくの間音楽を奏されて、大納言は、「今は、前のようにご夫婦で仲良く演奏なさってください。私の憂くつらい音色はもういいから」と言って笛を吹き止めようとなさると、大納言以外の誰が割り込めるというのか、とおもしろくて、内大臣もお笑いになって、「天つ乙女などが天下ってお教えするのか、宮の御音は耳も及ばぬほどの調べが多いようだ。不思議だ、不思議だと思うことがたくさんある中にも、そのまま伝え残しておきたいと思う曲もあったけれど、この一、二年のうちに宮は恐ろしいほど見事に習い取っておしまいになったので、ひどくいまいましい。だから私のほうはもう脱け殻同然なのだから、どうぞお一人でお弾きくださいよ。それにしても、あなたの言う『憂くつらい音』とかいう笛もぜひ」と宮と大納言との両方にお奨め申し上げて、今度は催馬楽の「妹と我」などをご自分はお歌いになるのが、とてもおもしろく聞こえる。

なほ「妹[六五]と我」など歌ひ給ふ、いとをかしう聞こゆ。

[四七]入る月に一同歌を詠み合う。大納言2の憂愁は増す

御琴の音《ね》に心もうき立ちて音《ね》の限り吹きとほし給ひつる御笛、はたさらにこの世のものならずや、雲居に澄み上《のぼ》る心地するに、まことにあかぬほどにて月も入りなんとするに、

（大納言）「音《ね》[六六]にかよふ秋の調べの松風に月をも空に吹きやとどめぬ

うらめしうもあるかな」と空をながめ給へる月影の御さまのなまめかしさ言ふよしもなく見え給ふ。内大臣《うちのおとど》、

笛竹のまつと*契らむ風の音《おと》に入りぬる月のかへらざらめや

などのたまふに何となく御心に入りたることぞ、

（女一宮）松風にかよふ憂《う》き音《ね》やいかならむなほ山の端に入り方の月

とのたまはせまぎらはして、一筋《ひとすぢ》に端を御覧じ出だしつつ、琴《きん》の御琴《こと》の艶《つや》もことなるに、御袖うちかけて少しかたはら臥させ給へる分《わ》け目、髪《かむ》ざしなど入りなむ月の光もこれにはまことに影とどめぬべう、波よりかかる御ぐしの隙《ひま》なう

[四七]　女宮1がお弾きになる御琴の音に心も浮き立って、勧められるままに大納言2も音のかぎりお吹き通しになる御笛の音は、ただもうこの世のものではないのか、雲の上に澄みのぼる気持ちがするが、本当にまだ飽き足りぬ時刻に月も入ろうとするので、

「音楽の音色に合わせて秋の調べをかなでる松風は、月をも空に吹きとどめないのか。

恨めしい月の入りですね」と空をお眺めになる、月の光に冴えたお姿の優雅さは、言葉では言い足りぬほどにお見えになる。内大臣3は、

笛を吹く竹は、松と親しいゆかりがあるのだから、その松風の美しい音色を賞でて、入ってしまった月が戻ってこないはずはあろうか。

などとおっしゃるので、女宮はいつになくその場に引き込まれるお気持ちがして、

松風に合わせて吹くあなたの「憂き音」とはいったいどういう音色だったのでしょうか。音色を聞いた月はやはり山の端に入ってしまうのですから。

と言い紛らすようにおっしゃって、じっと外に視線を当てつつ、琴の御琴の艶も格別でお袖をちょっと掛けて少し横に臥しておいでの分け目や髪の具合などは、入ろうとする月の光も、本当にこの美しさには影をとどめて引き止められそうで、波打つように掛かっている御髪が豊かに艶々と見えている御

つやつやと見えたる御肩のわたり、御もてなしけはひのたをたをと、なつかしげさ、よろづにつけて見奉り給ふ。さらにひがごとしつべう覚え給へば立ちのき給ひつつからうじて思したちつる方もそぞろにもの憂ければ、（大納言）「愁《うれ》〈七〉への字をもて秋の心に」など何となき古《ふる》ごと詠《えい》じ給ひつつ、中門のほどにしばしやすらひ給ふに、燈籠《とうろ》の灯《ひ》の風にまたたきてあるかなきかなるにつけても、

（大納言）見るたびに消ゆる心をいかがせん風*〈八〉に吹きあへぬ秋の
　　ともし火

肩のあたりや、御ものごし、雰囲気のしなやかさ、などの親しみ深い魅力を、大納言はすべて拝見なさる。ますます間違いを犯してしまいそうにお感じになるので、大納言は座を退かれ、やっと思い立って訪れた宮の君[27]のことも何となく面倒になって、「愁への字をもて秋の心に（愁いの字が秋の心というもの）」など、これということもない古い詩句を朗詠しながら、中門のあたりにしばらく立ち止まっておいでになると、燈籠の灯が風に瞬き、あるかないかに揺れているので、

あの方を拝見するたびに消えそうになる心を、ああどうしよう。吹く風に逆らいきれずにいる秋のともし火のようなものだ。

との思いが深い。

巻一　注

読解に必要と思われる引歌を中心に記したが、この巻は物語のはじめの部分であるため、物語の展開の仕方や特色についても簡単に注記した。なお引歌の大部分は小木喬氏（『いはでしのぶ物語　本文と研究』）が指摘されたものの中から判断して記した。その後、横溝博氏により三角洋一氏『鎌倉時代物語集成別巻』等をも参考として新たに指摘されたものには同様に判断を加えたのちに末尾に※印を付した。

一　［一］［二］［三］は物語第一年。起筆の一文はこの場の主体となる人物には直接触れず、「ほかの梢よりは」「御ながめ」「雲居に馴れし」などの叙述により自ずと推察される仕組み。具体的にはまず二人の男性「二位中将」「大将」が明記されていることに注意。『風葉集』には歌の作者名として、「二位中将」は「いはでしのぶの大将」、「大将」は「いはでしのぶの一条院内大臣・関白」などと記される。入り組んだ人物関係が次第に明らかとなる点を含め、周到な語り口自体に注意したい。「桜」も象徴的。その他、まず場面が先立ち、後の記述によりそれが解き明かされる「物語」としての手法が目立つ。登場人物には番号を付し系図・年表も添えたが、巻一の段階ではこれほど複雑に登場人物を設定した必然性とその意味は、物語としてまだ見えて来ていない。

二　夕べの雨も吹く春風も……―「織ることは何れの絲よりぞただ暮《ゆふべ》の雨　裁つことは定まれる様なし春の風に任せたり」（和漢朗詠集・花付落花・一一九・菅三品）。「春の風は暗《そら》に庭前の樹を剪る　夜の雨は偸《ひそ》かに石上の苔を穿《うが》つ」（同・風・三九七・傅温）。

三　御顔の色―この物語の、女性の美しさの描写は過剰を極め、かつやや類型的。しかしその中で、女主人公の卓絶した美をいかに描き分けているかがひとつの見所。服装描写も同様である。

四　いよいよ吹き寄らむ風の心もうしろめたう心苦しげに―「吹き寄らむ風の心も後めたなく、心苦しかりぬべく」（狭衣物語・巻四）※。

五　「九重の」の歌―風葉集（春下・八五）に「女院一条院におはしましける頃、南殿の桜一枝たてまつらせたまひて　いはでしのぶのさがの院御歌」として入る。

六　たなびく山の桜花―「春霞たなびく山の桜花みれどもあかぬきみにもあるかな」（古今集・恋四・六八四・題しらず・友則）。

七　花あればとこそ言ふなれ―「花しあらば何かは春の惜しからむくるともけふは嘆かざらまし」（後撰集・春下・一四四・やよひのつごもり・読人しらず）。「花あればうときもわかず尋入る心の色を人なとがめそ」（宝治百首・見花・五三三・忠定）※。

八　この大将―大将についての物語が［四］～［七］に語られ、

［八］［九］に一品宮、［一〇］～［一三］に二位中将の物語が語られることにより、冒頭部分の三人の登場人物の行動とその意味がここで浮上する。

九　憂きに消えせぬならひ―「春しらぬ越路の雪も我ばかりうきに消えせぬ物は思はじ」（玉葉集・雑一・一八三五・保延の頃述懐の百首の歌よみ侍りけるに、残雪を・皇太后宮大夫俊成）。玉葉集は風葉集より後の、一三一二年の成立。俊成自撰の長秋詠藻・一〇七から引くか。

一〇　まだ見ぬ人の恋しさを―「ゆめにだにまだ見ぬ人のこひしきは空にしめゆふ心地こそすれ」（新勅撰集・恋一・六二八・題しらず・読人しらず）。「まだ見ぬ人」は新古今集・一一〇一が初出※。

一一　ただ夜とともの御嘆きにて―「世とともになげきこりつむ身にしあればなぞ山守のあるかひもなき」（後撰集・恋三・七六一・伊衡女今君）※。

一二　幾重の峰の白雲何ならず―「面影に花の姿をさきだてていくへこえきぬ峰のしらくも」（新勅撰集・春上・五七・崇徳院近衛殿に渡らせ給ひて、遠尋㆓山花㆒といふ題を講ぜられ侍りけるに、よみ侍りける・皇太后宮大夫俊成）。長秋詠藻・二〇七から引くか。参考「よそにのみみてや止みなむ葛城や高間の山のみねの白雲」（新古今集・恋一・九九〇・題しらず・読人しらず）。

一三　端山のしげりを分け入り―「筑波山端山しげ山しげけれど思ひ入るにはさはらざりけり」（新古今集・恋一・一〇一三・源重之）。

一四　稀に逢ふ瀬はなかなかにて―「ひとり寝る時は待たるる鳥の音も稀に逢ふ夜はわびしかりけり」（後撰集・恋五・八九五・小野小町が姉、拾遺集・恋二・七一八「ひとり寝し時は待たれし」）※。「恋ひ恋ひてまれにこよひぞ相坂の木綿つけ鳥はなかずもあらなむ」（古今集・恋三・六三四・題しらず・読人しらず）※。

一五　見果てぬ夢のなごりには―「命にもまさりて惜しくある物は見はてぬ夢の覚むるなりけり」（古今集・恋二・六〇九・題しらず・忠岑）※。

一六　洩り来る月は心づくしに―「木の間よりもりくる月の影みれば心づくしの秋はきにけり」（古今集・秋上・一八四・題しらず・読人しらず）。

一七　つれなく見えし有明までも―「有明のつれなく見えし別れより暁ばかりうきものはなし」（古今集・恋三・六二五・題しらず・壬生忠岑）。

一八　いかなる関守のうち寝る宵の隙にか―「人知れぬわが通ひ路の関守はよひよひごとにうちもねななむ」（古今集・恋三・六三二・業平朝臣）。

一九　せき返すほどの御涙ならば…―「忍びあまり落つる涙をせき返しおさふる袖ようき名もらすな」（新古今集・恋二・一一二二・恋の歌とてよめる・読人しらず）。

二〇　逢ひても逢はぬ夢の浮橋途絶えても―「春の夜の夢のうきはしとだえして嶺にわかるる横雲の空」（新古今集・春上・

三八・守覚法親王五十首の歌よませ侍けるに・藤原定家朝臣)。「ふすほどもなくてあけぬる夏の夜はあひてもあはぬ心地こそすれ」（奥入、紫明抄、河海抄〈東屋巻注〉）。※

二一 闇のうつつ―「むば玉の闇のうつつは定かなる夢にいくらもまさらざりけり」（古今集・恋三・六四七・題しらず・読人しらず）。

二二 生きてかひなき身にとまり―「ひたぶるに死なば何かはさもあらばあれ生きてかひなき物思身は」（拾遺集・恋五・九三四・読人しらず、小大君集・六四「死なばなかなか」）※。

二三 心をいづちと―「わりなくもねても覚めても恋しきか心をいづちやらば忘れむ」（古今集・恋二・五七〇・題しらず・読人しらず）。

二四 身をせむる心地のみ―「枕よりあとより恋のせめくればせむ方なみぞ床中にをる」（古今集・雑体・一〇二三・題しらず・読人しらず）※。

二五 死にはやすくぞ―「恋しきに命をかふる物ならば死にはやすくぞあるべかりける」（古今集・恋一・五一七・題しらず・読人しらず）。

二六 さてしも流れての御名のみ底清からずや―「白河のしらずともいはじそこきよみ流れて世世にすまむと思へば」（古今集・恋三・六六六・題しらず・平貞文）※。

二七 かつ見ても、かつ恋しう―「みちのくのあさかの沼の花かつみかつみる人に恋ひやわたらん」（古今集・恋四・六七七・題しらず・読人しらず）。

二八 水の白波―「石間ゆく水の白浪立返りかくこそは見めあかずもあるかな」（古今集・恋四・六八二・題しらず・読人しらず）。

二九 安積の沼―注二七参照。

三〇 何に忍ぶの―「結び置し形見のこだになかりせば何に忍の草をつままし」（後撰集・雑二・一一八七・兼忠朝臣の母みまかりにければ、兼忠をば故枇杷左大臣の家に、むすめをばきさいの宮にさぶらはせむとあひ定めて、二人ながらまづ枇杷の家に渡し送るとて、くはへて侍りける・兼忠朝臣の母のめのと）。

三一 忍ぶの露のあはれ―注三〇参照。「若君を見奉り給ふにも、何にしのぶのと、いとど露けけれど」（源氏物語・葵巻）。

三二 露のおき臥しかなしき―「露が置く」と「起き臥し」を掛ける。「ただ涙にひちて明し暮させ給へば、見奉る人さへ露けき秋なり」（源氏物語・桐壺巻）参照。「はらはねど露のおきふすとこなつはちりもつもらぬ物にざりける」（和泉式部続集・三二二）※。

三三 神も仏も―「このをとこ、『いかにせん、わがかかる心やめ給へ』と、仏神にも申しけれど」、「恋せじと御手洗河にせしみそぎ神はうけずもなりにけるかな」（伊勢物語・六十五）。

三四 一品宮は…―［一］～［三］の第一年春に戻り、［三］以降に物語の時間は本格的に始動する。

三五 影踏むばかり―「わがこどもの、かげだにふむべくもあらぬこそくちをしけれ」、「かげをばふまで、つらをやはふまぬ」（大鏡・巻五）。「たちよらば影ふむばかりちかけれど誰かなこその関をすゑけん」（後撰集・恋二・六八二・寛平のみかど御ぐしおろさせたまうてのころ、御帳のめぐりにのみ人はさぶらはせたまうて、ちかうよせられざりければ、かきて御帳にむすびつけける・小八条御息所）※。

三六 移り果てにし心の花―「色見えでうつろふものは世の中の人の心の花にぞありける」（古今集・恋五・七九七・題しらず・小町）。

三七 御心の闇―「人の親の心は闇にあらねども子を思ふ道にまどひぬるかな」（後撰集・雑一・一一〇二・兼輔）。

三八 言へばえに―「いへばえにいはねば胸にさわがれて心ひとつに嘆くころかな」（伊勢物語・三十四）※。

三九 垣ほに生ふる―「山がつの垣ほにおふる撫子に思ひよそへぬ時のまぞなき」（拾遺集・恋三・八三〇・天暦の御時ひろはたの御やす所久しくまゐらざりければ御文つかはしけるに・御製〈村上〉）。参考「垣ほに生ふる、とも言はれぬべきを」（狭衣物語・巻二）、「垣生に生ふる、とぞ言はれ給ひぬべき」（同・巻三）。「山がつのかきほならねど、御心に離るる時なきを」（我身にたどる姫君・巻四）。※

四〇 言ひ立つるも―語り手（書き手）による草子地的表現。

四一 妹背の山―「流れてはいもせの山の中に落つる吉野の川のよしや世の中」（古今集・恋五・八二八・題しらず・読人しらず）。

四二 狩場の小野―「御猟する狩場の小野のなら柴のなれはまさらず恋こそまされ」（万葉集・相聞・三〇六二、新古今集「なれはまさらで恋ぞまされる」・恋一・一〇五〇・人麿）。

四三 影踏むばかり―注三五参照。※

四四 水の白波―注二六参照。

四五 秋の嵐に招く尾花の袖も……―「秋風にまねく尾花の夕ま暮たが袖ぞとぞあやまたれける」（堀河百首・六三九・薄・紀伊）※。

四六 萩が花ずり―「けさきつる野原の露にわれぬれぬ移りやしぬる萩が花ずり」（後拾遺集・秋上・三〇四・草むらの露をよみ侍りける・藤原範永朝臣）。「大臣、拍子おどろおどろしからずうち鳴らしたまひて、『萩が花ずり』などうたひたまふ」（源氏物語・少女巻）。「我は琵琶を取り寄せて、『衣がへ』を一わたり落して、『萩が花摺り』と謡ひつつ」（狭衣物語・巻二）※。

四七 翁―「おきな」は卑下した自称。帝が用いるのはめずらしい。

四八 調べを松の風にたぐふる琴の御琴―「琴の音に峰の松風通ふらしいづれのをより調べそめけん」（拾遺集・雑上・四五一・斎宮女御、拾遺抄・雑下・五一四）※。

四九 蓬萊島の月―「蘭蕙苑の嵐の紫を摧く後、蓬萊島の月の霜を照す中」（和漢朗詠集・菊・二七一・菅原文時）。

五〇 しのぶの奥の通ひ路―「わが床は信夫の奥のますげ原露かかるともしる人のなき」（千載集・恋一・六八九・題しら

ず・大中臣定雅）。「尋ねばやしのぶの奥のさくら花風にしられぬ色や残ると」（新後撰集・春下・一四〇・百首の歌の中に・前中納言定家）。新後撰集は一三〇三年の成立。定家の家集、拾遺愚草・三一七から引く。「げに道の奥まで」も同じ。「いかにしてしるべなくともたづねみむしのぶの山のおくのかよひぢ」（新勅撰集・恋一・六七〇・刑部卿頼輔歌合し侍りけるに、よみてつかはしける忍恋・皇太后宮大夫俊成、長秋詠藻・三五九、言葉集・恋一・一五）※。

五一　「行く秋の」の歌―風葉集（秋下・三三四）に「なが月の末つかたに笛をふきすさみける　いはでしのぶの関白」として入る。

五二　ただここもとの…―帥宮の姫君（宮の君）[27]登場。このあたりから物語は既存の物語を思わせる登場人物をも取り入れて軽やかな一面、やや複雑化し始める。巻二に至るとこの宮の君の話を序章として、もつれた深刻な物語に変貌してゆく。

五三　しげき嘆きの枝―「折りはへてねをのみぞなく郭公しげきなげきの枝ごとにゐて」（後撰集・夏・一七五・思ふ事侍りけるころ、ほととぎすをききて・読人しらず）※。

五四　「君だにも」の歌―「有明のつれなく見えし別より暁ばかり憂きものはなし」（古今集・恋三・六二五・題しらず・壬生忠岑）。「うき身世にやがて消えなば尋ねても草の原をばとはじとや思ふ」（源氏物語・花宴巻）参照。

五五　雨としぐれん夕べ―「雨となり時雨るる空のうき雲をいづれのかたとわきてながめむ」（源氏物語・葵巻）。

五六　などのていに―底本「なとていに」を乙本により訂したが、「てい（体・風・姿）」の用法としては漢文的でありやや異例。

五七　「別るれど」の歌―風葉集（恋二・八七九）に「関白たちよりて侍けるがあかつきほかへなどやうにいひなしてよふかくいでんとし侍ければ　いはでしのぶの白河院御息所」として入る。

五八　「見てだにも」の歌―「こひしさも忘れやはする中々に心さわがす志賀の浦波」（後拾遺集・恋三・七五二・心ざし侍りける女のことざまになりて後、石山に籠りあひて侍りければ、よみ侍りける・前大納言経輔）を引くか。

五九　「かたがたの」の歌―「君をおきてあだし心をわがもたばすゑの松山浪もこえなむ」（古今集・東歌・陸奥歌・一〇九三）。「人しれぬ思ありその浦風に浪のよるこそいはまほしけれ」（金葉集・恋下・四六八・堀河院の御時艶書合によめる・中納言俊忠）、「音に聞く高師の浦のあだ波はかけじや袖のぬれもこそすれ」（同・四六九・かへし・一宮紀伊）、を引くか。

六〇　吹きまよふ嵐にたぐふ香りは―「あかつきのあらしにたぐふかねのおとを心のそこにこたへてぞきく」（千載集・雑中・一一四九・題しらず・円位法師）※。

六一　千入の紅葉―「おくやまのちしほのもみぢ色ぞこきみやこの時雨いかがそむらん」（続後撰集・秋下・四二五・紅葉を・土御門院御製）※。

六二　このむせぶ思ひの下燃えこそ…―「したもえにむせぶおも

ひの夕けぶりはてはむなしき名にや立ちなん」（続拾遺集・恋二・八二九・前摂政左大臣〈一条家経〉）。家経歌と影響関係あるとすれば、物語の成立上、問題あるところ。※

六三「思ふこと」の歌―この二位中将の歌が物語の書名『いはでしのぶ』の由来。のみならず「しのぶ」の語は中将の心情を象徴するものとして頻出。

六四 宿も定めず―「白波のよするなぎさに世をつくす海士の子なれば宿も定めず」（新古今集・雑下・一七〇三・題しらず・読人しらず）。

六五 いま一入の色こそまさらめ―「ときはなる松のみどりも春くれば今ひとしほの色まさりけり」（古今集・春上・二四・寛平御時后宮歌合によめる・源宇于）※。

六六 恋ひ恋ひてまれにあふ夜なりとも―「恋ひ恋ひて逢ふ夜はこよひあまの河霧立わたりあけずもあらなん」（古今集・秋上・一七六・題しらず・読人しらず）、「恋ひ恋ひてまれにこよひぞ相坂の木綿つけ鳥はなかずもあらなむ」（古今集・恋三・六三四・題しらず・読人しらず）※。

六七「思ひきや」の歌―風葉集（雑一・一一六五）に「御位のとき女院の一条院におはしましけるに聞えさせ給ひける　いはでしのぶのさがの院御歌」として入る。

六八「涙のみ」の歌―風葉集（雑一・一一六六）に「此御文のかたはらにかきつけさせ給ひける　女院」として入る。

六九 かくても経ぬる―「身を憂しと思ふに消ぬものなればかくても経ぬる世にこそありけれ」（古今集・恋五・八〇六・題しらず・読人しらず）。

七〇 流れひるまの潮どけさ―「満つ潮のながれひるまを逢ひ難みみるめの浦によるをこそまて」（古今集・恋三・六六五・題しらず・清原深養父）。

七一 藻塩のけぶりにたぐひてむなしき空にも消えぬべかりしか―「世中を思ひつらねてながむればむなしき空にきゆる白雲」（新古今集・雑下・一八四六・俊成）※。

七二 生けらんものか―「忘れなばいけらん物かと思ひしにそれもかなはぬこの世なりけり」（新古今集・恋四・一二九六・題しらず・殷富門院大輔、殷富門院大輔集・六三）※。

七三 鶯の羽風もあやふげに―「白雲花繁空攅レ地、緑絲条弱不レ勝レ鶯」（白氏文集・楊柳枝詞）。「ただいとあてにをかしく、二月の中の十日ばかりの青柳の、わづかにしだりはじめたらむ心地して、鶯の羽風にも乱れぬべく、あえかに見え給ふ」（源氏物語・若菜下巻）。

七四 ながめふるや軒のしのぶのみ―「ひとりのみながめふるやのつまなれば人をしのぶの草ぞおひける」（古今集・恋五・七六九・題しらず・貞登）。

七五 びびしかりける―「びびし」は「つきづきし」と類似した「似つかわしい」「ふさわしい」の意とする。原田芳起氏『平安時代文学語彙の研究』（昭三七・風間書房）、松尾聰氏『源氏物語を中心とした語彙の紛れ易い中古語　続編』（平成三・笠間書院）等参照。

七六 夢の浮橋とだえにし―注二〇（定家）参照。

七七　波越す末は―「君をおきてあだし心をわがもたばすゑの松山浪も越えなむ」（古今集・東歌・陸奥歌・一〇九三）。注五八既出。

七八　「立ち返り」の歌―風葉集（恋三・九六八）に「ときどき物いひわたりける女にまたこと人かよひけりと聞てのちはつかにゆきあひて　いはでしのぶの一条院内大臣」として入る。

七九　氷水―「氷水（ひみづ）」は底本表記「火水」から一語とも解せるが、仮に「氷と水」とする。六九頁一五行目「氷を割りて」参照。小木喬氏は「氷だ水だ」と訳される（『いはでしのぶ物語　本文と研究』二五五頁）。

八〇　身ひとつに秋の来にけるにや……―「風の音の身にしむばかりきこゆるはわが身に秋やちかくなるらん」（後拾遺集・恋二・七〇八・男かれがれになり侍ける頃よめる・読み人しらず）※。

八一　かたへ涼しき風―「夏と秋と行き交ふ空の通ひ路はかたへ涼しき風や吹くらむ」（古今集・夏・一六八・六月の晦日の日詠める・躬恒）。

八二　さばかり照る日のかげにも障らず―「水無月のてる日の影はさしながら風のみ秋のけしきなるかな」（金葉集・夏・一五三・六月二十日ごろに秋の節になりける日、人のがりつかはしける・摂政左大臣〈忠通〉）※。

八三　身にしむ色の秋の風―「吹きくれば身にもしみける秋風を色なきものと思ひけるかな」（古今和歌六帖・四二三、続古今集・三〇六・紀友則）。「白妙の袖のわかれに露おちて身にしむ色の秋風ぞ吹く」（新古今集・恋五・一三三六・水無瀬の恋の十五首歌合に・藤原定家朝臣）。

八四　天つ乙女などの下りて教へきこゆるにや―「天つ風雲の通ひ路吹きとぢよをとめの姿しばしとどめむ」（古今集・雑上・八七二・五節の舞姫を見てよめる・良岑宗貞）。「いとめでたくきよらに、髪あげうるはしき、唐絵の様したる人、琵琶を持て来て、『今宵の御箏の琴の音、雲の上まであはれにひびき聞えつるを、訪ねまうで来つるなり。…』」（寝覚物語・巻一）、「天の原雲のかよひ路とぢてけり月の都のひとも問ひ来ず」（同・中の君）。

八五　妹と我―「いもと我と　いるさの山の　山あららぎ　手なとりふれそや　顔まさるがにや　疾くまさるがにや」（催馬楽・妹と我）。

八六　「音にかよふ」の歌―風葉集（雑二・一三二〇）に「一条院にて女院内大臣ことひきあはせてあそび給ひけるに笛ふきなどして月は入なんとしければ　いはでしのぶの関白」として入る。

八七　愁への字をもて秋の心に―「物の色は自ら客の意を傷ましむるに堪へたり　宜なり愁の字をもて秋の心に作れること」（和漢朗詠集・秋興・二二四・野相公〈小野篁〉）。

八八　風に吹きあへぬ―「桜花とくちりぬとも思ほえず人の心ぞ風もふきあへぬ」（古今集・春下・八三・桜のごと、とく散る物はなしと、人の言ひければ、よめる・貫之）※。

いはでしのぶ　巻二

［一］第三年秋、内大臣③、伏見の山の入道宮㊵を訪問

一漏《も》らぬ岩屋《いはや》だに、濡るるは袖のならひなるを、二託言《かこと》にむすぶ草の葉も、三浅茅《あさぢ》が末《すゑ》と末枯《うらが》れわたりつつ、木《こ》の葉《は》に埋《うづ》もれたる柴《しば》の庵《いほり》のしぐるる頃ぞ、げに苔《こけ》の衣もいたうそぼち果てぬる心地し給ふ。

（入道式部卿宮）露もれば柴の庵のしばしだにしぼり*ぞわぶる墨染《すみぞめ》の袖

*など思し続けられつつ、四「寂漠無人声読誦此経典《じやくまくむにんじやうどくじゆしきやうてん》」など、すごう読み澄まし給へるほどに、内大臣《うちのおとど》、時雨に濡れ濡れおはしにけり。（入道宮）「思ひかけぬほどを、めづらしう」と、待ちよろこびきこえ給へるさま、なのめならんやは。思ふにはことなるいぶせさにて積もる月日の怠《おこた》り、よきほどに聞こえ給へる御気色有様の、艶《えん》になまめかしきものから、あらまほしう重りかに、はなばなと曇りなき御顔のにほひ、露時雨《しぐれ》にいたう湿り給へる御香《か》のところせさ、何ごとにつけても目もあやに、前《さき》の世まで思しやられつつ、うちまもりきこえ給ひて、

［一］　入道宮㊵は、雨の漏らない岩屋でさえ涙で袖が濡れるのが世の常というものなのに、草の葉のせいにして露が結ぶはずのその草の葉も、浅茅の葉先が枯れるのと同じく一面に枯れ果ててしまって、木の葉に埋もれている柴の庵がしぐれるころは、本当に、粗末な僧衣もすっかり濡れそぼってしまった気持ちがなさる。

露が漏れてくるので、柴の庵はしばらくの間でさえ、落ちる露と涙を絞って、乾かす気力さえも失せてしまうのだ、この墨染めの袖を。

と、この方（内大臣③の異母兄入道式部卿宮㊵）はお思いになりながら、「寂莫無人声　読誦此経典」と法華経をずっとするほどすばらしく心を澄まして読んでおいでのところに、内大臣③が時雨に濡れつつおいでになった。「思いもかけなかったところを、おめずらしいこと」とお迎え申し上げられるお喜びは一通りではない。内大臣の、思っていてもその通りには行かず、気に掛かりながら日数を過ごしたお詫びをほどよく上手に申し上げておいでのご様子は、うるわしく優雅ではあるものの、申し分のない重々しさも添い、花やかに曇りもないお顔の色艶や、露や時雨にたいそう濡れて匂い立つ薫りのめでたさなど、何ごとにつけても目もくらむほどのごりっぱさを、前世の宿縁まで思いやられる心持ちで、入道宮はじっとお見守り申し上げておいでになって、

[二]病身の入道宮40、内大臣3の来訪を喜ぶ

（入道式部卿宮）五「故院の思し掟《おき》てしことの、言ふかひなかりしほどの心にまかせて、かたはらいたく、その折は、あまりなる御はからひかなと思ひ給へられしも、げにこそいみじう侍りけれ。たぐひきこゆるもゆゆしけれど、我が身などの有様、今はかう一筋《ひとすぢ》に、この世をばなきになして、六憂きも嬉しう頼もしき心地し侍れど、なほ立ち返り捨てがたきこと、多う侍るにつけて、さすがに、人と等しき身の行く末ならましかば、さやは思ひ置かるべきと、今さら、枯れゆく昔の御跡《あと》も、二世の障《さは》りにて、くちをしく思ひ給ふるを、君こそ、七北の藤波《ふぢなみ》春にあひ給ふとも、八水上岩清水《みなかみいはしみづ》の流れ、思ひ捨て給はじと、数ならぬ身までも頼みをかけきこえて、久しく対面《たいめん》など賜はらぬも、まめやかに心細うのみ思ひ給へらるるを、このほどとなりては、あやしう乱り心地さへためらひがたくて、いくばくの日数《ひかず》、長《なが》らふべしとも覚え侍らぬにつけて、聞こえさすべきことの数のみ積もりて侍りしかど、この三年《みとせ》あまりの御ならひに、いま一度《ひとたび》の対面《たいめん》ありがたうやと、くちをしう思ひ給へられつるに、あはれに嬉しう侍る

[二]　内大臣3に、宮40は、「父君故一条院10が思い定めておかれたこと——あなたを関白13の子とされること——は、まだ年が若かった私の心浅さから、お気の毒で、その当時は、あまりなご計画というものだ、と存じておりましたけれども、今はまことにすばらしいお考えだったことがわかったのです。あなたとお比べ申し上げるのもいかがかと思いますが、我が身の有様と言えば、今はこう一筋にこの世は無いものとわきまえて、つらいことも往生にはかえって嬉しく頼もしい気がしますが、やはり昔に立ち戻って捨て切れないことが多いものですから、そうは言っても他の方と同じく皇子としての生涯のままであったとしたら、そんなにも思い残すことはないだろうと、今さら、遠くなって行く昔の一条院のご事跡も、この世とあの世の罪作りというわけで、残念に思っております。あなたこそ北の藤——藤原北家の方となって、春の盛りと栄えておいでであるものの、その源流としての岩清水八幡の皇統を思い捨てることはなさるまいと、数にも入らぬ身である私までもお頼り申し上げておりますから、長い間お会いくださらないのも真実心細いと存じておりましたし、このごろは妙に病までが治りにくくなって来て、わずかな日々も生き長らえられそうにも感じられなくなって参りましたので、申し上げたいことがたくさん積もっておりましたけれど、あなたは、この三年あまりの間は一品宮1とお過ごしでしたから、もう一度お会いすることも難しいことだろうと、残念に存じておりましたところに、まあ何と、しみじみと嬉しいご

御わたりかな。さても、はかなくなり侍りなば、このとまる人々のことこそ」とて、うちしほたれ給ひつつ、

[三]入道宮40、二人の姫君の将来を内大臣3に委託

(入道式部卿宮)「昔のやうなる御一人住《ひとりず》みならましかば心やすき御伽《とぎ》に、一人一人《ひとりびとり》をば奉りなまし。言ふかひなきほどより、などか、その上《かみ》、御覧じ置かせずなり侍りけん。さらましかば、さすがむげに思し捨てんやと、悔しくなん思ひ給へらるる」などやうに聞こえ給へば、(内大臣)「何と侍るとても、露の命の消え*とまらんほどは、おろかにやは思ひきこえん。大臣《おとど》のあたりにも、さやうなる人、ありがたげに侍れば。いかやうにもてなしきこえんと思すにか」と、おほかたには頼もしう聞こえ給へど、今も、ただ(内大臣)「何かはなかなか苦しからん」とて、よそならぬさまにのたまはば、嬉しう覚えぬべき御気色なるを、山路《やまぢ》の奥《おく》の木《こ》の葉がくれしもいかならんと、おぼつかなからぬにはあらねど、(内大臣)「あな覚えなや、夢ばかりにても分《わ》く方ありて、女宮の御あたりに思されん、我が心のうらめしさこそ」と、思ひ出できこえ給ふには、もののあはれもをかしさも覚え給はず、すくよかにのみ聞こえ

訪問があるとは。それにしても、私が世を去ってしまいますとしたら、この、あとに生きとどまるむすめたちの話なのですが」と言って、涙をお流しになりながら、

[三]　宮40は「あなたが昔通り独り身でおいででしたら、気楽なお話し相手として二人ともさしあげましょうのに。年若いころから、どうして以前にはご覧に入れないままにしておいたのでしょう。そう計らってあったら、やはりまったくお思い捨てになることはなかったろうと、どうも悔やまれるのでございます」などのようなことをお話し申し上げられるので、「何がございましても、露のごとき命ながら消えとどまっているうちは、粗略にお思い申し上げることがありましょうか。父殿13のほうにも、そのような姫君はありそうにもございませんから。どのようにお世話申し上げようとお思いなのか」と、だいたいのところは頼もしそうに申し上げられるけれど、今もただ、「いやなに。私のほうは一向にさしつかえありませんとも」と内大臣が結婚に乗り気なふうにおっしゃるのであれば、入道のお気持ちとしても嬉しく思われるだろうが、内大臣は、山路の奥にある木の葉に隠れた姫君もどんなものだろうか、と気にならないわけではないけれど、「ああ思いがけないことよ。ほんの少しでも別の女性に思いを分けていると、一品宮1から思われそうなことを考える、我が心の恨めしさといったら」と一品宮をお思い出し申し上げになるとその途端に、情趣もおもしろさもお感じにならず、真面目な話題に立ち戻してお話をなさる。日も暮れそうにな

(内大臣)「斎院の御前《まへ》にて、聞こゆべきことども侍る。またまたも」などやうにて、立ち出で給ふを、おろそかなる明《あか》り障子《しやうじ》を開《あ》けて、見送りきこえ給へる墨染《すみぞめ》の御姿、いみじう尊《たふと》げに、やせやせなるしも、雅《みや》びかにあてになまめかしうぞおはする。御齢《よはひ》のほども、わづかに三十《みそぢ》に五つ六つあまり給へれば、いまだ若く盛りなる御さまを、そむき捨て給ひて、あまた年さへ積もりぬるぞ、いみじうあはれなる。

[四] 入道宮40出家後は伏見に。姫君・前斎院35は麓に

この入道式部卿の宮は、一条の院の第二の御子、前坊と同じ后腹におはしますぞかし。故民部卿大納言の女《むすめ》、御心ざし浅からざりし御中に、うち続き姫君二人出で来給ひて、後《のち》のたび、上《うへ》はかなくなり給ひにしかなしさのあまり、その後《のち》三年《みとせ》ばかりありて、御ぐしおろして、この伏見《ふしみ》の里に住み給ふなりけり。母后も同じ麓《ふもと》に、姫君たちをあはれに思しはぐくみて住ませ給ひし、去年《こぞ》の秋うせ給ひにしかば、御妹《いもうと》の斎院もおりさせ給ひて、やがて昔の御代はりに、三所ぞ住ませ給ひける。

るので、「斎院35の御前で、申し上げなければいけないことがございます。またお伺いいたしますから」などのようなことでご出立になるのを、簡素な明り障子を開けてお見送り申し上げになる入道宮の墨染のお姿は、たいそう尊い感じで、ほっそりとしておいでなのが、かえって高貴に上品で優雅なご様子である。ご年齢も、わずかに三十五、六歳でいらっしゃるから、まだお若く盛りの御身をお背き捨てになって、もう何年も経っているのは、本当に感慨深いというものだ。

[四]　この入道式部卿の宮40は、一条院10の二番目の皇子で、前の東宮41と同じ后腹でいらっしゃるのである。故民部卿大納言42の御むすめ43の、ご愛情が深かった方との間に、引き続いて姫君が二人お生まれになり、二回目のご出産の折に上43がはかなくお亡くなりになってしまった悲しさのあまりに、その後三年くらいして御髪を下ろしてこの伏見の里にお住まいなのだった。入道宮の母后36も同じ伏見の山の麓に、御孫の姫君たちを気の毒にお思いになってお育てになりお住まいであったが、去年の秋お亡くなりになってしまったので、入道宮の御妹の斎院35も退下なさって、そのまま昔の母君36の代わりとして、お三方で住んでおいでになるのだった。

内大臣3も、しかるべきご兄弟の御仲であるから、深くご同情申し上げておいでであるのに加えて、殿（関白）13など

内大臣《うちのおとど》も、さるべき御仲のあはれ浅からず思ひきこえ給ふうへに、大臣《おとど》なども、あるべきことに聞こえ給へば、この宮へも、また斎院の本院におはしましし折も、常に参り給ひしが、あまり御暇《いとま》なき御心地になりては、いとまれなるを、今日《けふ》も、春日《かすが》へ参らせ給ひける帰《かへ》さの中宿《なかやど》りなりければ、思ひながらの怠《おこた》りは、いづくにも、*口慣《くちな》れ給ひて、つきづきしきほどに聞こえ給ひつつ、

［五］内大臣3、前斎院35としみじみと語る

例の、行《ゆ》く方《かた》のみ急がれ給へど、宿《やど》に降り敷くもみぢ葉を、まれに分け入《い》りて、いたうものさわがしからんも、むげに心なきさまなれば、なほ御物語のどやかにて、かのほのめかし給へる人々の御ことも、さすがなるにや、あはれに心苦しき御ことなどを、さまよきほどに大人《おとな》びて[九]聞こえなし給へど、いたくおびれ、若《わか》くたをたをとをかしげに見え給ふも、ことわりの御齢《よはひ》のほどなりかし。これぞこの大臣《おとど》をはなちきこえては、中の弟《おとと》におはしければ、二十五ばかりにならせ給ふも、御年のほどよりは、あえかに心苦しげにぞおはします。中宮は、曇りもなく気高《けだか》きさまにて、心恥

もお慰めするのは当然のこととおっしゃるので、この入道宮へも、また妹君35がまだ斎院でおいでになった時も、いつも参上しておいでであったけれど、一品宮1とのご結婚の後はあまり暇がない気持ちになられてご訪問も稀であるが、今日も春日神社へ参詣なさった帰途のご休憩であったから、思いながらのご無沙汰のお詫びは、どちらへも、口慣れていらっしゃって、前斎院に対しても適わしくご挨拶申し上げられる。

［五］　内大臣3はいつものように女宮1のもとへのご帰邸が待ち遠しいけれど、こうして訪う人も稀な宿に降り敷く紅葉を分け入って来ながらむやみに慌しいのもひどく心ないことなので、やはりお話はゆったりとなさり、あの、入道がおほのめかしになった姫君たちのことなどをもやはり気になさるのか、しみじみとお気の毒なことなどを感じよく大人びて語られるが、この前斎院35はとてもおっとりとしておいでで、お若くたおやかな美しい方とお見えになるのも当然のご年齢というものである。この方は、内大臣を除いては、ごきょうだいの中の末子でいらっしゃるので、二十五歳くらいにおなりになるものの、お年よりは華奢で、いたいたしいほどでいらっしゃる。中宮14は、くっきりと気高く、こちらが恥ずかしくなって気がひけるような麗質をお持ちとお見えになる。しかしどちらにも、もう少し違いがあるとすれば、この斎院はやはり親しみ深い点が、人には見過ごしにくく感じられる

づかしう、わづらはしげに見え給ふぞかし。されど、いづれも、いま少しのへだてありと思はば、これは、なほなつかしき方の、すぐしがたく覚えましと、くまなきことどもをさへ思し続くるも我ながら心づきなくて、」こまやかによろづ聞こえおきつつ、出で給はんとするに、いつとも分かぬ山おろしの、秋の末《すゑ》*は、いとど木《こ》の葉の音《おと》さへ取り集め、もの恐ろしきまで響き合ひて、心細しともなのめなる御住まひを、我しもよそに立ち帰り給ふは、いみじくあはれなりけり。

(内大臣)「山深み思ひ入るべき身を変へで一人《ひとり》*やなれぬ松の嵐にたぐひなくも侍るかな」と、聞こえ給へば、斎院、

　ひたすらにそむかぬ山の山人はなるれどなれぬ松の嵐を

と、聞こえ給ふも、いとあはれに心苦しうて、しばしはおしのごひつつ、(内大臣)10「深洞風を聞老檜悲」と、うち誦《ずん》じ給へる御声《こゑ》に、いとど昔のあはれしのびがたく、老《お》い痴《し》らへる人々など、隅々《すみずみ》に鼻うちかみ、貝《かひ》を作りて、古めかしき物語、聞きにくきさまに言ひゐたるもかたはらいたくて、

ことだろうよと、遠慮のないことをまでお思い続けになるのも、我ながら気に入らなくて、こまごまと万事をお話し申し上げてから、お出ましになろうとするものの、いつとも時を分けぬ山おろしの風が激しい秋の末は、いよいよ木の葉の音まで加わってもの恐ろしいほどに響き合い、心細いというにもまさるお住まいだから、それをよそに自分がお立ち帰りになるのはとてもお気の毒なのだった。

「山が深いので、そこに入ってご出家というわけにもゆかず、麓に独りお過ごしのお住まいで、お慣れになりましたか、松の嵐の音に。

例もないことでございますね」と申し上げられると、斎院は、

　ひたすら、世を背くということをしないでいる山人の私は、山に馴れたとはいえやはり馴染むことはありません。

　松の嵐の音に。

と申し上げられるのも非常にしみじみとお気の毒で、しばらくは涙をおし拭いながら、「深洞風を聞けば老檜悲しむ」と朗誦なさるお声に、いよいよ昔への思いは忍びがたく、老い惚けた女房たちは、隅のほうで鼻をかみ、口をへの字にむすび泣き顔で、古めかしい昔の話などを聞き苦しく語って座っているのもみっともないので、斎院が「まあ、静かにして」などおっしゃると、内大臣は出ようとして足をおとどめになりながら、格子の隙間から灯火の光が見えていた所を姫君たちがおいでになるほうかと、そうは言っても知りたくて、いっそう格子に近寄ってご覧になると、特に立て重ねてある几

(前斎院)「あな、かま」などのたまふに、内大臣《うちのおとど》は、*出でがてにやすらひつつ、格子《かうし》の隙《ひま》より、灯《ひ》の光の見えける所を、姫君たちの御方《かた》にやと、*さすがにゆかしうて、なほも*格子に寄りて見給へば、ことに立て重ねたる几帳《きちやう》などもなくて、奥までいとよく見ゆ。

〔六〕内大臣[3]、帰り際に二人の姫君[44][45]を垣間見する

帳《ちやう》の前に、君達二人《きむだちふたり》、手習ひなどしつつ、そひ臥してゐ給へる、明《あか》き方に向き給へるは、ふくらふくらと愛敬《あいぎやう》づきをかしげ*なる人の、十三四ばかりなるは、おとうとの君なめり。髪もいとうつくしう、裾のそぎ目はなばなと、ふさやかに多《おほ》う重なりて、いづくもくもらはしからず、見まほしきさまなり。絵か何ぞかきて、あなたへ向きたるに、(中君)「これ御覧ぜよ」とて、さしやるめれば、いま一人《ひとり》、うち見返りて、笑《ゑ》み給へる顔つき、にほはしう、らうたさなべてにはたぐひありがたきまでぞ、見ゆる。まみ、額《ひたひ》つき、分け目、髪《かん》ざしなど、ものよりことにうつくしげに見えて、つやつやと、隙《ひま》なうかかりたる後《うし》ろ手《で》、長さのいたうこちたからぬしも、なかなかめづらしう、をかしきことまさりて、おほ

帳類もなくて奥までとてもよく見える。

〔六〕　内大臣[3]がご覧になると帳の前に姫君が二人、手習いなどをしながら何かに寄り添って座っていらっしゃるが、そのうち明るいほうに向いておいでになるのはふっくらと魅力的な方で、十三、四くらいなのは、妹君[44]のようだ。髪もとてもかわいらしく、裾の削ぎ目は花やかにふさふさとしてたくさん重なり合い、どこもかしこもすっきりと晴れやかで、心をひかれるお姿である。絵か何かを描いて、あちらむきの姫君[45]に、「これをどうぞご覧になって」と言ってさし出すようなので、もう一人がふり返ってお笑いになる、その顔つきは生き生きと匂い立ち、可憐なお姿は他に比べようもないほどに見える。目もと、額のさま、分け目、髪の形などはことにかわいらしく見え、つやつやとすきまもなく豊かに髪が掛かっている後ろ姿は、長過ぎないのがかえって愛らしく美しさがまさるというもので、だいたいどこも、親しみ深く魅力にあふれており、そのうえ気品があっていたいたしい感じも加わり、いかにも引きつけられるようなご様子である。どの点が、と特定できないが、類いのない一品宮[1]にも、何だか似通った気がするので、いよいよ心を惹かれる思いが加わ

かたいづくも、けぢかう愛敬づきたるをもととして、あてに心苦しき方も後《おく》れず、いかにもいかにも、心とまりぬべき人ざまなり。いづくをさしてと、覚ゆることはなけれど、たぐひなき御ことにも、何《なに》とやらん、うち通ひたる心地するに、いとどなつかしき方そひつつ、ひとへにはぶき捨てんの御心も、とりかへし、さてはやむべしとも思されず。

［七］内大臣[3]、伏見の大君[45]の美しさに心を惹かれる

（内大臣）「さすが、人をあまた見しかども、これほどらうたげなることも、ありがたきぞかし」と、思し続くるにも、（内大臣）「かばかりをだに、まれにめづらしきことと思ふ人のさまに、ことのほかなる人の御面影けはひよ」と思すにぞ、例の、よろづはおしかへし、昨日今日の絶え間の恋しさも、けしからぬまで覚え給ひて、

（内大臣）わけそめし紫深き露ならで*ゆかりの草のなにならぬかな

ことぞともなく思しなされて、出でぬるさまにて、やをら立ちどまりたるに、見つくる人もこそと思すにつけて、急ぎ出で給ひぬれど、片つ方の御心には、なほも捨てやられ

り、姫君たちのことなどまったく考えもしない、と思い捨てようとしたお心もすっかり変わって、このままでは済みそうにもない気持ちがなさる。

［七］　内大臣[3]は、「たくさんの女性に逢ったけれども、さすがにこれほど可憐な方はめったにないものだ」とお思い続けになると、「この美しさでさえも、世にも稀なすばらしい人と思うのに、それに加えて、思いがけず一品宮[1]の御面影、雰囲気がおありとは」とお思いになると、それにつれていつものように他のことは万事眼中に入らず、一品宮への昨日今日のご無沙汰の恋しさを無性にお感じになって、

　草を分けて初めて染めた紫草の露でなくては、ゆかりの草といっても取るに足りぬものだ――一品宮でなくては。

急に姫君たちがどうということもないような気持ちになられて、出ようとしたのに、また立ちどまっている自分の姿を、見つける人があるといけない、とお思いになって急いでおでましになるが、心の一方ではやはりほってはおけない気持ちがなさる。「本当に美しい人だったな。比類のない一品宮のことがあれほど思い出される人は世間にはいないはずなのに、ことのほか遠い血筋の人に、その面影が宿っていたとは不思

給はず。「（内大臣）げにをかしかりける人かな。限りなき御ことに、さばかりも思ひ出でらるる人は、世になきことなるを、ことのほか遠きゆかりにしも、面影のたづねよりにけるあはれさこそ」など、道すがら思し続けられつつ、更《ふ》けにしかど、長き夜なれば、半ばのほどにおはし着きて、急ぎ女宮の御方へ渡り給へれば、御帳のそばに、いまだうたたねのさまにてぞ、御殿籠りたりける。

［八］内大臣[3]、帰宅後一品宮[1]に伏見の物語をする

御そばについゐ給ひて、「（内大臣）いかに。待たせ給ひけるか」と聞こえ給へば、うち御覧じ上げて、「（一品宮）かりそめと思ふほどに、やがて寝《ね》にけるよ」とて、やをら起き上がらせ給ふに、かことがましくこぼれかかる御額髪《ひたひがみ》を、少しかきやらせ給ふとて、さし出でたる御手つき白く、うつくしげさぞ、たとへんものなきや。女郎花《をみなへし》の御衣《ぞ》の、なよよかに染《し》み深きに、紫苑《しをん》の織物など奉りたる御用意有様、よろづにつけて、なほ人にはことに、らうたく心苦しう気高きものから、はなばなとにほはしう、まばゆきまで、光ことにおはしますを、ただ今はじめて見奉らん人のやうに、めづらしく嬉しうて、

議なこと」など、道々感慨に耽りつつ、もう更けてしまったものの、秋の夜長ゆえ、夜半のころに帰り着かれ急いで一品宮の御方へお渡りになると、宮は御帳の傍らにまだうたたねのお姿でおやすみなのであった。

［八］　内大臣[3]は御傍らに膝をおつきになって、「いかがですか。お待ちになりましたか」と申し上げられると、宮[1]はお見上げになって、「ちょっと仮寝をと思っていたのに、そのまま眠ってしまって」と、そっと起き上がられるときに、恨みがましくこぼれかかる御額髪を少し掻き払おうとなさって、さし出された御手つきの白いかわいらしさは喩えようもない。女郎花の表着の、なよらかで薫りが染み込んだ衣に、紫苑の織物などをお召しになったお心配りやご様子は、何ごとにつけてもやはり他の人とは異なり、可憐で心を惹かれる気品にあふれながら、いっぽうでは花やかな艶々とした美しさも添い、まばゆいほどの光が特におありなのを、今初めてお目にかかる人のように、清新な感じが伴うのも嬉しくて、離れておいでの間のお話をこまやかになさって、伏見の里を思い出して、しみじみと感慨深かったことなどを申し上げられながら、山里のお土産に持ってお帰りになった色の濃い紅

日頃の御物語こまやかに、伏見の里思ひ出でて、あはれなりつるほどのことどもなど聞こえ給ひつつ、山里のつとに持たせ給へりける色濃き紅葉など、御覧ぜさせ給へば、をかしと思しめして、異《こと》ごとなく御目とどめさせ給へり。御硯引き寄せさせ給ひて、これに手習ひなどし給ひつつ、男君、

千入《ちしほ》まで染《そ》むる紅葉も君を思ふ心の色にたぐひやはする

と書きて、見せ奉り給へば、

（一品宮）色深く思*ひそめても言の葉の秋果てがたはいかがたのまん

と、習ひすさませ給ふを、（内大臣）「あな、いまめかしの御もの言ひや。かかることも知らせ給へりけるな。いつの御ならひにか」と、聞こえ給へば、御*顔いと赤うなして、黒う墨をひかせ給ふもをかしかりけり。

［九］十月初旬、入道宮[40]病篤く、姫君を内大臣[3]に託す

かく言ふは、九月晦日《つごもり》頃なるに、神無月の朔日《ついたち》となりて、かの伏見の入道宮の御心地、まめやかに苦しうなりまさり給ふ

葉などを、お目にかけられると、おもしろいとお思いになって、一心にこれに御目をとどめていらっしゃる。御硯をお引き寄せさせになって、これに手習などをなさりながら、男君は、

千度も染めたようなこの色濃い紅葉も、あなたを思う私の心の色の濃さには比べられましょうか。

と書いて、お見せ申し上げになると、

色を深く思い染めたとおっしゃるその言の葉も、秋が果てて私に飽き果てておしまいになるころには、どうして頼りにできましょう。

と興に乗ってお書きになったのを、「また何と今ふうなお歌でしょう。こんなこともご存じなのですね。いつお学びになったのか」と申し上げられると、お顔をとても赤くして、その歌に黒く墨をお引きになるのもおもしろいのであった。

［九］　こう述べるのは、九月の月末のころのことであったが、十月の初めになって、あの伏見の入道宮[40]のご気分は本当にますます苦しさが増すにつれて、この姫君たちの御ことを、起き伏し気が気でないと思い続けられ、「内大臣[3]は一

につけて、この姫君たちの御ことを、起き臥し心苦しう思し続くるに、（入道宮）「なほ定まり果て給へりとても、[三]なかなかあまりなる*御ことなれば、とかく思ふべきにもあらず。さりとも、この姫君などの有様、見初《そ》め給ひなば、えしもおろかに思さじ。さるだに心ざしだにあらば、何かは苦しからん」と思しとりて、内大臣《うちのおとど》へ、御消息《せうそこ》聞こえ給ふ。

（入道宮）「めづらしう侍りし御渡りの嬉しさ。その後《のち》は、いま一際《ひときは》弱々しうまかりなりたるにつけて、おろおろも聞こえさせ置きしことどもをこそ、かしこきことには頼みきこえさすれ」

などやうに、あはれなること多く書き給ひて、奥つ方に、

（入道宮）「思ひ置く露のあはれも君ならでかことかくべき方だにもなし

とより他に、げにこそやる方侍らね。かまへて、さりぬべくは、いま一度《ひとたび》の対面を賜はりて、何ごとも申しうけたまはらばや。あなかしこ」

とあるに、ことのさまも心苦しければ、御返りも浅からず聞こえ給ふ。

品宮[1]を妻としてすっかり定めておいでだが、形だけではなく本当にご愛情はあまりにも深いのだから、当方がとかく考えるべきでもない。とは言っても、この姫君たちの有様をいったんご覧になったら、とても粗略にはお考えになるまい。一品宮がおられるとしても、もう一人の妻として当方に結婚の意さえあるならば、どうして悪いことがあろう」と心をお決めになって、内大臣にお手紙をお送り申し上げになる。

「お久しぶりのご訪問の嬉しかったこと。その後、私はいっそう弱り果ててしまいましたので、不十分ながら先日あらあら申し上げた姫たちについては、恐縮ながらお頼り申し上げております」

などのように悲しいことを多くお書きになって、末尾に、

「思いを置く露のあわれ――姫に思いを残して去って行く私の恨み言めいた嘆き――を、あなた以外には訴えかける方さえ誰もいないのです。

と思うほかには、本当に晴らす方法もございません。ぜひとも、もしおよろしければ、もう一度お会いいただいて、なにごとも申し上げ、また承りもしたいものです。失礼いたします」

と書いてあり、事情もお気の毒なので、ご返事もねんごろに申し上げられる。

思いを姫君方に残し置かれるなら、ただ普通の悲しさであるはずはございません。露のごとくわずかなご縁しかない取るに足らぬ私ですが、お察ししております。

(内大臣)思ひ置かばただおほかたのあはれかは露のよすがの数
　ならねども

など、こまやかなるを、かしこには、嬉しと思すもあはれなり。

[一〇]内大臣[3]、伏見を訪ね、そのまま大君[45]と結婚

さてその後《のち》五六日《いつかむいか》*ありてぞ、ありがたき*御暇《いとま》を、からうじて渡り給へりける。されど、ただ今のこととは思ひもより給はぬを、かれには皆、心まうけやし給ひけん、(入道宮)「同じくは、今宵、日柄もよかんめり。さる者ありとも御覧じ置かれよかし」などやうに聞こえ給ひけるを、「いな」と、はしたなく聞こえ給ふべきにもあらず。まして、ありし後《のち》は、見*まほしからずしもなきことなれば、逃《のが》れぬ契り浅からず結び初《そ》め給ひにし、新枕《にひまくら》のらうたさは、よそにて見給ひしよりも、あやにくなる近まさりに、隔てん[三]夜半《よは》の片敷きまで、まづ思ひやられ、心苦しう浅からぬ御心地につけても、宮の御ことは、なほ、[四]梨原にのみ思ひ出できこえ給ひつつ、(内大臣)「我だに、いつしかかばかりのことと思はざりつれば、かくとも聞こえざりつるを、つゆも洩らさざりける心深さと

などこまやかなお心遣いのあるお手紙を、あちらでは嬉しいとお思いなのもしみじみとあわれである。

[一〇]　さて、内大臣[3]はそれから五、六日後に、めったにない暇を得てやっと伏見にお越しになったのだった。しかし今すぐ姫君[45]にお逢いになるとは思い寄りもなさらなかったのに、あちらではみなそのつもりでおいでになったのか、「同じことなら、今宵は日柄もよいようです。こういうものがいるとだけでもご覧じ置きくださいますように」などというふうに申し上げられたので、「それは困る」と、先方がきまり悪く思われるようにお断り申し上げるべくもない。まして、姫君を垣間見てからは、お逢いしたくないわけでもないことなので、のがれられない契りを深く結び初めておしまいになった初枕のかわいらしさは、遠くからご覧になったよりも、あいにく近いほうがもっとまさるので、自分が逢わずにいたらその夜は独り寝ということになろう、と先まで思いやられて、お気の毒に思う心も浅くはないのにつけても、一品宮[1]の御事は、やはり梨原のように、かけがえのないのはこの方一人だけ、とお思い出し申し上げられる。「自分でさえ、こんなに早く逢うことになろうとは思わなかったのだから、宮にも事情を申し上げなかったのだが、もし後から申し上げても、まったく自分にも洩らさなかったほど深い心を姫君に

や、後《のち》に聞こゆとも、思されん」など、これがあはれの深きままに、いたくことなしびなるもてなしも、ありがたうや覚え給ふらん、いよいよそら恐ろしうわりなう覚え給へば、なのめならず語らひ置ききこえ給ひて、夜深う出で給ひにける。

帰りても、さすがいかなるにか、例のやうに、急ぎあの御方へも渡らせ給*はず、御硯に向かひて、うちうそぶき給ふもめづらしう、「いかなることにか」と、人々もつきしろふめり。御文には、

(内大臣)ほどもなく結び置きては初霜*のとけてもとけぬ心地こそすれ

[二]内大臣[3]、宮[1]に大君[45]との結婚の事情を説明

さて後《のち》、寝殿へ渡り給へれば、御格子は、皆参りたれど、まだ御帳の内におはしましける。大納言・中務の君など近く候《さぶら》ふも、入《い》り給へば、皆すべりのきぬるに、御みづからも起き上がらせ給ふを、(内大臣)「まだ夜は明け果てぬものを」とて、やがて添ひ臥しつつ、(内大臣)「さても今宵は、あまり憎ませ給へば、おのがよすがと、あはれかはしぬべきなま女ばらの集《つど》ひた

いだいていると、宮はお思いになるだろう」などと思い、いっぽうで姫君へのしみじみとした思いは深いのだから、ひどくそっけない扱いはできそうにもないとお感じになっておいでなのか、ますますそら恐ろしく、どうしてよいかわからない思いがなさるので、姫君には格別やさしくお語らい置きになって、夜が深いうちにおでましになってしまったのである。

内大臣は、帰っても、やはりどういうお気持ちなのか、いつものように急いであちらの女宮の御方へもおいでにならず、御硯に向かって、これから書くことを口ずさんでいらっしゃるのもめずらしく、「どういうことなのか」と、女房たちもお互いにつつき合っているようだ。伏見の姫君[45]への後朝のお手紙には、こうある。

置いて間もない初霜はたちまち溶けましょうが、契りを結んだ逢瀬のあまりの短さに私の心は溶けない気持ちがいたします。

[二]　それから後、寝殿へお渡りになると、御格子はみな上げてあるが、宮[1]はまだ御帳の中にいらっしゃった。大納言ⓑ・中務君など近くに伺候している女房たちも、内大臣[3]がお入りになるので、みなそっと傍らに退いてしまうと、女宮ご自身もお起き上がりになるので、「まだ夜は明け果てないのに」と言ってそのまま添い臥して、「さてさて、今宵はあまり私をお嫌いになるので、自分の寄る辺として思いを交わすのが似合いの女どもが集まっている所へ参りましたが、あなたはそれを嬉しいと思っておいでだろう、と思うのが、

る所へ、まかり侍りつるを、嬉しと思されつらんと思ふが、また、腹の立つはとよ」と聞こえ給へば、少しうち笑《ゑ》ませ給ひて、(一品宮)「おはせぬがよしと言ひたることもなけれど、常はかうのたまふがむつかしき」と、いと裏もなげにのたまはせたる御気色のなつかしさにも、ありつることども思し出でられて、(内大臣)「げに、これを限りに閉《と》ぢむべきにもあらねば、つつむとても、積もらん夜離《よが》れのほどを、御みづからこそありと、よからず聞こえなす人などあらば、さすがいかにぞや、思さるることもやあらん」と、我《わ》が心さへうらめしくて、涙ぐまれ給ひつつ、いかさまにも、つゆばかりも隔てきこゆべきこととも思さねば、(内大臣)「まめやかには、尽きせず憂くつらく、見ま憂きものにのみ、御言の葉に出でねど思されたる、うらめしけれど、一五いとふにはゆるならひやらん。さるにつけては、人目もけしからぬまでなる有様にて、ことの数に言ひ出づべきにはあらねど、さすがにいたうなごりなかるまじきあたりにも、情けを捨てて、時の間《ま》立ち寄り、いかにと言問《ことと》ふほどのことだに侍らぬを、これとても、人の思ひとがむばかりのことにはあるまじけれ

また腹立たしい、というわけでして」と申し上げられる。宮は、少しお笑いになって、「おいでにならないほうがいい、と言ったこともありませんのに、いつもこうおっしゃるのが困ったこと」と、いとも無邪気におっしゃるご様子の親しみ深さに、昨夜のことが思い出されて、「伏見のことは本当にこれを限りに止めてしまうわけでもないから、隠しておいても、何度も宮を訪れない夜が重なると、宮ご自身はともかく、あしざまに申し上げる人があるとすれば、やはり不快にお思いになることもあろう」と、自分の心まで恨めしくて涙ぐまれながら、どんなことであっても少しもお隠し申し上げようとも思われないので、「ご本心では、あなたは私をとても情けなくつらく、見るのもいやなものと——お言葉には出ませんが——思っておいでなのは恨めしいのですけれど、嫌われるとますます恋心がまさる、とか歌に言うのは本当でしょう。その点については人が見て怪しむほどお傍《そば》につききりでおりましたので、ことさら口に出すべきことではないのですが、私は今まで、まったく未練もなくはなさそうな人の所も、情を捨ててしまい、時々立ち寄り、どうしているかと訪れる程度のことさえしておりませんのに、これも人が咎めるほどのことではありそうもないのですけれど、——実は私も予想外だったのですが、——何とも面倒なことが起こってしまったのを、いったいどうすればいいのでしょう」と言って、入道式部卿宮40がお言い出しになったあの日のことから始めて、自分さえ驚きあきれた昨夜の出来事まで、すっかり宮にお話

ど、心よりほかに、何とやらんものむつかしきことの出でまうで来たるをば、いかがすべき」とて、宮ののたまひ出でしありし日の始めより、我だにあきれたりし昨夜《よべ》の有様まで、残りなく語りきこえ給ひて、(内大臣)「ことのさまのさすがに心苦しければ、時々も立ち寄りこそし侍らんずらめ。そを思ふ時には、[一六]いかにとかや言ひ置きたる、木幡《こはた》の里の通ひ路も、さばかりにはあらぬにや、かねて思ふさへ、何となくものわびしき心地さへし侍りて。また、后の宮などの、おのづからもり聞かせ給ひて、内々《うちうち》の有様をば知らせ給はず、便《びん》無しとや思されんなど、かたがた悔しさこそやる方なけれ。されども、我が心ならざりける契りのほどは、いとかひなしや」など、さまざま聞こえ給ふほどに、ありつる御使、今は帰りぬらんと思せど、いつの間《ま》に書きけるぞと思されん御心の内の恥づかしければ、「こち」ともえのたまはず。

[三]内大臣3、伏見には一夜置いた三夜目に訪れる

冬の日はやうやう暮れゆくに、思ひやるあはれの浅きにはあらねど、さしも何かと聞こえ給ふことどもに、いとおほどか

し申し上げになる。内大臣は、「このように、やはり気の毒な事情なので、時々立ち寄ることもございましょう。それを考えると、君を想う、とか歌に言い置いてある木幡の里の通い路も、私にはそれほどの思いはないせいか、あらかじめあちらのことを考えるのまで、何となく侘しい気持ちまでいたしまして。また、后の宮15などが自然どこからかお聞きになって、内々の事情をご存じないままに不都合だとお思いになるだろうなど、あれこれ後悔されるばかりで、その気持ちは晴らしようもないのです。それでも、自分の心からのぞんだわけではなかったあの契りは、今さら言ってもかいのないことです」などとさまざまに申し上げておられるところに、伏見へやったお使いが、今は帰って来ているのではないかとお思いになるが、いつの間に後朝の手紙を書いたのかとお思いになるであろう宮1のお心の内が恥ずかしいので、お使いに「こちらに来なさい」とおっしゃることもできない。

[三] 冬の日は次第に暮れて行くので、あちらの伏見を思う心は浅くはないが、あれほど何かと詳しく申し上げられたさまざまなことに対しても、女宮1はたいへんおっとりとしたご対応で、といってこれほど隠さずにお話しになる内大臣

なる御気色にて、さるは、またかくうらもなく聞こえ給ふ御心のほどを、いたう思しいれぬにはあらず。とにもかくにも、(内大臣)「まことに、后腹の一品の宮などはかやうにこそはおはせめ」と、気高きものからなつかしき御気色、いとど立ち離れにくければ、御使ばかりをぞ、おぼろけならずさしあふよしにて、奉り給へるに、かしこの人々は、いかがはくちをしう覚えざらん。

次の日ぞ、御山よりも、(入道宮)「昨夜《よべ》はさも*侍らざりけるか」など、思ひ捨てたるさまに、何《なに》となく、人づてに聞こえ給へるに、(姫君)「渡り給はず」とあるに、(入道宮)「さればよ」と、胸うちさわぎ給ひて、苦しき御心地もいとどまさるやうなれど、(入道宮)「まことにさしあふこともありつらん。おろかには思す色なりとても、むげに情けなきことは、さりともあらじ。夢などにも、この君は頼もしきさまにのみ見え給ふを」など、うち返しみづから慰めつつ、思ひ入れぬさまにておはするに、「今宵はいたう*待たれぬほどに、渡り給へる」とあれば、嬉しと*聞き給ふもあはれなり。

3のお心を、まったくご理解なさらないわけではない。ともかくにも、「本当に后腹の、しかも一品宮1と申し上げる高貴な姫宮はこうでいらっしゃるのだろう」と、気品がありながら親しみ深いご様子からいよいよ離れにくいので、ご自分は赴かずお使いを一応、並々ならぬさしつかえができたということでお遣わしになる、それを伏見の人々はどうして残念に思わないことがあろうか。

次の日には、伏見のお山の入道宮40からも、「昨夜は大臣は来られなかったのか」など、気にもしないふうに、何ということもなく人伝てに姫君45にお尋ね申し上げられると、「お越しがなかったのです」とご返事があるので、「やはりそうか」と胸がどきりとして苦しいお心持ちもいよいよまさるようであるが、「本当にさしつかえがあったのだろう。疎略にお考えのように見えても、まったく無情なお扱いはまさかないだろう。夢の中でも、この内大臣は頼りにできる方とお見えになるのだから」など、思い返して自ら慰めながら、深くは考えぬふうにしておいでになると、「今宵は、長く待つ間もなくおいでになった」と連絡があったので、それを嬉しいとお聞きになるのもしみじみとお気の毒である。

かやうにしつつ、(内大臣)「いかでかは、よろづにつけて、かれには浅からず」と思せど、待ち遠ならずしもあらん。さるままには、

〔一三〕内大臣[3]間遠、十月二十日余、入道宮[40]の病重篤

乳母《めのと》やうの者は、「あはれ心尽くしなるべきことのさまかな。いまだにかかり、まして行く末よ」などうちつぶやくを、聞き給ふ正身《しやうじみ》の心の内、いと恥づかしう、(大君)「何《なに》としてありそめにけることのさまぞ」とよりほかに覚え給はず。(大君)「さりとて、おのづからだに思ひ出で給はず、かけ離れなん、はたいみじう心細かりなむかし」と、人知れず袖のみ濡れがちに、むすぼほれ給へるも、ことわりなるものの、されたる御心なりかし。

内大臣《うちのおとど》も、見もておはするままに、あはれにらうたく覚え給へど、立ち離れては、まさりて恋しき御面影、一七葦《あしわ》分け小舟《をぶね》は、いとどやすらひがちなれど、心苦しさの後《おく》るるにはあらねば、さすがに積もる夜《よ》な夜《よ》なのほどを、一八稲葉もそよとだにことわりなきたぐひよりも、異《け》なる御身の際《きは》なればにや、一品の宮は、けしからぬまでおほどかにのみもてなさせ給ひつつ、かつ候《さぶら》ふ人々、大人しかるべき按察使の

〔一三〕　内大臣[3]はこういうふうにしながら、「何とか、万事につけて、あちらの姫君[45]には浅くはなく十分に」とお思いになるが、伏見では待ち遠しいことが無きにしもあらず、というところだろう。こういう状況の中で姫君の乳母といった人たちは、「ああ何と、これからどうなるかと気が揉める有様よ。今でさえこうなのだから、ましてこれからは」など、ぶつぶつ言うのをお聞きになる姫君ご当人の心の内は、本当に恥ずかしく、「どうしてこんな出逢いが始まってしまったのか」とばかり考えていらっしゃる。「とは言っても、大臣が自然に私のことを思い出されず、すっかり離れてしまうのは、またとても心細いことになろう」と、人知れず袖を濡らされることばかり多く、ふさぎ込んでいらっしゃるのは、当然とはいうものの色めいたお心というものだろう。

内大臣も、姫君にだんだん馴染んでいらっしゃるにつれ、しみじみとかわいくお感じになるけれど、離れるとかえって恋しさがまさる女宮[1]の御面影に、伏見へ行く「芦分け小舟」は、いよいよ滞りがちではあるが、お気の毒に思う心が少ないというわけではないので、さすがに重なる一品宮へのご無沙汰の夜々を、「稲葉もそよそよと」訪れる人もないのを嘆くような人々よりも格段に異なるご身分であるからか、一品宮は、不思議なほどおっとりとした御態度であり、その上伺候している人々——しっかりした大人である按察使の乳母ⓐなどまでも、まったく何も知らないのは、かえってとても悲しく、「院[9]や、后の宮[15]などが洩れ聞かれるだろうが、

乳母《めのと》などまでも、つやつや見知らぬさまなるは、なかなかいとわびしう、*(内大臣)「院・后の宮などの洩れ聞かせ給はんに、その人ならず下《くだ》りたる際《きは》にあらぬしも、いとからかるべきわざかな」など、とにかくに、心の安まる世なうのみ思さるるを、二十日あまりのほどより、かの父親王《みこ》、むげに頼みもなくなり給ひて、なかなか今は、いたうことに出でぬものから、なのめならず心苦しげに思《おぼ》いて、「さりとも」などやうに、かすめて御気色とり給へるほど、蓮《はちす》の上の望みもさし置かれて見ゆるも、いみじうあはれに罪得がましければ、浅はかならず聞こえ給ふ。

[一四]内大臣3、風雪の中、馬にて伏見を訪れる

行く末おしはからるるばかりとにや、このほどはいと繁くなりゆくにつけて、そら恐ろしさもなのめならず。おほかたは、さもよしなかりけることよと、かれにもおろかならぬ御心ざしに添へては、いとど思ひ乱れ給ひつつ、めづらしう我が御方にうちながめておはする夕つ方、雪霰《ゆきあられ》かき暗し、風も気《け》悪《あ》しう吹き迷ひて、一九をちこち人のながめの末も、埋《うづ》もれ果てぬらん、二〇篠屋《しのや》の軒《のき》まづ思ひやられ給へば、さばかり

相手が話にならぬほど下の身分ではないのが、かえって非常にきびしい部分だな」など、とにもかくにも心のやすまる時がないほどにお思いになるうちに、十月二十日過ぎのころから、あの父宮40はまったく生きる頼みもなくおなりになって、かえって今は、はっきりと言葉には出さぬものの、ひとかたならず姫君のことをお案じになって、「そうではあっても」などのように、遠まわしに内大臣に来訪のご意向をお伺いになるお便りは、蓮の上の往生への願いも二の次といったように見えるのもたいへんお気の毒で、こちらが罪を得てしまいそうな気がするので、大臣も心のこもったご返事をなさる。

[一四]　内大臣3はこれから先のことが推察できるくらいに、ということなのだろうか、最近は伏見へのお通いがとても頻繁になって行くにつれて、それはそれでそら恐ろしさも普通ではない。だいたいは、何ともつまらないことをしたよ、と姫君45に対して並々ならぬご愛情があるいっぽうで、いよいよお思い乱れになりながら、めずらしくも自分のお部屋で物思いに耽っておいでの夕方、雪や霰が暗くなるほど降り、風も恐ろしげに吹き荒れてあちらこちらの人目も稀な山里の伏見も、きっと埋もれ果ててしまっているに違いない、その粗末な篠屋の軒をまずお思いやりになるので、それほど荒れている天気の中を、お馬で、雪に惑わされ迷いつつお訪ねにな

荒れたる空に、御馬《むま》にて雪にまどはされつつ、更*けゆくほどにおはし着きたるを、待ち取りきこえ給ふ所にも、いかがおろかに思さむ。女君は、とにかくに、いといたうものを思ひ湿《しめ》り、涙がちなる気色なれど、いつもただうちなびきたるさまにて、御答《いら》へなども、おほどかなるものから、あながちに埋《む》もれいたきほどにはあらず。気近うらうたきさまぞ、よろづにすぐれて覚え給ふ。

[五]十一月十日余の月夜、内大臣[3]、大君[45]と歌を唱和

やうやう風も静かになりぬれば、端つ方にいざなひ出でて、もろともにながめ出で給ふに、霜月の十日余日《よひ》の月は、かつ散る雪に、春ならぬ朧《おぼろ》に霞みわたりつつ、池の面《おもて》も向かひの山も一つに、白妙《しろたへ》に見わたされて、軒近き呉竹《くれたけ》の、おのれ一人と下折れたるほど、絵にかかまほしう、取り集め艶にをかしう見ゆれば、御簾を少し巻き上げ給ふに、まばゆげに紛らはしてうつ臥し給ふを、(内大臣)「あなうらめしや。雪の光をだにつつましう思すな。今は面馴《おもな》れ給ひぬらんと思ふを」とて、引きあらはしきこえ給ひて、

(内大臣)「夢なれど夜な夜な深き契りにて伏見の里に積もる白雪

り、夜が更けるころにやっとお着きになった、その大臣を嬉しくお迎え申し上げられた姫君の所でも、どうしてそのお心のほどを並々にお思いになるはずはあろうか。姫君は、あれやこれやと、ひどくいろいろと考え込んで、涙を流すことが多い様子であるけれど、いつもただ内大臣に素直に従うといったふうでご返事などもおっとりとしているものの、といってひたすら内気だというわけではない。親しみ深くいじらしい様子が、特にすぐれていると内大臣はお感じになる。

[五]　次第に風も静かに収まってきたので、内大臣[3]は姫君[45]を端のほうに誘い出して、一緒に外をご覧になると、十一月十日余りの月は、時々散る雪に、春ではないが一面に朧に霞み、池の水面も向かいの山も、ずっと真っ白に見わたされて、軒に近い呉竹が、自分ひとりで下に折れ曲がっているといった風情は、絵に描きたいほど、すべてが心を惹きつけおもしろく見えるので、御簾を少しお巻き上げになると、姫君は顔を見られるのがまばゆいとばかりにおうつ伏しになるのを、「ああ恨めしいな。雪の光をさえ恥ずかしいと遠慮なさるのか。もう今では顔も見慣れておしまいだろうと思うのに」と言って、見えるように顔をお上げさせになって、

「夢の中ではあるものの、夜ごとに深い契りがあって私は、
伏見の里に積もる白雪のようにあなたと共に伏すことが
　積もるのです。

本当にその通り、とおわかりになる夜もきっとありましょう

げにと＊思ししる夜《よ》もありなんものを」と聞こえ給へば、いとどつましけれど、

(大君)積もりてもなほ白雪の消え返り幾夜伏見の夢も結ばん

とのたまへる気色の、子めき＊らうたげに愛敬づき、見まほしき方は、たぐひなしと思ひきこゆる御ことにも、いたう及ばずしもあらじとぞ見ゆる。髪《かむ》ざし額《ひたひ》つき、やはらかなるもてなしけはひ、うちゐ給へるほどなどぞ、＊思ひ出でらるるところなりける。

〔一六〕内大臣[3]、伏見にあっても一品宮[1]を思い、帰宅

(内大臣)「げに、世の常にとりては、かばかりありがたきものを。おろかならずと言ふとも、限りなきまでもあるまじ。さりとて、人々しきさまにもて出づることも、かたかるべきを」など、心苦しうあはれに思されつつ、思はぬことにだに多かる御言の葉は、ましてさまざま、浅からぬ御契りの中にも、(内大臣)「昨日、かくとだにも聞こえず、さばかりの雪もよに振り出でにしを、風も騒がしう荒れたる折は、先々も、いみじう恐ろしきことに思されて、いはけなきみどりごなどのやうに、院・后の宮の御あたりならぬことを、心細げに思さ

よ」と申し上げられると、ますます恥ずかしいけれど、

積もってもやはり白雪が消えるように私は消え入って、眠らずにおりますから、いったい幾夜伏見の夢も結ぶことができるでしょう。

とおっしゃる様子の、子供めいていじらしく、愛敬があっていつまでも見ていたいほどの美しさは、類がないとお思い申し上げる女宮[1]にもまったく及ばないというわけではない、と見える。姫君[45]の髪の具合、額の様子、やわらかな物腰や風情、ちょっと座っておいでの感じなどが、あの女宮が思い出されるところなのであった。

〔一六〕　内大臣[3]は「本当に、世間の常識から見ればこの姫君[45]はめったにないほどの方だ。よく、並大抵ではない、と言うが、それもこの方のように限りなく優れているわけでもあるまい。といって一人前の妻として世間に公表するのも難しいだろうな」など、お気の毒にもいとしくもお思いになりながら、何も思わぬ時でさえ多いお言葉を、今はましてさまざまに尽くして深く契られるのだが、「昨日は何も申し上げずにあれほどの雪が降る中を急に出てきてしまったけれど、一品宮[1]は風が騒がしく荒れる時には、今までも、とても恐ろしくお思いで、頑是無い嬰児のように、院[9]、后の宮[15]のお傍においでではないことを心細くお思いだったのだから、頼りがいのない私さえいない今夜は、さぞかしいっそう独り寝の夢も結びかねておいでだろう」と女宮を胸が高鳴るほど恋しくお思い申し上げになると、たちまち涙がはらはらとこ

れたるを、かひなき我《われ》だになければ、いま一際《ひときは》、さすがに、片敷きかねてやおはしますらん」と、心ときめきさへ添ひて、思ひやりきこえ給ふに、やがて涙のはらはらとこぼれぬるを、宮の御ことの頼みなきなどにぞ、つきづきしく言ひなし紛らはし給ふを、女君、いとどせきあへず、思ひむせび給へるも、げにまたあらぬ涙ならず、心苦しうあはれなるも、あぢきなき御心の内なりかし。

常よりもこまやかに、契り語らひきこえ給ふほどに、少し明け過ぎぬべければ、御車ゐて参るべきよしのたまひつつ、三御乳母子《めのとご》の少納言 某《なにがし》を、御山へ奉り給ひて、「今宵はいかが」など、聞こえ給ひて、みづからは、うち解け過ぎにける狩姿《かりすがた》もらうがはしやとて、すぐにぞ帰り給ふ。

【一七】雪の朝、父君白河院[9]、一品宮[1]を案じて御消息

一条の院には、思ひやりきこえつるもしるく、雪降り荒れたる音《おと》なひに、何《なに》となくもの恐ろしうて、御目も合はぬに、からうじて明け方近き気色なれど、あながちにとく起きんも人目やいかがと、よろづつつましきより他のことなけれど、雪にことつけて、まだ明《あ》け暗《ぐ》れのほどに、御格子参りて御

ぼれ落ちるのだが、それを入道宮[40]のご病気が篤いことに言いなして紛らわされると、女君のほうはまして我慢できずにむせんでおいでなのも、これはまた本当にもっともな涙であって、お気の毒でしみじみとした気持ちになるのも内大臣の複雑なご心中というものである。

いつもより細やかにお話や約束をなさったりするうちに、少し夜が明け過ぎてしまいそうなので、お車を近く寄せるようにお言いつけになり、御乳母子の少納言何某ⓓを入道宮がおいでのお山へおつかわしになって「今晩は、お加減はいかが」などお見舞い申し上げてから、ご自分はうちとけ過ぎた狩衣姿も失礼だからと、すぐにお帰りになる。

【一七】 一条院の一品宮[1]は、内大臣[3]がご推察申し上げた通り、雪が降り荒れる音に、何となく恐ろしくて眠れぬ夜を過ごされて、やっと明け方が近い時分になったものの、無理に早く起きるのも人がどう思うかと——周囲に遠慮なさっただけで別に嫉妬の気持ちはないが——雪にかこつけてまだ暗いうちに御格子を上げさせて外をお見わたしになると、いつもの年より雪がたくさん積もっているのを見るにつけ、以前弘徽殿の御前に雪山を作らせてご覧になった時などをお思い

覧じわたせば、常の年よりもいみじう積もりたるにつけても、古《いにし》へ弘徽殿《こうきでん》の御前《まへ》に、雪山作らせて御覧ぜし折々など、思し出でられつつ、いたう隔たらぬ昔恋しう、うちながめておはしますに、院より御消息《せうそこ》あり。「『いまだ御夜《およる》*ならば、ことごとしうな聞こえさせそ。しばし侯《さぶら》へ』となん侍りつる」とて、蔵人の少将 某《なにがし》、御使《つかひ》に参りたるに、(女房)「いつもかやうなる御使をば、大臣《おとど》ことにもてなし給ひつつ、御返事をさへ、側《そば》より聞こえ給ふなどをこそ、院もをかしきことに思されたるに、このほどの御夜離《よが》れはめづらしからねど、今朝《けさ》しもなどか遅うさへ見え給ふらん」と、ただ今ぞ、大人しき人々は、心づきなしと思ひきこゆべかめる。御消《せう》息《そこ》には、

(白河院)「手馴らしの松も木高く花咲きて頭《かしら》の雪ぞ降りて嬉しき

よろづ世の影もなほあかずこそ」

と、白き色紙《しきし》に神さびたるさまに書かれたる、墨つき多く書きなさせ給ひつつ、まことに、千歳《ちとせ》の初花咲きそめて、緑の色あらはれたる松の枝に付けさせ給へり。御使に、女の装束に細長添へてぞありける。御返は、氷襲《こほりがさね》の薄様《うすやう》に、

出しになって、それほど時を隔てぬ昔が恋しく、物思いに耽りつつ眺めておいでになる時に、父君白河院[9]からお手紙がくる。「『まだおやすみならば、ことごとしく申し上げないほうがよい。しばらくお待ちしてから』ということでございました」と言って蔵人少将何某がお使いに参上したのだが、「いつもこうしたお使いを内大臣様は特にもてなされて、宮のご返事に傍《そば》から言葉をお添えになったりするのを院[9]もおもしろくお思いなのに、このごろの夜離れはめずらしくはないものの、よりによって今朝はどうして遅くお帰りなのか」と、今という今、年配の女房たちは内大臣を不快にお思いしているようだ。白河院のお手紙には、

「私が手塩にかけた松も高く育って、今朝は白い花が咲いたように雪が積もっています。それはあなたの長寿をお祝いしているのですから、本当に嬉しいこと。

万年までといってもやはり不満足ながら」

と、白い色紙に神さびたふうにお書きになってあるのは、墨つきもたっぷりとした書きざまで、本当に千歳の松に雪の初花が咲きはじめて緑の色がくっきりした枝に付けてある。お使いへのかずけ物としては、女の装束に細長を添えてお与えになる。ご返事には氷襲の薄様の紙に、

「降る雪が千年の長寿を祝って積もらないとしたら、何を小松の花と見ればよろしゅうございましょうか。

それは当然のことでございます」

とあるのをご覧になって、書き振りのすばらしさをはじめと

（一品宮）「降る雪に千歳をかねて積もらずは何を小松の花とかは
見む
ことわりにも過ぎてこそは」

とあるを、院は御書きざまのめでたさよりはじめ、いみじうしほたれさせ給ひけり。

姫宮も、「常はさばかりよからぬ身を、ことの折節ごとに、いかにせんと、初春《はつはる》ならず耳馴れにける御祝ひことばのあはれさ、げにあまりいかにせむとのみ思されたるゆゑに、なかなかはかばかしからぬなんめり」など、さまざまに思し続くるに、荒らましかりつる夜半《よは》の気色よりはじめ、常はいとさまで思し入れられぬことも、折からにや、ただ今は、ものうらめしう思されて、一方《ひとかた》ならず濡るる御袖を、いつとても憂き身を思ひ知り、昔をしのばぬことはなけれど、今朝《けさ》はいとはしたなく、人の思はんこともつつましう、まめやかに我が御身心づきなければ、紛らはさんとにや、御傍《かたは》らなる箏《しやう》の琴《こと》など掻き鳴らしつつおはしますほどにぞ、大臣《おとど》は入りおはしたる。

して、院は涙されたのであった。

姫宮[1]も、「いつもはそれほど運がよくないこの身を、折節ごとに、どうしたものかと、初春の折だけではなくいつも聞きなれたお祝いの言葉をくださる院のありがたさ、本当に、あまりどうしようかとばかりお気遣いくださるせいで、かえってわが身ははかばかしくないのかもしれない」などと、いろいろとお思い続けになると、荒々しかった昨夜の嵐の様子をはじめとして、いつもはそれほど深く考えないですむことも、この折のせいか今は何とも物恨めしくお思いになって、一通りでなく濡れるお袖を、いつでも情けない身と考えて昔を偲ばないことはないのだけれど、今朝はとてもいたたまれない気が募り、女房の思惑も気になり、本気で自分の御身が厭わしく思われるので、それを紛らわそうというわけか傍らにある箏の琴などを掻き鳴らしておいでのところに、内大臣[3]が入っていらっしゃった。

[一八]内大臣[3]、一品宮[1]の涙を見て歌を唱和する

思ひ入れ顔に鳴る物の音《ね》も、いつもあることなれど、心の鬼に恥づかしう思されて、何《なに》となく紛らはして押しやらせ給ひつつ、うつ臥しておはしますに、こなたにも心の鬼添ひて、(内大臣)「もしいかに思さるるにか」と、ことわりにわびしながら、夢ばかりにても思し入れんことは、またあはれにもかなしうも、いよいようらうたき方のみ添ひて、御側《そば》についゐ給ひつつ、(内大臣)「昨夜《よべ》、かの宮の、常よりもむげに頼みなきさまにと、告げて侍りしほどに、暇《いとま》をだに聞こえでまかりにしを、雪にさへ降りまどはされて、心地こそ堪へがたけれ。あまり風さへ荒れたりつれば、宿直人《とのゐ》のためには、ちと思し出づることも侍りつらんな」とて、御《み》ぐしをかきやりつつ見奉り給へば、まだ寝くたれのつくろふ所なき御顔の、雪よりもけに透き通りたるまで白く、うつくしなど言ふもおろかなるに、御目見《まみ》のわたりのうち濡れて、薄色の御衣《ぞ》の少しなよよかなる御袖の上も、ところどころかへりて見ゆるに、(内大臣)「さればよ」と、いとど心まどひのみせられつつ、我が身のつらさも限りなく、やがて涙もせきあへず、さまざ

[一八]　何か心にかかる、といったふうに鳴る琴の音も、いつものことながら、一品宮[1]は内大臣[3]を恨めしく思った今朝は良心が咎めて恥ずかしくお思いになり、それとなく紛らわして琴を押しやりながらうつ伏しておいでになると、こちらの内大臣も同じく良心が咎めるふうで、「いったいどうお思いなのだろうか」と、それも当然のこととつらい思いがするものの、ほんのわずかでも自分のことを心にかけてくださるなら、それもまたしみじみといとおしく、ますますいじらしさがまさり、そばにひざをついて座られ、「昨夜、あの入道宮[40]のほうから『病状がいつもよりずっと頼み少なくなった』と告げて参りましたので、ご挨拶さえ申し上げずに伏見に見舞いに参りましたところ、雪にまで降り惑わされて我慢しきれぬほどの気分でした。あまりにも風まで吹き荒れたので、あなたは宿直人としての私をちょっとは思い出してくださったでしょうね」と言って、御髪をかきやってお姿をご覧になると、まだ寝起きのままの御素顔は雪よりもくっきりと透き通るほど白く、可憐というのも言い足りぬほど美しくおいでになって、御目もとのあたりが少し濡れ、うす色の御衣の少し着馴れて柔らかくなったお袖の上も、所々涙がしみ色褪せて見えるので、「やはりお泣きになったのだ」、といよいよ困惑も増して、我が身のやるせなさも限りなく、そのまま涙もこらえきれずにさまざまお話し申し上げになるので、女宮の恥ずかしさも並々ではない。院[9]のお手紙が心に沁みたのでこぼれ始めた涙を、一方的に昨夜の夜離れを恨む涙とと

ま聞こえ給ふに、恥づかしなどもなのめならず、院の御消《せう》息《そこ》のあはれさにこそ、こぼれそめにける涙を、一筋《ひとすぢ》にとりなされぬるもいとわびしう、(一品宮)「いつとても、かしこき御蔭を立ち離れて後《のち》は、雨風の荒きにも一際《ひときは》心細く、よろづにつけてしのばしき古《いにし》へのあまり、何《なに》となく、ただ今は、げに恨めしからずしもなかりつる心の内をだに、つつましと思ひつるに、さまでなきことの、人目にさへあまりける心憂さこそ。あり経《ふ》れば、かやうのことさへ、似つかはしう世の常めきてなるべき身の契りのつらさよ」と、思さるるに、さしもつつましき御涙しも、所得顔《ところえがほ》になりまさりて、ものもおほせられぬも、いとどあらぬ方にのみとりなされぬべければ、

(一品宮)何ごとも思ひぞ知らぬ身一つの憂きには堪へぬ涙なれども

と、のたまはせ紛らはして、うちそむかせ給ひぬる御気色の、らうたげなるものから、なまめかしう心恥づかしさに、(内大臣)「例の人に似ぬ御癖は、げにさもあらむ」と、ねたうさへなり給ひつつ、(内大臣)「まことに、いつのならひにか、をこがま

りなされるのも非常につらく、「いつでも、もったいないほどの父院の御庇護を離れてからは、雨風が荒い時は一際心細く、何ごとに際しても過ぎ去った昔を思って何となく恋しいのだけれど、今朝は本当に、恨めしくないこともないと思ったその心をさえ恥ずかしいと思って隠していたのに、それほどでもないことで流した涙を人（内大臣）に見咎められた情けなさ。年月がたつと、このようなことまでが似つかわしくなって行き、夫婦の仲も世間じみてしまう我が身の契りのつらさよ」とお思いになると、あれほど遠慮していた涙が、何と所を得たというふうに溢れてきて、ものもおっしゃれないが、それをもいよいよ別の理由にとりなされそうなので、

あなたに関わる恨みの涙ではございません。そうではなくて我が身の情けなさゆえに我慢できずに流した涙ではございますけれど。

と紛らわしておっしゃって、あちらを向いておしまいになったご様子が愛らしいものの、とても優雅で、こちらが恥ずかしくなるほどごりっぱなので、大臣は「いつもの、女宮の高貴なご性状からしても、嫉妬といった気持ちはご存じないのだろう」といまいましいほどにまでお思いになる。「本当に、いつの間にか愚かなことをいろいろ申し上げてしまいました。そんなふうにお考えくださるほどの身であるなら、これほど嬉しいことはないでしょう」と言って、

「あなたがお感じになったつらさよりも、留守をした私のほうが苦しいのです。私のせいで尽きることのないあな

しきことども聞こえさせ侍りにけり。さやうに思しも入れらるばかりの身ならば、嬉しくこそあらめ」とて、

（内大臣）「思ふらん憂さにも過ぎてつらきかな我ゆゑ尽きぬ君が涙は

その罪はまことにあがはん方なけれど、この世とのみやは見え侍る。よし、今は思しゆるさせ給ひて、御心に思されずとも、時々は、いづち去《い》にけるぞとも、尋ねさせ給へかし。さりとて、行く先にても、夢にも心の安まるとや思さるる」など、泣く泣くと言ふばかり、聞こえ給へる気色も、げに偽りとはた見えず。何ごとにつけても、いかにぞや隔て顔なることのつゆばかりも見え給はぬは、まことにあはれにも思し知られつつ、いとどうらもなく、らうたきさまにのみもてなさせ給ふを、さるままには、男の御心の置き所なさぞたぐひもなきや。

[一九]翌朝、入道宮[40]薨じ、内大臣[3]弔問

まこと、かの伏見には、その日の昼つ方、御消息《せうそこ》奉り給へるに、御使帰り参りて、この朝《あした》なん、つひにはかなくなり給ひにけるよし聞こゆるに、かねてより思ひしことなれど、さし

たの涙なのですから。

私の罪は本当に贖いをする方法もありませんが、あなたとのご縁はこの世だけのものとは思っておりません。まあ、今はお許しいただくことにして、ご本意ではないとしても時々は、どこへ行ってしまったのかとでもお探しくださいよ。と言っても行く先でもあなたが気掛かりで、心が休まることはまったくありませんが」など、泣く泣くというほどの言い方でお話し申し上げになるご様子も、本当に偽りとはまた見えない。何ごとにつけても、どういうわけか内大臣の様子には、心を隔てるといったことはまったく見えないのが、本当にしみじみと女宮のお心に沁みて、いよいよ表裏なく無邪気におふるまいになるその嬉しさに、男の心は置き所のない気がするのも、他に例がないほどなのだ。

[一九] さて、内大臣[3]はあの伏見にその日の昼頃お手紙をおさしあげになると、お使いが帰参して、この朝、ついにはかなく亡くなられたよしを申し上げるので、かねてから思っていたことではあるものの、この期に及ぶと非常にあっけなくお気の毒で、折り返しいつものように少納言ⓓをお見舞い

あたりいとあへなうあはれにて、立ち返り、例の少納言をぞ奉り給ふ。母上の御方へも、「かうかうとなんうけたまはる」と聞こえ給へれば、いみじく思しおどろきて、誰《たれ》も、斎院へぞ、さまざま聞こえ給ひける。

かくて、かしこには、一人賢《さか》しき人もものし給はず、ただ三所《みところ》ながら、同じ涙にひちて、明かし暮らし給ふ。中にも姫君は、誰《たれ》もおほかたの心苦しさ、いつも同じことにてこそあらましに、今はの閉ぢめにしも、とりわき我ゆゑ心を乱し給ひしことのかなしさを、さましやらむ方なく、思しほれたるさま、ことわりなる中にも、いといみじくなむありける。

内大臣《うちのおとど》も、しか思しやるも、心苦しともなのめにて、御使は、道の暇《いとま》なきまで行き帰り、隙《ひま》なく奉り給ひつつ、御仏事のこと、何かのこともいとこまかに、よろづはとぶらひ奉り給へば、（前斎院）「げにかからざりせば、おほかたのことばかりにて、かばかり思しいたらぬことなくはあらざらまし」と、斎院なども、あはれに嬉しく、今はまして一筋《ひとすぢ》に、頼もしきことにのみ思ひきこえ給へるもあはれなりけり。

の使いとしておつかわしになる。母上12の御方へも、「亡くなられたと承りました」と申し上げられると非常にお驚きになって、どなたも斎院35へさまざまなお悔みを申し上げられる。

こういうわけで、伏見には、誰ひとりしっかりした人もおいでにならず、ただお三方（斎院、姫君45、中君44）がみな同じ涙に濡れて明かし暮らしておいでになる。中でも姫君は、どなたもこうした場合のお悔みの気持ちはいつであろうと変わらぬであろうが、父入道宮40が臨終の折にも、とりわけ自分ゆえに心をお乱しになったことの悲しさを、晴らそうにも方法がなく思って呆然としておいでの様子は、当然であるとはいえ非常にいたましいことなのであった。

内大臣もきっと姫君はお悲しみだろうと推察なさると、お気の毒とも何とも形容のしようがなく、お使いを道の隙間がないほど往復させ、頻繁におさしあげになりながら、いっぽうで御仏事のこと、その他のことも非常に細やかに万事お世話し申し上げておいでなので、「本当に、こうしたご縁がなかったとしたら、一通りのご弔問ぐらいで、これほど行き届いたお心遣いはあり得なかったであろう」と、斎院などもしみじみと嬉しくて、今はこれまで以上に一途に内大臣を頼りがいのある方とお思い申し上げておいでなのもお気の毒なことであった。

［三〇］第四年春、伏見の人々、内大臣[3]、宮[40]を悼む

かやうにて、御忌みも末つ方になれば、ともに暮れ果てぬる年さへ憂きも、なごりは心細きに、立ちかはる春の気色も、ただ夢の心地し給ひて、姫君、

二四「いかなれば暮れても年の返るらん別れはいとど月日隔てて

うらやましうも侍るかな」とて、せきかね給へるに、中の御方、

今はとて古《ふ》りにし人も立ち返り春にはたぐふならひなりせば

御袖どもも朽ちぬばかりにて、いと近やかに添ひ臥しつつ、うち語らひておはするを、斎院もいとかなしく思されて、

さまざまに嘆く涙のいろいろに古《ふ》りにし人も袖は濡るらん

など、あはれに聞こえかはし給ふ折しも、内大臣殿より御消息《せうそこ》あり。おほかたには、明日《あす》になりにける御四十九日のことなど、とぶらひ奉り給ひて、人知れぬ片つ方には、

(内大臣)二五「あらたまる春につけても墨染《すみぞめ》の袖に霞の色や添ふらん

［三〇］　このような状態で、御忌も果てようとするころになったので、悲しみとともに暮れ果ててしまった年までもつらく、その名残は心細いが、立ち戻って来た春のさまも、ただ夢のような気持ちがなさって、姫君[45]は、

「どうしていったん暮れても年はまた立ち返るのでしょう。
亡くなった父君は帰られることなく、またお別れした日は、いよいよ月日が隔たって立ち返ることはないのに。

年が何とも羨ましゅうございます」と言って、涙をこらえきれずにおいでになると、中君[44]は、

今は新年になったのだから、といって、亡くなった方も立ち返り、春と同じく帰ってくるのが世の常であるとすればどんなに嬉しいことでしょう。

と唱和される。お二人は袖が朽ちてしまいそうにお泣きになり、たいへん近くに添い伏しながらいろいろと話しておいでになるのを、斎院[35]も非常に悲しくお思いになって、

さまざまにみなが流す悲しみの涙の色に、きっと亡くなった方の袖も濡れていることでしょう。

など、しみじみとお詠み合いになる折しも、内大臣殿[3]からお手紙がある。だいたい一通りは、明日になってしまった御四十九日のことなどをお見舞い申し上げになって、別に人知れぬ姫君への思いとしては、

「年が改まって春を迎えるこのごろは、墨染めの袖に涙に霞む色がいっそう加わっていることでしょうね。
春にも晴れぬ私の嘆きは、あなたには劣らないでしょう」

はれぬ嘆きは劣るまじうこそ」

などやうに、さまざまこまやかなるをうち見給ふも、何《なに》となう、いとど涙のみ霧《き》りふたがりて、筆もはかばかしくとられ給はねど、*せめて、もののかなしき折は、えしも事削《ことそ》がず。思ふよりは黒みさへ過ぎにけり。

(大君)奥山の幾重《いくへ》の霞しほれ侘びしげきは春の嘆きなりけり

また、

(大君)おのづからとふ言の葉にかかりつつ絶えぬもかなし玉の緒ばかり

〔三〕内大臣[3]、大君[45]の京移転を思い立ち乳母に相談

まことに、思しけるままと見ゆるを、大臣《おとど》はいみじくあはれにかなしう、ただ今もさし向かひ見まほしさのたぐひなけれど、いぶせかりしほどにも、よそながら*一二度渡り給へりしを、春もむげに浅き折節の、人目もいかがと思さるれば、しばしはとやすらはれ給ふも、いといぶせう、いかさまにも、かやうにては、こなたかなたあるべき心地もし給はねば、忍びて京へ迎へきこえて、近きほどならば、ともかくもいとよくたばかりなんと思しつつ、*大弐の乳母《めのと》この

などのように、さまざま細やかなお手紙をご覧になると、何となくいよいよ涙の霧で目が塞がって、筆もしっかりと取ることはおできにならないが、非常に悲しい折のこのお見舞いにはご返事を省かずにお書きになる。思ったよりは墨が黒すぎたようであった。

奥山には幾重にも霞がかかって、そのために私の衣は濡れております。山に繁る木は春の嘆き（なげ木）なのでした。

また、

自然にお見舞いのお言葉に寄りかかってお頼りするゆえか、絶えてしまわないのも悲しい私の命というものでございます。

〔三〕　本当に、お思いになったままと見られる歌を、内大臣[3]はたいへんしみじみと悲しくご覧になって、今でもさし向かって逢いたいという気持ちは比べようもないけれど、喪中にもよそながら一、二度ご弔問なさったのだが、正月を迎えたばかりで春もまだ浅い折の訪問は人目もどうだろうかとお思いになるので、しばらくは様子を見ようと躊躇されるものの、非常に憂鬱な気がして、こんな状態ではこちらもあちらも居ても立ってもいられない気持ちがなさるので、密かに姫君[45]を京へお迎え申し上げて、近い所であれば何とかうまく工夫のしようもあろうとお思いになる。大弐の乳母ⓔがこのころ九州から上京したのを召して、事情を話してお聞かせになって、「もしそれが適当であればの話だけれど、あなた

ほど上《のぼ》りたるを召して、ことのさまのたまひ聞かせて、(内大臣)「さりぬべくは、その家に、*忍びてと思ふを、かまへて人に気色見せず、よく忍ぶばかりぞ」と、のたまはすれば、うけたまはりて、(大弐乳母)「心ばかりはよくこそ忍び侍らめ。それにとりて、もし、殿・上なども洩り聞かせ給ひて、問はせ給はば、何《なに》とか申し侍るべき」と聞こゆれば、(内大臣)「問ひ給はずとも、今よりも聞こえよかし。されども、さもなからん先にはわろし」ともぞのたまふ。(内大臣)「渡りて後《のち》、かうかうなんと聞こえよ。誰《たれ》も世の聞こえを便無《びむな》しとぞ思さむずらん。されど、いかにも人目あやしきまではあるまじきものを。ただかしこに心細くてとまりゐたることの、あはれに見捨てがたきばかりぞや」とて、涙ぐみ給ひぬるも、いと浅うは見えぬに、(大弐乳母)「そは、よその人目ばかりを思さるべきにも侍らず、*少しの御夜離《よが》れをも、思しめしとがめぬべき御心の内こそ」と聞こゆれば、(内大臣)「なべて世の人のやうにも思ひきこゆるものかな」とばかりにて、うちほほ笑《ゑ》み給ふめり。

の家に伏見から姫君をこっそりと連れてこようと思うのだが、才覚を廻らせて、他人に知らせずよくよく秘密に計らうように」とおっしゃるので、それを承り、「私自身は充分に秘密をお守りいたします。それにしても、もし殿[13]・上[12]などがこのことを漏り聞かれて、お尋ねがあるとしたら、どう申し上げたらよろしゅうございましょう」と申し上げると、「お尋ねにならなくても今から申し上げよ。でも、移す前では具合が悪いな」ともおっしゃる。「移転してからこうこうと申し上げよ。お二人とも世間体が悪いとお思いになることだろう。しかし、どうしたところで、人が見ておかしいと思うようなことはあるはずがないのだ。ただ伏見に心細い有様でとどまっていることが、しみじみと気の毒で見捨てがたい思いだというだけのこと」と言って涙ぐまれるのも思いが浅いとは見えないので、「それは、他人の目ばかりをお思いになるべきことでもございません。わずかな御夜離れをもお咎めになるのが当然の、一品宮[1]のお心のうちをお考えにならないと」と申し上げると、「宮のお心を普通の世間の人と同様にお思い申し上げているのだな」とくらいはおっしゃって、苦笑いしておいでのようだ。

[三]内大臣[3]、大君[45]の移転を一品宮[1]に語る。宮懐妊

さて姫宮にも、「大弐(内大臣)が、かうかう言ひつるこそをかしかりつれ。世の常に、我も隔てきこえ、また、聞き出ださせ給ひて、勘当*ありぬべきに思ひたりつるよ。もしまた春よろこびに御気色《ごきそく》ようなりて、さやうなることも思されぬべきか」とて、笑ひ給へば、例の御顔うち赤めて、ものも仰せられず。

若君の、うつくしき御声にて、今はものなどいとよくのたまひつつ、さわがしく二所の御あたりを、紛れありき給へる御さま、作り合はせたらん心地ぞするや。されど、宮は尽きせず恥づかしきことにのみ思されて、をさをさ見入れ奉り給はぬに、去りにし神無月の頃ほひより、また同じさまなる御心地なりければ、誰《たれ》も誰も思しよろこびて、今よりこちたき御祈りなのめならざりけり。

[三]二月朔日頃、若君[21]袴着。大君[45]移転を思い悩む

二月朔日《ついたち》頃は、若君の御袴着《はかまぎ》のことに紛らはしければ、そのほど過ぐして、伏見の里にも移ろひ給ふべきを、斎院なども、あるべきことに嬉しう思さるれど、この君さへ振り離れ、

[三] そうして、姫宮[1]にも、内大臣[3]は、「大弐ⓔがこうこう言ったのはおもしろうございました。普通世間であるように私もあなたに伏見の人のことをお隠し申し上げ、またそのことをあなたがお聞きだしになってお咎めがあるはずだと思っているのですよ。もしかしたらまた、春を迎えた嬉しさにご機嫌がよくなって、お叱りになろうとはお思いにならないということですか」と言ってお笑いになると、いつものようにお顔をさっと赤らめてものもおっしゃらない。

若君[21]がかわいいお声で今はお話を上手になさって、さわがしくお二方の御あたりをはしゃぎ回っておいでのご様子は、まるで愛らしい人形を合わせて作り上げたような気持ちがすることだ。しかし宮はたいへん恥ずかしいことばかりお思いになって、気をいれて若君をお世話申し上げられることはまったくないのに、去年の十月のころから、また同じご懐妊のご様子なので、どなたもどなたもお喜びになって、今から仰山なご祈禱がひと通りではないのだった。

[三] 内大臣[3]の心積もりでは、二月初旬ごろは若君[21]の御袴着のお祝いがあって忙しいので、そのあたりを過ぎてから伏見の里の君[45]も移転なさるのがよかろうということで、この姫斎院[35]なども結構なことと嬉しくお思いではあるが、この姫君までが伏見から遠く離れ山路を分けて京にお出ましになれば、その名残はどんなに心細いことかと、たいへん心配なさ

山路分け出で給ひなんなごりの心細さを、いみじく思すべかめるに、中君、はた若き御心地に思ひやりなう、かなしとのみ思したるを、見聞こえ給ふ正身《しやうじみ》の御心地には、（大君）「行く先ももて出ではなやかに、思ふさまならんにてだに、[三六]荒れまく惜しき伏見の里のなごりは、いかでか忍びがたからざらん。そを、さばかり世こぞりいみじき御仲らひに、その数ならぬ御垣《みかき》のほかに、まだ見ぬ都の春をながめ過ごさん心尽くしは、なかなかなるべきわざかな。過ぎにし御心地にも、いとさは思し掟てざりけん」など、とにかくに思ひ乱れて、

（大君）住み慣るるみ山がくれに朽ち果てで花にも馴れし春を
　よそにて

とぞ、思しとらるれど、いつの日などいふこともなく、ただ、斎院に、忍びて、（内大臣）「さやうならんことはいかが」と、聞こえ給ひけるばかりなれば、あながちにまこととしも思されず。

内大臣《うちのおとど》も、「渡り給はむほどの有様も、なべてによろしきさまならば、いかにも世に洩り出でなん。さりとていた

るようであるし、中君[44]もまたお若くてそれほど深い思慮も及ばぬままに別れることだけを悲しいとばかり思っておいでになるのをご覧になる姫君ご本人のお気持ちとしては、「これからのことを考えると、結婚が公になり、はなやかで思い通りの妻の座があるとしたところで、惜しいことに荒れ果ててしまうにちがいない伏見の里への思いはどうして耐え忍ぶことができるだろうか。それなのに、あれほど世間に評判の高い一品宮[1]とのむつまじい御仲がありながら、その数にも入らぬ御殿の外で、まだ見たこともない都の春を物思いに耽って過ごす愁いはかえってつらいものがあろう。故父君[40]のお心積もりとしても、そうはまさか思い定めておいではなかったろう」などあれこれ思い乱れて、

住み慣れたみ山がくれの伏見の里に朽ち果てずに、毎年
美しい花を見馴れている春の季節を、これからは他所で
過ごすことになるのだろうか。

と思い定めておられるが、それは何日と決まっているわけでもなく、ただ斎院にこっそりと内大臣が「お移しする意向ですが、どうお思いでしょう」と申し上げられた程度なので、必ずしも、しいて本当に実現することとも思われない。

内大臣も、「姫君がお移りになる時のやり方も、すべてについてご身分相当な仕方であれば、どうしても世間に洩れ出てしまうだろう。といって、身をやつして人目につかぬようにこっそりと、といったふうにするのも、あちらの人たちの気持ちが気の毒なのだから、いったい自分はどうしてあらか

う忍びやつしたらんも、かしこの人々の思はむこといとほしかるべきを、何しにかねて聞こえけん。ただ我が身渡りて、にはかなるさまに率て来たらんのみぞよかるべき」と思しつつ、その後《のち》は、何《なに》とも聞こえ給はねば、御いつはりにやと誰《たれ》も思すに、

[三四]二月二十日過、大君45、京の大弐乳母ⓔの家に移る

二月《きさらぎ》も二十日にあまりて、花もやうやうにほひを散らし、風のどかなる夕《ゆふ》べのほど、御前《ごぜん》などもむつまじう、おのづから思ひとがむとも、世に洩らすまじき限りを御供にて、いたう例のやうにやつれたる御狩姿《かりすがた》ならで、おほかたなるさまにて渡り給へれば、まづ斎院の御前《まへ》に参り給ひて、尽きせぬあはれなど聞こえ給ひつつ、（内大臣）「山深き御住まひも、さのみ頼む蔭なうて、いかによりどころなき御ことならんと、思ひやりきこえさせぬ折すくなう侍れど、よろづのこと隙《ひま》なう、紛れ過ごし侍るも、さすが、近くばおのづからと思ひ給へて、かの侍所《はべりどころ》の北ざまに、故院のしめさせ給ひて、[二七]雪・月・花の折節の興をば、必ずこれに渡りて、もてはやさせ給ひける所とうけたまはれば、昔の御なごりも浅から

じめこの移転のことを申し上げてしまったのだろう。ただ私があちらに行って、にわかに連れてきたという具合にすればそれが一番よかろう」と考えをめぐらされ、それからは何とも申し上げられなかったので、伏見では、内大臣はいいかげんなことをおっしゃったのかと、どなたもお思いのうちに、

[三四]　二月も二十日過ぎになって、桜も次第に美しく咲き始め風がのどかな夕方のころ、内大臣3は、ご前駆なども、親しい者で、何か不審に感じても世間に洩らすはずのない者だけを御供として、いつものようにひどく身をやつした御狩衣姿ではなく、普通のご装束で伏見にお渡りになると、まず斎院35の御前に参上なさって尽きぬ悲しみの趣などをお話し申し上げながら、「山深いお住まいも、あれほど心強くお思いでした入道宮40のご逝去後は、どんなに頼りない御ことかと、拝察申し上げぬ時はございませんでしたが、万事に暇がなくそのために失礼しておりましたけれど、そうは言っても、近くであれば自然にその心配も少なかろうと存じまして、私のおります所の北側に、故院10のご所領で、雪、月、花の折節の遊びは必ずここでお楽しみを尽くされた御所と伺っている所がございます。故入道宮様40や斎院のあなた様にとっても父院のご縁も浅くはなく、それでは、その御殿にでもお連れ申し上げようかと存じまして、一日ごろ参りまして見ましたところ、家屋は傾き、簾は破れ、本当に庭も籬も草ふかく、人の住めそうな状態でもございませんでしたので、少し、人

ず、さらばかしこにまれ、おはしまさせばやと思ひ給へて、一日頃《ころ》まかりて見侍りしかば、屋戸は傾《かたぶ》き、簾《すだれ》絶えて、まことに庭も籬《まがき》も草深く、人の住むべきさまにも侍らざりしかば、少し気近く、世の常になさばやと思ひ給ふるを、かしこに、何《なに》とやらん常ならぬ人のものし給へば、折節悪しう侍りて、そのほどを過ぐすべきにて侍れば、月頃も積もりぬべき心もとなさ」など聞こえ給へば、(前斎院)「まことにさやうに侍らんは、方々《かたがた》嬉しく頼もしきことにこそは。されども、やうやう古りゆく身の、山路分け出でても、初々《うひうひ》しくや侍らん。げに心苦しき人の御ことこそ」と聞こえ給ふに、いま少し近く寄りて、(内大臣)「かの申す所へ、誰《たれ》も同じ折とこそ思ひ侍りつれど、[二六]いと忍びたる所のあやしきを求め出でて侍るに、*とまれ、まづ、ことごとしかるまじき人なれば、かしこの出で来んほどの中宿りに、渡さばやと思ひ給ふるを、少しの人目も離《か》れんは、いとど心細き御こともやとやすらはれ侍るを、御許しあらば今宵なども」と聞こえ給ふを、(前斎院)「まことにその御なごりは聞こえ尽くすべきならねど、さらばまた本意《ほい》に嬉しきことにこそ侍らめ。されど、今宵

の住めるような普通の家にしようと存じましたが、御殿には何でしょうか、いつもはいない人がおいでになったので、時期が悪うございまして、その時を過ぎてからということでございますので、そうなると幾月もかかるはずの待ち遠しさと言ったら」などと申し上げられると、「本当に、そうしたことになりましたら、さまざまな点で嬉しく頼もしいことで。けれども、だんだん年取って行く私が山路を分けて京に出ても、きっと物馴れぬ思いをいたしましょう。本当にお気の毒な姫君[45]の御ことをだけお考えくださいませ」と申し上げられる。内大臣はもう少し斎院に近寄って、「先ほど申し上げた御殿へ、お三方同時にご移転をと思っておりましたが、そこではなくて、あまり人目につかない粗末な所を見つけましたので、ともあれまず——その家の者もどうということのない人ですから——あちらの御殿の準備ができあがるまでの中宿りということで移そうと存じますが、少しでも姫君にお会いにならないといよいよ心細いお気持ちがなさるのではないかとためらっておりましたけれど、もし御ゆるしがあれば、今宵などはいかが」と申し上げられると、「本当に姫君にお別れする御名残は申し上げ尽くせませんが、それはそれで思いが叶い嬉しいことでございましょう。でも、いくらなんでも今宵というのはあまり慌しいのでは」など申し上げられたけれど、大弐の乳母ⓔの家に姫君をその夜そのままお連れ申し上げられたのであった。女房などは次の日に参上した。ひそかにとおっしゃるので女房も多くはない。ただ、弁の乳母

はあまりものさわがしくや」など聞こえ給ひけれど、その夜、やがて率て奉り給ひてけり。女房などは次の日ぞ参りける。忍びてとのたまへば、人あまたもなし。ただ、弁の乳母ぞ、娘の中将、また人二人ばかりぞありける。

[三五] 大弐乳母ⓔ、大君[45]に同情して大切に世話をする

この家《いへ》の内にも、つつむことある人の、しばし隠ろへたるさまにもてなして、内《うちの》大臣《おとど》も、御方違《かたたが》へなどことつけ給ふ折ならでは、いみじう忍びつつ、宵暁《よひあかつき》を分かず、さりぬべき隙《ひま》には渡り給へど、[二九]人目つつみにせかれつつ、うちとけて結びも果てぬ夢にてのみ過ぎゆくも、[三〇]おのが常世《とこよ》ならぬ旅の空は、心細さも数まさりて、よろづ忍びたれど、あらまほしき御住まひの、きよらにいまめかしきことも、御目にもとまり給はず。[三一]滝の音《おと》、松の響きも、慣れにし古《いにし》へは偲ばしく、恋しき人々の御ことのみ、心にかからぬ時の間《ま》なきままに、世の常は涙がちなる御気色を、大弐の乳母は、君の御心ざしの浅からぬに添へて、見る目のらうたさうつくしげさに、いつしかなのめならず思ひつききこえたる心地して、「あな心苦し心苦し」と、身の置き所なく、思ひ至

ⓕが、そのむすめの中将ⓖ、そのほか二人くらいとお供をした。

[三五] 大弐の乳母ⓔの家の者にも、姫君[45]を、物忌みで謹慎している人がしばらくの間身を隠していることにしておいて、内大臣[3]も、御方違えなどの口実がない限りは訪問されず、こっそりと宵や暁と言わずしかるべき暇にはお渡りになるが、人目をつつむ堤が障害となって、うちとけて結び果てることのない夢のような逢う瀬だけが過ぎて行き、姫君にとっては自分の家ではない仮の宿りは心細さもますますまさって、万事控え目ではあるもののなかなかりっぱなお住まいが、美しく花やかに整えられていることにも、御目をおとめになるということもない。滝の音、松の風の響きも、慣れ親しんだ伏見が懐かしく、恋しい人たちの御事をばかり心にかからない時がないので、いつも涙を流すことが多いといったご様子であるが、大弐の乳母ⓔのほうは、内大臣のご愛情が深いのに加えて、姫君の見た目のいじらしさやかわいらしさに、いつの間にかひとかたならず心をお寄せ申し上げて、「ああお気の毒な」と、身の置き所がないほど気を配っている。どうかしてお気持ちがなぐさむことがあればと伺候する人々のことまでも細やかに配慮して、いつも姫君の御前に伺って上手にお話をし、笑ったり、碁や双六を打ちなど、さまざまな

らぬことなく、いかにして思しなぐさむこともがなと、侍ふ人々のことまでも、こまかに心しらひを添へつつ、常《つね》は御前《おまへ》にもさし出でて、聞きよく物語し、ゐ笑ひ、碁・双六《すぐろく》打ち、さまざまの遊びごとをさへ、若き人々に混じりて、をかしきさまに、世の中をにぎははしくもてなしたれば、その人々ぞ、あらまほしく嬉しきことに思ひて、古里忘れ果てたる気色も、うらめしく覚え給へど、御みづからも、かどかどしうあてなるものから、気近く若びたるをもととしたる*御本性《ほんじやう》にて、つつましながらも、ものをものたまひ、うち笑《ゑ》みなどし給へる、愛敬づきらうたげさはたぐひなきに、いとど足手《あして》の踏み所なく、「(大弐乳母)はるかなるほどへ思ひ立ちなん後《のち》、娘どもに聞こえ置くとも、我ばかりはつかうまつらずやあらん」とて、涙をさへ落とすべかんめるもをかしかりけり。

[二六] 大弐乳母ⓔ、関白13夫妻に大君45の存在を明かす

かやうにて、のどやかなる昼つ方、殿・上二所《ふたところ》おはします御前に、大弐の北方さし出でたれば、「(関白)いかなるこのほどのいぶせさぞ。いつほどにか都離るべき」などのたまへば、

遊びごとをまで、若い人たちにまじって、楽しげに、雰囲気を賑やかに保っているので、姫君にお仕えしている人たちは、申し分なく嬉しいことと思って伏見をすっかり忘れてしまった有様なのも、姫君は恨めしくお感じになるが、ご自身も利発で上品な方ではあるものの、もともと親しみ深く若々しいご気性であるから、遠慮しながらもお話もなさり、笑ったりなさる魅力的な愛らしさは他に比べようもないほどなので、大弐の乳母はいよいよ足や手の置き所がないほど大騒ぎして、「遥か遠い九州へ私が行ってしまった後、娘たちにあとのことを頼むとしても自分ほどは充分にお世話できないだろう」と言って、涙までも落とすようなのもおもしろいことであった。

[二六] こんな毎日が過ぎて、さてその後、あるのどやかな昼ごろのこと、殿13と上12お二人がいらっしゃる御前に、大弐の北の方ⓔが伺うと、「このごろはいったいどうしているのかと思っていたよ。いつ都を離れる予定か」などおっしゃるので、「いいえ、あまりにも遠い舟路がおっくうで、し

(大弐乳母)「いさや、あまり遥かなる船路《ふなぢ》のもの憂く侍りて、しばしもやすらひたく侍るうへ、宮の御こと、平《たひ》らかに見置き奉りて、秋ざまにこそはと思ひ給ふるだに、なほ我ばかりはとまらばやとなん*覚え侍る」とて、御前《まへ》に人もなきほどなれば、近う寄りて、かれにおはする人のこと、大臣《おとど》の聞こえよとのたまひしさまなど申せば、(関白北方)「今はさやうのことなきとこそ思ふに、世の聞こえもあらば、ぬしがらなどの、いたうは数ならず下《くだ》りたる際《きは》ならぬしも便《びん》なきわざを」とて、上はいとものしと思《おぼ》いたる御気色なるを、大臣《おとど》は、(関白)「さて、かたちはいかなるぞ、宮の御さまと」と問ひ給ふに、(大弐乳母)「いかでか、その御たぐひには侍らん。ただ、なべてには、たぐひありがたうこそおはしませ。愛敬《あいぎやう》づき見まほしうにほはしき方《かた》、ことになんすぐれて見え給ふ。いかにとやらん、宮の御さまにもうち通ひておはするが、めづらしきことにて侍るぞかし」と聞こゆれば、うち笑み給ひて、(関白)「力及ばぬことかな。男のならひ、さのみこそあれ。さりとて宮の御ことをも、おろかにもてなしきこえで過ぐすらんことよ。さばかりのことを洩り聞かせ給ひて、院・后

ばらくためらっておりました上に、一品宮様[1]のお産がご無事におすみになるのをお見とどけ申し上げて、秋ごろにと思っておりましたけれど、それもやはり私だけはこのまま京にとどまろうと思っております」と言って御前に他の人もいない時なので、近く寄って、我《や》が家においでの姫君[45]のこと、内大臣[3]が、お二人にはありのまま申し上げよとおっしゃった事情などを申し上げる。「今はそういう他の女性との話はないと思っていたのに、世間に洩れてしまうと、その姫君の身分がそれほど下ではないのがかえって不都合というもの」と言って、上は非常に不快だと思っておいでの御面持ちであるが、殿は、「さて、器量はどうか。一品宮と比べて」とお尋ねになるので、「どうして一品宮にお比べできましょうか。ただ、並のなかでは、比べられる方はめったにないほどお美しくいらっしゃいます。愛らしくていつもおそばにいたいほどの生き生きとした匂わしさは特に優れておいでとお見受けします。どういうわけか一品宮様のご様子に似ておいでなのが、めずらしいことと存じまして」と申し上げると、にこにこなさって、「私の力ではどうしようもないことだね。男性というものは、とかくそうなのだ。といって宮の御ことをもいいかげんにせず非常に大切にして過ごすようだな。このことを漏れ聞いておしまいになると、院[9]、后の宮[15]が勘当なさるといった恐しいことになるぞ」と言って、「ともかくも、私のようなつまらぬ臣下の家に、及びもない皇子という身の光を隠してご成長なさったもったいなさにおむくいするには、

の宮の勘当あらん三よちよちしさこそ」とて、「(関白)ともかくも、かかるつたなき家に、及びなき身の光をかくして生《お》ひ出で給へらんしるしには、心にあかぬことつゆばかりもあらせきこえじはや、とこそ思ふを」とて、果て果ては涙ぐみ給ひぬる御気色を、いとあはれに見奉りけり。

〔二七〕夏の末、出産近い一品宮[1]、大君[45]に同情する

かくて春も過ぎ、夏もやうやう末つ方になれば、宮の御ことも近づきぬる心苦しさに、いとどかの忍びの御夜離《よが》れも重なりゆくを、女宮は、「うち頼み、古里をあくがれ出で給へる人の、いかに拠り所なき心細さならん」と、思しやるもあはれにかたはらいたければ、いかにぞや、さかしげならぬものから、時々は、そのかしきこえさせ給ひ、絵物語・をかしきさまなる扇・薫物《たきもの》などやうの物につけても、若き人々の、つれづれなぐさみぬべきさまなるをば、大臣《おとど》の思しよらぬにも、しのびやかに、「これは」などと三ひきそばめて、さすがに恥づかしげに、御顔うち赤めて、聞こえさせ給へるほどなど、いかでかあはれにありがたう覚え給はざらん。さるにつけても、まことに色に色を添ふる御

心に不満なことは露ほどもないようにしてさしあげたいものだ、と思うのだ」と言って、しまいには涙ぐんでおしまいになった殿のご様子を、乳母は心をうたれてしみじみと見奉ったのであった。

〔二七〕　こうして春も過ぎ夏も次第に末になったので、一品宮[1]のご出産も近づいたことを案じて、いよいよ内大臣[3]のあのしのび所の御夜離れも重なって行くのを、女宮は、「内大臣を頼って、伏見を離れて京へお出ましになった姫君[45]にとっては、どんなに寄る辺のない心細さであろう」とお思いやりになると何ともお気の毒な気がなさるので、どうかと思うような賢しらぶったご態度ではなく、時々は内大臣に姫君へのご訪問をお奨め申し上げになり、絵物語、風雅をきわめた扇、薫物などのような物でも、若い人たちの淋しさを慰められるような品をえらんで、内大臣が思いつかれなくても、「これはいかがかしら」などとそっと横を向きかげんに、やはり恥ずかしそうにお顔を赤らめて申し上げられるご様子など、どうしてしみじみと嬉しく、めったにない方だとお感じにならないはずはあろうか。競争相手の女性に気を遣うことは、本当に、もともとすばらしい色に更に色を添えるお気持ちということになるので、ご自分のためにならないご好意というわけではないのであった。

心ざしなれば、我が御ため、あやなきことにあらざりけり。

［三八］七月、内大臣3、大君45を訪ね、翌日も滞在

[三四]七月にもなりぬれば、やうやう夕べ涼しき風の気色につけて身にしむ色に、片敷きかね給ふらんむなしき床《とこ》のあはれも、また後《おく》れず思しやらるれば、例の御方違《かたたが》へなど紛らはして、立ち寄り給へるに、常よりもまれに、うらめしかりつる絶《た》え間《ま》のほどは、いかでか思ひ知らずしもあらん。袖に露けき涙の色も、[三五]言はぬにしるき身一つの咎《とが》に、さこそはと思しやらるる。見る目の前のらうたさには、怠りにける我が心のほど、みづからうらめしうかこたれ給ひつつ、御袖も、やや潮どけきまであはれに、浅からず、契りこしらへ給ふ。

ほどなう明けゆく気色も、[三六]「いづらは秋の」と、人知れぬ御心の内は、まだ夜深《よぶか》う嘆かれ給ふに、女君も、いといたくうち泣き給ひて、

(大君)[三七]ならひこし袖の別れも秋はなほ身にしむ色の露ぞ置き
添ふ

いみじうらうたげにのたまひ紛らはしたるに、(内大臣)「あが君や」とて、

［三八］　七月にもなると、次第に夕方は涼しい風も立ち、秋の趣が身にしみてくるので、内大臣3は、独り寝の床にさぞかし耐えかねておいでであろうと姫君45の寂しさも思いやられ、いつものように御方違えなどを口実にしてお立ち寄りになると、このごろは訪れがいつもより稀になっていたので、その絶え間を姫君はどうしてしみじみと恨めしく思わぬことがあろうか。袖に露が置くごとく濡れている涙の跡も、言葉には出さぬものの、はっきりと自分のせいなのだ、つらさはいかばかりかと内大臣は推察しておられる。そのいじらしさを目の前にして、訪れを怠ってしまった我が心が自分ながら恨めしく嘆かれて、お袖も少し濡れるほど、しみじみと深く約束を固め、お慰めになる。

ほどなく明けて行くけはいも、「いづらは秋の――秋の夜長はどこに行ってしまったのか」の歌のように、人知れず、夜が深いのに明ける短さにため息をおつきになると、女君もひどくお泣きになって、

馴れて来ているとはいえ、秋はいっそうお別れの悲しさが身に染みて、袖には涙の露がますます置き添うのです。

と、とても愛らしく言葉を紛らわしておっしゃるので、「ああ、あなたといったら」と言って、

これほど共寝の朝は起きるのがつらいとは知りませんでした。涙の白露が置く（起く）のはあなたの袖ではなく私の袖なのですよ。

（内大臣）かくばかりおき憂きものを白露の別れは袖のほかと知
　らなん

とて、まことに常よりも見捨てがたきなごりに、えしもふり離れ給はで、「御物忌《ものいみ》」とのたまひなして、とまり給ひにければ、いとど心静かにて、隙《ひま》もなくうち語らひつつ、さし向かひおはするも、ならはずはしたなき心地して、何《なに》となく紛らはして、まばゆげにもてなし給へる用意有様、限《くま》なき顔のにほひ、見まほしう愛敬《あいぎやう》づきたる方《かた》ばかりは、（内大臣）「限りなしと思ひきこゆる人にも劣らずとも言ひつべきはとよ」と、うちまぼられ給ふも、げにめづらしき人のさまを、なべてはあぢきなく心尽くしなるべき契りのほども、あはれに涙ぐましくて、宮の御心ざまなどの世の常ならぬことも、まほならねども、のたまひ出でて、誰《たれ》も行く末一つに、なだらかなるべき御心掟《おき》てをさへ、教へきこえ給ふ。

〔二九〕内大臣[3]、大君[45]の家から一品宮[1]のもとに帰る

かくてその夜も明け*て、次の日の夕つ方、帰り給ふべければ、めづらしうのどかなりつるしも、誰《たれ》もなかなかに思されつつ、御迎への人々など参りたれど、休らひがちなる御気色にて、

と言って、本当にいつもより特に見捨てて別れにくい名残惜しさに、お離れになることができず、「御物忌だから」ということにして、その日もおとまりになった。今は前よりも落ち着いて暇なくお話をなさりながらさし向かっておいでになると、姫君はこうした状況に馴れておられず、気恥ずかしい気持ちを何となく紛らわし、面映ゆそうにふるまっておいでになる心遣いやご様子、晴れやかなお顔の美しい色つやや、いつも見ていたいほどの魅力の面では、「この上ないとお思い申し上げる一品宮にも、劣らないとも言ってよいほどだな」と、じっと見守っておいでになると、本当にめずらしいほど美しいこの方を、いつもやむを得ずつらい思いに至らせる契りも、しみじみと涙ぐましくて、一品宮は世間一般のような嫉妬をお持ちではないことも、幾分か言葉に出し、お二人とも将来は共にお住まいになって、そうした折には、穏やかに過ごすべきお心構えをまでお教え申し上げになる。

〔二九〕　内大臣[3]は、こうしてその夜も明けて次の日の夕方にお帰りになることになったので、めずらしくゆっくりとお泊りになったためにかえって別れにくいとお二人ともお思いになり、お迎えの人たちが参上したが、ためらっておいでのご様子で女君[45]とご一緒に建物の端のほうで外をお眺めにな

女君もろともに、端《はし》つ方《かた》にてうちながめ給へば、秋を知らせ顔に、わづかに咲き初《そ》めたる花の色々心もとなき庭の草むらに、露にしほれたる撫子《なでしこ》三八の夕映えも、まことに常《とこ》なつかしく御目にとまるは、かつ見る人のかたちにぞ、いみじうよそへつべかりける。何《なに》の映えなく曇れる装《よそ》ひどもも、ただ主《ぬし》からは、なつかしうにほひ多き心地して、つやつやとかかれる髪の隙々《ひまひま》より、はづれたる面《つら》つき目見《まみ》の、愛敬づきうつくしげさなど、この日頃にならひて、いま少し、見ずは恋しかりぬべく、立ち離れにくけれど、さのみあるべきことならねば、出で給ひなんとす。

(内大臣)「起きわびし何《なに》暁を嘆きけん夕べもわきてとまる心を
いかがすべき」と聞こえ給へば、

(大君)三九かばかりもとまる心の変はりなばこれや形見の夕暮の
空

とて、心細げに見送りきこえ給へるけはひ有様まで、常よりもあはれに御心とどまりつつ、

ると、秋を知らせ顔に、わずかに咲き始めたさまざまな色の花の、盛りが待ち遠しい庭の草むらに、露に萎れたなでしこの夕方に映えた美しさが、本当に懐かしく御目にとまるのは、一つにはこの姫君のご容貌になぞらえたいからであった。何の映えもなく曇ったにび色の服喪のしつらいやご装束も、ただ、お召しのご本人ゆえに懐かしく色つやがまさる気持ちがして、つやつやと掛かっている髪の間から、わずかに見える横顔、目もとの、魅力的な美しさなどは、この数日見馴れたために、お逢いしなければ以前よりもっと恋しいだろうと、立ち離れにくいけれど、このままでいられるはずもないので、お出ましになろうとする。

「今朝は起きるのがつらくて暁にため息をついたのは何だったのでしょう。この夕方の別れはそれどころのつらさではなく、離れがたくてここにとまる心を。
いったいどうしたものでしょう」と申し上げられると、

これほど私にとまるとおっしゃる心がもし変わるとしたら、この夕暮の空があなたの形見ということになりましょうか。

と言って心細そうにお見送り申し上げになるそぶりや様子までが、いつよりもしみじみとお心にとどまる気持ちがしながら、

〔三〇〕一品宮[1]難産。内大臣[3]、右大将[2]嘆く

おはしまし着きたる片つ方の、言へばわづかに過ぎぬ一二日の日《ひ》数《かず》も、千《ち》夜《よ》しも経たらん心地して、置き所なくめづらしく見奉り給ひつつ、何やかやと日頃のことどもなど隔てなく聞こえ給ふほどに、その宵より御気色あれば、殿・上《うへ》・后の宮も、急ぎ渡らせ給ひて、院・内《うち》裏の御使も隙《ひま》なく立ち代はれど、さらにこともならせ給はで、その夜も明け、またの日もやうやう暮れ行くに、先のたびの御ならひに、「さりとも」と、誰《たれ》も思しけるを、ある限り御心をまどはしつつ、かねてより候ひ給ふ山の座《ざ》主《す》、何くれの僧正など、あるほどのをばさることにて、なほも深き山々寺々を、上《かむ》達部《だちめ》殿上人の、足手《あして》を分《わ》かちて求めさせ給ひつつ、みやびかならず聞きにくき陀《だ》羅《ら》尼《に》の声、耳かしがましう、何かと名乗り出づる御物の怪もさまざまなれど、そのしるしもなくて、五六日も過ぎゆけば、御身もいよいよ弱りまさりて、頼もしげなうならせ給ふに、誰《たれ》も誰も、もの覚え給はんや。

　内大臣《うちのおとど》は、「つゆもこの世に後《おく》れきこえて、片時あるべきにもあらず、神も仏もまことにあらたにものし給はば、

〔三〇〕　内大臣[3]が帰って来られた、もういっぽうの一品宮[1]の所は、わずか一、二日に過ぎぬ絶え間も、千夜も経てしまったような気がして、身の置き所がないほどめずらしく宮のお姿を拝見しつつ、なにやかやと日ごろのことなどを隔てなく申し上げておいでになるうちに、その宵からご出産のきざしがあるので、殿[13]、上[12]、后の宮[15]も急いでお越しになって、院[9]や帝[4]のお使いも間隙なく入れ代わり立ち代わり訪れる。しかしまったくご出産に至らず、その夜も明けて次の日も次第に暮れて行くので、先の若君[21]ご誕生の時のように「ご安産のはずだから」とどなたもお思いになっていたのに、みなどうしてよいかおわかりにならないままに、かねて伺候しておいでの比叡山の座主、某の僧正など、京にいる限りの僧はもちろんのこと、もっと深い山々寺々を、上達部、殿上人の足を運ばせ、手分けをさせて効験のある者をお探しになり、僧たちの荒々しく聞きにくい陀羅尼の大声は喧しく、何かと名乗り出てくる御物の怪もさまざまであるが、その効き目もなくて五、六日も過ぎてゆくと、一品宮の御身もいよいよ弱って頼もしげなくおなりになるので、どなたもどなたも正気でいらっしゃれようか。

　内大臣は、「もし万一のことがおありなら、私は一瞬もこの世にとどまれない。神も仏も、本当に効験あらたかでいらっしゃるならば、我が身にかえて一品宮を助けたまえ」と祈られるばかりで、とは言えさすがに人目を憚ってひどく気弱には見られまいとはお思いのようであるが、まったくものが

身に代へて」とのみ念ぜられ給ひて、さすがに人目をば、いたう心弱からじとは、思《おぼ》いたるさまなれど、つやつやもの思したる御気色にもあらず。后の宮さへおはしませば、思ふさまに近う見奉らぬ嘆きをさへ添へて、御帳のこなたに、涙の隙《ひま》なく、あれかにもあらぬさまにてものし給へる御気色は、直衣《なほし》の上に水浴《あ》みけん四仲忠《なかただ》の大将よりも、なほもの深うあはれなるに、右大将もおろかに思されんや。ただ同じさまに涙にむせびつつ、つと侯ひ給ひて、殿の上などのおはせぬ隙《ひま》には、いと近う参り給ひて見奉り給ふにつけては、心苦しうかなしきことぞ、言へばなのめなるや。

[三二] 一品宮[1]絶息するが葛城の聖により蘇生する

葛城《かつらぎ》といふ所に、長く都の色を見じと誓ひて、この二十年《とせ》あまり、聖《ひじり》の、生ける仏のごとく、験徳《げんとく》世になきほどなれど、さばかりに思ひ取りにければ、いとたはやすくもあらぬを、親しき者の避《さ》りがたきが、悩むことありとて、このほど四光明山《せん》といふ所になんあるといふことを、院の上聞こしめして、なべての御使はかなはじとて、大将に、おはしてたづねつつ、必ず具して参り給ふべきよし、のたまはするに、

おわかりにならないご様子である。后の宮までがそばに付いておいでになるので、思うままに近くでお見守り申し上げられない嘆きをまで加えて、御帳のこちらで、涙の乾く暇なく自分が自分ではないような呆然とした状態でおいでになる内大臣のご様子は、妻の出産に際して直衣の上から水を浴びたという宇津保物語の仲忠の大将よりも、もっとまさってお気の毒であるから、右大将[2]も並々にお思いになろうか。ひたすらやはり同様に涙に咽びながら、じっと傍らについておいでになり、殿の上[12]がおいでにならぬ暇には一品宮のすぐ近くにおいでになって、お姿をご覧になると、そのお気の毒で悲しいお気持ちは、言えば一通りになってしまうことだ。

[三二] 葛城という所に、もう長く、けっして都には足を踏み入れまいと誓っている聖がいるが、この聖は二十年以上生ける仏のごとく修行していて効験の徳は抜きん出てはいるものの、都には行かぬと決めてしまっているので説得するのは容易ではなかったのだが、親しい人でやむをえない関係にあるものが病気になったというわけで、聖はこのごろ京都近くの光明山という所に来ているということを、院の上[9]がお聞きになって、普通のお使いでは役に立つまいと、大将[2]に、おいでになって聖を尋ね、必ず連れ帰っていらっしゃるように、との仰せがあるので、大将はしばらくの間も離れていれば道中も心配でたまらないのをどうしようとお思いになるが、

しばしのほども、道の空なく、おぼつかなさをいかがすべきと思せど、蓬萊の山までもたづねまほしう、我が身は、老い死ぬとも嘆かれ給ふまじき御心地なれば、まだ夜深う出で立ちおはしぬるを、「さりとも」と、頼もしう待たせ給ふ日の夕方、御胸をさへせきあぐるとて、常よりもあるかなきかなる御気色にて、人にだにかからせ給はず、やをら大殿籠り入ると見るほどに、やがてはかなく消え入らせ給ひて、御息も絶えぬるに、日頃だにあり、いま一際《ひときは》もの覚ゆる人おはせんやは。ただ臥しまろび、泣きこがれ給ふに、院の上も、かくと聞かせ給ひて、何《なに》の儀式もなう急ぎおはしまして、(院)「さりと、かばかりいみじきこといかでかあらん」とのたまはせて、四二まことに頭《かしら》より黒煙《くろけぶり》とかを立てて、声々祈り奉れど、かひなく、時もやうやううつるに、大将の君は、かの山伏、さまざまこしらへつつ、からくして参り給へるに、かくと聞き給ふ心地、夢とだに分きがたう、四三空を歩むやうなれど、御前《おまへ》に参り給ひて、かうかうと聞こえ給へば、院の上ぞ、からうじてためらはせ給ひつつ、「今は頼むべきことならねど、試みにこの御枕上《まくらがみ》へ」と召

一品宮[1]の御ためであれば蓬萊の山までも尋ねて行きたく思い、我が身は老いて死んでも嘆くことはないというお気持ちなので、まだ夜が深いうちに出立なさった。「いくら何でも回復されるだろう」と頼りにして待っておいでの日の夕方、一品宮は胸をまでせきあげるということで、いつもよりもあるかないかのご様子で、人に寄りかかることさえおできにならず、静かに寝入られると見るうちに、そのままはかなく消え入っておしまいになり、御息も絶えてしまったので、日ごろもそうであったが、こうなってしまっては分別のつく方がいらっしゃろうか。ただもう転げまわり泣き焦がれておいでで、院の上もこれをお聞きになって何の作法をも行なう余裕もなく急いでおいでになって、「いくら何でも、これほどたいへんなことはどうしてあろうか」と仰せになり、僧たちは本当に頭から黒煙とかを立てて声々にお祈り申し上げるが、そのかいもなく、次第に時が経って行く。大将の君はあの山伏をさまざまなだめて、やっと連れてお帰りになった時にこうこうとお聞きになる気持ちはまるで夢かと思われて、空を歩くようであるが、御前に参上して山伏を連れてきたよしを申し上げられると、院の上は、やっと気持ちをお静めになりながら、「もう今は頼るわけには行かないが、試しに一品宮の御枕上へ」と山伏をめしよせて、護身の法を行わせられ、ご自身も、寿量品を泣き泣きお読みになるうちに、一品宮は少し体をお動かしになるので、ますます護身の法を深め数珠を揉み込んだところ、御目を開いてご覧になり、まだ呆然と

し寄せて、護身《ごしん》参らせ給ひつつ、我が御身も、寿量品《じゆりやうぼん》を泣く泣く読ませ給ふほどに、少しうちみじろがせ給ふに、いよいよ護《ご》深うもみいりたれば、御目なども御覧じあけて、あれかにもあらねど、御湯《ゆ》一口《ひとくち》きこしめしたるに、夢の心地して、よろこびの涙とりそへつつ、なほもゆゆしう、いかにと、御心どももまどはしたる。

〔三〕故伏見母君43現われ調伏の後、宮1に女児46誕生

晩にぞ、日頃現はれざりつる御物の怪、后の宮の御方の大輔の命婦に移りて、いみじう調ずれば、しめやかにうち泣きつつ、「我（故伏見母君）一人、あながちに苦しめ奉るにはあらず。おほかたは、この内大臣《うちのおとど》の、あまりに至らぬくまなく、見ぬ人すくなかりしに、この宮の御ことの後《のち》は、かき絶え、いづ方にもなごりなき御心を、恨みわび、あるいは、思ひに堪へず、むなしき煙《けぶり》とのぼり、これゆゑ憂き世を背きて、仏の道を願ふさまなれど、思ひ染《し》みにし心の色なれば、いかにぞや、折々ただならず思ふ思ひも強く、この御身に多く積もり、あるはまた、変はらぬ身ながら、いかにせむと、むなしき床《とこ》に片敷きかぬるたぐひも、いとど多かるを、四四思は

しておいではあるが御薬湯を一口召し上がったので、まるで夢のような気がして、喜びの涙を流し添えながらも、やはり不安で、どなたもどうなることかと、お心をくだいておいでになる。

〔三〕　その暁に、日ごろは現れて来なかった御物の怪が、后の宮15の女房、大輔の命婦に乗り移り、一心に調伏するとさめざめと泣きながら、「自分ひとりが無理に一品宮1をお苦しめしようというわけではありません。だいたいこういう事情なのです。この内大臣3がいろいろの女性の所においでになって、逢わぬ女性はほとんどないという状態だったのですが、この一品宮とのご結婚後はすっかりそういうこともなくなり、どちらへも名残もとどめずに離れておしまいになったお心が恨めしくつらく、ある人はその悲しみに耐えられずに空しく命を終えて煙となり、ある人はこのために浮世を背いて出家し仏の道を歩もうとしていますけれど、深く思い込んだ心の色なので、どういうわけか、折々並はずれて恨みに思う気持ちが強くなって、この一品宮の御身にたくさん積もり、あるいはまた出家はしないものの、どうしたらよかろうとむなしい独り寝の床で悲しみを紛らしかねている人たちもたくさんおりますので、『思はぬ山の峰にだにおふなる——

郵 便 は が き

料金受取人払郵便

神田局
承認

2842

差出有効期間
平成 30 年 2 月
5日まで

101-8791

504

東京都千代田区猿楽町 2-2-3

笠間書院 営業部 行

■ 注 文 書 ■

◎お近くに書店がない場合はこのハガキをご利用下さい。送料 380 円にてお送りいたします。

書名 冊数

書名 冊数

書名 冊数

お名前

ご住所 〒

お電話

読　者　は　が　き

●これからのより良い本作りのためにご感想・ご希望などお聞かせ下さい。
●また小社刊行物の資料請求にお使い下さい。

この本の書名＿＿＿＿＿＿＿＿＿＿＿＿＿＿＿＿＿＿＿＿

本はがきのご感想は、お名前をのぞき新聞広告や帯などでご紹介させていただくことがあります。ご了承ください。

■本書を何でお知りになりましたか（複数回答可）

1. 書店で見て　2. 広告を見て（媒体名　　　　　　　　　　　）
3. 雑誌で見て（媒体名　　　　　　　　　　　）
4. インターネットで見て（サイト名　　　　　　　　　　　）
5. 小社目録等で見て　6. 知人から聞いて　7. その他（　　　　　　　　　　　）

■小社PR誌『リポート笠間』（年2回刊・無料）をお送りしますか

はい　・　いいえ

◎上記にはいとお答えいただいた方のみご記入下さい。

お名前

ご住所　〒

お電話

ご提供いただいた情報は、個人情報を含まない統計的な資料を作成するためにのみ利用させていただきます。個人情報はその目的以外では利用いたしません。

ぬ山の峰にだにおふなる嘆きに、まして思しやれかし。その中に、これはただ、[四三]心の闇にまどはされてなん参り来つるを」とて、かの伏見の夢のはじめより、今に心尽くしなる有様を、残ることなくつぶつぶと言ひ続けて、(故伏見母君)「父親王《みこ》は、いとやすく仏道なりぬべかりし人の、今はの期《ご》にしも、心苦しう思し掟《おき》てしほどに、しばしなれど、濁りに沈み給へるを、見るもいとかなしくて、さりぬべきついでなれば、内大臣《うちのおとど》にも聞こえ知らせばやと思ひてなん」とて、

(故伏見母君)「この世をば別れ果てにし魂《たましひ》の心の闇にまどはされつつ参り来つるもいとこそ恥づかしけれ」とて、いみじくうち泣きつつ、(故伏見母君)「されど、誰《たれ》も、行く末変はらず、このままにてもおはしますべければ、*何《なに》と聞こえてもかひあらじや」など、いみじくよしよししくて、労あるさまの気色にて言ひ続くるは、かの女君の、昔の母君なりけり。

内大臣《うちのおとど》、さまざまなりつることどもを、院などの聞かせ給へること、いとあさましく、汗もしとどに、面《おもて》の置き所なく覚え給へど、そのさめぬる閉ぢめ、夜《よ》明け果てぬるほどに、ことならせ給ひぬれば、誰《たれ》も嬉しさよりほかのこと

悪しかれとは思わないのに自然に生まれてしまう』と歌に言うようなその嘆きを、どうぞご推察くださいませ。その中で私は、ただ子ゆえの心の闇に迷ってここに参っておりまして」と言って、あの伏見の夢のような出逢いのはじめから、今に至るまでの物思いの限りを尽くしている姫君[45]の有様を、残さず詳しく述べ立てて、「姫君の父君の宮[40]は、仏道の成果ゆえにたやすく極楽往生をなさるはずの方でしたが、臨終のその折に姫君が気の毒だとご将来をお案じになったために、しばらくの間とはいえ煩悩に迷って濁世にお沈みなのを見ると非常に悲しく、よい機会ですから、内大臣にもこのことを申し上げてお知らせしたいと思いましたので」と言って、

「この世には別れはててしまった魂ですけれど、実は子を思う闇に惑わされておりまして。

こちらに参上したのも、とても恥ずかしいことでございます」と言って、ひどく泣きながら、「しかしお二人とも将来も変わらず、このままでおいでしょうから、何と申し上げてもそのかいはないでしょう」などととても上品に、行き届いた様子で言い続けるのは、あの伏見の女君[45]の、昔亡くなられた母君[43]なのであった。

内大臣は自分に関わるいろいろな経緯を、院[9]などがお聞きになったことに非常にあきれはて、汗びっしょりになって顔の置き場所もないほど恥ずかしくお感じになるけれど、その物の怪の騒ぎがすべて終わったあとで、夜が明けはてたころに一品宮は無事にお産をおすませになったので、誰も嬉し

なきに、後《のち》の御ことも、ほどなくうち続き、いと平《たひ》らかにて、ただ母宮の御さまなる女にておはしませば、めづらしさを添へて、いかばかりかはあらん。

[亖]内大臣③、物の怪を疎み、大君㊺への訪問は間遠

内大臣《うちのおとど》は、今しも新しう求め出で奉りたらん心地して、ただ嬉しきにも、涙を尽くしつつ、片時御あたりを立ち離れ給ふこともなきうへに、やうやう世の中のどまるにつけて、ありし物の怪の言ひしことども思し出でられつつ、かのみづからのうとましきにはあらねど、さばかりも、かのゆかりに悩まし奉りけんことよと、いかにぞや覚え給ふままに、その後《のち》は、訪れ給ふこともなきを、かしこには、「いとことわりなる頃なれ」と、思しもとがめで過ぎ給ふを、かの御ことも心安くて、日数《かず》積もり給へど、御文ばかり、時々見えて、みづから立ち寄り給ふこともなきを、弁の乳母などはうち嘆きつつ、(弁の乳母)「さすが、かばかりの絶え間《たま》はなかりつるを。かれにも今は、心苦しかるべき御ほどにもあらず。かやうにのみなりゆかんにつけて、住みなれし古里にだにあらぬ、そぞろなる所に、忍び過ぐさせ給はんことこそ」

いというほかはなく、後産の御こともまもなく続いてあり、とてもやすらかに、非常に母一品宮とよく似た姫君㊻がお生まれになったので、めずらしさに加えその喜びはどれほどであったことか。

[亖]　内大臣③は、よみがえられた一品宮①に、今また新しくこの方をお見つけ申し上げたような気持ちがして、ただ嬉しさでいっぱいになり、涙を流し尽くしながら、片時も宮のおそばをお立ち離れになることもない上に、次第に周囲も落ち着いて静かになると、出現した物の怪が言ったいろいろのことが思い出されて、あの姫君㊺が疎ましいというわけではないが、姫君の縁につながる母君㊸があんなにも一品宮をお悩ませ申し上げたとは、と不快にお感じになるにつれて、その後は姫君を訪れることもなさらない。姫君方では「ご出産のころなのだからそれも当然のことだろう」と、思い咎めることもなさらずお過ごしになるが、そのご出産も無事おすみになり、日数をお重ねになるけれど、お手紙ぐらいは時々来るものの、ご自身がお立ちよりになることもないのを、弁の乳母ⓕなどはため息をついて、「いくら何でもこれほどの絶え間は今まではなかったのに。一品宮もご安産で今はもう気掛かりなご状況ではない。いよいよ間遠になるにちがいないけれど、住み慣れた故郷でさえない仮住まいの場所で人目をしのんでお過ごしになろうとは」などと言っているので、姫君はどうして恥ずかしく情けないことがなかろうか。

そうでなくてさえ住み続けるのがつらい旅の住まいに私

など言ひゐたるに、いかが恥づかしうも、心憂からざらん。

(大君)さらでだに住み憂き旅にあくがれて頼みし人も訪《と》はずなりゆく

言ふ方なう心細きに、時しも秋の風さへ、身にしみわたりつつ、野原の露も、袖に玉散る片敷の床《とこ》のさびしさ、今さらならはぬ心地して、

(大君)四六 夜な夜なは寝覚めの床《とこ》に露散りてむなしき秋の風ぞ言《こと》問ふ

〔三四〕大君45の叔母尚侍47に、帝4は幼時から親しむ

かやうに嘆き明かし暮らし給ふに、尚侍《ないしのかみ》と聞こゆるは、故母上の御同胞《はらから》ぞかし。院の御時、参り給へりしが、いと時にもおはせざりしかど、ただ宮仕ひざまに、御腰打ち、御学問の折、御文巻き置きなどやうのことに、つきづきしうおはしければ、上の御局《つぼね》につと候ひ給ひて、なかなかさてもおはしなんなど覚えしに、今の帝幼くおはしましし折、あちこち走り遊ばせ給ひしを、いみじく愛《あい》しきこえ給ひて、わりなき隙々《ひまひま》に抱《いだ》きうつくしみ給ひしほどに、つききこえさせ給ひて、うつくしき片言《かたこと》の御名など付けさせ給ひしを、

は伏見からさまよい出て来たのだけれど、頼りにしていた人も訪れることがなくなって行くとは。

言いあらわしようもないほど心細い上に、折しも秋の風までが身に染みわたりつつ、野原の露のような涙も袖に玉と散る独り寝の床の寂しさは、今まで経験したことがない気持ちがして、

毎夜のごとく寝覚めの床に涙の露が散って、空しい秋の風が私を見舞うものの、私に飽きたあの方の訪れは絶えてしまったのだ。

〔三四〕 姫君45はこのように内大臣3の態度を嘆きつつ明かし暮らしておられたが、さて、今の尚侍47と申し上げる方は、姫君の故母上43の御姉妹であった。院9の御時にお仕えになった方で、特別なご寵愛もなかったのだが、ただ女官としてのご奉仕として、院のお腰を叩いたり、ご学問をなさる折に御書籍を巻いておくなどのようなことに、お似合いの方であったから、清涼殿の上の御局にいつも控えておいでになって、かえってその方面でお仕えになるままのほうが適わしい方だと思われた。その尚侍が、帝4が幼い皇子でいらっしゃった時に、御殿をあちこち走り回ってお遊びになったのをとてもいとしくお思い申し上げになって、ちょっとした暇には抱いておかわいがりになっておいでのうちに、皇子はいつもついておいでになるようになって、かわいい片言のお名前などを

后の宮の御局などへ参り給ふこともなかりしかば、常に聞こえ給はざりしかど、しかるべきことにやありけん、かたみに、いみじくあはれに思ひつききこえさせ給ひて、大人にならせ給ひしままに、御局は後涼殿にてありしに、つとおはしまして、御乳母たちよりもむつまじきことにのみ思ひきこえさせ給へりしかば、去年《こぞ》、院の御位おりさせ給ひし後《のち》も、今に、内裏《うち》に、昔の御局変はらず候ひ給ふを、上も嬉しきことに思しめされて、何ごとも聞こえ合はせ、いとあはれなることに、思ひきこえさせ給へれば、御年も四十《よそぢ》あまりにて、今はのどやかにてもあらまほしう思せど、(尚侍)「かう思しめされたることの、かたじけなくうれしさに」とぞのたまひける。

　されば、后の宮の御方ざまにも、今はうとからぬ人に思しめされ給へれば、この女君の御有様をも、いと心よからずわびしと思しつつ、かかるゆかりとも人にものたまはず、いみじく忍び給ひて、御消息《せうそこ》などは、いつも聞こえ給ふこと変はらねば、その御ゆかりに、かの御物の怪に出で給へることなども、いとよう聞き給ふに、(尚侍)「むべなりけり」と、

尚侍にお付けになったりした。尚侍は、后の宮15の御局などへおいでになることもなかったので、いつも皇子にお話し申し上げるわけではなかったのだけれど、しかるべきご縁があったものか、お互いにたいへんしみじみと親しく思われて、ご成人なさると、尚侍の御局は後涼殿であった、そこへ、皇子はいつもおいでになって御乳母たちよりも親しいものと尚侍をお思い申し上げておられたので、去年、院9がご退位になり、帝の位におつきになってからも、今も宮中に昔の御局はそのままでお仕えしておられるのを帝も嬉しくお思いになって、何でも相談され非常にしみじみと心を通わせておいでになったので、尚侍はご年齢も四十歳を越え、今はのんびりと過ごそうとお思いであったけれど、「このように帝がお思いであることがもったいなく嬉しいから」とおっしゃってお下《さが》りにならなかったのである。

　そういうわけで、后の宮のほうでも、今では親しい人とお思いであったから、尚侍はこの姫君45の御有様を非常に不愉快につらいこととお思いになりながら、このような叔母と姪の関係であるとも人にもおっしゃらず、非常に内密にされて、お手紙などは、いつもおさしあげになることは変わらないので、そのご縁で、あの故母君43が御物の怪として出現なさったことなども、非常に詳しくお聞きになると、「なるほどもっともなことであった」と、「まして今は内大臣3がこれを限りにお思い捨てになってしまったことも、姫君にはどうして心細くないことがあろうか」とお思いになる。伏見の斎院

(尚侍)「まして今は限りに思し果てぬるも、いかでか心細からずしもあらん」。伏見にも、この世を忍びて聞こえ給ひつつ、(尚侍)「さらばかくてあるべきにもあらず」などやうなりけるを、(前斎院)「げにもことわりなれど、癖々《くせぐせ》しうただ今振り離れ給ひなんも、御さまには違《たが》ひて、なかなかなるべければ、なほしばし試み給へ」などのみあれば、[四七]釣りする海人《あま》の浮けよりも、げに定めがたき御心地にて過ごし給ふに、

[三五] 八月十日夜、大君45、尚侍47に招かれ帝寵を受ける

大弐の乳母も、かの宮の御ことの騒ぎに、私《わたくし》にさへ多くの願を立てたりける、かつがつ果たさむとて、八月十日、石山に七日籠らむとて、子ども引き具して参りにける留守に、はかばかしき人もなき折に、(弁乳母)「尚侍《ないしのかみ》の、あながちに泣く泣くゆかしがりきこえ給へど、さりぬべき隙《ひま》もなきを、かかる折、あからさまに渡り給へかし。さてかのことどもも、こまかに聞かせ給へ」など、乳母《めのと》の言へど、よろづもの憂くて、ただ涙にしをれ臥しつつ、思しも立たぬに、かしこにも、よき隙《ひま》を聞きつけ給ひて、(尚侍)「つやつや内裏《うち》わたりとて、便悪《びんあ》しきこともあるまじ。かまへてかまへて、時のほど、

35にも、人目につかぬようにお手紙をさしあげられて、「そういうわけなので、内大臣とのご縁を続けているべきでもない」などのようなことをおっしゃるが、伏見では「なるほどそれも当然ですが、まるでひがんだように、今すぐ離れておしまいになるのも、入道宮40のご遺言に背くようでかえってよろしくないでしょうから、もうしばらく様子をご覧ください」などのようなご意向なので、姫君は歌に言う、釣りをする漁師の使う浮きよりももっとひどく不安定な、落ち着かない気持ちで過ごしておいでになると、

[三五] 大弐の乳母ⓔも、あの一品宮1のお産の騒ぎに際して、自分でも多くの願を立てていたが、そのお礼参りをともかく果たそうとして、八月十日、石山に七日参籠しようということで、子どもたちをひき連れて参詣したその留守に、しっかりとした人もいない時に、「宮中の尚侍47から泣く泣くどうしてもご様子が知りたいと言って来られましたけれど、しかるべき暇がなかったのですが、このような折ですから、ほんの少しお渡りなさいませ。そうしてあの内大臣3のいろいろなことを詳しくお聞きになりましたら」など、弁の乳母ⓕが言うものの、姫君45は万事その気になれず、ひたすら涙に萎れ伏して決心もおできにならなかった。尚侍のほうでも大弐の乳母の不在という機会をお聞きつけになって、「けっして内裏であるからといって具合の悪いこともありますまい。ぜひとも、ほんの少しの間お越しください」と、お迎えをお

渡り給へ」と、*迎へ奉り給へりけるに、例の弁[四八]の乳母すすめきこえて、はかばかしからねど留守の者どものあるには、乳母の歩《あり》きのさまにもてなして、率《ゐ》て奉りたりけるほどに、思ひかけず、その夜、雲の梯《かけはし》踏み通はせ給ひつつ、なのめならずあはれに思されけるままに、ゆるさせ給はで、（帝）「この人立ち別れなば、我も現《うつ》しざまにて*あるべき心地もせず。いはけなくよりあはれに思しはぐくみし御心の色も、これになん見るべき」と、尚侍君《かんのきみ》に、泣く泣く聞こえさせ給ひければ、力も及び給はねど、（尚侍）「袖の色だに世の常ならず。かかる人は、御あたり近う寄るだに、ゆゆしきことなるを。御心ざしだにあらば、いとやすく後《のち》にも」など聞こえ給ひけれど、（帝）「標結《しめゆ》はぬ籬《まがき》の内ならば、心やすうしもあらん」と仰せられて、いかにもゆるさせ給はざりければ、力もなきを、乳母は、あながちに、もとの御有様を、心よからず思ひければ、悪《あ》しとも思はぬに、「さらばいかがはせむ」とて、尚侍君《かんのきみ》、たばかるべきやうどもをのたまへば、我一人、伏見へ急ぎ行きて、ことのよし聞こえて、（弁乳母）「内大臣《うちのおとど》など尋ねきこえ給ふこともあらば、あなかしこ、これに

よこしになったので、いつものように弁の乳母がお勧め申し上げて、しっかりした人ではないが残っている留守番の者たちには、乳母が外出するように見せかけて姫君を宮中にお連れしたのだった。思いもかけず、その夜、帝[4]が雲の掛け橋を踏んで姫君のもとにお通いになって一通りならずお気に召したために姫君の退出をお許しにならず、「この人と別れてしまったら、私は現実に生きていようとも思えない。幼い時から親身に育ててくださったご真情も、これを許してくださるかどうかによって知られよう」と、尚侍の君[47]に泣く泣くお話し申し上げになるので、尚侍は自分の力にはお余りのことながら、「姫君は袖さえ普通ではない喪の色です。こうした喪中の人は、帝のご周辺に近寄るのでさえ不吉ですのに。もしそうした思しめしであるなら、容易に後にも計らえますから」など申し上げられるけれど、「まだ誰も標を結ばない垣根の中の人なら心やすく逢うことができようが、すでに内大臣が占めている大事な人なのだから」と仰せになって、姫君の退出をどうしてもお許しにならなかったので、力もなく、乳母ⓕは一途に今までの姫君のご境遇をおもしろくなく思っていたために、けっして帝のご無体を悪いとも思わないので、「それではどうしようか」ということで、尚侍の君が、人目を欺く計画をたてられ、それに従って乳母は自分ひとり伏見へ急いで行き事の次第を申し上げ、「内大臣などがお探し申し上げになることでもあれば、『恐縮ながら当方は何も知らないことで』と申し上げてくださいませ」などと言う。乳母の

は知らずと聞こえ給へ」など言ひつつ、これが心地も悪《あ》しからずと思へど、みづからは、いかでか、ただ今「あなめでた、嬉し」とも覚え給はん。

〔三六〕大君45、内大臣3を思って苦しむが、帝4は執着

けしからぬまで涙を尽くし、明かさせ給ふ御気色も、夢か現《うつつ》かとあきれたる心地のみし給ひつつ、後《のち》の世とだに契らず引き別れ給ひし人の面影のみ、[四九]憂きはものかはと、堪《た》へがたう恋しうかなしきもさるものにて、さすがに、跡《あと》なかるべき身にもあらず、[五〇]世を憂しと思ひ入るとても、[五一]変はらぬ奥山の松の響きに音《ね》を添へてこそ、おのづから、人にも聞かれ奉るべきを、あさましうあはつけく、もて出でつる契りのほどの心憂さを、悔《くや》しうかなしと思ひむせび給ひつつ、[五二]涙の川に浮き沈み給へる気色までも、きはたけくなどは見えず、ただらうたく気近きことのたぐひなきを、恨みもわびも、また心苦しう思さるること、限りもなかりけり。

（帝）「一筋に今は契りの浅からで憂きに昔は思ひ忘れね

[五三]いく夜までとか。げになほなぐさまぬ心いられも、かつは、かばかりもいとはるる身にこそはあらめ」など、さまざま

気持ちとしても悪くはないと思うのだが、こうした事態を姫君ご自身としてはどうして今、「ああすばらしい、嬉しい」とお感じになるはずがあろうか。

〔三六〕　帝4が異様なほど涙を流しつくし、夜をお明かしになるご様子も、姫君45には夢か現かと呆然としたお気持ちがなさって、後世を共に、とさえ約束せず引き別れておしまいになった内大臣3の面影だけが、「憂きはものかは――つらいという以上に」と耐えがたく恋しく悲しく思われるのはもちろんのことで、とは言えこの身の跡を隠してしまおうとは思わず、世の中をつらいと思い込んで山に入るとしても、変わらぬ奥山の松の響きに自分の泣く音を添えれば、自然に内大臣もお聞きになることもあるはずだ、と思っていたのに、このような事態になってしまったのは意外であり軽率で、帝がお約束なさる契りのつらさを、悔しく悲しいと思ってお咽びになりながら、涙の川に浮いたり沈んだりなさる姫君の様子までも、帝には気位が高すぎるとは見えず、ただいじらしく親しみ深い点が比べようもないのを、恨みもしつらく思いもし、一方でまた気の毒にお思いになることは、限りもないのであった。

「一筋に今は私と深い契りがあると思って、もうつらいから昔のことは忘れておしまいなさい。

幾夜まで、の歌のように幾夜まで私に心をお置きになるのか。本当にやはり心が静まらずいらいらするのも、いっぽうでは

＊のたまはするに、さすがに聞こゆるは、心のあるにやと、我ながらう＊とましき心地す。

（大君）現とも夢とも分かず思ひ出づる昔も今も憂きに消えつつ

［三七］内大臣3、大君45の失踪を知る。大弐乳母ⓔは留守

かくて内大臣《うちのおとど》は、大弐の乳母さへ、立ち離れし心苦しさを思しつつ、いつしか御文ありしは、まだかれにおはせし朝《あした》のことなりければ、待ち見給ひし御返りのさまなどや、いかなりけん、常よりもあはれに、訪《と》[二四]はで過ぎける我が心さへ、うらめしう思されけれど、さしあふことどもありて、みづからはものし給はざりけれど、かまへて思し起こしつつ、渡り給はむとするに、まづ御文ありけるに、行方《ゆくへ》なく聞こえて、返し奉りたりけるあやしさに、若君の御乳母、右中弁某《なにがし》の北の方は、大弐の乳母の娘ぞかし、妹《おとうと》の少将といふをぞ、かの君に、付けきこえたりけるも、せうとの少納言、すべて子どもも皆、石山へ参りて、この弁の乳母ばかり、若君の、つゆも離れじとし給へば、とどまりて候ふを、（内大臣）「かうかう聞くはいかなることぞ。かしこへまれ、さりと

これほど厭われる私自身に原因があるのでしょうね」など、さまざま仰せになるので、さすがに返歌をし申し上げるが、それは、自分に少しでも帝への気持ちがあるせいかと、我ながら疎ましい気がする。

現実とも夢とも区別ができません。思い出にある昔も、そして今も、つらさに消え果てようとしておりますから。

［三七］　さて、内大臣3は、大弐の乳母ⓔまでが姫君45の側を離れて石山に出かけたのでお気の毒に思われ、早速お手紙を届けられたのは、まだ大弐の家に姫君がおいでになった朝のことであった。待ちかねてご覧になった姫君のご返事の様子はどうであったのか、内大臣はいつもよりもしみじみと、訪うこともせずに過ぎてしまった自分の心までが恨めしくお思いになったけれど、さしつかえがいろいろとあって、ご自身はおいでになれなかったが、何とかして気を取り直して、おいでになろうとする前に、まずお手紙を届けられたのだけれど、姫君の行方はわからない、と申し上げてお手紙をお返し申し上げたので不審に思われた。若君21の御乳母ⓗである右中弁某の北の方は、大弐の乳母の娘であるから、その妹の少将という女房をあの姫君にお付け申し上げていたのだけれど、その女房も、兄弟の少納言ⓓも、乳母の子はみなすべて石山へ参詣して、この弁の乳母ⓗぐらいが、若君が少しも離れようとなさらないので、留まってお仕えしていたので、「このように姫君の行方がわからないと聞いたが、いったいどういうことか。こういうわけだから、あちらへちょっと行

ては、時のほど行《ゆ》きて、案内《あんない》せよ。もしまた聞きたることやある」とのたまふに、いとどあさましくて、(若君の弁の乳母)「いかにや、昨日、御文聞こえたりしかば、中将の君の返事し侍りしはや」と、あきれまどひたる気色にて、急ぎ行《ゆ》きて、留守の者どもに問へば、(留守の者)「かの、暁、ものへ参り給ひにし夜、人の出で給ふにやと、覚えしかど、その後《のち》も、人なほおはする気色にて、御物なども参り侍りしが、昨夜《よべ》、車の音《おと》のし侍りし後《のち》、すべて音《おと》もし侍らねど、もとより、しばし宿り給へる人とのみ、うけたまはりしかば、さにこそはと思ひて、聞こえさせず」と言ふに、あさましともおろかにて、帰り参りて、このよしを聞こゆれば、

[三八] 内大臣3、大君45を探しに伏見へ。伏見にも不在

(内大臣)「さては、このほどの絶《た》え間《ま》に、恨みわび、伏見へ帰り給ひにけるにこそは。さるにても、かうかうとは、斎院などものたまへかし。なべてかやうの契りばかりにて、頼まぬ仲らひなどにてもあらで、くねくねしのことどもや」と思せども、もしかのむくつけかりし物の怪の有様などを、伝へ聞きけんに合はせて、その後《のち》しもかき絶えにしかば、[三五]世の憂

って、事情を聞きなさい。もしかしたらまた、あなたのほうで聞いていることはないか」とおっしゃるので非常に驚いて、「それはどういうことでしょうか。昨日あなた様のお手紙をさしあげたところ、中将の君ⓖが返事をいたしましたのに」と、呆然として途方に暮れた様子で、急いで行って留守番の者たちに問うと、「あの暁――大弐の乳母が参籠なさった夜の明け方のことですが――どなたかがお出かけになるのかと思われましたけれど、その後も、姫君はそのままおいでになる様子で、お食事などもさしあげたのですが、昨夜、車の音がいたしましてからはまったく音もいたしませんけれども、もともとしばらくの間ご滞在なさる方とだけ伺っておりますから、お移りになるのかと思って、特にそのことを申し上げませんでした」と言うので、あきれるとも何とも言いようがなく、内大臣3のもとに帰参してこのことを申し上げると、

[三八] 内大臣3は「それでは私のこのごろの絶え間を恨み悲しんで伏見へ帰っておしまいになったのだな。それにしても、しかじかの理由で、と斎院35などもおっしゃってくださればいいのに。だいたいお互いに頼りにする親類同士で、愛情に関わるだけの間柄だというわけでもないのに、実にひねくれたやり方だな」とお思いになるが、もしかしたら、あの気味悪かった物の怪の有様を姫君45が伝え聞いたころと時を合わせて、そのあとでちょうど私が訪れなくなってしまったものだから、世の憂きよりは――世の中のつらさに耐えているよりは――と、住み慣れた山の奥へ思い入ってしまったと

きよりはと、住みなれし深山《みやま》の奥へ、思ひ入りにけん心の内も、いみじうあはれにかなしければ、やがてみづから伏見へおはするに、斎院は、いとほしう、ありのままに、なかなか聞こえまほしう思せど、かしこより「あなかしこあなかしこ」とのみあれば、ただ、行方《ゆくへ》なく、これには夢にも知らぬよしを聞こえ給ふに、大臣《おとど》、「さては、いづくへかは」と、疑ひなく思しつるに、(内大臣)「とは何ごとの、うつつ[三六]ならずさぞ。たとひいかなることありとても、斎院などの、知らせ給*はぬことはあらじ」と、誰《たれ》も心劣りせられ給へど、(内大臣)「げにも、かのものさわがしげなりし乳母のしわざにもあらん。さるにては、ただにはあらじ。いかなる人に、契りを結びけん」と思しやるも、心やましければ、いとものものたまはず。こぼるる涙をも、しひて、をこがましうと思せば、紛らはして、帰り給ひにけるを、かしこには、我が[三七]すごさぬことの、方々《かたがた》苦しく、この大臣《おとど》にさへ、心置かれ奉らんことを、あさましとも、なのめに思しけれど、かひなきことどもなりかし。

思われる姫君の心のうちも、非常にしみじみと悲しいので、すぐにご自身で伏見へおいでになる。斎院は、内大臣がお気の毒で、かえってありのままに申し上げたく思われたが、尚侍[47]から、「けっして申し上げないでください」と言われているので、ただ行方がわからず、こちらも夢にも知らぬよしを申し上げられると、大臣は「伏見でないなら、どちらへ行かれるというのか」と、疑いなく思っておられた伏見にも見つからないのだから、「それは絶対にあり得ない非現実的なことだ。たとえ、どんなことがあっても、斎院などがご存じないことはあるまいに」とどなたに対してもうとましい思いを抱かれるが、「なるほど、あの何となく落ち着かなかった乳母ⓕの仕業であろう。本当にそうであれば、ただではおかぬ。姫君はどんな人に契りを結んだのだろう」と推察なさるのも不愉快で、まったくものもおっしゃらない。こぼれる涙をも、ばかばかしく見えるだろうとお思いなので、しいて紛らわしてお帰りになってしまったのだが、伏見の斎院のほうでは自分の過失ではないものの、あちらにもこちらにも顔が立たず、この内大臣さえ隔て心をお置きになる結果となることを、あきれて心外にお思いになったが、まったくかいのないことなのである。

［三九］大弐乳母ⓔは嘆き、内大臣3、撫子に大君45を偲ぶ

かくて、大弐の北の方、石山より帰りて、思ひ嘆くことなのめならず。（大弐乳母）「娘の少将をも留《と》めたらましかば、かくあへなきことやはあるべき。一筋《ひとすぢ》に、我が咎《とが》にて、君の御心を悩ますこと」と思ふ、身の怠りを添へつつ、朝夕《あさゆふ》、見慣れきこえにし御有様の恋しさ、こはいかがはすべきとのみ、かの住み給ひし方《かた》に行きては、忍びて、涙を尽くしつつゐたるを、大臣《おとど》も聞き給ふに、なかなか、我ももよほさるる心地して、常よりも、風の気色もあはれに、涙もろげなる夕つ方、かひなき跡もなほなつかしうや思しけむ、いと忍びておはして御覧ずれば、家主《いへあるじ》は、例の、かかるにつけて、ただひそみにひそみていみじき気色を、（内大臣）「思ひとがむる人もこそあれ。かつはをこがましう」とうちしづめて、人をば慰め給へど、さるにては、いとどためらひかねつつ、ありしに変はらぬしつらひ有様、はかなき調度どもも、もとよりこれにありしは、さながら変はらねど、さもこそは、昔物語めき、手習ひなどうちしたるものだに見えず、ことそぎて出でにけるも、いみじく恨めしくて、「これや形見の」[五八]と言

［三九］ こういう事態に至り、乳母の大弐の北の方ⓔが石山から帰って来て嘆くことは一通りではない。「もし、娘の少将を姫君45のもとに留めておいたら、こんなどうしようもないことは起こらなかったのに。ひたすら私の過失で、内大臣3のお心を悩ませるとは」と思う、我が身の怠慢に加えて、朝夕見慣れ申し上げていた姫君の御有様の恋しさに、これはいったいどうすればいいのかと、お住まいになっていた部屋に行ってはひっそりと涙を尽くしつつじっと座りこんでいる、ということを大臣もお聞きになると、かえって自分も涙を誘われる気持ちがして、いつもよりも風の趣もしみじみと感じられ、涙が脆くもこぼれそうになる夕方、かいがないとわかっていてもやはり姫君のお住まいの跡が懐かしいとお思いなのだろうか、非常にこっそりとおいでになってご覧になる。家の主の乳母ⓔはこの事態に際して、いつものようにただもう泣き顔になって、たいへんつらそうな様子をしているのを、「見咎める人がいるといけない。それもばかばかしいことだ」と心を落ちつかせて、乳母をお慰めになるものの、そうするといっそうご自身も涙をとどめかね、姫君がおいでの時と変わらぬ部屋のしつらい、有様、ちょっとした調度なども、もとからこの部屋にあったものはそのまま変わっていないが、本当にそれは昔物語にあるように、手習をした反故さえ見えず、万事を簡略にして出てしまったのが非常に恨めしくて、姫君が七月に「これやかたみの」と歌にした夕方の空を、形見として、自分だけは変わらずに眺めながら、いじらしかっ

ひし夕べの空ばかり、我しも変はらずながめられ給ひつつ、らうたげなりしけはひ有様などの、(内大臣)「それを限りに、または見るまじきものとやは、かけても思ひし」と、ただ今も立ち添ふ面影に、かつ見てだにもよそへられ給ひし常夏の花の露も、まことに置き添ふ心地し給ひて、

(内大臣)五九 面影によそへてぞ見る撫子の露はとまらぬ形見なれども

[四〇]内大臣[3]、一品宮[1]に大君[45]の失踪を語る

中にしをれたるを折らせ給ひて、女宮に御覧ぜさせ給ひつつ、あはれに心とまりし折々の有様など、隔てなくうち語らひきこえ給ひつつ、(内大臣)「げに、何ごとにつけても、らうたげなりしかば、たちまちに見じとまでは、思はざりしものを。うち語らひて過ごし給はんも、宮の君六〇などよりはさもありぬべかりしかば、あり経《へ》ば、さやうにもとこそ思ひしを、いとはかなしや」と、ことなしびにはのたまひなせど、いみじう思ひ入り給へる気色も、心苦しければ、もののたまはせず、*うち涙ぐみて、端の方《かた》をつくづくと*御覧じ出だしたる御傍《かたは》ら目、御《み》ぐしのかかりはづれたるつらつきのう

た姫君のものごしや有様を、「その時を限りに、再び見ることはなかろう、とは少しも思わなかったのに」と、現在も立ち添う面影に、その時姫君にお喩えになった常夏の花の露も、本当に置き添う気持ちがなさって、

せめて姫君の面影によそえて見るばかりというもの。なでしこの露は、花の上にそのまま留まらぬはかない形見とは知ってはいるのだけれど。

[四〇] 内大臣[3]は、その撫子の中に萎れた花があるのをお折らせになり、女宮[1]のもとに帰ってお目にかけながら、しみじみと心に留まった姫君[45]の折々の有様などを隔てなくお話し申し上げて、「本当に何ごとにつけてもいじらしい人でしたから、突然姿が見えなくなろうとまでは思わなかったのですが。あなたがお話相手としてそばにお置きになっても、宮の君[27]などよりはふさわしい人と考えたものですから、しばらくしたらそう計らおうと思っていたのに、何とはかないことよ」と、何でもないことのように言いなしていらっしゃるが、非常に深く思い込んでおいでの内大臣の様子もお気の毒なので一品宮はものもおっしゃらずに涙ぐんで、端のほうにつくづくと目を遣っておいでの御横顔、御髪が掛かっているさま、髪の間から見えるご容貌のかわいらしさは、あのお産ののちは少し面痩せしておいでになるのがかえって、いよいよ身に染むようなご雰囲気が、その上に飽きることなく加

つくしげさは、ありし御ことの後《のち》、少し面《おも》やせ給へるしも、いよいよ身にしむ御けはひは、なほしもあかず添はせ給へる心地して、白き生絹《すずし》どもに、薄き蘇芳《すはう》の御単衣《ひとへ》、われもかうの織物など、色合ひはなやかならぬしも、気高うなまめかしきに、黄昏《たそがれ》の空には、いよいよ掲焉《けちえん》なる御ぐしの艶《つや》なども、この世のものならぬ御さまを*見奉り給ふには、何のもの思はしさも忘られつつ、あさましうゆゆしきほどの御ことどもを、思し出づるにも、涙のこぼるるも、かつはゆゆしうて、

（内大臣）六一 もろともに後れ先立つ露の間も隔てぬ世々《よよ》の契りともがな

と、聞こえ給へば、うち涙ぐませ給ひつつ、

（一品宮） 後れじと慕ふ心やさそひけん消えにし露も*置きかへりけり

など、聞こえかはさせ給ふ御あはひのうつくしさは、げに千年《ちとせ》を万代《よろづよ》も、あくよあるまじきを、

わっていらっしゃる気がする。宮は何枚もの白い生絹に、薄い蘇芳の御ひとえ、吾亦紅の織物などをお召しで、色合いが花やかでないのがかえって気品が高く優雅な上に、たそがれの空にいよいよ鮮やかに見える御髪の艶なども、この世の物ではないほど美しいご様子をご覧になると、もの思いもすべて忘れられて、お産の時の呆然としてしまった命の瀬戸際の折の御ことを思い出されると涙がこぼれるのも不吉な感じがして、内大臣が、

あるいは遅れ、あるいは先立つのが運命というものですが、この露のようにはかなく短い間もあなたと隔てなくこの世もあの世もご一緒の契りであってほしいのです。

と申し上げられると、宮はお涙ぐみになりながら、

あの時、私に遅れまいと、あとを追ってくださったあなたの心が誘ってくださったものと存じます。いったんは消えてしまった私の露の命も帰ってきたのですから。

など、お互いに歌をお交わしになるお二人のご愛情のうるわしさは、本当に千年を万年重ねても飽きる時はなさそうであったが、

［四二］内大臣[3]は姫君[45]ゆえに宮[1]を疎むという噂出現

何とあるべき御ことのはじめにか、「かの伏見の女君の、思ひかけず、内裏《うち》に参り給へりけるほどの有様。内大臣《うちのおとど》の心ざしもいと深くて、つやつや宮の御ことにも劣らず、あやまりて、すすみざまなりければ、かく引き違《たが》へ、雲居のよそになり給へる嘆き、おろかならんやは。ただ一筋《ひとすぢ》に、『ありし御物の怪の後《のち》、院・后の宮の、尚侍《ないしのかみ》をかたらはせ給ひて、内裏《うち》へ参らせさせ給ひつる』とて、女宮をも、今はことのほか、疎々《うとうと》しきことに思ひきこえ給ひつつ、世と共には独りながめをしつつ、涙に沈みておはすなれば、大臣《おとど》なども、くちをしきことになん思ひ嘆き給ふなる」と、いかなる化物《ばけもの》の言ひ出でけることにか、院の上の御耳に、つぶつぶと聞かせ給ひてけるを、同じ君と聞こえさする中にも、あさましう気高き御心の、雄々《をを》しういかめしきにて、なかなか、人の少しも*わろきさまにものを言ふべきこととも、知らせ給はぬに、まいて、かばかりのことなれば、夢にても僻言《ひがごと》ならんとは思されず。

［四二］ いったいどう進展する事態の始まりなのか、次のような噂が院[9]のお耳に入った――。「あの伏見の女君[45]が、思いがけず宮中に参上なさった経緯はこうなのだ。内大臣[3]の愛情も非常に深く、けっして一品宮[1]の御ことにも劣らず、これは内大臣の過ちだが、むしろ積極的であったのだから、このように思いに反して姫君が宮中にかけ離れておしまいになった嘆きは一通りであるはずはない。内大臣は、もう一途に、『以前にあった御物の怪の騒ぎのあと、院[9]や后の宮[15]が、尚侍[47]と相談なさって姫君を宮中にお召しになったのだ』と思い、一品宮を現在ではことのほか疎ましい方だとお思い申し上げて、内大臣は夜ごとに独り物思いに耽って涙に沈んでおいでとのことだから、父殿[13]なども残念に思い嘆いておいでになるという話だ」と、いったいどんな怪奇な者が言い出したことなのか、院の上[9]のお耳に非常に詳しく入ってしまったのを、同じ君主と申し上げる中でも、院はあきれるほど気位が高く、猛々しく威厳のあるお心をお持ちのために、かえって、世間の人は悪しざまにいいかげんなことを言い立てるものだということを少しもご存じないので、ましてこれほどのことであるから、夢にも間違った話であろうとはお思いにならない。

【四二】院[9]、噂を信じ、内大臣[3]に激怒する

さまざま思しめぐらすも、ねたうめざましきこと限りなければ、大宮の御方へ渡らせ給ひて、いと御気色よろしからず、世の中うち御覧じまはしつつ、(白河院)「我が位につき、国をまつりごちて、年久しくなりぬれど、少しも、いかにぞや片ほに、人の言ひ思ひぬべきことは、さしてありとも思はぬを、昔より、この女宮たちの有様こそ、心ならずあやしけれど、さる例《ためし》なきにもあらぬうへ、内大臣某《なにがし》などは、ただ人とひたぶるにおとしむべきにもあらず、見る目有様までなべてならねば、心の闇ばかりには、限りなうのみ覚ゆるこの皇女《みこ》の、光を隠したるも、いかがはせむと、くちをしからずのみ思ひなされて過ごしつるを、あさましう心地なき人の御《み》心なりけりや。たとひいかに枝さしかはし、便《びん》なきふるまひなりとても、男《をとこ》のならひなれば、これをおろかにだにもてなしきこえずは、あながちにめざましかるべきことかは。物の怪の何《なに》とやらん言ふとは聞きしかど、耳にだにこそはかばかしう入《い》らざりしか。されど、まことに、我聞かずとも、さるこちごちしきものさまたげやし給ひし」と

【四二】　院[9]は、いろいろと考えを廻らされると、いまいましく心外な思いが募るので、后の宮[15]の御方へお越しになり、非常に不機嫌な様子で世の中をぐるりと見回されるふうに仰せになるには、「自分が帝位につき国政を担ってから何年もたったが、少しでもこれは良くない、不十分だと人が言ったり思ったりしそうなことは、それほどあるとも思わないのに、以前からこの女宮[1]たちの結婚は、気に添わず妙な具合であったのだけれど、そうした皇女と結婚をするという例は無いこともない上に、内大臣某[3]は、もともとは皇子なのだから臣下の者として一概に貶めるような身分でもないし、見た目も様子も抜きん出ているから、親心の闇というもので、限りなく大事な方と思うこの一品宮が降嫁して内親王としての光を隠してしまったのも、どうしようもないことと、それほど残念なこととは言えない、とばかりしいて思って過ごしてきたのだが、あきれ果てるほど分別のない大臣のお心であったのだな。たとえ、どんなに他の女と枝をさし交わして契りを結び、不都合なふるまいがあっても、それは男性としては普通のことなのだから、この一品宮を大事にお扱いするのでありさえすれば、しいて心外なこととは言えないだろう。物の怪が何とか言ったと聞いたが、私自身の耳でしっかりと聞いたわけではなかった。しかし、私は聞かないとしても、本当にそんな無作法な邪魔を内大臣はなさったのか」と言って、噂の次第をお話し申し上げになると、非常にあきれて「どうしてそんなことがございましょうか。そう考える人も絶対に

て、ことのさまを聞こえさせ給ふに、いとあさましう、(后の宮)「いかでかさることはあらん。さ思ふ人も、よにあらじ。なほ、誰《た》が聞こえ出でたることにか」など、后の宮はのたまはすれど、

[四三]院[9]、一品宮[1]と姫君[46]を十月一日院に戻す意向

思しめしとりぬること、一筋《ひとすぢ》なる御心掟《おき》てにて、(白河院)「何とかは、さしも人の思はざらん所に、今はものし給ふべきなれば、こちこそ迎へきこえめ。かの後《のち》に出で来たりし人は女なれば、身に添へて、伽《とぎ》にもし給へかし。いま一人は、大臣《おとど》にいみじくつきたれば、さすがにさてもあれかし。さて、内《う》裏《ち》の上の、とりこめ給へると聞く人をこそ、返しやらめ」など、さまざまのたまはせつつ、(白河院)「まだきに、人にな気色見せ給ひそ。おほかたも、かの姫君をば、つれづれなれば、ここにもあらせんと思ひしかば、さやうにもてなして、そのついでに、母宮はあからさまに、などのたまへ。長月は忌むべき月なれば、同じくは、来《らい》月になりてと思ふを、やがて一日よろしかめり」など、日をさへ定めのたまはするに、やうやう近くなりぬれど、むげにかれにも、心知らせ

ありますまい。いったい誰が申し上げはじめたことなのか」など、后の宮はおっしゃるが、

[四三] 院[9]はいったんこうと思い込まれたことは一途にやりぬくご性格であるから、「どうして、そんなに愛情のさめた人の所に、今はおいでになることがあろうか、宮[1]をこちらの冷泉院へお迎えしよう。子どもについては、あの、後から生まれた方[46]は女なので、宮が身近に置いてお相手となさるのがよい。もう一人の若君[21]は、大臣[3]にとてもなついているから、それはまあ一条院にそのまま置くとしよう。そうして帝[4]がご自分のものとされたと聞く人[45]は大臣に返してしまおう」など、さまざまに仰せになって、「そうする前に人に気取られないようになさい。だいたい、あの幼い姫君[46]は、つれづれの慰めに、こちらに置こうと思っていたのだから、そのように計らって、移られるついでに、母宮はちょっとこちらにお出ましになる、というようにおっしゃい。九月は忌み月だから同じことなら来月になってからと思うのだが、すぐの一日がよいだろう」など、移転の日をまで決めて仰せになる。次第にその日が近くなったが、まったく女宮にも事情をお知らせにならずにおくわけにも行かないので、后の宮[15]は、按察使の乳母ⓐをこっそりと召し寄せられてこのことをおっしゃると、意外とも何とも呆然として、乳母は帰参し

給はであるべきならねば、后の宮ぞ、[六二]按察使の乳母を、忍びやかに召し寄せてのたまはするに、あさましともなのめに、あきれたる心地しつつ、帰り参りて、かうかうなんと聞こゆるに、（一品宮）「さては、まことにさもあるらん。さばかりなりけることどもを、あまり思ひ定めて、つゆ気色にも出だし給はざりけるほど、まことに心恥づかしう」一筋《ひとすぢ》に、うとき方《かた》にのみ思しならるれど、いかでか御胸の内、さわがずしもあらん。

【四】一品宮[1]、懊悩のうちに冷泉院に帰る決意をする

（一品宮）「言はねどしるきものは、人の心の内なるを、過ぎにし年月《としつき》はさることにて、かかること出で来てしも、いかにぞや、ひきそばめ隔て顔なることは、ありとも覚えねど、げにもさ思さむにとりては、あまりうとましかりぬべきことなれば、気色に出でざらんもことわりかな」とうち思されて、さりげなうて、この後《のち》も、御気色を御覧ずれど、異なる節《ふし》もなし。ただ、いつも行方《ゆくへ》知らぬさまにて、（内大臣）「さすが斎院の知り給はぬことはあらじを、隠し給ふなんつらき。よし、いづくにありと聞きたりとても、いかがはせん」などのたま

てからこれこれのことなどと申し上げると、宮[1]は「それでは、本当にそうだったのかもしれない。これほどのいろいろな大事を、内大臣はご自分だけであまりにもしっかり決めてしまって、それをけっして表にもお出しにならなかったのは、本当に気がつかなかったこちらもうかつだったというもの」と内大臣[3]を一途に疎ましいと思うようにおなりであるが、どうして御胸のうちが騒がないで済むはずがあろう。

【四】　一品宮[1]は、「口に出さなくてもはっきりわかるのは人の心の中であるけれど、過ぎ去った年月はもちろんのこと、こうしたことが起こっても内大臣[3]は、これはいかがなものかと思われるような、よそよそしくふるまって隔て顔をするといったことを、なさったとも思えないが、もし本当に私をいやなものとお思いであるとしたら、それはあまりにもいとわしいことなので、そぶりに出ないのも当然というもの」とお思いになって、さりげない態度で、この後も内大臣のご様子をご覧になるが、特に変わったこともない。ただ伏見の姫君[45]に関しては、相変わらず行方を知らぬ様子で、「やはり斎院[35]がご存じないはずはないのに、お隠しになるのがつらい。まあ、どこにいると聞いたとしても、いったい今はどうしようがあろうか」などおっしゃって、時々はしみ

ひつつ、折々は、ものあはれなる気色にうち涙ぐみ給へど、いとすなはちのやうにはあらず。憂きにもつらきにも、あはれにかなしきことも、下の心やいかならん、ただいつも、うらもなくうち語らひきこえ給ふめれば、（一品宮）「見馴れ磯馴《そな》れて、別れなんなごりは、げに忍びがたうもありなんかし」と、ややもせば落ちぬべき御涙を、（一品宮）「我ながら、あなうとましや。たとひいかなる奥の夷《えびす》に身をたぐへて、長くこの世を別れよとも、院の上などののたまはんことは、いかにと思ふべきにもあらぬを、まして、さばかり恋しき古《いにし》へに立ち帰りて、院・后の宮にいつも添ひきこえてあらんことの、少しも憂かるべきかは」と思しなされつつ、つれなくのみもてなさせ給ひつつ、その日にもなりぬるに、今日を限りにやと思さるる御心の中、いかでか、さすがなのめにしもあらん。

[四五]右大将[2]、一品宮[1]を迎えに一条院に参上

木[六三]草のもと、水の流れまで、げになれにしあはれ浅からず、御目のみとまりつつ、梢の色も、[六四]やうやう乱れ落つる千入《ちしほ》の紅葉《もみぢ》も、袖の時雨を争ひ顔に、心細くうちながめつつおは

じみとした様子で涙ぐんでいらっしゃるけれど、行方不明がわかった直後ほどではない。情けない時もつらい時も、あわれに悲しいことも、内心はどうかわからないが、いつもまったく隔てなく一品宮にお話し申し上げになっておいでのようであるから、宮は、「すっかり慣れ親しんでから内大臣と別れてしまう名残は本当に耐え切れないであろう」と、ややもすれば流れ落ちそうな御涙を、「我ながら、ああ情けないこと。たとえ、どんなに遠い奥地の荒くれ者に身を任せて、長い間この京から離れよと、院の上[9]が仰せられても、その仰せに対してどうしてそんなことができようと思うべきではないから、まして、あれほど恋しかった昔に立ち戻って、院、后の宮[15]のお側にお添い申し上げていつも過ごすことは、少しも情けないことではないはず」としいてお思いになって、表面は何ごともないようにおふるまいになりながら、とうとうその日にもなってしまったので、今日を限りにお別れするのかとお思いになるお心の中は、さすがに、どうして普通どおりであるはずがあろうか。

[四五]　一品宮[1]は、一条院の木草のたたずまい、水の流れまで、本当に慣れ親しんで来た思いは浅くはなく、御目が留まって、梢の色も、次第に乱れて散る真紅の紅葉も、袖に落ちる涙の時雨と落ちるのを争うような悲しみに沈みながら心細く物思いに耽って眺めておいでになる時に、右大将[2]が参

しますほどに、右大将*参りて、(右大将)「いたう暮れぬ先に、しかるべきよし聞こえよと侍り」とて、御前《まへ》に候ひ給ふに、思ひ入れ顔なる気色もやと、いみじう恥づかしう思されて、御几帳少し引き寄せて、御扇に紛らはしつつおはします御さま、山の端《は》分け出づる秋の月よりも、なほあかぬ心地して、目離《めか》れなくつくづくとまぼりきこえ給へば、紅葉《もみぢ》の色々うち重ねたる御袖口も、[六五]竜田の山の秋の梢は何ならず、山姫の分きける人かとも、ことわりなる御さまの言ふよしなきを、例の、胸のみさわぎて見奉り給ふにも、このほどの世の気色、さりげなうて見るに、しばしにても心苦しきことども、見るべきなめりと、別れなん人の御心の中までかなしうて、涙のこぼれぬるも、人目あやしければ、立ち給ひて、外様《とざま》にて、何かとこと掟て給ひつつ、

〔四六〕一品宮[1]、事情を知らぬ内大臣[3]・若君[21]と離別

御車さし寄せたるほどにぞ、大臣《おとど》、内へ入り給ひて、(内大臣)「いかにとよ、にはかなる御渡りかな。さていつか御迎へに参るべき。今宵はかなはじや」と聞こえ給へば、(一品宮)「今とくこそは」とばかり、言少ななる御さまは、いつものならひと言ひな

上して、「それほど日が暮れないうちにお渡りになるのがよい、と申し上げよとのことでございます」と言って、宮の御前に伺候なさるので、一品宮は、思い沈んだ様子を大将に見せはしなかったかと、とても恥ずかしくお思いになって、御几帳を少し引き寄せ、御扇で顔を紛らわしておいでになるご様子は、山の端を分け出てさし昇る秋の月よりももっと飽かぬ気持ちがして、大将は目を離すことができずにつくづくとお見守り申し上げておいでになると、紅葉の色にさまざま重なっている御袖口も、竜田山の秋の梢が見劣りするほどに美しく、秋を彩る山姫が特別に装わせたお方かと見えるほど、それも当然な抜きん出たご様子は言葉にも尽くせないので、大将はいつものように胸がどきどきして見申し上げられるのだが、このごろの情況を、さりげなく見ても、しばらくの間でもお気の毒なことをさまざま見ることになるだろうと、別れてしまう方のお心の中までが悲しくて、涙がこぼれてしまうけれど、それも人目につくといけないので、席をお立ちになって、外で何やかやと指図なさりながら、

〔四六〕 院[9]からの迎えのお車をさし寄せた時に、ちょうど内大臣[3]が部屋の中にお入りになって、「またこれはどうしたことか、ひどく急なご訪問ですね。さて、いつお迎えに参りましょうか。今夜はご無理ですか」と申し上げられると、「すぐに帰って参りますので」とぐらい、言葉少なにおっしゃる一品宮[1]のご様子は、いつものこととは言いながら、どういうわけか思いに耽るといったふうにあらぬ方を眺め、何

がら、いかにとやらんながめがちに、心にものをかけたる御気色のあやしさに、とばかりゆるしきこえ給はず、何かと聞こえ給へど、わりなくひきよきて、すでにゐざり出でさせ給ふに、若君走りおはして、うちむつかりて、(若君)「院は、ちご君よりも、まろをこそ見たがり給ふに、宮の、具し給はねばこそとまるらめ」とて、御袖をひかへ給へるが、(一品宮)「先々ならば、いかばかりかたはらいたからましを。ただ今ならでは」と思さるるに、うち見返らせ給へれば、灯籠《とうろ》の光に、御顔は、雪をまろがしたらんやうにふと見えて、目のほどにかかりたる御ぐしを、あながちに振りやりて、目を見合はせんとし給へる顔つきのらうたさに、心強き人もえおはしまさずやあらん、御涙ぞほろほろとこぼれぬる。

(一品宮)とめがたく落つる涙も憂かりけりや
　がて別れになりもこそすれ

[四七]内大臣3、白河院に籠った一品宮1とは音信不通

とさへ、御心ならず言はれぬるも、我ながらいとあさましうて、はてはては紛らはさせ給ふを、男はふと聞きつけ給ひて、(内大臣)「いなや、これは何《なに》とのたまはするぞ。うつつともなきことどもかな」とて、

かが心にかかるといったご様子の怪訝さに、しばらくは乗車をお許し申し上げにならず、何かとお話し掛け申し上げになるが、無理に体をかわし、もう既にいざってお出ましになろうとする時に、若君21が走っておいでになり、むずかって「院は、赤ちゃん46よりも僕にお会いになりたいのに、母宮さまは院のところに連れて行ってくださらないから、僕が残ることになるなんて」と言って、一品宮のお袖をお引きになると、「以前であれば、こうしたやんちゃなお行儀の悪さに、どれほどきまりが悪かったかしれないけれど。今でなくてはもう会えないのだ」とお思いになるので、振り向いてご覧になると、その宮のお姿は、灯籠の光に、お顔は雪を丸めたように白くふっと見えて、目のあたりに掛かっている御髪を、無理に振り遣って、若君と目を見あわせようとしておいでの顔つきのいじらしさに、心を動かされない強い人はどなたもおいでにならないであろうし、宮ご自身の涙もほろほろとこぼれてしまうのだ。

[四七]　止めることができずに落ちる涙も本当につらいのです。これがそのまま最後の別れになってしまうのではないかと思われて。

とまで、この悲しみが自然に口をついて歌となるのも、一品宮1は我ながら非常にあきれて、最後のほうは紛らしてしまおうとなさるのを、男（内大臣3）はふっとお聞きつけになって「これはこれは。いったいこの歌は何をおっしゃるのか。現実とも思えぬことをまあ」と言って、

(内大臣)「別るてふ名をば思はぬ時の間の隔てをだにも嘆く心にさてはいかが」と、つゆの御言の葉にだに、胸をさわがし給ふもしるく、入らせ給ひて後《のち》、日頃経《ふ》れど、かき絶え、御消息をだに取り入れず。はてはては、院の上の、つひの御住みかと思し掟てたる、[六八]白河の院といふ所へ、かき籠らせ給ひにしかば、あさましいみじともなのめのことをこそ言へ、何ゆゑと思ひ分く方だになければ、ただ夢うつつとも分かず、ほれぼれしうあきれ過ごし給ふに、大臣《おとど》、母上の、共に思し嘆くさまおろかならず。

〔四八〕関白13、尚侍47から事情を聞く。大君45は五条の家に

院にも、たびたび大臣《おとど》などの参りて、御気色賜はり給へど、「何《なに》のとあれば」などいふことども、なべてしくあるべきならねばにや、ただいみじうよろしからぬ御気色にて、(白河院)「後涼殿の尚侍《ないしのかみ》の、聞こゆべきことなんあるを、内裏《うち》へ*参り給はんついでに、立ち寄り給へ」とばかりありければ、いかなることにかと思して、急ぎものし給へるに、かの伏見の人のことをぞ、ただあからさまと思ひて、迎へ寄せしはじめよりの有様をのたまひつつ、(尚侍)「上の御ためも、かろがろし

「別れという名のつく言葉は、考えたくもありません。思いがけないしばしの間の隔てをさえ嘆く私の心なのですから。

いったい、どういうことか」と、わずかな「別れ」という宮の歌のお言葉にさえ胸を騒がせておいでになる、その予感は的中して、宮が冷泉院にお入りになってから何日も経ったものの、ふっつりと音信は絶え内大臣のお手紙をさえ受け取らない。宮はお終《しま》いには、院の上9が終《つい》の御棲家と以前からお考えになっていた白河の院という所へ籠っておしまいになったので、内大臣のお気持ちとしては啞然とする、途方もないこと、という表現も並々なものとなってしまうほど、いったいどういう理由でこうなったのかと思い当たる点さえもないので、ただ夢とも現とも識別できず、呆然とあっけにとられた状態でお過ごしであるから、関白13、母上12が共に思い嘆いておいでの様子は一通りではない。

〔四八〕　院9にも、関白13などがたびたび参上して、ご意向をお尋ねになるけれど、「何々がこうこうした事情なので」などということも、普通のように詳しくご説明になるべきではないからか、仰せられず、ただひどく機嫌を損ねられたご様子であり、いっぽう、「後涼殿の尚侍47が、申し上げたいことがあるので、宮中に参内なさるついででもあればお立ち寄りください」というご連絡があったということなので、どういうことかとお思いになり、関白は急いで後涼殿においでになると、尚侍はあの伏見の姫君45のことを、ただほんの少し

きやうに覚え侍りて、いかばかりかは及ばぬ心にいさめ申し侍りしかども、なほ、かなはぬ御ことどもにて侍りしかば、さりとてはよく忍ぶばかりと思ひ給へしに、院より、あさましきことどもをのたまはせしに、誰もおどろかせ給ひて、まづ中宿りに、五条に、あやしげなる所へなん出で侍りにしかど、ことのよし聞こえてこそ、それへも渡しきこえめと思う給へてなむ」とあるに、まことに心得ぬ筋なれば、とばかりものものたまはず。「(関白)これは、はじめよりつやつや知らぬことどもに侍れど、たとへば、その人を御覧じ初《そ》めて、夢ばかりにても、あはれと思されんを、何ゆゑに返しつかはされ侍るべきぞ」とて、あやしと思したる気色なれば、かの院の御あたりに思されたるさまを、まほならねどのたまひけるに、「(関白)さればよ」と、いま一際《ひときは》あさましともおろかにて、返す返すおそれいり給ひつつ、「(関白)たとひ何《なに》と侍る色にても、その人を返し給はらんと思ふことは、みづからもいかでか思ひ侍らん」とばかりにて、ただ今、のべしらむべき角《かど》ならねば、出で給ひて、内大臣《うちのおとど》に聞こえ給ひけるに、「(内大臣)とは、されば、何ごとぞ」と、ただ今

の間と思って宮中に迎え寄せた発端から、帝のご愛着の状況をお話しになって、「帝[4]の御ためにも軽率なように存じましたので、及ばぬことながらどれほどお諫め申し上げたかわかりませんが、やはりお聞き入れにならなかったので、それでは充分に秘密を守ろうと思っておりましたところ、院から、驚くようなこと――姫君[45]を内大臣のもとに返すようになど――をいろいろと仰せになったので、どなたもお驚きになり、まず中宿りとして五条の粗末な所へお連れしたのですが、ことの次第をあなた様に申し上げてから、内大臣の御邸へもお連れ申し上げようと存じておりまして」ということだったから、関白は本当に腑に落ちない話の筋なので、しばらくものもおっしゃらない。「このことは初めからまったく知らぬことでしたが、帝がたとえその姫君をお見そめになって、少しでも愛着をお持ちであるとすれば、どういうわけで姫君を内大臣に返してやろうとなさるのでしょうか」と言って、妙なことだとお思いの様子なので、あの院のご意向を当たり障りのないようにおっしゃると、関白は「そういうことだったのか」と、一段とあきれるとも何とも言いようがなく、返す返す恐縮なさって、「たとえ、どんな事情でございましょうともその姫君をお返しいただこうとは、私自身も、どうして思いましょうか」という程度の返事をなさって、今、述べ立ててはっきりさせるべき問題でもないから、宮中からおでましになり、内大臣にお話しになると、「そういうこととは、これは、いったい何ごとか」と、今しも本当に帝が姫君を取っ

ぞ、まことに、内の上の取らせ給ひけるとも聞き給ふに、（内大臣）「誰我が心に入りかはりて、かかることどもの出で来にけん」と、ものおそろしき方《かた》をさへ添へて、なのめに思されんやは。

[四九]院9の態度強硬、内大臣3、関白夫妻13 12悲嘆する

よろづをのどやかに、さもなかりし怠りをも、よきほどにのたまひなさむとすれど、過ぎぬる日数《ひかず》を思ふに、左[二七]も右も恋しさの、堪へて長らふべき心地もせぬを、さてこはいつまでぞと思すに、まづかき暗《くら》す涙を、しづめかね給へる気色の心苦しさに、大臣《おとど》も上も、足手の踏み所とかもなきまで、立ち返り立ち返り、后の宮へ参り給ひつつ、さまざま申し給へど、かの御心には、いかばかりかは思さるれど、院の御気色変はらず、ゆるぎなければ、つゆのかひなくてのみ過ぎ行くに、内大臣《うちのおとど》は、まことに起き上がり給ふほどのことだになく、そのままに臥し沈みて、御湯《ゆ》一口《ひとくち》をだに御覧じ入れぬを、（関白夫妻）「何としても、御身平《たひ》らかにて、行く末長くこそ待ち給はめ。さりとも、しばしのことにてこそあらめ」など、さまざま殿・上も慰めきこえ給ひつつ、「ほか

てしまいになったこともお聞きになるので、「何ものが自分の心に入り込んで、こうしたいろいろな出来事が起こってしまったのか」と、異様なもの恐ろしい考えまで加わり、並々ならぬ気持ちにおなりになるのだった。

[四九] 内大臣3は、すべてのことを穏便に収めて、実際にはそんなことはなかった過失を、おわかりになるように上手に説明なさろうとするが、過ぎてしまったあれからのつらい日々を思うと、袖の左も右も涙に濡れ、これに耐えて生き続けることができそうにもない心地がする上に、いったい、これはいつまで続くことかとお思いになるとまず溢れる涙を静めかねておいでになる、そのご様子のお気の毒さに、関白13も上12も、足、手の踏み所とかいうものもないような有様で、何度も何度も后の宮15へ参上なさって、さまざま申し上げられるが、后のお心としては、どんなにつらいだろうかと同情なさるものの、院9のお気持ちは変わらず、揺るぎもしないために、少しもそのかいがないままで過ぎて行く。内大臣は、本当に起き上がることさえおできにならず、そのまま病床に伏し沈んで、御薬湯一口をさえ召し上がらないのを、「どんなことがあっても元気になって、末長い先をお待ちなさい。いくら何でも、しばらくの間でしょうから」など、関白も上も、さまざまにお慰め申し上げになって、「ほかに住んでいては不安だから、やはり何とかしてこちらにおいでなさい」というご意向であるが、一条院を離れてはいよいよ今生の別

ほかにては、いとおぼつかなきを、なほかまへて、こち渡り給へ」とあれど、ここを立ち離れてはたいとどあらぬ世の別れになり果てぬべき心地し給へば、馴れこし床《とこ》の上、よりゐ給ひし槙柱の、移り香ばかりをかひなき友にて、明かし暮らし給ふ。[六八]御涙は、窓打つ時雨、もろき木《こ》の葉よりも、けにぞからくれなゐにうつろひ果てにける。

（内大臣）[六九]人恋ふる涙時雨と降りにけりからくれなゐの袖のもみぢ葉

[五〇]内大臣[3]、事態を分析するが理解不能

なかなかすなはちは、夢の心地のみしつつ、何《なに》と思ひやる方《かた》もなかりしを、憂きにも積もる日数《ひかず》には、さすがのどまる心もあるにや、さまざまのもののみ思し続けられつつ、なほ、身の怠りは、いかにもあるべうもなければ、（内大臣）「偽りしげう思しとられにける、おほかたの世の有様こそありと、かのみづからの御心地ばかりには、憂きにやは思し果つべき」と、心をばやり給へど、さもこそ一行《くだり》の御返りなどをだに、待ち見給ふこともなきつらさは、また取り返したぐひなきにも、さはらず、[七〇]「やがて別れに」とのたまはせし、あり

れと成り果ててしまいそうな気持ちがなさるので、慣れ親しんできた床の上、女宮[1]が寄りかかって座っておいでになった槙柱に染みた移り香くらいをかいのない友として明かし暮らしていらっしゃる。御涙は窓を打つ時雨、もろくも散る木の葉よりもいっそう振り落ちて、唐紅の血の涙に変わり果ててしまったのである。

人を恋しいと思って流す涙は時雨のように降り注ぐのだった。そこに散る涙は唐紅の血の色と変わった袖の紅葉の葉となって。

[五〇]　内大臣[3]は、事の起こった直後はかえって夢心地のままで何とも思慮を廻らす余裕もなかったのだが、つらくても積もる日数は、さすがに心を落ちつかせるものなのか、いろいろとものを思い続けておいでになって、やはり自分の過失はどんなにしてもあるはずはないから、「偽りが多いものと思い知ることになったこの世間一般のありようではあるものの、あの一品宮[1]自身のお気持ちに限って、私のことをつらい仕打ちをした者と思い捨てられるはずはない」と、ご推察になるのだが、このように一通のお返事などをさえ待って拝見することもないつらさは、また昔に戻って、例がないほど増すばかりで、それにもかかわらず「やがて別れに――」とおっしゃった一品宮のあの夜の御面影、ものごしの忘れがたさ、契りを深く結んで慣れ親しみ申し上げた、今までのし

し夜《よ》の御面影、けはひの忘れがたさ、契り浅からず馴れきこえにし、来《こ》し方のあはれは、「[七一]憂きはものかは」と、ただ恋しうかなしきより他のこともなく、「[七二]あらばあふ夜《よ》」を待つべき身の行く末も、むげに閉ぢめ果てぬる心地し給ひながら、さすが限りあるわざにや。

[五二]冬、内大臣[3]、若君[21]を慈しみつつ一品宮[1]を思う

冬も深くなりぬれば、[七三]いと涙のつららも、枕の上に閉ぢ重ねつつ、[七四]*霜になれゆく袖の片敷きに、幾夜《いくよ》ともなき夜な夜なの寂しさを、(内大臣)[七五]「嘆かんためか」など、くちすさみて、人なき床《とこ》を払ひわびつつ、ながめ出で給へる夕暮、雪かき暗《くら》し降りて、風の気色も荒々しきに、若君走りおはして、「大臣《おとど》こそ、一人おはして、風にくはれ給ひなんず」と、我が恐ろしと思しけるままにのたまひつつ、御衣《おんぞ》を引きあけて、懐《ふところ》に這ひ入らんとし給ふが、いとらうたければ、かきよせきこえて、(内大臣)「吹く風にも誘《さそ》はれて、かかる憂き目を見ずは、嬉しうこそあらめ」と、まめまめしう、御返りごとのやうにのたまひなしつつ、御袖を顔に押しあてて泣き給へば、幼き心にも、しづまりてもののたまはで、うち

みじみとした思いは、「憂きはものかは」の歌の通り、ただ恋しく悲しい以外の何物でもなく、「あらばあふ夜」があるだろうと待つはずの生命《いのち》の行末も、まったく閉ざされてしまった気持ちがなさるものの、その思いにもさすが限りがあるというものだろうか。

[五二]　冬も深くなったので、内大臣[3]は、いよいよ凍りついた涙のつららを枕の上に重ね、独り寝にさびしく敷いた袖の上には霜が置くといった、幾夜とも数えられぬ夜ごとの寂しさを「嘆かんためか」など口ずさみ、思う人が不在の床の霜を払いかねて、物思いに耽って外を眺めておいでになる夕暮に、雪があたりが暗くなるほど降って、風の模様も荒々しいころに、若君[21]が走っておいでになって、「父殿さま、たった一人でおいでになると、風に食べられておしまいになりますよ」と、自分が恐ろしいとお思いのままにおっしゃって、内大臣の御衣を引きあけて、ふところに這い入ろうとなさるのが、とてもかわいいので、若君をお引き寄せして、「吹く風にどこかに連れていかれて、こうしたつらい目を見なければ本当に嬉しいだろうね」と、真面目にご返事のようにおとりなしになり、お袖を顔に押し当ててお泣きになるので、幼い心にも、おとなしくなって、ものもおっしゃらずにじっと見守っておいでの顔つきのかわいらしさ、そこにはまさに母君、一品宮[1]の面影が宿り、いよいよ涙がこみ上げるが、し

まぼり給へる顔のうつくしげさ、異人《ことひと》ならぬ面影には、いとど涙のもよほしにて、とばかりためらひ給ふほどに、暮れ果てぬれば、若君は、寝入り給ひにけるもいとあはれにて、乳母召して、渡しきこえ給へば、また目をさまして、むつかり給ふを、(内大臣)「さしもよからぬ身を、誰かはかう思ふ人もあらん。さらばさてもあれかし」とて、御側《そば》に臥せきこえ給ひながら、かつ、降る*雪にかき暗れて、夕闇の頃の星の光だに埋《うづ》もれ果てたる空を、つくづくとながめ出で給ひつつ、来《き》し方行く先、さまざま思し続くるに、昨年《こぞ》の冬かとよ、かやうなりし夜《よ》、山里にて、「[兵]幾夜伏見の」と言ひし人、もろともにながめし折、浅きにはあらざりしかど、目の前はさしおかれて、そぞろに心のみあくがれつつ、立ち帰り見奉りし朝明《あさけ》の御面影、濡れたりし御袖の色とがめ出でて、さまざま聞こえしことどもなど、数々に思し出づるも、恋しなどは世の常のことをこそ言へ、「げに、御かたち、有様はさることにて、御心ざまなどの、なよびらうたきをもととして、心恥づかしうらうらうじき方《かた》にも、すべて何ごとにつけても、後《おく》れたることの一ことも、ものし

ばらく心を静めておいでになるうちに、日が暮れ果てて、若君は寝入ってしまいになったのも、とてもいじらしくて、乳母をお召しになってお渡し申し上げになると、若君はまた目を覚ましておむずかりになるのを、「それほどどうということのない私を、若君のほかに誰がこれほど深く思ってくれるだろうか。離れるのがいやなら、ここにいなさい」と言って、御そばにお寝かし申し上げになる。いっぽう、しんしんと降る雪に真っ暗になって、夕闇のころの星の光さえ見えなくなってしまった空を、つくづくとお眺めになりつつ、今までのこと、これからのことをさまざま思い続けていらっしゃると、去年の冬だったか、こういう雪の夜、伏見の山里で「幾夜伏見の」と歌を詠んだ姫君[45]と一緒に眺めた折、思いが浅いわけではなかったけれど、目の前にいる姫君はさしおいて、ひたすら一品宮に心が引かれて、すぐ帰宅して見奉った朝の御面影や、濡れていたお袖の色を不審に思って、さまざまにお話し申し上げたことなどが、数々思い出されるのも、恋しい、などは世の常のことを言う言葉で、「本当に、ご容貌やご様子はもちろんのこと、ご性質などが素直でいじらしいことを基として、こちらが恥ずかしいほど才気がおありになり、すべて何ごとにつけても劣っていることが一つもおありにならなかった宮を、夫婦として気楽に見奉っていながらも、何となく我ながらこれでよいのかという危惧の思いが兆したのも、こうした事態に至る予感の第一歩というものか」と思うのも、たいへんつらいので、

給はざりしを、うちとけ心やすう見奉りしは、我ながら、あぶなきまで覚えしも、かかりける山口にや」と思ふも、いみじう心憂ければ、

(内大臣)かねてより憂かるべき身のしるべとやかつ見て恋にまどひそめけん

〔五三〕内大臣③、雪の中、女一宮①に会いに白河院へ

(内大臣)「ただ今何ごとをいかにしてかおはしますらん。さすが思し出づることも、などかなからん」など、うち返し思し続くるも、なほあかねば、(内大臣)「小夜更け、人しづまりて、あながちにとがむる人あらじを、[七]大淀《おほよど》ばかりの慰めにも、かの院の方ざまへおもむきやせまし」と、にはかに思し立ちて、出でんとし給ふに、若君の、いさとに目をさまし給へば、(内大臣)「あなむつかし」とは、のたまふものから、ついゐ給ひて、(内大臣)「宮の御迎へに参りて、具し奉りて来んよ」と聞こえ給ふに、さばかり慕ひ給ふ人の、うちうなづきて目をすりつつ、(若君)「それまでは寝入らじよ」とのたまふも、いみじくあはれにて、(内大臣)「今、その折は起こしもしてん。とく寝給へ」とて、袖の暇《いとま》なげにおしのごひつつぞ出で給ふ。

かねてからつらいことが起こる運命の道しるべであったのか。目の前にその人を見ていながらなおも恋しい、こうした恋の道に迷い始めたのは。

〔五三〕　内大臣③は「一品宮①は現在、何を、どのようにしてお過ごしだろうか。さすがに、私を思い出してくださる時も、どうしてないはずがあろうか」など、繰り返し考え続けておいでになるが、やはり飽き足りない思いが募るので、「夜が更け人も寝て静かになり、無理に咎める人もないだろうから、遠くから見るだけの慰めでもいいとして、あの白河院のほうへできることなら行くことにしよう」と、急に思い立たれて出ようとなさる時に、若君㉑がすばやく目をお覚ましになるので、「これは困った」とはおっしゃるものの、膝をついて座って、「母宮のお迎えに伺って、お連れして帰るから」と申し上げられると、あれほど父君のあとを慕って追われる方が、うなずいて、目をこすりながら、「お帰りになるまでは寝ないでお待ちしていよう」とおっしゃるのもとてもいじらしく「まあその時は起こしてあげる。早くおやすみなさい」と言って、暇なく袖の涙を押し拭いながらおでましになる。

お供としては、ただ少納言某ⓓが一人、その他は何という

御供には、ただ少納言某《なにがし》一人、さらでは、何なるまじきあやしの者どもばかりにて、御馬にておはするに、川原のほどなどは、やや更けにけるを、雪は行く先も見えず降りまよひて、風は激しき夜のけはひ、いともの恐ろしきに、七八ただ見まくほしさにいざなはれつつ、七九むなしく帰らん道の空も、さすが恥づかしう思し知られて、

(内大臣)八〇古へのたぐひも知らじいたづらに逢はでしぼらん布留《ふる》の中道

[五三]内大臣③、白河院にて大納言の君ⓑに対面する

かやうにておはし着きぬれば、忍びて大納言の君に消息し給へるに、母の按察使の乳母も出でて、大人しき人もなき折から、いとど忍びがたきにや、「ことの聞こえあらば、わづらはしかるべきことかな」とは思へど、山に向かひたる曹《ざう》司《し》の、ことに人離れたる方なるを、何《なに》にとなきさまに紛らはして、(大納言の君)「ただここもとに」と聞こえたるは、人悪《わろ》く嬉しくて、おはしましもかたじけなきに、(内大臣)「さてもや」とばかりにて、のたまひやりたることもなく、むせかへり給へるを、見奉る心の中も、いと堪へがたう、まづかき暗《くら》され

こともなさそうな下の者たちくらいで、お馬でおいでになると、賀茂の川原のあたりでは次第に夜も更けて来て、雪は行く先も見えず降り迷い、風も激しい夜の有様は非常に恐ろしいが、ただ逢いたさに誘われて、もし逢えずに帰るなら、その道もさすがに恥ずかしいだろうと思い知られて、

逢わないとかえって恋しい、と歌った昔の人も、きっと知らないであろう。逢えずに空しく帰るとしたら、私が涙で袖を絞ることになるはずのふるのなか道は。

[五三] 内大臣③はこのようにして白河院にお着きになったので、ひそかに宮の乳母、大納言の君ⓑに連絡をおとりになると、母の按察使の乳母ⓐも外出していて、しっかりした人もいない時であったから、いよいよお会いしたい気持ちを抑えきれないのか、「このことが知れたら、きっと面倒なことになる」とは思うものの、大納言の君が、山に向かっている部屋の、特に人から離れている所を、何ということもないように紛らわして「まずはこちらに」と申し上げたのをみっともないほど嬉しくお思いになる。その部屋においでになったのも大納言の君はもったいなく思うが、内大臣は「さあそれでは」とくらいで、言葉も続かず涙にむせ返っておいでになるのを、拝見する心の中も、とても我慢できず、まず涙が溢れて、胸にもあまり、言葉も及ばぬ日ごろの有様を、言おう

て、胸にもあまり、言の葉にも堪へぬ、日頃《ひごろ》の有様を、誰もただ押し込め、なかなかなれど、言ふかひなき御ながめよりは、こよなくかかり所ある心地、いかでかし給はざらん。ただ今思ひ立ちつるほどの有様、若君ののたまへることどもなど、語り給ひつつ、(内大臣)「憂き我からは、これをだに思し出づることもなげなるを、人知れぬ片思ひこそはかなけれ」とて、押しあて給へる御袖の雫、(一)信田《しのだ》の森の露よりも、隙《ひま》なく見ゆるに、(大納言の君)「ことには出でねど、さすが折々、思し入れたる御気色の心苦しさ」など、よきほどにうち泣きつつ語りきこゆれば、(内大臣)「何と、こは。偽りしげうのたまひなすぞ。さすがあはれとも思さましかば、一行《ひとくだり》の無《な》げの言の葉をも、などかかけさせ給はざらん」と、深き恨みにつけても、かつ忘られぬ心弱さは、(内大臣)「ただ夢ばかりにても、御あたり近うて、身の怠りも、人のつらさも、聞き明《あき》らめたきを、かまへて、いかにまれ、たばかり給へ。さすが院なども、つとは添ひものし給はじものを」と、泣く泣く責め給へば、(大納言の君)「それこそいかにもかなふべしとも覚え侍らね。院・后の宮も、この御方につとのみおはしませば、いつの

としても言えず、二人とも心に押し込めて、かえって逢わぬがましという有様だが、言うかいもない一人の御《おん》物思いよりはこの上なく寄り所がある思いが、どうしてなさらぬことがあろうか。たった今思い立ってここに至った有様、若君[21]がおっしゃったことなどをお話しになって、「一品宮[1]は、私を不快にお思いのせいで、若君をさえお思いだしになることは無さそうだから、若君の人知れぬ片思いというもので、はかないことだな」と言って、押し当てられるお袖の雫は、信田の森の露よりも繁く見えるので、大納言の君は、「特に表には出ないものの、さすがに、時々思い込んでおいでになる宮様のご様子がお気の毒で」など、泣きながら、順序立てて事情をお話し申し上げると、「何ということだ、それは。いいかげんなことを作っていろいろおっしゃるよ。もし宮がさすがにあわれだと私を思ってくださるとしたら、一行のただの言葉をもどうして掛けてくださらないのか」と、深い恨みに加えて、いっぽうでは忘れることのできない心弱さに、「ただ夢ほどの短い間でも、宮の御あたり近くで、私の過失も宮のつらさも、直接に伺ってはっきりさせたいから、工夫をして、どんなふうでもいいから計らってください。いくら何でも院[9]などが、じっとつき添っておいでではなかろうから」と、泣く泣くお責めになるので、「それこそは、絶対に叶うとも思えません。院、后の宮[15]もこの宮の御方にしっかりついておいでになるので、いつ隙があって、そんなことがありえましょうか。また、どんなことでも、あなたさまが事

隙《ひま》にか、さばかりのことも侍らん。また、いかばかりのことなりとても、思しめし明《あき》らむばかり聞こえさせ給はんこともありがたうや」と、答《いら》ふるも、

［五四］大納言の君ⓑ、一品宮[1]に内大臣[3]の来訪を告げる

げにさる御本性《ほんじやう》ぞかしと、いと恨めしくて、（内大臣）「たとへば、その怠りは、［八二］空に糺《ただす》の神あらば、明《あき》らむる方もありなん。ただ、いま一度《ひとたび》の対面なくて、行方《ゆくへ》も知らず、むなしき空に消えなば、人の御ためまで、罪重からずしもあらじ」など、果て果ては、ゆゆしげにさへのたまひなしつつ、（内大臣）「さらば、その何心なかりし人の、よそふる方ありぬべかりしをまれ、せめては見せ給へ。それも世に、心安からじな」とて、憂しと思し入りたる御気色のあはれに、心苦しさは、身にかふばかり覚えつつ、疎《うと》かりぬべき御乳母どもも出でて、我がはらからの、中納言の君といひし、頭中将の子産《う》みたるばかり、候へば、心安くて、（大納言の君）「そは、ことの有様を見て、忍びてさも侍りなん。なめげなる所柄も、かくおはしまさむうへは、聞こゆるに及ばず」とて、立つに、（内大臣）「さても、［八三］遠山鳥の狩衣《かりころも》とだに、かの御耳には、聞こえ知らすまじき

情をはっきりとお捉えになるくらいに宮様がお話し申し上げになることも、非常に難しいでしょう」と応じるのも、

［五四］　内大臣[3]は、なるほど、一品宮[1]はそうしたご性質なのだったと、とても恨めしくて、「言ってみれば、私の過失は、空に正す――糺の森の神がおいでならば、それが誤りであるとはっきりさせる方法もあるでしょう。ただ、もう一度対面が叶わぬまま、私が行方もわからずむなしくなって、空に消えてしまったら、あの方の御ためにも、あの方の罪が重くないとは言えまい」など、お終《しま》いには不吉めいたふうにまで言いなされて、「それなら、その無心な幼い姫[46]――一品宮によそえることができそうだった方――をせめて見せてください。それも本当に簡単ではなさそうだな」と言って、つらいと思い沈んでおられるご様子はしみじみと心を打たれるものがあり、お気の毒さは自分の身が変わってさしあげたいほどに感じる。それほど親しくない御乳母たちは外出しており、自分の姉妹で中納言の君ⓒといった、頭中将の子を生んだ人ぐらいが伺候しているので、安心して「それでは、事の成り行きを見て、その上で姫君[46]のことはこっそりとご意向に従いましょう。お粗末な部屋に、このようにおいでいただいたのですから、そのことは宮様に申し上げるつもりはありません」と言って立ち上がるので、「それでは、遠山鳥の狩衣――かいもなくて泣いていたとさえ、あの方のお耳には、

にや」と袖をひかへ恨み給へば、（大納言の君）「ただ今、大弐の三位など候ひ給へば、ついでの侍らん折こそは」と聞こえて、参りつつ、まづ宮の御方をさしのぞけば、ありつる人々も候はず、のどやかなれば、近う参りて、（大納言の君）「思ひのほかにかうかうなん」とて、のたまひつることども聞こゆるに、あさましと思さるるにや、御顔いと赤うなりて、ことにものものたまはせぬを、言ふ方なく思し入りたりつる片つ方の御気色に、たとしへなく、（大納言の君）「あなうらめしのつれなさや」と、見奉りつつ、若君の御ことなどを、なほ語りきこえてゐたるに、さすがにさましがたう思さるるにや、*御額髪《ひたひがみ》に、ぬきかくる涙の玉を紛らはしつつ、白き御衣《ぞ》のなよよかなるを、数あまた分かぬほどに奉りて、傍《かたは》ら臥して、火をつくづくと御覧じやりたる、御目見《まみ》のわたりなどもうちほれて、濡れたる額《ひたひ》の御《み》ぐしの、ことさらひねりかけたらんやうに、はらはらと並《な》み寄りかかりたる御頬《つら》つきなど、今さらなることなれど、たぐひもなきを、よそに思ひやりきこえ給ふらん御心の中、おしはかられつつ、「まいてただ今の御さまを、見せ奉りたらば、いかばかりの御心迷ひなら

お入れ申し上げないつもりか」と、袖を摑まえてお恨みになると、「ただ今は、大弐の三位などが伺候しておいでになるので具合が悪うございます。ついでがございました折には申し上げましょう」と申し上げて、大納言の君は母屋のほうへ参上して、まず宮の御方をさし覗く。そこにいた大弐の三位なども今は伺候しておらず、心やすい雰囲気なので、宮[1]の近くに参上して、「思いがけなく、こうこうでございました」と言って、内大臣がおっしゃったことを申し上げると、あきれたこととお思いなのか、お顔がとても赤くなって、特にものもおっしゃらないので、言いようもなく思いつめておられた内大臣のお気持ちとは比べようもなく異なり、「ああ、恨めしいご無情さよ」と見奉りながら、若君[21]の御ことなどを、なおもお話し申し上げて座っていると、さすがに悲しみを冷ましがたくお思いになるのか、御額髪を貫きかける涙の玉を紛らわしておいでになる。白い柔らかな御衣を、数多く数えきれないほどお召しになって、横になって、灯火をつくづくとご覧になっておいでの御目もとのあたりなどもうち萎れて、濡れている額の御髪が特別に捻って掛けたように、はらはらと並んで寄って掛かっている御頬のあたりなど、言うまでもないことではあるが比べようもない美しさを、他所でただ思いやっておいでになる内大臣のお心の中が推察され、「まして、今の宮のご様子を内大臣にお見せしたならば、どれほどお心を迷わされることか」と見守り申し上げて、

む」と、うちまぼりきこえて、

〔五五〕内大臣3、ひそかに幼い姫君46と対面

気近きさまにとのたまひつること、姫君を、いとおぼつかなきことに聞こえさせ給ひて、（大納言の君）「『かまへてそれをだに』と、のたまはすめるを、中納言の乳母ばかりにて侍れば、さらば、時のほど、忍びて」と、聞こゆれば、その御返りごとは、ともかくもなくて、（一品宮）「おほかたかかることの常にあらば、いとなんわびしかるべきを、かまへてなおはせそとこそ、言はめ」とて、まことに苦しげに思されたれど、姫君をば、乳母、懐《ふところ》にさし入れきこえさせて、率て奉れど、かしがましくうち泣きなどもし給はぬは、いと嬉しくて、妻戸を引き立てて、紙燭《しそく》を御顔のもとにさして見せきこゆるに、御目をさまして見合はせつつ、高やかに物語し、うち笑みなどして、ことのほか、見しほどよりはおよすげ給ひにけるも、いとかなしう、ただ恋しき人の、御面影と見給ふままに、涙のはらはらと、かの御顔にこぼれかかりぬるも、かつはゆゆしうて、とばかり袖を押しあてて、ためらひ給ふ。

（内大臣）「種まきし我を忘るな姫小松思はぬほかに引き別るとも

〔五五〕　大納言の君ⓑは一品宮1に、内大臣3が宮の御身近に伺いたいとおっしゃったこと、姫君46をとても気がかりだとおっしゃって、「『うまくはからって、せめて姫君だけにでも』とおっしゃるようですが、今、中納言の乳母ⓒぐらいしかおりませんから、いかがでしょう、ほんのわずか、こっそりと姫君をお目に掛けては」と申し上げると、そのお返事としては何ともおっしゃらず、「だいたい、こうしたことがいつもあるとしたら、とても困るだろうから、けっしておいでにならないでいただきたいと言いたい」と、本当に苦しそうに思っておいでだが、大納言の君は、姫君を乳母の中納言のふところの中にお入れして内大臣のもとにお連れしたところ、やかましく泣き立てなどもなさらないのはたいへん嬉しくて、妻戸をしっかり閉めて紙燭を姫君のお顔の近くにかざしお見せ申し上げると、姫君は御目を覚まして目を内大臣と見合わせ、大きな声で話をし、笑いなどして、ことのほかに、以前見た時から成長しておられたのも、とても悲しく、ただ恋しい一品宮の御面影そのままだとご覧になると、涙が姫君のお顔にはらはらとこぼれ掛かってしまうのも、一方では不吉なので、しばらく袖を押し当てて我慢なさる。

「種を蒔いた私を忘れないでほしい、姫子松よ。思いがけない所に無理に別れてしまっても。

それでは、もう今は、探す人がいると困るから」と言って、姫君を乳母にお返し申し上げになるのも物足りずかえって悲

さらば、今は、尋ぬる人もこそ」とて、返しきこえ給ふも、あかずなかなかなるに、中納言の君も、よろしう覚えんやは。いと堪へがたうて、答《いら》へもやらねど、げにもそら恐ろしければ、夢ばかりにて帰り行くなごり、これさへ身を分くる心地ぞし給ふ。

〔五六〕二十余日、内大臣[3]、一品宮[1]と会えずに帰る

大納言の君は、ありつる御気色の心苦しさ、かひなきただ一言《ひとこと》の御言《こと》づけを、語りきこゆるに、(内大臣)「これやおのづからの御*情けならん、うれしうもなや」とて、さすがほほ笑み給ひぬるものから、いとど濡れ添ふ御袖の*、塩どけう見えて、(内大臣)「さやうに隙《ひま》もありけるを、なほかまへて、今宵のうちに」と、わりなく責め給ふほどに、人の足音して、「ものけたまはる、例のあの御方《かた》より、『御前《まへ》に誰々ぞ』とて侍りつるが、立ち返り、『按察使殿も出で給ひにけるを、御あたり近き人も候はで、今まで参らせ給はぬこと、と聞こえよ』となん侍りつる。さて宮の君も、ただ今なむ参らせ給へり」など、人の開《あ》くべき方《かた》はかけたれば、外《と》ながら、騒がしげに言ひかけて帰りぬるに、(大納言の君)「さらば、とう

しさがつのるので、乳母の中納言の君もどうして平気でいられようか。涙を我慢できずにご返事もできないが、本当にそら恐ろしい気持ちがして、夢ほどの出逢いで引き返して行く姫君の名残に、内大臣はこれにさえ身を割かれる気持ちがなさる。

〔五六〕　大納言の君ⓑは、内大臣[3]に、一品宮[1]のご様子のお気の毒なさまや、何のかいもないただ一言のお言づけをお話し申し上げると、「この、来るなということが、私に対するご自分の御情けというわけなのだろう。嬉しくもないな」と、とは言え苦笑いをなさるが、いよいよ濡れまさるお袖が、びっしょりと濡れて見えて、「こうしたことができるほど隙があるのだから、やはり計画して、今宵のうちにお会いしたい」と無理に責めておいでのところに、人の足音がして、「申し上げます。いつものように院[9]の御方から『一品宮の御前には誰が伺候しているか』とお尋ねがありましたが、折り返し『按察使乳母殿ⓐも外出なさったのに、宮のお側近くいる人も伺候しないで、今宵、今まで参上なさらないとはどういうことか、と申し上げよ』ということでございます。そういうことで宮の君[27]も、今、参上なさいました」など、人の開けるほうの戸は戸締りがしっかりしてあるので、外にいるままで、騒々しく言いかけて帰ったので、「もう今は早くお帰りください。このように夜と言わず、夜中と言わず使い

御帰り侍れかし。かやうに、夜夜《よるよ》中《なか》分かず、人しても尋ねきこえ給ひ、御みづからは、常に渡らせ給ひつつ、后の宮などをだに、おぼつかなげに思ひきこえさせ給へれば、ましてつゆばかりの隙《ひま》も侍らず」とて、うち泣きぬるに、君はたさらなり。いとど思ひむせびて、何《なに》とだに、はかばかしうのたまはず。

(内大臣)「雪消えて憂き世に跡をとどめずは忘れや果てん馴れし
　　月日も

改《あらた》めず憂き身ならば、げに長らへんこともかたかるべきを、つらき御心の末ともなれば、誰も思ひ出づることもあらじ」など、まことに恨めしげにて、立ち出で給ふとて、

(内大臣)「憂かりける別れは夢に消え果てて行き合ふ道の絶えん
　　ものかは

と、頼む心に慰めてのみこそ」とて、涙もせきあへぬ気色に、いとどかき暗《くら》されて、帰り給ふ道の空なきに、二十日あまりの月さし出でて、友なき山路を送りつつ、憂き世のほかまでも、誘《さそ》はれなまほしきに、山風気悪《けあ》しく、四方《よも》の梢の雪を吹き返しつつ、御顔にも散りかかりて、光もさや

を出して宮様の安否をお尋ね申し上げになるのです。院ご自身はいつもおいでになって、后の宮[15]をさえ信用できないとお思い申し上げになっておいでなので、まして、露ほどの隙もございません」と言って泣くので内大臣の悲しさは更に増す。いよいよ女宮が恋しく、咽び泣いて、何ともしっかり言葉を発することもおできにならない。

「雪が消えるように私がこの憂き世に跡をとどめず消えて
　しまったら、宮は私と慣れ親しんだ月日も忘れ果ててし
　まわれるだろうか。

相変わらずの憂き我が身であれば、本当に生き長らえることも難しいはずだから、無情なお心の行く末としては誰も私を思い出すことはあるまい」と本当に恨めしそうで、お立ち出でになるという時に、

「つらい別れは夢と消え果てたが、雪の降る日にまた行き
　逢う道は絶えるはずがないではないか。

と行く末を頼りにすることで慰められているのに」と言って涙も我慢できない気持ちがつのり、いよいよ目の前も暗くなって、お帰りになる道もわからないほどであるころに、二十日過ぎの月がさし出て、友もいない山道を送ってくれるので、憂き世の外までも誘われてしまいたいほどであるが、山風が荒々しく四方の梢の雪を吹き返しお顔にも散り掛かり、月の光もくっきりとは見えないので、

雲に宿を借りて隠れていた月も山風によって昔の輝きを
取り戻すのだろうから、山風よ、私の憂き身を隠す浮雲

かに見えねば、

　宿借りし月も昔に返るやと身を憂き雲よ払へ山風

〔五七〕関白夫妻[13][12]、帝[4]、伏見大君[45]、それぞれに嘆く

月の色、吹く風につけても、かやうに思ひ入りあくがれたる御気色を、御心の闇どもには、いかばかりかは思されん。乱れのはじめは、かの伏見のゆかりと見ゆるを、げにも、人の御心は知りがたければ、「(関白)もし、さても憂き世の内はありなんとや思すらむ」と、しばしは、ことのいはればかり、*さはやかに聞き分き給はざりしかど、みづからことのほかなる御気色に、今はただ一筋《ひとすぢ》に、かの君の御内裏《うち》参りを、返す返す「とくとく」と、尚侍君《かんのきみ》の御もとへも聞こえ給ふを、上の思されたるさまも心苦しう、げにもさらばやとのみ思して、院へもたびたび、申し給ひけれど、わづらはしげにのみのたまはすれば、いかがはせむとて過ぐし給ふを、上は、若き御心のさばかり色なるに、また知らず、あはれと思されける人を、あかず引き別れさせ給ひし御まゆ籠り、堪へがたう思されしかど、院よりも聞こえさせ給ひ、世の気色も、まことに現《うつ》しざまならざりしに、何《なに》となう、あき

をもさっと吹き払ってしまえ。

〔五七〕　内大臣[3]が、月の色、吹く風につけてもこのように思い沈み、一品宮[1]に魂を奪われていらっしゃるご様子を、関白ご夫妻[13][12]の親心としてはどんなに案じておられるかはかり知れない。事の乱れの発端は、あの伏見の姫君[45]のあたりに由来すると見られるが、何とも人のお心は窺い知れぬので、「もしかしたら、この世では伏見の大君のほうを大事にしよう、とお思いかもしれない」と、しばらくのうちは例の噂程度の認識で、正確には事の次第を理解できずにおられたが、内大臣が伏見の姫君ではなく一品宮を慕っておいでのご様子がはっきりしたので、今はただひたすら、あの伏見の姫君が五条の家から宮中の帝[4]のもとへ帰参されることを何度も「早く早く」と、尚侍の君[47]の所へも申し上げられ、尚侍も帝が伏見の姫君を思っておいでのご様子がお気の毒で、まさにその通りだとお思いになって、院[9]にたびたび申し上げられるけれど、院は煩わしそうにばかりおっしゃるので、関白もどうしたものかと案じながら過ごしていらっしゃる。帝は、まだお若くて色好みの方であるから、今までになくいとしくお思いの伏見の姫君と、不満足なかたちで引き別れておしまいになったためのご自分の御引きこもり状態を耐えがたくお思いになったけれど、院からお話し申し上げになった例の「内大臣が伏見の姫君のために一品宮から離れた」という

れたる御心地なりしを、やうやう過ぎ行く月日に添へて、まめやかに、堪ふべくもなく恋しうのみ思されつつ、(帝)「かやうに、大臣《おとど》などの聞こえ給ふ折、何ごとも引き直さばや」と思さるれど、かなはぬ世の恨めしさ、(帝)「しばしこそ、かやうに聞こゆる人もあらめ、[八四]布留《ふる》の中道、必ず立ち帰りなんかし」と、しづ心なく、人知れぬ忍《しの》び音《ね》泣きがちにならせ給へるは、まことに見奉る人も苦しきに、かの女君も、とにかくに憂かりける身の漂《ただよ》はしさ、いかでか思ひ知られずしもあらん。ただ夜とともに思ひ沈み、音《ね》をのみ泣きて、明かし暮らし給へるを、ことわりに、乳母などももてわづらひつつ、(乳母)「さてもなかなか、あるやうあるべき御身なんめり」と、(乳母)「いつしか思ふさまに、みなしきこえばや、とのみ思ひしかひなく、まさざまに、心尽くしなる御有様を、いと本意《ほい》なし」と、思へる気色も、まことにかたはらいたく、いくほどもなき身一つを、もてわづらひ給へる人の中も、いとあはれなり。

世間の噂も、本当ではないことが判ったので、何となくあきれ果てたお気持ちであった。次第に月日が過ぎて行くにつれて、帝は冗談ではなく耐えきれないほど恋しくお思いになり、「このように関白が伏見の姫君を宮中へ、とお話しになる機会に、全部もと通りにしたいものだ」とお思いになるが、それが叶えられない恨めしさに、「しばらくの間は、宮中へ帰られるようにと申し上げる人もあるだろうが、布留の中道と言うように必ず姫君は結局昔どおり内大臣の所へ帰ることになろう」と、気が気ではなく、人知れず忍び音に泣くことが多くおなりになったのは、本当に見奉る人も苦しいが、あの伏見の姫君も何かとつらいことが多いさすらいの身の上を、どうして思い知らぬことがあろうか。ただ、夜ごとに思い沈み、泣きながら明かし暮らしておいでになるのを、それも当然と、乳母ⓕなども困り果て、「父君[40]を亡くされたけれど、帝のもとに入られたとは、かえってしかるべき好運をお持ちの御身のようだ」と、「早く、思うようになっていただきたいとばかり思っていたかいもなく、以前よりいっそう心を痛めるような御有様なので本当に不本意だ」と思っている様子も姫君にとっては実に心苦しく、どれほどのこともない身ひとつを扱いかねていらっしゃる心のうちもたいへんお気の毒である。

[五八] 伏見大君45、帝4の真情あふれる手紙に返歌

御消息ばかり、いとしげう、あはれにこまやかに書き尽くさせ給へるも、まことにかたじけなう思ひ知られつつ、(大君)「何ごとにつけても浅からぬとは、かやうなるを言ふにや」と、「古《いにし》への人は、ことのほかなりける御心ざしのほどを、いたうも見知らざりけるかな」と、思し出で給ふには、六五誰憂きものと、押し返しかなしう、さすがに忘れがたき人の御上なれど、(大君)「今とても、まことに思し出づるものならば、吹き通ふ風につけても、などか訪れ給はざらん」など、さらば、嬉しかるべきにはあらねど、上《かみ》なき御心ざしに比べては、浅き方に、折々うち覚えけり。

常よりも、風さへ心細き夜《よ》、御袖の氷もいと溶けがたう、明かしかねさせ給ひて、まだ明《あ》け暗《ぐれ》のほどに、内裏《うち》より、

(帝)六六「片敷きの冴ゆる霜夜の衣手にかかる涙の色を見せばや

寂しき床《とこ》は変はらずと、あらぬ思ひや立ち添ふらん」

とあるを、待ち見給ふ心地も、いとあはれにて、うち泣かれ給ひぬ。

(大君)「霜払ひ跡ふみ作る浜千鳥見てもかなしき思ひならでは

[五八]　帝4がお手紙ぐらいを何度も、しみじみと細やかにお書き尽くしになるのも、伏見の姫君45は本当にもったいなく思い知られて、「何ごとにつけても、深いご愛情とはこのようなお気持ちを言うのか」と、「昔の人（内大臣3）は、意外にも浅いお気持ちであったことを、まったく気がつかなかったことよ」とお思い出しになると、恋をつらいものと知らせたのは誰かと、繰り返し悲しく、とは言え忘れがたい人の御ことではあるが、「今でも、内大臣が本当に私を思い出してくださるなら、吹き通う風につけても、どうして訪れてくださらないのか」などと、もしそうなれば嬉しいというわけではないが、これ以上はあり得ない帝のご愛情に比べると、どうしても浅いものと、時々思われるのであった。

いつもより風までが心細く感じられる夜、帝はお袖を濡らす涙の氷も解けにくく、明かしかねるようにお思いになって、まだ夜明けの暗いころに、宮中から、

「独り寝の袖に霜が冴える、こうした私の衣にかかる涙の色をあなたに見せたいものです。

私の寂しい床は変わらないのですが、あなたのほうは私ではない方《かた》への思いが添っているでしょうね」

と書いてあるのを、待ち取ってご覧になる姫君もたいへんしみじみとした気持ちで、お泣きになる。

「霜を払って踏んで踏み跡をつける浜千鳥のようなご筆跡を拝見して、悲しい思いだけがいっぱいでございます。

ほかに何がございましょう」

何ごとをかは」

と、聞こえ給へるを、たぐひも知らず、かなしう思されて、いよいよ流し添へさせ給ひけり。

[五九]第五年正月、内大臣[3]、院[9]の命で朝覲行幸供奉

かやうに、いづくも晴れせぬ世の気色にて、年も暮れ果てぬ。改まらば、例の行幸などもあるべきにより、院は、晦日頃《つごもり》に、冷泉院へ渡らせ給へば、一品の宮も、やがて添ひきこえさせ給ひて、めづらしき春の光なるべきに、行幸には、内大臣殿の、近衛府《ちかきまぼりのつかさ》にてさへもものし給へば、方々仕《かたがたつか》うまつらではあるべくもおはせぬを、(内大臣)「この月頃、すべて例ざまにさし出づることもなければ、今さら初々《うひうひ》しかるべきをばさることにて、むげにほれぼれしう弱り果てたれば、なかなか人笑はれなるべきに、げにもさてはあるまじき身なれば、何の官《つかさ》をも返し奉らん」とのたまふを、大臣《おとど》は、まがまがしうゆゆしと思されて、さまざまこしらへきこえ給ひつつ、まだまねびをもし給はぬに、内裏《うち》より、

(帝)「その日はさりとも」

などいふ御消息ありける御返りに、このよし聞こえ給へり

と申し上げられるのを、比べようもなく悲しくお思いになって、帝はますます涙をお流し添えになったのだった。

[五九] このように、あちらもこちらも鬱屈した物思いが晴れぬうちにこの年も暮れてしまう。年が改まると、正月二日には帝[4]が院に赴かれる朝覲行幸《ちょうきんぎょうこう》などが通例であるために、院[9]は、十二月末ごろに白河から冷泉院へお帰りになったので、一品宮[1]もそのままご一緒におつき申し上げてお移りになって、めでたい新春の光ともなるはずであった。その行幸には、内大臣殿[3]は近衛府の長官の官職にも就いておいでになったから、どちらにせよ供奉しないではいられないお立場であるけれど、「この幾月か、万事いつものように伺候をすることもなかったので、今さら初心者めいたふるまいをすることになるのはもちろんのこと、むやみに惚けて弱々しくなってしまったから、かえって人に笑われることになろうし、といって職掌上辞退できない身なので、この際すべての官職をお返し申し上げたい」とおっしゃるのを、関白[13]は縁起でもない不吉なことだとお思いになって、いろいろとお宥め申し上げながら、まだそのことを口にもなさらないうちに宮中から、

「その日は、何があっても参上せよ」

などというお手紙があったのでそのお返事に、内大臣の辞退の意向を申し上げたところ、帝は非常に驚きあきれておしま

けるに、いとあさましう思しおどろかせ給ひて、院へも聞こえさせ給へれば、（白河院）「いかでかにはかに、さる世の大事をば引き出だされん。返す返すあるまじきことなり。この上に、なほつかまつらぬものならば、やうあることどもと思ふべき」と、大臣《おとど》の御もとへ、たびたび仰せらるるに、（関白）「これをさへ、返さひきこえさせ給ふべきにあらず。かつは、さしも思ひきこゆる心ざしのほどをも、思し知らば、このたび参り給へ」と、大臣《おとど》の、泣く泣く聞こえ給ふいなびがたさに、心にもあらず、押し立てらるるやうにて、その日になりて、参り給へれど、（内大臣）「いかにをこがましく、つれなのさまやと思ふ人も多からん。かの人知れぬ御目にも、さこそは御覧ずらめ」と、胸痛う、いとど、うつし心もなきやうなれば、道よりも帰らばやと思せど、大臣《おとど》の、いと嬉しと思《おぼ》いたる御気色の、罪得がましうあはれさに、念じてつかうまつり給ふも、いと堪へがたかりけり。

[六〇]院[9]、行幸当日、帝[4]には同情するが怒り解けず

道、大路《おほぢ》の、あやしの賤《しづ》の男《を》、賤《しづ》の女《め》までも、ただ今日の物見には、この君のさし出で給へるを、（七）峰の朝日の光よりも異《け》

いになり、院へもそのことを申し上げられた。院は「どうして、急にそうした世の一大事をひき起すことができよう。絶対にあってはならぬことだ。この上、やはり供奉せぬというなら、異心を抱くと考えることになる」と、関白のところにたびたび仰せがあるので、内大臣に「この仰せにまで反対し申し上げるのはおやめなさい。また、これほどあなたのことをお案じ申し上げている私の志がおわかりならば、この日は参上なさい」と、関白が泣く泣く申し上げられることはお断りしにくくて、心にもなく、押し出されるようにその日になって、参上なさったが、「いかにも間が抜けていて、よくも平気なものだと思う人もどんなに多いだろう。あの人知れぬ一品宮の御目からも、そうご覧になるだろう」と胸が痛み、いよいよ正気を失いそうな気持ちであるから、道の途中から帰ろうとお思いになるが、関白がとても嬉しく思っておいでのご様子を見ると親不孝の罪を得てしまいそうなので、そのお気の毒さに我慢して供奉をお続けになるのも、まったく耐えがたかったのである。

[六〇]　道や大路で見物している賤しい男女まで、ただ今日の第一番の見ものとして、供奉される内大臣[3]のお姿を、峰の朝日の新しい光よりもなお鮮やかに、すばらしいものと拝見するが、本当にそれも当然であるような君のご様子である。

にめづらしく見奉るも、まことにことわりなる人の御さまなり。

さて行幸ならせ給ひぬれば、院の内の儀式有様、例のことなるに、上のいと面やせて、御顔変はりもせさせ給へるに、(白河院)「かの聞こゆる人ゆゑならん。おほかたは、めざましかりける有様かな。なべてにはあらぬなめり」と、院はうち思さるるものから、さすがこれも、御心の闇なれば、(白河院)「かうまで思しわびけることを、さらば、大臣《おとど》なども返す返す聞こゆる折、知らず顔にて、奉りもしなんかし。我にて知りぬ、さやうのことの心にかなはぬばかり、ものあぢきなきことやある」と、心苦しう思しなりぬれど、片つ方の心やましさは、まだ立ち直らねば、これとても、許しあるべくも思されぬも、わりなかりけり。

[六二]院9、面変わりした内大臣3に複雑な思いを抱く

内大臣殿、ありしにもあらず青み細り給へるしも、いま少しなまめかしう、心恥づかしき方、異《こと》にて、萌黄の表《うへ》の袴《はかま》、葡《え》萄《び》染《ぞめ》の下襲《したがさね》も、世の常ならずめでたきにほひも色も、ただ御主《ぬし》からに際異《きはこと》なるを、いといたう思ひしめり、ともすれ

さて、行幸の行列が到着なさったので、院内で挙行される儀式の有様は例の通りであったが、帝4が非常に面痩せてお顔までも変わっておしまいになったので、「あの噂の人（伏見の姫君45）のせいだろう。どうもびっくりするようなけしからぬ有様だな。姫君は並々の人ではなさそうだ」と、院9はお思いになるものの、やはりこれも父という親の立場から帝をご覧になると、「こうまで思い悩んでおいでなのだから、それなら、関白13などが何度も申し上げる機会に、何も知らぬ顔をして、姫君を帝にお返ししようか。自分の経験でもわかっているのだが、そうした恋にかかわることが思い通りにならないほどつまらないことはないのだから」と、帝をお気の毒にお思いになるが、一方の一品宮に対する内大臣の仕打ちの腹立たしさがまだそのままおさまらないので、こちらの帝のことも、許したいともお思いにならないのも、理屈に合わないことなのであった。

[六二]　内大臣殿3は、今までとはまったく異なって青白くほっそりとなさったことも、それが前よりもっと優雅でこちらが恥ずかしいほどの趣を格別に添えて、萌黄の表袴、葡萄染の下襲も、世の常ならずすばらしい艶やかさも色も、ただお召しになるご当人のせいで際立っているが、ひどく思い沈み、ともすればあらぬ方を眺めて物思いに耽って何ごとも目にも心にもとまらぬといったご様子が、これがほかの人であ

ば、ながめをのみしつつ、よろづは目にも心にもとまらぬ御気色の、人ならば、あきれ心地なくも見ゆべきを、さるにつけても、用意深う、何《なに》とやらん、ものよりことに気高き御さま、ありがたう見え給ふを、院は、御目はことにとまりつつ、（白河院）「なほ、よそに思ひ捨てがたき人の有様かな。故院などのおはしまさましかば、いかばかり思ふとても、かばかりはしたなめましや」と、さすがにあはれに思さるるにつけても、（白河院）「いづれにそこなひ果てにける*顔変はりぞ」と、おぼつかなく思さるるも、あぢきなきや。姫宮も、（一品宮）「さばかりはなばなとにほひ給へりしに、あらぬ人かとたどりぬべくなりにけるよ」と、多かる人の中に、ふと御目のとまるは、我ながら心憂くて、何《なに》となく紛らはしつつ、その後は御覧じもやらず。

しばしばかりありて、この御方へ、上渡らせ給ふ御供に、右大将殿参り給ふ。花山吹の上の衣《きぬ》に、樺桜の下襲、かをりなつかしげに、にほひことなるなまめかしさは、なほまた身にしむばかりにて、こなたへ通る透《す》き渡殿《わたどの》を、歩み続ききこえ給ひつるは、傍《かたは》ら苦しうめざましきまでなるを、

れば、呆然と正気を失った姿と見えるであろうが、この方はやはりそれでも心遣いが深く、どういうわけか、格別に気高いご様子は、めったにない方とお見えになるのを、院[9]は特に御目をおとめになる。「やはり、なお、他人として思い捨ててしまいにくい有様だな。内大臣の実の父君一条院[10]がもしご在世であったとすれば、私がどんなに快からず思うとしても、これほどにべもなく突き放すことはできなかったであろうよ」と、さすがにお気の毒にお思いになるが、「一品宮[1]か、姫君[45]か、どちらのせいでやつれ果ててしまった面変わりなのか、わかりはしない」とその点に確信がなくはっきりしないとお思いになるのもつまらないことだ。姫宮も、「内大臣はあれほど華やかに輝くばかりの方でいらっしゃったのに、今は別人ではないかと、ご本人とはわからないほどになっておしまいになったとは」と、たくさんの人の中に、さっと目がとまるのは、我ながらつらくて、何ということもなく紛らわして、その後では目もお向けにならない。

しばらくたってから、こちらの一品宮の御方へ兄君の帝[4]がお越しになるお供に、右大将殿[2]がおいでになった。花山吹の袍に、樺桜の下襲を召して、薫物の香りも親しみ深く、色艶が格別な優雅さは、やはりまた身に染みるほどであって、こちらへ通じる透き渡殿を帝にお続き申し上げて歩んでおいでになる美しさは、側《そば》で見ても苦しく目が醒めるほどであるが、そうは言うものの、気品高く優雅な帝の御有様も、どうして並々でおいでになるはずがあろうか。すぐに右大将が御

さは言へど、気高くなまめかしき上の御さまも、いかでかおろかにはおはしまさん。やがて、右大将、御簾《みす》もたげ給ひて、入《い》らせ給ふ上のしりにもさし続かまほしう、内大臣《うちのおとど》は見やられ給ひつつ、ただ今の御有様など、いかばかりならんと、目の前に浮き立つ御面影は、まことに身を責むる心地し給へど、もてしづめつつ、折々のどやかに、うち見やり給へるに、御簾《みす》の内の人々も、事忌みあるべき折を分かぬ涙のみぞ、先立ちける。

〔六二〕帝[4]、一品宮[1]に対面し、伏見大君[45]を思う

上は、姫宮の御心の中も、あはれにおしはかられ給ひつつ、まづめづらしき御心地に添へて、目離《めか》れなく、つくづくとまぼりきこえさせ給ふに、いとつつましう思されて、まほにも向かひきこえさせ給はず。御扇に紛らはしつつおはします傍ら目《かたはめ》、はづれたる御頬《つら》つきのうつくしさ、樺桜の御衣《ぞ》のすぎすぎ幾重《いくへ》ともなきに、紅《くれなゐ》の御単衣《ひとへ》、やがて桜萌黄の五重《いつへ》の御表着《うはぎ》、紋の織りざまも、皆同じ花にて、赤色の御唐衣《からぎぬ》に、白くてことに織り浮かされたる花の枝ざしなど、[六八]春の心はのどけからましと、それまでも、げに見る人苦し

簾をお持ち上げになって、お入りになる帝の、そのすぐ後ろにも続いて入りたい思いで内大臣[3]はそちらに目が自然に向き、今、一品宮の御有様はどんなであろうかと、目の前に浮かび立つ御面影は、本当に身を責めるような気持ちがなさるが、しいてその心を鎮めて、時々おだやかに中に目をおやりになると、御簾の内側にいる女房たちも、めでたいお正月なのに事忌みをすべき時を心得ない涙だけが、先立って流れるのであった。

〔六二〕　帝[4]は妹君の姫宮[1]のお心の中をもしみじみと推察されながら、久しぶりにお会いになっためずらしいお気持ちも加わって、目を離すことなくつくづくとお見守り申し上げておいでになるので、一品宮[1]はとても恥ずかしくお思いになり、まっすぐにも帝にお向かい申し上げられない。御扇に紛らわして隠しておいでになる姫宮の横顔、外れて見える御面立ちのかわいらしさはたとえようもなく、樺桜の御衣を次々に幾重ともなくお召しになった上に、紅の御単衣、それから桜萌黄の五重の御表着、地紋の織り様もみな同じ桜の花で、赤色の御唐衣に、白くて特別に織り浮かした花の枝ぶりなど、「春の心はのどけからまし」と、それまでもまさに見る人が苦しくなるような美しいご様子は、昔は限りがあったのだろうかと、今日は限りなくごりっぱにお見えになる。ま

かりぬべき御さまの、古《いにし》へは限りもありけるにやと、今日はなほめづらかに見えさせ給ふにも、まづ、恋しき人のこと、ふと思しめし出だされつつ、何《なに》とやらん、同じ世の心地せしも、げにまたはありがたきことぞかしと思し出づるに、涙のこぼれぬべき*もけしからで、念じつつ、(帝)「さても、いぶせうて隔たり侍りにける月日のほども、かうてはなかなかおどろかれてなん。立ち変はるしるしには、誰も思ふことなく、また思しめすことも、侍るまじきこそ嬉しう」と、さすがに、ほほ笑みつつ聞こえさせ給へば、いと恥づかしう、御答《いら》へ聞こえにくけれど、(一品宮)「げに、おぼつかなき月日のみ、過ぎ侍りにけるも。春の光にめづらしう」とにや、しどけなげにのたまはせたる御気色、返す返す、また聞かまほしうて、そぞろに立たまうけれど、のどやかなるべき折ならねば、帰り渡らせ給ひて、例の作法の、舞よ何よと、夜《よ》に入りてぞ行幸《ぎやうがう》は、帰らせ給ひにける。

〔六三〕一月七日過ぎ、院[9]、一品宮[1]と共に白河院に還御

内大臣殿は、あながちに召し出だされしも、いかなるべきことにか、心ときめきぞし給ひしかど、七日など過ぎて、また

ず、恋しい伏見の姫君[45]のことを不意に思い出されながら、なぜであろうか、以前は同じ恋の道を共有している気持ちがしたのだけれど、本当にまた姫君に逢うのは難しいことなのだと思い出されると、涙がこぼれそうになるのも、新年の今は不吉でよろしくないので我慢しながら、「まあまあ、しばらくお目にかかれず何とも憂鬱な月日でしたが、お会いすると、いよいよかえってその間の長さにおどろかされますね。新しく年が代わったしるしとして、どなたも思うことなく、またあなたがお思いになることもおありではないようなのが嬉しいこと」と、そうは言っても苦笑いしながら仰せになるので、姫宮はとても恥ずかしく、ご応答も申し上げにくいが、「本当にどうしておいでかとお案じしながら過ごしてまいりました月日でございまして。新春の光にめずらしくお目にかかりました」というところだろうか、屈託もなくおっしゃるご様子はすばらしく、繰り返しまたお声を聞きたくて、立ってしまうのがひたすら残念であるが、寛いでいる時ではないので、御座にお戻りになり、例の作法通り、舞よ、何よと行われた後に、夜になって行幸の列は院から宮中にお帰りになったのだった。

〔六三〕　内大臣殿[3]は、無理に召し出されたのであるから、もしかしたら一品宮[1]にお目にかかれるのかと胸をどきどきさせて期待しておられたのだが、七日の行事が過ぎると院[9]は姫宮を連れてまた山深い白河院にお移りになってしまった

山深く引きつつ渡らせ給ひにしかば、八九塩釜の浦のかひだになく、いと九〇ど行方《ゆくへ》も知らず、果てもなうかなしきあまりは、例の、

(内大臣)九一「あふことの浪《なみ》の濡《ぬ》れ衣《ぎぬ》立ち出でて干すやと待ちしほど
　ぞはかなき
九二ものとは見つつささがにの」

などやうにて、大納言の君のもとにつかはしたりけるを、便《びん》よきほどにやありけん、持て参りて、広げてうち置きたるを、物語の姫君などのやうに、わざとがましく、手も触れず引きかづきなどは、せさせ給はず。つくづくと御覧ずるものから、例の一筆《ひとふで》も思しよらず、ただ、(一品宮)「いつもこまかに見つと聞こえよ。人もこそ見れ。とく取り隠さばや」とて、御顔うち赤みておはしませば、いとかひなく、またはえ聞こえにくけれど、(大納言の君)「かやうに、この月頃は幾千度《いくちたび》かは聞こえさせ侍りけん。そを取り出でぬこそ多う侍れど、さすがに、御覧ぜさせ給ふ折々も、そのしるしばかりだに、まだ一言《ひとこと》も侍らぬを、大宮なども、『今はじめ、艶《えん》だつべき御ことにもあらず。あまりならん折は、時々も聞こえさ

ので、塩釜の浦の貝――かいもなく、いよいよ行方も知らず果てもなくという有様で、悲しさのあまり、いつものように、

「あなたに逢うことができない波に濡れた私の濡れ衣を、
　行列に加われば乾かすことができるかと待っておりました
　たが、それははかない望みでした。

『ものとは見つつささがにの』細い糸を頼りにした気持ちです」

などのようにしたためて大納言の君ⓑのもとにお遣わしになった手紙を、ちょうどよい機会があったのか、大納言の君は姫宮のもとに持って伺い、広げて御前に置いたところ、物語の姫君などがよくするように、わざとがましく手も触れずに衣を引きかぶる、などはなさらない。姫宮はつくづくとご覧になるが、例のごとく一筆でもお返事をお書きになるなどは思いもなさらず、ただ「いつも一言ももらさず見ております、と申し上げよ。人が見るといけない。早く隠さなくては」と言って、お顔を赤らめておいでになるので、大納言の君はまったくかいがなく思い、もう一度申し上げるのは気が引けたが、「このように内大臣はこの数か月、何千度お手紙をくださったか知れません。それをお取り次ぎしないことも多かったのですが、それでも姫宮様はお手紙をご覧になった時でも、そのご覧になったというしるしとしては、まだ一言もご返事をなさいませんのを、大宮15なども、『今になって、上品ぶるような御ことでもない。あまり内大臣がお気の毒な場合には、時々ご返事を申し上げになるように』と、先日もおっし

せ給へかし』とこそ、一日ものたまはすめりしか」と、げにもありけることを、おづおづ聞こゆれど、いかにも御返りもなし。

御心の内には、(一品宮)「まことに、見馴れし歳月《としつき》のほどに、憂しともかたみに心置きたる節《ふし》もなかりしかば、かの思ふらん御心に、後《おく》るべきあはれにはあらねど、とにかくに、つゆの乱れのはじめより、置き所なく憂き身のほどを、さしもありがたう思しはぐくむ院の上の、たとへば、偽りにても、これほどよろしからず、さもあらせじと思されんことを、あながちに御後ろにて、あはれを交《か》はしても、何にかはせん」と、深う思しとりにければ、片敷く方《かた》の御袖は、濡れがちに、忍びがたき折々も、いとよう思し返す御心は、げにありがたう、恐ろしきまで見えさせ給ふ。

[六四]大将2、一品宮1への忍ぶ恋に思い悩む

(内大臣)「いとかばかり押し放ち、はしたなき御もてなしなるべきことかは」と、片つ方の御恨みは、恋しうわりなきにつけても、たとへん方なく思し入りつつ、つゆも情けをかけ給ふ、大将の君にのみぞ、常は憂《うれ》へきこえ給ふを、まことに心苦し

ゃったようでございます」と、本当にそうだったことを、おそるおそる申し上げるが、何ともご返事はない。

姫宮の御心のうちには、「本当に夫婦として親しんだ年月の間に、つらいことも、お互いに心を隔てることもまったくなかったので、あの私を思ってくださるという内大臣のお心に、劣るはずはない愛情を私も持ってはいるけれど、とにもかくにも、わずかな乱れが始まったころから、まったく置き所がないほどつらいこの身を、これほどあり得ないくらいに思い育んでくださる院の上9が、たとえ本当ではない噂であるにしても、これほどけしからぬ、そうはあってほしくないとご不快にお思いのことなのだから、無理に隠れて内大臣と愛情を交わしても何になろうか」と、深くお考えになった上のことなので、独り寂しく片敷くお袖は濡れがちであり、耐えられそうにもない折々もあるが、非常にしっかりと思い返して理性的にふるまわれるお心は、本当にめったになく恐ろしいほど冷静な方とお見えになる。

[六四]　内大臣3は「これほど突き放した中途半端なお仕打ちがあってよいものだろうか」と、宮1が無性に恋しくてどうしようもなく思ういっぽうでは院9へのお恨みも深く、たとえようもなく思い沈まれる日々のうちにも、少しでも温かい友情をお寄せになる大将の君2にだけは、いつもこのつらさをお訴えになるが、大将は内大臣を本当にお気の毒なことだと同情するものの、「これは、それでもやはり、離れたま

うあはれなるものから、「こは《（右大将）》、さすが、つひにさて果て給ふべき御契りのほどかは」と思ふも、うらやましう、げにこの頃は、うちはへ、御前《まへ》去らず、朝夕《あさゆふ》の隔てなきにしも、[五三]音無《おとなし》の滝の苦しさぞ、[五四]流れて恋ひんと思ひとる心も、いかにぞや乱れ立ちて、[五五]妹《いも》知るらめやともうち出でぬべう、嘆きがちにのみなりゆくを、いつこの気色の洩り出でて、疎まれ奉らんとすらんと、いとあさましう、胸のみさわぎ給ひつつ、いよいよ心づくろひもせらるるものから、またうち返し、「なぞ《（右大将）》やかばかりなる隙《ひま》にだに、罪深き思ひをもうちかすめ、せめて思ひ入らんにも、あながちに固かるべき関のとざしかは」と、しどろもどろにさへ、思ひなされ給ふ折々あれど、「なのめ《（右大将）》に世の常なるまじき人の御気色に添へて、これはことの数ならず、さてしも心の中の苦しさは、いかでか忍び果つべき」など、あまりなることには、「[五六]逢ふにしかへばと、ひたおもてにだに、えしもかなはずもやあらん。さばかり、契り遠く思ひならば、なほこの気色を、いかで洩らさじ。[五七]くらぶの山の桜花にも、げに、たちまさりぬべき心の中を、聞こえ尽くさむこともありが

まで終わってしまうご夫婦の御契りのはずはなかろう」と思うと羨ましく、本当にこのごろは特に内大臣の御前を離れず、朝夕隔てのない間柄なのだが、自分のほうは一品宮への恋心は秘めて音無の滝としておく苦しさは、「ながれて恋ひん」と思い定めた心も、どういうわけか乱れ立って、「妹知るらめや」とも口に出してしまいそうで、ため息をつきがちになってゆくので、いつこの秘めた思いがもれ出て、内大臣からお疎まれすることになるのか、とあきれるほど胸をお騒がせになって、ますます用心しなくてはとお思いになる。また逆に「まあ、これほどお二人の間に隙がある今、私が罪深い恋を姫宮に少しうち明け、しいて思いを遂げようとすれば、むやみに堅固な関所とも言えないかもしれない」と、乱れに乱れた思いに至る折もあるが、「姫宮はこの世に普通にありそうもない格別のお方であるのに加えて、当方は数にも入らぬ存在だから、とても無理というもので、それでは心の中の苦しさは、どうして隠し通すことができようか」など、思うあまりに、『逢ふにしかへば——命も要らない』とひたむきになっても、必ずしも叶うとは限らないだろう。これほど縁はないものと自分で思うのだから、やはりこの恋は、どうしても洩らすわけにはいかない。くらぶの山の桜にも、もっとたちまさる心の中を、申し上げ尽くすこともできまいし、恋心をほのめかしても、かいのなさそうなことは、かえって無意味というものだ」など、いつもよりも、あれやこれやとお思い乱れになって、眠るともなしに夜をお明かしになった朝ぼ

たう、色に出でそめても、かひなからんことは、なかなかよしなうもあり」など、常よりもとにかくに思ひ乱れ給ひつつ、臥すともなしに明かし給へる、朝ぼらけの空、いたう霞みて、おぼめくほどの桜は、いとど何《なに》とも見分かれぬも、身によそへられつつ、

　(右大将)色見ても散るはなごりの惜しければ宿から花は霞こめつつ

人悪《わろ》からぬさまにのたまひなすも、をこがましう、みづからほほ笑まれ給ひけり。

〔六五〕内大臣[3]、昔を想い一条院の桜を宮[1]に贈る

　かくしつつ、半ば過ぎ行く、春の気色につけても、[九八]一条院には、[九九]見しや昔のともなき花のにほひは、変はらぬ色もうらめしう、[一〇〇]散らば散らなむとまで、思ひ捨てられ給へど、寝殿の東面《ひんがしおもて》、渡殿の前なる樺桜の、ことに御心とどめて、(一品宮)「いかなる花も、かくはえあらぬものを。せめては、[一〇一]げにこの一本《もと》を、誘《さそ》はぬ風もがな」と、のたまはせしに、(内大臣)[一〇二]「覆ふばかりの袖だにあるに、心せばげにも」と、聞こえさせしかば、うち笑ませ給へりし、御顔のにほひなどの、いかにさ

らけの空は、すっかり霞み、朧に咲く桜は、いよいよ霞と区別できないのも、我が身に喩えられそうなので、

　色を見てもまず散る時の名残惜しさを思ってしまうせいか、我が家の桜はすっかり霞に籠って咲いている。

と人が聞いてもさしつかえないように詠まれるのも、まったくばかばかしいことで、我ながら苦笑いをなさるのだった。

〔六五〕　こうして時は移り、春も半ばを過ぎて行く景色を見るにつけ、一条院の内大臣[3]は、「見しや昔の」の歌通りではないものの、桜の花の変わらぬ色艶も、一品宮[1]のいらっしゃらない現在は恨めしく見え、「散らば散らなむ――どうせ散るなら早く散ってほしい」とまで桜花を見捨てたい気持ちでいらっしゃるが、以前、寝殿の東面、渡殿の前にある樺桜に一品宮が特にお心をとどめて、「どんな桜もこれほど見事に咲くことはできませんね。せめて、本当にこの一本だけは散るのを誘う風が吹かなければいいのに」とおっしゃったので、「大空を覆うほどの袖があれば、と願った歌もあるのに、一本だけとは心が狭そうだな」と申し上げられたところ、少し微笑まれたお顔の色艶などが思い出されて、どうしても

ましやるべき方なく、忍ばれぬ心の人悪《わろ》さも、かつはあぢきなければ、一枝折らせて、大納言の君のもとに、

(内大臣)一二三「思ひ出づる人もあらじをふるさとに忘れぬ花の色ぞ露けき

一二四 散るをや人の」

とあるを、かの院にも、のどやかなる春のながめには、さすが、思ひやみにし人の上も、折々ただにしもいかでかあらん。姫君の、をかしげにおよすげ給ふにつけても、若君の御ことは忘れがたう、かつ目の前なりし折は、恥づかしきより他に、*思ひ分くこともなかりしかど、げに一二五見ねば恋しうもあるものにこそと、なべての世のならひも、恨めしう思し続けられて、

(一品宮)憂しと見し人も軒端に古りゆけば袖にしのぶの露ぞひまなき

など、習ひすさみておはします折しも、ありつる花の枝を、持て参りたるに、げに、あはれならずしもなけれど、今さらかひあるべくもあらずかし。さるは、

(一品宮)忘るべきつゆのかことか花桜あだにも人を何恨むらん

忘れることができず、我慢できない気持ちが人目につきそうなのも、また情けないので、その花を一枝折らせて宮方の女房、大納言の君ⓑのもとに、

「思い出してくださる人もいないと思われるのに、ふるさとには以前を忘れぬ桜花が咲き、その美しい色は涙の露にしめっているのです。

散るをや人の——昔が恋しいこと」

とお書きになった歌に添えて贈られたのだが、あの白河院においても、一品宮はのどかな春の眺めに、さすがに思いを断ち切った内大臣のことをも思い出されて、折々は普通の気持ちでどうしていられようか。姫君[46]が美しく成長なさったのをご覧になると、どうしても残してきた幼い若君[21]の御ことは忘れがたく、目の前に若君がおいでになった時は、ただもう恥ずかしいだけでほかのことはお考えにならなかったのだが、本当に、逢わないと恋しいということもあることだ、と、人の世の習いというものも恨めしく思い続けられて、

見るのもつらいと思った人も、軒端が古くなるように時がたってみると、とても恋しくて、しのぶ涙の露は袖に絶えることもない。

など、慰みに手習いのように書いておいでになるちょうどその時に、一条院の花の枝を持って参上したので、本当にしみじみとした気持ちがしないでもないが、今さらかいがあるはずもないのである。とは言え、

忘れてしまうほうがよいほんのわずかなことに不平を言

とは、げに風のつてにても言はまほしう、むげに情けなう思し知らるれど、(一品宮)「世になき偽りをだに、似つかはしく言ひなすめるに、少しも、いかにぞや、通ふ言の葉あり顔に、院などの、洩り聞かせ給へらん恥づかしさをば、何にかはたとへん」と思さるるに、よろづのあはれも押し返しつつ、花は、げになほ捨てがたきにや、大なるかめにささせ給ひて御覧ずるも、[一〇六]色には出でじとつつましきを、(右大将)[一〇七]「橋のもとなる花園に」など、しのびやかにうちうそぶきつつ右大将参り給へり。

〔六六〕桜を見て右大将2、院9それぞれの感慨をもつ

なべてに越えたる花のさまは、ふと、さにや、と見知り給ひつつ、(右大将)「いづくの梢ぞとよ。[一〇八]宿も借らまほしかりけるものを」とて、少しほほ笑みつつ、うち見やり給へる気色の恥づかしげさには、世の常ならん人だに、さすがなるべきを、まいて、御顔の色うつろひつつ、いみじと思されたる御気色の、若くうつくしげにたをたをと、さるは、気高うなまめかしき御もてなしけはひなどの、ことわりにも過ぎて、奥深う心恥づかしげに見えさせ給ふには、げに、[一〇九]かの露の

う花桜よ。そのかいもないのに、人に対していったい何を恨むというのでしょう。

というふうに本当に風に託してでも内大臣に伝えたく、それができないのがむやみに情けなく思い知られるけれど、「この世の中は、あり得ない偽りさえまるで本当のことのように言いなすようだから、少しでも、さあどうだろうか、内大臣と手紙のやり取りをしているように院などが漏り聞いておしまいになった時の恥ずかしさは、喩えようもないだろう」とお思いになるので、さまざまな感慨をしいて押さえ込むのだが、それでも一条院の桜花は内大臣の歌にあるようにやはり捨てがたいのか、大きい甕にお挿させになってご覧になるけれど、その自分の複雑な思いを表情に出すまいと抑えておいでになるところに、ちょうど「橋のもとなる花園に」などと、静かに吟じながら右大将2が参上なさった。

〔六六〕　他の花に比べて格段に美しい桜の花を、右大将2はあの一条院の桜かとさっとお見取りになり、「どこの梢の花でしょうか。桜の陰に宿も借りたいものですね」と言って、少し苦笑いをして、一品宮1に視線をお送りになるご様子の恥ずかしいほどのすばらしさには、世の中の普通の人であってさえさすがにそう感じるにちがいないほどであるが、まして一品宮はお顔の色がぱっと赤く変わって、きまりわるく思っておいでのご様子が、若く、かわいらしくたおやかで、とはいえ気品高く優雅な御物腰、雰囲気などが、理屈ぬきで奥深く、ごりっぱにお見えになるのは、本当にあの、「露の情

情け残らずと、恨み尽くし給ふ人の気色に、おほかたの世のなのめならぬにつけては、さもあるらんとおしはかられ給ふを、この花のにほひなどには、えしも忍ばぬあはれもやと、そぞろにうらやましく、異《こと》ごとなく思し続けられて、目離《めか》れなく、うちぞまぼられさせ給ふ。

紫《むらさき》あまたにかをり合ひたる御衣《ぞ》ども、二〇山吹の御小袿を奉りたるも、言はぬ色なる我が目からかと、見るに苦しきまで覚え給ふに、院も渡らせ給ひて、(白河院)二一「花をし見れば」と、うち誦《ず》んぜさせ給ひつつ、何《なに》と思さるるにか、御涙をさへ、押しのごはせ給ふぞ、いみじうあはれなるや。

例の、大将見奉らせ給ひては、異《こと》ごとなき御物語にて、(白河院)「いかに、南殿の桜も盛りなるらんを、御遊び*などはありや。誰々か、この頃は」など、問はせ給へば、それがしかれがしと聞こえ給ふにも、内大臣殿のおはせぬは、さすが、春の光かひなく聞かせ給ひつつ、いかにせましと、思さるる折々あれど、(白河院)「なほ、負けぬる心地もすべきかな。まことに、この御ことゆゑ、恋ひ死ぬとも聞かば、許しもしなむ」と、思さるる御心も、猛《たけ》かりけり。

け残らず」の歌のように恨みを尽くされた内大臣の様子からしても、お二人の関係が思うようには行かない点は、それも当然の事情があろうと推察されるが、この一条院の花の美しい色つやには、お二人とも我慢できないほどの感慨もおありだろうと、その点についてはひたすら羨ましく、ただそのことだけが思い続けられて、目を離すことなく一品宮を見守り続けていらっしゃる。

一品宮は紫色が何重にも香りあった襲の御袿に、山吹の御小袿をお召しになっておいでなのも、物を言わぬその山吹色なのが、「いはでしのぶ」の恋をする自分の目のゆえか、見るのも苦しいほどに感じておられると、そこに院[9]もお渡りになって「花をし見れば」と吟唱なさりつつ、何とお思いなのか、御涙をまでおし拭っておいでになるのは、たいへんしみじみとした感じである。

いつものように右大将がおいでなのをご覧になってからは、院はひたすらお話に身を入れられて、「どうだろう、紫宸殿の桜も盛りになったことであろうが、管絃の御遊などはあるのか。誰がこのごろは参上しているのか」などお尋ねになるので、「何某、誰それ」などと名前を申し上げられると、内大臣殿はその中においでにならないので、さすがに春の光もかいがないだろうとお聞きになって、これはいったいどうしたものか、とお思いになる折々はあるが、「やはり内大臣を許せば、自分が負けてしまった気持ちがすることだろうな。本当に、この御ことのせいで内大臣が恋い死ぬとでも聞けば、

〔六七〕院[9]、宮の君[27]を寵愛。右大将[2]、大君[45]に好意

さるは、我が御身の、四十《よそぢ》あまりの数、やうやう積もらせ給ふだに、なほこの道には、おさまらせ給はず、今も今も、若き人をば、をかしう思されたる中に、この御方の宮の君、いみじうときめき給ひて、新手枕《にひたまくら》ならね、夜《よ》をば隔てじと、めづらかなる御（右大将）幸《さいはひ》を、大将は、いとをかしう、ほほ笑まれ給ひつつ、「などかあれなんどに、心の慰みて、たぐひなくも覚えざりけん。内の上も、はじめはじめときめかせ給はぬ人やはある。されど、伏見の誰とか、乱りがはしきことし出でさせ給へりし頃は、うつし心ありてやは見えさ*せ給ひし。まいて、あかぬ別れの後《のち》、はたさらなるも、二二我が思ふこと一筋《ひとすぢ》ならで、いかばかりならんことのあれ、かやうに覚えなん」と、あるべうもなう思さるれど、げにかの二三梨原なる片つ方《かた》に、少しも人の思ひとがむばかり、隔つる夜な夜なも、浅からざりけんめざましさには、ゆかしからずしもなき、人の上なりけりとや。

許すことにしようが」とお思いになるお心も、実に強気で激しいのであった。

〔六七〕　院[9]は実は、我が御身は四十歳余りで、年の数はかなり積もっておいでになるにもかかわらず、やはりこの恋の道はお終《しま》いになさらず、いま現在も若い女性を好ましくお思いになっておいでの中に、この一品宮[1]にお仕えしている例の宮の君[27]が、たいへんなご寵愛を受けていて、「新手枕ではないが、一晩も隔てを置くまい」と、めずらしいほどの宮の君の御幸いを右大将[2]はとてもおもしろがって苦笑いしながら、「どうして、私はあの宮の君を心が慰められる類のない人と感じなかったのか。それは一品宮だけを思っているからだ。帝[4]も、初めての女性ごとに、夢中におなりにならない人はいたためしがない。しかし、伏見の誰[45]とか、好きがましいご無体をお始めになったころは、正気でいらっしゃると拝見したであろうか。まして、伏見の人と無理な別れがあってからは、いっそう普通ではなくなっておいでになったが、自分の一品宮への思いは、ただひたすら一筋といったところで、もし何かが起きるとしたら、院や帝のようにきっと感じるだろう」と、それもありえないようにお思いになるが、現に内大臣があれほど愛しておられる梨原のもういっぽうの方（一品宮）を、少し人が咎めるほどお隔てになった幾夜かがあったほど、浅からずご執心であった伏見の大君[45]には、ちょっと逢ってみたい気がしないでもない、とかいうことだ。

巻二　注

この巻は、引歌および文の解釈に関するものを中心として注する。引歌についての判断は巻一と同様である。内容的には、巻一における登場人物たちの関係性を背後にきわめて複雑な様相を示してくるようになり、新たに伏見入道の娘「大君[45]」が「大将[3]」の相手として浮上し、一品宮[1]の父帝「白河帝[9]」の強情な態度が勘当という行為に及び、「物の怪」「噂」とともに物語に大きな動きをもたらし、巻一にまず人物として初出した二人の男性間の、生死を分ける恋の闘争の状況に至る。なお、本文として存在するのは巻二まで。巻三以下は歌を中心とした抜き書き本となり、本文は伝わらない。巻四の冷泉本については別記する。

一　洩らぬ岩屋だに、濡るるは袖のならひなるを―「草の庵なに露けしと思ひけんもらぬ岩屋も袖はぬれけり」（金葉集・雑上・五三三・大峰の生の岩屋にてよめる・行尊）。古今著聞集「平等院行尊霊験の事」参照。急な場面転換により、新しい人物「入道」が登場する。冒頭の「いたうそぼち果てぬる心地し給ふ」の主体はこの入道であるが、実際には［**四**］に至って初めてそれが「入道式部卿宮」なる人物として紹介されるに至る。ある人物の思いを歌に即して述べ、のちにその主体を明らかにして行くという叙述方法は、巻一における「一品宮」の場合ときわめて似た手法である。ともに巻全体を主導して行くほどの重要な人物の描き方として注目に値しよう。

二　託言にむすぶ草の葉―「わけゆかむ草葉の露をかことにてなほ濡衣をかけんとや思ふ」（源氏物語・夕霧巻）。

三　浅茅が末と―「物をのみ思ひしほどにはかなくて浅茅が末に世はなりにけり」（後拾遺集・雑三・一〇〇七・世中つねなく侍りける頃よめる・和泉式部）。

四　寂漠無人声読誦此経典―「若説法之人、独在空閑処、寂漠無人声、読誦此経典」（法華経・法師品第十）。

五　故院の思し掟てしこと―内大臣[3]と入道宮[40]の父である故一条院[10]が、内大臣を関白[13]の子とするように遺言したことは、巻一［**四**］参照。

六　憂きも嬉しう―「うらみずはいかでか人に問はれましうきもうれしきものにぞありける」（後拾遺集・雑二・九五三・律師朝範）。稚児愛の歌。※

七　北の藤波春にあひ給ふとも―「春日山みやこの南しかぞおもふ北の藤なみ春にあへとは」（新古今集・賀歌・七四六・家に歌合し侍りけるに、春の祝のこころをよみ侍りける・摂政太政大臣〈良経〉）。

八　水上岩清水の流れ―「いはし水その水上をおもふにもながれのすゑは久しかるべし」（正治後度百首・雑・神祇・二五二）※。

九　［聞こえなし給へど、……心づきなくて］―底本書陵部本欠脱。京大甲本により補う。

一〇 深洞風を聞老檜悲―「荒籬見露秋蘭泣　深洞聞風老檜悲」（和漢朗詠集・故宮・源英明）。

一一 「わけそめし」の歌―「紫のひと本ゆゑに武蔵野の草はみながらあはれとぞ見る」（古今集・雑上・八六七・題しらず・読人しらず）。

一二 なかなかあまりなる御ことなれば……―「なかなか」は「とかく」以下にかかると見る。入道宮[40]は、一品宮[1]を正妻としてかけ離れた存在とし、それについて考えるのは分に過ぎたこと、という認識のもとで娘[45]を内大臣[3]に託そうとする（渡邊真理子氏による）。

一三 夜半の片敷き―「さむしろに衣かたしきこよひもや我をまつらむ宇治の橋姫」（古今集・恋四・六八九・題しらず・読人しらず）。

一四 梨原にのみ―「君ばかりおぼゆるものはなしはらのうまや出でこむたぐひなきかな」（古今六帖・拾遺・読人しらず）。→夫木和歌抄・一四八八四

一五 いとふにはゆる―「あやしくもいとふにはゆる心かないかにしてかは思ひやむべき」（後撰集・恋二・六〇八・文つかはせども返事もせざりける女のもとにつかはしける・読人しらず）。

一六 いかにとかや言ひ置きたる、木幡の里の通ひ路も―「山科の木幡の里に馬はあれどかちよりぞくる君を思へば」（拾遺集・雑恋・一二四三・題しらず・人麿）。「いかにせん人の心は木幡河月日ふれどもわたるせもなし」（壬二集・恋二十五・一三〇五）※。

一七 葦分け小舟―「湊入りの芦分け小舟さはり多みわが思ふ人に逢はぬころかな」（拾遺集・恋四・八五三・題しらず・人麿）。

一八 稲葉もそよとだに―「独りして物を思へば秋のよのいなばのそよといふ人のなき」（古今集・恋二・五八四・題しらず・躬恒）。「秋風のいなばもそよと吹くなへにほにいでて人ぞ恋しかりける」（玉葉集・恋四・一六四五・貫之、貫之集・五八一「いなばもそよに」）※。

一九 をちこち人のながめの末も、埋もれ果てぬらん―「をちこちの人目まれなるやまざとに家居せむとは思ひきや君」（大和物語・五十七、後撰集・雑二・一一七二・読人しらず）。

二〇 篠屋の軒―「常よりも篠やの軒ぞうづもるるけふは都に初雪やふる」（新古今集・冬・六五八・雪の朝、基俊がもとへ申し遣しける・瞻西上人）。

二一 御乳母子の少納言某―内大臣の乳母は大弐の乳母ⓔ（後出[三三]）。

二二 御夜―「お休みになる」。「夜」を動詞化した「寝る」の尊敬語。女房詞。室町期に確立したと言われる。本来この語が四段活用動詞として用いられていたとすれば、この物語の成立とも関わるか。

二三 蔵人少将某―系図不詳。系図上は二人（[24][34]）いる。どちらかに該当するか。

二四　「いかなれば」の歌―風葉集（哀傷・六〇二）に「ちゝみこの思ひにおはしましけるに年もたちかへり侍にければ　いはでしのぶの皇后宮」として入る。

二五　「あらたまる」の歌―風葉集（哀傷・六〇三）に「おなじころ皇后宮にきこえ侍ける　一条院内大臣」として入る。

二六　荒れまく惜しき伏見の里―「いざここに我世はへなんすがはらやふしみのさとのあれまくもをし」（古今集・雑下・九八一・題しらず・読人しらず）。

二七　雪・月・花の折節の興をば―京大甲本・京大乙本・前田本は「興をば」までであり、これ以下の本文は存在しない。「必ずこれに」以下は底本書陵部本と三条西家本を校合する。

二八　いと忍びたる所―大弐乳母ⓔの家。［三二］参照。

二九　人目つつみにせかれつつ―「なみだ河人めづつみにせかれつつきみにさへこそもらしかねつれ」（続後撰集・恋一・六八四・前参議教長、教長集・六五〇）※。

三〇　おのが常世ならぬ旅の空―「峰の霞のたつを見すてんことも、おのが常世にてだにあらぬ旅寝にて」（源氏物語・早蕨巻）※。

三一　滝の音、松の響きも……―「たきのおとまつのひびきのはげしきにつれなくあかすいはまくらかな」（秋篠月清集・一五一五）。「松の響き」は、巻一［一八］、巻二［三六］、注五三にも見える。※

三二　よちよちしさ―不審。仮にそのままとする。

三三　ひきそばめて―他の用例から、恥じらって脇を向く動作と見る。

三四　七月にもなりぬれば、やうやう夕べ涼しき風の気色につけて身にしむ色に―「星あひのゆふべすずしきあまの河もみぢの橋をわたる秋風」（新古今集・秋上・七夕の心を・三二三・公経）※。「白栲の袖のわかれに露おちて身にしむ色の秋風ぞ吹く」（同・恋五・一三三六・水無瀬恋十五首歌合に・藤原定家朝臣）。

三五　言はぬにしるき―「いろにいでていはねどしるきことのはにかからぬつゆやつらきなりけん」（一条摂政御集・三〇）※。

三六　いづらは秋の―「むつごともまだつきなくにあけぬめりいづらは秋のながしてふ夜は」（古今集・雑体・一〇一五・題しらず・凡河内躬恒）。

三七　「ならひこし」の歌―風葉集（恋五・一〇八八）に「秋のはじめつかたをとこのかへり侍けるあしたに　いはでしのぶの皇后宮」として入る。

三八　撫子の夕映え―「撫子の色をととのへたる、唐の大和の、ませいとなつかしく結ひなして、咲き乱れたる夕映いみじく見ゆ」（源氏物語・常夏巻）。

三九　「かばかりも」の歌―風葉集（恋二・九三一）に「一条内大臣夕ぐれにいづとて『おきわびしなに暁をなげきけん夕べにわきてとまる心を』と聞え侍ければ　いはでしのぶの皇后宮」として入る。内大臣に返歌した伏見大君の最後の詠として、後に回顧されることとなる。

四〇　仲忠—宇津保物語の主要登場人物。国譲下巻、仲忠の北方の出産場面に「直衣などの上に水を浴みつつまどひたまへば」の記述がある。

四一　光明山—京都府相楽郡山城の東にある山。十世紀後半寛朝僧正の開山による光明山寺があったという。山岳信仰の拠点。

四二　まことに頭より黒煙とかを立てて…—参考「頭よりまことに黒煙をたてて、いみじき心を起こして加持したてまつる」（源氏物語・若菜下巻）。「まことに黒煙を立つといふばかり、加持しきこゆるひびきもいとおどろおどろし」（我身にたどる姫君・巻四）。※

四三　空を歩むやうなれど—参考「空をあゆむ心地して、人にかかりてぞおはしましけるを」（源氏物語・御法巻）※。

四四　思はぬ山の峰にだにおふなる嘆き—「あしかれと思はぬ山の峰にだにおふなるものを人のなげきは」（詞花集・雑上・三三三・男をうらみてよめる・和泉式部）。

四五　心の闇—「人の親の心は闇にあらねども子を思ふ道にまどひぬるかな」（後撰集・雑一・一一〇三・兼輔）。

四六　「夜な夜なは」の歌—「かたしきにいく夜な夜なを明かすらむ寝覚の床の枕うくまで」（狭衣物語・巻二）※。

四七　釣りする海人の浮けよりも—「伊勢の海に釣するあまのうけなれや心一つを定めかねつる」（古今集・恋一・五〇九・題しらず・読人しらず）。

四八　弁の乳母—このあたりの「乳母」はすべて同一人物である弁の乳母ⓕ。

四九　憂きはものかは—「ま近くてつらきを見るはうけれどもうきは物かは恋しきよりは」（後撰集・恋六・一〇四五・きて物いひける人の、大方はむつまじかりけれど、近うはえあらずして・読人しらず）。

五〇　世を憂しと思ひ入るとても…—「世中よ道こそなけれ思ひ入る山のおくにも鹿ぞ鳴くなる」（千載集・雑中・一一五一・俊成）※。

五一　変はらぬ奥山の松の響きに音を添へてこそ—「かはらじと契りしことをたのみにて松のひびきに音をそへしかな」（源氏物語・松風巻）※。

五二　涙の川に浮き沈み給へる気色までも—「きみこふとわれぞなかれていはるべきなみだのかはのうきしづみつつ」（元真集・二六八）※。

五三　いく夜までとか—「我恋はあはでふる野の小笹原いく夜までとか霜のおくらむ」（新勅撰集・恋四・九〇四・題しらず・鎌倉右大臣〈実朝〉）。

五四　訪はで過ぎける我が心さへ…—「恨みじとおもふ我さへつらきかなとはで過ぎぬる心づよさを」（山家集・恋百十首・一三〇六、西行法師家集・三六四）※。

五五　世の憂きよりは—「山里はもののわびしきことこそあれ世の憂きよりは住みよかりけり」（古今集・雑下・九四四・題しらず・読人しらず）。

五六　うつつならずさ—不審。仮に一語の名詞と見る。

五七　すごさぬ—不審。小木氏（『いはでしのぶ物語　本文と研究』）は、「過（あやま）たぬ」の誤写か、とされる。

五八 「これや形見の」と言ひし夕べの空―［二九］の伏見大君の歌。注三九参照。

五九 「面影に」の歌―「よそへつつ見るに心はなぐさまで露けさまさるなでしこの花」（源氏物語・紅葉賀巻）。この歌は三条西家本（抜書本）に見えない。姫君45を撫子にたとえた場面は［二九］にもある。注三八参照。

六〇 宮の君―巻一［三六］～［三八］、［四二］参照。

六一 「もろともに」の歌―「末の露もとの雫や世の中のおくれさきだつためしなるらむ」（新古今集・哀傷・七五七・題しらず・僧正遍昭）、「ややもせば消えをあらそふ露の世におくれ先だつほど経ずもがな」（源氏物語・御法巻）。

六二 按察使の乳母―一品宮1の乳母ⓐ。巻一［四四］初出。

六三 木草のもと、水の流れまで―参考「さしも思はぬ木草のもとさへ、恋しからんことと目とどめて」（源氏物語・真木柱巻）、「はかなき木草、水の流れにも目止まり給ひつつ」（苔の衣・秋）※。

六四 やうやう乱れ落つる千入の紅葉も、袖の時雨を争ひ顔に―参考「袖の時雨をもよほしがちに、ともすればあらそひ落つる木の葉も」（源氏物語・椎本巻）、「さとうちしぐれ、暮るるままにきほひ落つる木の葉も、御袖をあらそひがほなり」（我身にたどる姫君・巻七）※。

六五 竜田の山の秋の梢は何ならず、山姫の分きける人かとも―参考「立田姫の人別きしたるにはあらじかしと見ゆ」（狭衣物語・巻二）※。

六六 白河の院―院9を「白河院」と呼称する理由はこの記述が初出。呼称としての初出は巻四冷泉本［二九］。

六七 左も右も恋しさの―「うしとのみひとへに物は思ほえでひだり右にもぬるる袖かな」（源氏物語・須磨巻）。

六八 御涙は、窓打つ時雨、もろき木の葉よりも―「木の葉ちる時雨やまがふわが袖にもろき涙の色とみるまで」（新古今集・冬・五六〇・右衛門督通具）。「蕭々たる暗き雨の窓を打つ声」（和漢朗詠集・秋・秋夜・二三三）（新楽府・上陽白髪人）※。

六九 「人恋ふる」の歌―「君こふる涙時雨と降ぬればしのぶの山も色付にけり」（千載集・恋一・六九〇・題しらず・祝部宿禰成仲）※。

七〇 やがて別れに―本巻［四七］「とめがたく」の歌参照。

七一 憂きはものかは―注四九参照。

七二 あらばあふ夜―「いかにしてしばし忘れむ命だにあらばあふよのありもこそすれ」（拾遺集・恋一・六四六・題しらず・読人しらず）。

七三 いとど涙のつららも―「鶯の涙のつららうちとけて古巣ながらや春をしるらん」（新古今集・春上・三一・惟明親王）、「年くれし涙のつららとけにけり苔の袖にも春やたつらん」（新古今集・雑上・一四三六・俊成、長秋詠藻・四八五）※。

七四 霜になれゆく袖の片敷きに―「霜結ぶ袖のかたしきうちとけてねぬ夜の月の影ぞ寒けき」（新古今集・冬・六〇九・千

五百番歌合に・右衛門督通具）。

七五　嘆かんためか―「夕されば人なき床をうち払ひなげかんためとなれるわが身か」（古今集・恋五・八一五・題しらず・読人しらず）。

七六　幾夜伏見の―本巻［一五］の内大臣[3]と大君[45]の歌の贈答参照。

七七　大淀ばかりの慰めにも―「大淀のみるめばかりとなぐさめてこむよのあまといかでならまし」（定頼集・九六・としをへたるとかけり、かへし）※。

七八　ただ見まくほしさにいざなはれつつ―「いたづらに行きては来ぬるものゆゑに見まくほしさにいざなはれつつ」（古今集・恋三・六二〇・題しらず・読人しらず）※。

七九　むなしく帰らん道の空も―「心にもあらぬ我身の行かへりみちの空にてきえぬべきかな」（新古今集・恋三・一一七〇・題しらず・道信朝臣）※。

八〇　「古への」の歌―「石上布留の中道なかなかに見ずは恋しと思はましやは」（古今集・恋四・六七九・題しらず・貫之）。

八一　信田の森の露よりも―「過ぎにけりしのだの森の郭公絶えぬしづくを袖に残して」（新古今集・夏・二一三・杜間郭公といふことを・藤原保季朝臣）。

八二　空に糺の神あらば―「いかにしていかに知らましいつはりを空にただすの神なかりせば」（枕草子・百八十四段・定子皇后）。

八三　遠山鳥の狩衣―「逢ふことは遠山鳥の狩衣きてはかひなきねをのみぞなく」（後撰集・恋二・六七九・忍びて通ひ侍りける女のもとより狩さうぞく送りて侍りけるに、すれる狩衣侍りけるに・元良のみこ）。

八四　布留の中道、必ず立ち帰りなんかし―「いその上ふるの中道立ちかへり昔にかよふやまと言の葉」（続古今集・雑下・一七七七・千五百番歌合に・源具親朝臣）。続古今集は本物語より後の成立なので、これは千五百番歌合から引いたもの。

八五　誰憂きものと―「梓弓ひきつの津なるなのりそのたれ憂き物と知らせそめけむ」（新勅撰集・恋四・九三六・題しらず・読人しらず）。「うたかたも思へば悲し世の中をたれ憂きものと知らせそめけむ」（古今六帖・一七二六・素性法師）※。

八六　「片敷きの」の歌―「いかばかりおもふとしりてつらからんあはれ涙の色をみせばや」（千載集・恋二・七二一・右衛門督頼実）※。

　この歌、風葉集（恋五・一一四一）に「皇后宮こころならずひさしうまゐり給はざりけるころ御袖の氷もいととけがたうあかしかねさせ給て聞えさせ給ける　おなじさがの院の御歌」として入る。

八七　峰の朝日の光よりも―「たぐひなきみねの朝日の光にてくらゐの山をのぼりゆくかな」（為忠家初度百首・七七二・慶賀）。「君が世はみねに朝日のさしながら照らす光の数をかぞへよ」（拾遺愚草・九六・祝）。後出「峰の朝日の光をだに、我が方たけう思し落とされし御心おごりに」（巻六〔一一〕）。

※

八八　春の心はのどけからまし―「世の中に絶えて桜のなかりせば春の心はのどけからまし」（古今集・春上・五三・渚の院にて桜を見て詠める・在原業平）。

八九　塩釜の浦のかひだになく―「塩竈の浦はかひなし富士のねをうつさましかば来てはみてまし」（安法法師集・二〇）。

九〇　行方も知らず、果てもなう―「わが恋はゆくへもしらずはてもなし逢ふを限りと思ふばかりぞ」（古今集・恋二・六一一・躬恒）。

九一　「あふことの」の歌―風葉集（恋三・九五七）に「いつはれることによりて女院も院にわたらせ給にければこもりゐて侍けるを朝覲の行幸につかうまつるべきよしせちにの給はせければことなほるべきにやと思ひてつかうまつれりけるのちもかひなく侍りければ　いはでしのぶの一条内大臣」として入る。

九二　ものとは見つつささがにの―「たえはつるものとはみつつささがにの糸をたのめる心細さよ」（後撰集・恋一・五六九・つらかりける男に・読人しらず）。

九三　音無の滝の苦しさ―「恋ひわびぬねをだになかむ声たてていづこなるらむ音無の里」（拾遺集・恋二・七四九・題しらず・読人しらず）。

九四　流れて恋ひん―「山高みしたゆく水の下にのみ流れて恋ひむ恋ひは死ぬとも」（古今集・恋一・四九四・題しらず・読人しらず）。

九五　妹知るらめや―「かり菰の思乱れて我こふと妹知るらめや人しつげずは」（古今集・恋一・四八五・題しらず・読人しらず）。

九六　逢ふにしかへば―「命やは何ぞは露のあだ物をあふにしかへば惜しからなくに」（古今集・恋二・六一五・題しらず・友則）。

九七　くらぶの山の桜花―「わが恋にくらぶの山の桜花まなくちるとも数はまさらじ」（古今集・恋二・五九〇・題しらず・坂上是則）。

九八　一条院には……―一条院の桜については巻一巻頭参照。巻二の末の部分においてこうした巻一の巻頭に立ち戻る場面や三人の人物の心情の記述があることは、巻一巻二がひとつのまとまりであることを示すか。

九九　見しや昔のともなき花のにほひ―「ありす川おなじ流はかはらねど見しや昔のかげぞ忘れぬ」（新古今集・哀傷・八二七・禎子内親王かくれ侍りて後、悰子内親王かはりゐ侍りぬと聞きてまかりてみければ、何事もかはらぬやうに侍りけるも、いとど昔思ひ出でられて女房に申し侍りける・中院右大臣〈源雅定〉）。

一〇〇　散らば散らなむ―「桜花ちらばちらなんちらずとて古里人のきてもみなくに」（古今集・春下・七四・僧正遍昭によみておくりける・惟喬のみこ）。

一〇一　げにこの一本を、誘はぬ風もがな―「吹風にあつらへつ

くるものならばこの一本はよきよと言はまし」（古今集・春下・九九・題しらず・読人しらず）。※

一〇二　覆ふばかりの袖だにあるに—「大空におほふばかりの袖もがな春さく花を風にまかせじ」（後撰集・春中・六四・題しらず・読人しらず）。

一〇三　「思ひ出づる」の歌—「思ひいづる人もあらじの山のはにひとりぞ入りしありあけの月」（新古今集・雑上・一五〇五・山里にこもりゐて侍りけるを、人のとひて侍りければ・法印静賢）※。

　この歌、風葉集（春下・八六）に「女院御心とめさせ給ひけるさくらの枝ををりて院にうつりわたり給ひてのちしのびてたてまつりける　おなじ一条院内大臣」として入る。

一〇四　散るをや人の—「古はちるをや人のをしみけむ花こそ今はむかしこふらし」（拾遺集・哀傷・一二七九・中納言敦忠まかりかくれて後、ひえのにし坂もとに侍りける山里に、人々まかりて花見侍りけるに・一条摂政）。

一〇五　見ねば恋しう—「あはざりし時いかなりしものとてか唯今のまも見ねば恋しき」（後撰集・恋一・五六三・題しらず・読人しらず）。

一〇六　色には出でじ—「花見れば心さへにぞ移りける色にはいでじ人もこそしれ」（古今集・春下・一〇四・うつろへる花をみてよめる・躬恒）。

一〇七　橋のもとなる花園に—「竹河の、橋のつめなるや、花園に、はれ、花園に、我をば放てや、我をば放てや、少女たぐへて」（催馬楽・竹河）。

一〇八　宿も借らまほしかりけるものを—「行暮れて木の下かげを宿とせば花やこよひの主ならまし」（平家物語・巻九・平忠度）。「みてかへるこころあかねばさくらばなさけるあたりにやどやからまし」（亭子院歌合・二一、興風集・六七）※。

一〇九　かの露の情け残らずと—物語には内大臣[3]の言葉としては該当する記述は見えない。

一一〇　山吹の御小袿を……—「山吹の花色衣主や誰とへどこたへずくちなしにして」（古今集・雑体・一〇一二・題しらず・素性法師）。

一一一　花をし見れば—「年ふればよはひは老いぬしかはあれど花をし見ればもの思ひもなし」（古今集・春上・五二・染殿の后のお前に花瓶に桜の花をささせ給へるを見てよめる・前のおほきおほいまうちぎみ〈藤原良房〉）。

一一二　我が思ふこと一筋ならで—このあたりの文脈はわかりにくい。仮に解する。

一一三　梨原なる片つ方—注一四参照。

いはでしのぶ　巻三

［一］第五年夏、大将2、大君45と秘かに契る

夢[一]か現《うつつ》か、朝露のおき別れ給ひし暁の空[二]は、げに憂きものなりけりと、せん方なく思し知らるる、涙の色の深さも、言へば、ただ、花[三]かつみなる恋の煙《けぶり》、言はで忍ぶる御面影けはひの、い[四]かにぞや思ひ出でられしに、いとかばかりも、覚ゆるなめり。げにあはれにらうたく、愛敬つきたる方は、よろづの乱れもむべなりけりと、思し出づるもいみじきを、中[五]将の君のもとへだに、訪れ給ふこともなければ、草の原さへ露深く、道とぢ果てぬる心地し給ひつつ、繁[六]きみ山の青葛《あをつづら》とのみ嘆かれ給ふも、憂きに色添ふ御もの思ひ、方々《かたがた》いと苦しかりけり。

［二］（五月）、大将2、内大臣3を思いやり、一条院を訪問

（大納言）「こは何ごとの、よしなくあぢきなさぞ。さりとて、人の、つゆも思し知らぬものゆゑ」と、思し続くるには、げに、見果てぬ夢のなごりよりも、いとぞはかなうかひなかりけるや。

（大納言）
恋ふとだに言はねば知らじ夢にても相見し人は思ひ出づとも

心をやりて思す方《かた》のあはれは、げに、さしあたりて、涙は

○巻二の末尾に大将（大納言）2が伏見の姫君45に関心を抱いたことが語られていた。経緯は不詳であるが、ここは二人が契りを結んだ翌朝の場面で、引歌も多く、巻三の巻頭、あるいは巻頭に近い部分と推定される。場所は姫君が宮中から退出していた五条の家か。

［一］　大将（大納言）2が、夢か現かはっきりしない気分のうちに、朝露が置くころに起きて伏見の姫君45とお別れになった暁の空は、これほどつらいものであったか、となすすべもなく思い知られて流される涙の色の深さも、言ってみればただ「はなかつみなる」と恋いつづける、「いはでしのぶ」の一品宮1の御面影やご様子が、どういうわけか思い出されたので、いよいよこのように感じられたのであろう。姫君は本当に、しみじみとしていじらしく、魅力的な点は、例の恋をめぐるさまざまな大騒ぎも当然であったのだ、とお思い出しになるのも悲しいが、今では、大将は姫君の女房の、中将の君⑧のもとへさえ、訪れられることもないので、姫君は草の原までが露深く、すっかり道が途絶えはててしまった気持ちがなさって、「しげきみやまのあをつづら」のつらさよともお嘆きになるのだけれど、つらさに加えてさらに重なる御物思いは、内大臣3、帝4、大将、それぞれの方々《かたがた》に関わりつつ、非常に苦しいものなのであった。

○前段と同場面。

［二］　大将2は「伏見の姫君45と契ったものの、この空し

なほ先立てど、忍ぶ思ひの下こがれは、胸にあまる*心地するも、(大将)「言へば、我が心のをこなるぞかし。思ひのあまりには、七何の聖《ひじり》とかやだに、八松のとぼそを立ち出でて、九『手にとるからに』とこそ言ひて、心も慰めけれ。そを、今の世は、なかなか人の心も情けなう、もの遠けれど、許しなしとて、さばかりのことの、いかならん隙《ひま》もがな、と思ふべきにはあらねど、なまじひに思し疎まれんことの、なかなか我が心も乱れまさりぬべきにより、*千度《たび》や忍び返しつつ、漏らさぬ心のほどは、返す返すもをこがましう」うち笑まれ給ひつつ、御宿直《とのゐ》所に、しめやかなる夕《ゆふ》べ、雨をうちながめて、さまざまものを苦しう思し続くる、たぐひもあらじと、繁き涙を払ひかねても、内大臣《うちのおとど》の御心の中は、いづ方につけても、かこと離れず、あはれにおしはかりきこえ給ひて、

(大将)「分きて思ふことしなけれど夕暮の雨には袖のしをれや
　　はせぬ
　まして」

と、聞こえ給へるを、思しやりつるもしるく、袖の水《み》嵩《かさ》ま

いあじけなさはいったいどうしたことか。私が本当に恋うのは一品宮[1]だということを宮はまったくご存じないのだし」とお思い続けになると、本当に見はてぬ夢の名残よりももっとはかなくかいのないことであった。

　恋しいとさえ私は言わないので、一品宮は夢にもご存じ
　なかろう。夢のように契ったあの伏見の姫君のほうは私
　を思い出してくれるとしても。

ひたすら心を尽くして思う伏見の姫君への恋のあわれは、さしあたり今、涙がまず溢れてくるほど深いのだが、ひそかに心に秘める、一品宮への忍ぶ恋は、胸にあまる気持ちがするのも、「言ってみれば自分の心の愚かさというわけだな。こうした思いのあまりに、何某の聖とやらは、草庵の戸から出て、『てにとるからに』の歌を献じて恋心をうち明け、心を慰めたのだった。それなのに今の世の中は、かえって人の心も情けというものを知らず、つめたくなっているけれど、世間に許されないからといって、それほどのことを、どうかしてその隙があればよいのに、と思うべきではないが、と言ってうち明けてなまじいに宮から疎まれてしまっては、かえって自分の心もいよいよ乱れてしまうだろうと思って、千回もその誘惑に耐え、洩らさない我が心というものは、何度考えても愚かということだ」と苦笑いをなさる。御宿直所の宣耀殿で、しっとりとした風情のある夕方、降る雨を眺めて、さまざまに苦しいまでに物思いを続けておいでになると、自分ほど煩悶しているものはあるまいと、絶え間なく落ちる涙を

さりて、堪へがたうながめわび給へるほどの御消息《せうそこ》は、人わろきまで嬉しう思されて、御使など、心ことにもてなし給ふ。

(内大臣)「思ひやれ身を知る雨のしほしほと涙降りそふ夕暮の空
身さへ流れぬとも、誰《たれ》かたづね侍らん」

とあるは、げになべてならず心苦しうて、やがて渡り給へれば、塵だに据ゑず、玉の台《うてな》に、忍ぶの露のみ隙《ひま》なく見えて、争ひ落つる軒の玉水《たまみづ》も、まことにたぐふ涙の数々におしはかられつつ、言ふ方なくあはれに心細げなるに、待ちとりおろかに思されんやは。さしもの思はしき御心の中どもなれど、見奉りて、御かたみにうち笑まれつつ、泣きみ笑ひみとか、よろづに語らひ給ふ。

[三]内大臣[3]と大将[2]、それぞれの思いで対座

やうやう更けゆく夜半《よは》の気色に、雨雲払ふ風、冷《ひや》やかにて、うち薫る花橘のにほひも、いとなつかしう、待ちとり音《おと》なふ御前《まへ》の呉竹の下葉を過ぐる遣水に、わづかに木の間《ま》漏り来たる、伏待《ふしまち》の月影宿したるほど、とり集め艶《えん》なるに、御かたはらなる琵琶を、客人《まらうど》の君とり給ひて、忍びやかにうち

払いかねるのだが、それにつけてもあの内大臣[3]のお心の中は、どの面からみても非常にご不満がおありだろうとしみじみと推し測り申し上げになって、

「特別に何について物思いをする、というわけではないけれど、夕暮れの雨には私の袖も涙に萎れずにはおりません。
まして貴方は、さぞかし」

とお手紙をさし上げられると、思いを馳せた通りに、内大臣は袖を涙でぐっしょりと濡らされ、耐え切れぬ気持ちでつらい物思いに耽っておいでのところに届いたお手紙なので、人目が悪いほど嬉しくお思いになり、大将の御使の者などを心をこめておもてなしになる。

「どうぞ推測してください、私の身の苦しさを知る雨がしとしとと私の流す涙の上に更に降り添うこの夕暮の空を。
涙の川に私の身が流れてしまったとしても、誰が探し求めもしましょうか」

とご返事があるのは、本当に一通りではなくお気の毒で、そのまますぐに一条院にお渡りになると、塵ひとつ置かずまるで玉の台のように輝く御殿の中に、宮[1]を思い忍ぶ内大臣の涙の露は隙間なく見えて、涙と競って落ちる軒の玉水も、本当にそれに並ぶほどの涙が推し測られ、言いようもなくしみじみと心細げな時だったので、大将をお迎えになる喜びは一通りではなかった。あれほど鬱屈したご心中であったが、お会いになると、お互いに笑顔になって、泣いたり笑ったりと

調べ給へる、世に知らずなつかしうあはれなる。え忍び給はず、(内大臣)「かやうのこと、つきなうのみなり果てにけりや」とはのたまふものから、盤渉調《ばんしきでう》の、半《なか》らばかり、笛を吹き鳴らし給へるおもしろさ、たとふべき方なければ、げにも、よろづはもの憂げに、ただ、*月の顔のみまぼりつつ、笛を持ちながら、頬杖《つらつゑ》うちつきて、涙を払ひ給へる有様は、言へばえに、心苦しうあはれげにて、(内大臣)「かくのみものの覚えば、いつまでか長らへんとすらん。げに今宵の月は、かの迷はん闇の思ひ出にも」とて、おし当て給へる袖も、夜の間《ま》に朽ちぬべきを、見給ふ人も、そぞろにをさめあへぬ心地し給へど、半ばの月に紛らはしつつ、二(大将)「あらば逢ふ夜とも思せかし。あな弱しや。さりともこれは、憂きにさるべきことかは」とて、勧めきこえ給へば、すごうもの悲しき御遊びにて、暁近うなりにければ、尽きせぬ御仲の睦言は、ただ同じかげにて、月もやや影弱り、ほのぼのと明けゆく空に、三ほととぎす二声ばかり名告《なの》りて過ぐ。

(内大臣)「語らへどはれぬ恋路をほととぎすあかで過ぎなん夜半《よは》
のなごりよ

かいうように、いろいろと語りつづけられる。

○後半の、歌のやりとりの意味は把握しにくい。仮に、内大臣3は、大将2が伏見姫君45に逢ったことを知っており、それをめぐる冗談めいた応酬とみる。

[三]　一条院の夜が次第に更けて行くと、雨雲を払う風が冷やかに吹いて、香り立つ花橘の匂いも親しみ深く、風を待ち受けて鳴る御前の呉竹の下葉を流れて行く遣り水は、わずかに木の間を漏れて来た十九夜の月光を宿し、すべてみな優雅な風情がある。おそばにある琵琶を客人の大将2がお取りになって静かにお弾きになるのは、この世に例がないほど親しみ深い趣がある。内大臣3はとても耐え切れずに、「こうした風流は、もう似つかわしくなくなってしまったのだよ」とはおっしゃるが、盤渉調の曲の半ばくらいに、笛をお吹き鳴らしになるおもしろさは喩えようもない。本当におっしゃる通りすべて物憂げに、ただ月の顔だけを見守りつつ、笛を持ちながら頬杖を突き、涙を払っておいでの有様は、言うことができないほどお気の毒に悲しげで「これほど苦しく感じるのだから、いつまで私は生き長らえられるだろうか。まことに今宵の月は、あの冥土で迷うという闇の中でこの世の思い出ともなるでしょう」と言って、押し当てておいでの袖も、涙で夜の間に朽ちてしまいそうなので、それをご覧になる大将もわけもなく涙を収めようもない気がなさるけれど、半ばの月（琵琶）に紛らわして「あらばあふ夜（命があってこそ

堪へがたくもあるべきかな」と聞こえ給へば、大将、
（大将）「語らはばなぐさむ恋の道かとて山ほととぎす何に鳴き
けん
かたはらいたかりけることかな」と聞こえ給へば、（内大臣）「げに、憂きもつらきも腹立たしきも、皆、御咎《とが》のやうに覚ゆるぞとよ。されど、*よそふるからのなつかしさ、変はらぬ面影も、いかばかり見ねば恋しきや」とて、
（内大臣）しかばかり通ふ面影身にとまる君ならでまた誰をかこ
たん
とて、さすがうち笑ひ給ひぬる。（大将）「けはひ有様、近き手当たりなどの、ことわりにも過ぎて、優《いう》にもおはするかな。我にて、あかず引き別れなば、いかなる心地せん。されば、かの御心には、さこそ思しめすらめ」と思ふも、あはれなるものの、心やましきぞ、何ごとぞやと、我から憎かりけり。
（大将）「風通ふ露だに漏らぬ契りまで乱れそめけん人を恨みよ
思ひかけぬことどもよりは、それぞかこちどころあらん」と、聞こえ給ふを、例の、あらがひどころなくむつかしと

逢えるのだ）ともお考えください。まあ、何とも弱気なこと。それでも笛はつらいからと言ってお吹きやめになることではないでしょう」と言ってお勧め申し上げられるので、ぞっとするほど物悲しい音楽を奏でながら暁近くなってしまったが、仲のよいお二人の語らいは、そのまま続き、月の光もやや弱まりほのぼのと明けて行く空に、ほととぎすが二声くらい鳴き声を上げて通り過ぎて行く。内大臣は、

「親しく語り合って鳴いても心の晴れない恋路を、ほととぎす（あなた）は不満足な夜の名残という気持ちで鳴いて通り過ぎて行くのだろうよ。

我慢しにくいことだろうね」と申し上げられると、大将は、

「親しく語り合って鳴けば心が慰む恋の道かと思って、山ほととぎすは鳴いたのでしょうが、いったいどういう効き目があったと言えましょうか。

気の毒なことでしたよ」と申し上げられると、「本当に、情けないことも、つらいことも、腹立たしいのも、みなあなたのせいのように感じられるのだよ。しかし一品宮[1]になぞらえてしまう親しい気持ちがあるから、宮に変わらない面影を持つ姫君[45]にも、逢わないでいるとどんなに恋しいことか」と言って内大臣は、
あれほど宮に似ている面影の人と親しく語らったあなた以外に、だれを相手にぐちを言えばよいのだろうか。

と言って、さすがにお笑いになる。大将は「姫君の気配、有様、近くで手に触れた感じなどは、当然という以上に優雅で

思したり。

[四] 伏見大君45、懐妊を喜ぶ帝4に対し我身を恥じる

(帝)「されど、あやにくに深かりける契りのほどこそ、我は我とあはれなれ」とて、うちほほ笑ませ給ふは、いとど恥づかしともなのめならで、汗も涙も流れ添ひぬべき。

(伏見大君)数ならぬ身を思ひ知る涙をもあらぬ色にや人の咎めん

とて、うち泣きぬる気色のらうたさ、たぐひも知らず思されて、

(帝)「にごり江に思ひ入るとも澄み果てん秋のみ山の月とこそ見め

[三]神世のこととも言ひ侍る人もあらんこそ、からかりぬべけれ」とのたまはするも、「げに、あらはれず、一方《ひとかた》ならぬ罪、避《さ》り所なさには、あな、ことの外の御頼めや。今にかはらぬ御心ざしにて、さてもありなんと、うち思ふ身のほどのものけなさも、あながちにさやはあるべき」と、＊屈《くん》じいたき身になりにける我が心も、いとあはれに思ひ知られけり。

おいでのことだな。もし自分がそういう立場であるとして、不満足なまま別れたとすれば、どんな気持ちがするだろう。そういうわけだから、あの内大臣のお心としては、さぞつらくお思いのことだろう」と思うと、お気の毒ではあるが癪に障るのだが、そう思うとは何事か、あってはならないことだ、と我ながら自分が憎らしいのであった。

「風が吹き通って、露さえ洩れることのない堅い契りまでが乱れ始めてしまった、その原因となったお方を恨んでください。

思いがけない私へのあてつけよりも、そこが不満を晴らすかいのあるところでしょう」と申し上げになるのが、いつものようにいかにもその通りで反駁のしようがなく、内大臣は不愉快な思いをしておられる。

○前段の場面とは直接にはつながらない。六月と推定され、これまでに伏見の姫君45は尚侍となっている。以下冷泉本の発見によって推定される部分が多い。

[四] 帝4は「それでも、あなたにとってはご迷惑な懐妊かもしれないが、私とは実に深い契りがあったのだと、私は本当に嬉しいのです」と言って微笑まれるのに対して、伏見の姫君45は、大将2との間の子であるとうち明けることもできず、いよいよ恥ずかしいとも何とも一通りではなく、汗も涙も共に流れる思いがする。

ものの数にも入らない私の身を思い知って流す涙でござ

[五] 七月、内大臣3の夢に故一条院10と思しき姿出現

七月にもなりぬれば、内大臣《うちのおとど》は、秋[一四]といふ名も分きて身にしむ風の音に、末葉[一五]の露もよそならず、あるかなきかに、いとど思しくだけつつ、

　別れ[一六]にし名*には古《ふ》りにし秋*なれどなほおどろかす風の音かな

　煙《けぶり》絶え馴れにし仲の何ゆゑにかかる恋路にまたは燃ゆらん

など思し続けて、いささかまどろみ給へる暁方《あかつきがた》に、なべてならず気高き男の、装束うるはしうしたるが、御枕上に出で来て、

（故一条院）「隔てなき蓮《はちす》の上を願ひつつたへぬ思ひの底に沈むなとにかくに、いかばかり思ひきこゆれど、今はかひなき御さまなれば、いと心憂くなん」とて、涙押しのごひて去りぬ、と思すに、うちおどろき給へる心地、何にかはたとへん。

いますが、それを、恋の恨みの色だと言ってあなたさまはお見咎めになることでしょう。

と言って、泣き出してしまう様子のいじらしさは、比べようもなくお思いになって、

「今は水が濁った入り江の中で思い沈んでいても、これからはきっと澄み切った秋の深山の月（后）として仰ぐことになるでしょう。

大昔の神代に自分が先に契ったのだと申し立てる人（内大臣3）もあるはずなのが、つらいところだが」と仰せになるので尚侍45は、「これは本当に内密な、ひとかたならぬ罪として私が負わねばならないことなのだから、ああ、后とは意外なことをお約束なさることだ。帝から今と変わらぬお気持ちを受けて、尚侍のままでありたいと思う人並みならぬ身分ながらの望みさえ僭越というもので、無理に、そんな考えを持ってはいけない」と、鬱屈した身となってしまった我が心が、非常にしみじみと思い知られるのであった。

[五] ○同年秋。内大臣3の夢に現れた男性は、実父、故一条院10と仮にみるが、一条院の死去は内大臣誕生以前なので、その姿を内大臣は知らない。

　七月になると、秋という名だけでも特に身にしみる思いがする風の音に、内大臣3は、枝先の葉にはかなく結ぶ露と異なることなく、あるかなきかのようにいよいよ胸のつぶれる思いをしておいでになり、

〔六〕七月、白河院皇后[15]逝去。大将[2]嘆き、独詠

とりわきたりし御心ざしに、「さてもとまらばや」と、「そのしるしもあらん」など、道すがら思されつつ、

(大将)立ち遅れなにか憂き世に返るらん同じ煙《けぶり》に身をもたぐへで

御袖の色も、まことに皇子《みこ》たち同じことに、*深う染め給ひて、なべて墨染など世の中には、分きてしも思されず、なほあかぬ心地して、

(大将)「形見とは幾重もあかじ藤衣涙のかかるたぐひなければ
(七)秋風袖も満つ涙」と、独りごちつつ、思ひ入り泣き尽くし給ひて、うち赤み給へる目見《まみ》のわたり、黒きに映えたる御顔のにほひ、数珠《ずず》持給へる手つきのうつくしさなど、なほものめでせん人に見せまほしき御さまなり。

一品宮[1]と別れてしまって、侘しい名前としては言い古された秋であるけれど、やはり心を騒がせる風の音よ。

煙が絶えてしまってから長い間がたった仲であるのに、どうしてこのような恋の道にまた心が燃え立つのだろう。

などとお思い続けになって、少しうとうとなさった暁近くの夢に、一通りではなく気高い男性で、装束を折り目正しくつけた方が御枕上に出現して、

「一品宮[1]と隔たることがない来世においての、蓮の上の極楽往生を願いなさい、この世では堪えがたい思いの底に沈みこんでしまうことのないように。

あれこれとあなたの身をどんなにお案じしても、今はもうかいがない御有様なので、とてもつらくて」と言って、涙をおし拭って去って行った、とお思いになると同時にはっと目が醒めておしまいになる気持ちは、何に喩えたらよいだろうか。

○白河院[9]の皇后[15]逝去。弔問の帰途にある大将[2]は、母を早く亡くし、父の姉妹であるこの皇后を母代わりとして育った。帝[4]、一品宮[1]、女三宮[16]の母后。

〔六〕　大将[2]は皇后[15]に対する御慕情が特に強かったので、「このままここに留まっていよう」と「その気持ちの効験もきっと与えてくださるだろう」など道道お思いになって、

「お育てくださったあの方に立ち遅れてしまって、どうして私はまた憂き世に帰るのだろうか。ともに火葬の煙に身を並べることもしないで。

[七]大将②、白河院で故皇后⑮をしのぶ

「（大将）思ふことなげに、ひもときわたりて侍る花の色々こそ、この秋は、恨みまほしう思ひ給ふれ」とて、

（大将）見し人も嵐に迷ふ野辺の露よもの草木もしほれだにせよ

と、独りごち給ふにも、

（大将）憂かるべき心も知らぬ草木さへかはらぬ色は露けかりけり

[八]大将②、一品宮①に「いはでしのぶ」恋を告白

「（大将）昔より、千度《ちたび》思ひ入る山道のしるべとも、また立ち帰り、憂き世にとまる心も、誰ゆゑならず、あぢきなう思ひこがれ侍ること。さるは、何とだに思しも知らじ」とて、

（大将）こがれわび煙《けぶり》にだにも立たじかし忍ぶの山の下の思ひは

まことにうつし心もうせ果てけるにや、いはでしのぶのかひなう、御几帳のそばより、やをら御袖少し引き寄せて、むせ返り給ふ。「（大将）年月淵瀬と分かぬ[一八]心の中、苦しうわびしきをも、ただ、思はずに憂かりけるよと思されじと、深く

とお詠みになる。喪服のお袖の色も、本当に皇子、皇女方と同様に深くお染めになって、すべて墨染め一色といったお姿であるが、世の中すべてがそうした喪に服しているために特別なことにもお思いにならず、やはり不満足な気持ちがして、

「思い出としては、喪服を幾重かさねてもまだ飽き足りず不足というもの。悲しみの涙がこのように他の人と比べようがないほど衣にかかって流れるのだから。

秋風袖も満つ涙」と独り詠じながら、思い詰めてお泣き尽くしになって、うっすらと赤くなられた目もとのあたり、黒い喪服に映えているお顔の美しいつや、数珠を持っておいでになる手つきのおきれいなことなど、やはり物の美しさが理解できる人に、見せたいほどに卓抜なご様子である。

○前段に続く場面か。言葉をかけた相手は次段に見える一品宮①か。

[七]　大将②は、白河院で「物思いもなさそうに咲き揃っております花の美しい色を、この秋は、恨みたい気持ちがいたします」と言って、

この花の色をご覧になった皇后様⑮も、激しい風に吹き散らされた野辺の露のように散っておしまいになったこの秋は、四方の草や木も美しく咲かずに、皇后宮を悼んでせめて萎れてほしい。

と独り言のようにお詠みになり、また重ねて、

つらいという人間めいた心も持たない草木までが、変わ

忍び過ぐし侍るを、などかまたあはれならざらん、

（一九）思ひ知れ君が心に身をかへて忍ぶに尽くす袖のけしきを」

御袖をゆるしきこえ給ふに、少し思しなぐさめつつ、

（一品宮）一筋に憂き世をそむくしるべせよ我《わ》が身にかへて我を思はば

らぬ色に咲いてはいるものの、やはり悲しみに涙の露を宿しているのだった。

○季節は［七］～［九］をひとつづきの場とみるなら秋。「いはでしのぶ」の語を超え、大将[2]が歌をもって一品宮[1]に思いをうちあけ袖を引き寄せる。この物語において宮に対し最も行動的な大将の姿は注目に値する。

［八］　大将[2]は一品宮[1]に、「昔から、千回もこの世を捨てて山路に入ろうと考えましたが、その理由ともなったのは、そしてまた考え直してこの憂き世にとどまる気持ちになりましたのも、あなた以外のどなたのせいでもなく、かいのないことながらあなたを思い焦がれておりました。とは申しましても、何ともこの気持ちはご存じなかったことでしょう」と言って、

　私はあなたに恋い焦がれ悩んでおりましたものの、煙としてさえも立たなかったと存じます、忍ぶ山の下に隠れた内心の思いは。

本当に理性を失ってしまったのか、大将は今までの「いはでしのぶ（言わずに秘める）」のかいも一気になくなって、御几帳の端から、そっと一品宮のお袖を少し引き寄せて、涙にむせ返っておいでになる。「長年の間、淵瀬のように激しく動揺する心の中は、苦しくつろうございましたが、ただ、思いもよらぬ疎ましいこと、とあなたに思われまいと、深くひそめて過ごして参りましたので、どうしてしみじみと悲しく

［九］（九月）大将②、内大臣③から一品宮①への文を見る

ただ今、文書かせ給へるさまにて、御硯のあきたるあたりに、朝顔の花の、露もさながら押し折られて、一枝散りたるを、

（大将）「人の世のはかなさは、げに劣らずしもあらんを」*と独りごちつつ、扇してかきよせ給ふに、青鈍《あをにび》なる色紙《しきし》なる文の、片端《かたはし》あきて、しどけなげに押し巻かれたり。何となうひこしらひ出でたるを、内大臣《うちのおとど》のなめりと思ふもゆかしうて、

（大将）「これは、内裏《うち》よりの御消息《せうそこ》にや。五重《いつへ》の霧をしをれわびつらん」と、そらおぼめきして、左右《さう》なく引き開《あ》け給へれば、いまだ暗かりけるほどにや、いたう多うなどもあらず。ただ、

（内大臣）「見し秋の面影さそふ朝顔の花さへつらき曙の空

よそふる色もいつまでと、はかなき世につけても、さもあぢきなく」

などやうにて、

（内大臣）重ねても藤の袂の露ぞ憂きたのめし言の葉さへしをれて

筆にまかせて、やすやすと書きなし給へる、えも言はずめ

思わないわけに参りましょうか。

思い知ってくださいませんか、あなたのお心になり代わって、お疎みにならないように秘めに秘めておいた、涙に濡れる私の袖のさまを」

大将は一品宮のお袖をお放し申し上げたので、宮は少しほっとなさって、

一筋にこの憂き世を背く道案内をどうぞなさってくださいませ。あなたが自分の身に代えて私のことを思ってくださるとおっしゃるのなら。

○大将②は、誤認したふりをして手紙を読み、内大臣③の一品宮①に対する深い思いを確認。色紙の喪の色は［六］によれば一品宮の母后の逝去による。

［九］　一品宮①は、たった今お手紙をお書きになったご様子で、御硯が開いてあるあたりに、朝顔の花が、露も宿したまま押し折られて一枝散っているのを、大将②は、「人の世のはかなさは、本当に朝顔に劣らないというものだな」と独り言を言いながら、扇でその朝顔をお引き寄せになると、青鈍の喪の色をした色紙に書いてあって、片一方が開き、無造作に押し巻いた手紙が添えてあった。何となくあちこち引っ張ってこちらに取り出したそれは、内大臣③からのお手紙であろうと思うと見たくなって、「これは、宮中からのお手紙でしょうか。貴い五重の霧の中を分けてのお手紙では、あわれ朝顔も萎れてしまったのでしょう」とそらとぼけて、ため

でたきを、うち返し見給ひて、(大将)「いつもの心鈍《こころおそ》さに、しれごとをもつかうまつりけるかな。されど、内外《ないげ》はゆるさるべき身なれば、苦しかるまじ」とて、ほほ笑みてうち置き給ふ。

らうことなくお引き開けになったところ、はたして内大臣のご筆跡で、まだ暗かったころにお書きになったのか、言葉がたくさん記してあるわけではない。ただ、

「あなたにお会いした秋の面影を思い起こさせるので、この朝顔の花を見るのもつらい曙の空の景色なのです。

あなたに喩える朝顔の色もいつまで保つのかと、はかない世を思うと何もかも無意味な気がして」

などのようなことで、

いくら重ねても喪服の袂に宿る涙の露はつらい。私を頼みにおさせになったあなたのお言葉までが萎れてしまったのですから。

筆に任せて、闊達に書きなしておいでの、言いようもなくすばらしいお手紙を、繰り返しご覧になって、「いつものように気が利かない私ときたら、とんだ失態をいたしてしまいましたよ。でも、お近くへの出入りは許されてしかるべき身でございますから、よろしゅうございましょうね」と言って苦笑いしながらお手紙をお置きになる。

【一〇】大将②、内大臣③の文に歌を書きつける

心の乱れまさり給ふも、折ふしといひ、いかばかり罪得らんと思ふも心憂く、涙ぞほろほろとこぼれぬる。

せき返し包む涙の色までも藤の袂の露に漏りけり

ありつる文の、かたはらに書き付けて、さし寄せ給へる。

【一一】一品宮①、内大臣③の文に返事を書く

さすが、あはれにさましがたきことども、いと多く、つくづくと思し続けられて、ものかなしうながめいらせ給ふ夕暮、例の御消息《せうそこ》あり。

（内大臣）露よりももろき涙を夕まぐれ風のつてにも人のとへかし

とあるを、常より御目とどまりて、「かやうに何かとはのたまふめれど、さすが今は、頼みある心地にこそは」*と思しやるもはかなきものの、いとあはれに、御涙もこぼれぬ。

（一品宮）「さらぬだに露けき秋の夕まぐれ音する風も乱れわびつつ

[三]初花染の」

と書かれさせ給ひぬるも、かばかりのことよきことは、い

○人物関係ははっきりしないが、仮に「ありつる文」を内大臣③からの文とみて、【九】につづく場面とする。

【一〇】　大将②は心をますますお乱しになって、この折が折であるし、いったいどれほど罪を得てしまうだろうかと思うとつらくて、涙がほろほろとこぼれてしまう。

何度も堰きとめては洩らすまいとする涙の色までが、喪服の袂の露として洩れ出てしまったのだった。

内大臣③の手紙の傍に書き付けて、お差し寄せになる。

○内大臣③と一品宮①の贈答歌。宮が内大臣に返歌をしたとすれば、宮の態度は次第に変化しつつある。

【一一】　一品宮①は、やはりつらさを晴らしにくいことが非常に多く、つくづくとあれこれの物思いに耽って、物悲しく遠くを眺め入っていらっしゃる夕暮のこと、例のように内大臣③のお手紙がある。

露よりももっと脆い私の涙はなぜこぼれるのかと、夕まぐれの風のつてにもあなたはどうぞ問い掛けてください。

とあるのを、いつもよりもお目がとまって、「このように何かとおっしゃるようだけれど、さすがに今は、もう元に戻る可能性はなかろうと思われるのに」と推察なさると、はかない思いがするものの、内大臣がとてもお気の毒で御涙がこぼれてしまう。

「そうでなくとも露のこぼれる秋の夕まぐれに、音を立てる風も乱れて、私もつらい思いをしております。

つならひにけるにかと、我ながら、うちほほ笑まれ給ひつつ、ありがたのさまやと思さるる。

[三]九月、内大臣③、一品宮①のもとを訪れる

はてはては、もののたまはず、つくづくとながめ給ふに、風も荒らかにうち吹き、[三]時雨も待たぬ木の葉は、もろき涙に、たぐひ落ちつつ、片方《かたへ》霜枯るる庭の前栽も、身によそへられ給ふに、荻の葉は、ものよりことに、いよいよ*なつかしからぬさまにて、露結ばず、しほたれ果てたるも、いとあはれなれば、

（内大臣）「秋深き憂き我からの長月の露だにかかる庭の荻原

[三]思ひしほどにはかなくて」など、忍びやかにうち誦《ずん》じ給ひつつ、何となきさまに、涙を払ひ給へる手つき、白ううつくしさぞ、女だに、かかるたぐひはまれなるものをと、内なる人々は、いとど忍びがたく、袖の隙《ひま》なし。

はつ花ぞめの」

と自然に認《したた》めておしまいになるのも、これほど実のありそうな体裁のよい言葉を使うとは、いつの間にそうなってしまったのかと、我ながら苦笑いが浮かんで、それもめったにないことだとお思いになる。

○登場人物は内大臣③と見たが大将②の可能性もある。前後の状況も場所も不明、白河院か。周囲にいるのは一品宮①の女房か。

[三]　内大臣③はおしまいにはものもおっしゃらず、つくづくと遠くを眺めておいでになると、風も荒々しく吹き、時雨も待たずに散る木の葉は脆い涙と一緒に落ちて、半分霜に枯れている庭の前栽も我が身にそっくりだとお思いになるが、特に荻の葉は他の草木に比べてますます疎ましい状態になっており、露も結ばぬほどに萎れ切っているのも、非常にしみじみと感じられるので、

「秋が深くなって、つらい我が身ゆえに九月の露さえも、こうした情けない有様で掛かっている庭の荻原よ。

思ひしほどにはかなくて」など、しのびやかに吟唱なさりながら、何気ないように涙をお払いになる手つきが、白くて美しいので、女性でさえこうした手は稀にしかないのに、と中にいる女房たちはいよいよ我慢できずに涙をしきりに袖で拭う。

〔一三〕内大臣③、一品宮①と語り、歌を詠み交わす

（内大臣）「あな心憂の御気色や。げにも過ぎにし月日に、思ひ知らぬ身のほどには侍らねど、いとかかるべきことかは」とだに、言ひも果てず、涙にむせび給へるさまの、あはれに心苦しさも、おろかに、御覧じ知らぬにはたあらず。

（一品宮）三「思はぬと人は知りけり別れにし憂さもあはれも限りなけれど

かひなうこそ」とて、うち泣かせ給へる御気色の、はかなくらうたげなるものから、なまめかしう心恥づかしげさなど、なほ古《いにし》へは、限りやありけんとまでぞ覚え給ふ。

（内大臣）「いつとだに逢ふ瀬を頼むものならば涙の川の憂きも忘れん

さらばや、そのしるしも侍らん。ただいつとなく、御みづからのたまはせ逃《のが》るべかめれば、恨むべき日数《ひかず》は過ぎねど、あぶなき方のみすすみて」など、聞こえ給ふ。

〔一四〕御殿から帰る内大臣③の心情に、白河院⑨同情

出でなんとし給へど、負けずとまる心のわりなさ、引き返さるる心地ぞし給ふ。

（内大臣）さりともと待つにはかかる命だにあ

○おそらく前段と同様の状況にある場における贈答。

〔一三〕　内大臣③は、一品宮①に、「ああ、何と情けないご意向なのか。なるほど、過ぎ去った月日の間に、身のほどをわきまえなかったというわけではございませんが、これはあまりなことでございましょう」とさえ言い終えもしないで、涙に咽んでおいでになる様子の、お気の毒さを、宮はいい加減なものと見て、おわかりにならないわけではけっしてない。

「あなたは私を思ってはくださらないのだ、と人も私も知ってしまったのでした。お別れしたつらさも悲しさも限りはないのですけれど。

そのかいがなくて」と言って、泣いておしまいになる一品宮のご様子は、いかにもはかなくいじらしいものの、優雅さも極まりなく、こちらが恥ずかしいほどごりっぱなので、やはり、昔の自分は感受性に乏しかったのだとまでお感じになる。

「いつ、と逢う瀬を確かなものとしてくださるのなら、涙の落ちる川のつらさも忘れましょう。

そうすれば、その効き目もございましょうが。ただいつという約束はなくて、あなたご自身が何かと言い逃れをなさるようなので、お恨みする日数はそれほど積もってはいないものの、危惧ばかりがまさりまして」など申し上げられる。

○白河院⑨が内大臣③の来訪を許し、同情的な心情を示す理由は不明。一品宮①の出家を前提とするか。

〔一四〕　内大臣③は帰ろうとなさるけれど、その気持ちに負

るかなきかの宵の稲妻

出で給ひても、歩みものかれず、ただありつる渡殿の前の簀子に、更くるまで月の顔をまぼりつつ、千々にもののみかなしく、涙に曇る影もなかなかなれば、やはら立ちのき給ふとて、(内大臣)二四「月すさまじう風秋なり」と、ゆるらかにうち誦《ずん》じ給へる御声の、いとめでたきを、院の上も聞かせ給ひて、(白河院)「そぞろに長居せられたりけるこそ、あはれなれ。いみじの人の声や」とて、過ぎがたきにや、うち涙ぐませ、深きたどり知らぬ人々も、この御口ずさみに、涙落とすべかめるを、

[一五]出家を志す一品宮[1]、若君[21]や内大臣[3]を思う

姫宮も、今宵はまどろまず、さまざまもののみ思し続けられつつ、さすがに心細く、かなしからずしもなき中に、(弁乳母)「若君の、『宮のおはせんずる』とよろこびて、そぞろに立ちゐ待ち入りて、かひなき蚯蚓《みみず》書きをさへ、いとまもなきところへ、おはすること」と、弁の乳母の言ふとか聞きしも、「げに、変はらずながら、いま一度《たび》、見でやみなん」と、思ひ堪へたりし年月《としつき》よりも、面影に立ちて、恋しう思さる

けずに止まりたいと思う心が強くて、引き返したい気がなさる。

いくら何でも逢う時があろうと、待つことに命をかける、その命でさえ、宵の稲妻のように一瞬にしてあるかなきかに消える思いがする。

お出ましになっても、歩み去る気がせず、ただ、先ほどまでおられた渡殿の前の簀子で、夜が更けるまで月の顔を見守りながら、さまざまに悲しくものを思っておいでになるが、涙に曇る月光がかえって苦しいので、そっとお立ち退きになる時に、「月すさまじう風秋なり」と、ゆるゆると吟唱なさるそのお声が非常にすばらしいのを、院の上[9]もお聞きになって、「わけもなくここに長居をしておいでであったとは、何ともお気の毒に。心に迫る人の声というもの」と言って、聞き過ごすことがおできにならないのか、涙ぐんでおられるのを、深い事情は知らぬ人たちも、この御口遊みの吟唱には涙を落とすようだが、

○前段と同場面と見る。

[一五]　一品宮[1]も、今宵はまどろむこともなく、さまざま物思いをお続けになって、とはいえやはり心細く、悲しくないわけでもない中でも、「若君[21]が、『母宮がこちらにおいでになるだろう』、と喜んで、気もそぞろに立ったり座ったり一心にお待ちで、何のかいもない蚯蚓めいたいたずら書きをまでなさってお暇をつぶしておいでのところへ、内大臣[3]が

れど、恥*づかしさの後《おく》るべきにもあらねば、かうと言ふべき方《かた》もなく、「待つにはかかる」とありつる人の気色も、げにいつはりと、はた覚えぬを、むげにあやなく思ひなんかし。長き夜すがら、つくづくと心づから、御袖も絞るばかり泣き明かさせ給ひて、

（一品宮）憂しつらしこの世は夢の契りぞと思ひ捨ててもなほぞ
　かなしき

〔一六〕一品宮1、出家を目前にして、故母后15を恋う

　昨日すましたりし御ぐしなど、今朝《けさ》は、けづりやらせ給ひて、御みづから掻いこして御覧ずれば、ことのほか、裾は細りにけれど、いとうつくしげにきらきらと、おくるる筋《すぢ》も見えず、うちやられたるを、「あながちに、風のまよひをだにあぶなげに、一筋《ひとすぢ》もあだならせじと、思されたりし御心ざしは、げにかかれ[三五]とてしも」と、涙のみ霧りふたがりつつ、「さすがかひなき身ながらも、ただ一筋《ひとすぢ》に、かの御行く末の光とのみ、思ひ捨つる心のほどを、亡き魂《たま》の、かげにもあはれと思すらん。おほかた我が身ばかりの際《きは》は、かやうなることこそ、あるべきことなれ」など、何の心に雲

一人だけでお帰りになった」と、弁の乳母ⓗが言うと聞いたけれど、「本当に変わらぬ姿のまま、若君にもう一度、逢わないでいられようか」と、思いをずっと我慢してきた年月よりも、若君の姿が目の前に浮かんで恋しくお思いになるが、恥ずかしさはそれに負けぬほどにあるので、逢いたいと言うべき方策もない。「まつにはかかる」と詠まれた内大臣の気持ちも、本当に偽りのものとも感じられず、自分が出家をしてしまったら、むやみにわけのわからぬことをする、と思ってしまうだろう、と、長い夜すがら、つくづくと自分から思い立ったことではあるものの、御袖もしぼるほどお泣き明かしになって、

　ああ情けない、ああつらい。この世は仮の夢のような宿
　縁なのだから、と思い捨てたものの、やはりこれほど悲
　しいとは。

○前段を承けた記述。一品宮1は母后15の魂の救済のためもあって出家を志したと見られる。

〔一六〕　一品宮1は、昨日お洗いになった御髪を今朝はお梳かせになって、ご自身で肩から前に寄せてご覧になると、思ったより裾のほうは細くなっているものの、非常にきれいにきらきらと輝いて、遅れ毛も見えず寄せたままに美しく置かれているのを、「亡き母后15が、一途に、ほんのわずかな風さえ心配なさって、一筋も傷めないように気遣ってくださった御心としては、本当に、こうして髪をおろすことになると

なくなり果てにし契りのくちをしさ、鏡の影に向かひても、つくづくつらううちまぼらせ給ひつつ、

（一品宮）嘆かじな影はかはると真澄鏡《ますかがみ》くもれる末の憂き名ならずは

〔一七〕（九月十六日）大将2、故皇后15の御陵に詣る

変はらずはなやかにさし出でたる月の光ぞ、いとど恨めしき。

（大将）二六 更級にかひなき月の色見ても心一つを姨捨《をばすて》の山

まことになぐさめかね給ひつつ、更けぬれど、今宵は、宮の御墓岩倉二七へ参り給ふ。道すがらも、あはれにかなしきこと、いと多う、げにいかなる月日にて、今宵しも我が身にとりて、憂きものとなりけんと、契りつらうてながめられ給ふに、雁《かり》の連ねて鳴き渡るも、いとど涙のもよほしなり。

（大将）何ゆゑと雲居の雁《かり》に言問はん憂きは今宵の月の光を

は、けっしてお思いではなかったろう」と、涙の霧で目も塞がるようで、「やはりかいのない身とはいうものの、ただ一筋に、母后の御行く末の光ともなろうかとこの世を思い捨てる気持ちを、母后の亡き御魂は陰ながらもしみじみと感じ取っておいでになるであろう。だいたい、我が身のような身分としては、出家の道が望ましいことなのだ」など、心に何の雲もなくなってしまった宿縁の無念さはひとしおで、鏡に映る自分の姿に向かっても、つくづくとつらい気持ちでお見守りになりながら、

嘆くことはやめよう、澄んだ鏡に映る姿はこれから変わるとしても、それは鏡が曇る浮名ゆえではないのだから。

〔一七〕○場面は変わるが、前後の状況は不明。大将2の行動と見る。

（大将2にとっては）いつもと変わらずはなやかにさし出ている月の光がいよいよ恨めしい。

何のかいもない月の色を見ると、私の心を捨てたような気がする。あの更級の姨捨山の気持ちそのままに。

歌に言うように、本当に心を慰めることがおできにならないで、夜は更けたが今宵は亡き后宮15のお墓のある岩倉へおいでになる。道すがらも、あわれに悲しいことがたいへん多く、まったくどのような月日の巡り合わせで、まさに今宵が我が身にとってつらいものとなってしまったのかとその宿縁も苦しく、物思いに耽っておいでになると、雁が連なって鳴き渡

〔一八〕十月、大将②、重病の内大臣③を一条院に見舞う

「二八病則消滅の誓ひも、今は我が身には、むなしうなりぬかし」と、さすが心細う、聞かれ給ふ。

(内大臣)二九聞き得たる御法《みのり》のかひもあらじかし絶えにし人に限る命は

常よりことに、ものかなしう思し続けらるるに、「大将殿、渡り給へり」とあれば、例の近き御座《おまし》のあたりに、隔てもなく入れきこえ給ひて、三〇御烏帽子《えぼうし》など、しどけなく押し入れて、やをら起き上がりておはするを、(大将)「などかく、いつも疎々《うとうと》しげにもてなさせ給ふ。何のはばかりもなき御ことならばや、年頃の本意《ほい》に嬉しうも」と、聞こえ給へば、(内大臣)*「限りあれば、これに過ぎたる内外《ないげ》はいかが」とて、うちほほ笑み給へど、いみじう苦しげにて、脇息に寄りゐ給へる御さまの、やせやせに細り給へるしも、いみじう清らになまめかしきこと、ありしにつゆ劣らず、散り方の花の、雨にしをれたらんよりも、なほ心苦しげに、えも言はず、めづらかに見え給ふを、つくづくとまぼりきこえ給ふままに、惜しうあたらしとも、なのめに覚え給ひつつ、(大将)「いか

るのもいよいよ涙を誘う。

なぜなのかと雲居を渡る雁に尋ねてみたい。今宵の月の光がこれほどつらいそのわけを。

○「源氏物語」柏木巻が想起される。一品宮①はすでに出家。

〔一八〕　内大臣③は「病則消滅の誓いも、今の我が身にとっては、役に立たないものになってしまったのだ」と、読経の声をさすがに心細くお聞きになる。

聞くことができたお経の言葉もかいがなく、私は世を去るだろう。命をかけて思った人は、もう俗世に縁を絶ってしまったのだから。

いつもよりも特に物悲しく思い続けていらっしゃると、「大将殿②がおいでになった」と連絡があるので、いつものように近い御座所のあたりに、隔てなくお入れ申し上げになって、御烏帽子などを無造作に押し入れて、静かに起き上がっておいでになると、大将は、「どうしてこういつも他人行儀にお迎えくださるのでしょう。何のご遠慮もない御扱いであれば、年来願っておりましたから、嬉しいのに」と申し上げられると、「ものには限度があるので、これ以上の失礼はいかがなものか」と言って苦笑いをなさるものの、非常に苦しそうに見える。脇息に寄りかかって座っておいでになるご様子はすっかりやせ細っておしまいになったが、以前とまったく変わらず、たいへんおきれいで優雅でいらっしゃって、散り際の

にとよ、何ばかりの日数も積もらぬに、いつよりかうまでは」とて、うち泣き給へば、(内大臣)「まことに一際《ひときは》閉《と》ぢめつる心迷ひや侍らん。憂さも変はらぬ、三同じ頃ほひまでになりにける月日のほどには、つれなさの限り知られず、ながらふる身のいとはしさこそ、やる方なく思ひ給へらるるを」。

[一九]翌夕、一品宮1、臨終の内大臣3を見舞うが、死去

次の日の夕方、かしこへおはしたれば、昨日より、ことのほか不覚になり給ひて、をさをさ起きも上がり給はず。いと近くさし寄りて、三ことのさま聞こえ給へば、嬉しと思したるさま、なのめならず。(内大臣)「さばかりいとはしき身の、今宵を待ちけるにや。このよろこびは、いつの世にか聞こえんとすらん」とばかりにて、こと続けても、えのたまひやらず、折々、目をうち眠《ねぶ》り給へば、まめやかに近うなるにこそと、*夢の心地して、つくづくとまぼりゐ給へるに、宵うち過ぐるほどに、おはしましたり。大臣《おとど》、母上ばかりに、各々《おのおの》聞こえ給ひて、率て奉り給ふ。やがて、かの御匣殿まで、おとなしき尼姿にて、御供に参り給へれば、皆人々には、さ思はせたり。

花が雨に萎れているのよりももっとお気の毒で、表現できないほどの極限のお姿を、大将はつくづくとお見守り申し上げられるのだが、惜しくもったいないという言葉でも不足にお感じになり、「どういうことでしょう、それほど日数も積もらないのに、いつから、これほどまでには」と言ってお泣きになると、「本当に、一段と希望を失ってしまった心の迷いのせいでしょう。姫宮1が去られてから、苦しみも相変わらずのままで、一年前と同じ秋の頃になってしまいましたが、この一年の月日の間には、思い通りにならぬことも限りなくあって、生きながらえている身のいとわしさは、晴らしようもなく存じまして」。

○内大臣3死去。「御匣殿」は一品宮1方の上臈女房と推定される。一品宮に従って出家。「次の日」は、どの場面を承けるか不明。

[一九] 次の日の夕方、大将2が一条院においでになったところ、内大臣3は昨日から思いもよらないことに意識が絶え絶えにおなりになって、ほとんど起き上がることもおできにならない。ごく近くにさし寄って一品宮1がお見舞に来られることを申し上げられると、嬉しいとお思いになるご様子は一通りではない。「これほどいとわしい私の命が今まで在ったのは、宮にお会いする今宵を待っていたのか。このお礼は、いつの世に申し上げることができようか」とぐらいはおっしゃるが、途切れ途切れで、言葉を続けて言い果たすことがお

やをらおはしまして、御そばについゐさせ給へば、うち見上げて泣き給ふに、ものものたまはず、とばかりありて、

(内大臣)亖「言問へよ恋も恨みも晴れやらで誰ゆゑならぬ闇に迷は
　ば

思しやらせ給はんばかりや、晴るる方《かた》もあらん」とて、いとはかなげに、やがて消え入り給ふにやと見ゆるに、「御返事をだに、言はずなりぬるよ」と、御心まどひもなのめならで、しばしつくづくとまぼらせ給ふに、御顔などは、変はれることもなく、白う清げになまめかしく、ただ寝入り給へるにやと見ゆれど、間《ま》近く御覧ぜし御ことにも変はらず、いづくも冷え果て給ひにければ、御枕上《まくらがみ》の几帳のあなたに、母上のおはする気色なるに、かたはらをいささか引き開《あ》けて、(一品宮)「これ見給へ」とのたまはするに、おどろきてさし寄り給へれば、まことに言ふかひなくなり果て給ひにけり。

できにならず、折々目をつぶりお眠りになるので、大将は、現実にお別れの時が近くなったのだ、と夢のような気持ちがして、つくづくとお見守りになるうちに、宵が過ぎるころに一品宮はおいでになった。父殿[13]、母君[12]ぐらいにはそれぞれにご臨終が近いことをお知らせになって、お連れ申し上げになる。やがて、あの御匣殿までが大人びた尼姿で一品宮のお供として参上なさったので、一条院の人たちには御匣殿がお見舞いになる、と思わせてある。

一品宮はしずかにお入りになって、お傍近くに膝をつきお座りになると、内大臣は少し目を見上げお泣きになり、ものもおっしゃることができずに、しばらくたってから、

「私を弔って言葉を掛けてください。恋も恨みも晴らすことができず、誰のせいでもなく、ただあなたゆえに私が
闇に惑うことになれば。

あなたが私を思い遣ってくださることだけが、この迷いを晴らすことになりましょう」と言ってまことに力なげに、そのまま消え入っておしまいになったのかと見えるので、一品宮は、「お返事をさえ言わないままになってしまって」と、一方ならず心を乱されて、しばらくの間、つくづくとお見守りになると、お顔などはお変わりになることもなく、白くおきれいで優雅なままで、ただ寝入っておしまいになったのか、としか見えないが、一品宮が間近にご覧になっておいでのかいなくお体がどこもかしこも冷え果てておしまいになってしまった。御枕上の几帳の向こうに母君がおいでになる気配が

［三〇］（十月）、尚侍45懐妊して五条に退出

尚侍君《かんのきみ》、五条に出で給ひにしぞかし。この御ことを、人やりならず、あはれに心憂く聞き給ひつつ、我が身の何となく心細きに添へても、いよいよ袖の暇《いとま》なく、かなしと思したり。

（伏見大君）「あはれとていつまでよそに水の泡*の消えとまるべき我
　が身ならぬを
三四 風にまかせてあるよりも」など、手習ひにしつつゐ給へるほどに、内裏《うち》より、

（帝）「飽かでのみ消えにし露のあはれいかに問ふ言の葉もな
　くなくぞふる

目の前に代へたらば、いかにさまよく」

とあるは、「あなゆゆし」と、思ひ給ひつつも、げに過ぎにし方なればとて、さましやらん方もなし。

（伏見大君）「別れにし露こそ消えめ目の前の君は岩根の苔にまがは
　ぬ

思ふままにぞ聞こえ給ふ。

するので、几帳の端《はし》をわずかに引き開けて、「このお姿をご覧くださいませ」とおっしゃると、驚いておさしよりになったところ、本当に言うかいのない有様になり果てておしまいになったのだった。

○五条の家で内大臣3の死去を悼む尚侍45。尚侍は以前の伏見大君。後に皇后宮。［四］参照。

［三〇］　尚侍の君45は、懐妊なさって宮中から五条にお出ましになっておいでだった。内大臣3ご死去のことを、自分の心に響くものとしてしみじみとつらくお聞きになりながら、我が身の何とも知れぬ心細さに加えて、ますます袖に流す涙の暇はなく悲しくお思いである。

「しみじみとお気の毒だと、命の果てを、いつまで自分とは無関係なこととして聞き得ようか。水の泡のようなはかない我が身は、消えずにとどまっているはずはないのだから。

風にまかせてあるよりも」など、手すさびのように書いて座っておいでになるところに、宮中の帝4から、

「惜しんでも惜しみきれない思いのうちに消えてしまった露（内大臣）のあわれさを、あなたはどうお思いかとお見舞いする言葉もなく、泣き悲しむ涙が降り注いでいます。

あなたの目の前にいる私と入れ換わったとしたら、どんなによいでしょうね」

〔三〕一品宮（入道宮）[1]、内大臣[3]を悼んで勤行

入道の宮は、あはれにはかなかりし、その夜の面影よりうち始め、のたまひおきしことのさま、何とだに言はずなりにしいぶせさをとり添へ、なのめならず思されけれど、院などに、あまり思ひ入りて御覧ぜられんも、恥づかしければ、よきほどにもてなしておはしませど、その折かの折と、思し出づることの、あはれにもかなしきことの多さは、限りなしとても、誰か及びきこゆる人のあらん。

少し御心の静まるにつけて、かなしさは色を増しつつ、いかにも御涙の隙《ひま》なきを、「また人は、いかが思ひなすらん。かかるにつけても、変はらぬ身にて、立ち帰りたらましかば、いかばかりいま一入《ひとしほ》心憂からまし。何としても、つひに長かるまじき人にこそありけめ」と、そむきぬるうれしさのみ、尽きせず思し知られつつも、かの「恋[三五]も恨みも」とて、見上げ給ひつつ、消え果て給ひにし面影は、げにこの世のほかまでも、忘るべき方なく、罪得がましく思し知られて、いかでかの沈まん底を、浮かむばかりもと、ただ夜昼《よるひる》、仏の御前《まへ》にて行なはせ給ふさま、御心ざしの至

とお書きなのは、「何と不吉なこと」とお思いになりながらも、本当に内大臣との出逢いは過ぎた昔のことであるからといって、悲しさを思い鎮めることができるはずもない。

すでに別れてしまった露（内大臣）は消えるかもしれませんが、目の前においでの君は、岩根にむす苔と同様に消えることなくいつまでもお変わりになることはございません。

と思う通りにご返事申し上げになる。

○場所は一品宮[1]が退出した五条。

〔三〕　一品宮[1]は、あわれにもはかなくお亡くなりになったあの夜の内大臣[3]の面影を始めとして、お言い遺しになったお言葉の内容、何ともご返事さえせぬままであった憂鬱さもみな取り添えて、ひとかたならず苦しくお思いになったけれど、父君の院[9]が、あまり深く思い沈んだふうにご覧になるのも恥ずかしいので、ほどほどにふつうにふるまっておいでになるが、その折のこと、かの折のこと、と思い出される、しみじみとあわれにも悲しいことの多さは限りもなく、内大臣のほかに、どこにそれに並び申し上げるほどの人があろうか。

一品宮は、少しお心が静まってくると悲しさはかえってまさり、いかにも御涙の暇はなくて、「また、他の人はどのように私のことを見なしているのだろうか。こうしたことになると、もし出家しないままの身で立ち戻ったとすれば、これ

りも、まことに、ほどなく仏道なり給ひぬべくぞ見ゆる。

〔三〕関白夫妻⑬⑫、内大臣③の遺筆に涙する　手習ひし給へりけるにや、白き色紙《しきし》にもの書かれたるが、何となう[36]ひきしろひ入れたるさまにて、押し入れられたるを、とり出でて見給ふは、

(内大臣)「一筋に燃えん煙《けぶり》の果てをだになほ雨雲のよそにやは見ん

うたた寝の長き契りとなり果てばかくてや親のものを思はん

[37]半ば泉に帰る」

など、何となき古言《ふるごと》を、同じ上に、書きけがし給へり。

(内大臣)帰るべき憂き瀬もかなし同じ世に見しは昔の夢をしのびて

さばかりならぬことにだに、[38]「老《おい》の涙は一度《たび》故人の文にそそく」とか言ひ置きたるを、まして、これを見給はん御心の中ども、いかがはなのめならん。二所の中に置きて、泣きこがれ給ふ。

どころではなくどんなにいっそうつらいことか。どういうことがあっても、結局長くはなさそうなあの方とのご縁だったのであろう」と、世を背いてしまった嬉しさだけは尽きることなくおわかりになるものの、あの「恋も恨みも」とおっしゃって、泣く泣く宮を見上げながら消え果てておしまいになった内大臣の面影は、本当にこの世のほかまでも忘れられそうにもなく、罪を得てしまいそうにお思い知りになって、どうかして、あの闇の底に沈んでおしまいになる内大臣を、せめて浮かぶほどにもと、ただ夜も昼も仏の御前で勤行をしておいでの様子は、御願意の通り本当に、まもなく仏果が成就して内大臣も成仏なさるように見える。

〔三〕　○場所は故内大臣③邸一条院。

亡き内大臣③が、手習いをしておおきになったのか、白い色紙に何かが書いてあるものが、何となくむりに引っ張って入れたように押し込んであるのを、取り出してご覧になると、それは

「私が一筋に燃える煙となったとしても、その煙の果てを、やはり天の雲のように関わりのないものとして宮①は見られるだろうか、そんなことはあるまい。

うたたねのはずが、もし永い眠りに至る宿縁であったとしたら、そんな別れに際して私の両親⑬⑫はどんなに悲しく思われるだろうか。

なかばいづみにかへる」

[二二]大将[2]、霜枯れの一条院の庭で故人をしのぶ

ありつる御手習ひを、(大将)「これはまた、御覧ずべき人侍り」とて、取り給ひつつ、(大将)「さらば、またも」とて、立ち出でつつも、やすらひがちに、押しのごひて見回し給へば、まことに、植ゑ置き給ひし垣根の草も、霜に朽ち果てて、わづかに這ひまつはれたる龍胆《りんだう》、籬《まがき》荒れたる菊の花などの、絶え絶えに色を残したるしも心細きに、四方《よも》の梢も吹き払ひて、散り敷きたる庭の木の葉、幾重積もりにけるにかと、いみじうあはれにて、

(大将)憂きながら今は形見に残りけり払[三九]はぬ庭に積もる木の葉も

と、独りごち給ふを聞きつけて、大臣《おとど》、

(関白)あだに見し木の葉は宿におくれゐて人は嵐に思ひかけきや

など、何ということはない古詩を、同じ上に書き重ねておりになるのだった。

　帰るはずの黄泉にある憂き瀬を渡るのも悲しいことだ。

　宮と同じ世に見た夢は実は昔の夢であったと偲びながら。

それほどでもないことでさえ、「老いの涙は、ひとたび故人の文にそそぐ」とかいう言葉もあるのだから、ましてこうした遺筆をご覧になるご両親のお心の中はどうして一通りであるはずがあろうか。お二人は色紙を中に置いて泣き焦がれていらっしゃる。

○一条院。手習いを見ている関白夫妻[13][12]のところに大将[2]が来合わせたか。

[二二]　大将[2]は先ほどの内大臣[3]の御手習いを、「これはまた、ご覧になって然るべき人（一品宮[1]）がおられますから」と言って、取り上げながら「それではまた」と言って立ち出るのだが、あまりにも名残惜しくしばしためらい、涙を押し拭ってお見回しになると、本当に内大臣が植えておきになった垣根の草も霜に弱り果て、わずかに這いまつわっている竜胆や、籬に枯れ残ったままの菊の花などが、かろうじて色を遺しているのも心細い感じがして、四方の梢も風に吹き払われて散り敷いている庭の木の葉は、いったいどれほど重なっていたものかと、たいへんしみじみとした思いがして、

　本当につらいことに、今は内大臣の形見として残っていたのだった。もう払う人もいない庭に散り積もる木の葉も。

[三四]晩秋、大将2、新大納言の君と歌を唱和

夕日のはなやかなるを、まばゆげに紛らはし給へる御さまなど、たぐふ光だに隠れ給ひし御後《あと》に、めでたしともおろかなり。いづくにても尽きすべくもあらぬあはれに、しばしばかり候ひ給ふほど、空の気色も、折を分くにや、うちしぐれつつ、風も荒く、身にしむ心地するに、霰のはらはらと落つるが、袖の上にかかるを、のどやかにうち払ひ給へる追風も、いとかごとがまし。

(大将)
　露時雨なれにし袖にいとどしくまたや霰の玉を添ふべき

とのたまふに、

(新大納言君)
　時雨降り添ふる霰の音ごとに涙の玉は数まさりつつ

けはひ目安く聞こえたるは、*新大納言の君にやとぞ聞き給ふ。

と独り言としてお詠みになるのを、お聞きつけになって、関白13が詠まれる歌、

　はかないものと見た木の葉はこの庭に散り積もったまま残っていて、人のほうが嵐に吹き散らされるとは、かつて予想したことがあろうか。

○場所は不明。「新大納言」（系図不詳）という女房のいる貴所に大将2も「候ひ給ふ」という状況。

[三四]　夕日がはなやかに射すのを、眩しそうに紛らしておいでになる大将2のご様子は、この方に匹敵する光（内大臣3）までもお隠れになってしまったあとでは、すばらしいという言葉も一通りというものである。どこであっても、尽きようがないあわれさに、しばらくは伺候しておいでになると、空の気色もその時期を心得ているのか、さっと時雨れてきて、風も荒く吹いて身に染むような気持ちがする時に、はらはらと落ちた霰が、袖の上に掛かるのを、ゆったりとお払いになると、そこから漂ってくる香の風も、いかにも嘆きを訴えている風情である。

　涙の露や時雨が落ちるのにいつも馴れてしまっている袖に、これ以上ますます霰の玉を添えていいものだろうか。

とおっしゃる時に、

　時雨が降り注ぐ上に、更に霰が降り添う音がしますが、その音ごとに涙の玉は数が増え続けております。

という気配も好もしい声の詠み手は、新大納言の君だろうか、

[三五]関白13の出家を前に、北方12、中宮14悲嘆

たぐひなき光にて、さ添ひものし給へりしことのみ、思し出でらるるに、かなしともなのめなり。宮はた目の前の、別れのかなしさにも、憂きことは数々にて、いみじと思し入りつつ、

（中宮）人は皆そむく憂き世に我のみやとまりてつらきものを
　思はん

とて、むせ返らせ給ふを、見奉らせ給ふ御心の中ども、なのめにやはあらん。母上、

（関白北方）「とにかくになほこの道に迷ふかないとふ憂き世にとま
　る心も

おろかに思しなすなよ」とて、泣き給ふに、殿、

（関白）今はただ憂きはこの世の闇はれて同じ蓮《はちす》の露を結ばん

[三六]関白13、入道宮1・若君21・姫君46と会う

しばしばかりありて、母宮の御方に、大将、具しきこえておはしぬる間《ま》にぞ、院、大臣《おとど》、御物語、しめやかにあはれげなる。殿は、よきほどにて、入道の宮の御方へ参りて、まかり申し給ふ。

とお聞きになる。

○この部分はかなりわかりにくいが、関白13の出家に際して、北の方12・中宮14・関白の歌が並ぶものとみる。

[三五]　北の方12は、関白13が類のない光としてご自分（北の方）に添っておいでになったことだけが思い出されるので、悲しいという言葉では足りないほどの思いである。中宮14もまた、目前のお別れの悲しさにつけても、つらいことはたくさんあって苦しいことよと、お思い沈みになりながら、

　さまざまな人がみな背き去るこの憂鬱な世に、自分だけが俗世にとどまってつらい物思いをするのでしょうか。

と言って、涙に咽せ返っておいでになるのをご覧になるご両親のお心の中は、並々であるはずがない。母北の方は、

「あれこれとやはりこの道に迷うのです。みなが背き去る
　憂き世にとどまる私の心も。

並々のことと思ってくださいますな」と言ってお泣きになるので、関白は、

　もう今は、つらいのが当然なこの世の闇はさっぱりと晴らし、極楽でみな同じ蓮の露を結ぶことを願おう。

○出家を前にした関白が、入道宮に若君を託すために訪れた場とみる。途中省略か。

[三六]　しばらくしてから、母君入道宮1の御方に、大将2が若君21をお連れ申し上げて、おいでになっているその間に、

限りなき御嘆きの始めも、誰ゆゑならぬ御前わたりは、つらうもありぬべけれど、また、なつかしき形見ならでも、いかがはあらん。故后の宮の御心ざしなどを思し出づるも、さまざま取り集め、かこと離れず、しをるる御袖の気色、限りなくあはれなるに、宮も、めづらしき人うち御覧じつるより、御目ももたげられず。

この御気色を、いたう遠からぬほどにて聞き給ふも、まことに、かなしなども*言ふもなのめにぞ思さるるに、院の御方より、「姫宮、見せきこえ給へ」とあれば、按察使大納言北の方、抱《いだ》ききこえてさし出でたるに、見馴らはずとは思したれど、うち泣きなどし給はず。つくづくとうちまぼり給ひて、実法《じほふ》なる御顔つき、また目も移る心地して、限りもなし。ただ宮の御さまと、生《む》まれ出で給ひし始めより聞こえしかばにや、まことにまことに今より、にほひことに、らうたげに気高き御さまなど、若君にも似給へる。大臣《おとど》の御数珠《ずず》の、水晶の玉入りたるを見つけて、笑みて、「取らばや」と思したる御顔つき、何にたとふべき方なし。

「憂きながら、さも浅からざりける、御契りのほどかな。

院[9]と関白[13]はしみじみとしめやかにお話をなさる。殿（関白）は適当な時に、入道宮の御方へ参上して、退出のご挨拶を申し上げられる。

関白の限りないご悲嘆が始まったのも、ほかならぬ入道宮のゆえなので、その御前に伺うのはつらいのが当然であるが、いっぽうで、宮はなつかしい内大臣[3]が残された形見ということになろう。故皇后宮[15]が内大臣をとても大切になさったお気持ちをお思い出しになると、さまざまみな恨めしいことばかりで、涙に濡れる袖は限りなくあわれであるが、宮も、久しぶりにお会いになる方[13]のお姿を前にしては、御目をお上げになることができない。

このご気配を、それほど遠くない所でお聞きになるのも、本当に、悲しいという表現でも物足りないとお思いになるが、院の御方から、「姫宮[46]を関白にお見せ申し上げてくださいませ」ということなので按察大納言の北の方ⓐが、お抱き申し上げてお目にかけると、関白を、見馴れぬ人と姫宮はお思いなのに、お泣きになることもなさらない。つくづくとお見守りになる真面目な御顔つきに、関白もまた目が姫宮に釘付けになるような気がして、限りない思いで一杯である。ただもう宮[1]の御さまとそっくりだと、お生まれになった時から評判であったせいか、本当に本当に、今から美しい顔色は輝くばかりで、かわいらしく気品のあるご様子などは兄の若君[21]にも似ていらっしゃる。関白のお数珠の、水晶の珠が入っているのを見つけて、にっこりして「手に取りたい」と思っ

さしもくまなかりし人の、またあらぬ方に、名乗り出づるたぐひだになく、ただ一筋《ひとすぢ》に、とどめ置きける、[四三]何に忍ぶの露のあはれ、尽きすべくもあらず」思し続けらるるに、いよいよせきかね給ひつつ、出で給ひなんとするに、若君、いかにもゆるしきこえ給はず。(若君)「宮はおはすれど、大臣《おとど》はなかりけり。殿さへ去《い》なば、まろは泣きこそせめ」とて、まことに貝を作りつつ、御袖を控へ給へるに、はかばかしうも、慰めきこえ給はず。ただ降り落つる涙に、くれまどひたる御気色は、言ふ方なきに、大将など、さまざまけはひをかしう慰めきこえ給ふに、さすがまた、心うつくしう、(若君)「さらば、明日《あす》、とくおはせよ」と、ゆるしきこえ給ひぬるも、またあはれなり。

(関白)種まきし人もなぎさの小松原波を分けても千世はへぬべし

とて、出で給ふに、大将、

枝繁み引き分かれてもよそに聞け二葉の松の千世の行《ゆく》方《へ》を

ておいでになる御顔つきの愛らしさは何に喩えても言い尽くせない。

関白は、「内大臣と宮との間柄はつらいものではあるが、なるほど深いご宿縁があったのだったな。内大臣はあれほど多くの女性と関わったのに、別の所から内大臣の子であると名乗り出るようなことさえなく、ただこの宮一筋に思って、そこにとどめて置いた、何にしのぶの露のあわれともいうべき形見のお子様方への思いは、尽きることがない」と、お思い続けになると、ますます涙を堰きかねながら、お出になろうとすると、若君は、関白がお帰りになるのをお許し申し上げにならない。「母宮[1]はおいでになるけれど、父君[3]は亡くなってしまいになった。殿(関白)までが行ってしまったら、僕は泣いてしまうよ」と言って、本当に口を引き結んで泣きそうになり、お袖を引っ張られるので、うまくお慰め申し上げになることができない。ただ降り落ちる涙にくれ惑っている関白のご様子は、何とも言いようもないけれど、大将[2]などがいろいろとおもしろく上手にお慰め申し上げられると、若君はやはりさすが素直に、「それなら、明日早くおいでになってね」と帰るのをお許し申し上げになるのも、またしみじみとあわれである。

種を蒔いておいた人(内大臣)も今はいない渚の小松原ではあるけれど、二本のこの小松は波をしのいで千年もずっと元気に育つことでしょう。

と詠じてお出ましになるので、大将は、

枝が盛んに茂っていますから、ここでお別れしても別の所でどうぞお聞きください。二葉の松の千年も先の将来を。

巻三　注

巻三以降は、抜き書き本である三条西家本を中心とした本文であるため、筋がたどりにくい。現代語訳の前の部分に説明および推定される内容を簡単に付した。引歌に関わる注末尾の※については、巻一の注冒頭（七六頁）の記述を参照されたい。

一　夢か現か……―「ほととぎす夢かうつつか朝露のおきて別れし暁の声」（古今集・恋三・六四一・題しらず・読人しらず）※。「おき」は「置き」と「起き」をかける。

二　暁の空は……―「ありあけのつれなく見えし別れより暁ばかりうきものはなし」（古今集・恋三・六二五・題しらず・壬生忠岑）。

三　花かつみなる恋の煙―「みちのくのあさかの沼のはなかつみかつみる人にこひやわたらむ」（古今集・恋四・六七七・題しらず・読人しらず）。

四　いかにぞや―巻二において内大臣[3]が姫君[45]に心を寄せたのも、一品宮[1]に似通っていたため。

五　中将の君―伏見大君[45]の女房ⓖ。

六　繁きみ山の青葛―「人めのみしげきみやまの青つづらくるしき世をぞ思ひわびぬる」（後拾遺集・恋二・六九二・兼仲の朝臣のすみ侍りける時、忍びたる人かずかずに、あふこと難く侍りければよめる・高階章行朝臣女）。

七　何の聖とかや―俊頼髄脳等に見える説話。老法師が美しい御息所を見て心をうばわれ、思いをうちあけて「手にとるからに」の歌を献じた。

八　松のとぼそ―「奥山の松のとぼそをまれにあけてまだ見ぬ花の顔を見るかな」（源氏物語・若紫巻）※。

九　手にとるからに―「初春のはつねのけふの玉ははき手にとるからにゆらぐ玉のを」（万葉集・四四九三・大伴家持）。

一〇　身さへ流れぬとも―「あさみこそ袖はひづらめ涙河身さへ流るときかば頼まむ」（古今集・恋三・六一八・業平朝臣）。

一一　あらば逢ふ夜―「いかにしてしばし忘れん命だにあらばあふ夜もありもこそすれ」（拾遺集・恋一・六四六・題しらず・読人しらず）。

一二　ほととぎす二声ばかり……―参考「郭公の二声ばかり鳴きてわたる」（源氏物語・蜻蛉巻）※。

一三　神代のことも―「大原や小塩の山も今日こそは神代のこともおもひいづらめ」（伊勢物語・第七十六段、他）※。

一四　秋といふ名も―「しろたへの袖のわかれに露おちて身にしむ色の秋風ぞ吹く」（新古今集・恋五・一三三六・水無瀬恋十五首の歌合に・藤原定家朝臣）。

一五　末葉の露も―「暮るるまも待つべきよかはあだし野の末葉の露に嵐たつなり」（新古今集・雑下・一八四七・百首歌に・式子内親王）。

一六　「別れにし」の歌―風葉集（恋五・一〇八九）に「心ざし

ありける女にはなれてまたのとしの七月ばかり、秋といふ名もわきて身にしむ風の音に、いとど思ひくだけてよみ侍りける　一条院内大臣」として入る。

一七　秋風袖も満つ涙―「長夜君先づ去る　残年我幾何ぞ　秋風襟に満つ涙　泉下に故人多し」（和漢朗詠集・懐旧・七四一・白楽天）。

一八　淵瀬と分かぬ―「たきつせのなかにも淀はありてふをなどわが恋の淵瀬ともなき」（古今集・恋一・四九三・題しらず・読人しらず）。

一九　「思ひ知れ」の歌―「けふのまの心にかへておもひやれながめつつのみすぐす月日を」（新勅撰集・恋一・六四二・和泉式部）。

二〇　初花染の―「紅のはつ花ぞめの色ふかく思ひし心われわすれめや」（古今集・恋四・七二三・題しらず・読人しらず）。

二一　時雨も待たぬ木の葉は―巻二・注六七参照。

二二　思ひしほどにはかなくて―「物をのみ思ひしほどにはかなくて浅ぢが末に世はなりにけり」（後拾遺集・雑三・一〇〇七・世中つねなく侍りけるころよめる・和泉式部）。

二三　「思はぬと」の歌―風葉集（恋四・九八七）に「一条院内大臣こころにもあらずはなれ聞こえてのち、さまざまうらみ奉りて侍りければ　いはでしのぶの女院」として入る。

二四　月すさまじう風秋なり―「更闌け夜静かなり　長門闇として開けず　月冷まじく風秋なり　団扇杳として共に絶えぬ」（和漢朗詠集・恋・七七八・張文成）。恋する人に棄てられた者の悲しみを歌ったもの。

二五　かかれとてしも―「たらちめはかかれとてしもむばたまのわがくろかみをなでずやありけむ」（後撰集・雑三・一二四〇・はじめてかしらおろし侍りける時、ものにかきつけ侍りける・遍昭）※。

二六　「更級に」の歌―「わが心なぐさめかねつさらしなやをばすて山にてる月を見て」（古今集・雑上・八七八・題しらず・読人しらず）。

二七　岩倉―「岩倉」の記述はこの部分のみ。上賀茂の北東に位置し、貴人の邸宅も多い。「入道して岩倉におはしけるが」（栄華物語）。

二八　病則消滅の誓ひ―「此経則為　閻浮提人　病之良薬　若人有病　得聞是経　病則消滅　不老不死」（法華経薬王菩薩本事品第二十三）。

二九　「聞き得たる」の歌―風葉集（釈教・五〇一）に「女院の御ことにここちかぎりになりて侍りけるに、いのりの僧の若人有病得聞是経といふわたりをよむを聞きて　いはでしのぶの一条院内大臣」として入る。

三〇　御烏帽子など…―「烏帽子ばかり押し入れて、すこし起き上がらむとしたまへど、いと苦しげなり」（源氏物語・柏木巻）※。このあたり全体的に源氏物語の柏木巻による。病床にある柏木と、見舞う夕霧の状況に語句も類似。

三一　同じ頃ほひ―一品宮[1]が一条院の内大臣[3]のもとから離れたのは、一年前の十月一日。

三二　ことのさま―内大臣[3]の喜ぶ様子などの後の記述により、一品宮[1]が内大臣を見舞いに訪れる算段を大将[2]がしたことを指すことがわかる。それ以外の事情は不明。

三三　「言問へよ」の歌―風葉集（恋四・一〇三一）に「心地かぎりになりて侍りけるに、女院しのびてわたりおはしましたりければ、聞こえ侍りける　いはでしのぶの一条院内大臣」として入る。この歌を女一宮[1]が想起する場面が以下にたびたび見える。

三四　風にまかせてあるよりも―「もみぢ葉を風にまかせてみるよりもはかなきものはいのちなりけり」（古今集・哀傷・八五九・病にわづらひ侍りける秋、ここちのたのもしげなくおぼえければ、よみて人のもとにつかはしける・大江千里）。

三五　恋も恨みも―［一九］における内大臣[3]の「言問へよ恋も恨みも…」と詠んだ状況を指す。

三六　ひきしろひ入れたる―「ひきしろふ」は「引っ張り合う」が原義であろうが、小木氏が「無造作に突っ込んである」とされるように、死に瀕しそれを悟った内大臣[3]が、手習いの歌を始末する力もなく残した状況と見る。

三七　半ば泉に帰る―「往事眇茫として都て夢に似たり　旧遊零落して半ば泉に帰す」（和漢朗詠集・懐旧・七四二・白楽天）。

三八　老の涙は一度故人の文にそそく―「黄壌に誰か我を知らん　白頭にしてなほ君を憶ふ　ただ老年の涙をもつて　一たび故人の文に灑く」（和漢朗詠集・懐旧・七四〇・白楽天）。

三九　払はぬ庭―「くれなゐにはらはぬ庭はなりにけりかなしきことのはのみつもりて」（伊勢集・五六）※。

四〇　思し出でらるる―「思し出でらるる」の主体は「添ひ」の表現から関白北の方[12]と見る。宮はその姫君である嵯峨院中宮[14]。故内大臣[3]の異母妹にあたる。「御心の中ども」は中宮の両親、関白[13]と北の方。

四一　しばしばかりありて―この部分を白河院にいる一品宮[1]と関白[13]の出会いをめぐる一つの場をなすものと見て一項目とする。亡き内大臣[3]と一品宮との間に生まれた若君[21]（三年九箇月）と姫君[46]（一年六箇月）が登場。大将[2]もこの項の始めと終わりの部分に登場するものの、この場における位置や役割は判然としない。小木氏は、二人の遺児を連れて大将がまず訪れる、関白は二人を入道宮[1]に託す、といった筋と見られるが、やや不自然な部分も残る。ただし「この御気色を」以下の文章の前に省略した場面があるか、とする小木氏の解には従いたい。

四二　何に忍ぶの―「結びおきし形見のこだになかりせば何に忍の草をつままし」（後撰集・雑二・一一八七・兼忠朝臣の母みまかりにければ、兼忠をば故枇杷左大臣の家に、むすめをばきさいの宮にさぶらはせむとあひ定めて、二人ながらまづ枇杷の家に渡し送るとて、くはへ侍りける・兼忠朝臣の母のめのと）。

いはでしのぶ　巻四

［一］第六年春、入道宮[1]、梅の花に内大臣[3]をしのぶ

はかなかりし神無月の嵐に迷ひ給ひにしかなしさのとどめがたき、憂き世のならひばかりにだにあらず、我も人も心づからなる、言ふばかりなりし憂さは、げに言ひても言ひても、あかずいみじきに、曇りなき世の鏡にてものし給ひし大き[一]大殿さへ、かなしびに堪へず、小倉の山の麓に、光を隠し給ひにし、憂き旧年《ふるとし》も、立ち返りて、春に改まりぬる空の気色につけても、[二]いとど峰の霞の晴れ間なく、帝をはじめ奉り、思し嘆かぬ人なきに、まして[三]迷はん闇を、一筋《ひとすぢ》にかこたれ給ひし御心の中は、月日の重なるままに、怠らぬかなしさのみ、忘れ形見に露洩らし添へつつ、さこそはそむくことわりといふ中にも、[*]おぼろけならで、をささを人にも向かはせ給はず、この世のほかなる御さまを、院の上も、あはれに心苦しく見奉らせ給ふ。

さるにつけても、いまだ玉の光を照らし給はぬほどの、濁り深き御心の迷ひには、かなしきことの隙《ひま》なう思さるるぞ、あながちに深き心も、何ゆゑならねども、(入道宮)「むつかしや。いたうかばかりは、思はじや」と思さるるを、何心な

○おそらく巻四の冒頭部分。巻三［一九］、第五年十月一日の、内大臣[3]死去の記述をうける。内大臣は臨終の折「言問へよ恋も恨みも晴れやらで誰ゆゑならぬ闇に迷はば」の歌を入道宮[1]にのこした。

［一］　入道宮[1]は、はかなく内大臣[3]が亡くなった十月の嵐に心をお迷わせになって、その悲しさの止めようがないのは、単に憂き世のならいというだけでなくて、自分も内大臣もそれぞれの事情が絡む、言葉で言うぐらいではとても解決できなかったつらさがあったためで、それは本当に何度言っても足りないほど深刻なものであった。曇りない世の鑑としてお過ごしになった太政大臣[13]さえも、悲しみに耐えられず出家して小倉の山の麓に光を隠しておしまいになった、そうした苦しい一年も暮れて、新しく年が改まった春の空ではあるけれど、いよいよ峰の霞の晴れ間はなく、帝[4]を始め奉って、お思い嘆きにならない人はない。まして内大臣から、あの世に行っても闇に迷うだろうと、一筋にお恨まれになった入道宮のご心中は、月日が重なっても弱まることのない悲しさだけが際立ち、忘れ形見のお子様方を見るにつけても涙の露を洩らし添えて、なるほど世を背いた身としては当然というものの、いい加減なことでは容易に人にもお会いになることはなく、この世からすっかり離れておいでのようなご日常を、父君の院の上[9]も心を痛めてお気の毒にご覧になる。

それにつけても、入道宮の、いまだに玉の光を照らす境地には至らぬ、濁りに染《し》みたお心の迷いには、悲しいことが際

き人々を、見奉らせ給ふに、はかなくあさましかりし契りのほどの、さるは浅うしもあらざりけるよと、尽きすべうもなき御心の中なり。

（入道宮）世の常にあはれも浅き契りかはたがひに憂さも限りなけれど

など思しつつ、ながめ出でさせ給へる空の気色、にほひ色に霞みわたりて、風のどやかにうち吹きたるに、四池の汀《みぎは》に寄せ返る波の音《おと》、春を知らせ顔なるにつけても、

（入道宮）神無月しぐれし袖につらら凍《い》てとくる隙《ひま》なく春は来にけり

げにぞこればかりは、五吹きとく風もありがたかりけるや。六契りなきものとか言ひ置きたる梅《むめ》のにほひの、待つにはあらぬしも、七よそふる*濃さはいま一入《ひとしほ》なるを、同じ音《ね》とや、鶯の若やかにうち鳴きたるに、若君の弁の御乳母、「あはれ、一条の院の紅梅も、時を忘れず、思ひごとなげに、整*ひ果てぬらんかし」とて、いみじく泣く音《おと》するに、

（入道宮）八鶯も春や昔を忘るなよ荒れまく惜しき花の古里

限もないとお思いになるのは、一途に深い心をお持ちであるとしても当然ではあるけれども、「ああうっとうしいこと。こんなにひどく思い込まないようにしよう」と自制なさって、無邪気なお子様方をご覧申し上げになると、はかなくまたあきれるほどであった内大臣との契りは、そうは言っても浅くはなかったのだったと、更に感慨の尽きようもないご心中である。

世の中に普通にある縁の浅い契りではけっしてなかったのだ。お互いにつらさも限りなくあったのだけれど。

などとお思いになりながら、遠く視線をお送りになる空のけしきは、美しい紅色に霞みわたり、風がゆったりと吹いて、池の水際に寄せては返る波の音は、春を知らせる風情に満ちている、それをご覧になると、

あの十月に内大臣とお別れして悲しみの涙を流した袖の氷は凍りついたままなのに、それが解ける暇もなく、ああ、今、もう春は来たのだ。

本当にこの氷だけは吹いてとかす風はありそうもないというものだ。

「ちぎりなきもの」とか歌にいう梅の匂いの「まつにはあらぬ」のも、歌によそえられる色の濃さはひとしお優っているが、「おなじ音《ね》」とか、鶯が若々しく鳴いたちょうどその時に若君21の弁の御乳母ⓗが、「ああ、一条院の紅梅も春を忘れず、物思いなどないように、咲き揃っていることでしょう」と言って、激しく泣く声がするので、

[二]弁の乳母ⓗ、内大臣3の思い出を語り、悲しむ

げに、ものよりことに、もて興じ給ひつつ、間《ま》近く、薄き濃き色を並べて、あまた植ゑ置き給へりしかひありて、雪のうちといふばかりに、咲きこぼれ、にほひ満ちしも、思し出でられて、いと忍びがたきに、なほこの御曹司のあなたに、宰相などやうの人々に、かの一人《ひとり》ながめ過ぐし給ひし頃、行き返る折節、花紅葉月の影、雪の色につけて、はかなうのたまひ捨てたる言の葉、*思ひ入れ給へりしさまなど語りつつ、(弁乳母)「(内大臣)『うち返し思ひ続くれど、なほ何ゆゑと覚ゆることの、いかにもなければ、さりともみづからは、むげに疎《うと》ましとは思さじと、人やりならず心をやれど、さこそは一言《ひとこと》の御あはれをもかけ給はぬが、いみじううらめしきをばさることにて、かくながらも、されば月日を送るものにこそと、まさりて我が身なんつらき』と、朝夕思しのたまはせつつ、まことに秋の頃などは、やがてはかなくならせ給ひぬべかりしか」など*語りゐたるを、つくづく聞かせ給ふにも、いかがよろしう思されん。(入道宮)「げに、何ごとのいかなるまでも、隔て顔なること、つゆばかりもなう、つらき節《ふし》まで

鶯もこの春は昔のままの春かどうか、と、忘れないで訪れておくれ。荒れてしまってはもったいない、あの梅の花が咲くふるさとの一条院を。

○長文のため区切るが、底本では前段と一続きの部分。「かの一人ながめ過ぐし給ひし頃、……など語りゐたるを」の主体は、[一]に見える若君21付きの弁の乳母ⓗ。

[二]　本当に、故内大臣3は、梅の花をほかのものより特に興のあるものとお思いになり、近いところに薄い色のや、濃い色の紅梅を並べてたくさん植えてお置きになったかいがあって、まだ雪のあるうちくらいから咲きこぼれ、匂いが満ちていたことをお思い出しになると、いよいよ悲しさは我慢できそうにもない。その上、入道宮1のお部屋の向こうで、弁の乳母ⓗが、宰相などといった女房たちに思い出話をして、一条院から宮が去られて、あの内大臣3が一人で物思いに耽っておいでになったころ、四季が移り変わる折々に、花、紅葉、月のかげ、雪の色につけて、はかなくおっしゃったままになってしまった言葉や、思い沈んでおいでになったご様子などを語りながら、「内大臣は『何度思い返してみても、宮が去っておしまいになったのはやはりこれが原因だと思われることは、どうしてもないので、いくらなんでも宮ご自身は私をむやみに疎ましいとはお思いではないだろうと、私は自分の気持ちを慰めるのだが、こういうふうにお手紙もまった

は言はじ、少しもおろかなるに思ひ出でらるることは、げになければ、思ひのたまひけんことも、まことにいつはりにしもあらざりけん」と、かなしうあはれなり。

（入道宮）九 憂き節《ふし》は思ひ出づれどなかりけりその呉竹の代々の古
　事

〔三〕尚侍45、（女）児50を出産し、大将2歌を送る

かの人知れぬ御心にも、待たれぬほどなり。折柄《をりから》につけても、「さればよ」と思すも、いと忍びがたければ、例の中将の君のもとへ、

（大将）「しかすがにかかるこの世の契りをもなほひたすらの夢
　になせとや

さすが思しも捨てじを」

など、書きさすやうにて、押し包みてつかはしたるを、忍びて見せ奉る。いと心憂く、見ま憂しとのみ思いたれど、げにも異人《ことひと》と言ふべくもあらぬ顔つきの、憂きゆかりも、さすがなるにや、この文のかたはらに、

（尚侍）10 見し夢のうつつにかはる契りこそ憂きに憂き添ふ涙な
　りけり

くなく、一言もお言葉をおかけくださらないのが、とても恨めしいのはもちろんのこと、それではこうした状態でも、月日を過ごすことができるのだと思うと、その我が命がいっそう情けない』と、朝に夕にお思いになって口におだしになり、お言葉通り秋のころなどは、そのままはかなくおなりになりそうなご様子でしたよ」などと話しつづけているのを、つくづくとお聞きになると、どうして普通の気持ちでおいでになれようか。「本当に内大臣は、何事だろうとどんな点に関しても、私にかくしごとをなさることは一切なく、つらいことはもちろん言うまでもなく、少しでも私を疎略になさったという思い出は本当にないので、あのように内大臣がお思いになって口に出された、という弁の乳母の言葉も、なるほど偽りでもなかったことだろう」と、しみじみと悲しい。

いくら思い出してみてもつらい節々はまったくなかったのだった。あの方と共に何年も過ごした、あの昔々の古いさまざまなことの中には。

○中将の君ⓖを介した大将2と尚侍45の贈答歌を中心とする。尚侍（伏見大君・皇后宮）と大将の密かな出会いは第五年四月ごろか。巻三［一］参照。その部分にも尚侍付き女房として「中将の君」の名が見える。生まれた児の父は帝4ではなく大将であることが顔つきからも判然とする。後に女一宮・中宮と称される女児50。冷泉本［16］［26］［27］［29］参照。

〔四〕大将2と尚侍45の後朝の別れ

春の夜は、ほどなく明け行く気色にて、鳥の声も、しばしば聞こゆるに、さてあるべきならねば、立ち別れ給ふも、まことになかなかなり。

(大将)「まれに見る夢もはかなく暁の別れを知らぬ鳥の音《ね》ぞ憂き

たぐひなくもあるかな」と、聞こえ給へば、

(尚侍)身の憂さは夕つけ鳥の音《ね》にたててなくにもあかぬ袖の涙を

〔三〕　尚侍45のご出産は、あの大将2の人知れぬお心にも、だいたい予想通りのころのことであった。大将は春の風情につけても、「やはり私と逢った時に懐妊されたのだった」とお思いになるととても我慢ができないので、いつものように中将の君ⓖのもとへ、

「このように子の誕生というご縁があったのに、それでもこの契りを一途にやはり夢の出来事としてしまいたいとお思いなのですか。

いくら何でも、お思い捨てにはなれないでしょうね」

など、書きかけた途中のように何気なく押し包んでお遣わしになったお手紙を、中将の君は尚侍にこっそりとお見せ申し上げる。尚侍はとてもつらくて、見るのさえも苦しいとお思いになったが、本当にほかならぬ大将とそっくりな幼な子の顔つきは、紛れもなくつらい宿縁を示していて、やはり心を動かされたのか、この大将の手紙の傍らに、

あの夜見たのは夢であると思っていましたが、あなたとの契りは、実は現実のことだったのですね。このような幼な子が生まれたご縁はつらさの上に更につらさが重なる、涙そのものなのです。

○仮に尚侍45の出産後、大将2と逢った折のことと推定。

〔四〕　春の夜は間もなく明けて行く様子で、鶏の声も何度も聞こえる時間になっては、このままではいられないので、大将2は尚侍45のもとからお立ち別れになるが、本当にかえ

さばかりあひがたき身を受けて、またや六道にただよふべきと、まめやかに心憂く思し知られつつ、いとど行なひがちにてのみ、明かし暮らし給ふに、弥生*の二十日あまりにもなりにけり。

［五］第六年三月二十余日、大将[2]、入道関白[13]を訪ねる

春のなごり惜しき有明の頃、いとど夜深く出で給ひて、

(大将)有明の月だにさそふ身なりせば晴れずはものを思はざらまし

内大臣《うちのおとど》の、かやうなりし有明の、月影弱る曙、風も身にしむ夕暮、寂しき床《とこ》を払ひかねつつ、あられぬ心の慰めにや、うちほのめき給ひし折々のことども、まづ思し出でらるるに、面影も、目の前を去らぬ心地し給ひつつ、何のかなしさにも劣らず、涙のほろほろと、やがてこぼれぬるも、

(大将)「げに昔の契りにこそあらめ。花や蝶やと言ひつつ、無《な》げのあはれをかはすならひは、古《いにし》へ今、たぐひも多からんを、露に消え行くむなしき床《とこ》の上まで、おぼつかなからぬたぐひは、さるべきゆゑある中だに、あひがたきことにこそ、言ひ置きたれ」など、つくづく思し続くるも、いみじくあ

って悲しさもひとしおというものである。

「稀に見る夢の逢う瀬というのに、はかなく夜は明けて行って、暁の別れの悲しさを知らない鶏の声を聞くのは本当につらいものだ。

比べるものがないほどの気持ちがして」と申し上げられると、尚侍は、

我が身のつらさは、鶏が声を立てて鳴くように泣いてもまだ足りないほどのつらさですから、私の袖は涙にぐっしょりぬれるほかはありません。

〇前段に直接続くか否かは不明。

［五］　大将[2]はこれほど生まれることがむつかしい人の身に生まれながら、またもや六道に漂うことになるのかと、心底からつらいこととお思い知りになって、いよいよ勤行に励むことが多い毎日を明かし暮らしておいでになるうちに、三月二十日過ぎになってしまった。

春の名残が惜しい有明のころ、まだ非常に夜が深い時に邸をおでましになって、

もしこの有明の月が私の身をあの世に誘ってくれるとしたら、これほど心が晴れぬ物思いをしないで済むことだろうのに。

故内大臣[3]が、このような有明に月の光が弱まった曙や、風が身にしみる夕暮れに、淋しい独り寝の床の塵を払いかねて、居ても立ってもいられない心の慰めとしてだろうか、わずか

はれに恋しければ、やがて月とともに、忍びて入道の大臣《おとど》のもとへ参り給ふ。

[六]大将2、入道関白13から更に深く籠る意向を聞く

（入道関白）「果てのほどまでぞ、かやうに対面賜ひ候はんずる。後《のち》には、いま少し深き峰にまかり籠《こも》るべく」など、聞こえ給へば、

（大将）「そむきぬる山をも出でて山に入らば過ぎにしあとと何をかは見ん

心細くこそ」と聞こえ給ふに、

（入道関白）二 忍ぶ草形見に残る種しあればあはれをかけよ我ならずとも

[七]大将2、入道宮1に入道関白13の様子を伝える

母宮にも、ありつることども聞こえ給ひつつ、「形見に残る」とのたまへることなど聞こえ給ふに、いと忍びがたげなる御気色なり。

（大将）「かなしさはたれも忍ぶの露なれど露もかわかぬ君が袂は

あはれ」と聞こえ給へば、入道の宮、

形見とて忍ぶもかなしなかなかに忘るる草の種となさ

にほのめかされたさまざまな折々のことをまずお思い出しになると、内大臣の面影も目の前を去らぬ気持ちがなさる。他のどんな悲しさにも劣らず悲しくて、すぐに涙がほろほろとこぼれてしまうのも、「内大臣と私の間柄はまさに昔からの契りというものだろう。花や蝶やと楽しみながら、かりそめの情けを交わすならいは、昔も今も例は多くあろうが、命が露と消えて行く空しい臨終の床の上まではっきりと見届ける例は、しかるべき縁がある仲でさえ、出会いにくいものと言われていることなのに」など、つくづく思い続けておいでになると、非常にしみじみと恋しいので、そのまま傾く月とともに、こっそりと、小倉山におられる入道関白13のもとに参上なさる。

○前段に続く場面。

[六]　入道関白13は大将2に、「内大臣3の一周忌のころまでは、このようにここでお目にかからせていただくつもりです。その後は、もう少し深い峰に籠ろうと存じておりまして」などと申し上げられるので、大将は、

「あなたが世を背いてお入りになった山を出て更に深い山にお入りになるとなれば、亡くなった内大臣のご縁ある方として、いったいどなたにお目にかかることができるというのでしょう。

心細うございます」と申し上げられると、入道は、

内大臣を偲ぶ形見として残っている子供たちがおります

ばや

大納言の君などの、人にとりて若う[三]おびえたりし気色ながら、憂き世をも思ひ分き、そむき果てにける心のほど、つくづくあはれにうちまぼられ給ひつつ、

(大将)なべて世の憂きにも人はそむきけりなどか憂き身の憂きにたへたる

帰らん道もはしたなかりぬべければ、夜深う出で給はんとて、あはれになつかしう、語らひきこえ給ふ。

〔八〕大将2と伏見中君44の別れの歌

(大将)「置きてゆく露の別れも若草の結ぶ心をあだに忘るないなとや思す」とのたまふに、

(伏見中君)結び置く心も憂きに消え果てて露ぞ別れぬ野辺の若草

暮れ行く空[三]□れしきにはあらず、定めかねたる御心騒【ぎのあやしければ、

秋ならであやしかりける夕《ゆふべ》かな思ひさだめず騒ぐ心は】(〔1〕Aオ)

ので、その子たちにどうぞ情けをおかけください。私に代わるものとして。

○「母宮」を関白北方12とすることも可能だが、遺児たちの母である入道宮1と見る。

〔七〕 大将2は、母入道宮1にも入道関白13がおっしゃったことなどを申し上げられて、「形見に残る」と詠じられたことなどをお話しになると、とても我慢しきれないようなご様子である。大将が、

「悲しいことは誰でも耐え忍ばなくてはならない、忍草の露のあわれさですけれど、特にあなたの袂は少しも乾くことなく露の涙に濡れておいでのことでしょう。

何と悲しいこと」と申し上げられると、入道宮は、

この子たちを亡き人が形見として遺したものとして偲ぶ悲しみは一通りではございません。そうではなくて、かえって子たちを忘れ草の種としてしまいたいと思います。

宮の乳母子である大納言の君ⓑなどは、他の人よりも若くて内気な様子であったのに、しっかりとこの世のつらさをわきまえ、宮のお供として背き果ててしまった心立てを、大将は、つくづくとあわれにお見守りになって、

世の中の普通のつらさによっても世を背く人はいるのだった。どうしてつらい我が身は並々ならぬつらさに耐えて俗世を過ごしているのか。

［九］大将2、伏見の前斎院35と契り、斎院は惑乱する

さて人静まりぬる【ほどに、やはら御側《そば》 一四
に添ひ臥し給ふに、思ひもよらず、御覧じ開《あ》けたるに、男の影なれば、あさましともなのめならで、起き上がり、すべりのかんとし給ふに、

（大将）つらきかな身にしむ琴の音《ね》を添へて忍ぶる袖に露をもらせよ】（［3］Bオ）

よろづにこしらへ慰め給ひつつ、いかでかまこととも思さん。「心憂しとも、世の常のことをこそ言へ。かかる憂き宿世やはあるべき。これはなほ夢か」とのみ、くれまどひ給へるに、艶《えん》にめでたき【けはひの、御耳に聞こゆるも、憂しとよりほかに覚え給はず。

（大将）「ひたすらに身をも人をも恨むなよ世々に重ねし中の衣《ころも》
ぞ

思し知らせ給へかし」とて、いみじう泣き給ふに、

（前斎院）憂かりけん世々にもさらば消えもせでまたは夢路に何
迷ふらん

○［八］以降、冷泉本と重なる部分があり、本文にその旨を明示する。注記の方法等については、凡例、本巻の注、冷泉本冒頭の注記を参照されたい。時は四月、女は伏見中君44、場所は京都か。

［八］　大将2は明るくなっては帰る道も体裁が悪いので、夜がまだ深いうちにお出ましになろうとして、伏見中君44にしみじみと親しみ深くお話し申し上げられる。

「起きて去って行くのは若草の上に置いて行く露のような別れですが、私の深く若草に結んだ心をいい加減な気持ちで忘れてしまわないでください。

いいえ、忘れてしまいたい、とお思いか」とおっしゃると、

野辺の若草に結んで置いたとおっしゃるあなたの心も、私のあまりにもつらい気持ちに消え果てるばかりで、涙の露とはまったく別れようがありません。

大将は、暮れて行く空が□しいのではなく、何とも決めかねているご自分の動揺が奇妙な気がするので、

秋でもないのに不思議なことになったこの夕方というものだ。思いが定まらずに騒ぐ私の心は。

○この間に女が琴を弾く場面があったか。女は前斎院35

二十八歳、場所は伏見と推定。

［九］　さて、大将2は人が寝静まったころに、そっと伏見の前斎院35の御傍らにお添い伏しになると、前斎院は思いも寄らずに、目をお開けになったところ、それは男性の姿だっ

と、ほのかにのたまひ出でたるを、(大将)「あなはかなの御もの言ひや。さらば、浅きにこそあらめ」など、来《こ》し方行く先をかけて、慰めきこえ給ひつつ、やうやう暁近き気色なれば、】（［4］Cオ）出で給ひても、むなしくのみ待ち明かし給ふらん片つ方の心中も、いといとほしう思しやらるる。

［10］大将[2]、前斎院[35]と伏見中君[44]に文を送る

「思ひつるより、なほなほと、なつかしくもおはしつるかな」と、[一五]夢の浮橋とだえてやむべきことは、くちをしく、恋しかるべき心地なり。帰りては、やがて文書き給ふ。白き薄様幾重《いくへ》ともなきに、

(大将)いかにせん夜半《よは》のなごりの袖の露【臥しわびてのみまどふ心を

いま片つ方へも、このほどの怠りなど、こまやかにて、

(大将)思ひやるながめの末に霧立ちておぼつかなさは秋ぞまされる

浅縹《あさはなだ》の唐の色紙《しきし》の、移り香などしみ深きが、世の常ならぬに、*筆にまかせて乱れ書き給へる、いみじうめ】（［5］Dオ）でたきにつけて、恨めしさもまさりなんかし。

たので、あきれるとも何とも言いようがなく、起き上がって、滑って逃がれようとなさるが、大将は、

ああ、つらいこと。身にしみわたる琴の音を添えて、あなたを慕う私の袖にどうか露を洩らしてください。

さまざまに宥めたり慰めたりなさるが、前斎院はどうして本当のこととお思いになれよう。「つらいという言葉は世の中の普通のこと、まさかこれほど本当につらい宿世はあるはずがない。これはやはり夢か」と惑乱しておいでになるばかりで、大将の優雅なすばらしい言葉の気配がお耳に聞こえるのも、つらいという以外には何もおわかりにならない。大将が、「一途にご自分の身をも私をも恨まないでください。何年

もの間、あなたへの思いを深く重ねて来た中（仲）の衣なのですから。

どうぞ私の気持ちをご理解ください」と言って、激しくお泣きになると、

それでは、つらかったはずの何年ものあいだに、私の命は消え果てもしないで、また今、夢路のような出来事にどうして迷うのでしょうか。

と、かすかに口に出されたのを、大将は、「ああ、はかないお言い草ですね。それではつらさも浅いということになりましょうか」など、過去未来をかけてお慰め申し上げられているうちに、次第に暁も近い風情になるので、お出ましになっても、空しく待ち明かしておいでになるはずのもう片方（伏見の中君[44]）の心中も、とてもお気の毒に思いやられる。

（伏見中君）晴れ間なく八重立つ霧も袖に置く露も我が身の秋とこそみれ

[一一] 大将2、更に前斎院35と中君44双方に文を送る

また、「かの一六音羽山音《おと》にのみあらぬ心の中、いかにくまなう、世づかず聞き給ふらん」と、思ひ出で給ふには、またさすがに、気近き御仲は、かこち所ある心地して、

（大将）一七「別れかね草のゆかりをたづねつつ浅き露にも濡るる袖かな

一もとゆゑとばかり思ひ侍るもあはれならずや」

など、こまやかなるに、異《こと》のには、

（大将）「さまざまに分けける草のゆかりにも憂きにかことの露を散らすな

一八とこの山なり」

と、口固め給へるも憎からず、をかしと見給ふ。

○秋。前の続きか。

[一〇] 大将2は、前斎院35を、「思ったよりももっとすなおで親しみ深くおいでになる方だな」と思って、夢の浮橋が途絶えてそのままになってしまうことは、いかにも残念で恋しいだろうという気がする。帰ってからは、すぐ前斎院に手紙をお書きになる。

白い薄様を何枚も重ねて、どうすればよいのでしょう。昨夜の名残が惜しくて袖は涙の露に濡れ、寝ることもできずに惑っている私の心を。

もう片一方（伏見の中君44）へも、最近のご無沙汰などを細《こま》やかにお詫びになって、

あなたを思いやる私のまなざしの先には涙の霧が立ちこめてさえぎるので、どうしておいでかわからずにお案じする気持ちは、秋には特に深まるのでした。

浅縹の唐の色紙の、移り香が深くしみて、世にもめずらしい紙に、筆に任せて自在に書かれたお手紙は非常にすばらしいが、受け取る側の中君はかえって恨めしさもまさることであろう。

晴れる間もなく八重に立つ霧も、袖に置く涙の露も、秋が来て我が身があなたに飽きられたことを知らせるものと見ておりますが。

○同じく秋。前段の続き。

[一一] 大将2は、また、「私があの音羽山（伏見の前斎院35）を、音に聞くだけではなく実際に訪れた心の中を、中君

［三］故内大臣[3]一周忌に入道宮[1]、六十僧恭敬の法要

正日には、一条院へ入道宮おはしまして、一九六十僧恭敬《くぎやう》何か、それにてぞせさせ給ふ。上達部親王《みこ》たち、世にありとある人、参り給はぬはなし。御手づから書かせ給へる、金泥《こんでい》の法華経、供養せさせ給ふに、目もあやなる御書きざまぞ、講師《かうじ》つかうまつり給ふ人々、涙を流して見おどろき給ひつる。申し上げ給へる尊さ、なべての人の、まねびやらん方なし。御《み》簾《す》の内外《うちと》の涙ども、吉野の滝よりも流れまさりたり。

こと果てぬれど、今宵は帰らせ給はず。誰も常におはしまし方《かた》へ、渡らせ給ひて御覧ずれば、おほかたの御しつらひなどは、さま変はりたることもなけれど、よろづおろそかなるさまにて、二〇比翼連理の契りを頼めても、朝《あした》の床《とこ》は起き憂くし給ひし寝屋《ねや》の中は、古き枕古き衾《ふすま》だに、残らず塵のみ積もりたるを、御覧ずるも、なのめにや思しめされん。

（入道宮）人は古り我も離《あ》れにし床《とこ》の上は払はぬ塵の住みかなりけり

常に寄りゐ給ひし、母屋《もや》の中柱《なかばしら》のもとにて、とばかりため

[44]はどんなにあますところなく、世間ずれしておられない気持ちで聞いておいでになることか」とお思い出しになるが、またそうは言うものの中君は親しく気の置けないご関係であるから、弁解の口実もありそうな気がして、

「あなたとお別れしかねて、草のご縁を尋ね歩いているうちに、浅く置いた露にちょっと袖も濡れたというわけですよ。

お二人は『紫の一もとゆゑ』といった親しいゆかりがおありと存じますのも感慨深いことではありませんか」

など、細やかにお書きになって、前斎院への別の手紙には、

「さまざまにご縁の方を探して草を分け歩きましたが、そのゆかりの方（中君）にも、あなたのつらさを嘆く言葉の露を絶対にお洩らしにならないでください。

『とこの山（私の名前を洩らすな）』ということなのですよ」

と他言しないように口止めなさるのも、前斎院は好もしくおもしろいとご覧になる。

○話としては［一］［二］に続く。故内大臣[3]一周忌を発端として**［四］**まではその追憶を中心とした記述。

［三］　故内大臣[3]の一周忌当日には、一条院へ入道宮[1]がおいでになって、六十僧恭敬などをそこでお催しになる。上達部、皇子たちを始めとして、世の中のしかるべき人で、参上なさらない方はない。入道宮が御手ずからお書きになった

らはせ給ふ。

（入道宮）真木柱寄りゐし人の面影の去らずは長き形見ならまし

など思し続けられて、御覧ずるにつけて、涙の淵まさるもよしなければ、立ち退《の》かせ給ひて、仏の御前《まへ》に、うち行ひつつおはしますに、三内大臣《うちのおとど》も、今宵は候《さぶら》ひ給ひける、こなたへ参り給ふとて、（内大臣）「落葉階《らくえふはし》に満ちて、三紅《くれなゐ》を払はず」と、長やかにうち誦《ずん》じ給へる、いみじき御心の催しなるに、西の妻戸を押し開《あ》けて、簀子に候ひ給ふ。

〔三〕内大臣②、入道宮①に、恋の思いを隠さずに語る

月は入りぬれど、星の光もたどたどしからぬに、げにぞ木の葉降り敷く庭の気色を、つくづくとながめ出で給へる御直衣姿、世に知らず艶《えん》になまめかしきを、何となう、昔思ひ出でらるる心地して、あはれに尊かりつる昼のことどものたまひ出でて、（内大臣）「さてもまだあけぬ夜の夢とのみ思ひゐるに、同じ月日も、めぐりあひ侍りにけるよ。げに三奥手《おくて》の山田かりそめに、はかなくあぢきなき憂き世のならひとは言ひながら、ただ一つ思ひに燃え果て給ひにしぞかしと、思ひ出で給はん心の闇のやる方なさ、いかばかりかはさましがた

金泥の法華経を供養なさるが、その目もあやなご筆跡を、講師としてご奉仕なさる高僧たちも涙を流して拝見し、見事さに驚嘆なさる。願文を仏にお読み申し上げになる尊さは、普通の人は真似のしようがない。御簾の内外においでの方々の涙は、吉野の滝よりも激しく流れている。

ご法事は終わったが、入道宮は今宵は院にはお戻りにならない。お二人がいつもお住まいであったお部屋へお越しになって、ご覧になると、だいたいの室内のご装飾などは以前と変わったこともないが、万事がなおざりになったままの感じで、ご夫婦が比翼連理の約束を交わして、朝の床は起きるのがつらいとお感じになった閨の中は、古い枕、古い夜具の上にでさえ、残らず塵だけが積もっているのをご覧になると、その感慨は一通りであるはずもない。

人は既に亡く、私も離れてしまった床の上は、払わぬままになった塵だけが積もる住みかになってしまったのだ。

故内大臣がいつも寄りかかって座っておいでになった母屋の中柱のもとで、入道宮はしばらくお立ち止まりになる。

真木柱に寄りかかって座っておいでであった人の面影が、去らぬままここに残っていたとしたら、それはいつまでも懐かしい形見になるのだけれど。

などと自然にお思い続けになって、柱をご覧になると、涙の淵の水嵩が増さってくるのもどうしようもないので、お立ち退きになり、仏の御前で、お勤めをなさっておいでになると、内大臣②も、今宵は参内されたのだが、そこからこちらの一

う思さるらん。二四大臣《おとど》も、今は深き峰に移ろひ給ひなんかし」などのたまひつつ、涙押しのごひ給へば、

(入道宮)「はかなさはたれも嵐の末の露消え残りてもいつまでか
　見ん

何となしとても、さこそはあるべかりけめ」とて、うち泣かせ給へば、(内大臣)「いなや、その後《おく》れ先立つ露のためしにもかけたらば、誰もいま一際《ひときは》のかなしさ添はざらまし。二五そをだに、後《のち》のとはあまりのことに」などとて、

(内大臣)「いつまでと思はぬ世にぞ思ふ人つゆもあらじはかなし
　かるべき

かの韋提希夫人《ゐだいけぶにん》の、人をいとひ、浄土を願ひけんはじめも、二六かかる中の内なるゆゑにてこそ侍るを、あさましう、心づからなりしことどもぞかし。おほかた人の思ひは、*さも多う、我が身に積もりぬるものかな。鏡に見ゆる影にだに、言はで忍びし下の思ひよ」と、さすが言ひさし給へれど、忍びがたきにや、

(内大臣)「あさましや忍ぶも忍ぶ限りだになくて涙の色も変へて
　き

条院へおいでになるということで、「落葉階に満ちて、紅を払わず（落ち葉は階段に満ちているものの、紅葉を払う人もいない）」と、ゆっくりと吟唱しておいでになるのはとてもお心が揺すぶられる思いがするが、西の妻戸を押し開けて、内大臣は簀子に伺候なさる。

○前段の続き。

【二三】　月は沈んでしまったものの、星の光がいくらか明るくあたりを照らしており、本当に詩の通りに落葉が降り敷く庭の景色を、つくづくと眺めておいでになる内大臣[2]の御直衣姿は、世にも優雅でしっとりとした風情であるが、内大臣自身は何となく昔が思い出される気持ちがして、しみじみと尊かった昼のご法事のことなどを口にされ、入道宮[1]に、「さてもまあ、まだ明けぬ夜の夢のような出来事と思っているのに、昨年と同じ月日が巡って参りましたね。本当に『奥手の山田かりそめに憂き世の中』というように、はかなく心に染まぬのが憂き世のならいとは言うものの、ただ一筋の思いの「火」に燃え果てておしまいになったと、故内大臣[3]を思い出しておいでと拝察する、父君、入道大臣[13]は、心の闇が晴れぬ無念さを、どんなに覚ましようもなくお思いでしょう。入道大臣も、以前お話しになったように、一周忌を機に今は深い峰へとお移りになることと思いますよ」などとおっしゃって涙をお拭いになるので、入道宮は、

「はかなさということなら、誰でも嵐に吹かれる草葉の末

かかるたぐひはあらじかし」と、聞こえ給へど、御耳にも入《い》らぬさまなるも、ことわりなれば、（内大臣）「あな、よしなのもの言ひや。今は、燃えし思ひも、悔しき方ばかりぞや」と、うち独りごちて、夜も更けぬれば、立ち帰り給ひぬるに、

［四］入道宮①の夢に故内大臣③現れ法華経供養を感謝

（入道宮）「げにさも思はずなりける心地し給へりけるかな。なほ変はらぬ身ならましかば、ありしやうに、折々むつかしき耳をこそ聞かましか。何ごとにつけても、げにそむき果てにける身のみこそ、いみじう嬉しけれ。かの過ぎにし人の、常は何かとのたまひしを、思ひくまなき心ならひと、ものしう思ひしは、まことなりけり」と思し出づるに、げにあはれよりほかのことなうて、残りの燈《ともしび》の影に向かひつつ、夜もすがら御経読み給ひつつおはします暁方、いささかまどろませ給へるに、見し夜に変はらぬ御姿有様にて、うちほのめき給ひて、

（故内大臣）「書きつくる御法《みのり》の花のしるべとて　**【露の光を見るぞ嬉しき**

ことのほか、浅き方におもむきて侍る。つひにも御しるべ

の露のようなもの。仮りに消えないで残るとしても、いつまで永らえることができましょうか。

何も起こらなかったとしても、そういうご宿命だったのでしょう」と言って、お泣きになるので、「これはこれは、その遅れ先立つ露の例を引いてしまうと、誰にも、内大臣ご死去の悲しさは格段のものであったということにはならないでしょう。『そをだに後の（それを後世の頼みにして）』とは、あまりのことです」などと言って、

「いつまでも生きているとは思われぬ世であるとしても、想う人がまったくいないというのは、これまた悲しいことでしょう。

あの韋提希夫人が、人を厭って極楽往生を願ったその始めも、このような仲のうちのことが原因でございましたから、意外にも自分の心から起こったことなのです。だいたい、人の思いというものは、本当にたくさん我が身に積もるものですね。鏡に映る自分の影にさえ、洩らさずに隠していた下の思いが」と、さすがに言い淀んでおいでになるが、我慢しきれないのか、

「何ということか、忍びに忍んで、限りもなく忍んだあなたへの思いは、私の涙を血の色に変えてしまったのです。これほどの思いをする人は他にはないでしょう」と宮に申し上げられるが、お耳にも入らないご様子も当然なので、「ああ、つまらないことを言ったことだ。今は、燃えていた思いも、悔むことばかりが多くて」と独り言を言って、夜も更け

によりてこそは、長く憂き世をも出でぬべけれ。さまざまに憂かりし契りも、みな世の中になん侍りける。今より後《のち》は、いみじき世の光を見給ひ、*盛りをきはめ給ふべき御身になんあるべき。また、蓮《はちす》の台《うてな》にのぼり給はんことは、聞こゆるに及ばず」と、さださだとのたまふに、いみじうあはれにめづらしうて、もののたまはんとするほどに、嵐の音《おと》のおどろおどろしきに、うちおどろかせ給ひつる御心地、何にかはたとへん。**夢**《ﾓ》*と知りせ】（[6] dウ）ばと、悔《くや》しさも限りなし。

（入道宮）おのづからほの*見し夢のうちをだになにか嵐のおどろかすらん

よろづよりは、浅き方にとのたまへることを、嬉しく思されて、「疾《と》う上《かみ》が上《かみ》の品に定まり果てて、導ききこえばや」とよりほかに思されず。

てしまったので立ってお帰りになったが、

○前段の続き。

【一四】 入道宮[1]は、「本当に、内大臣[2]は私に対して思いがけない気持ちを持っておいでになったことよ。もし私が出家しないままの身であるとしたら、先ほどのように、時々面倒なことを耳にすることになったであろう。何ごとにつけても、本当に、世を背き果ててしまった身の嬉しさは格別というもの。あの故内大臣[3]が、いつもは内大臣[2]のことを何かとおっしゃったのを、ご自身の色好みゆえの癖でそうおっしゃるのだと、不快に思ったのだったが、それは本当のことであったのだ」とお思い出しになると本当にしみじみとした思いだけに強くとらわれて、残りの灯火の光に向かいながら、夜もすがら御経をお読みになっておいでになる暁のころ、わずかにおまどろみになった時に、故内大臣が、亡くなった夜にお目にかかったのと変わらぬ御姿、有様で、ほのかにお現れになって、

「あなたが金泥でお書きつけになった法華経の華のお蔭ということで、私は露ほどの光を見ることができたのを嬉しく思います。

ことのほかに、苦しみの少ない世界に参っております。おしまいには、あなたのご供養の導きによって、つらい世界から去ることができるでしょう。さまざまにつらかった契りも、みな、俗世の中においてのことでございました。今からのち

[一五] 第七年四月、内大臣[2]、伏見中君[44]を京にと志す

【山道出で給はんほど、とまり給はん片つ方に、何となう心細くや思すらんと、なほ、そなたの心苦しさをひく方にて、つひに、若君ばかりをと思すも、さすがいかがなど、やすらはれ給ふほどに、二八 祭の頃にもなりにけり。思ひかけぬ風のつてに、かやうにほのめかし給ふ人ありけり。】（「8」bウ）

（前斎院）二九「忘られぬその神山の葵草同じかざしもかげや離れん

心細うこそ」

と、小さき葵の葉に、見分かるべくもなきを、（内大臣）「をかしうのたまへるものかな。一人《ひとり》を迎ふとても、必ず*さはやあるべき。されど、言へばさもしてん」と、これゆゑにはあらねど、思しなるも、けしうはあらぬゆかりの御言の葉なりかし。

（内大臣）三〇 もろかづら同じかざしと思へばぞ今日までかかる葵とも見る

は、あなたはすばらしい世界の光をご覧になって、盛りをきわめになるはずの御身でいらっしゃいます。また、極楽に赴かれて蓮の台におのぼりになることは、申し上げるまでもありません」と、はっきりとおっしゃるので、非常に心を動かされめずらしく思われ、ものをおっしゃろうとするうちに、嵐の音の異様な激しさにはっと目をお醒ましになったお気持ちは、何に喩えられようか。「夢としりせば（これが夢とわかっていたら目を醒まさなければよかったのに）」と、限りなく残念にお思いになる。

自然にほのかに見た夢の世界の中にいるというのに、どうして嵐の音がよりにもよってその夢を醒ましてしまったのか。

さまざまのことをおっしゃった中では、「苦しみの少ない世界にいる」と語られたことを特に嬉しくお思いになって、「早く、極楽の上品上生の最上位にしっかりとお定まりになるように、私もそうお祈り申し上げよう」ということだけをお考えになる。

○伏見中君[44]、若君[48]を出産か。内大臣[2]は、前斎院[35]にも前年の秋に逢っている。

[一五] 中君[44]が、伏見の山道から京におでましになるとすれば、伏見にお残りになる前斎院[35]は、何となく心細くお思いだろうかと、内大臣[2]はやはりそちらのお気の毒さに引かれて、おしまいには、中君のお産みになった若君[48]だけを京

〔一六〕五月、前斎院35、懐妊を知り、内大臣2と対面

【斎院には、いかめしき御勢ひに、引き続き出で給ひし後《のち》、さこそはめでたしと言ひながらも、何となう心細さのみ数知らず。五月雨しげき御袖の上は、いとど晴れ間なう、もの思ひなれば、三時鳥《ほととぎす》の夜深き声ばかりを友とこそ、憂き世に住みわび給へる御気色の心苦しさを、かつ、候ふ人々も、涙の隙《ひま》なうてのみ明かし暮らすに、あやしう、例《れい》に変はりたることども多し。

この春の末つ方より、御心地も例ならず、まめまめしう苦しけれど、うちはへ、かき乱り、心地よからぬならひにおどろかれ給はぬを、はやまことに、逃《のが》れん方なうあはれなる御心にぞありける。二月ばかりよりのことなりけれど、このほどとなりてぞ、御身親しき小宰相など、とがめきこえて、御みづからにもしかじか聞こゆるに、心憂しともなのめなり。さらば、何としても長かるまじきことにこそと思すは、目安く嬉しけれど、「いとど流】（〔10〕aオ・aウ）れ出でん末の名の憂さといひ、またさしも罪深うなることにてさへ、閉ぢめ果てん後《のち》の憂き世こそ」など、堪へがた

に迎えよう、とお思いになるが、そうは言ってもやはりいかがなものかなど、ためらっていらっしゃるうちに、四月の葵祭のころにもなってしまった。思いがけない風の便りに、こうおほのめかしになる方があったのだった。

「忘れられないのは、昔《そのかみ》のその神山の葵草なのです。同じ挿頭《かざし》もかざさずにかけ離れてしまうのでしょうか。
心細く存じまして」

と、小さい葵の葉に、読み取れないほど細かく書いてあるのを、「おもしろくおっしゃるものだな。中君一人を迎えるとしても、必ずしも、もう一人も一緒にということにはならない。しかし、離れたくないと言うのだから、前斎院も京に迎えよう」と、この歌ゆえではないが、そうお決めになるのも、悪くないゆかりのお言葉というわけである。

諸鬘《もろかずら》（双葉葵）を昔と同じ挿頭と思えばこそ、今日まであなたにお逢いするご縁のある葵（逢う日）と私は思い続けているのです。

○中君44は若君48と共にすでに京に移っている。「小宰相」は前斎院付き女房。ここが初出。注四参照。

〔一六〕 前斎院35におかせられては、盛大なご威勢のもとに中君44が姉大君45に引き続いて伏見をお出ましになり京に移られてからは、それほど申し分ない内大臣2のご待遇でありながらも、何となく心細さばかりが数知らず募る。五月雨のごとく涙をいくたびも流すお袖の上は、いよいよ晴れ間もな

う思しほれたるを、大臣《おとど》も、ことわりにあはれなれば、さまざま慰めきこえ給ひつつ、（内大臣）「ことかばかりまでになりにければ、何と思すとも、かひあるべきにあらず。思ひくまなうすきずきしき心など、なべてうちある身にもあらぬを、まことに深きにひかれにけるあざれがましさも、よしや、今はただ一筋《ひとすぢ》に、あはれなる方に思しなせかし」など、うち泣き給へる*気色のなつかしさは、まことになごりとまれる御契りも、憂きにのみは、いかが覚え給はん。

（前斎院）「五月雨の晴れ間も知らぬ*身の憂さは嘆く涙に水嵩《みかさ》まさりて

三 人をば何とかは」とて、袖を顔に押し当てて泣き給へるに、まことに雲間も見えず降りそふ五月雨の空、ものむつかしけれど、二十日あまりの明け方なれば、たをたをとなつかしげなる御姿、髪ざし髪のかかりなど、さは言へど、なべてならずうつくしげに見え給ふも、げにおろかならずのみ思ひきこえ給ふ。

（内大臣）「契りのみいつも有明のつきせねば思ひな入れそ曇る夜の空

く、物思いがちなので、ほととぎすの夜深く鳴く声ぐらいを友として、憂き世に住むつらさを嘆いておいでのご様子のお気の毒さを、伺候している女房たちも、また涙を流しながら嘆きつつ明かし暮らしているので、不思議に日常とは異なったことが多い。

　前斎院は、この春の末から、お気持ちも普通ではなく、本格的な御身体の苦しさがあるのだが、ずっと気分が乱れて具合が悪いのが普通になっているので、特にお驚きにもならなかったけれど、実は本当に逃れようもない、ご懐妊という感慨深い御身の上であったのである。二月ぐらいからのことであったが、このころになって、御身近に親しく伺候している小宰相などが不審にお思いして、前斎院ご自身にもその旨を申し上げると、心からつらいとお思いになることは一通りではない。懐妊ということになるならば、何としても命は永くはないことになるだろうとお思いになるのは、自分としては恥をかかずに嬉しいけれど、「ますます世間に流れるにちがいない浮名の末のつらさといい、また子供を残して死ぬ私の罪深さでさえも自分の死んだ後の子のつらさということになるだろう」など、耐えがたく呆然としておいでになるのを、内大臣[2]も当然のことと思いお気の毒なので、さまざまにお慰め申し上げられて、「事がこうなってしまっては、あなたが何とお思いになろうともかいのないことです。私はあちこちの女性の所に出かけるといった好き心は、まったく持たない身なので、本当に深い気持ちから起こったあなたへの嗜み

三三など言ひ知らぬ」と、うち嘆きて出で給ひぬるなごりも、人やりならずものかなしうながめられ給ひつつ、近き橘の、香りなつかしう吹き来る追ひ風も、これや我が身の三四つひのとまりならんと心細きに、三五時鳥《ほととぎす》の忍《しの》び音《ね》あらはれて、言《こと》語らふもあはれなり。

（前斎院）橘に忘れず偲べ時鳥我は昔の袖の在《あ》り香《か》を

のないようなふるまいも、どうなろうともう、今はただ一筋に、実に感慨深いこととお思いなしください」などとお泣きになる様子は本当に親しみ深くて、ご懐妊に至った御契りを、単につらいだけとはどうしてお感じになるはずがあろう。

「五月雨の晴れ間も見えないこの身のつらさ。私の嘆く涙で雨の水かさがいっそうまさります。

『人をば何と（どうしても忘れられないので恨みながらもつらい）』という気持ちでございます」と言って、袖を顔に押し当ててお泣きになるので、本当に雲の絶え間も見えず降りまさる五月雨の空は心に染まぬが、二十日過ぎの明け方なので、前斎院のたおやかに親しみ深いお姿、髪の具合、髪の流れなどは、そうはいうものの、まことにかわいらしくお見えになるので、本当に一方ならずいとしいとお思い申し上げになる。

「あなたとの深い契りはいつもあって、有明の月のように尽きないのだから、思い沈むことはなさるな。まるで曇る夜の空のように。

『などいひしらぬ（どうして今まで知らなかった思いが添うのか）』」とため息をついてお出ましになる内大臣の名残を、自分の気持ちからくることではあるが、前斎院は物悲しく味わいつつ、近い橘の花が香を懐かしく吹き送ってくる追い風も、これが我が生涯の最後の香となろうと、心細く思っておられるところに、ほととぎすが初音をあげて、高く鳴くのもしみじみと感慨深い。

[一七]十一月二十日頃、前斎院[35]、男児[49]を安産

かくて霜月二十日頃、*思ひしよりは平らかに、これも男の、言ひ知らずらうたげなるにて、生《む》まれ給へるを、大臣《おとど》もかうと聞き給ひて、急ぎものし給ひけれど、*五節何かとまぎらはしき頃にて、日頃経《へ》て、のどかに渡り給へれば、「(女房)なごりの御身は、なかなかその折より、このほどとなりて、いと頼みもなくなり給ひてなん」とて、稚児《ちご》ばかりぞ抱《いだ》き出できこえたり。見きこえ給へば、対《たい》にものし給ふよりも、我が御鏡の影も覚えたる心地して、ことにらうたううつくしき御顔つき、なべてならずあはれと思しつつ、「(内大臣)かばかりあはれなる人も侍れば、今はいかがはと思されて、何とあらんにつけても、かやうにさしはなちたる御もてなしならずはこそ嬉しからめ」とて、やがてはばかりなう、おはします方へ入り給へれば、つつましと思したれど、例〔異〕のぞや、気色ばみなどもし給はず、らうたげにて、いみじう世を心細げに思しつつ、言葉に出でぬものから、この何心なき御上をぞ、うしろめたげに思し入りて、「(前斎院)入道宮へも、さらば疾《と》う渡し給へかし。憂き名の隠れなさこそさりとも、

来年、橘の花が咲いたら忘れずに思い出してほしい。ほととぎすよ、既に昔の人となった私の袖に薫っていた香を。

○前斎院[35]に生まれた若君[49]の顔は内大臣[2]に極めて似る。

[一七] こうして十一月二十日ごろ、思っていたのよりもご安産で、前斎院[35]にも中君[44]と同じく男の言いようもなくかわいらしいお子様[49]がお生まれになり、内大臣[2]もそれをお聞きになって急いでお便りはなさったけれど、五節や何かになると忙しいころのことで、何日かたってからゆっくりとおいでになると、女房が、「ご出産後の御母体が、ご懐妊中よりもかえってこのころになって非常に危なくおなりになってしまいまして」と言って、若君だけをお抱きして出てくる。見申し上げられると、対にお住まいである中君の若君[48]よりも、内大臣ご自身が鏡に映っているのかと思われるほどにそっくりな気がして、特にいじらしくかわいいお顔つきを、並々ならず感慨深いとお思いになりながら、「これほど可憐な若君も生まれたことですし、今はもうどうしようもないとお思いになって、何があろうとも、このように他人行儀なご待遇でないほうが嬉しいのですが」と言って、そのまま憚ることなく、前斎院がおいでになる方にお入りになると、恥ずかしいとお思いになるものの、いつものごとく体裁を作ったりはなさらず、愛らしい様子で世の中をたいそう心細そうにお思いになりながら、言葉には出ないものの、この無心な御子の御こと

御心ばかりをだに、[三七]とこの山なると思されば、嬉しうなん侍るべき」など、嘆きつつ聞こえ給ふも、心苦しうあはれなり。

[一八]前斎院35の産後の不調を、内大臣2は慰める

（前斎院）「まことにさやうに、人聞きよろしう思し掟てんことは嬉しけれども、ただ今日か明日《あす》かの心地して、春を待ちつけんことだに、かたうやあらん」と、のたまへる御気色、いとかなしう、何となりぬべき御さまぞと思すに、涙はやがて、ほろほろとこぼれ給ひつつ、

（内大臣）「先立たば契りしかひぞなかるべき我のみ君に限る命を

いかでかさることはあらん」と聞こえ給へば、（前斎院）「我が身に積もる年《とし》月も、げにまさり給ふるを*」とて、涙はこぼれながら、少しほほ笑み給へり。

（前斎院）「ことわりに消えぬ憂き身の契りをばあはれこの世に思ひ忘るな

それのみぞ」とて、泣い給へる気色も、いと心苦しげなり。[三八]明けば三十《みそぢ》になり給ふべき御齢《よはひ》なれば、ことのほかなるべきぞかし。されど青み細り給へるしもなつかしげにて、そ

を深く気掛かりに思われて、「この若君を入道宮1へ、そういうことなら、早くお渡しになってくださいませ。私の浮名が流れるのはともかくとして、いくら何でもあなたのお心だけは、『床の山なる（床の山にある）』の歌のように私の名を洩らさないでいただければ嬉しゅうございます」など、溜息をつきながら申し上げられるのも、お気の毒で心を打たれる思いがする。

○前の場面に続くが、若君49を入道宮1に託す件の具体的な記述がこの前にあったものと思われる。

[一八]　前斎院35は内大臣2に、「本当にそのように、人聞きが悪くないふうに若君49のお扱いをお決めになったことは嬉しゅうございますが、ただ私の命は今日か明日かの気持ちがして、春を迎えることでさえむつかしいと存じます」とおっしゃるご様子がとても悲しくて、これからどうおなりになるのかとお思いになると、涙をたちまちぽろぽろとおこぼしになって、

「もしあなたが先立っておしまいになれば、お約束したかいがないというもの。私の命はあなたの命のある限りのものなのに。

どうして、春を迎えるのもむつかしい、などということはありましょうか」と申し上げられると、「年上の私が過ごした年月は、本当にあなたより長うございますから」と言って、涙をこぼしながらも少し苦笑いをなさる。

ここそと、御かたちのすぐれ、あなめでたと見ゆるところはなけれど、もの若うなまめかしげに見え給へば、にげなからぬ御あはひなり。さればにや、御心ざしもなべてにはまたなう、まめやかにあはれにぞ思ひきこえ給ふ。

〔一九〕第八年正月、前斎院35の若君49を入道宮1に託す

正月十日、御五十日《いか》にあれば、それより先、前《まへ》の日、白河院へ、迎へ奉らせ給はんとするを、斎院は、さこそのたまひ捨てて、我は憂き世を背《そむ》かんと思し立てど、心細さなのめならず。らうたげに、何心なき御顔つきを、今は限りにこそと、なのめならずかなしければ、つつましさも忘れて、今日は日暮らし、つと守《まぼ》らへて、殿のおはすれば、さすがに見入れぬさまにてゐ給へれど、忍びがたげなる御気色を、あはれと見給ひつつ、(内大臣)「いなや、などかうは思したる。さらばしばしも置かせ給はで。また何とありとも、一所《ひと》にてこそは御覧ずべきにはあらぬか」と、聞こえ給へば、(前斎院)「一所なりとてもいくほどかは見ん。心安き御あたりに、奉りぬるこそ嬉しう」とて、思し立つことの筋《すぢ》しあれば、今日ばかりこそ、かやうにもと思されつつ、御几帳の隔てをだ

「当然のことですが、あなたと交わしたつらい契りの子を、
この世では、ああ本当に、お忘れにならないでください
ませ。

それだけが私ののぞみでございます」と言って、お泣きになる様子も、とてもお気の毒である。年がかわれば三十におなりになるはずのご年齢なので、それを非常に気にしておいでになるのである。しかし、青ざめてほっそりなさったところがことに親しみ深くて、ここがと、ご容貌が特に優れて、ああすばらしいと目立ったところはないが、若々しく優雅にお見えになるので、内大臣とはお似合いの御間柄である。それだからか、内大臣のご愛情も、他にはないほどで、真面目にいとしいものとお思い申し上げておいでになる。

○前斎院35が出家の志を抱くのは、未だ死別を真剣には覚悟しない前段階ということになろう。

〔一九〕　正月十日は前斎院35の若君49の御五十日なので、それより以前にと、前日、内大臣2は入道宮1のおられる白河院へ若君をお迎え申し上げになろうとなさるが、前斎院のほうではあれほどこの世を思い捨てて、ご自分は憂き世を背こうと決心なさったものの、心細さは一通りではない。いじらしく無心な若君の御顔つきを、今が最後と一通りではなく悲しく思われ、憚りも忘れて今日は一日中若君をじっと見つめておられたが、内大臣がおいでになったので、そうは言うもののの若君には関心がないようにふるまって座っておいでにな

に、人見ぬほどなればとて、押しのけなどし給へど、さても、*うらもなげにておはしますを、常よりことにあはれにぞ、見奉り給ふ。白き御衣《ぞ》のなよらかなるに、なまめかしうをかしげにかかれる、御ぐしのさがり、[三九]すぎたる裾《すそ》つきなど、なかなかをかしげにて、脇息に寄りゐ給へる御姿、いよいよあえかに、身もなう、心苦しげなり。

すでに御車など寄せたるほど、若君を、殿抱《いだ》き奉り給ひて、さし寄せ給へ【るに、目を見合はせて、物語高やかにしつつ、うち笑《ゑ》み給へる顔つきの、世に知らずうつくしきも、やがて涙にのみ霧りふたがりて、はかばかしうも見え給はず。

（前斎院）またや見ん千世の初花咲きぬとも身をば霞の空にまがへて

と、せきかね給へるを、かつは、（内大臣）「あなゆゆし、かうは思さるべきことならぬを」とて、

（内大臣）もろともに霞隔てず咲きそめて】（〔11〕Fオ）千世をもわかぬ花のにほひぞ

渡り給ふ道すがらも、御心にかかりていとあはれなり。

るけれど、我慢しきれぬご様子を、内大臣はお気の毒にご覧になって、「いやいや、どうして今さら手放そうとお思いになるのか。それなら、ご出産後、時をお置きにならずにそうなされればよかったのに。また、何があってもご一緒にお過ごしになるべきではありませんか」と申し上げられると、「一緒にといっても、どれだけの間見ていられましょうか。安心できる入道宮のご身辺にさしあげるほうが嬉しゅうございます」と言って、出家しようと決心なさったことの筋はそれとして、今日ぐらいは自然な気持ちに従おうとお思いになり、内大臣が御几帳の隔てを人が見ていない時だからと押しのけなどなさっても、そのまま気になさらずにおいでになるお姿を、いつもより特に感慨を込めてご覧になる。前斎院の、白い御召物の柔らかい上に、優雅に風情ありげに掛かっている御髪の下がり際や、裾にあまる具合などはかえって美しく、脇息に寄りかかって座っておいでのお姿は、ますます華奢にすっかり御身も細られ、お気の毒に見える。

既にお迎えの車が寄せてあるので、若君を内大臣がお抱き申し上げられて、前斎院のそばにおさし寄せになると、若君は母君と目を見あわせて、大きな声でお話をなさりながら、お笑いになる顔つきが見たこともないほどかわいいのも、すぐに涙の霧に遮られて、よくもご覧になれない。

また会うことがありましょうか。千年も続く初花（若君）が見事に咲くとしても、私の身は煙となって春霞の空と見分けがつかなくなるのですから。

[三〇]前斎院35、死を前にして内大臣2に文を送る

さまざまに憂きがゆかりは、つらかりぬべき御上しもぞ、よろづのことの中には、まづ思ひ出でられつつ、[四]「押明《おしあ》け方《がた》の月なるべかなと、いみじう心憂くて、つくづくと泣きゐ給へるほどにしも、かれより御消息あり。常よりも急ぎ引き開《あ》けて見給へば、若君の御ことなど、細《こま》やかに聞こえ給ひて、

(内大臣)「なほ疾《と》う一所へ、思し立つべきさまに思ひ掟て侍るを、いくほどとかは思さるる。いかさまにも、参りてぞ何ごとも聞こえさすべき」

など、さまざまなるを、いと苦しければ、はかばかしうだに見果て給はず。臥しながら御返り聞こえ給ふ。

(前斎院)「行く先はなほぞかなしきしかばかり憂き身を限る命ともがな

思ひ立つこと侍りしをだに、せめて憂き身にはかひなくて、つひにむなしきさまになるにも、

同じ世を背《そむ》くならひもかけてだに忘れわびにし人の面影」

と斎院は涙を我慢しかねておいでになるのを、内大臣は「ああ不吉な。そんなふうにお考えになるべきではないでしょう」と言って、

　ご一緒に、春霞も隔てることなく開き始めて、千年万年も咲き続ける花（若君とあなた）の美しい色つやではありませんか。

入道宮の所においでになる道すがらもお心に掛かって、非常にしみじみとした気持ちである。

○死が目前に迫ったことを知る前斎院35と、将来の時間を考える内大臣2との意識の懸隔。

[三〇]　前斎院35は、さまざまに苦しい面が多いご縁ではあるものの、つらい思いをするにちがいない若君49の御ことが、特にいろいろのことの中では、まず思い出されて、「おしあけがたの月（明け方の月）を見ると恋しい」という歌ではないが、面影が身に添う思いで悲しいのも、この執着が本当にあの苦界の闇に赴く道しるべとなるのかと、たいへんつらくて、しみじみと泣いておいでのところにちょうど、内大臣2からお手紙が来る。いつもよりも急いで引き開けてご覧になると、若君の御ことなどを細やかにお書き申し上げになって、「やはり、早く、若君とご一緒にとご決心なさるように手配をいたしましたが、いつがよいとお思いですか。参上してから、どのようにでも、直接何ごとも申し上げましょう」など、さまざまなことが書いてあるが、身体が非常に苦しい

また、
「あはれなり命いまはに尽きぬともこの水茎に書き流し
　ぬる
さらではいかが」
と、弱々しげに書き給へるを、[四]宰相、押し包みて奉りぬるに、かしこには、内裏《うち》に候ひ給ひければ、御宿直所へ持て参り給ふ。

[三]前斎院35逝去し、内大臣2伏見において喪に籠る

御馬《むま》にて、黄昏時《たそかれ》のたどたどしき紛れに、飛ぶやうにておはしまし着きたれば、「ただ今なん、こと切れ給ひぬ」とて、ある限りの人、臥しまろび泣き焦がれたるに、心憂しとも*なのめなり。「(内大臣)さりとも、かばかりあやなきことはありなんや。物の怪などのしわざにぞあらん」とて、さるべき僧ども、召しにやり何かし給ひて、御みづからは、つと抱《かか》へて、火を近く取り寄せて、見奉らせ給ふに、ただ寝たるやうなる御顔つきの、常よりことにらうたくをかしげにて、御ぐしはなよなよと御枕にたたなはりたるなど、まことに目もくるる心地のみし給ひて、惜しうあたらしともなのめ

ので、すっかり読み終わることさえもおできにならない。臥したままでご返事を申し上げられる。

「私のあの世の行き先はやはり悲しいところでしょう。これほどにつらい身なので、輪廻もこれ限りとする命であ
ってほしいものです。

思い立つこと（出家）がございましたのさえ、たいへん情けない私の身にはそれもかなわず、ついにこの俗体のまま空しく消えることになるのも、
おなじ世を背くならいとは言え、けっして忘れることができないのは若君の面影です」

また、

「ああこの深い思いよ。私の命が今はもう尽きてしまおうとも、この水茎の手紙に思いを書きつくしてございますので、どうぞご覧くださいませ。

そういう思いがなくてはどうして書けましょう」

と、弱々しく書いておありになるのを、宰相が押し包んで内大臣に奉ったのだが、内大臣は宮中に伺候しておいでなので御宿直所へ持っておいでになる。

○前の叙述に直結するか否かは不明。

[三]　内大臣2は御馬で、たそがれの暗さに紛れ飛ぶように急いで前斎院35の所にご到着なさったところ、「たった今、息をお引き取りになりました」と言って、そこにいる人はみな、転げ廻らんばかりに泣き焦がれているので、つらいとい

なりや。（内大臣）「あが君や、いま一度《たび》目をだに見あかせ給へ」と、顔に顔を当てて、泣き焦がれ給へどかひなくて、時もやや移るに、召しつる僧どもも参り、さまざま祈りきこえさせ、御【本意《ほい》なりけるうへ、さても生き出で給ふやうもやと、御戒《い》む事《こと》受けさせ、よろづさまざまし給へど、何のしるしもなく、夜も明けぬるに、今さら世の憂きも限りなう、魂《たましひ》も共に去りにけるにや、心地もなきやうにて、さらに出づべうも覚え給はず。

（内大臣）「さりとて籠りゐんも、方々《かたがた》よろしからず、この御ためも、いたう掲焉《けちえん》にやあるべき」と思せど、「よしや、[四一]立ちにし*我が名など、何とありとても、人知らぬことはあるまじきを、生けるこの世の】（〔12〕fウ）ほども、もの思ひに沈みて、つひに迷はん闇の行く末まで、ただ我からのことにてこそあらめ。そを、ただおほかたに、知らず顔にてはいかでかあらん」と、つくづく思し続けて、籠りゐ給ふを、[四二]対の御方は、「まことに、浅からざりける御心ざしかな」と、うち思して、「昔ながらにてあらましかば、いかばかりかあはれにも*覚ゆべけれ」と、ことわりばかりにて、

う言葉でも言いようがないほどである。「いくら何でも、これほどおかしなことはあるものか。物の怪などの仕業であろう」というわけで、しかるべき僧たちを召しに使いを送ったり何やらなさって、ご自身は前斎院をしっかり抱きかかえ、灯を近く取り寄せてご覧申し上げになると、ただ眠っているような御顔つきはいつもより特に愛らしく美しげで、御髪はなよなよと、御枕に幾重にも重なっているさまは、本当に目も眩む気持ちがなさって、惜しくもったいないとも言いようがないほどである。「我が君よ。もう一度せめて目を開いてほしい」と、顔に顔を押し当て泣き焦がれておいでになるが、何のかいもなくて、時も次第に移って行く。お召しになった僧たちも参上し、さまざまお祈り申し上げ、かねてのご希望であったし、そうすれば蘇生されることもあろうかと、五戒を受けさせ、できることは万事なさったけれど、何の効もなく夜も明けてしまったので、今あらたに世のつらさも限りなく、内大臣御自身の魂も前斎院と共に去ってしまったのか、呆然として、まったくここから出ようともお思いになれない。

「といってもここに籠ってじっとしているのも、いろいろな面でいいはずがない。前斎院の御ためにも、こうした浮名が非常に判然としてしまうことだろう」とお思いになるが、「まあ仕方がない。立ってしまった我が浮名など、どうしたところで、人が知らないことはないだろうから、前斎院はこの世に生きておいでの時も物思いに沈んでおられ、あの世では闇に迷われるだろうが、すべて私の責任というものだ。そ

あながちならぬを、うとましの心やと、我ながら思し知られけり。

〔三〕内大臣[2]、前斎院[35]を夢の中に見る

かの伏見には、春のながめのどやかに、つくづくとあはれにかなしきことどもを思し続くるに、おほかたの世のはかなさも、我が身一つにきはめたらん心地して、[四四]げに昔より、たぐひなかりける御なごりにとまりて、さるべき人々の御面影も、夢にも知らず、何にも過ぎて、あはれに思しはぐくみし后《きさい》の宮にさへ、ことわりならぬ御違《ちが》ひのほどに、うち捨てられきこえて、よそなる内大臣《うちのおとど》のことなどにも、涙の限りは尽き果てにしを、同じゆかりにしも、逃《のが》れぬ契りの浅からず、かかる憂き目を見るも、げにまた異なる中のあはれは、なべてならず。

うち忍び見奉りし夜な夜なの御さま、ただうたたねのさまに変はることなかりし面影など、いつの世に忘るべしとも思されず。ただ宵暁の懺法《せんぼふ》、不断経の声などばかりを形見にて、たづきも知らぬ山の奥に、[四五]月の光ばかりや変はらぬ伏見の里とながめ給ふも、[四六]心を痛ましむる色となりにけ

れをただ普通の扱いで、知らぬ顔をすることはどうしてできよう」と、つくづくとお考えつづけになって、静かに籠っておいでになるのを、対の御方[44]（中君）は、「何とも深いご愛情をお持ちのことよ」とお思いになって「前斎院が恋敵ではなく昔通りの間柄であれば、私もご逝去をどれほど深くお気の毒と感じることか」と、いわば当然の哀悼の思いだけで、際立った深い悲嘆を感じないのを、我ながら疎ましい心を持っているのだと、お思い知りになるのであった。

○内大臣[2]は引きつづき伏見に籠り続けている。

〔三〕　あの伏見においては、春の眺めはのどかで、内大臣[2]はつくづくとあわれに悲しいいろいろなことを思い続けておいでになると、普通の世のはかなさも、自分の身一人に集中しているような気がして、本当に昔、生まれた時から類のないほどの契りの子として生き残り、父君[19]、母宮[17]の御面影もまったく知らず、どなたよりもかわいがってご養育くださった皇后宮[15]さえ、理由のない院[9]の御誤解があったころにお亡くなりになってお見捨てになり、他人の内大臣[3]の御死去のことにもあるだけの涙は尽き果ててしまったが、よりにもよって同じ縁に繋がる伏見の前斎院[35]に逃れ得ぬ契りが深くあって、このようなつらい目に逢うにつけても、本当にまた特別な間柄に対するあわれさは一通りではない。

前斎院にひそかにお逢い申し上げた夜ごとのご様子、ただ仮り寝をしておいでの姿と変わらなかったご臨終の面影など、

れば、慰まん時の間《ま》もなし。まして、夜《よる》の夢路に伴ふ猿《さる》の声などは、聞きならはず、心細うも覚え給ひつつ、（内大臣）「さりとも、我ばかり、何の頼りも知らぬ山の嵐に床《とこ》さえて、春とも知らぬ涙のつらら、片敷きわぶる夜な夜なをば、亡き魂《たま》も、あはれとこそは見給ふらめ。思はずに憂き身の契りとは、深う思《おぼ》いたりしかど、浅きには思ひ捨て給はず、ただ聞こゆるままに、うちなびき給へりしさまなどの、ありふるにつけて、まめやかにあはれにのみ覚えしものを、などか、かの思ひ立ち給ひけんさまなどにても、長らへておはせざりけん。くちをしくとも、さらましかば、世の憂きもつらきもうち語らひつつ、いとよきよそのむつびにてありぬべかりしはや」と、恋しくかなしく、思ひ寝に、ただ少しまどろむともなき夢に、いみじくもの思ひうち悩めるさまにて、何とのたまふことはなうて、うち泣きつつゐ給へると思して、我も、「いかにや」とて、もの聞こえんとし給へど、まづ涙のみこぼるると思すに、やがておぼほれて、うちおどろき給へれば、面影は、なほ立ち去らぬ心地して、

いつ忘れられようともお思いになれない。ただ、宵、暁の懺法や不断経を読む声だけを形見として、取りつく島もない山の奥で、月の光ばかりは変わらない伏見の里と、お眺めになるのでさえも、心を傷つける月の色となってしまったので、気持ちが慰められる時とてない。まして、夜の夢路につれて耳に入る猿の声などは聞きなれずに心細くも思われて、「それでも、自分はたった一人で、何もわからない山の嵐に床は冴え、春とも思えぬ涙の氷を独り寝に敷いて嘆いている夜ごとの寂しさを、亡き前斎院の魂もあわれとご覧になっておいでのことだろう。思いもかけなかった苦しい私との縁だと、深く思っておいでであったが、私の志を浅いものとしてお思い捨てになることなく、ただ私が申し上げるままに従ってくださった様子が、時が経つにつれて心からいとしく感じられたのに、どうして、あのご希望通りの出家の姿であっても、生き永らえてくださらなかったのだろう。残念ではあるが、もしそうであれば、世の中のつらさも苦しさも語らい合って、恋を離れた仲の好い友だちとして過ごせたものを、ああまったく」と、恋しく悲しく思いながら寝入る、ただ少しうとうとしたまどろむとも言えない間の夢に、前斎院が深く物思いをし、悩んでいる様子で何もおっしゃらずに、泣きながら座っておいでになる、とお思いになって、内大臣も、「どうしたのですか」とものを申し上げようとなさったけれど、まず涙がこぼれる、とお思いになるのだが、すぐにぼんやりした気分になってお目覚めになったので、前斎院の面影はそのま

（内大臣）四八 えぞわかぬ見つるやうつつこれや夢まだ明けぬ夜の心
迷ひに

御袖もしぼるばかりになりて、少し読みさしてまどろみ給へる四九八の巻の奥、「即往兜率天上《そくわうとそつてんじやう》、弥勒菩薩《みろくぼさつ》」などいふわたりを、すごううち上げ読み給へる、御声の尊さ、いかならん虎狼《とらおほかみ》とてもなびきぬべきを、藤衣《ふぢごろも》露なれたる松のとぼそのうちに、皆泣き満ちて、忍びもあへぬ声どももあはれなり。

[三三]二月二十日余、内大臣2に、帝4から慰めの手紙

二十日あまりの有明の頃、山に造りかけたる御堂の廊《らう》の、妻戸を押し開《あ》け給へるに、月影やうやう弱りゆきて、あけはなるる霞の絶え間より、宇治橋のはるばると見わたされて、船どもの行きかふも、ほのかに見えたるほど、いみじうものあはれなり。

（内大臣）晴れやらぬ身を宇治川の朝霞心細くもながめやるかな

など独りごちつつ、とばかりながめ入り給へるに、ただこもとに、艶《えん》*なる文をぞさし置きたる。青鈍《あをにび》*の薄様にて、桜に付けたるを、引き開《あ》けて見給へば、

ま立ち去らない気がして、

本当によくわからない。斎院を見たのは現実か、それともこれは夢であったのか、まだ明けぬ夜の心迷いの中に。

お袖も絞るほどに濡れて、少し読みかけてまどろまれた法華経第八巻の最後の、「即往吐兜率天上、弥勒菩薩」というあたりを、ぞっとするほどすばらしくお読みになるお声の尊さは、どんな虎、狼であろうと服従しそうなほどで、喪服をつかり涙の露に濡らしている松の扉の内部では、女房たちもいっせいにみな泣いてしまい、その我慢しきれぬ声々もあわれを極める。

○帝4に対して、前斎院35との契りを隠す内大臣2の巧者な言葉のやりとり。

[三三]　二月二十日過ぎ、有明のころ、内大臣2は山にさしかけて作ってある御堂の廊の妻戸を押し開けてご覧になると、月の光は次第に弱って行き、明けはなれる霞の絶え間から宇治橋がはるばると見わたされ舟が行き交うのがほのかに見えているのは、本当にしみじみとした感じがする。

気持ちが晴れずにいる、苦しいこの身は、つらい宇治川の朝霞を心細く遥かに眺めるほかないのだ。

などと独り言を言いながらしばらく眺め入っておいでになると、ご自分のそばに、優雅な手紙が置いてある。青鈍の薄様の紙で、桜の枝に付けてあるのを引き開けてご覧になると、

「悲しみに限りがない、伏見の里のお別れを聞いて、これ

「(帝)限りなき伏見の里の別れこそ聞くも夢かとおどろかれ
　ぬれ
隔て給ふ恨めしさに、思ひながらこそ」
と、内裏《うち》の上の御手にて、書かせ給へるに、「(内大臣)あなおぼつかな。何となう紛らはしたらましかば、かたじけなくもあるべきかな」と、*思しなりて、御使《つかひ》尋ねさせ給へど、まだ夜中に、うち置きて逃げにければ、あらんや。「心深げにも、しなされ奉りぬるかな」と、独《ひと》り笑《ゑ》みせられ給ひつつ、やがてかれより奉り給ふ。
「(内大臣)人聞きばかり、末通らぬ空《そら》道心を起こして、山深く住まひ侍るものを。床《とこ》の別れこそ、あぢきなく侍れ。
世の憂さのさこそ我が身に積もるともよそのあはれを
何か嘆かん」
また、
「白雲の八重立つ奥の花見てもまづ九重を思ひやるかな
過ぐし侍るに、風の便りの御言伝《ことづて》は、あなかしこや」
とて、おもしろき枝折らせて、さしかへて参らせ給ふ。これも、「(内大臣)藤三位*五〇の娘の按察使の局《つぼね》へ、いづくともなくて、

は夢かと驚いてしまいました。

私に心をお隔てになってお知らせがない恨めしさに、思いつつもお見舞もせずに」

と、帝[4]のご筆跡でお書きになってあるので、「ああ、どうしたらいいかわからないな。前斎院[35]との間柄を何ということなく紛らわしてしまうと、恐れ多いことになってしまいそうであるし」とお考えつきになって、帝のお使いをお探させになったが、まだ夜中のうちにお手紙をさっと置いて逃げてしまったので、残っているはずもないのだ。「帝は深く配慮されて、こうしたやり方をしてくださったのだな」と、自然に笑みをこぼされて、すぐにこちらからご返事をおさしあげになる。

「人の評判はともかく、実は永く続くあてのない気まぐれな道心を起こして、山深い所に籠っておりますので。妻と別れて過ごすのは味気ないものでございます。

世のつらさがこれほど我が身に積もっているからこそ山におります。よその方が亡くなったのを、どうして嘆くことがございましょう」

また、更に、

「白雲が八重に立つ山奥の花を見ても、まず九重（宮中）の花の美しさを遠く想っております。

ご挨拶もせずにおりましたが、風の便りの御ことづてをいただいて恐縮に存じます」

と書き、風情のある枝を折らせて、帝からの桜とさし替えて

さし入れて逃げよ」とのたまふ。

[二四]内大臣[2]、入道宮[1]・尚侍[45]に歌を贈る

やがて入道宮へも、心ことなる一枝、奉り給ふ。

(内大臣)「おぼつかなかくても見ばや山桜にほふも袖に露ぞこぼるる
憂き古里からにや」

など聞こえ給ふ。

筆のついでに、かの中将の君のもとへ、「にほひは変はらずや」と、見せきこえまほしけれど、もし見とがむる人もこそと思せば、よしなうて、ただ、

(内大臣)五一「とまる身の憂きにつけてや亡き人のあはれをだにも問はれざるらん
つらさはかりかねて」

など、ありつる御返りども、日たけてぞ参りたる。入道宮には、

(入道宮)山桜見る我からの露けさはいづくもわかぬものにぞありける

【ただ一房《ふさ》、添へさせ給へり。

さしあげられる。「この手紙も藤三位の娘、按察使の局へ、どこから来たともなくさし入れて、逃げてきなさい」とおっしゃる。

○前場面に続く。

[二四]　ひき続き内大臣[2]は、入道宮[1]へも、特別に美しい桜の一枝をおさしあげになる。

「どんなに美しいかと、あなたの所に咲く桜が気がかりで、こうして山にいても拝見したく存じます。山桜が咲き匂っておりますものの、袖にはあなたを想う涙の露がこぼれますから。
伏見という名のつらい里にいるせいでしょうか」

などと申し上げられる。

筆のついでに、尚侍[45]の女房、あの中将君ⓖのもと（実は尚侍）へ「花の匂いに変わりはないでしょうか」と、この伏見の山桜をお見せ申し上げたいけれど、もし見咎める人がいると困るとお思いになるので、あじけないが、ただ、

「生きとどまっておいでの身のつらさゆえに、亡き叔母君、斎院[35]へのご弔問―あわれというお言葉さえもお問いかけになれないものと存じます。
おつらさはいかばかりと思われて」

などとお書きになったお手紙のお返事をふたつ、日が高く上ってから内大臣のもとに、使いが持って参上した。入道宮におかれては、

おぼつかなかるべき片つ方のは、急がれずぞありける。されど、*さしあたり胸うちさわぎて、ひき開《あ》け給へれば、

(尚侍)あはれとも問はばうつつの心地してさむるが夢と待ちつつぞ経《ふ》る】(〔13〕一オ・一ウ)

[三五]入道関白[13]から白河院[9]への文

五三【院よりも、この御こと、急ぎ聞こえさせ給へりける御返り、さまざまあはれなることども聞こえさせ給ひて、

(入道関白)いとへども尽きぬ命に思ひわび捨てしこの世もゆかしかりけり】(〔18〕八ウ)

[三六]十二年。白河院[9]、東宮[21]、入道関白[13]に対面

【暁近くなりて帰らせ給ふに、よろこび申し給ひつつ、

(入道関白)身をも捨て世をもあきにし山の奥にかかる御幸《みゆき》は思ひかけきや

とて、うちひそみ給へば、院も、押しのごはせ給ふ。

(白河院)「我ゆゑに世をば秋とも思ひ知る心や千度《たび》行きかへりつつ

聞こゆるもなのめなりや」と、のたまはす。

次の日も、中宮おはしますべければ、待ち奉りて、下《しも》の

山桜を見る自分の心のせいで涙すると思っておりましたが、あなたのお手紙であなたも同じということがよくわかりました。

と、ただ桜の花を一房添えておありになる。

ご返事があるかどうかはっきりわからなかったもう一方の尚侍[45]からは、しばらくしてからご返事がある。しかし、とっさに胸がどきどきしてお引き開けになってみると、

「あわれ」という哀悼の言葉を私があなたにお掛けするとなれば、斎院とのお別れは現実である気持ちがして、これは夢にちがいないと、覚める時を待ちながら過ごしております。

○以下大きく局面が変わり、その間の内容は大むね冷泉本によって補うことができる。この場面は入道関白[13]のいる小倉山に東宮[21]が行啓されることを述べた白河院[9]の手紙に対して関白が返事をする部分。

[三五]　白河院[9]からも、この東宮[21]の小倉山行啓のことを、急いでお知らせ申し上げてあった手紙に対する、入道関白[13]のご返事があり、さまざまに身にしみるお言葉を内大臣[2]に申し上げられて、

疎ましく思うもののいつまでも尽きない命を思いあぐねて、世を捨てて出家しましたが、やはりこの世も恋しいものなのでした。こうした行啓という嬉しいことがあるのですから。

御堂におはします。昨日のことども、さは言へど御心にかかりて、院*へも、御消息奉り給ふ。春宮[53]へは、

（入道関白）[54] 山伏の嘆きのもとをまれに出《で》てひもとく花を見しぞ嬉しき

とありけり。御返し、

（東宮） いにしへの嘆きこりつむ山見てぞ憂きは我が身と思ひ知りぬる】（[20]一〇ウ-一一ウ）

○物語十二年。院[9]は自分が噂を信じて内大臣[3]を責め、死に追いやり、それを悲しんで関白[13]が出家したことを詫びる。

〔二六〕 暁近くなり、院[9]はお帰りになるというので、入道関白[13]はお礼を申し上げられて、

身をも捨てて世にも飽いてしまった小倉山の奥に、このように院の御幸をお迎えするとは思いがけない光栄なことでございました。

と言って、泣き顔になられるので、院も涙をお拭いになる。「私のせいであなたは世を飽きられたのだと思い知りました。お気持ちはきっと千度も行き返り乱れ果てたことでしょう。

こう申し上げても充分ではありませんよ」と仰せになる。

次の日も、中宮[14]がおいでになるはずなので、お待ち申し上げるということで、入道関白[13]は下にある御堂においでになる。昨日のさまざまなことが、そうは言っても、入道のお心に掛かっているので、院へもお手紙をおさしあげになる。東宮[21]へは、

庵に住む山伏の私が嘆いて過ごすところ（投げ木のもと）から稀に出てきて、咲き初めた花のようなあなたにお会いしたのは本当にうれしゅうございました。

と書いてあった。東宮のご返事には、

昔の嘆き（投げ木）を切り積む山においでのお姿を見て、つらいのは自分の身であると思い知ったのでした。

〔二七〕伏見大君45、皇后宮となる

【かの「秋のみ山の」とせし御兼ね言も、まことに思ひ知られて、涙もこぼれ給ふに、かの人知れぬあたりより、またかかることぞありける。

(関白)かきくれし夢にも床《とこ》を忘るなよさこそ雲居の月となる
　とも

とあるを、今さら恐ろしう覚え給へど、過ぐしがたくや思されけん。

(皇后宮)思ひ出づる世々の昔にかきくれて晴れ行く空の月もわ
　かれず

とあるを、世々の昔は身一つに思ふまじ、と見給ふものから、あはれなることなり。】(〔23〕一四オ・一四ウ)

〔二八〕白河院9の六十御賀の歌

【かやうにて、ことも果てて、月おぼろにさし出でたるほど、御盃《さかづき》あまたたびになりぬ。

(嵯峨院)五五 君が住む流れ久しき白河の花ものどけきにほひなりけ
　り

(白河法皇)五六 春を経てかひある花の光とは古りにしものを白河の水

○十四年か。この間に入道関白13は死去し、尚侍45は皇后となり、東宮21は即位。冷泉本〔29〕によると、内大臣2は関白に。巻三〔四〕、伏見大君45が懐妊した時、帝4が詠まれた「濁り江に」の歌は将来の栄達を予言していた。

〔二七〕　伏見大君（皇后）45は、あの「秋のみやまの―今は苦しいが将来は皇后にでも」と、昔、帝4が詠まれたご予言が、それが実現したいま本当に思い知られて、涙をおこぼしになるが、あの人知れぬ秘密の方（内大臣・関白）2から、またこういうお便りがあったのである。

　涙にかきくれた昔の逢瀬の床を、夢にもお忘れになるな。
　このように皇后として雲居の月とおなりになっても。

と書いてあるのを、皇后は今さらに恐ろしくお感じになるが、見過ごしにくくお思いになったのか、

　思い出されてくる昔の世の一夜一夜のことは、すっかり
　涙にかきくらされて、晴れて行く空の月も見えないほど
　でございます。

とあるのを関白2は、「昔の世の一夜一夜」とは、ご自身のことだけではなく、秘密の子供のことも思うのだろうとご覧になるものの、しみじみとした事の成り行きである。

○前段から約五年たった十九年のことか。関白2三十二歳。院9は法皇、帝4は嵯峨院、東宮21は帝と称される。

とある法皇のは、かたへしたり顔にめでたき。大臣《おとど》の、上の御前《まへ》に、御かはらけ参り給ふとて、

(関白)＊よろづ世のにほひも＊深し桜花かかる行幸《みゆき》の春の心は

取らせ給ひて、

(帝)㐂山桜小高き峰に＊咲くのみやふるにかひある行幸なるらん】(〔32〕二二ウ-二三ウ)

〔三九〕関白[2]の二人の若君[48][49]、元服、中将・少将に

【大臣《おとど》の若君二所ながら、今宵よき夜とて、御前《ぜん》にて、御冠《かうぶり》し給ふ。いづれも同じ御年十三になり給へど、＊対の上のは、ことのほか先に生《む》まれ給へれば、次第のままに、この上《かみ》のさまなるを、父大臣《おとど》は、あかず思されけり。やがて、位ども賜はり、中将、少将になり給ふ。劣らぬ御上《あ》げ勝《まさ》りどもを、帝をはじめ奉りて、うつくしと思しめしたり。】(〔34〕二四ウ・二五オ)

〔三八〕　このようなふうに、白河法皇[9]の六十の賀の儀式もめでたく終了して、月が朧にさし出たころ、御盃が何度もめぐる。嵯峨院[4]の御歌。

君が長くお住みになり、流れも久しく続くこの白河には、咲く桜花も、おだやかな匂いを放っております。

春を何回も過ぎて、あいかわらず見るかいのある花の輝きのうつくしさよ。古くから流れている白河の水なのに。

とある法皇の御歌は、いっぽうではご自慢めいていてまことにすばらしい。関白[2]が、帝[21]の御前に、御盃をさしあげられるというので、

万世に続く匂いも深い桜の花、このような行幸《みゆき》の春の御幸いは、まさにこの美しく散りかかる桜が語っております。

盃をお取りになって、帝[21]は、

小高い峰に咲く山桜だけが、年を経るかいのある行幸《みゆき》の光栄を本当に知っていることでしょう。ご長寿の院がご覧になるのですから。

○六十賀の日の夜か。中将[48]の母は伏見中君[44]。少将[49]の母は故前斎院[35]であるが、母を秘して入道宮[1]が養育。

〔三九〕　内大臣[2]の若君はお二人とも、今宵は好い夜だからというので、帝[21]の御前で、御元服をなさる。いずれも同じお年で、十三歳におなりになるが、対の上（伏見中君[44]）の

お子様48はずっと早くお生まれになっておいでなので、年齢順というわけで兄君の扱いなのを父関白2は不満にお思いになった。すぐに位を賜って、それぞれ中将48、少将49におなりになる。髪を結い上げたことでいっそう美しいお二人のご容貌を、帝を始め奉ってみな、かわいいとお思いになっておいでである。

巻四　注

この巻は冷泉家時雨亭文庫蔵「いはでしのぶ」（以下「冷泉本」と略称）と内容を同じくする。【　】内の太字は、冷泉本と重なる部分。ただし多少の異同がある。（　）内は、見出し番号と冷泉本底本の該当部分の丁付けを示す。巻八の後に掲載の冷泉本翻刻を参照されたい。

引歌に関わる注末尾の※については、巻一の注冒頭（七六頁）の記述を参照。

一　大き大殿―内大臣[3]の父太政大臣[13]の出家は前年十月。巻三〔**二五**〕以降参照。以下の巻四〔**五**〕末尾～〔**七**〕にこの人物が登場する。

二　いとど峰の霞の晴れ間なく―「雁かへる峰のかすみの晴れずのみうらみつきせぬ春の夜の月」（新千載集・雑上・一六八九・千五百番歌合に・後鳥羽院御製）※。

三　迷はん闇―内大臣[3]の臨終の歌の中に「闇に迷はば」の言葉があった（巻三〔**一九**〕）。なお、内大臣の死去の時期は巻四〔**一三**〕の一周忌の記述に「月は入りぬれど、星の光もたどたどしからぬに」とあることから、小木氏は十月の新月の頃かとされる。

四　池の汀に寄せ返る浪の音……―「波の音の今朝から異にきこゆるは春のしらべや改まるらむ」（古今集・物名・四五六・安倍清行）※。

五　吹きとく風―「袖ひぢてむすびし水のこほれるを春立つけふの風やとくらん」（古今集・春上・二・春立ちける日よめる・紀貫之）。

六　契りなきものとか言ひ置きたる梅のにほひの……―「春の月かすめる空の梅が香に契りもおかぬ人ぞ待たるる」（新勅撰集・雑一・一〇三七・百首歌よみ侍りけるに、春の歌・侍従具定）。

七　よそふる濃さは―「色も香もむかしのこさににほへどもうゑけん人のかげぞこひしき」（古今集・哀傷・八五一・あるじみまかりにける人の家の梅の花を見てよめる・紀貫之）。

八　「鶯も」の歌―風葉集（雑一・一一五九）に「内大臣かくれて後、一条院の紅梅もときを忘れずさきぬらんと、人のいふをきかせ給て　いはでしのぶの女院」として入る。

九　「憂き節は」の歌―「呉竹の世々の古言おもほゆる昔語りはわれのみやせん」（和泉式部日記）※。

一〇　「見し夢の」の歌―「涙のみ流れあふせはいつとてもうきにうき添ふ名をや流さむ」（夜の寝覚・巻三）※。

一一　忍ぶ草―入道宮[1]と故内大臣[3]との間には忘れ形見として若君[21]と姫君[46]が残る。

一二　おびえ―小木喬氏『いはでしのぶ物語　本文と研究』・鎌倉時代物語集成は「おびれ」か、とする。

一三　空□れしき―底本三条西家本二一ウの表記「空」と「れ」の間に空白があるかに見えて読みにくい。三条西公正氏校訂

「古典文庫」九一頁は二字分の空白を当て、小木氏『いはでしのぶ物語　本文と研究』は一字欠とする。三角洋一氏『鎌倉時代物語集成』は「うカ」として「うれしき」とする。小木氏は「空」「嬉しき」として、この間に物語があったものと推定。仮に一字分の空白とするが、その間の内容は不明。

一四　御側―前斎院[35]の御側とみる。前斎院は伏見入道[40]の妹。伏見中君[44]の叔母に当たり、かつて姉の大君（尚侍）[45]とこの中君との二人とともに伏見に住んでいた。大将[2]は、「叔母・姪二人」という血縁関係にある三人の女性と契りを結び、以後相互に微妙な緊張関係が生じる。［二］に「ゆかり」「紫草」の語が使われるのもその縁。

一五　夢の浮橋―「春の夜の夢の浮橋とだえして嶺にわかるるよこ雲の空」（新古今集・春上・三八・守覚法親王、五十首歌よませ侍りけるに・藤原定家朝臣）。

一六　音羽山―「おとは山おとにききつつ相坂の関のこなたに年をふるかな」（古今集・恋一・四七三・題しらず・在原元方）。

一七　「別れかね」の歌―次の「一もとゆゑ」の語とともに、「紫のひともとゆゑにむさし野の草はみながらあはれとぞみる」（古今集・雑上・八六七・題しらず・読人しらず）。

一八　とこの山なり―「いぬがみのとこの山なる名とりがはいさとこたへよわが名もらすな」（古今集・墨滅歌・一一〇八）。参考「…と言ひ合はせて、とこの山なると、かたみに口がたむ」（源氏物語・紅葉賀）、「とこの山なるとや、口固めてまし」（夜の寝覚・巻一）。※

一九　六十僧恭敬―六十人の僧を招いて行なう盛大な供養。「四十九日のわざせさせたまふにも、（中略）六十僧の布施などおほきに掟てられたり」（源氏物語・蜻蛉巻）。薫が浮舟の供養をする場面参照。

二〇　比翼連理―長恨歌による。「翼をならべ、枝をかはさむと契らせたまひしに」（源氏物語・桐壺巻）。なお、去った人と真木柱の移り香の記述は、源氏物語・真木柱巻参照。

二一　内大臣―この呼称初出。以前の大将[2]を指す。これまでは入道宮[1]の夫が（故）内大臣[3]であった。

二二　落葉階に満ちて、紅を払はず―「西宮南苑秋草多く、宮葉堦に満ちて紅掃はず」（長恨歌）。宮葉を落葉として詠じたもの。

二三　奥手の山田―「あさ露のおくての山田かりそめにうき世の中を思ひぬるかな」（古今集・哀傷・八四二・おもひに侍りける年の秋、山寺へまかりける道にてよめる・貫之）。

二四　大臣―出家した関白太政大臣（入道関白）[13]。故内大臣[3]の義父。

二五　そをだに、後のとは―「あかでこそ思はむ仲は離れなめそをだに後の忘れがたみに」（古今集・恋四・七一七・題しらず・読人しらず）※。

二六　かかる中の内なるゆゑにてこそ侍るを―この一文を小木氏は原文のままとして解釈を保留しておられる。「韋提希夫人」は釈迦の説法を聞き極楽往生を遂げたが、そこに至るまでの子の出生に関する伝説と「いつまでと」の歌とは共通点がないために、歌と「かの韋提希夫人」との間には断絶があると見られるためである。ここでは仮に、「韋提希夫人のごとくに皆往生の素懐を遂げけるとぞ聞こえし」（平家物語・灌頂・女院往生）を参考とし、女人往生に関係あるものとして原文をそのままに解釈した。

二七　夢と知りせば―「思ひつつぬればや人の見えつらん夢としりせばさめざらましを」（古今集・恋二・五五二・題しらず・小野小町）。

二八　祭の頃―葵祭は四月中の酉の日。双葉葵を桂の枝につけ挿頭としたことから、二首の歌は葵祭を意識した表現。

二九　「忘られぬ」の歌―「いかなればその神山の葵草としはふれども二葉なるらん」（新古今集・夏・一八三・葵をよめる・小侍従）※。

三〇　「もろかづら」の歌―「よそにやは思ひなすべきもろかづら同じかざしはさしも離れず」（狭衣物語・巻三）※。

三一　時鳥の夜深き声―「ほととぎす夜深き声を聞くのみぞ物思ふ人のとりどころなる」（後拾遺集・夏・一九九・道命法師）※。

三二　人をば何とかは―「憂きながら人をばえしも忘れねばかつ恨みつつなほぞ恋しき」（伊勢物語・第二十二段）。

三三　など言ひ知らぬ―「あけぬとて今はの心つくからになどいひしらぬおもひそふらむ」（古今集・恋三・六三八・題しらず・藤原国経朝臣）。

三四　つひのとまり―「いかにせん身を浮舟の荷をおもみつひの泊りやいづこなるらん」（新古今集・雑下・一七〇六・増賀上人）※。

三五　時鳥の…言語らふも―「いかにして事語らはん郭公なげきの下に鳴けばかひなし」（後撰集・恋六・一〇二〇・読人しらず）※。

三六　例のぞや―仮に、いつものように、と解する。

三七　とこの山―注一八参照。

三八　明けば三十に―物語七年十一月。前斎院[35]二十九歳、内大臣[2]二十歳。

三九　すぎたる―底本表記「過たる」。「そぎたる」の誤りとも考えられるが、仮に「裾の長さに余る」と解した。

四〇　押明け方の月―「あまのとをおし明けがたの月みればうき人しもぞ恋しかりける」（新古今集・恋四・一二六〇・題しらず・読人しらず）。

四一　宰相―［一六］に見える前斎院[35]付き女房「小宰相」か。下文の主語と考えるとすれば、「持て参り給ふ」と敬語が用いられる理由は不明。

四二　立ちにし我が名―「群鳥のたちにしわが名今更に事なしぶともしるしあらめや」（古今集・恋三・六七四・読人しらず）※。

四三　対の御方―伏見中君[44]。前斎院[35]の姪であると同時に、内大臣[2]を争う関係に至る。

四四　げに昔より……―内大臣[2]の母宮[17]は出産直後に死去。一年後に父君[19]も死去。巻一［一〇］～［一三］参照。

四五　月の光ばかりや……―「忘るなよ世々の契りをすが原や伏見の里のありあけの空」（千載集・恋三・八三九・皇太后大夫俊成）。

四六　心を痛むましむる色―「行宮に月を見る　心を痛ましむるの色」（長恨歌）。

四七　山の嵐に床さえて―「昔思ふさよの寝覚めの床さえて涙もこほる袖の上かな」（新古今集・冬・六二九・冬歌とてよみ侍りける・守覚法親王）※。

四八　「えぞわかぬ」の歌―風葉集（哀傷・六八八）に「人のいみにこもりて侍りけるに、ありしながらのさまにて夢に見え侍りければ、うちおどろきて　いはでしのぶの関白」として入る。

四九　八の巻の奥―法華経巻第八、普賢菩薩勧発品第二十八「即往兜率天上、弥勒菩薩所」。参考、狭衣物語（新編日本古典文学全集）・巻一・五四頁。ただし流布本は異なる。

五〇　藤三位の娘の按察使―帝4付き女房。初出。帝への手紙を、帝からの手紙と同様に誰からとも知らせず届けようとする趣。枕草子二五九段（新編日本古典文学全集）を想起させる。この物語には冒頭に桜花の場面が描かれ、以後それぞれの意味を持ちつつ頻出する。

五一　「とまる身の」の歌―風葉集（哀傷・六八四）に「前斎院のいみにこもりて侍りけるに、皇后宮のとぶらひのたまはざりければ、聞こえさせ侍りける　いはでしのぶの関白」として入る。

五二　院よりも……―この［三五］は冷泉本［18］の一部分に対応する。冷泉本によると、小倉山の入道関白13が東宮21との面会を切望しているので、白河院9が文を送り、それに対して入道関白が「いとへども」の歌を返したものと考えられる。従来「この御こと」は斎院35の死去、「いとへども」の歌はそれに伴う白河院の述懐として「捨てしこの世」の文言から院は出家したものか、として読まれてきたが、冷泉本の筋に従いたい。付載の冷泉本［18］参照。

五三　春宮―故一条内大臣3と入道宮1の間に生まれた若君21。巻一［三〇］参照。

五四　「山伏の」の歌―「奥山の松のとぼそをまれにあけてまだ見ぬ花のかほをみるかな」（源氏物語・若紫巻）※。

五五　「君が住む」の歌―風葉集（春下・六七）に「法皇六十御賀、白河院にておこなはれ侍りけるに、よませたまひけるいはでしのぶの嵯峨院御歌」として入る。

五六　「春を経て」の歌―風葉集（春下・六八）に「法皇の御歌」として入る。

五七　「山桜」の歌―風葉集（春下・六九）に「帝の御歌」として入る。風葉集・第三句「咲のみや」。

いはでしのぶ　巻五

[一]十九年春三月二十日余。帝[21]白河より帰京延期

花に慣れぬる旅の空は、来《こ》し方もの憂き御心地にて、いづれの行幸《みゆき》も、その夜はとまらせ給ひぬるを、主《あるじ》の院は、いみじき面目《めんぼく》にのたまはせて、さらば、中一日おはしますべきさまに聞こえさせ給へば、内裏《うち》の上も、めづらしく春の山辺、心静かにながめさせ給ひつつ、まことに、霞をこめし行く先もなく、都の梢隠れなきを、古言《ふること》も思し知られて、をかしく御覧ぜられけり。

[二]女院[1]、皇后宮[45]と初めて対面、故内大臣[3]を偲ぶ

皇太后宮は、一日も御対面ありて、昨日も一つにおはしまししを、皇后宮とても、隔てあるべき御身かは、女院に御対面あるに、誰も昔のかこと離れず、かたみにあはれなる御心地どもにて、女院《ねうゐん》は、皇后宮の、うち思ふにも過ぎて、若くうつくしげに、気近く愛敬づき、にほひ多く見え給ふを、今の宿世のほどもことわりに、古《いにし》への御思ひも浅くは見えざりしかども、かばかりをかしげに、なべてならざりける人を、何ごとにつけても、隔て顔に*もてなし給ふこともなく、さしも思ひも入れざりし我が気色をさへ、常はとり給

○巻四の末尾近くの記述に続く。帝[21]は白河院[9]六十歳の御賀のため白河に訪れている。

[一]　山の桜の美しさに馴れ親しんだ御遠出は、都に戻りたくないお気持ちを起こさせて、白河においでになった行幸のご一行は、帝[21]をはじめとして皆様方もその夜はお泊りになった。ご主人役の白河院はたいへん面目のあることと仰せになり、それでは、さらにもう一日ここにおとどまりになるように、とお勧めになったので、帝も久しぶりに春の山の景色を心静かにお眺めになりながら、本当に、霞は晴れようもなく立ちこめたままで、その上から都の梢がはっきりと見えているのを、古い歌によく詠まれているのもなるほどとこういう風景なのだと納得なさっておもしろくご覧になった。

○前に続く場面。故内大臣[3]は生前、女院[1]を妻としつつ、皇后宮（伏見大君）[45]とも関わりを持っており、面倒な事態がさまざまに生じていた。

[二]　女院[1]は皇太后宮[14]に、御賀の当日の一昨日もご対面なさり、昨日もご一緒にお過ごしになったのだが、皇后宮[45]に対しても、今は心隔てをすべき御身であるはずはないので、ご対面なさる。お二人とも昔の故内大臣[3]をめぐる一件が胸を離れず、お互いにしみじみとしたお気持ちを抱いておいでになる。女院は、皇后宮が、思ったよりもずっとお若く可憐で、親しみ深く魅力的に美しく匂い立っておいでとお見えになるので、皇后となられたご宿縁も当然とお思いになり、

ひしこと思し出づるに、今さらあはれにて、つくづくとうちまぼらせ給へる御気色をば、思し分かで、やすらかなるさまなれど、「(皇后)さは、かかる人も世にはものし給へるにこそ。院の上、常は、たぐひなかりし御さまとのたまはせ出でつつ、『中宮をこそ、くちをしからず、などか及ばずしもと見きこゆれど、それはなほ御心の闇ぞ。いま一際《きは》はあるべくもなし』と、*のたまはするを、げに昔の人の御心ざしの、つひに思ひに燃え果て給ひにしことなどを見聞くにも、思ひやり世の常ならざりしかど、さしあたりうち驚かるるまで、かうさま異《こと》になりぬる人も、たぐひなきなりけり」。これも、外目《ほかめ》せられぬべくも思されぬに、ものうちのたまはせたる御気色などは、千年《ちとせ》聞くとも、あく世あるまじく、先の世ゆかしきまで、めづらかにぞ見きこえ給ひける。

昔も、この方を内大臣は深く愛しておられたと見たけれども、これほど並外れてすばらしい方のことを、隔てなく何事もすっかりうち明けて、それほど深刻にも考えていなかった自分にいつも心遣いをしてくださったことを思い出しておられる。今さらにしみじみとした思いでつくづくと皇后を見守っておいでになるが、女院のそのお気持ちは皇后にはお判りにならず、穏やかなご様子であるけれど、内心では、「本当に、女院ほどの方が世においでになろうとは。院の上[4]が、いつも、妹君の女院のことを類がないほどのご様子と仰せになって、『私は我が子の中宮[50]をかなりなご器量よしで、どうして女院と比べて及ばぬことがあろうと拝見していたのだが、それはやはり親心の闇というもの。一段とすばらしいとはとても言えるはずがない』とおっしゃるのであるし、本当に内大臣のご愛情が深くてついにその思いのために燃え果てておしまいになったことを見たり聞いたりして、普通の方ではないと推測していたけれど、今女院にお目にかかって本当に驚いてしまったのだが、これほどこの世を超えたお美しさは、本当に類がないというものだったのだ」と皇后のほうも他所《よそ》に目を向けようもなく女院を見守っておいでになり、ましてその女院がものをちょっとお話しになるご様子は、千年聞くとしても満足できそうにもなく、御前世が知りたくなってしまうほどすばらしい方、と見申し上げていらっしゃる。

［三］女院1、皇后宮45と歌を贈答

女院、さまざま昔のことを思し続けられて、え忍ばせ給はぬなるべし。

（女院）潮馴れてまたも濡れけり海人衣昔に
かへる人をみるめに

うち涙ぐませ給ひぬるに、かことがましくなりぬべきもつつましかりけり。

（皇后宮）「海人衣なるる契りも古《いにし》へのうらみぬ袖のなごりとぞ思
ふ

今さらにやは」と、のたまへる気色なども、らうたくをかしげなるに、「かばかりの有様とならば、昔はなほ、恨みぬ袖あるべうもなかりしを」と、思さるるも*恥づかしかりけり。

［四］関白2、女宮たちを垣間見て、違いを見極める

殿は、御几帳の中に入りて、やをら引き開《あ》けて見給へば、少し開《あ》きたる御障子の口には、女院、斎院おはします。あなたに皇后宮なめり、桜の御衣《ぞ》すぎすぎあまたなるに、紅梅の表着《うはぎ》、青色の唐衣着給へるに、わづかに二十にだに侍るなるほどにて、若さ過ぎて幼きまでぞ見え給ふ。何ごとにか、

○前に続く場面

［三］　女院1は、いろいろと昔のことを思い続けられて、我慢しきれずにお思いになったのであろう。

涙の潮に濡れ馴れた海人の着物（出家した私の尼衣）が、いま、またも濡れたのでした。思いを昔に引き戻すお方にお会いして。

と涙ぐんでおいでになるので、皇后45は返歌が言い訳がましくなってしまいそうなのもいかが、と遠慮されるのであった。

「いま、女院さまが尼衣をお濡らしになっておいでになる、あの方との契りの思い出も、私の、まったく恨まずに泣くのみであった、昔の袖の名残と存じます。

今さらに申し上げませんが」とおっしゃるご様子も、いじらしく美しいので、女院は、「これほど優れた容姿であれば、昔はやはり、『恨みぬ袖（恨まずに泣くだけ）』であるはずもなかったであろうのに」とお思いになるが、そう思うご自分が恥ずかしいのであった。

○前に続く場面か。関白2の垣間見。斎院16の呼称は初出。卜定の話題は巻一［三］に見える。女院1の妹君である白河院9の女三宮をさす。女四宮68も初出。本文中「二十にだに侍るなる」の「侍る」は疑わしい。

［四］　関白2は、御几帳の中に入って、そっと引き開けてご覧になると、少し開いている御障子の入り口には、女院1、斎院16がおいでになる。その向こうに、皇后宮45であろうか、

女院ののたまはすれば、少しうち笑み給へる愛敬などは、こぼるばかりに、髪のかかり額つきなども、たぐひなかりし御ことにも、うち通ひたると見え給ふも、まづ涙さしぐまれ、胸のみぞ騒ぐ。対の上などの、かばかりあらましかば、いかにらうたく覚えましと、見やられ給ひつつ、唐撫子の露に濡れたらん夕映えの心地するは、げになべてならず、かの昔より得給ひけん常夏の色は、まことに変はり給はぬなるべしと、よそにて思ひやられけり。皇太后宮は、奥におはしませば、ほのかなる御衣《ぞ》の裾ばかりにて、見え給はず。

この近き母屋《もや》に、三所おはします。女四の宮は、山吹のにほひに、紅《くれなゐ》の打ちたる桜の小袿《こうちぎ》、赤色の唐衣着給へる。いと愛敬づき、見まほしくはなばなとにほひ満ち給へり。母の宮の君には、同じ筋なれど、これはさすがにことにつけても、ことのほかまさざまに見え給へど、なまめかしう気高き方は、いたうものし給はず。ただいかにや、艶にをかしう、にほひやかにらうたううつくしげにて、いかにも人の目とまりぬべき御さまなれど、いつもめづらしからぬ

桜のお召物を次々と重ねた上に、紅梅の上着、青色の唐衣を着ていらっしゃる方は、わずか二十歳ぐらいと思われますお年頃で、若さを過ぎて幼いといってよいほどにお見えになる。何事かを女院がおっしゃると、少しお笑いになる愛嬌はこぼれるばかりで、御髪のかかり具合、額の形も、比類のないお方である女院の昔のお姿にもわずかに似ているふうにお見えになるので、そのことにまず涙がこみ上げ、胸がどきどきする。関白は対の上（妻・伏見中君）[44]が、もしこれほどお美しければどんなにいじらしいと感じるだろうかと、視線を遣りながら、唐撫子が露に濡れていたという夕映えを見る気持ちがするのは、なるほど並々ならぬものがあって、あの内大臣[3]が昔から自分のものとなさっていたらしい常夏の色は、本当にお変わりにならないのだろうと、よそながら思われるのであった。皇太后宮[14]は奥においでになるために、ちらっとお召物の裾がのぞくくらいで、お見えにならない。

母屋の、関白に近い場所には女性お三方がおられる。女四宮[68]は山吹のぼかしに、紅の、打ってある桜襲の小袿、赤色の唐衣をお召しである。とても愛敬があり、いつまでも見ていたいほど花やかに匂い立っておいでになる。母君の宮の君[27]とは似たお顔立ちであるが、この方はさすがにさまざまな点で特に優るようにお見えになるものの、優雅さや気品という面はやや乏しくていらっしゃる。ただどういうわけか、あでやかな魅力があり、匂い立つようにいじらしく可憐で、いかにも男性が目をとめそうなご様子であるが、関白にとって

御仲らひに、ただ今さしも見やられ給はず。

[五]関白[2]、中宮[50]・女院[1]の姫宮[46]の姿を見る

中宮は、中より濃くにほひたる萌黄の御衣《ぞ》、山吹の表着《うはぎ》、樺桜の五重の織物御唐衣、同じ花のにほひ枝ざしも、ことににほひを散らし、はなばなとうつくしう、さるは、艶になまめかしき御さま、やや肌寒き秋の夕月夜《ゆふづくよ》の、影涼しくさし出でたるに、花の色々ひもときわたりて、露の下葉も月の光も一つにかがやく心地して、荻の上風、萩の下露、まことに身にしむばかり、見ん人ただなるまじく、すべてここはと見ゆる所なく、愛敬づき、はなやかにうつくしき方は、母宮に似給へれど、これは際《きは》離れて光ことに、なべてならぬも、院の上などには振り離れて、通ひきこえ給はず、ただ我が鏡の影のみ思ひ出でらるるは、いかでかあはれにかなしからざらん。日頃も、さばかりにやとほのぼの聞こゆれど、いかでくまなきことはなかりつるを、まことしうめづらかにもおはしけるかなと、うち覚ゆる我が面影も、心おごりもせられ給ふに、紫、萌黄《もよぎ》、山吹などの、色々にほひたる御衣《ぞ》どもに、紅の一重打衣、柳の表着《うはぎ》、梅の唐衣着

はいつも見馴れていて特にめずらしくもない間柄なので、今は特に目をおとどめになることもない。

○前に続く場面。関白[2]の心情による書き分けに注意。
　中宮[50]は関白の秘密の実子。

[五]　垣間見をなさる関白[2]の目にうつる中宮[50]は、内側から濃くぼかしになった萌黄襲のお召物、山吹の表着、樺桜の五重の織物の御唐衣をお召しで、同じ花の匂いや枝ぶりといっても特にこの方は匂いを散らし、花やかにかわいらしく、そのくせあでやかで優雅なご様子である。それは、少し肌寒い秋の夕月夜の光が涼しくさし出た時に、花がさまざまな色に一面に開き、露の下葉も月の光も一つに輝く感じで、荻の上を吹く風、萩の下露も本当に身にしむばかり、見る人は普通の気分ではいられそうもない、そういったお姿である。すべてここに難があるという所はなく、愛嬌づいて花やかに、かわいらしい点は母皇后宮[45]に似ておいでになるが、この方は際立って特別な並々ならぬ輝きがあり、父君院の上[4]とは違ったお顔立ちで、似ておいでにならず、本当の父である自分の鏡の影が思い出されるほどそっくりなので、どうしてしみじみとした深い悲しさに誘われないことがあろうか。日頃も、そうだろうなとは、いくらかお聞きしていたが、すっかりお姿を見ることは残念ながらなかったのだが、本当にすばらしい方でいらっしゃることよ、とそれに似る自分の面影も、おのずから誇らしくなるというものである。紫、萌黄、山吹

給ひて、琵琶に少しかたはら臥しつつ、奥ざまに向き給へるは、姫宮におはするなめり。世の常ならぬ御後手《うしろで》、肩のわたり袖のかかりまで、まづ昔の花の御姿思ひ出でらるるに、隙《ひま》なうきらきらとこちたくかかりたる御ぐしの、裾の削ぎ目のうつくしさ、まことに五重の扇とか、ひろげたらん心地するも、いかにぞや、あまりこちたげになどはあらず、直々《なほなほ》とうつくしげにて、御衣《ぞ》の裾に多くたまりて見ゆ。いかで御かたちをさだかに見ばやと思すに、琵琶をやはらさし置きて、こなたへ向き給へる御かたち、言ふもおろかなり。

〔六〕関白[2]、姫宮[46]の姿に思いを募らせる

女院の御さまに違《たが》ふ所なきものから、さすが内裏《うち》の上など、やがて同じ筋に、昔の人にも通ひ給へるも、いづ方につけてか、少しもなのめなることのものし給はん。これは、弥生の末つ方、遅れて咲きたる樺桜の、青葉折々まじりたるかたはらに、しなひもなべてならずおもしろく咲きたる藤の花の、うちなびきたるなどを、有明の月影弱り果てて、山際少しあるほどの、霞の絶え間より見出だしたらん心地せ

などの色がぼかしになったお召物に、紅の単の打ち衣、柳の表着、梅の唐衣をお召しで、琵琶に少し寄りかかるようにして、奥のほうに向いていらっしゃるのは、女院[1]の姫宮[46]でおありになるようだ。世にもめずらしい御後ろ姿、肩のあたり、袖のかかっているさままで、まず昔の女院の花のようなお姿が思い出されるのだが、豊かにきらきらとたっぷり掛かっている御髪の裾の削ぎ目の美しさは本当に五重の扇を広げたような感じがするものの、これはどうかと思うほど多すぎるわけではなく、たおやかでかわいらしくお召物の裾にたくさん溜まって見える。どうかしてご容貌をしっかり見たいものだとお思いになる時に、琵琶を静かに置いてこちらにお向きになったご容貌は、言葉では言い得ないほど美しい。

○前に続く場面。

〔六〕　関白[2]が覗いておいでになると、姫宮[46]は、女院[1]のご様子と違わぬお姿ではあるものの、やはり帝[21]とはそのまま同じ筋で、亡き内大臣[3]にも似ておいでになり、どちらにつけても平凡な部分がおありになるはずがない。この姫宮については、三月末の頃遅れて咲いた樺桜の青い葉が所々混じっているそばに、風情のある房もおもしろく咲く藤の花がうち靡いているのを、有明の月光が弱まって山の際に沈むには少し間がある頃に、霞の絶え間から見つけたような気持ちがなさる。「昔、母宮[1]を拝見した折は、何の花も紅葉も形無しで、喩えようのないお方であった。姫宮は喩えられるの

させ給ふ。(関白)「母宮などをうち見奉りしは、何の花紅葉も、よそへつべくは見えさせ給はざりしぞかし。さればなほ、こは世の常なるか」と思ひなせど、また劣るなどは、聞こゆべきにもあらず。

中宮は、秋の夕と、げに争ふたぐひとや、御ぐしなどまで*つゆ劣らず、うつくしなどもおろかにて、長さは御年のほどばかり、少しけぢめ見えたるほどの、うつくしさとりどりとも見きこえぬべき。かひなき心の闇添へて、らうたくうつくしく見きこえ給へど、ものあはれなる春の曙とも、なつかしき面影思ひしみける心は、なほたぐひもなう、言はで忍ぶに朽ちにし御袖も、引き返しあらたまりぬべう、胸もつぶつぶと鳴る心地しつつ、

[七]関白[2]と女院

[1]、故人を悼む

あはれなることども、尽きせず書かせ給ひつつ、

(嵯峨院)「このほどの空の気色につけても、

思ひやるかたこそなけれのぼりにし雲居も晴れぬ五月雨の頃」

奥つ方に、ただこの御ことをぞ恨みきこえ給へる。(関白)「この

だから、やはりこれは世の常の人か」と思ってみるが、また劣る方とは申し上げようもないほど美しい。

中宮[50]は、秋の夕と趣を争うとよく言われる類の方であり、御髪まで姫宮とはまったく劣らず、美しいなどと表現するのも平凡なほどで、長さはご年長ゆえに少し差が見えるものの、それぞれの見事さを持っていらっしゃると見申し上げてよいだろう。表沙汰にはできない親心の闇も加わって、いじらしく美しいと見申し上げられるが、姫宮の、しみじみとした春の曙に喩えられるなつかしい面影がしみこんでしまった心は、もうまったく類がないほどで、女院への「いはでしのぶ」の思いに朽ちてしまった関白[2]のお袖も、また改めて涙に濡れてしまいそうなほど、胸もどきどきと鳴る気持ちがして、

○十九年五月か。人物については不明。横溝博氏は「故人」を白河院[9]、手紙の主体を嵯峨院[4]と推定。[七]を含めた以下の部分は、歌を中心とする短文であるため人物関係・状況とも把握し難い。推定に従う。

[七]　嵯峨院はしみじみとしたことを尽きずにお書きになって、

「この頃の空模様につけても、

この悲しい思いを慰める先もありません。煙となってお昇りになった雲もすっかり垂れ込めて晴れる時とてない

五月雨の頃よ」

この手紙の奥にも、白河院のご死去のことを重ねてお恨み申

晴れぬ雲居こそ、げにかなしけれ」とばかりながめ入り給ひつつ、

（関白）「頼み来《こ》し光はいづく世の中にふるももの憂き五*月雨の
空

さすが思ひ入らぬにはあらぬ身の、かばかりつれなきならひも世にあらじかし。さるは、露三のほだしと思ふべきこともなきを」とて、涙をほろほろとこぼし給ふを、女院、

世の中にふれば憂き世のかなしきはいとふにとても後《おく》
れやはせん

（関白）「いはばさして惜しかるべきこの世にもあらず。身をも人をも、かへりみんとこそさらに思ひ給*へね」とて、

（関白）身にかへて忍びし恋の末とてもさのみや袖を朽たし果
つべき

「この御方のうらない四て、いとかばかりはしたなめ給ふこそ、からきわざなりけれ」とて、

〔八〕関白2と女院1との贈答か

（関白）咲きにける色をばよそにへだつ*れば露も添はれぬ撫子
の花

し上げになってある。関白2は「『晴れぬ雲居』は本当に悲しい」としばらくじっとご覧になって、

「これまでお頼りしてきた光はどこに消えたのでしょうか。この世の中を生きて行くのもつらい五月雨の降る（経る）空の中なのか。

やはり、仏道を深く志さぬこともない私の身にとって、これほど無情な例も世には少ないのではないかと思います。実は露ほども出家の妨げになると思うようなこともないのに」と言って涙をほろほろとおこぼしになるので、女院1は詠まれる。

世の中に生きて行けば、憂き世の悲しみはおなじこと。この世を嫌って出家したと言ってもけっして悲しみがずっと少ないわけではございません。

関白は、「言ってみれば、それほど惜しまねばならぬこの世というわけではない。自分の身も人の身をも深く顧慮しようとはまったく思わないのでございますから」と言って、

自分の身を賭してじっと耐え忍んで来た我が恋の末であっても、これほど涙で袖を朽ち果てさせていいものでしょうか。

〔八〕○人物については不明。関白2と女院1か。

「この御方が、うらないて、これほどひどく私に恥をおかかせになるのは、本当につらいことなのでした」と言って、

とのたまふに、

（女院）撫子を消えにし露の形見ともしのばん人をいかがへだてん

[九]関白2、恋を全うする決意をかためる

我も人も知らぬ、昔の世*なれど、をこがましき心の、末通ることもなどかなからん。

（関白）つらきをもつらきとも見ず会ふことにかふる命のなき世ならねば

[一〇]関白2、姫宮46に思いを訴える

思ひわび、消え入りぬべき御気色は、あはれに、心苦しさもなのめならず。

（関白）見るほどもえやは涙にせきかねて恨むるかた*も泣く泣くぞ行く

美しく咲いた花を他に隔てておしまいになりましたので、私は撫子（子）の花にまったく会うことができないのです。

とおっしゃるので、

撫子を、消えてしまった露の形見として恋いしのぶ人を、どうして隔てることがありましょうか。

○「昔の世」は関白2の両親の恋を言うか。

[九]　自分も人も知らない昔の世のことではあるけれど、みっともない心の行く末が成就することも、どうしてないと言えようか。

つらいことも、それをつらい、と見ないのです。二人が逢うことに替える命はないという世ではないのだから。恋の成就もあるだろうよ。

○状況・人物ともに不明。関白2は姫宮46のもとに近づいたものの、思いをとげることはできなかったか。

[一〇]　思い侘びて、消え入ってしまいそうなご様子は、しみじみとあわれで、お気の毒さも一通りではない。

あなたにお逢いしている間は、涙を堰きかねておりました。今はお恨みしようにもその方向もわからず、泣きながら行くのです。

[二]関白[2]、姫宮[46]に文を贈る

中納言の君のもとへ、文つかはす。

(関白)「さても、絶えでつれなう、あさましと思《おぼ》いたりつる私の御心も、かつははばかり多けれど、弱くも」

などやうにて、中なるには、

(関白)なかなかに乱れぞわぶる若草の結ばぬ露を袖に残して

[三]関白[2]の恋の悩みの述懐

げにをこがましき心尽くしの憂さなるやと、昔今つくづく思し知られて、

(関白)つれなくも憂かりし瀬々に消えもせせで同じこの世にものを思ふよ

[三]関白[2]の後朝の文

今朝《けさ》は、なかなかなる御袖の気色も、あはれ浅からざりけり。

(関白)いと我はつらきに恋の消えもせでたちこそまされくゆる煙《けぶり》も

[四]関白[2]、姫宮[46]と語らう

いよいよ憂しとのみ思し入りたるも、ことわりにも過ぎて、らうたき御さまなり。

(関白)たぐひなきあはれも深き契りをも憂きにのみ知る人ぞかひなき

○人物不明。関白[2]の文とみるが、一説に嵯峨院[4]の文。

[二]　関白[2]は、女院[1]の女房の、中納言の君ⓒのもとへ文をおつかわしになる。

「さてさて、ひき続きそしらぬ顔をしていて、あきれたものと思っておいでのあなたの私人としてのお心も、いっぽうでは恐縮には思いますが、弱い心に負けて」

などと書いてあって、中にある姫宮[46]へのお手紙には、

かえって心を乱し、力を落としている私です。若草に結ぶことのできない涙の露を袖に残したままなので。

○関白[2]の独詠と見る。

[三]　関白[2]は、本当に、なるほど、我ながらぶざまで心をすり減らすようなつらさだと、昔や今のことをつくづくとお思い知りになって、

情けなくもつらくもあった折々に私の命は消えることもなく、また同じこの世に恋の物思いをするとは。

○姫宮[46]と逢うことがかなった関白[2]の後朝の歌と見る。

[三]　今朝は逢わぬ前よりかえって悲しく濡れる関白[2]のお袖の様子からしても、姫宮[46]へのしみじみとした思いは浅くはないのだった。

とても私はつらかったのですが、お逢いした後、恋の火は消えるどころか、むしろ燃える煙もいっそう立ちまさってきたのです。

さまざま聞こえ知らせ給ふに、いよいよ顔を引き入れて、

（姫宮）思ひ知る方だにもなしとにかくに乱るる葦のねのみ泣かれて

とかや、御息の下にのたまひも果てぬさまなれど、またなき御声のめづらしきに、人わろく涙ぞこぼれぬる。

（関白）数ならぬ入江の波と思はずは標結《しめ》ふ葦のねにも泣かじを

［一五］姫宮46の結婚を知り、嵯峨院4嘆く

遠かりける契りのほどの恨めしさも、「よしや、今は思ふかひあらじ、かつは人目もをこがましく」と、落つる涙を忍び返させ給ひて、

（嵯峨院）五 忘ればや憂きにいくたび思へどもなほ面影の身をもはなれぬ

［一六］嵯峨院4からの歌に女院1返歌する

御小袿の袂に、かかるものぞ押し付けられたる。

（嵯峨院）重ねては恨みざらまし六小夜衣《さよごろも》かことばかりも袖に馴れずは

とあるを、聞こえにくきことなれども、げに見知らぬさま

○関白2と姫宮46の歌。前の場面とは時を置いた出逢いの場と推定。

［一四］ 姫宮46はますますつらいとばかり思い込んでおられるのも当然というものであって、本当にいじらしいご様子である。関白2は、

類のないあわれさも、深い契りをもおわかりにならず、つらいこと、とだけ思っておいでの方は、ほんとうにそのかいがないというものです。

さまざまにおわかりになるようにお話しになるが、姫宮はますます顔を引き入れて、

何かがわかる、ということさえもわかりません。あれこれ乱れる葦の根のように、私は泣く音《ね》を上げるばかりで。

と、だろうか、御息の下にやっとおっしゃって、それも言いおおせないふうであるけれど、初めて聞いた美しいお声のすばらしさに体裁が悪いほど涙がこぼれてしまう。

数にも入らない入江の波のような私とお思いにならなければ、もう夫として葦のあなたには標を結んだのですから、泣く音（根）をお上げになることもありませんのに。

○関白2と姫宮46の結婚を知られた嵯峨院4の失恋の嘆きか。

［一五］ 嵯峨院4は、縁の遠いものとなってしまった姫宮46との契りを恨めしくお思いになるが、「まあよい、今は思うかいもあるまい。でも、人は私を愚かなものと思うだろうか

ならんもあやしければ、女院ぞ聞こえさせ給ふ。

(女院)人知れぬ小夜の衣の褄とみて我ぞ恨みの数まさりける

[一七] 女院[1]、結婚して関白[2]邸に移る姫宮[46]と惜別

一条院に移ろひしほどのことなど、ただ今の心地せさせ給ふに、その後《のち》あくがれ出でて、この山里にかきこもりし頃、七「思はぬほかに」とかのたまひけん人の御うへも、とり集め、世々の古《いにしへ》のこと思し続けられて、忍びがたく、うち泣かれさせ給へるに、いとどためらひかねさせ給ひて、

(姫宮)頼むべきかげを木の葉のたち離れ一人や旅の空に迷はん

袖を顔に押し当てておはしますも、かつはゆゆしうて、いさめきこえさせ給ふ。

(女院)八よろづ世と契れる松に移し植ゑてこの面《も》かの面《も》のかげをこそ待て

ら」と、落ちる涙をおこらえになって、忘れてしまいたいと、あまりにもつらい時には何度も思ったけれども、やはり恋しいあの人の面影は私の身を離れようとしないのだ。

○嵯峨院[4]から姫宮[46]への結婚祝いと恨みの歌。

[一六] 姫宮[46]がお召しになる御小袿の袂に、こうしたものが押し付けられてあった。

重ねてお恨みはしますまい。小夜衣の袖が言いがかりをつけられるくらいに人に馴れたことがおありでないのであれば。

とあるので、ご返事申し上げにくいことではあるけれども、といってまったく知らぬ顔をするのも妙なものなので、姫宮にかわって母君の女院[1]がこのようにご返事なさる。

人知れぬ小夜衣の褄としてご覧になったとすれば、私のほうが恨みの数はまさるというものでございます。

○女院[1]は、昔、故内大臣[3]が女院を訪ね姫宮[46]に会ったことを回想する。巻二［五二］～［五六］参照。

[一七] 女院[1]は、結婚後一条院に移ったころのことが、まるで今のことであるかのような気持ちがなさるのだが、そのあとで一条院からさまよい出たあげくに、この白河の山里にかき籠ったころ、故内大臣[3]が訪れ幼い姫宮[46]を見て「思はぬほかに」とかお詠みになったという御事も、すべて合わせ

さしも思し放たるべき身のほどかはと思ふも、ものあはれなり。

[一八]嵯峨院[4]の嘆き

九 東路と契らぬ仲はいまさらに浪越す末も袖や濡るべき

[一九]嵯峨院[4]、御櫛笥に歌を添えて贈る

院よりの御櫛一〇の箱に敷かれたる薄様に、小さくて、

(嵯峨院)玉櫛笥《たまくしげ》一一二見の浦と知らませば波に朽ちぬる心かけじを

[二〇]嵯峨院[4]、関白[2]に恨み言を言う

なのめならず聞きにくしと思《おぼ》いたるもをかしかりけり。

(嵯峨院)一二心をば高瀬の浜にかけそめて遠方人《をちかたびと》と朽ちずなりける

さまざま、よしなしごとのたまふもをかしければ、

(関白)うき誘ふ風にまかする浮波の渚も知らぬ我が身と思ふに

て世の中の昔からのことが思い続けられて、耐えきれずに思わず泣いておしまいになるので、姫宮もますます我慢できずにお思いになり、

頼りにすべき母君の木蔭を木の葉の私は離れてしまって、ただひとり、旅の空に迷うことになるのでしょうか。

と詠んで袖を顔に押し当てておいでになるのも、いっぽうでは縁起が悪いので、女院は姫宮をお諫め申し上げになる。

万年まで永く続くようにと契りを結んだ松の木のもとにあなたを移し植えたのですから、あちらにもこちらにも頼もしい木の蔭が生まれるのを待っています。

○嵯峨院の歌とみるが、「思ふ」に敬語が添っていないのでやや疑問が残る。

[一八]　嵯峨院[4]は、それほど、姫宮[46]が思い放しておしまいになるべき我が身分であるはずはないと思うと、しみじみと悲しい。

私は、東路の「末の松山」の歌のように約束した仲ではないのだから、あの人が他人のものとなったからといって今さらに涙の波で袖を濡らすことはないはずなのに。

[一九]　院[4]から姫宮[46]に賜った御櫛の箱に敷いてある薄様に、歌が小さく書いてあって、

玉櫛笥の蓋と身の名のある二見の浦のように、二人が恋をしているともし知っていたとすれば、涙の波に朽ちて

[三一]第二十年三月二十日、関白[2]、宮の君[27]と語る

まことに憂きにもつらきにも、あまた面《おも》馴《な》れ給へれば、なのめならず艶にをかしきけはひ、千重《ちへ》まさりて聞こゆるも、ただならねば、聞こえ悩まし給ふこともあるべし。

（関白）「憂きにのみ思ひ絶えにし逢瀬川いとふときけばおどろかされて

せきとめがたき涙なりや」とのたまふに、

（宮の君）なほざりの涙もかけじ逢瀬川憂きに朽ちにし夢の浮橋

まして消え返り思ひ乱れ給ふ御気色に、えしもをさまりあへず、御簾の下より御袖を引き寄せ給ひぬれども、女の、さすがあるまじげに思《おぼ》いたるも、めづらしきものの、ことわりなれば、隔てつる関を、あながちにも恨み給はず、御簾ばかりをかことにて、寄りゐ給ひつつ、二十日の月さしのぼる山際、いたく霞みわたれるに、散りにし花の梢、まばらに見えて、主顔《あるじがほ》に訪《おと》なふ風のけはひ、取り集め艶なるに、さまざま古りにしことも思し出でられて、

（関白）「思ひ出づや離《か》れにし人を松の戸に夜な夜な分けし蓬生の宿

しまうほどのせつない思いはかけなかったのに。

[三〇]　嵯峨院[4]が関白[2]に対して、一方ならず聞き苦しい話だと思っておられるのも、おもしろいことであった。

心の波を高瀬の浜に掛け始めたのは私だったが、高瀬の姫宮[46]は、何と、遠くにいるあなたとの思いを朽たすことなく果たしてしまったのだった。

嵯峨院がさまざま今さらどうしようもないことをおっしゃるのがおもしろいので、

浮いて誘う風に任せて寄る浮波は、どこが渚であるとも知らぬように、まったく知らぬ間に渚（姫宮）に寄った我が身と思っておりますのに。

○関白[2]、宮の君[27]のもとを訪れ昔の話を交わす。[三一]〜[三二]はひと続きのやや長い部分。

[三一]　関白[2]は、本当に情けないことにもつらいことにも宮の君[27]との間柄には充分馴れておいでになったので、宮の君のひとかたならず優雅で美しい気配が昔よりも千倍もまさって来た、とお聞きになると、どうも普通の気分ではいられず、その恋しい気持ちを申し上げてお悩ませになることもきっとあるのだろう。

「あまりにもつらいと思って絶えてしまった逢瀬川を、あなたはお疎みになると聞くので、それには驚かされて。

堰きとめにくい涙を流しているというわけですよ」とおっし

あはれ」とのたまふものから、少しほほ笑み給へる気色、いと恥づかしげにて、香の御直衣、色合ひこまやかなるに、御烏帽子姿しも、いとなまめかしう、そぞろに身にしむばかりなる御もてなしけはひに、さしも思ひしめきこえざらん人だに、何となく心騒ぎもしぬべきを、まして離《か》れにし昔をさへかけ給ふに、げに一方《ひとかた》ならぬ涙の催しなり。

(宮の君)枯れにしも分けしも同じ古里にかはらぬ庭の蓬生ぞ憂き

ゃるので、

私はなおざりの涙も流したくございません。あまりのつらさに、もう朽ちてしまった逢瀬川の夢の浮橋なのですから。

とご返事する。

関白にもまして、消え返って思い乱れておいでの女[27]のご様子に、関白の思いは収まることはどうしてもできず、御簾の下からお袖をお引き寄せになったのだけれども、女は、さすがにあってはならぬ契りと思っておいでなのは、めずらしいものの、それも当然なので、隔てた関を無理にお恨みにならず、形ばかり御簾を間にはさみ、お近寄りになって座っていらっしゃる。二十日の月がさし昇ってくる山際は一面にすっかり霞み、散ってしまった桜花の梢がまばらに見え、主人顔をして訪れてくる風のさまなど、すべてが優雅なので、古い昔のこともさまざま思い出されて、

「思い出されるでしょうか。去って離れてしまった人を待っておいでの松の戸を訪れて、夜ごとに私が分け入った蓬生の宿のことを。

ああ、それも昔のこと」とおっしゃるものの、少し苦笑いしておいでの関白の様子は、こちらが恥ずかしいほどすばらしく、香の御直衣の色合いが濃いのに、御烏帽子姿が特に優雅で、むやみに身にしみとおるばかりの御しぐさや気配は、それほど関白を深くお思い申し上げていない人でさえ何となく心が騒ぎそうな美しさであり、まして、別れてしまった昔の

［三］関白[2]、故内大臣[3]を追憶

何やかやとて、いたう更くるも心あり顔なれば、こまやかに聞こえ置きて出で給ふにも、かの「忍ぶの奥」とか、もの深く言ひなして、落とし笑ひ給ひし折、ただ今の心地して、面影は目の前に先立てど、(関白)「別れて後《のち》の月日さへ、はるかに隔たりにけるかな。あさましう浮き立ち、ものはかなうありぬべかりし我が身は、なほ、かやうに忍ぶ昔まで思ひ出づるも、げに定めなき世」、今さら思し続けけり。

(関白)その折は思はざりきな後れゐて一人古屋の今を見んとは

［三］姫宮[46]、男子[69]を出産する

昔、母女院の、もてかしづかれさせ給ひ*しにも、つゆ劣らざりけり。

(帝)めづらしき鶴《たづ》の巣ごもり音《おと》に聞きて雲居に近き声をこそ聞け

ことのさま、みづからは聞こえにくく思《おぼ》いたるもことわりにて、大臣《おとど》ぞ聞こえ給ふ。

(関白)いつしかも雲居に出でん葦鶴《あしたづ》に並べて住まんことをしぞ思ふ

ことまで関白は言葉に出されるので、女は本当にひとかたならず涙を催すのである。

昔、お二人が離れておしまいになったり、分け入って訪れたりなさった同じ古里に、変わらないままでいる庭の蓬生のような私はとてもつらく思っております。

○前の続き。かつて関白[2]は故内大臣[3]と、宮の君[27]の家で出会った。巻一［三］参照。

［三］　関白[2]は、宮の君[27]と、あれこれ思い出に浸っているうちに、あまり夜が更けるとまるで何かがあったようなので、こまやかな言葉を残してお出ましになる時も、昔、故内大臣[3]が、ここで出会った時「しのぶのおく」とか、わけありげに言いなし、自分に冗談を言いかけてお笑いになったことがまるで今のような気持ちがして、故人の面影が目の前に先立つのだが、「別れてからの月日も、遥かに隔たってしまったものだな。あきれるほど浮き立ち、頼りなくて当然であった我が身が今生きていて、このように昔を偲んで思い出しているというのも、本当に定めのない世」と今さらながら思い続けていらっしゃる。

昔、その時はまさかそうなるとは考えもしなかったのだ。二人のうち内大臣が先立ち、私が生きながらえて、今、独り古い家の現在の有様を見ようとは。

○姫宮[46]と関白[2]との間に男子[69]誕生。

[二四]二十年八月か。帝[21]と姫宮[46]、歌を贈答

霧りわたれる夕《ゆふ》べの空を、つくづくと御覧じ出だして、

（帝）九重に立つ夕霧をながめわびよそふる花も露けかりけり

御返りは、暮れ果ててぞ持てまゐりける。けざやかなる月の光に、色々の装《よそ》ひに埋《うづ》もれ臥したる御前《おまへ》の、野辺にまがひて、いとをかしかりけり。

（姫宮）秋霧のいとど雲居を隔つれば野辺にしをるる女郎花《をみなへし》かな

[二五]関白[2]、中宮[50]に出生の秘密をほのめかす

御硯の開《あ》きたるついでに、いささかなる物の端《はし》に、

（関白）知らじかし月をば空の光にて心の闇にかく惑ふとも

紛らはしつつ書き給ひて、立ち給ふとて、御几帳を引き直すやうに思はせて、おはしますらんと覚ゆるほどに、押しもみて投げまゐらせ*給ひにけるが、まことに宮の御顔のもとにうちかかりたるを、「あやし、こはなぞ」とて、引き開《あ》けて御覧じつつ、心得ずげにうちかたぶかせ給ふを、中

[二三] 姫宮[46]は男子[69]をめでたくお産みになったが、それは昔、母君女院[1]がご出産の時、大切にかしづかれておいでになったご様子にも、まったく劣らないのだった。兄君帝[21]からのお祝いの歌、

たいへんめずらしいことに鶴が巣に籠って、雲居に近く産声が上がったと伺いました。本当におめでとうございます。

ご出産のことは、姫宮ご自身では申し上げにくく思っておいでなのも当然なので、関白[2]が代わってご返事を申し上げられる。

早く雲居にのぼることを願っている鶴の子と並んで、ともに住まうのを楽しみに考えております。

○季節は秋。兄君帝[21]と妹君姫宮[46]の歌。

[二四] 帝[21]は一面に霧りわたっている夕方の空に、つくづくと目をおやりになって、

九重の宮中に立つ夕霧をさびしく眺め侘びています。あなたによそえて見る花も涙の露に濡れているのでした。

姫宮[46]からのお返事は、すっかり暮れ果ててから持って参上した。くっきりした月の光に、さまざまな色の装いに埋もれて臥したような御前栽は、まるで美しい野辺のように見えて、非常に趣があるのであった。

秋霧がいよいよ兄君がおいでの雲居を隔てるので、野辺に萎れている女郎花の花のように私も淋しく思っており

将内侍ばかり、御かたはらに候ふほどにて、賜はりて見るに、いとあはれにかなしくて、ほろほろとうち泣きつつ、皇后宮のおはします方へ、さし奉りたる気色、いとあやしかりけり。

ます。

○関白[2]、中宮[50]は嵯峨院[4]の姫宮ではなく、我が子であることを中宮本人にほのめかす。

[三五]　関白[2]は、御硯の箱が開いているついでに、ちょっとした物の端に、

ご存じないでしょうね。月のようなあなたを空の光として見るだけで、親の心は闇にこれほど惑っているとは。

筆跡を紛らしながらお書きになって、お立ちになるというので、御几帳を引き直すように人には思わせて、中宮[50]がおいでになるだろうと思われる方に、歌を書いた紙を押し揉んで投げてさしあげたのがぴたりと中宮のお顔の下に掛かったのを、中宮は「妙なこと、これは何か」と言って引き開けてご覧になりながら、まったくわからないといったふうに頭を傾けておいでになるが、中将内侍(g)くらいが御傍に伺候しているころで、紙を頂戴して歌を見ると、その意味はすぐ判って、非常にしみじみと悲しくほろほろと泣きながら、御母皇后宮[45]のおいでになる所にお目に掛ける様子は、たいへん奇妙なものであった。

巻五　注

引歌に関わる注末尾の※については、巻一の注冒頭（七六頁）の記述を参照されたい。

一「海人衣」の歌―「芦のねのうき身の程としりぬれば恨みぬ袖も波は立ちけり」（後拾遺集・恋四・七七一・中納言定頼が許につかはしける・公円法師母）。

二　荻の上風、萩の下露―「秋はなほ夕まぐれこそただならね荻の上風萩の下露」（義孝集・四、和漢朗詠集・二二九）。

三　露のほだしと―「なにかその露のほだしにあらぬ身も君とまるべきこの世ならねば」（馬内侍集・三三）※。

四　うらないて―不明。仮に底本のままとする。

五「忘ればや」の歌―風葉集（恋四・一〇〇七）に「御心ざしありての給はせける女の、あらぬさまになりにければ　いはでしのぶのさがの院の御歌」として入る。第一句「忘ればやと」。

六　小夜衣―「小夜衣きて馴れきとはいはずともかごとばかりはかけずしもあらじ」（源氏物語・総角巻）。

七「思はぬほかに」とか―巻二［五五］内大臣[3]の歌「種まきし我を忘るな姫小松思はぬほかに引き別るとも」を指す。一品宮[1]を訪れたが逢えず、姫君[46]の乳母中納言君ⓒにことづけた歌であるために、「とか」という間接的な表現となる。

八「よろづ世と」の歌―「筑波嶺のこのもかのもにかげはあれど君がみかげにますかげはなし」（古今集・東歌・一〇九五）。

九「東路と」の歌―「君をおきてあだし心をわがもたばするの松山浪もこえなむ」（古今集・東歌・一〇九三）。「ちぎりきなかたみに袖をしぼりつつすゑのまつやま波こさじとは」（後拾遺集・恋四・七七〇・心変りて侍りける女に、人に代りて・清原元輔）。

一〇　御櫛の―「別れ路にそへし小櫛をかごとにてはるけき仲と神やいさめし」（源氏物語・絵合巻）。

一一「玉櫛笥」の歌―「夕月夜おぼつかなきを玉くしげふたみの浦はあけてこそみめ」（古今集・羇旅・四一七・たぢまのくにのゆへまかりける時に、ふたみのうらといふ所にとまりて、ゆふさりのかれいひたうべけるに、ともにありける人々うたよみけるついでによめる・藤原兼輔）。

一二「心をば」の歌―「いかなれや浦島にのみ波かけて高瀬の浜に寄らじとはする」（浜松中納言物語・巻四）。

いはでしのぶ　巻六

【一】第二十一年。中宮50、出生の秘密を知り嘆く

一　ふるから小野のもとの心は、あらはれてし後《のち》は、雲居の月の影変はりつつ、峰の朝日の光をだに、我が方《かた》たけう思し落とされし御心驕りに、人知れざりけるまどひの道を、知らで過ぎけん年月の、心憂くかなしさ、なべてのことわりにも越えて、恥づかしきことさへ、ことに思されたる。院の御気色、さはあるまじかりけると思し知るには、あはれも深くまさらるるにつけて、

（中宮）大空の光を影と頼む身の心の闇と聞くもかなしき

【二】嵯峨院4、関白2と中将内侍ⓖの話を立聞きする

ありしことの、後《のち》の御気色のあはれなるさま、今さら若々しく思し乱れける片つ方の心苦しさなど、言ひゐたるは、まがふべくもなきに、男もうち嘆く気色にて、

（関白）忘るなと君に伝へよ契りありてこは忍ぶべき仲のあはれを

何とやらん、言ひ紛らはし給へど、片端《かたはし》心得させ給ひぬれば、いとよう思し合はせらるるなるべし。

（中将内侍）世の常に忘るる人もあらじかしこの世に深き仲の契り

○歌の引用の様相からみると巻六の巻頭部分か。巻五の末尾［三五］参照。中宮50は父が嵯峨院4ではなく、関白2であることを知る。

【一】　中宮50は、『ふるから小野のもと』――ご出生に関わる本当の事実がはっきりしてしまった後は、雲居の月影も一変してしまったようにお思いになり、峰の朝日の光をさえ自分の身分には及ばぬと見下しておられた思い上がりのあまりに、実のご両親である関白2と皇后45が歩まれた人知れぬ惑いの道を、自分もまったく知らずに過ぎてしまった年月がつらく悲しく、すべてのことを超えて、何と恥ずかしいことであったかとまでお考えになる。嵯峨院4のご様子からすると、そのことをご存じないようだと見てお取りになると、いよいよ深いあわれも極まるので、

大空の光（嵯峨院）を父君としてお頼りしてきたこの身なのに、実は別の親が、子を思う心の闇に惑っておいでと聞くのも、本当に何と悲しいこと。

○状況ははっきりしない。女が男に話しているのを、某が立ち聞きする場面か。小木氏が、女＝皇后付中将内侍ⓖ、男＝関白2、某＝嵯峨院4と推定された人物想定に仮に従う。内容は中宮50の出生に関すること。

【二】　以前あったことの、その後の中宮50のご様子が痛々しいこと、今あらためて大人気なく思い乱れておいでになる、もう一方の皇后45のお気の毒さ、などを座って話している内

は

〔三〕中宮[50]に皇子[70]誕生。嵯峨院[4]、皇后宮[45]を恨む

今より際ことに王気《わうけ》付きて、御眼居《まなこゐ》などの、ただ人とも見えさせ給はず。いみじかるべき御山口をも、「されば、我が世*の光にはあらぬぞかし」と、心やましく思されて、

(嵯峨院)「はかなしや三笠の山に出づる日を*栄《は》え行く空の光かと見し

いかにをこがましく覚えん人の、多う侍らん。今の世は、定めて気圧《けお》され給ひなんかし」とて、うち見やりきこえさせ給ふに、生ける心地し給はんや。

(嵯峨院)恨みてもかひなかりけりいにしへに越えて古りける波の榊は

とのたまはするも、聞こえやる方なきままに、

(皇后宮)かかりける君が心を沖つ浦の波間に消えぬ身をいかにせん

容は、まがうべくもないあの秘密のことであるが、男（関白[2]）も嘆く様子で、

忘れないでほしいと、あの方にお伝えください。契りがあって子をなしながら、まあ何と、それを秘さねばならない間柄のあわれさを。

何かよく判らないふうに、お言い紛らわしになるけれど、それを聞かれた嵯峨院[4]はいくらかはおわかりになっておいでであったために、非常に正確にお思い合わせになるのだろう。世間並のこととして、この、子をなされたことを忘れる方は絶対にないでしょう。この世に深く結んだ因縁によるのですから。

〇年月不明。中宮[50]に皇子[70]が誕生したものの、自分の孫ではないことを知って、嵯峨院[4]は立腹。

〔三〕　お生まれになった皇子[70]は、今から格段に王者としての品格が備わっていて、御目つきなども、普通の人ともお見えにならない。これからりっぱな帝の位につかれる端緒が現われていることに対しても、嵯峨院[4]は、「これはやはり、自分の直系ではないのだ」と、不愉快にお思いになって、

「はかないではないか。三笠の山に昇る日を、帝として栄えて行く空の光かと思っていたのに。

どんなに、私を愚かだと思う人がたくさんいることでしょう。今の御治世は、きっと気おされておしまいになるだろう」と言って目をお向け申し上げられるので、皇后[45]はもうまった

まことに、限りあらん道も行きやるまじく、あぢきなきまで思ひ知られ給ふに、誰もうち泣かれぬ。

[四]関白[2]、妻の姫宮[46]と歌を詠む

二
（関白）「武蔵野の若葉の草を身にしめて我も緑の露もかはらじ
君にひかれてとか。よろづ世までもあらまほしく、まめやかに、濁りにしみ果てぬる心のあさましきぞや」とて、笑ひ給へば、女君もほほ笑みて、
（姫宮）草は皆野辺にかくれず生ひぬれど秋のならひの風やわたらん

[五]帝[21]、故入道関白[13]の法要のため、嵯峨に行幸

行幸《ぎやうかう》は、辰の刻《とき》とあれば、霧晴れやらぬ野辺の朝露に、色々乱れ合ひたる秋の花園を、はるばる分け入らせ給ふに、上の御前《ぜん》も、ならはずをかしと思しめさるるにつけて、
（帝）思はずよひも解く花の秋の色露は消えにし野辺のあとにて
入道大臣《おとど》の住み給ひし小倉の院も、ほど近きほどなれば、塔の九輪などの、かれとばかりに見えわたるに、人知れず昔のあはれ御袖にかけつつ、おはしまし着きたれば、今日

く、生きた心地もなさらない。
恨んでもかいないことであったのだ。はるか以前に境を越え時を経て、既に古いものとなってしまった、ただの波の上の榊であったとは。
と仰せになるが、ご返事のしようがないので、
このように私に心をお置きになる君に対しては、沖の浦の波間に消えてしまうような我が身をいったいどうすればよろしゅうございましょうか。

○関白夫妻[2][46]が若君[69]について歌を詠む。巻五［三］に若君誕生の記事が見える。二人の涙の原因は不明。病か死にかかわる事柄か。

[四]　関白[2]と姫宮[46]は、本当に、限りがあるこの世の道も行きおおせそうにもなく、どうにもならぬほどよくおわかりになるので、お二人ともお泣きになる。
「武蔵野の若葉の草（子）を自分のものとしたのだから、私も、その緑に置く露も、命の長さにはまったく変わりはないことと思います。
『君に引かれて』とか歌に言うようです。そのように、私も万世までも生き続けたいと思うのは、本格的にこの世の濁りにしみ果ててしまった心の浅はかさというものですよ」と言ってお笑いになるので、女君も苦笑いをして、
草はみな、野辺に隠れることなく成長しましたが、秋にはきっと、それが習いの風がはげしく草の上を吹き渡る

の導師も、かの大臣《おとど》の御はらから、やがて院、女院の御をぢ、多武峰の権大僧正と聞こえし、年七十余《よ》に、枯れたる声惜しまずうち上げつつ、説き給ふ言*の葉ごとに、十方仏土に満ちぬらんかしと、尊く聞こゆ。

［六］宰相中将72、中宮50を垣間見て、心を奪われる

御かたはらに、映るばかりなる紅《くれなゐ》に、女郎花《をみなへし》の表着《うはぎ》、二藍の小袿なめり、奉りて、箏の琴にかたはら臥し給へる人の御有様ぞ、さらに言はん方なきや。更け行くままに、さし入りたる月の光を、まばゆげにもて紛らはし給へる御用意有様、たをたをとうつくしげになまめいたるものから、にほひらうたげに、はなばなと曇りなき御顔つき、夜目にもしるく限りなきを、三風吹く野辺の糸薄《いとすすき》よりも乱れやすく、露にも移りぬべき草の色なる心は、魂《たましひ》もなき心地して、かくばかりにて立ち給へるに、殿の権中納言、今夜、これに候ひ給ひける女院の御方に、ものし給ひけるが、ならはぬ好き好きしさも、さすが、月に心やあくがれけん、やをらほのめき寄り給ふに、もとより寄*れる人の立てるを、御兄の新大納言だに出で給うぬるを、覚えて思しつつ、かへりて、我

ことでしょう。

○法会のために小倉院近くに帝21行幸。故入道関白13の法会と仮に見る。第十二年八月十五日死去（冷泉本巻四［21］）の十回忌。しかし「ほど近きほどなれば」とある点や年月のへだたりからみてやや疑問。白河院9の死去は不明であるが、十九年正月と推定される。帝は孫に当たるものの、季節は異なる。

［五］　行幸は辰の時（午前七時〜九時）ということなので、霧が晴れやらぬ野辺の朝露に、さまざまな色が乱れ合って咲いている秋の花園を、はるばる分け入っておいでになると、帝21も、めずらしく風情があるとお思いになるにつけて、

法会のために訪れるとは考えてもみなかったことだ。開き初める秋の花園は、露と消えたあの方が住まわれた野辺の跡であるとは。

故入道関白13のお住まいだった小倉山の山荘もごく近い所にあるので、塔の九輪が、これがそれなのだとばかりにずっと見えており、帝は人知れず昔のあわれさを思い出す涙にお袖をぬらしかけながらご到着になったところ、今日の導師も、あの入道大臣のご兄弟で院4や女院1の御伯父にあたる、多武峰の権大僧正71と申し上げた方であった。年は七十あまりで、枯れた声を惜しまず高く上げ、お説きになる言葉はみな十方仏土に満ちるに違いないと、尊く聞こえる。

は御後見《うしろみ》心地になりて、しばしとまりて見給へば、宰相中将なりけり。

[七]権中納言49、宰相中将72を見つけ、歌を応酬する

かれも、この君と見き*こえけるより、心はのどまりて、さし寄りて、(宰相中将)「人まどはし給ふなよ」とて、手をさへするに、をかしうなりぬれど、(権中納言)「御名見苦し。かかる人には、つゆの情けもそら恐ろし」とて、帰らんとし給へば、(宰相中将)「誰もまた、*何かここまで、立ち寄らせ給へるぞ。四過ぎやらぬ御本性かな。さるは、御*ぬしからの、罪は浅くもありぬべしや」とて、引き寄せてゆるさぬを、すまひ給ふさまなれど、ゆかしさは離れぬにや、寄りて見給ふに、聖心《ひじりごころ》も騒ぎつつ、とみに引き放ちにくきに、御簾うちおろされぬるなごりも、げにただならぬを、さこそは、色めかしき心に思ふらんと、ことわり思し知らるるに、まことに言ひ知らぬ*気色にて、

(宰相中将)五かきとめんものならなくに秋の夜の雲間の月を何に見つらん

心にもあらず、うち嘆かれ給ふに、権中納言、

「*雲はらふ風の迷ひぞ憂かるべき千草に露の乱れわぶれ

○おそらく同夜、宰相中将72が中宮50を垣間見る。宰相中将は初出。系譜不明であるものの以下の物語の筋に大きく関わる。後に権中納言（巻八［一］）。風葉集では「いはでしのぶの左衛門督」とある。注**五**参照。

［六］　そのお近くに、映りそうな紅に、女郎花の表着、二藍の小袿と見えるものをお召しになって、筝の琴に寄りかかり横になって臥していらっしゃる方（中宮50）の御有様は、もう何とも言えぬほどお美しい。次第に夜も更けて行くので、さし込んできた月の光を、眩しそうに紛らしておいでになる心遣い、御有様は、たおやかにかわいらしく優雅であるものの、いかにもいじらしく匂い立って、花々と曇りのないお顔つきは、夜目にもはっきりと限りなく美しく見える。宰相中将72の、風の吹く野辺の糸薄よりも乱れやすく、露が置けばすぐに変わりそうな草の色めいた好き心にとっては、魂もないような気持ちになって、こうして立ち尽くしていらっしゃる。関白のご子息の権中納言49が、今夜、ここに伺候しておいでになる女院1の御方に来ていらっしゃったのだが、特に好き心を持たぬ方ではあるものの、さすが月の光に心が浮き立ったのだろうか、静かにこちらに寄っておいでになると、そこには既に誰か人が立っていた。権中納言は、御兄の新大納言48でさえもう外にお出になってしまったのに、似ている人だと思いながら、かえって弟の自分がお目付け役のような気になって、しばらく立ち止まってご覧になると、その人は宰相中将72なのであった。

ば

心苦しのことや」とのたまふ。内裏《うち》の御思ひ、限りなきほどぞ、なほ*思ひまさり、たぐひてありがたくもやと、いよいよ及びなき心の乱れを、我がためしに、人思ひおとしめたき。

（宰相中将）「世の常の花の千草になれずとも身にしむ風をただにやは*聞く

さりとも、えなん」と、言ふもをかしくて、

（権中納言）思ふとも木高き枝に吹く風を我が身にしむる我ならばこそ

○同じ場面の続き。中宮[50]に心を奪われた宰相中将[72]と、やはり心を乱している権中納言[49]のやりとり。

［七］　垣間見していた宰相中将[72]も、近づいて来た人は権中納言[49]でいらっしゃることがわかったので、胸を撫で下ろし、権中納言に近寄って、「人をびっくりおさせになるなよ」と言って、手を擦って拝むふうなのでおかしく思ったが、権中納言も、「お名前がすたりますよ。こんな見苦しい人には、ちょっとした情けをかけるのも、そら恐ろしいというものだ」と言って帰ろうとなさるので、宰相中将は、「どなたかも、また、なぜここにまでお立ち寄りになったのか。何でも見過ごしにしないご本性だな。とは言うものの、あなたご自身の罪は浅いと言うべきなのだが」と言って、権中納言を摑まえて放さないので、抵抗なさるようではあるが、権中納言もあの方を覗きたい思いは離れないのか近寄ってご覧になると、さすがの聖人めいた心も騒ぎ立ってしまって、すぐには引き離れにくい。御簾は下ろされてしまった、その名残惜しさも本当に一通りではないので、「なるほど、宰相中将は色めいた心にいかに思いを募らせていることか」と、それも当然に思い知られるのだが、宰相中将は本当に言いようもない様子で、

しっかり摑まえてとめることができるはずもないのに、秋の夜の雲間の名月のごときあの方をどうして見てしまったのだろう。

［八］夜がれする権中納言[49]を女四宮[68]恨む

このほどぞ、内裏《うち》の御方の新中納言典侍《すけ》を、さばかり新大納言・宰相中将などの、心を尽くし給へど、ことのほかにもて離れ、つれなき気色なりけれど、やをらうちたゆめて、のどやかに語らひ寄り給うにけるを、思はずに心憂しと思ひ入りたる気色の、若うらうたきに、隔つる夜な夜なは、苦しきまでの御心地にて、めづらしくまぎれ出で給ふを、女宮は、ならはずあさましと思すに、初霜置きわたして、風肌寒き朝《あした》の床《とこ》、起き憂き方のなごりにや、我が御方にて、しばし休らひ給ひて、明け放れて後《のち》、こなたへ渡り給へど、宮は身じろぎをだにせでぞ臥し給へる。

をかしと思して、端の方をながめつつ、（権中納言）「下葉枯れ行く*野辺の気色こそ、盛りの色よりもをかしく見ゆれ。まいて、朝《あした》の霜の結ぼほれて、夕《ゆふ》べに限らぬ秋のあはれなども、思し分かぬにや。かれ御覧ぜよ」と、しひて御衣《ぞ》を引きやり給へば、さすがに起き上がりつつ、

（女四宮）六 契りこし露の言の葉散り果てて尾花が袖に霜結べとや

うち涙ぐみて、少しかたはら臥し給へれば、御ぐしははら

と、思わず溜息をつかれるので、権中納言は、

「その思いは雲を払う風の迷いというもので、何とも情けない。千草に露が乱れるように心が乱れて困ったことになるのですから。

お気の毒なことよ」とおっしゃる。宰相中将は、中宮[50]に対する帝[21]の御思いが限りないほど深いので、そのことによって思いはいっそうまさり、自分は中宮に並ぶことはとてもむつかしく、ますます手の及ぶはずもないと思う心の乱れを、自分の思いと同様に推し測って、権中納言をもけなしてみたい気持ちになる。

「世間にありふれた花の千草には馴れ親しまぬお固いあなたでも、身に染み通る今夜の風を普通の気分でお聞きのはずはないでしょう。

いくら何でも、無理というもの」と宰相中将が言うのもおかしくて、権中納言は、

いくら思いをかけるとしても、あの方は木の高い枝においでなのです。そこに吹く風を、我が身に染み込ませようとする私ではありませんよ。

○権中納言[49]は新中納言典侍[73]と契りを重ね、妻の女四宮[68]の恨みをかう。新中納言典侍は初出。

［八］　このころのことなのだが、権中納権[49]は、帝[21]にお仕えしている新中納言典侍[73]――あれほど新大納言[48]や、宰相中将[72]が心をお尽くしになるのに、意外なことに寄せ付け

はらと、うつくしくかかりて、寝赤み給へる頰《つら》つきなどの、はなばなと清らに曇りなく、愛敬づき給ひつつ、いづくこそ後れてと思ふ所もなく、おろかならずらうたきを、目のとがめられきこゆるなめりと、思ひ比べ給ふ御心の内、憎かりけり。

(権中納言)「心には誰《た》がならはしの秋なれば枯れ行く野辺につけて
　　恨むる
浅うもなりぬかし。かかることなのたまひそ」とて、ほほ笑み給へる気色、いと心恥づかし。

ようとせず、つれない態度をとっていた人なのだが――その人を、次第に気持ちを和らげるようにもっていって、ゆっくりと語らい寄られたのだった。思いがけずにつらいと沈み込んでいる女の様子が初々しくいじらしいので、逢わずに間を隔てる夜は苦しいほどのお気持ちがして、この方にしてはめずらしくなんとか口実を設けて典侍の所へお出ましになるのを、女四宮68は、こんなことは今までになかったのであきれたことだとお思いになる。初霜が一面に置いて、風が肌寒い朝の床を離れて起きるのがつらかった名残であろうか、権中納言は帰ってから自分のお部屋でしばらくお休みになって、すっかり夜が明けきってからこちらの女四宮の所にお渡りになるが、宮はみじろぎさえなさらずに臥していらっしゃる。

権中納言はおもしろいとお思いになって、外の前栽を眺めながら、「下葉が枯れて行く野辺のけしきは、盛りの色よりも趣き深く見えますよ。まして、朝の霜が結んで、夕方にひけをとらない秋の情趣も、おわかりにならないのですか。あれをご覧なさい」と、無理に御衣をお引きになると、そうは言うものの宮は起き上がりながら、

あなたが約束してくださった露のようにはかない言葉もすっかり散り果ててしまったので、風に乱れる尾花のような私の袖に涙の霜を結べとおっしゃるのですか。

涙ぐんで少し横になっておやすみになったところ、御髪は肩にはらはらと美しくかかって、寝ておいでだったために赤味がさした頰のあたりは、はなやかに綺麗で曇りなく愛嬌づい

[九]宰相中将72、かなわぬ恋に悩む

宰相中将は、しみ深く、色めき過ぎ給へりしを、よしなき半ばの秋、月影さやかなりし御面影より後《のち》、天つ空にあくがれたちて、月の野辺吹く風につけても、露の心をのみ砕き給へど、濁れる境《さかひ》の憂さなれば、七ものや思ふとも、言はぬに知る人ももののし給はず。げに、夢の内の夢よりも、逢瀬に身を代へけん張文成は、うらやましく覚え給ふ御心のほども、みづからおほけなしと思し知られつつ、せめては八漏らす煙《けぶり》のたよりにもやと、かの御あたり近き中納言の君といふ人を、ねんごろに語らひ寄り給ひて、それも、室《むろ》の八島《やしま》にもあらぬにや、かひなき月日はほどなく過ぎて、その年も、残りなくなりにけり。

（宰相中将）思ひわび涙に年は暮れ果てぬ憂き身に春の色や立つべ
き

とぞ、何ごとにつけても、もの憂き言種《ことぐさ》なりけり。

ておいでになり、どこにも劣っていると思う所もなく、一通りではなくいじらしく見えるのは、自分の目が咎めてそういうふうに思わせるせいらしいと、二人の女性を思いくらべていらっしゃるご心中は、何とも憎らしいのであった。

「あなたのお心に、さだめし誰かが、秋が来れば飽きてしまうと陳腐な発想をお教えしたのでしょう。枯れて行く野辺にかこつけて私をお恨みになるとは。ありふれたことになってしまいますよ。こうしたことはおっしゃいますな」と言って、苦笑いをなさるご様子は、宮が恥ずかしくなられるほど魅力的である。

○宰相中将72の中宮50への思いはいよいよまさるものの、空しいままに年が暮れる。

[九]　宰相中将72は、恋の心が染みとおり色めきすぎていらっしゃる方なのだが、頼みにならぬ八月十五夜の、月光の明るさの中に御面影を垣間見してからのちは、中宮50への思いから天空に心が浮き立ち、月の野辺を吹く風につけても、露のように心をお砕きになるばかりであるが、濁りの多いこの憂き世のつらさから、「物や思ふ（恋心をもっている）」とも言わないので、その恋を知る方もおいでにならない。本当に、夢の中の夢よりもはかなく、逢う瀬に身をかえた（命がけで皇后に逢った）という張文成を羨ましくお感じになるお心も、自分から恐れ多いと充分判っていながら、せめては思いを洩らす煙の便りにもと、あの中宮の御あたりに近い中納

言の君ⓘという人に、ねんごろに語らい寄られて、それも室の八島の歌のようにしっかりした手掛りにもならないのか、かいのない月日は次第に過ぎて行き、その年も残り少なくなってしまった。

思い悩み、涙を流して今年は暮れ果ててしまった。つらい私の身にはたして春の色が立つことがあるのだろうか。

と、すべてのことが、つらい、ということばの種になるのだった。

巻六　注

引歌に関わる注末尾の※については、巻一の注冒頭（七六頁）の記述を参照されたい。

一　ふるから小野のもとの心は―「いその上ふるからをののもとかしはもとの心はわすられなくに」（古今集・雑上・八八六・題しらず・読人しらず）。

二　君にひかれて―「千年までかぎれる松もけふよりは君にひかれて万代やへむ」（拾遺集・春・二四・入道式部卿のみこの、子の日し侍りける所に・大中臣能宣）。

三　風吹く野辺の糸薄よりも乱れやすく―「いとすすき吹きみだりそ野辺の風はたおる虫にまかせてをみむ」（拾玉集・秋二十三首・三四八）。（長歌）「…あらしの風のはげしさにみだれしのべのいとすすき…」（長秋詠藻・五八一）。「いとすすき」は新古今時代の歌語。「いとすすき」の本意を踏まえる。※

四　過ぎやらぬ―小木氏は「好きやらぬ」と仮に見て「後考をまつ」とされる。

五　「かきとめん」の歌―風葉集（恋五・一一一八）に「八月十五夜、中宮をはつかに見たてまつりて　いはでしのぶの左衛門督」として入る。初句「かけとめむ」。

六　「契りこし」の歌―風葉集（恋五・一一四〇）に「右大将夜がれしてかへりたるあした、しもがれゆくせんざいのけしきのあはれなるさま、などきこえければ　いはでしのぶの女四のみこ」として入る。第二三句「露のかことはかれはて」。

七　ものや思ふとも―「唐物語」第九話の、張文成と后の話の中に「物や思と問ふ人だになうて」等の文があることを小木氏は指摘される。

八　漏らす煙の―「いかにせむ室の八島にやどもがな恋の煙を空にまがへむ」（千載集・恋一・七〇三・忍ぶる恋・皇太后宮大夫俊成）。

いはでしのぶ　巻七

［一］第二十五年七月十四日、嵯峨院[4]、出家する

七月十四日に、故皇后宮の御二忌《にき》なるに、これゆゑとしはなけれど、つひに同じ道に、いとひ離れさせ給ひぬるを、内裏《うち》にも、あかずいみじと思さるること、なのめならず。

中宮はた、方々《かたがた》うち続き思し入りて、泣きしをれてのみ過ぐし給ふを、上は、心苦しうあはれに見奉らせ給ひつつ、(帝)「よしや、あながちに言へば、若くきびはなるべき御齢《よはひ》どもにもあらず。げにも、うち思ふところの心細さ、院の御ことなど、はた思さんにもまさりてこそ思へど、何ごとにも、見きこゆるに慰みてこそ過ぐるを、まろをばさも思さぬな。かやうに聞こゆるも、少しのけぢめも見せ給はねば」とて、御ぐしかきやりつつ、御涙押しのごひて見奉らせ給へば、泣き赤み給へる御目見《まみ》のわたり、にほひやかにうつくしきなど、まことに大臣《おとど》の顔に、いとよく覚え給へるを、をかしと思して、

(帝)「あらはれぬ底の心も池水の映せる影やしるしなるらん

ことわりかな」と、ほほ笑ませ給ひつつ、(帝)「さても、いつよりか、御心には思し分きし。院も、何ごとゆゑにか、と

○第二十二年から二十四年まで記事は見えない。「御二忌」の表現から、その間に皇后宮[45]が逝去したことがわかる。ここはおそらく第二十五年。中宮[50]の父嵯峨院[4]出家。中宮の本当の父は関白[2]。帝[21]はそのことに冗談めかして触れ、中宮を困らせる。

［一］　七月十四日、この日は故皇后宮[45]の御二忌に当たる日であるが、その日だからというわけではないものの、嵯峨院[4]は、ついに皇后と同じ仏の道にこの世をいとってお離れになってしまったので、帝[21]におかせられても惜しく悲しいとお思いになることは一通りではない。

中宮[50]はまた、母君、皇后との永別に続く父君、院のご出家に沈み込まれて、泣き萎れてお過ごしになるばかりなのを、帝はお気の毒であわれなことと見申し上げられ、「まあ、しいて言えば、あなたはお若くてご幼少といったご年齢というわけでもない。本当のところ、私が感じている心細さや、院のご出家の悲しみは、またあなたがお思いである以上なのだけれど、どんなことも私はあなたを見申し上げることで心を慰めてきたものの、あなたのほうはわたしのことを、そうはお思いにならないのだな。こうお慰め申し上げても少しも効き目があるようにはお見えにならないのだから」と言って、中宮の御髪をかきやりながら、御涙を押し拭って見申し上げられると、泣いて赤らんでおいでの御目もとのあたりが、匂うように美しいところなどは、本当に実の父君、関白[2]の顔に非常に似ていらっしゃるので、おもしろいとお思いになっ

がめ出でさせ給うけん。一＊いたまにも、この三年《みとせ》が間《あひだ》ばかりより、思はずなることはありしぞかし。それより先は、ことわりにも過ぎたる御気色とこそ見えしか。あはれ聞かばや。何か隔て給ふ」と、のたまはするに、いとむつかしく、ねたしとぞ覚ゆる。

（中宮）「影清く映せる池の水なれば底の心もあらじと思ふに覚えなくも」と、あはめさせ給へる御気色、いとらうたくなつかしげなり。

[二]嵯峨院[4]、出家に際して別れを嘆く

憂きにつけても思し忘れず。二踏みみず、果ては絶えにし緒絶《をだ》えの橋も、面影変はらぬ頼みばかりにこそ、朽ちせぬ仲の心地もし給ひしに、かなしささましがたく、折々涙がちなる御心地なり。

今はいとど知らぬ渚の海女《あま》とのみ思ふにつけて濡るる
袖かな

とぞ、独りごたれ給ふ。

て、

「表面に現われてこない底の事情も、池の水が映している影がその証拠というものでしょう。あなたはまるで関白の影のようにそっくりでいらっしゃる。

当たり前のことだな」と苦笑いをなさって、「それにしても、ご自分としてはいつから関白が実の父君であるとおわかりだったのですか。嵯峨院も、どういうことで不審に思われたのでしょうか。（いたまにも―文意不詳）この三年くらい前から、意外だなと思うことがあったのですよ。それ以前は、皇后に院は普通以上のご愛情をお持ちと拝見していたのに。ああ、お聞きしたいな。どうして私に隠し立てをなさるのか」とおっしゃるので、中宮はとても厄介でいまいましいことにお感じになる。

「影を清らかに映している池の水であればこそ、底の事情などはけっしてないと存じますのに。

思い当たることもなくて」と、帝のお歌を軽んじたようにお詠みになるのだが、そのご様子も帝にはかえってかわいらしく親しみ深く感じられる。

〇ある人が出家したことへの、ある人の嘆き。この一節は状況が定めにくい。ある人自身とも考えられ、いっぽう相手が出家したことを悲しむともみられる。嵯峨院[4]に関わる記述とされる小木氏の考えに仮に従う。

[二]（嵯峨院[4]は、）つらさを感じるものの（相手の方

［三］八月二十日過ぎ、中納言[49]、新中納言典侍[73]と逢う

あまりいぶせければ、二条院西の対は、[三]渡り給へる時の御休み所なれば、それへぞ時々迎へて、対面し給ふべき。

いかにぞや、たをたをとをかしきけはひしたる人の、いたう面やせて、いよいよらうたきけはひ添ひつつ、髪ざし、髪のかかりの[四]*ひきすかりうつくしきほど、用意あるさまなど、あさましくなまめいて、我が身のほどには、めざましうぞ見ゆる。八月二十日あまりの暁なれば、風の音なひ、冷やややかにしみわたりつつ、鳥の声々も*よほし顔なる。月もやうやう山の端《は》近くなれば、さらばと、ゆるし給ふほどのなごりも、いとなかなかなり。

（中納言）草の葉に露置き帰る暁は暮待つ虫の音《ね》になかれけり

げにぞ、いみじう鳴き枯らしたる声も、取り集め、すごうものあはれなりけり。女、

（新中納言典侍）身は露の秋の末葉《すゑば》に消え果てて君待つ虫の音《ね》にや絶えなん

と、言へる気色もらうたきものから、車の音《おと》の遠うなるまで、聞き臥し給へるに、

を）お思い忘れになることはない。踏んでみることもなく、そのままついには絶え果てた緒絶えの橋とも言うべきではあったが、それも面影がこの世の姿のままで変わらぬことを頼みにしてこそ、これからも朽ちない仲という気持ちでおありだったのに、（相手が）出家された今は悲しさを醒ましようもなく、時々涙を流すといったご心境である。

今はますます、知らぬ場所にある渚の海女（尼）なのだ、とあなたを思うだけで、私は袖を涙で濡らしています。

と、自然に独り言をお洩らしになる。

○中納言[49]は、妻女四宮[68]の恨みをよそに、新中納言典侍[73]と契りを結んでいる。［八］参照。男のもとに女を迎えるかたち。

［三］　中納言[49]は、あまりにも憂鬱な時は、父君関白[2]のお住まいになる二条院の西の対がご自分のおいでになる時の御休み所なので、そこへ典侍[73]を時々迎えて対面をなさる手筈らしい。

どういうわけか、たおやかで美しい雰囲気の人が、非常に痩せて、ますますいじらしい感じが加わり、髪の形、髪の流れ具合も（ひきすかり——文意不詳）かわいらしく、深い心遣いがある様子は、あきれるほどしっとりとしていて、こういう身分にしては目がさめるほど綺麗に見える。八月二十日過ぎの暁であるから、風の訪れもひんやりと染みわたり、ほうぼうの鶏の声が起きるのを催促するように聞こえる。月も次

［四］中納言49、父関白2を訪れて姫宮46を垣間見する

夜もやうやう明けなんとすれば、今日は白河院へ参りて、しばしも候ひて、秋の気色も心のどかにながめんかしと思しつつ、この院へ御言付けもやと、殿にいとま聞こえさせばやと思すは、まだ夜も*明けはなれぬに、心ならずこそと休らはれて、西の渡殿の前の簀子に、しばし休らひ給ふに、いと近く、若やかなる声どももあまたして、御格子も、こなたばかり参りたるにや、殿の御声も、いと近く聞こゆるに、何となくおぼつかなき心地して、やをら下《しも》におり給ひて、荻の茂りたる中に這ひ入りて、中門の扉に、いささかなる隙《ひま》のあるより見給へば、さながら秋の野辺に埋《うづ》もれたる御前《まへ》の花、色々露の光もことに置きわたしつつ、虫の声々乱れ合ひたるに、をかしき童《わらは》べの宿直姿なまめかしく、百草《ももくさ》の花よりもけに見えて、小さき虫屋どもをささげて、露かくる気色、しほたれたる花引き直しなどしたるほど、をかしう、絵に書かまほしきに、こなた近き御簾押し張りて、殿はおはする。

白き生絹《すずし》どもに、*丁子染の御単衣、いといたうしみ返り

第に山の端に近づくので「それでは」と、別れをお許しになる時の名残もかえってつらい思いである。

　草の葉に露が置き、起きてあなたが帰る暁のつらさに、わたしはまた逢える暮を待つ松虫のように声を立てて泣いてしまうのです。

なるほど、ずいぶん鳴いて枯れてしまった虫の声も、みなそれぞれ凄みがあって物淋しい秋の風情である。女は、

　私の身は秋の末の葉に宿る露のように消え果てて、君を待つ松虫の鳴く音と共にもうすぐ絶えてしまうのでしょうか。

と詠む気配もいじらしいので、女の車の音が遠くなるまで、臥したまま聞いておいでになると、

○前段の続き。中納言49の母は故前斎院35。父関白2は一品宮1の姫宮46を妻としている。（巻五［三］［四］）

［四］　夜も次第に明けようとするので、父関白2邸の二条院におられる中納言49は、「今日は白河院へ参上してしばらく伺候してから、秋の景色をもゆっくりと眺めたいものだ」とお思いになり、白河院へお言付けでもあるかと関白にお伺いしてからおいとましたいとお思いになるものの、まだ早くて夜も明け離れぬころなので、あまりにも失礼かと躊躇され、西の渡殿の前の簀子に、しばらくの間休んでおいでになる。と、非常に近いところで大勢の若々しい声が上がり、御格子もこちらだけはお上げしてあるのだろうか、父殿のお声もご

たるを奉りて、なまめいたる御かたち、言へばえに、若うきよらに、薫れる御にほひなつかしく、光ことにて、小さき呉竹の間近きにかかれる朝顔を、一枝折らせ給ひて、五「おのづから栄をなす」と、うち誦《ずん》じ給へる御声など、いと、もの異なれど、限りなうめでたきに、奥ざまに向き給ひて、「(関白)まれまれめづらしき晴間に、野辺の朝露も曇りなく御覧ぜよかし。ただ一人、心をやりたるもをこがましきに」とて、几帳押しやり給へれば、やをらすべり出で給へり。

[五]関白2、姫宮46を妻とした幸を思い、昔を懐想

女郎花《をみなへし》の御衣《ぞ》のなよらかなるに、映るばかりなる紅《くれなゐ》の単衣、紫苑の織物の小袿、えも言はずうつくしう着なし給ひて、いかにぞや、まばゆげに紛らはしつつ、うちそばみ給ふままに、はらはらとこぼれかかる御ぐしの、筋ごとにきらめき合ひて、いと長き末までたたなはりゆき、裾の削ぎ目*のうつくしさなど、言ふもなかなかおろかなるを、いと近やかに引き寄せ給ふを、はしたなうと思して、うち赤みたる御顔も、こぼるばかり花々とうつくしきものから、気高くな

く近くに聞こえるので、何となくわけが知りたい気がして、静かに下にお降りになり荻が茂っている中に這い込み、中門の扉にわずかな隙間がある所からご覧になる。まるで秋の野辺に埋もれているような御前の花には、さまざまにきらめく露の光が特に美しく一面に置き、虫の鳴き乱れる声が聞こえる所に、きれいな童女が宿直姿もしっとりと、百種の草花より美しい姿を見せており、小さい虫籠を上に掲げてそれに露を振り掛ける様子、萎れた花を引き直しなどしている情景は、本当におもしろくて心を引かれ、絵に描いてみたいほどであるが、中納言に近いところにある御簾を押し張って関白が座っていらっしゃる。

関白は白い生絹のお召物に、丁子染の御単衣のとてもよく染み返っているのをお召しになり、しっとりと上品な御容貌は言葉で言えぬほどお若く清らかで、薫るような御色艶は親しみ深く、格段に光り輝き、近くの小さな呉竹に掛かっている朝顔を一枝お折りになって、「おのづから栄をなす（一日を楽しんでいる）」と吟唱なさるお声は、非常に趣向が変わっているものの限りなくすばらしい。奥のほうにお向きになって、「めったにないめずらしい晴れ間で、野辺の朝露もくっきりとしているから御覧なさい。私一人だけ見て満足しているのもばかばかしいから」と言って几帳を押しやられると、静かに姫宮46がすべるようにおでましになった。

○前の続き。中納言49は父関白2と姫宮46を垣間見しつ

まめかしき御さまなど、まことにうつくしうことなる御面影を、今さら大臣《おとど》も目離《めか》れせず、うちまぼりきこえ給ふに、わけて昔のこと、さまざま思し出でられつつ、憂かりし秋の朝ぼらけに、六この花の枝かとよ、引き出でて、はしたなしと思されたる御気色、あまりにやつれさせ給へりし御面影、有様まで思ひ出できこえ給ふ。はなばなと、にほひかどある御もてなしなどは、勝《まさ》ざまなるには、契りうれしうあはれなるままに、涙もこぼれつつ、ありつる朝顔を、手まさぐりにし給ひて、

（関白）「秋を経て咲かずは惜しく朝顔のかはらぬ花の光をも見ん

七言の葉ごとに置く露や」と、ながめ入りつつ、御心の内乱りがはしさばかりを、言ひ*きこえかくして、古《いにし》へのことども、その朝ぼらけの花の心など、少し語り出で給ふを*、女君も、いとあはれと思したり。

（姫宮）枯れにけん花の行方も白露のなににかかりて消えとまるらん

づける。途中から関白の視点に叙述は移る。故内大臣3は女院1の夫。

［五］　姫宮46は女郎花の御衣の柔らかいのに、映るほどの紅の単衣、紫苑の織物の小袿を、言いようもなくきれいに着こなしていらっしゃって、どういうわけか、早朝の光を眩しそうに紛らわしながら、横をお向きになると、はらはらとこぼれかかる御髪は筋ごとに煌めき合って、非常に長い末までゆったりと幾重にも重なり、裾の削ぎ目のかわいらしさなどは、言葉に出すのもいかがというほどである。関白2がご自分の近くにお引き寄せになるのを、きまりが悪いこととお思いになって、ぽっと赤らんだお顔も、こぼれるくらいにはなばなとかわいらしいものの、気品高くしっとりとしたご様子が本当に美しくて格段のご容姿を、今改めて関白も、目を離すことができずじっとお見つめ申し上げておいでになると、とりわけ、昔のこと——姫宮の母君、女院1を恋い慕っていた昔——がさまざまに思い出される。つらかった秋の朝ぼらけに、内大臣3がお贈りになったこの朝顔の花の枝だったかを、自分が引き出した時、きまり悪くお思いであった女院のご様子、あまりにもおやつれになってしまった御面影、有様まで、お思い出し申し上げられる。はなばなと匂い立つ姫宮の才気にあふれた御仕草は、母君よりもすぐれておいでのようで、この方を自分のものとした契りがしみじみと嬉しく感じられ、涙もこぼれながら、先ほどの朝顔を、手まさぐりになさって、

[六]中納言49、姫宮46の美しさに心を奪われる

言ひ紛らはして、うち涙ぐみ給へる御気色などは、朝夕見る目にあき給へる御心地にだに、置き所なきを、中納言、さこそのどかに、さまよき御本性と言ひながら、あれを見つけ給ふより、うつし心もなきまでになりつつ、(中納言)「さればよ、女院・内裏《うち》の上などの御さまにつけて、さばかりの思ひやりは、かねて知られつつ、よしなき心の乱れもこそと、かやうの物の隈《くま》より見きこえばやなどは、夢にも思はざりしものを。何しにここまで立ち寄りにける悔しさぞ。何ごとにつけても、なべてこの世も濁りに浸み、あり果てばやと思ふことはなけれど、よろづはのどかにうちゆるいたる心の癖にまかせて、きはたけく思ひとることもなかりけるを、つひに、よからず、人の上にてだにあぢきなき心つきぬるよ。さるは、いはけなかりしほどの御もてなしのままに、時々うち見奉りなどするほどの身ならば、などか慰め所なからん。その上、おほけなき下の思ひありとも、いとよう忍び返してん。言へば、女院・大臣《おとど》の御心の隔てのつらきぞかし」など、つくづく思し続くるに、涙のみ霧りふたが

「秋を過ぎて咲かないのは残念なので、朝顔の変わらない花の光のようなあなたの朝の姿をずっと見ていたいものです。

『言の葉ごとに置く露や（言葉ごとに置く露は昔恋しい涙そのもの）』」と思いにふけりつつ、心の内に秘めてある女院への忍ぶ恋のことは隠しておいて、昔の、内大臣のさまざまなこと、その朝ぼらけの花にまつわる話などを、少しお語り出しになるので、女君46も非常にしみじみとした思いでいらっしゃる。

枯れてしまったという花（父君）の御果てのことも幼くてよく存じません。白露の私は何にすがって消えずにとどまっているのでしょう。

○前段に続く。

[六] 姫宮46が、この歌を言い紛らわし、涙ぐんでおいでになるご様子は、朝夕飽きるほど見ておいでの関白2でさえ置き所がない気持ちがするのだから、垣間見をしている中納言49は、あれほど穏やかで端正なご性質でありながら、姫君の姿をご覧になってからは、正気を失うまでになってしまって、「やはりそうだったのか。御母君女院1や兄君の帝21などのご様子から推しはかって、それくらい非常にお美しい方とは予めわかっていたから、つまらぬ心の乱れがあってはいけないと自制して、このようにものの蔭から見申し上げようとは夢にも思っていなかったのに。どういうわけで父君の所

りつつ、はかばかしう何ごとも、見分かれ給はず。

霧深き花の朝顔絶え絶えに心砕くる明け方の影

[七]第二十六年三月、新中納言典侍73、宮中に出仕

中納言典侍《すけ》は、とくとく参るべきよし、内裏《うち》よりのたまはすれば、三月二十日あまりのほどにぞ、参り給ひぬる。いとつつましければ、御前《まへ》へもさし出でず、遠らかに候ふを、「いかに」と、とがめ出でさせ給ひて、「こなたへ」と召すに、八*いつをいつとなりなりすれば、ゐざり出でたる火影《ほかげ》、いとをかしげなり。

柳桜に、紅《くれなゐ》の単衣打衣、山吹の表着、藤の唐衣、たをたをとなまめかしく着なし給ひて、あてに心にくきものから、にほひ愛敬づける目見《まみ》のわたり、うつくしげに見ゆるを、(帝)「これよりなどかと思ふ際の人だに、かばかりなることはかたきぞかし」とめづらしきに、いとど上もうちまぼられさせ給ひつつ、少しほほ笑み給へる御気色などは、そぞろに恥づかしく、汗も流るる心地するに、母の三位など立ちぬる後《のち》、(帝)「さしもいぶせかりし月頃を、『いまだにつつましければ、しばし』など言ふと聞きし恨めしさこそ。げに何

に立ち寄ってしまったのかと後悔するな。何事につけても、すべて濁りに染みているこの世に、このまま生き通したいとは思わないが、穏やかでゆっくりとした自分の性質を知っているから万事はそれに任せ、分際を越えるような恋をしようとは思わなかったのに、ついにこれほどけしからぬ、他人に起こったこととしてさえどうかと思うような気持ちを持ってしまったとは。それにしても、私が幼かったころのご待遇のままに、同じ邸で時々お姿を拝見するような身であるとしたら、心を慰めるところがあるというものだろう。その上で、大それた恋心を心中に持つとしても、それはうまく隠し通してしまえるのではないか。言ってみれば女院や関白が、自分に心をお隔てになるのがつらいのだ」など、つくづくと思い続けておいでのうちに、涙の霧に塞がれて、しっかりと何事も見分けることがおできにならない。

霧が深く込めている朝、霧の絶え間から見た朝顔の花よ。私は息も絶え絶えに心も砕けてしまった。明け方の花の美しい姿に。

○前の場面の翌春三月。新中納言典侍73は権中納言49としばしば逢瀬を重ねており、女児78を出産後、帝21のもとに出仕している。巻六[八]参照。新大納言48は右大将に昇進。三位ⓗは以前の弁の乳母か。帝21の乳母。

[七] 新中納言典侍73は、早く参上すべしとの帝21からの仰せがあったので、三月二十日過ぎごろには参内なさった。

としても、深からぬ身なれば、かかるなめり。などさはなりおきしことぞ」とて、さし寄らせ給ひつつ、何かとたはぶれさせ給ふを、いとわびしと思ふに、

（帝）「さりともと思ふ心のやすらひによその契りを見るぞ悔しき

今とても、そは心にぞあらん」と、脅*させ給ふも、いつもあはれに情け深き御ならひに、さしも心は騒がぬものから、いといたう恥づかしげなる御さまに、げにありしにもあらず、つつましき心地のみしつつ、いとありしばかり四方山《よもやま》*のそぞろごとまで聞こゆべしとも覚えぬぞ、いつまでのおほけなさぞと、我ながらをこがましかりけり。

（新中納言典侍）「及びなき雲居に馴*るる年を経て頼むも深き契りならずや

さしはなちて思しめされけるぞ、誰か恨みきこゆべからん」と、らうたげに聞こえ出でたれば、（帝）「例の恐ろしき心して、人の咎《とが》にも言ひなすらん」とて、いみじう笑はせ給ふ。

何とも気が引ける思いがするので、帝の御前へも伺わず、間をおいた遠くに伺候していると、帝は「どうした」とお見咎めになって「こちらへ」とお召しになると（いつをいつとなりなりすれば――文意不詳）、膝行して御前に伺う、灯火に照らされた姿は、非常に美しく見える。

柳、桜に紅の単衣の袿、山吹の表着、藤の唐衣をたおやかに優雅にお着なしになって、上品で奥ゆかしいものの、匂い立つような愛嬌のある目のあたりはかわいらしく見えるので、「この人より下るまいと思う身分の人でさえ、これほどの美しさはめったにない」と心をひかれ、帝もますます目を離さずお見守りになって、少しほほえんでいらっしゃるご様子はむやみに恥ずかしく、汗も流れる気持ちがするが、帝は典侍の母の三位ⓗが立ち上がって去った後に、「あなたが退出したままなので幾月も気が晴れなかったのに『まだ遠慮させていただきたいので、もう少し』などと言っていると聞いた恨めしさといったら。本当に何としても心が浅い私だからこうなるのだろう。どうしてそういうことになったのか」と言って傍らにお寄りになって、何かとお戯れになるので、とても苦しいと思っていると、

「そんなことはないだろうとゆっくり構えているうちに、
他の人と契ったとは。私ののんびりした心が悔やまれる。

今でも、それはあなたの心次第だろう」とお脅しになるが、帝はいつもしみじみと情け深くいらっしゃるので、それほど心は騒がなかったものの、非常にごりっぱなご様子なので、

［八］藤花の季節、大将48、新中納言典侍73に歌を贈る

大将は、中納言の典侍《すけ》の、ふと思し出でられつつ、「かやうのつらにはあらで、一際心《ひときは》にくく、さるはにほひやかにらうたきさまなるを、まめやかによそのものと思ひなしつるくちをしさ。さるは、かひなき見る目ばかりだに、このたびは影絶えたるよ」など、さまざま思しあまり、御前《まへ》の藤の花を、一枝折らせ給ひて、

（大将）紫の色は変はらぬ藤波に面影さへも遠ざかりゆく

本当に今までになく身がすくむ思いがして、とても昔通りにつまらぬ四方山話まで申し上げようとも思えないとは、いつまでこの怖れ多い気持ちが続くのかと、我ながらばかばかしい気がするのであった。

「及びもつかぬものと思っていた雲居にすっかり馴染んで
年月を過ごし、あなた様をお頼り申し上げておりますの
も深い契りというものではございませんか。

もう放っておこうと私をお思いになるのも、誰がお恨み申し上げられましょう。私のせいでございます」といじらしいふうにご返事申し上げたところ、「いつもの恐ろしい心で、まるで人の過失のように言いくるめるのだろう」と言って、たいそうお笑いになる。

○大将48は関白2の長男、母は伏見中の君（対の上）44。色好み。小木氏は典侍73は宮中から去り、女院御所に変わって仕えたと推定。

［八］　大将48は、中納言典侍73のことがふと思い出される気持ちになられて、「こうした身分の人らしくはなくていっそう奥ゆかしく、そのくせ匂いやかなかわいらしさを持っているのに、確実に人の恋人と見なさざるをえないのは無念だな。その上、もともと、かいはないというものの、このたびは影も形も消してしまったとは」などと、さまざまに思し余り、御前の前栽にある藤の花を一枝お折らせになって、

紫の色は変わらず藤は咲くのに、藤のように美しいあな

［九］大将48と中納言49兄弟、宣耀殿で出会い戯れる

宣耀殿は、昔に変はらぬ大臣《おとど》の御宿直所なれば、そなたざまへうち休まんと思して、たたずみおはしたるに、もとより中納言一人ゐ給へり。ほのかなりける三日月の、光だに入りぬるなごりの空を、つくづくとながめ入りて、

(中納言)「めぐり会はんまた有明の三日月の憂き世を分けて山にこそ入れ

あはれ」と、独《ひと》りごちおはするは、(大将)「さしも尽きせず、かやうなる*ことにのみ心を入れて、澄みかへりたる有様よ。さるは、さばかりの聖《ひじり》心ばかりにはあらじ。思ふことあらんかし」と、我が心慣らひに思しやりつつ、

(大将)「露漏らぬ忍ぶの乱れ誰ゆゑにさしも憂き世を思ひわぶらん

心苦しう」とて、さし出で給へるに、うち見やりつつほほ笑みて、(中納言)「覚えなきこと。ものこそ言はれね」とて、うち笑ひ給へるも、心恥づかしきものから、をかしきけはひし給へり。

(中納言)色深き心慣らひの言の葉か忍綟摺《しのぶもぢずり》知らぬ我が身に

たはここを去って、面影までが遠ざかって行くとは。

○大将48（兄）は中納言49（弟）と出逢って冗談を交わす。中納言は姫宮46への恋心を悟られたかとひやりとする。

［九］　宣耀殿は、昔からずっと変わらずに父君関白2が宮中の御宿直所としておいでなので、大将48はそちらで少し休息しようとお思いになり、歩いたり立ち止まったりしながらぶらぶらとおいでになると、そこには既に弟君中納言49が独りで座っていらっしゃった。中納言はほのかな三日月の光でさえも沈んでしまった名残のある薄明るい空を、つくづくと眺め入って、

「まためぐって来るに決まっている有明の三日月は、つらい夜（世）を分けて山に沈むのだが、人間はいったん山に入ったらそうは行かないものなのだ。

しみじみとした思いがする」と独り言を言っておいでになる、そこに大将が、「あんなに尽きることなく憂き世を嘆くたぐいのことだけに心を打ち込んで、澄まし返っている中納言の有様と言ったら。そのくせ、そうした聖めいた心だけではないだろう。きっと恋の思いもあるに違いない」と、自分の色好みの性分から推察なさって、

「まったく露ほども洩らそうとしない忍ぶ恋の乱れが原因と見受けるのだけれど、いったい誰のためにそれほど憂き世をつらがっているのかな。

言ひ当てられぬる心地はし給へど、つれなげに言ひなすを、大将もうち笑ひ給ひつつ、例の何かとおとしめきこえ給ふ。

〔一〇〕大将48、弟の妻、女四の宮68と秘かに逢う

明け方近き鐘の音《おと》にさへおどろかされず。さてあるべきならで立ち出で給ふ心地、九身を分くるなども、言へばさらなり。

（大将）「尽き果つる心もかなし夢とだに見るほどもなき夜はの
　　別れ路

あはれとも思し知らばや、それをかごとにかくる命もあらん」と、むせ返り給ふもさすがなるにや、

（女四宮）夢の内の憂きにも消えぬつらさより他に思ひのある身
　　ならばや

と、のたまふを、聞きさすやうにて出で給ふ。

かしこには、中納言、明くるすなはち、内裏《うち》より出で給へるに、女宮いとまばゆく思されて、心地悪しきさまにもてなして、臥し給へるを、何となう、この頃はいつもといふ中に、もの憂げなる気色を見知りて、（中納言）「世を思ひ結ぼほれ給へるもあぢきなのわざや。げに、誰も何心なかりしほどより、またなくあはれにのみ*思ひならひにしかば、憂し

気の毒なことに」と言って姿をお現わしになると、中納言は大将を見やって苦笑いして、「そんな覚えはありません。うっかりものも言えないな」と言ってお笑いになる姿は、気後れがするほど実にごりっぱであり、風雅な気配をも身につけておいでになる。

恋の色に深く染まったあなたのお心ゆえのお言葉ですか。忍ぶ恋の乱れなどまったく知らない私の身なのに。

中納言は姫宮46への忍ぶ恋を言い当てられてしまったな、とはお思いになるけれど、平気な顔で知らぬふりをしてこうした歌を返すので、大将もお笑いになって、いつものように何かと中納言をやり込められる。

○大将48と女四宮68との苦しい恋。女四宮は大将の弟である中納言49の妻。対の姫君74は初出。

〔一〇〕　大将48は、明け方が近い鐘の音にさえお目覚めにならない。そんなにとどまるわけにも行かないので女四宮68のもとをお立ち出でになる気持ちは、「身をわくる（身を割く思い）」などという言葉でも言い尽くせない気持ちである。

「心も尽き果ててしまう悲しみよ。これは夢かどうかと見きわめる間さえないほど短い夜半の別れ路は。

もし私の気持ちをあわれと思い知ってくだされば、それを頼りとする命もあるというものでしょう」と、お咽せ返りになるのも、さすがに宮のお心に染みるのか、

夢の中の苦しい思いにも消えない命がつらいのです。そ

とあき果てんこの世のほだしにも、こればかりやと、人知れず思ふ心だにあらはれず、つひに見捨てん世々には、思ひ出でなくこそ思さめ」と、そぞろに思し続けられ給ふに、涙もさしぐまれつつ、近やかに寄り給ひて、(中納言)「いかにぞ、御心地はなど悪しき。まろが参りたるゆゑか。そぞろに過ごしたることもなき身を、思し勘当するこそ、いとからきわざなれ。いつとても、人のやうに愛敬づき、をかしきさま侍るなる身ならばこそ、今さらすさまじとも思さめ。かの対の姫君とかやの、艶なる大将、いしいしともて扱はるるなる、うらやましく思すな」とて、うち笑ひ給へるも、いと心恥づかしげなるに、いよいよ汗も流るる心地して、顔を引き入れ給ふ。(中納言)「さればこそ」など、たはぶれきこえ給ひつつ、御衣《ぞ》押しのけ給ふに、顔の気色もいかにあやしからんと、わびしくて、もて紛らはし側向《そばむ》き給へど、はづれて見ゆる目見《まみ》のわたりもうち濡れて、額《ひたひ》の髪もまろかれたるほども心苦しう、ただ我が方の恨みと思しなすには、あはれにらうたくぞ見なされ給ふ。

(中納言)「定めなくあり果てぬ世の憂きもただ君をほだしと思ふ

れ以外にほかの物思いがある身であればよいのに。

とおっしゃるのを、聞きおおせないような具合で急いでお出ましになる。

　女四宮の所には、中納言[49]が、夜が明けるとすぐに宮中からお帰りになると、女宮は夫君に対してとても眩しくお思いになり、気分が悪いということで伏しておしまいになったので、中納言は、何となく、このごろはいつもそうなのだが、今日はとりわけつらそうな宮の様子を見てとって、「宮がこの世を沈みこんだままで過ごしていらっしゃるのも気に入らないな。本当に、お互いにまだ無邪気なころから、これ以上ないほど深い思いを交わすのに馴れてしまっているので、この世はつらいものと飽き果てて、私が俗世を離れようにもこの世の障りはまさにこの宮への愛情だと人知れず思っているのに、その気持ちさえ表に出していないのだから、ついには本当に出家してしまった時には、私に関する思い出さえもないとお思いになることだろう」と、何ということもなく思いつづけられて、涙も浮かんでくるが、宮の近くにお寄りになって、「どうですか、ご気分はどうして悪いのでしょう。わたしが参上したせいかな。心ここにあらずといったふうにふるまったこともない私を、ご自分のお心で勘当なさるのは、非常にむごいことです。いつでも他の人のように愛想がよく、風雅な趣もございます私であったとすれば、今さらしらけた思いがするとお思いになるのも当然でしょうが、あいにく生来愛想のない私なのです。あの対の姫君[74]とかは、優雅な大

ばかりぞかひなくも」とて、うち涙ぐみ給へる気色、まことに悪しうは見えぬにつけて、我のみつらき嘆き添ひたる心地、ありしにもあらずあさましく、心憂かりけり。

(女四宮)つらしとて恨みざらばやひたすらに思はぬ仲と思はましかば

[二]二十七年三月末、女四の宮68、不義の子75を出産

大将は、かの我のみ負*ふまじき御ことをさへ、夢などにや見給ひけん、人知れずあはれにかなしく、いかならんとのみ思すに、次の年の三月の末つ方、*若君にて生《む》まれ給へると、おほかたに伝へ聞き給ふも、なのめならずあはれにて、

(大将)人知れぬ契りを松の種に植ゑて生ひ行く末もよそにやは見ん

と、あるを見ては、忍びがたき御心も、我ながら心憂かりけり。

(女四宮)涙川浮き寝にとめしなごりとも知らぬ緑の松ぞかなしき

まことに、まがふべくもなく写しとりたる顔つきを、さ

将48に次々と大切にされておいでのようですが、その方を羨ましいとお思いなのか」と言ってお笑いになるお姿も、非常に恥ずかしいほどごりっぱなので、宮はいよいよ汗も流れる気持ちがして顔を衣にお引き入れになる。「やっぱりね」など、冗談を申し上げられ御衣をお押しのけになるので、姫宮は顔付きも、どんなに見苦しいことかと困って、紛らわすために横をお向きになるが、間から見える目のあたりも涙で濡れて、額の髪も丸まっているのもお気の毒なので、ただ自分のせいでお恨みなのだとお思いになると、しみじみといじらしくお見えになる。

「定めもないし、生き通すこともできない俗世のつらさを、出家せずに耐えているのは、ただあなたへの深い思いだけなのです。

かいがない思いですね」と言って涙ぐんでおいでになる中納言のご様子は、本当に気分を害していらっしゃるとも見えないので、姫宮は自分だけの内密なつらい嘆きが添った気持ちがして、今までに経験がないほど途方に暮れて苦しい思いがするのであった。

つらいと思ってあなたを恨みはしないでしょう。もしひたすらお互いに思わない仲と思うのであるとすれば。そうではなくてあなたとは深く思い合う仲なのですから。

○女四宮68は、夫中納言49の兄である大将48に逢ったために男児75を出産。この場面で中納言は妻と兄との仲

りとても、人の思ひとがむべき御仲らひならねど、中納言は、いとまばゆしと思しながら、例のうはべばかりを、よ*きほどにもてなしきこえ給ひつつ、御心の内ぞ、いよいよこの世はもの憂き数のみ積もりつつ、露のほだしなく、飽き果てぬる心地ながら。

を知りつつ黙している。

［二］　大将48は、あの自分だけで思うことはできそうにない御事（女四宮68の懐妊）を、夢にご覧になったのであろうか、人知れずしみじみと悲しく、どうしておいでだろうかと心配ばかりしておいでになったが、次の年の三月末頃、若君75がお生まれになったと、人づてにお聞きになり、ひとかたならず深い思いにとらわれて、女四宮に歌を贈られる。

人知れず契りを結んで松の種を植えたのだが、その松（若君）が育って行く将来を、よそのものとして見ることになるのだろうか。

と書いてあるのを見ると、女宮は悲しみに耐えきれぬ自分のお心も、我ながらつらいとお思いになるのであった。

涙を川のごとくに流して泣いた、あのつらい契りがとどめた名残が自分であるとも、まったく知らない緑の松（若君）が本当にかわいそうでたまりません。

本当に紛れもなく写し取ったほど大将に似ている若君の顔付きを、それでも、人が咎めるような女宮との御仲ではないけれど、中納言49は、とても見ていられないとお思いになるものの、いつものように表面的には、女宮にはほどよい態度をお取り申し上げながら、お心の内は、いよいよこの世は憂鬱なことが数多く積もり、まったく障りさえなくなって、飽き果ててしまった気持ちのままに。

巻七　注

引歌に関わる注末尾の※については、巻一の注冒頭（七六頁）の記述を参照。

一　いたまにも―不明。仮にこの本文のままとする。

二　踏みみず、果ては絶えにし緒絶えの橋も―「陸奥のをだえの橋やこれならむふみみふまずみ心まどはす」（後拾遺集・恋三・七五一・左京大夫藤原道雅）。

三　二条院西の対は―二条院は以下の叙述において関白[2]の本邸として重要な場となる。しかし「二条院」の意味づけについてはやや注意を要しよう。巻一〔三五〕に、関白（当時内大臣）は三条京極第を与えられたとの記述があり、巻四〔一六〕には、「三条宮東の対」に関白は伏見中君[44]と若君[48]を移した、とある。即ち、関白の私邸として、物語の始めの部分には「三条邸」、後には「二条院」が設定されている。仮に若い頃の私邸は「三条邸」、栄達をとげてからは「二条院」を本邸としたものとみて、その件についての記述は省略されたと考えておく。なおこの部分の抜書本の影印本文「二てうゐんにしのたい」の部分はやや不明瞭だが、筆勢からみて「三」と詠みとるにはやや無理があろう。

四　ひきすかり―不明。仮にこの本文のままとする。

五　おのづから栄をなす―「松樹千年終是朽　槿花一日自為栄」（和漢朗詠集・槿・白楽天）。

六　この花の枝―巻三〔九〕参照。朝顔の花につけて内大臣[3]から一品宮[1]に贈った手紙を関白（大将）[2]が見た場面。

七　言の葉ごとに置く露や―「あはれてふ言の葉ごとに置く露は昔を恋ふる涙なりけり」（古今集・雑下・九四〇・題しらず・読人しらず）。

八　いつをいつとなりなりすれば―不明。仮にこの本文のままとする。

九　身を分くる―「思へども身をし分けねば目に見えぬ心を君にたぐへてぞ遣る」（古今集・離別・三七三・あづまの方へまかりける人によみてつかはしける・いかごのあつゆき）。

一〇　いしいしと―次々に。「おぼろけの人は、ふといらへにくく、はづかしげなればにや、そこらいしいしと聞ゆる人々、御いらへはなくて」（狭衣物語・巻一）、「御灸いしいしとひしめけど、さしたる御しるしもなし」（とはずがたり・五）。

いはでしのぶ　巻八

[一]第三十一年秋。出家の志を持つ右大将49の憂愁

何に心のとまることなく、憂きに面馴れ一行く世の中を、いとひ給ふ方も、あまたの年月のみ積もりつつ、またさへ来ぬる春の色も、花のもとはいつまでと心細く、夏も過ぎ、秋にもなりぬる風の音なひは、いとど身にしみ返り、二かなしきものと思ひ知りても、今さらならぬことなれど、なほ、ありしにもあらぬ、御衣《ぞ》の上の露けさなり、

（右大将）三 山深く身を秋風に誘はればさこそは馴れめ露も時雨も*

起き臥し乱るる荻の上風に、萩の下葉もいと末枯《うらが》れて、露を貫《ぬ》きかくる細小蟹《ささがに》の糸のものはかなさなどを、四我が身一つにながめ入り給へる夕つ方、かの雲居の月に、心を尽くし給ひし宰相中将、今は権中納言と聞こゆる、さし出で給へり。

[二]右大将49と権中納言72、秘めた恋の話に戯れる

年頃、中宮の宮司《みやづかさ》にて、さすが人より疎からず見奉り馴れつつ、中納言の君の御かたはらも古りぬれど、あさましく、そら恐ろしきことと言ひながら、さもこそ、はかなきほどの思ひ出もなく、ただ五ありしばかりの風の迷ひを身にしめつ

○第三十一年。巻八巻頭か。右大将49二十五歳。父関白2の妻、姫宮46に思いを寄せている。出家の志はいよいよまさる。権中納言72は親しい友人。巻六［六］初出。中宮50を垣間見してから恋心を抱きはじめている。

[一]　右大将49は、何に対しても心が引かれることがなく、つらさにも馴れて行くこの世の中を嫌って、出家なさろうという意向を持ちながら何年もの年月が空しく重なり、また訪れてきた春の色も、花のもとに生きるのはいつまでと心細く、夏も過ぎ、秋にもなると風の訪れはますます身に染み通り、歌にあるように本当に悲しいものだと実感しても、今さら初めてのことというわけではないが、やはり今まで経験のなかったほど御衣の上に涙がこぼれる。右大将は、

山深いところにこの身を秋風に誘われて入ったとすれば、きっとその寂しさにも馴れることだろう、山奥の露にも時雨にも。

と詠んで、起きたり伏したりして乱れる荻の上を吹く風に、萩の下葉もますます枯れはててしまい、露を玉のように貫く蜘蛛の糸のはかなさなどを、自分ひとりの寂しさであるかのように茫然と眺めておいでになる夕方、あの雲居の月（中宮50）に心をお尽くしになった宰相中将、今は権中納言72と申し上げる方が大将のもとに姿を現わされた。

[二]　○前の続き。場所は、右大将49邸。この権中納言72は何年も中宮の宮司の職にあり、さ

つ、年月を重ねて、晴れやらぬ心の内のあぢきなさも、月を見し夜の友、この大将ばかりに、思ひあまる折々、憂へきこえ給ふに、まいて世の中に言ひむけたる筋を聞き給ひては、なつかしきことにぞ、いとど馴れ睦れきこえ給ふに、ただ今も、夕べの空を*一人ながめて、うちとけたる手習ひなどしつつ、ものし給ひける見つけきこえ給ひて、気色ばかりゐ直りつつ、ものなどのたまひてうち笑み給へるさま、いかにぞやなつかしげに、にほへる目見《まみ》のわたりなどの、さしもほのかなりし御面影の、まいて忘るばかり隔たりたれど、ふと思ひ出でらるるに、胸うち騒ぐも、「こは何ごとのよしなさぞ」と、我ながらをこがましく、つくづく思ふ気色やしるからん、(大将)「さも尽きせずむつかしき御気色よ、あなあぢきなや。あれ、かやうなる心を持たらましかば、いかにをかし」と、ことのほかにのたまふを、いとねたくて、

(権中納言)六「ながめつる心よいかに我ならぬ人もあやしき秋の夕暮

そぞろなる独居《ひとりゐ》などは、*やうあることと見きこゆる」とのたまふも、*ねたましきままにことづけしことなれど、言ひ

すがにほかの人よりは親しく中宮[50]を見奉ることにも馴れて来て、かつて味方につけた女房の中納言の君ⓘが中宮の御傍にいるのもずいぶん長い間にわたっているが、中宮への思いという呆れるほどそら恐ろしいこととは言いながら、当然これといったはかない思い出さえもなく、ただ八月十五夜の、あの風の迷いの一瞬を我が身にしっかりと抱き続けながら、年月を重ねている。晴らすことのできない内心の不満も、共に月を見た夜の友人である、この大将[49]ぐらいには、思い余る時にはいつもその嘆きをお訴えになるのだが、まして、世の中で噂をしている筋の話——実は中宮と大将は異母姉弟——をお聞きになってからは、したわしい思いも増し、ますます親しくお思い申し上げている。今も、大将は夕方の空を独り眺め、寛いで手習いをしながら、そこにおいでになった権中納言をお見つけになって、形だけ居ずまいを正して話をなさってお笑いになる様子は、どうしてだろうか、権中納言の眼にはいかにもしたわしい感じがして、大将の美しく匂い立っておいでの目のあたりは、あれほどほのかであった中宮の御面影が——まして忘れるほど時が隔たっているのは言うまでもないが——ふと思い出されるので胸が騒ぐが、「これは何のいわれもないことなのに」と、我ながらばかげていて、つくづくとものを思う様子がはっきりとわかるのだろうか、大将が「いつも変わらず、ご機嫌が悪いな。ああ困ったものだ。私がそんな恋心を持っているとすれば、どんなに風雅なことか」と、思いがけなくおっしゃるのがとても癪に障って、

当てられぬる御心地、少しをかしうぞあるや。

（大将）おほかたにながむる秋の夕べをも心にかへてあやしとや見る

などのたまふを、尽きせずおとしめきこえ、かたみにのたまふほどに、殿より、とみのこととて、「聞こゆべきことなん。渡り給へ」とある御使あれば、急ぎ御装束など引き直して出で給へば、客人《まらうと》の君も、やがて帰り給はんと*するに、手習ひ給へりけるものを、入りおはしつるすなはち、文机《ふづくえ》のあなたに*押し隠いて、何となく*出でんとし給へば、せちに隠し給へるゆかしさに、引き返しつつ取り出でて、さすがなるにや、「これはいかに」とばかり、遠らかに見せきこえ給ひつつ、急ぎ帰り給ふに、誰も紛らはしき御心地にて、いたくも見入れ給はざりけるを、もておはして、急ぎ灯《ひ》のもとにて見給へば、さるべき反古《ほうぐ》などにもあらざりけり。

[三]中納言[72]、手習に右大将[49]の出家の志を知る

皆、我が御手習ひにて、

幾年《いくとせ》の秋も嘆きの色見えでつひに朽ちなんこともはかなし

権中納言が、

「物思いに耽って眺めておいでの心の中はいったいどんななのか。私ばかりでなく、私以外のお方の心も奇妙に思える秋の夕暮よ。

気もそぞろに独り座っておいでなのは、理由がおありのことと拝見いたします」とおっしゃるのは、羨ましいままに権中納言がそうかこつけた言い草であったが、姫宮[46]への思いを言い当てられてしまった大将のお気持ちとしては、少し興が乗るというものだ。

別にどうということもなく私が眺めている秋の夕方を、自分の心に当てはめてこれは妙だとご覧になるのか。

など大将がお詠みになるのを、権中納言がおけなし申し上げたり、お互いに言い合ったりなさるうちに、父君関白[2]から、急なことと言って、「申し上げることがある。おいでになるように」というお使いが来たために、大将は急いで御装束を改めておでましになるので、客人の権中納言もそのままお帰りになろうとする。先ほどのことだが、手習いをしておいでになった物を、権中納言が部屋にお入りになった途端に大将は文机の向こうに押し隠されたのだが、そのまま何気なく出ようとなさるので、権中納言は無理にお隠しになったものを見たく思い、引き返してそれを取り出し、さすがに失礼と思われたのか「これは何ですか」とばかりに、遠くから大将にお見せ申し上げられて急いでお帰りになるが、誰もが気がせいていたのでその時は特に注意してはご覧にはならなかった

そむかばやと思へばさすがあはれなり捨つる身惜しき
　この世ならねど

「七憂さこそまされみ吉野の」などやうなる古言《ふること》、多く書きけがされて、

何か憂き思ひしとげば世の中をいとはぬほどの住みか
　なりけり

ただ同じさまなることを、さまざま書き給へるを、つくづく見給ふままに、八色なき風にだにもろき涙は、やがて目もくるる心地して、(中納言)「げにも、うちはへ世の中を、もの憂げに思ひ入りたるさまに見え給へど、ただおほかた、おごれる世をも勇まず、よき人はおのづからさもあることぞかしと思ひしを、まことにかうまでも思しなりにけるかなしさ、積もる嘆きのほどしるきも、なべての憂へなどあるべきにもあらず。さればよ、何ゆゑのことぞ」と、いとどあやしきにも、「九心にかへてとか、さやうの道ならでは、さしも人の、身を捨つることもありがたきを、さこそは」と思し寄れば、やがて、人のほどもさばかりならんとおしはかられつつ、「まことに、かの御身にとりて、そればかりこそ

けれど、権中納言が持ってお帰りになり、急いで灯火の下でご覧になると、それは然るべき古いお手紙などではないのであった。

○前の続き。

【三】　権中納言72がご覧になると、大将49のお書きになったのは全部ご自分の御手習いであって、

何年も秋を迎えながら、いっさい嘆きの色は見せないままに、ついには朽ち果ててしまうのだろう。何ともはかないことだ。

この世を背きたいと思うとさすがにしみじみと感じられるというものだ。捨ててしまうこの身が惜しくなるこの世ではないのだけれど。

「憂さこそまされみ吉野の（つらさはいよいよ増して来るみ吉野の）」などのような類の古い歌をたくさんお書き散らしになって、

何のつらいこともなかろう。思いを遂げて出家してしまえば、この世の中は嫌うことはない程度の住む場所であるのだから。

この世をいとう趣旨の同様な歌を、いろいろとお書きになってあるのを、権中納言はつくづくとご覧になるにつれ、色のない秋風にさえもろい涙は、次第に目先が暗くなるほどに流れる気持ちがして、「なるほど、大将は特に世の中を物憂げに思い入った様子にはお見えになったものの、それを私は、

思ひなんに、心尽くしにもあらめ。されど、さしも我が思ふ末ばかり、行《ゆ》く方《かた》知らずなどは、あるべきことならず。『色も見えぬ』とあるにも、身をも人をも顧るほどの心も強く、何ごとにつけても、濁りにしまず、さばかり惜しう、山の奥まで*思ひ入り給ふめるに、何の惜しげなき身を持ちながら、さりとて、無《な》げのあはれどもかはすべき人もなき世を、そぞろにあぢきなく思ひこがれて、よしなき月日を重ぬる心の、つたなくをこがましさ」思ひても思ひても、尽きすべくもなく、夜もすがら、思し明かしつつ、つとめては、いつしか文奉り給ふ。

[四] 権中納言72、大将49に自分も出家したいと告げる

(権中納言)「さても、覚えなきわざして侍りしも、あらぬ方ざまに、おとしめきこえばや*と思ひ給へしを、その筋をかけ離れ侍らぬしも、かうやは思ひより侍りしと、さも心憂く」

とて、

(権中納言)「いとふべき憂き世の中といひながらしばしな捨てそ人もこそよれ

げに、なかなかなるべき御ことかなと*思ひ給ふるも、い

ただ普通に、思い上がって当然の世を威勢良く渡るというのではなくて、優れた方は自然にそうした厭世的な気持ちにもなるのだろうと思っていたのだが、真剣にこれほどまでも思うようにおなりになった悲しさ、積もる嘆きの深さがこの手習いではっきりと見えるのだから、これは並々のつらさであるはずはない。それならいったい、どういう理由があるのだろうか」と、ますます不審が募り、「『心にかへて（自分の心に代えて）』とかいう歌にある、そのような恋の道でなくてはいくら何でも人が身を捨てる気になるのはめったにないのだから、それが原因かな」と気がお付きになるので、そういうことなら大将のご身分からしても高貴なお相手だろうと推察し、「本当に、あの大将の御身にとっては、そればかり思うのだろうからさぞかし苦しいことだろう。しかし、それも私の中宮50への思いほど、先が見えない恋ではあるはずがない。『色も見えぬ（その気配も見せずに）』と手習いにあるように、自分の身をも人のことをも顧慮するだけの心がしっかりとあって、何事につけても濁りには染まらぬ大将が、惜しいことに山奥に入りたいと思い込んでおいでになるようなのだ。しかし、何も惜しげもない身を持ちながら、それだからといって表面だけ愛情を交わすような人もないこの世を、ただもう筋の通らぬ恋に思い焦がれて、無意味な月日を重ねる私の心といったら、稚拙極まるばかばかしさだ」と、思っても思っても尽きようもなく、夜もすがら思い明かして、翌朝には、早速お手紙を大将にお送り申し上げになる。

とこそかたはらいたく侍れ。さるは、

　恋の道踏みなれてける君住まば我が身後れじ山の奥ま
　で

あなかしこ」

と書きて、御手習ひの物具して、返し奉り給へるを、大将は、いとあさましく、ねたうも見つけられてけるかなと、御心後れもけしからず思し知られつつ、御返には、

(右大将)「藻塩草筆のすさみの古言をかくと我が身に積もるべき
　かは

さもものによく心得たるよと、いかに思すらん。をこがましのさまや。*げに、

　何ゆゑか山の奥まで思ひ入らん人こそ恋の道に迷ふ
　と」

とて、つかはして後《のち》も、みづから渡りつつ、まめやかに、泣く泣くといふばかり、聞こえ給ふことどもあるを、大将は、そぞろにあらはし給はぬを、中納言は、心うつくしと思ひきこえ給ふこと、なのめならねど、「よし、あながちに、人の山路を慕はずとても、思ひ入らん道は、同じこ

○前の続き。大将[49]は権中納言[72]に手習を見られ、自分と同じく出家の意向を知るが、本心をはぐらかす。

［四］　権中納言[72]は、大将[49]への手紙に、

「何とも失礼なことをいたしましたけれど、それは恋のことと思ってお貶《けな》ししようと存じましたためで、その筋をかけ離れたわけではございませんが、思いがけずご出家のことかとご推察申し上げ、とてもつらく存じます」

と書いて、

「いとうべきつらい世の中とは言いながら、しばらくの間はお捨てになってはいけません。人それぞれによるものですから。

本当に、それはかえっていかがなものかと存じまして、非常に当方の心が痛むのでございます。しかし実は、

　恋の道を踏み馴れていらっしゃる君がお住まいになろうというなら、私も遅れずにお供いたしましょう。この世を捨て、山の奥まで道を踏んで。

それでは失礼をいたします」

と書いて、大将の御手習いの物を添えてお返し申し上げになったので、大将は非常にあきれ、権中納言が手習いを見つけたとはしてやられたなと、ご自分の配慮不足を思い知られて、権中納言へのお返事には、

「藻塩草を掻くように、筆のすさみに古い歌を書いたのに、こうではないかと、まるで私自身が書いたかのように私の気持ちを推察なさるべきではないでしょう。

と」と、*いかさまにも思しとりぬる。

[五]十一月の暁方、右大将49、宮中で新大納言君と契る

節会果てぬる暁方、有明の月隈《くま》なきに、藤壺わたりへ紛れ寄りぬるを、大将、やをら立ち聞き給へば、ただ戸口のもとにて、中納言とぞ語らふなる。何とやらん、言の葉は聞こえぬものから、うち泣きつつ、立ち出でなどするなるべし。

(権中納言)10「見るたびに憂しとな言ひそいつまでか同じ雲居の有明の月

今思し合はせよ。あはれ、げにはかなき思ひ出もなくて、過*ごし給へぬるものかな」と、のたまふめれば、

(中納言の君)雲居までかくる心を憂しとてもなほ有明の世をこそは見め

と、言ふなれば、(権中納言)「ありがたの御情けや」とて、うち笑ふ気色にて出づるを、さし出でまほしくて、引きとめんと思すほどに、左大将おはすれば、何となくたたずみのき給ひて、後涼殿におはしざまにおはすれば、澄みかへりたる有明の影に、霜いと白く見わたされて、袖の上まで冴《さ》え凍る心地して、

何でもよく判っているよと、どんなにお思いでしょう。ばかばかしいことですよ。本当に、

どうしてでしょうか。山の奥まで思い入るような人は、
恋の道に迷うのがその理由だとおっしゃるのは」

と書いておつかわしになってからも、権中納言は大将のもとを訪問し、真面目に、泣く泣くと言ってもいいほど申し上げられることがたくさんあるが、大将のほうは、やたらに本心をお洩らしにならないので、権中納言は、大将は厳しい心をお持ちだとお思い申し上げられることは一通りではないが、「まあ、無理に人の山路を慕わなくても、出家する道は同じこと」と、どうにでもしようとお考えになる。

〇宮中の場面。中納言の君ⓘは中宮50方の女房。中宮を恋う権中納言72と話をしているのを大将49が立ち聞きする。後半に見える新大納言は初出。系図不詳。

[五]　十一月に豊明の節会が終わった暁のころ、有明の月が限なく照らしている時に、権中納言72が、藤壺のあたりへ人目を紛らわして立ち寄るのを、大将49が、こっそり立ち聞きをなさると、ただ戸口の所で、女房の中納言の君ⓘと話をしているようだ。何を言うのか言葉は聞こえぬものの、泣きながらそこから立ち去るように見える。

「会うたびにつらいと言ってはいけないよ。有明の月がいつまでも同じ雲居にあるとは言えないように、私も宮中にそういつまでもいないのだから。

（右大将）慣れ慣れて心も曇る日陰には袖にも霜のかつ凍りつつ

と、うち払ひ給へる、負風《おひかぜ》のかことがましきに、身にしむばかりにて、ながめ入り給へる月影の御姿、言ふよしもなくなまめかしきに、過ごしがたうやあらん、聞こえ出だしたる人あり。

　数ならぬ我から曇る日影かと思へば冴ゆる袖もありけり

艶によしある気色なるは、誰ばかりぞと、おぼつかなき御心添ひぬ。

　（右大将）九重を照らす日影の霜氷いざうちとけて袖を重ねん

声する方に寄りゐて、御簾を引き上げ給へるに、さまでは思はざりけれど、かかやかしく引き入りなどもせず、奥ざまに向きて、紛らはしつつゐたる後手《うしろで》など、*そびやかにをかしきさまなり。「誰《た》がとか、ここは聞きし」と思しまはせば、新大納言なるべし。折から聞き過ごさぬ、日影の霜も憎からず。さは、院の御心とどめておはしまししも、ほどなくあらぬ世にならせ給ひぬれば、まことに偽りならず、さこそ心の中も、晴れ間なかるらめと、あはれにて、例の

今におわかりになるだろうよ。ああ、本当にはかない思い出もなく、過ごさせていただいたことといったら」とおっしゃるようなので、中納言の君は、

　雲居においでの中宮様にまで思いをかける心がつらいといっても、やはりこの世に有って有明の月のある夜をご覧ください。

と言うらしく、「めったにない御情けですね」と言って笑う様子を見せて権中納言が出て来るところを、右大将は顔を出し引き止めようとお思いになるその時に、兄君の左大将48がおいでになったので、右大将は立ちどまらずに何げなくそこを退かれ、後涼殿においでになるようにしてそちらにおいでになると、澄み返った有明の月光に、霜が一面に置くのが見渡され、袖の上までも冷たく凍る気持ちがする。右大将は、

　忍ぶ思いに馴れても馴れても、どうしても心が曇ってしまう日蔭では、涙を流す袖にも霜がすぐに凍りついてしまって。

と、その思いを歌にして袖をお払いになると、焚きしめた香りが追い風に乗って恨みがましく漂い身に染み込むくらいに感じられ、眺め入っておいでの月光に照る大将のお姿は、表現のしようもなくしっとりと美しいので、見過ごしにくいのだろうか、歌を声に出して詠みかけた人がある。

　数にも入らぬ我が身ゆえに、曇ってしまう日影かと思っておりましたが、鮮やかに冴えかえる袖もあるのでしたね。

なつかしきさまにぞ、語らひおき給ふべき。

[六]右大将49出家の志を固め、姫宮46に思いを告げる

二 ありて憂き世と重ねてもあぢきなく、いとひ離るる心は、誰ゆゑにてもなきものを、さぞとだにも、晴るくる方なくて、身を捨て果てんことは、なかなか濁りにとまる一節《ひとふし》にもやと、起き臥し言ふ方なく思しわたるに、いかなる隙《ひま》にか、思ひかけず、御あたり近く紛れ寄り給へる。まことに夢の心地して、言ふにもあまる言の葉も、まづかき暗す涙に、とばかりためらはれ給ひて、

（右大将）三「一目見し霧の迷ひの面影にむせぶ思ひの年は経ぬれど

煙《けぶり》の果てを、さぞとだに、思し分かざらんかなしさばかり、思ひあまりて、かくまでも御覧ぜられ侍るを、言へば、ただ、さばかりを聞こえ知らせ侍るは、何のうとましかるべきぞ」とて、ただ心深げにうち泣きつつ、のどのどとある御もてなしには、あるかなきかなりつる御心地も、少しもの覚ゆるにや、いかにして、こしらへ出だすわざもがなと思せど、言ひ出でん言の葉もなければ、さまざまものを聞こえ知らせ給へど、泣くより他の御いらへなきに、かひなく、

いかにも洒落て風情のあるそぶりなのは、いったい誰だろうかと、右大将49の好奇心が募る。

九重の宮中を照らす日光が、霜や氷を溶かすように、さあ打ち解けて一緒に袖を重ねようではないか。

右大将は声がするほうに寄って座り、御簾をお引き上げになると、女は大将がそんなことをなさるとは思わなかったのだけれど、恥ずかしがって引き込みもせず、奥のほうに向いて視線を紛らわしながら座っている後ろ姿は、背が高くて美しい様子である。「誰の局と、ここは聞いたのだったかな」とお思い廻らしになると、それは新大納言であるらしい。歌を詠みかける機会を聞き過ごさない「日影の霜」も感じがよい。「この人が新大納言であるとすれば、この人に院4はお心をとめておいでだったものの間もなく出家なさってしまったので、本当に間違いなく、さぞかし心の中も晴れる間がないだろう」と気の毒で、例のように親しみ深く、右大将は新大納言の君とお語らい置きになったらしい。

○以下、「右大将物語」とも言うべき、出家志向を中心としたひと続きの叙述が、巻末まで続く。右大将49は出家の決意を隠したまま、人々に別れを告げてまわる。

[六] 右大将49は「ありて憂き世（生きて行くこの世はつらいもの）」と年月を重ねてもどうにもならず、世を厭い離れたいという気持ちは誰のせいでもなくあの姫宮46ゆえであるものの、それを表に出して思いを晴らす方法もないまま我

そら恐ろしきほどにもなりぬれば、立ち出で給はんとする御心地、なのめにやあらん。

(右大将)いたづらにさてや我が身を捨て果てんただ一言の思ひ出もなく

と、むせ返り給ふに、

(姫宮)憂きにのみあはれをかへて思はねどいかにかくべき言の葉もなし

*からうじてのたまひ出でたるをだに、聞きさすやうにて、*立ち別れ給ひにし後《のち》の、御心の中のかなしさは、*たとふべき方なきにつけて、いよいよいとふ心進みぬるものから、思ひ立つ日数《ひかず》のほど、さすが、惜しからぬ身といとひ捨てて、女院などの、御気色のかたじけなさ、限りあらん道をだに、立ち返りても見まほしかるべき御面影、御心ざしのほどの浅からず、御命の限りをだにつかうまつり果てずなりなんかなしさといひ、大臣《おとど》の御こと、はたさらなり。

が身を捨て切ってしまうのは、かえってそれがこの濁世への執念が残る一点になるかも知れぬと、起き伏し何とも言いようがなくずっと思い続けていらっしゃるうちに、どういう隙にか、思いがけず、何と姫宮の御傍に紛れ寄られたのである。本当に夢のような気持ちがして、口に出してもまだ足りぬ言葉も、まず涙に目の前が真っ暗になったので、しばらくお抑えになってから、

「一目お見かけした、霧に紛れるあなたの面影に、涙に咽ぶ思いを抱いたまま何年も過ぎてしまいましたけれど

(それも空しくて)。

その空しさに私が火葬の煙となって立ち昇るのを、あれはあなたへの思いのゆえだとさえおわかりいただきようもない悲しさに、思い余りまして、このようにお目にかからせていただきました次第でございますが、言ってみれば、ただこのことをお知らせ申し上げましただけで、何もお疎みになるようなことはございません」と言って、ただ思慮深げに、泣きながらも穏やかに身を処しておいでの御態度には、生きるか死ぬかの思いであった姫宮のお気持ちも、少し生き返る気がなさる。「どうにかして、うまく宥めてここから出す方法があればよいのだが」とお思いになるものの、口に出す言葉もなく、右大将がさまざまのものを申し上げ自分の気持ちをお知らせになるけれど、姫宮からは泣く以外のお返事はないので、そのかいもなく、空恐ろしさもつのって来て、立ってお出になろうとするお気持ちは一通りではなかろう。

[七]十二月二十日過ぎ、右大将49、新中納言典侍73と契る

一方《ひとかた》にこそ契り心憂く、言へば、心づから、同じ世の別れを、方々《かたがた》我も人も嘆かんこと、かへりて、無心なるべきわざなれど、一三棄《き》恩入無為《おんにゆうむい》と思す心のたぐひはことなるに、げにも朝夕馴れつかうまつりて、思されたる際も、なべてには越えたる君を、そむききこえんことぞ、何のほだしにも過ぎて覚え給ふままに、女院さへ、内裏《うち》におはしませば、ただこの頃はつと候ひ給ひつつ、雲居の友に袖を並べんなごりまで、あはれならずもなきに、ただ今日ばかりにもやと思す日暮れて、新中納言の典侍《すけ》の局に、忍びやかに立ち寄り給へれば、夕闇の頃なれど、星の光はたどたどしからず、雪さへ薄らかにうち散りて、艶なる空をうちながめて、琵琶を手まさぐりにしつつ、かたはら臥してぞゐたりける。引き開けて、(右大将)「心ありげなる御気色かな。いかなる人待ち給へるぞ」と、のたまへば、(新中納言典侍)一四「槇の板戸も、誰ゆゑかは」と、いらへたるほど、いと憎からず。げにも、また吹く風よりもけに、人の心をなびかすめり。左大将などにも、つれなきほどの心にくさ、さるまじきけはひの片つ方を思す

空しいことに、こんなふうに無駄に我が身を捨て果ててしまうのでしょうか。あなたからのただ一言のお言葉の思い出もないままで。

と涙に咽せ返られるので、

私は、本当につらいだけで、あなたに対してしみじみとした気持ちはまったく持っていない、というわけではありませんけれど、どんなふうにでもあなたにお掛けする言葉はありません。

と姫宮がやっと言葉にお出しになった歌をさえ、途中までで聞きさすようにお立ち別れになった後の、右大将のご心中の悲しみはたとえようもない。ますます厭離の心が進むものの、思い立ってから何日かの間の思いとしては、惜しくはない身と思って厭い捨てるとはいえ、女院1のお気持ちのもったいなさ、限りあるこの世の道でさえ立ち返っても見てみたい姫宮46の御面影、わけてもご愛情が深いのにお命の限りまでお仕えしおおせずに終わってしまう父君関白2への申しわけのなさなどのことを、この上ないほどお思いになる。

○右大将49、新中納言典侍73と語る。巻七[三]参照。

[七] 右大将49は御妻の女四宮68に関することだけは夫婦としての運命もつらく、言ってみれば自分の心から発した同じ世に在りながらの別れを、自分も人も双方で嘆くことになるのはかえって思慮の浅いような仕業であるものの、父君関白2に対しては、「棄恩入無為（恩愛を棄てて変わることの

にも、いとありがたく、これより後《のち》も、げにいたうはうしろめたからぬ心のほどなれど、

（右大将）頼めおく契りは絶えじいつまでも槇の板戸の面変はりすな

と、のたまふ行く末の兼《か》ね言《こと》に、なかなか変はる心のつまにやと、ことの心を知らねども、見るに思ひ知られて、

（新中納言典侍）頼めおかん契りはあだになりぬとも槇の板戸は面変はりせじ

と、うち泣きぬるもいとあはれにて、二十日あまりの月さしのぼるまで、さまざま契り語らひ給ひつつ、女宮の御あたりに、のどかならぬ心地して、今宵はかれにと思しけるを、更け果てにけるよと、おどろかれつつ、おはし着きて見きこえ給ふに、さすが、憂き一節のつらさならでは、こらの年馴れにしあはれ浅からぬを、今宵を限りと思すには、何ごとに劣りても覚え給はず。

ない仏道の世界に入る）」と申しわけなくお思いになる気持ちは類がなく、また、本当に朝夕いつもお仕え申し上げ自分に対して格段なご信頼をお寄せくださる帝[21]にお背き申し上げることは、他の妨げにもまさって恐縮にお感じになる。その上、このごろは女院[1]まで宮中においでになるので、離れずに帝にお仕えになりながら、雲居で共に袖を並べるのもいつまでかと、しみじみと感じないでもないので、ただ今日ぐらいは訪れようかとお思いになり日が暮れてから、新中納言典侍[73]の局に、密かにお立ち寄りになる。夕闇のころではあるが星の光はそれほど暗くはなく、雪までうっすらと散り風情のある空を眺めて、典侍は琵琶を手でもてあそびながら、横向きに臥しているのであった。戸をひき開けて、「わけありげなご様子ですね。どのような方をお待ちなのか」とおっしゃると、「槇の板戸を鎖さないままにしてあるのも、どなたのためでしょう」と応じたのはとても好もしい。本当にこの典侍は、吹く風よりもっと人の心を靡かせるようだ。右大将の兄君左大将[48]などに対してもつれない態度を見せる奥ゆかしさは、そうでもないような気配のもう片方——思いを寄せる左大将を簡単に受け入れてしまうらしい自分の妻の女四宮[68]——をお考えになると、本当にめったにないほどで、典侍はこれから後も人のものになる心配のない安心できる心を持ってはいるものの、

　信頼してよいという私の約束は絶えることはないのだから、いつまでも槇の板戸よ、様子を変えることなく開け

〔八〕右大将49、女四宮68と若君75に別れを告げる

さだめて、根摺り[二五]の心も色に出でて、思ひざまなる御仲にこそと思し出づるに、よろづのあはれもさめぬれど、さやうにむつかしきことなど、ことにのたまはで、そこはかとなくうち笑ひつつ、めづらしく、日たくるまで朝寝《あさい》して、昼つ方、大殿、内裏《うち》などに参り給はんとて、引きつくろひつつ、まかり申しに入りおはしたれば、女宮は、白き御衣《ぞ》どもに、蘇芳の小袿着て、単衣の袖口長やかに、口覆ひつつ、所々むら消えたる庭の雪、池の汀は凍り閉ぢて、立ちゐる水鳥どもの気色を、見出し給へる御有様、いとうつくしげに、あくまで愛敬づき、をかしうぞ見え給ふ。端つ方についゐ給ひて、(右大将)「今日は、所々へ参りて、やがて夕つ方、例の伏見へなんまかるべき。ほどなうと思へど、年の暮の暇《いとま》なればしも侍らんずらん。そのほど、いぶせやと思ふ人も、いかに今宵なからんこそ、くちをしき身の際なれ」とて、ほほ笑み給ふものから、涙は浮きぬるに、

(女四宮)「帰り来んやがてと契るほどだにも憂き身に限る心地こそすれ

たままでいてほしい。

とおっしゃる将来への約束に、典侍はかえって心が変わられる前兆かと——そうではなく出家の志を知るわけではないが——右大将を見ると何かを感じ取って、

頼みにおさせになる約束は無駄になってしまうとしても、槇の板戸の心は変わることはございません。

と泣き出すのも非常にあわれに思って、二十日過ぎの月がさし昇るまでさまざま契ったり語らったりなさる。妻の女四宮68の御あたりに、伺わないのも落ち着かない思いがするので、今宵はそちらにとかねてお思いだったのだが、「もう夜が更け過ぎてしまった」と驚かれて、女宮のもとにご到着になり見申し上げられると、さすがに、つらいあの左大将との一件の苦しさを別にすれば、何年もの間馴れ親しんできたご愛情は浅くはないのに、今宵限りとお思いになると、何事よりもまさって悲しいことにお感じになる。

○女四宮68と若君75にそれとなく別れを告げるものの、女四宮と、兄左大将48との関係にはこだわりつづけている。「光源氏」の語に注目したい。

〔八〕　右大将49は、妻の女四宮68と左大将48とは、さだめし「根摺の心も色に出て（燃える心を表に出して）」お互いに思い合うような御間柄であろうと思い出されると、現在のあわれさも万事醒めてしまったが、そうした面倒なことは特におっしゃらないで、とりとめもなく笑ったりしながら、め

まいて」と、うつぶして泣い給へる気色のらうたげさも、常よりも目とまり、心細からずしもあらずかし。

（右大将）「長き世のほだしまでとぞ思ひしに憂きにかはるもうれ
　しかりけり

げに悪しうも侍らぬぞや」と、たはぶれなるさまにて、うち笑ひ給へど、いとあやしき御気色なるに、若君走りおはして、出で給はんとするを、慕ひきこえ給ひつつ、何となくうちむつかりて、いとうつくしう、ゆらゆらとある御ぐしを、片方《かたへ》は引き乱して、目うちすりてゐ給へり。顔つきなどの、花々とらうたげにて、ただかの人に違《たが》はぬは憂けれど、[二六]光源氏だに、「こは捨てがたし」とか、のたまひければにや、なのめにも思ひ放たれ給はず。

（右大将）この世をばただにやは見るつらかりしよその契りと思
　ひなさずは

と、のたまへども、我がことども思《おぼ》いたらず。

ずらしく日が高くさし昇る朝まで女四宮と共寝をなさり、昼ごろ、関白邸、宮中などに参上なさるつもりで衣裳を整え、改めて暇乞いの挨拶に宮のお部屋にお入りになった。女四宮は、白いお召物に蘇芳の小袿を着て、単衣の袖口は長く、それで口を覆いながら、ところどころ斑に消えている庭の雪や、池の汀は凍りついていて、飛び立ったりとまったりしている水鳥の様子を見ておいでになる御有様はとても愛らしく、あくまで愛嬌があり美しくお見えになる。右大将は端のほうに膝をついてお座りになり、「今日は所々に参上して、そのまま夕方、いつものように伏見へ参る予定です。間もなく帰ると思いますが、年の暮の暇の時期なので少しは滞在いたすことになろうと存じます。そのあいだ、気掛かりだと思ってくださる人が、今宵はありそうもないのが、いかにも残念な我が身というものです」と言って苦笑いをなさるものの、涙が浮かんでしまうので、女宮は、

「帰ってきます、いずれは、とお約束なさる時でも、つら
　い我が身にはこれが最後だという気がいたします。

まして年の暮に」と、うつ伏してお泣きになる様子のいじらしさにも、いつもより目がとまり、心細くないこともない。

「長い世の妨げとなるのではないか、とまで私はかつては
　あなたをいとしく思っていました。でもそのいとしさが
　つらさに代わったのも、かえって嬉しいことなのでした。

本当に悪くもございませんよ」と冗談に紛らすようにしてお笑いになるが、何とも奇妙な右大将のご様子である。若君[75]

［九］右大将[49]、参内して女院[1]に対面

大将は、まづ殿[一七]に参り給ひつつ、やがて大臣《おとど》の御供に、内裏《うち》へ参り給ひて、女院おはしますほどなれば、その御前《まへ》に、心静かに候ひ給ひつつ、今日を限りに、つくづくと*見きこえ給ふ御心の中、忍びがたさ限りもなけれど、常より思ふこと無げにもてなし給ひつつ、何かと御物語など申し給ふを、異《こと》ごとなくうち笑みて御覧じやりつつ、らうたしと思されたる御気色のかたじけなさ、さばかりとて果つる身とも思されぬよと、やがて涙こぼれ出でぬべきはしたなさに、紛らはしつつ、御前《まへ》の方へ参り給へれば、大臣《おとど》をはじめきこえて、さるべき人々、御前《まへ》に候ひ給ひつつ、春はいつしかなるべき、春宮の御元服のほどのことなど、何かと聞こえ給ふほどなり。

［一〇］右大将[49]、帝[21]の前で見事に笛の秘曲を披露

ただ、君につかうまつりさしぬることは、よろづにすぐれて、[一八]「汝《なれ》、な悔いそ」と、言ひけん人の心の中まで、かねて思ひ知られつつ、まことにいかなる山の奥までも、後れざるべき御面影ばかり先立てて、これも双葉のほどより、かたじけ

が走っておいでになり、おでましになろうとする右大将の後をお追い申し上げられて、何となくむずかり、非常にかわいらしくゆらゆらと揺れる御髪を半分は引き乱し、目を擦って座っていらっしゃる。顔付きは花やかでいじらしく、ただあの左大将に違わずそっくりなのは情けないが、光源氏でさえ薫の君のかわいらしさに、「これを思い捨てることはとてもできない」とかおっしゃったとかいうこともあったからか、通りいっぺんに思い離すことはおできにならない。

　この子との縁を、平凡なものと見ることはけっしてできそうにもない。非常につらい思いをした他人との契りによって生まれた子と思いなさずに。

とおっしゃるけれども、若君は自分のことと思っておいではない。

○宮中で女院[1]に対面。

［九］　右大将[49]は、まず父殿関白[2]の御殿に参上なさってから、そのまま関白のお供として宮中に参内なさり、女院[1]がおいでになる時なのでその御前に落ち着いて静かに伺候しておいでになりながら、今日を最後として、つくづくと見申し上げられるお心の中の耐えがたさは限りもないが、いつもより屈託がないふうに何気なくふるまって、何かと御物語などを申し上げられるのを、女院はひたすら微笑んでご覧になって、いじらしいとお思いのご様子のもったいなさに、「これを最後として、世を見捨ててしまう私の身ともお思いでは

なきまでつかうまつり馴れにし、その年月《としつき》のほどを、ただ今に閉ぢめぬるかなしさもなのめならず。

暮れ行く空さへ、心細くながめられ給ふに、新しく人の奉れりける高麗笛《こまぶえ》を、試みさせ給はんとて、大臣《おとど》の御前《まへ》に置かれたる、少し鳴らして、興じ申し給ひつつ、うち置き給ひぬる、なごりやなかなかに思しめさるらん、右大将御気色あるを、常はさばかりたやすからず、かしこき御前《まへ》にても、残りなくはあらじと思《おぼ》いたりしかど、折からの忍びがたさと言ひ、これもこの世の別れの中には、何にも過ぎたるなごりにて、賜はり給ひつつ、音《ね》の限り、惜しまずつかうまつり給へるおもしろさ、なのめにやあらん。大臣《おとど》も、昔よりさばかり吹き伝へ給へるにも、すごうものあはれに、限りなく澄み通れる方は、をさをさ劣るまじく聞こゆるを、常よりことに、誰も聞きおどろかせ給ふを、大臣《おとど》も、さらでだにこの君をば、けしうはあらずと、ことにつけても思ひきこえ給ふに、今宵の御笛の音《ね》には、さまざま、昔のあはれまで思し続けられて、生《む》まれ給ひし頃の有様、ほどなくはかなくなり給ひし御ことも、ただ今の心地し給ふに、

ないのだ」と、すぐに涙がこぼれ出てしまいそうになる間の悪さに、それを紛らわしながら帝21の御前へ参上なさったところ、関白を始めとして、然るべき方々が御前に伺候しておられて、春を待ちかねて行われるはずの、東宮70のご元服の日取りなどを、何かと申し上げておられる折であった。

○帝21の御前に伺候して高麗笛を吹く右大将49は、父関白2の麗質と楽才をうけついでおり、それを聞く関白も深い感慨をいだく。二十五歳と年齢を明記。

[10]　右大将49はただ、帝21にお仕え申し上げるのを途中でやめることになるのが万事にまさってつらく、「なれなくいそ（汝よ、後悔してはいけない）」と言ったという昔の人の心中までが今から思い知られ、本当にどんな山の奥までも付いてきそうな帝の御面影ばかりがまず先立って、これも、自分が幼い年ごろからもったいないほどお仕えし馴れてきたその年月の長さを、今終えてしまう悲しさも一通りではない。

暮れて行く空まで心細く眺めておられる時に、新しく人が献上した高麗笛を試みようという思し召しで、関白2が、帝の御前におかれている笛を少し鳴らして興をお添え申し上げられながら、すぐにやめておしまいになったその名残惜しさをかえって残念にお思いになるのか、帝から、右大将にどうかというご内意があるのを、右大将はいつもはそれほど気軽に尊い帝の前であってもすべてを尽くして吹くことはすまいとお思いであったけれど、この折からの耐えがたさもあり、

この御齢《よはひ》も、二十に五つまであまりにけるもあはれにて、うちまぼりきこえ給ふ、御心の闇も、げにことわりなる人の御さまなり。大臣《おとど》の御さまは、際離れて、え*も言はず、つゆのけぢめなきまで、若う清らにさへ見え給ふ。右大将、などか、いとふ山の奥までも、なのめに思ひ出づべき御面影ともならざらん。

[二]右大将[49]、供の人々にも心をとめる

まことに、「[一九]あひも思はぬ百敷を」なれど、馴れしなごりはなのめならず、かへりみがちなるに、何くれの御供の人、随身の、声遣ひ面持《おもも》ち気*色なども、常よりは目とまり給ひて、

誰かまた憂*き世の中を渡るべき雲*のかけはしよそになりなば

[三]右大将[49]、夜おそく二条院を訪問

いま一度《たび》、対面せまほしき人々ありて、二条院へおはしたるに、更けにければ、皆静まりてのどのどとあるに、(右大将)「ことごとしうな申し入れそ。いかさまにも、今宵はこれになん泊まるべければ、何も具して帰りね。つとめて迎へには来《こ》」と、のたまへば、うけたまはりて出でぬるも、さすがもの

これもこの世との別れの中では何にもまさる思い出として、笛を賜って音の限り惜しまずにお吹きになるおもしろさは普通であるはずがあろうか。関白も昔からすばらしい笛の音をお吹き伝えになっておいでであるが、この右大将の音のぞっとするほど心に響き、限りなく澄み通る点は、けっして関白に劣ることなく聞こえるのを、いつもより特に、どなたも聞いてお驚きになる。父君関白も、そうでなくてさえこの右大将の君は並々ではないと、何につけてもお思い申し上げておられるのに、今宵の御笛の音には、さまざま昔のご自分の恋愛のことまでお思いつづけになって、右大将がお生まれになったころの有様、ほどなく母君前斎院[35]がお亡くなりになった御ことも、現在のような気がなさるが、この右大将のご年齢も二十に五つも余るまで成長されたのも感慨深く、じっと眼を当てていらっしゃる親心の闇も、本当に当然であるような右大将の御人となりである。父君関白のご様子は、際立って言葉もないほど美しく、右大将とまったく露ほどの違いもないほど、若く清らかにまでお見えになる。右大将にとって関白は、どうして世を厭う山の奥までも、並々ならず思い出す御面影とならないことがあり得ようか。

○右大将[49]、宮中より帰参。

[二] 本当に「あひも思はぬ百敷を（お互いに思うのではない宮中を）」の歌のような状況であるものの、右大将[49]にとってはずっと馴れてきた宮中に別れる名残惜しさは一通り

あはれならずしもなく、見やられ給ふ。いつも親しくつかうまつる、式部大輔といふばかりぞ、候ふめる。

さて、いたう更けにけるを、二位の中将は、寝やし給ひぬらんと思して、常の御方ざまへ歩みおはすれば、上の御方にも、いまだ人の気色して、ものなど言ふ音《おと》すれば、こなたの立蔀《たてじとみ》より入り給ひて、やをら立ち聞き給ふに、中将も、これにおはするなるべし、絵の詞《ことば》などにや、ものをぞ読み給ふなる。大人しき声にて、(二位中将)「師走の果ての御急ぎの絵。あなねぶた。まかりなん」と言へば、若き人々、笑ひなどするに、さしも、今よりなごりなかるべきならねば、ゆかしからずしもなくて、物の隙《ひま》もやと求め給ふに、かかることには、さやうの隙を、見出ださぬならひなどはなければ、いささかなる穴より見入れ給ふに、いとよく見ゆる。

ではなく、振り返りがちで、お供の人の誰彼、随身の声の上げ方、顔付き、そぶりなどにも、いつもより眼がおとまりになって、

私以外にだれがまた同じつらい世の中を渡ることになるだろうか。雲の掛け橋を私が渡って出家し、この世のほかのものになってしまえば。

○右大将49は父関白邸二条院の西の対を「休み所」としていると巻七［三］に記述があった。二位中将69は、父関白2と姫宮46との間に生まれた右大将の義理のきょうだい。巻五［三］参照。

［三］　もう一度対面したい方々がおありになるために二条院へおいでになると、夜も更けてしまったのでみな寝静まってのんびりとしており、右大将49は、「仰山に私の来訪を取り次がないほうがいい。どちらにしても今夜はここに泊まることになるだろうから、何もかも家に持って帰りなさい。明日早く迎えに来るように」とお供の者におっしゃるので、その言葉を承って出て行ってしまうのも、さすがに、これが最後となろうと微妙な気持ちで眼をおやりになる。いつも親しくお仕えしている式部大輔という人くらいが大将にお付きしているようだ。

さて、右大将は、夜もたいそう更けてしまったので、二位中将69はもう寝ておしまいだろうかとお思いになって、中将がいつもおいでの部屋のほうへ歩いて行かれると、姫宮46の

〔三〕右大将[49]、姫君たち[76][77][78]や姫宮[46]を垣間見する

母屋の際に、火近く取り寄せて、姫君二人、中将、頭《かしら》をつどへて、絵をぞ見給ふべき。大君なめり、濃き御衣《ぞ》の艶やかなるに、紅梅の浮紋のいとけざやかなるに、かかれる御ぐしの隙《ひま》なう、影見ゆばかりにてうちやられたる、まことに五《いつ》重《へ》の扇とかまねびなしつべく、広ごりうつくしげにて、まだいと小さき御ほどよりも、ゐ給へるあたりまで、気近くなまめかしく、にほへる目見《まみ》のわたりなど、誰に似給ひてかおろかにおはせんと、ことわりに覚え給ふ。かの嵯峨野の原の風の迷ひに、ほの見し月の光にも、いとよう覚え給へれど、これは、いま少し生ひ出で給はんままに、奥ある、心恥づかしうらうらうじき方の、気高さなど、まさりぬべくぞ見ゆる。

いま一人、中将の御側《そば》にゐ給へる、頬杖《つらづゑ》うちつきて、絵の興もなく、ねぶたげなる気色にて、寝給へる気色、福々と愛敬づき、花やかにうつくしう、にほひらうたげなるに、中将も、あまりものげなきほどなれば、かしこまりもなく、袿姿にて、詞《ことば》に読み入りたる火影《ほかげ》は、いづれとなく、うつ

お部屋にもまだ人の気配がして、ものを言う声がするので、こちらの立蔀から庭へお入りになり、静かに立ち聞きをなさると、二位中将も自室ではなくここにおいでになるのだろう、絵の詞などであろうか、ものを読んでおいでになるらしい。大人ぶった声を出して「十二月末のご準備の絵です。でもあ眠い。失礼いたしましょう」と言うと、若い人たちが笑いなどするので、このような今という今、名残惜しくないわけもなく、見たくないはずもないので、何かの隙間でもないかとお探しになると、こうしたことにはそうした隙が必ず見つかるもので、ちょっとした穴からおのぞきになると、内部がとてもよく見える。

○右大将[49]の二条院における垣間見。姫君[76][77]は二位中将[69]の妹たち。「嵯峨野の原」「ありし有明」など、これまでに語られていた過去の垣間見と重ねる叙述がある。「絵」「詞」という記述に注目したい。

〔三〕　右大将[49]が垣間見すると、母屋の端のほうに灯火を近く取り寄せて、姫君二人[76][77]と二位中将[69]が、頭を集めて絵をご覧になっているようだ。姉君[76]であろうか、濃いお召物の艶やかなのに、紅梅の浮紋のくっきりした表着をお召しで、そこに掛かる御髪は、隙間もなく影が映るほど、無造作に流されているのは、本当に五重の扇とかにそっくりに広がり、かわいらしく、まだとても小さいお年頃なのに座っておいでの周りまでが親しみ深くしっとりとした美しさに包まれ、

くしともおろかなるに、雪より白く、艶やかなる御衣《ぞ》どもに、薄色の御小袿着給ひて、脇息に押しかかり給ひて、火桶に向かひつつゐ給へる御さま、言ふよしもなくめづらかなり。二〇ありし有明より、いかにぞや、いま少しねびととのひて、心恥づかしげになまめかしきさまの、さるは、にほひ愛敬づき給へるほどぞ、げにたぐひもなきや。我が姫君なめり、御側《そば》に臥し給へる。（姫宮）「絵見んとかや、人よりことにのたまひつれども、はかなう寝入り給ひぬるものかな」と、のたまふに、宰相の君といふ人、「若君も御殿籠りぬめり。また、あの御顔の気色も、いとあぢきなしや」と、弟《おと》姫君を聞こゆれば、見やりて、（姫宮）「まことに」とて、うち笑み給へる御顔つき、御けはひ有様など、幾千世見るとも、あく世あるまじく覚え給ふを、「あな罪深や、こは何ごとぞ」と、うち返しおどろかれて、立ちのき給へど、かの二一「あはれをかへて」と、のたまひしほどの御気色、ただ今の御面影まで、忘れ果てなんことは、ありがたかるべき心の中のよしなさ、とにもかくにも、二二まづ知る涙をためらひつつ、むげに夜も更けぬれば、二位の中将の御方に渡りて、

上品な目のあたりなどは、どなたに似ておいでても並々のはずはおありにならないと、当然なことにお思いになる。あの嵯峨野の原の、風の迷いにほのかに見た月の光（中宮[50]）にも、とても似ていらっしゃるが、この姫君は、もう少しご成長になるにつれ、深みのある、こちらが恥ずかしいほど洗練された気高さなどはきっとまさって行くように見える。

もう一人、中将のおそばに座っておいでの姫君[77]は、頬杖をついて、絵への興味もなく、眠たげなふうで、寝ていらっしゃる様子は、ふっくらとした魅力があり花やかにかわいらしく、上品ないじらしい感じがあるが、中将も、一人前とは言えない若い年ごろなので、あまりかしこまったふうでもなく、袿姿で、詞を一心に読んでいるのが灯火に浮かび、どの方も言いようもないほどかわいらしい。雪よりも白くつややかなお召物に、薄色の御小袿をお召しになって、脇息に寄りかかって火桶に向かいながら座っておいでになる姫宮[46]のご様子は、言いようもなく最高のものだ。あの、以前の、有明の折に垣間見したお姿よりも、どうだろうか、もう少し大人らしく整って、こちらが恥ずかしいほど上品でありながら、いっぽうでは美しく魅力のある点は本当に比べるものがないのだ。右大将ご自身の姫君[78]と思われる方が、姫宮の近くに伏していらっしゃる。姫宮が、「姫君は絵を見ようと他の人より熱心におっしゃったのに、もう寝入っておしまいになって」とおっしゃると、宰相の君という女房が、「妹君[77]もお休みになってしまったようでございます。あの御寝顔も、ま

こちと聞こえ給へれば、例の急ぎおはしたり。

[四]右大将49、二位中将69に、伝来の名笛を譲る

(右大将)「今宵は、殿も他におはすれば、時のほどもつれづれにやおはするとて、参り来たるは。いかにぞ、今日は、内裏《うち》にも候ひ給はざりける」とて、ありけることどもなど聞こえ給へば、うち笑みて、(二位中将)「久しく笛も吹き合はせ給はねば、わびしき心地なんしつる」とのたまふも、いとあはれにをかしければ、(右大将)「げにこのほどは、そうそうなることどもありてなん。さらば、今宵なん、ちと吹き給へ」と、聞こえ給へば、いとうつくしうもてつけて、懐《ふところ》より取り出でて吹き給へる。さらにこのほどの人のしわざともなく聞こゆるを、我は吹きさして、聞き給ひつつ、皇后より伝*はりたるとて、嵯峨院に候ひつる御笛を、いつぞや月の宴《えん》に、この大将*またなくつかうまつり給へりける、感に堪へず、賜はり給へりしが、この年頃、おろかならず、御身離れざりしを、取り出で給ひて、(右大将)「これは、かうかうなりしものなれば、世の常ならぬを、つひにも奉るべければ、暁よりものへまかりて、四、五日あるべきほど、御もとに置き給ひて、しば

た情けないもので」と、妹の姫君のことを申し上げると、目をやって、「本当に」と言って微笑まれる姫宮の御顔付き、御気配、有様などは、何千年見ていても飽きる時がありそうにもなくお感じになる。右大将は「ああ罪が深いことだ。いったいこれは何事か」と、はっと気が付いてお立ち退きになるものの、あの、「あはれをかへて」と姫宮がおっしゃった時の御物腰、また現在の御面影まで、忘れ果ててしまうことは絶対になさそうな心の中のどうにもならない気持ちが高まり、とにもかくにも、まずそれを察して流れそうな涙を抑えながら、ひどく夜も更けてしまったので、姫宮のお部屋を離れ二位中将の部屋に行ってから「こちらに伺っております」と申し上げられたところ、姫宮のお部屋におられた中将はいつものように急いで自室にお戻りになった。

○名笛の伝承の話型。

[四] 右大将49は弟の二位中将69に、「今夜は、父君2もほかの所においでになり、お留守なので、しばらくの間でも退屈しておいでかと思って参上したのですよ。どうですか、今日は宮中にも伺候なさらなかったのか」と言って、先ほど宮中で高麗笛を吹いたことなどを申し上げられると、笑って、「長い間、笛も一緒に吹いてくださらなかったのでがっかりした気持ちでおりました」とおっしゃるのも、とても心にしみてかわいらしいので、右大将は、「本当にこのごろは、多忙を極めるという状態で。それなら、今夜少しお吹きなさ

しの絶え間なれど、思し出でん折は、吹きて遊び給へ」とて、取る手も映るばかり、にほひことなるを、奉り給ふとて、

（右大将）憂き節に身は朽ちぬとも笛竹の君に伝ふる声ぞ久しき

と、のたまふままに、*涙のこぼれぬるを、ほどよりはおよすげ給へる心地には、いとあやしげに思《おぼ》いつつ、何となく、我も涙を一目浮けて、うつぶし給ふものから、

（二位中将）笛竹のよろづ世までももろともにかはらぬ声ぞうれしかるべき

と、忍びやかに吹きすさみ給ひぬるは、いかがあはれに、うつくしからざらん。

い」と申し上げられると、とてもかわいらしい身ぶりで、懐から笛を取り出してお吹きになるその音色は、この若い年ごろの人の技とはとても思えないほど見事に聞こえる。右大将は自分は吹くのを途中でやめてお聞きになりながら、皇后[15]から伝わったものだということで、嵯峨院[4]におありになった御笛を、いつであったか月の宴に、この右大将がこれ以上ないほど見事にお吹きになったことがあったが、嵯峨院は感に堪えずお授けになったのを頂戴なさって、このごろ何年も大切に御身を離さなかったその笛をお取り出しになり、「これは、こういう事情のあるもので、世の中の普通のものではないのだが、結局はあなたにさしあげるものなのです。私はこの暁からよそに行って、四、五日逗留する間、あなたのお手元にお置きになって、しばらくのご無沙汰ではあるけれど、私をお思い出しになった時には吹いてお遊びなさい」と言って、取る手も映るほど、特別に美しい笛をさしあげられる、ということで、右大将は、

　つらい折を重ねて私自身は朽ちてしまうかもしれないけれど、あなたに伝えるこの笛竹の声はいつまでも久しく続くことでしょう。

とおっしゃるにつれて涙がこぼれるのを、年齢よりは大人びておいでの二位中将の気持ちとしては非常に奇妙にお思いになり、何となく自分も涙を一杯に浮かべて、おうつむきになるものの、

　万世までもあなたとご一緒に吹き合わせ、変わることの

何ごとにつけても、げに限りなかるべき人の山口なれば、大臣《おとど》の御ためも、いよいよ心やすく、うちまぼられ給ひつつ、

［一五］右大将49、二位中将69に我が子の将来を託す

（右大将）「さて、他に侍らんほど、何心なく乱りがはしげなる人のうへ、思し放つなよ。誰の御心ざしも、後《うし》ろめたくはなけれど、おのづから、さこそはあれ、かたはらいたきこともあらば、よくよくさいなみ給へ」など、幼きほどなれど、あさましくのどのどと、もの思ひ入りたるさまのし給へれば、何となきやうなれど、行く末のことを聞こえ置き給ふ。これも、いかにぞや、例ならず思《おぼ》いたる気色にて、伏目になりつつ、うちうなづきて聞き給へる顔つきなどの、うつくしうらうたげさ、姫君たちにも、ややまさり給へるなり。大臣《おとど》に、つゆも違《たが》ひ給はぬものから、ありつる火影《ほかげ》の御さまも、いとよう覚え給へるを、見給ふにつけても、思ひ閉ぢむる心もさすがなるままに、昼より書き尽くし給へりける文の上包みに、書き添へ給ふ。

（右大将）捨て果つる憂きに心の立ち返りまた面影を何に見つらん

ない笛竹の声は、これからもきっと楽しく響くことと存じますが。

と、静かに心に任せて笛を吹いておいでの二位中将のお姿は、右大将にはどんなに心に染みていじらしく感じられることであろう。

○右大将49は二位中将69の姿からその母君姫宮46に思いを馳せ、手紙をしたためる。

［一五］　二位中将69は、何事に関しても本当に輝かしい将来が約束されている人であり、その入り口に今さしかかっておられるので、右大将49は、父君関白2の御ためにもますます安心なことだとじっとお見つめになって、「それでは、私がよそにおります間、無邪気で礼儀も知らなそうな私の子供のことを、どうぞお忘れにならないでいただきたいな。どなたも気を遣ってくださるから、安心できないわけではないけれど、自然に、そうは言っても見ていられないことでもあったら、よくよくお叱りください」などと、二位中将は幼いお年頃であるものの、驚くほど落ち着いて思慮深い様子をしておいでなので、何気ないようにではあるが、将来のことを申し上げてお置きになる。中将のほうも、どういうことなのか、普通ではないものを感じておいでの体《てい》で、伏し目になりながら頷いて聞いていらっしゃる顔付きのかわいらしいいじらしさは、姫君たちにも少しまさっておいでになるほどである。お顔立ちは父関白とまったく変わらぬものの、垣間見した折

三 露かけてあはれ忘るな忍ぶ草しのばれぬ身の形見なりとも

こまかなりつる中にも、こもりぬれど、筆の頼り及ばず、このことのみ、返す返す書かれ給ふも、まことに捨てがたかるべきわざかなと、みづから思し知られつつ、いま一度《たび》見もやせましと思して、渡り給へれば、ただ今、上の御前《まへ》より、寝入り給へるを、丹後の乳母の抱《いだ》きて、渡しきこゆるほどなりけり。

［一六］右大将[49]、姫君[78]を間近かに見て別れを惜しむ

(丹後乳母)「今宵は、あの御方にとて侍りつるが、弁の乳母、出でて侍るほどに、御乳《ち》の便《びん》悪《あ》しとて渡り給へる」と言へば、(右大将)「何か、大人気《おとなげ》なく、今は乳《ち》など飲むべき」とて、寝入り給へる顔を、さし寄りて見給ふほどに、目をさましてうち見上げ給へるに、おはしたる嬉しさにや、眠《ねぶ》りながら笑み給へる、歯の朽ちて見えたるほどなど、いみじうらうたげなり。六つになり給ふが、御ぐしは肩のわたり過ぎて、いみじううつくしげにゆらゆらとかかりつつ、何心なきほど、あえかになまめかしく、たをやかなる方ことにて、にほひらうた

に灯火に照らされた御母君、姫宮[46]のお姿にもとてもよく似ておいでになるのをご覧になっておられると、自分なりの決着をお付けになったはずの右大将の心もさすがに乱れて、昼から思いを書き尽くしておきになった姫宮への手紙の上包みに、歌を書いてお添えになる。

あなたへの思いは捨て果てたはずなのに、そのつらさに心は立ち返ってしまいました。あなたの面影を私はどうして、またもや見てしまったのでしょう。

どうぞあわれみの露を掛けて、けっして忘れないでいただきたい。それがあなたから偲んではいただけない身である、この私の形見の子供であるとしても。

細かに書いた手紙の中にも既に書いてあるものの、筆の力が及ばず、この子供のことだけを返す返す書かずにはいられないのも、本当に子というものは捨てにくいものだったのだな、とご自身で思い知られて、もう一度姫君[78]を見てみたいとお思いになり自分のお部屋においでになると、姫宮[46]の御前から、寝入っておしまいになった姫君を、丹後の乳母が抱いて右大将[49]のお部屋にお連れ申し上げたところであった。

○右大将[49]の子の姫君[78]は六歳と明記。

［一六］　丹後の乳母は、右大将[49]に、「今晩は、あちらの姫宮[46]の御傍でお休みになるということで姫君[78]をお連れいたしましたが、弁の乳母が出かけてしまいましたので、お乳の都合が悪いということで、こちらのお部屋にお戻りになりま

げなる眉のわたり、頬《つら》つきなどのうつくしげさ、心の闇にや、ありつる人々にも、いたう並べ苦しきことはあらじかしと、うちまぼられ給ひつつ、かばかりはかなきほどを、思ひ捨てなん有様は、いとかなしく思し続けられて、えも忍ばれぬ御気色を、乳母の見きこゆるもあやしう、つつましければ、ためらひつつ、何とのたまふこともなく、つくづくと見きこえ給ふばかりにて、立ち出で給ふ。なごりを、慕はしげに思して、眠《ねぶ》たげなるを、しひてうちあふのきつつ、見送り給へる気色、おぼろけに思ひとらぬ道ならば、立ち返る心もありぬべけれど、

（右大将）はかなしやあはれ何とて慕ふらんとてもかくてもいと
　ふこの世を

〔一七〕右大将[49]、姫宮[46]への文を中務君に託す

中務の君呼び出でて、ありつる文、必ずとて賜《た》ぶに、例の、かひあるまじきよしなど聞こゆるを、（右大将）「あな今めかし。今さら、かひあらん一筆《ひとふで》を、待ち見んものとは思はず。まことに、その水茎の跡ばかり、[二四]憂きに流れて、御目にとどまらぬならひと知りながら、あたりの藻屑ともなさまほしけれ

した」と言うので、「どうして、まるで子供みたいに。もう今は、乳など飲む年ではない」と言って、お寝入りになった姫君の顔を、さし寄ってご覧になっているうちに、眼を醒ましてお見上げになると父君右大将がおいでになった嬉しさだろうか、眠りながらお笑いになると、のぞいた歯が虫歯になっているように見えたのなどは本当にかわいらしい。六歳におなりだが、御髪は肩のあたりを過ぎて、たいへん美しくゆらゆらと掛かっていて、無邪気なお年ごろながら華奢でしっとりと美しく、たおやかな感じは特別で、かわいらしい眉のあたり、面持ちなどの美しさは、親心の闇というものだろうか、垣間見した幼い姫君たちにもひどく見劣りすることはないだろうと、じっと見つめられて、これほど幼い年ごろの姫君を思い捨ててしまうこの状況が非常に悲しく思い続けられ、耐えられそうもない御顔色であるが、丹後の乳母が見申し上げて奇妙に思うだろうと憚られるので、感情を抑えながら、特に何とおっしゃることもなく、つくづくと姫君を見申し上げられるばかりでお立ち出でになる。その名残を、姫君は慕わしくお思いになって、眠たいのに、無理に仰向いてお見送りになる様子は、いい加減に思って選んだ道であれば立ち戻る気持ちにもなるところであるけれど、

　はかないことだ、ああ、この子はどうして私の後を慕う
　のだろう。あれにつけこれにつけ父の私が厭うこの世な
　のに。

と独り言をおっしゃる。

ば、さりぬべからん隙《ひま》に、かまへて奉り給へ。さすが聞こえ馴れても、積もりにける年月《とし》のほどに、つらきよりほかの思ひ出も、一言もののたまはぬも。三五情けは人のとかは、げに憂はしき方、おさまりなんかし」とて、

(右大将)「思はじよ恨み慣れてもかひなしと限るもものはいかがかなしき

三六いづくを忍ぶ」とて、いといたう泣き給ふに、中務、

さすがまた恨みも慣るる年月をなど限るべき心細さぞ

と、聞こゆれば、(右大将)「嬉しくも惜しまれき*こゆるは、なごりかな」とて、ほほ笑み給ひぬれど、いかにぞや、常よりことに、世を思し入りたる気色にて、夜深き月の、さし出でたる光を、まばゆげに紛らはしつつ、涙うち払ひつつ、うち出で給ひぬる。御後ろの隠るるまで、心苦しくぞ見送りきこえける。

〔一七〕 右大将49は、姫宮46の女房中務の君を呼び出し、先ほど姫宮にあてて書かれた手紙を、「必ずお渡しするように」と言ってお与えになるので、いつものように、そのかいはありそうもない理由などを申し上げるが、右大将は、「ああそんな浮わついたことを言って。今さら、かいのあるご返事の一筆を、待って見ようとは思わない。本当にその水茎のあと（手紙）というのは、つらさに流れてしまって、あの方のお眼にとどまらないのがいつものことと知りながらも、せめてお傍の藻屑にでもしたいと思うのだから、しかるべき隙にうまく取り計らってさしあげてください。さすがに、あなたにたびたびお願いをしたのに、これまで積もってしまった長い年月の間には、つらい気持ち以外の思い出となるような一言も姫宮はおっしゃらないのだけれど。『情けは人の（情けをかけてくだされば私はどんなに嬉しいか）』とか歌に言うようにお言葉があれば、本当に私のお慕いする気持ちもおさまるだろうに」と言って、

「もう思わないことにしよう。慣れてしまうほど恨むことがたびたびに及んでもそのかいもないのだ、と、今を限りに思い諦めても、どうしてこんなに悲しいのだろう。『いづくを忍ぶ（どちらに耐えようとするのか）』」と言って、たいへん激しくお泣きになるので、中務の君は、

さすがにまた、恨むことにもお馴れになった年月なのですから、どうしてまた今を限りと心細く思い諦めておしまいになるのでしょうか。

〔一八〕右大将[49]、夜遅く都を出て暁に伏見に到着する

君は、これよりやがて御馬《むま》にて、伏見へおはするにも、さすが住みなれにし都のほとりを、今は限りに別れ給ふ、御心の中のあはれはさまざまにて、山路分け入り給ふままに、四《よ》方《も》の山風、声激しく吹き迷ひて、木枯しかたふりにしあとばかり、むら消えたる雪の、幾夜積もりにけるにか、凍《し》み氷り堪へがたげなるを、駒の足にまかせつつ、行く先の山も分かぬ心地するに、*すさまじさ古りたる師走の月しも[三七]、心細さのたぐひもなく、澄み返りたる暁方に、伏見の里と言ひながらに、人音《おと》もせず。古《いにし》へ、誰もおはしける方ざまも、皆堂に移されたれば、仏のみ住みかはり給へるも、見ぬ世の昔の面影なれど、何となくものあはれにて、

いにしへのこれや伏見の里ならん見るも涙のふるの山里

〔一九〕右大将[49]、母故前斎院[35]の墓に詣でる

まいて、かの母院《ははゐん》の御山をさして参り給ひつつ、捨て果つる暇《いとま》聞こえ給ふほどの御心地など、言へば[三八]えにかなしく、「さすが、この世にものし給はんを見捨てては、憂しとても、

と申し上げると、「嬉しいことに私を惜しんでくださるとは、この世の名残というものだな」と言って苦笑いをなさるが、どういうわけかいつもより特に世の中を深く思い込まれたご様子で、夜の遅い月の光がさし出たのを、眩しそうに紛らわしながら、また涙をうち払いながら、お出ましになってしまった。その右大将の御後ろ姿が隠れるまで、中務の君はお気の毒に感じながらお見送り申し上げたのであった。

○これまで都において皆に別れを告げる大将[49]の視点により展開していた話は、大将の動きにつれて伏見に移る。

〔一八〕　右大将の君[49]は、そのままお馬で伏見へおいでになるが、さすがに長い間住み馴れてきた都のあたりを、今は限りにお別れになるご心中の感慨はさまざまに深いものがある。山道をお分け入りになるにつれて、四方の山風は声も激しく吹き迷い、木枯らしが吹きちらしたあとは斑らに消えている雪が、幾夜積もっていたのか、氷のように凍りついて堪え難い状態の悪路を駒の脚に任せながら、行く先の山もどこであるかわからない気持ちがして、ぞっとするほど、と言い古された師走の月も、心細さは比べようもなく澄み返った暁がたに、ようやく伏見の里に到着されるが、伏見の里とは言いながら人の音もしない。昔、入道の宮[1]などがお住まいであった御殿も、みな御堂に改められているので、仏だけが今お住まいなのも、右大将にとっては見たことがない昔の世の面影

ひたすらそむきやらざらまし」と思ふは、うれしき方にもなりぬべけれと、げに思しなる。契りにて、跡なき道芝の露のなごりにとまり果てて、[一九]蓬が杣《そま》に涙を尽くしつつ、何の憂へもかなしびも、聞こえ合はする方なく、答《こた》ふるものとては、むなしき風の音《おと》ばかりにて、思ひ出づべき面影をだに、身にとめずなりおきにけると、今さら心憂く、つくづくと思し続くるに、

ということになるけれど、何となく感慨深く思われて、

昔のこれが伏見の里なのであろうか。(伏し) 見るにつけても涙が降ってくるこの古い山里は。

○右大将49は母君35の墓に詣でるものの、誕生後五十日ほどで死別したためその面影をさだかに知ることはない。巻四［一七］［一八］［三］参照。

［一九］　まして、あの母君前斎院35のお山のお墓を目指してお参りをなさって、この世を捨て果てるお暇乞いを申し上げられる気持ちは、言いようもなく悲しく、「そうは言うものの、もし母君がこの世においでになるのであればそれを見捨てては、いくらつらいと言っても一筋に背くことはできなかったろう」と思うと、ご在世でないのがかえって嬉しいことでもあったと本当に思うようにおなりになる。これも運命というもので、跡も残らない道芝の露のように、はかなかった母君の名残として止まった我が身は、蓬が生い茂ったお墓の前で涙を尽くしながら、どんなつらさも悲しさも申し上げるような方もなく、答えるものとしては空しい風の音だけであり、思い出となるはずの母君の面影をさえ身にとどめないままになってしまった、と、今さらにつらく、つくづくと思い続けておいでになる。

○不意に現れた権中納言72の出家の志は巻八の［一］〜［四］に語られていた。共に吉野山に入ろうとすると

[三〇]右大将49、権中納言72と共に吉野に入る

涙のみ*せきがたきを、ためらひ給ひつつ出で給ふに、高きより遠方《をち》の山もとに、人影のするを、誰ぞと寄りて見給ふに、やがて御袖をひかへつつ、

(権中納言)契れどもさばかりこそはいとひしを慕ふ心も浅からぬ
かな

と、言ひかくるは、権中納言なりける。(右大将)「あな恐ろし」とて、

(右大将)なほざりに世の言種《ことぐさ》と思ひしに今こそ深き心をも知れ

昨日の消息に、かすめたりし筋を、よく心得けるもをかしう、まことにいかなる山の奥までも、我が身の際に等しく、同じ心なるべき人ばかり、嬉しかるべき友に*やはあらぬ。誰も都に慣れしその頃は、親同胞《はらから》に過ぎて、むつまじうも思はざりしを、かうまで深かりける契りのほど、あはれさ、なのめにや思し知られん。

(右大将)いざさらば憂き世の中をよそに見てよしや吉野の山に
入りなん

と、うち語らひ給ひつつ、御馬《むま》どもに召して、吉野の山を

ころで巻八は終わる。「その頃は聞き侍りけめ」の表現から見て、おそらく物語全体の末尾と思われる。

[三〇] 右大将49は涙だけは我慢できないが、抑えながらそこをおでましになったところ、高いところから遠くの山の麓に人影が見えた、それを誰かと寄ってご覧になると、その人はお袖を引いて、

あなたは約束をなさったけれども、本当に、これほどまで本気に世を厭うお気持ちだったのですね。それを慕う私の心も浅くはないのです。

と言いかけたのは、何と権中納言72なのであった。「ああ恐ろしい」と言って、右大将は、

出家したいというお気持ちは、世の中によくあるいい加減な言い草だと思っていたのに、今こそ、あなたの真剣な深い心を知ったのです。

昨日の手紙にそれとなくほのめかした筋のことを、的確に悟った権中納言の気持ちにも心を動かされ、本当にどんな山の奥までも、我が身の分際と同等で、同じ心を持った人くらい嬉しい友達と言わずして何と言おうか。どちらも、都に暮らし馴れていたころは親や兄弟以上に仲がよいとも思わなかったが、これほどまでに深いものであった因縁や、しみじみとした気持ちを、並一通りのものとしてお考えになるはずはないであろう。

さあ、そういうことなら、ご一緒につらい世の中から別れ去って、よそのものとして眺め、よし、吉野の山に入

さして入り給ひぬるぞ、あはれなることにこそ、その頃は聞き侍りけめ。

るとしましょう。

と、お互いに語らいながら、お二人はお馬にお乗りになって、吉野山をめざしてお入りになってしまったのは、感慨深いこととして、そのころは聞いたものでございましょう。

巻八　注

引歌に関わる注末尾の※については、巻一の注冒頭（七六頁）の記述を参照されたい。

一　憂きに面馴れ行く—「うき身には絶えぬ嘆きに面馴れて物や思ふと問ふ人もなし」（新後撰集・恋一・七八一・題しらず・鴨長明）。「うきたびの身のあらましにおもなれて住むここちする山のおくかな」（洞院摂政家百首・一六六四・光俊朝臣、玉葉集・二二二六・山家の心を）。※

二　かなしきものと—「大方の秋くるからに我身こそ悲しきものと思ひしりぬれ」（古今集・秋上・一八五・題しらず・読人しらず）。

三　「山深く」の歌—風葉集（雑一・一二一一）に「世をそむかんと思ひたちて、秋にもなりぬるに、夕の空をながめていはでしのぶの右大将」として入る。第三句諸本「さそはれて」。「誘はれば」は阿波国文庫本による。

四　我が身一つに—「月みればちぢにものこそ悲しけれ我身一つの秋にはあらねど」（古今集・秋上・一九三・是貞の親王の家の歌合によめる・大江千里）。

五　ありしばかりの—八月十五夜、中宮[50]を垣間見。巻六［六］［七］参照。

六　「ながめつる」「おほかたに」の歌—風葉集（秋上・二六二、二六三）に「物おもはしき心のうちをもかたらはむとて、右大将のもとにまかれりけるに、爰にも夕べの空をながめ侍ければ　いはでしのぶの左衛門督／かへし」として入る。

七　憂さこそまされみ吉野の—「世にふればうさこそまされみ吉野の岩の懸道ふみならしてむ」（古今集・雑下・九五一・題しらず・読人しらず）。

八　色なき風—「吹き来れば身にもしみける秋風を色なきものと思ひけるかな」（古今和歌六帖・四二三・紀友則）。

九　心にかへて—「けふのまの心にかへておもひやれながめつつのみすぐす心を」（和泉式部日記）。

一〇　「見るたびに」の歌—風葉集（雑二・一二八九）に「世をそむかんと思ひたちけるころ中宮中納言のつぼねにたちよりてうらむることども侍りて　いはでしのぶの左衛門督」として入る。

一一　ありて憂き世と—「残りなく散るぞめでたき桜花ありて世の中はての憂ければ」（古今集・春下・七一・題しらず・読人しらず）。「おとにのみききこしたきもけふぞ見るありてうき世のそでやおとると」（続後撰集・雑上・一〇一三・定家）、「苔ふかきいはやの床の村時雨よそにきかばやありて浮世を」（拾遺愚草・二四二五）、「そむくべきことわりなくは何をかは有てうき世のなぐさめにせん」（続後拾遺集・雑下・一一八四・読人しらず）。※

一二　「一目見し」の歌—巻七［四］—［六］参照。第二十五年八月の明け方、二条院において、大将[49]は姫宮[46]を垣間見して、その美しさに感嘆する。
一三　棄恩入無為―「そむかずはいづれの世にかめぐり逢ひて思ひけりとも人に知られむ」（新古今集・釈教歌・一九五八・棄恩入無為・寂然法師）。
一四　槇の板戸も―「君やこむ我やゆかむのいさよひに槇の板戸もささずねにけり」（古今集・恋四・六九〇・題しらず・読人しらず）、「山里の槇の板戸もささざりき頼めし人を待ちしよひより」（後撰集・恋一・五八九・男のこむとてこざりければ・読人しらず）。
一五　根摺りの心も色に出でて―「恋しくは下にを思へ紫の根摺りの衣色にいづなゆめ」（古今集・恋三・六五二・題しらず・読人しらず）。
一六　光源氏だに、「こは捨てがたし」とか―「うきふしも忘れずながら呉竹のこは捨てがたきものにぞありける」（源氏物語・横笛巻）。
一七　殿―巻七注三参照。
一八　汝、な悔いそ―「なれなゝらいそ」の誤りと見て、「きみに人なれなならひそおく山にいりてののちはわびしかりけり」（後拾遺集・雑三・一〇三二・三条院東宮とまうしける時、法師にまかりなりて・藤原統理、今鏡・昔語り・真の道、発心集・巻五・七）。※
一九　あひも思はぬ百敷を―「別るれどあひも惜しまぬももしきを見ざらんことやなにかかなしき」（後撰集・離別・一三二二・伊勢）。
二〇　ありし有明―巻七〔四〕参照。
二一　あはれをかへて―巻八〔六〕、姫宮46の歌「憂きにのみあはれをかへて思はねどいかにかくべき言の葉もなし」を指す。
二二　まづ知る涙―「世の中のうきもつらきもつげなくにまづしる物はなみだなりけり」（古今集・雑下・九四一・題しらず・読人しらず）。
二三　「露かけて」の歌―「結びおきし形見のこだになかりせば何に忍の草をつままし」（後撰集・雑二・一一八七・兼忠朝臣の母みまかりにければ、兼忠をば故枇杷左大臣の家に、むすめをば后の宮にさぶらはせむとあひ定めて、二人ながらまづ枇杷の家に渡し送るとて、くはへ侍りける・兼忠朝臣の母のめのと）。
二四　憂きに流れて―「なべて世の憂きに流るる菖蒲草今日までかかる根は如何が見る」（新古今集・夏・二二三・上東門院小少将）。
二五　情けは人の―「問へかしな情は人の身のためをうきわれとても心やはなき」（山家集）。
二六　いづくを忍ぶ―「うしと思ふものから人の恋しきはいづくをしのぶ心なるらむ」（拾遺集・恋二・七三一・題しらず・読人しらず、恋五・九四四に重出）。
二七　伏見の里と言ひながら―「いざここにわが世はへなむすが原や伏見の里の荒れまくもをし」（古今集・雑下・九八一・題しらず・読人しらず）、「菅原や伏見の里の荒れしよりかよひし人のあともたえにき」（後撰集・恋六・一〇二四・菅原のおほいまうち君の家に侍りける女に通ひ侍りける男、中たえて又問ひ侍りければ・読人しらず)。

二八　言へばえにかなしく――「いへばえにいはねば胸にさわがれて心ひとつに嘆くころかな」(伊勢物語・三十四段)。

二九　蓬が杣に――「なけやなけよもぎが杣の蟋蟀過ぎゆく秋はげにぞかなしき」(後拾遺集・秋上・二七三・題しらず・曽祢好忠)。

いはでしのぶ　巻四（冷泉本）

冷泉家時雨亭文庫蔵本

●『冷泉家時雨亭叢書　源家長日記・いはでしのぶ・撰集抄』（三角洋一氏解題。朝日新聞社刊、一九九七年）所収「いはでしのぶ」を底本とし、影印本を参照しながら翻刻したものである。本文を小節に分け、通し番号をつけたが、巻一以下の漢数字［一］［二］…と区別するため、算用数字［1］［2］…を用いた。断簡（Aオ）―（F′ウ）・（一オ）―（二五オ）の表記は同書による。表記等は原則として巻一以下の方針に従ったが、底本の表記を生かした場合もある。

●冷泉本の前半［1］―［12］＝（Aオ）―（F′ウ）は巻四に相当する断簡。三角氏による掲載順を参考としたが、配列等は横溝博氏の説（冷泉家時雨亭文庫蔵「いはでしのぶ」について――主として断簡五紙の整序に関する考察　中古文学・六二・一九九八年十一月）に従った。

●後半［13］―［34］＝（一オ）―（二五オ）は巻四の一続きの文であり、太字は三条西家抜書本の巻四と重なる部分。太字部分末尾の［　］数字は、三条西家本の見出し番号。ただし冷泉本は三条西家本と多少の異同がある。

●前半は冷泉本断簡部分。［1］―［12］＝（Aオ）―（F′ウ）

［1］第六年夏（四～五月）か。伏見中君44を訪れた大将2の思い。伏見の人々の反応。

――きのあやしければ、

［1］　――が奇妙な気がするので、秋でもないのに何とも不思議なことになったこの夕方というものだ。思いが定まらずに騒ぐ私の心は。

大将2は、「どうして、同じ草の露なのに、特別に思ってい

秋ならであやしかりける夕べかな思ひ定めずさわぐ心は［八］

などか、げに同じ草の露の色をわきてしも思ふ方の風吹き寄らざらん」と宿世つらう思し知られながら、夜べ立ちし所をそのこととなう道の空にとまりにしかば、今宵はそなたへなど思し立ちて出で給ひぬ。かしこには夢か現《うつつ》か何ぞと、ある限りの人あきれまどへるに、今朝《けさ》の御文に、化物にはあらざりけりとあやしき方は失せぬれど、さてしも（以上Aオ）斎院を始め奉りて、あぢきなく心をくだき給ふに、夜中近くなるほどに入《い》りおはしけり。いかがは嬉しからざらん。

かやうにてまれにうちほのめき給ふほどに、いつしかそのころより契（以上Aウ、以下空白）

［2］第六年夏から秋か。内大臣（大将）[2]、中君[44]を京に引き取るべく前斎院[35]と話すうちに心をひかれる。七月二十七日故皇后宮[15]一周忌の法会。この春、大将は内大臣となるか。

――深きさまになやみ給ふぞ、まことに年月《としつき》捨てがたうあ

るほうには風が吹き寄らないのか」と宿世が残念に思い知られるのだが、昨夜立ち去った伏見中君[44]の所は、特に目指したわけではなく気まぐれに道の途中といった格好で訪れてしまったので、今晩はその中君の方へと思い立って邸をお出ましになる。伏見では、昨夜のことはいったい夢か現実か何だったのかと、そこにいる人はみな驚き慌てていたところに今朝大将の後朝の御文が来たので、あれは化け物ではなかったのだった、と不審な思いは去ったのだが、そのようにして斎院[35]を始め奉って、かいもなく心を砕いておいでになると、その大将が夜中近くなって入っておいでになった。それはどんなに嬉しいことであったか。

こんなふうに、大将は稀には中君のもとをちょっと訪れておいでになるうちに、いつの間にか、そのころから契り

［2］――深くも、中君[44]が懐妊の様子にお悩みになるのは、内大臣[2]（これまでは大将）には本当に過ごして来た年月も捨てがたくしみじみと感じられて、時々待ちかねたと思われない程度には中君のもとへお通いになり、今は蓬に置く露もところ得顔ということもなく、何ごともほどほどといっ

はれにて、折々待たれぬほどに渡り給ひつつ、今は蓬《よもぎ》の露も所得顔ならず、何ごとも*めやすきほどに思しおきつるを、かつは人々などは、いのちのかかり所に思ひたり。少しなべてなる人の住まひを御覧じも馴れぬ御心地には、かかることやはあるべきと涙もさしぐまるるまで心細さのあはれはおろかならず思さるるままに、親しき人々にのたまひつけて、よろづあらまほしきほどになりにたり。斎院は、「心苦しき御さまを、同じくは京などへ迎へ奉り給へかし。我はさて年頃の本意《ほい》をも遂げて紛れなく行ひ（以上Eオ）をもしてあらん」など思しけり。｜大臣《おとど》今はかばかり浅からぬ御ゆかりなるを、何かは疎うも思さん。「昔の人のただ身同じことにこそ思《おぼ》いたりしか」などと聞こえ給ふを、あながちよしばむべき御ほどならねば、時々は物越しにて御いらへほのぼの聞こえ給ふ折もあるに、何ごともあらまほしく奥深きものから、なまめかしくもある気色をことのほかに御心とまりて、おほかたの御心よせことに聞こえ給ひつつ、いかで御かたち見てしがなと思しわたりけり。

七月二十七日、皇后宮の御果てなればあはれに尊きこと

た程度に思っておいでであるが、いっぽうの伏見の人々は命がけの頼り所と思っている。ごく一般の人の住まいを見馴れてはおいでにならない内大臣のお気持ちとしては、このようなことがあってもよいものか、と涙がこみ上げるほど、心細いお住まいのあわれさを並々ならずお思いになるので、親しい人に命令して、万事が好もしい程度にはととのったのだった。前斎院[35]は、「中君のご様子がお気の毒なので、同じことなら京へお迎え申し上げていただきたいものだ。自分はこうして何年にもわたる出家の本願を遂げて、行いに専念して過ごしたい」と思っておいでになる。内大臣も、今はこれほど浅くはないご縁が添ったのだから、中君をどうして疎遠にお思いになろうか。「故入道宮[40]も私の身を親しいものとお思いでしたよ」などと申し上げられると、前斎院は無理に気取る必要があるお相手でもないので、時々は物越しではあっても、お返事をわずかに申し上げられる折もあって、内大臣は前斎院の、何ごとも好ましく奥深いものの、しっとりとした様子にことのほかにお心がとまり、総じて深く好意を寄せてお話し申し上げられながら、どうにかしてご容貌が見たいものだなとずっと思っていらっしゃった。

七月二十七日は、皇后宮[15]の御一周忌なので、しみじみとした尊い行事は数知らず

数知らず（以上Eウ）

［3］第六年八月頃。内大臣②、前斎院㉟と契る。

――ほどにやをら御側《そば》に添ひ臥し給ふに、思ひあへず御覧じ開《あ》けたるに、男の影なれば、あさましともなのめならで、起き上がりてすべりのかんとし給ふに、

（内大臣）「つらきかな身にしむ琴の音を添へて忍ぶる袖に露をも
　らすよ　［九］

一筋《ひとすぢ》に人の咎ならず思されよ」とてやがてひき止め給ふ。何かとさまざま聞こえ給ふにうち□□ひしは、何ごとも多かりぬべき御齢《よはひ》のほど、らうらうじく心恥づかしき御気色と、またなう見ゆれど、またかばかり（以上Bオ）

［4］内大臣②、前斎院㉟と歌を交わして暁近く去る。

――御けはひの御耳に聞こゆるも憂しとのみ覚え*給ふ。

（内大臣）「ひたすらに身をも人をも恨むなよ世々に重ねし中の衣
　ぞ

と思し知らせ給へかし」とて、いみじう泣き給ふに、

［3］――頃に、そっと伏見の前斎院㉟の御傍らにお添い伏しになると、前斎院は思いもよらずに、目をお開けになったところ、それは男性の姿だったので、あきれるとも何とも言いようがなく、起き上がって滑って逃がれようとなさるが、内大臣②は、

「ああ、つらいこと。身にしみわたる琴の音を添えて、あ
　なたを慕う私の袖に涙の露を洩らすのは。

一筋に、私のせいばかりではないとお思いください」と言って、そのままおひき止めになる。内大臣は何かといろいろとお話し申し上げられるのだが、……何ごともご経験が多いはずのご年齢にふさわしく、洗練を極めこちらが恥ずかしいほどのご様子は、この上なくすばらしく見えるけれど、またこれくらい、

［4］――内大臣②の御気配がお耳に聞こえるけれど、つらいという以外には何もおわかりにならない。

「一途にご自分の身をも私をも恨まないでください。何年
　もの間、あなたへの思いを深く重ねて来た中（仲）の衣
　なのですから。

と、どうぞ私の気持ちをご理解くださいませ」と言って、内大臣は激しくお泣きになると、前斎院は、

（前斎院）憂かりけむ世々にもさらば消えもせでまたは夢路にな
　にまどふらん

とほのかにのたまひ出でたるを、「あなはかなの御もの言ひや。さらば浅きにこそあらめ」など来し方行く先をかけて慰めきこえ給ひつつ、暁近き気色になれば［九］（以上Cオ）

［5］内大臣②、前斎院㉟に後朝の文を送り、伏見中君㊹にも消息する。

――臥し侘びてのみまどふ心を

けしき見つる宰相の君のもとへぞ、「人目つつみのわりなかるべきを、いかやうにまれ、かまへて」などやうにて忍びて御使つかはし給ふ。

＊いま片つ方へも、このほどの怠りなどこまやかにて、

（内大臣）思ひやるながめの末に霧立ちておぼつかなさは秋ぞま
　される

浅縹《あさはなだ》の唐の色紙《しきし》に移り香などしみ深きが世の常ならぬに、筆にまかせて乱れ書い給へるも、め［一〇］（以上Dオ）

それでは、つらかったはずの何年ものあいだに、私の命は消え果てもしないで、また今、夢路のような出来事にどうして惑うのでしょうか。

と、かすかに口に出されたのを、内大臣②は、「ああ、はかないお言い草ですね。それではつらさも浅いということになりましょうか」など、過去未来をかけてお慰め申し上げられているうちに、次第に暁が近い風情になるので、

［5］――寝ることもできずに惑っている私の心を。

と内大臣②は書き、前斎院㉟との事情を知っている宰相の君の所へ、「人目を包むのが無理なのはわかっているが、どのようにでもいいから、うまく計らってほしい」というふうにこっそりと、お使いをおつかわしになる。

もう片一方（伏見の中君㊹）へも、最近のご無沙汰などを細やかにお詫びになって、

あなたを思いやる私のまなざしの先には涙の霧が立ちこめてさえぎるので、どうしておいでかわからずにお案じする気持ちは、秋には特に深まるのでした。

浅縹の唐の色紙に、移り香が深くしみて、世にもめずらしい紙に、筆に任せて自在に書かれたお手紙も、め

［6］第六年冬。入道宮[1]、故内大臣[3]の一周忌に故人を夢に見る。（三条西家本による。故内大臣が夢の中で語る後半部分以下に相当）

――露の光を見るぞ嬉しき

ことのほか浅き方になんおもむきて侍り。つひにも御しるべよりこそは長く憂き瀬をも出でぬべけれ。さまざまに憂かりし契りはみな世のことに侍りける。今より後《のち》はいみじき世の光を見給ひ、栄えきはめ給ふべき御身になんあるべき。蓮《はちす》の台《うてな》にのぼり給はんことは聞こゆるに及ばず」とさださだとのたまはせんとするほどに、嵐の音《おと》のおどろおどろしきにうちおどろき給へる御心地、何にかはたとへむ。

夢と知りせ［一四］（以上D′ウ）

［7］第六年冬。冷泉院において入道宮[1]の姫宮[46]袴着。第七年二月二十日すぎ。伏見中君[44]に内大臣[2]の若君[48]誕生。

――には冷泉院に渡らせ給ひて、姫宮の御袴着せさせ奉らせ給ふにも、若宮の折ぞまづ思し出でられてあはれなりける。

かやうにて春にもなりぬれば、二月二十日あまりにぞ、

［6］　――私は露ほどの光を見ることができたのを嬉しく思います。

ことのほかに、苦しみの少ない世界に参っております。おしまいには、あなたのご供養の導きによって、私はつらい瀬から永久に去ることができるでしょう。さまざまにつらかった契りは、みな、俗世の中においてのことでございました。今からのちは、あなたはすばらしい世界の光をご覧になって、栄えをおきわめになるはずの御身でいらっしゃいます。極楽に赴かれて蓮の台におのぼりになることは、申し上げるまでもありません」と、故内大臣[3]がはっきりとおっしゃろうとするうちに、嵐の音の異様な激しさにはっと目をお醒ましになった入道宮[1]のお気持ちは、何に喩えられようか。「夢と知っていたら

［7］　――には冷泉院にお渡りになって、姫宮[46]の御袴着をおさせ申し上げになる時にも、入道宮[1]は若宮[21]の袴着の折をまずお思い出しになって、しみじみとした感慨にとらわれるのであった。

こうした状態のうちに、春を迎えるころになり、二月二十日過ぎには、あの伏見の中君[44]の所では無事に男君[48]がお生まれになったのである。内大臣[2]は、「また経験したことの

かの伏見には平らかにて男にて生《む》まれ給ひける。大臣《おとど》は「またならはずつつましのことや。何とかはもてなすべきことにか。あはれ、故大宮のおはしまさましかばいかによろこびて忍び所なくなかなかむ*つかしきまでならまし」と思し続くるに、あはれにくちをしう涙ぞこぼれ給ひける。

（以上C′ウ）

［8］第七年四月。内大臣[2]、中君[44]と前斎院[35]の京移転を考え、迷い続ける。

――ひき放ちにくきものから、さりとて誰*をも迎へ給はんことはさてしもなかなか通ひ路も心やすかりぬべけれど、ひきつづき、**山道出で給はんほど、とまり給はん片つ方に何となく心細うや思すらんと、なほそなたの心苦しさを引く方にて、つひに、若君ばかりをと思すもさすがいかがなどやすらはれ給ふほどに、祭のほどにもなりにけり。思ひかけぬ風のつてに、かやうにほのめかし給ふ人ありけり。**

［一五］（以上B′ウ）

ない何とも内密な我が子の誕生ということになったな。どのように計らったらよいことなのだろう。ああ、故大宮[15]がご在世であったとしたら、どんなにお喜びになって、内密なことどころではなくてかえって困ったことになるほどだったろう」とお思い続けになると、しみじみとお気の毒で、その残念さに涙をおこぼしになるのだった。

［8］――ひき離しにくいものの、といって誰をもお迎えになることは、そうすればかえって通い路も安心だというものであるが、姉大君[45]にひき続いて、中君[44]が、伏見の山道から京におでましになるとすれば、伏見にお残りになる前斎院[35]は、何となく心細くお思いだろうかと、内大臣[2]は、やはりそちらのお気の毒さに引かれて、おしまいには、中君のお産みになった若君[48]だけを京に、とお思いになるが、そうは言ってもやはりいかがなものかなど、ためらっていらっしゃるうちに、四月の葵祭のころにもなってしまった。思いがけない風の便りに、こうおほのめかしになる方があったのだった。

［9］第七年夏。内大臣[2]、中君[44]を京三条、東の対に移す。内大臣は伏見に一人残る前斎院[35]を案じる。

――聞き給ひて、あくまではなばなとをかしげに見え給ふ。二十にいま二つばかり足らぬほどなれば、さかり*ににほひ満ち給へり。誰もならひきこえさせ給ひて何となく心細く覚え給ふ。（内大臣）「み山おろしの音《おと》もいかが。一所《ひとところ》はまして恐ろしう思されなむ」と聞こえ給へば、（前斎院）「まことに心細さはなのめならず思ひ給ふれど、つひにあるべきことにて侍れば、嬉しくこそ」などやうに聞こえ給ふ。

さて渡り給ひぬれば、三条の宮の東《ひんがし》の対にぞ据ゑきこえさせ給ふ。さる苔深き住まひ（以上E′オ）にのみならひ給へる、山がつの妻《め》どもにひきかへたる玉の台《うてな》は目もかかやき足も滑る心地しける。男君は、のどかに若君見きこえ給ふに、なのめならずうつくしげなるも、「げにこれがゆかりはおろかに覚ゆべきかは」と思せど、あながちに十市《とをち》[二]の里ならぬ嬉しさも思されず、とまり給ふらん人の心苦しさをぞ人知れずあはれに思しやれど、そも障り[三]多みにて、何となくて、日数《ひかず》は積もりつつただなほ独り寝ばかりにての

［9］――お聞きになって、あくまではなやかに美しくお見えになる。中君[44]は二十歳にもう二歳ほど足りないお年頃なので、今を盛りのいきいきとした美しさに満ちていらっしゃる。どなたもそのお姿に慣れておいでになって、ご移転を何となく心細くお感じになる。内大臣[2]は、「山おろしの激しい風の音もどんなものでしょうか。ただお一人残られるのではまして恐ろしくお思いになることでしょう」と前斎院[35]に申し上げられると、「本当に心細さは一通りならず感じますけれど、中君が京に行かれるのは当然そうなるはずのことでございますから、嬉しく存じまして」といった意向をお話し申し上げになる。

こうして中君がお移りになったので、三条の宮の東の対にお住まわせ申し上げになる。あの苔が深くむした住まいにばかり馴れておいでなので、樵人《そまびと》の妻たちとはまったく異なった玉の台は、目が眩み、足も滑るような気持ちがする。内大臣は、ゆったりとした気持ちで若君[48]を見申し上げになると、並々ならずかわいらしいのにつけても、「本当に、姉大君[45]、妹中君と続くこのゆかりの縁というものはいい加減に思ってはいけないな」とお思いになるが、必ずしも十市の里の（中君が遠くはない近くにおいでの）嬉しさもお思いにならず、伏見に止まっていらっしゃる斎院のお気の毒さのほうを、人知れず恋しくお思いやりになるが、それもさし障りが近江（多い）というわけなので、何ということもなく日数は積もりながら、ただやはり独り寝が続くだけで、白河院に

み白河院に（以上E′ウ）

［10］第七年五月。前斎院35懐妊。

――ぞ候ひ給ふを、よそ目には「かかる人のおはしければ、よろづをすさまじうし給ひけるなめり。いみじかりける一つゆかりの幸ひかな」と、めで合ひけり。

さてかの斎院は、いかめしき御勢ひにひき続きて出で給ひにし後《のち》、さこそはめでたしと言ひながらも、何となう心細さのみ数知らず、五月雨しげき御袖の上は、いとど晴れ間なう、もの思ひ乱れつつ、ほととぎすの夜深き声ばかりを友として憂き世に住みわび給へる御気色の心苦しさを、かつ候ふ人々も涙のひ（以上A′オ）まなうて明かし暮らすに、あやしう例に変はりたることどもも多く、この春の末つ方よりは、心地もまめまめしう苦しけれど、うちはへ、心地よからぬならひにおどろかれ給はぬを、いとど逃れ*方なうあはれなる御心地にぞありける。*二月ばかりのことなりけれど、このほどとなりてぞ御身親しき小宰相など見とがめきこえ、御みづからにも、しかじかと聞こゆるに、い*

［10］　――が伺候なさるのを、事情を知らないよそ目には「このような若君がおいでになるので、他のことには気乗りがしないふうにおあしらいになるのだろう。たいへんなご姉妹のゆかりの幸いというものだ」と、すばらしいこととお喜び合ったのであった。

さて、あの前斎院35は、盛大なご威勢のもとに中君44が姉大君45に引き続き伏見をお出ましになってからは、それほど申し分のない内大臣2のご待遇でありながらも、何となく心細さばかりが数知らず募る。五月雨のごとく涙をいくたびも流すお袖の上は、いよいよ晴れ間もなく、乱れながら、ほととぎすの夜深く鳴く声ぐらいを友として、憂き世に住むつらさを嘆いておいでのご様子のお気の毒さに、伺候している女房たちも、また涙の絶え間なく明かし暮らしているので、不思議に普段とは異なったことが多く、この春の末から、気持ちも本格的に苦しいけれど、ずっと気分の悪さが普通になっているので、特にお驚かれもなさらなかったのだが、実はいよいよ逃れようもない、ご懐妊という感慨深い御身の上であったのである。二月ぐらいのことであったが、このころになって、御身近に親しく伺候している小宰相などが不審にお思いし、前斎院ご自身にもその旨を申し上げると、ますます、つらいとお思いになることは一通りでない。前斎院は、懐妊

とど心憂しともなのめなり。さらば何としてもながらふべきことにてもあらぬにこそと思ふは、嬉しけれどいとどな

［一六］（以上A′ウ）

［11］第八年一月十日。斎院の若君49五十日。前斎院35の歌。

――るに目を見合はせ給へるに物語高やかにしつつうち笑み給へる顔つきの、世に知らずうつくしきも、やがて涙のみ霧りふたがりてはかばかしうも見え給はず。

（前斎院）またや見む千代の初花咲きぬとも身をば霞の空にまがへて

とせきかね給へるを、かつは、「あなゆゆし。かうは思さるべきことかは」とて、

（内大臣）もろともに霞隔てず咲きそめて［一九］（以上Fオ）

［12］第八年一月下旬。前斎院35死去。内大臣2の悲嘆。

――本意なりけるうへ、さても生き出で給ふやうもやと戒む事受けさせ奉りよろづにさまざまし給へど、何のしるしなくて夜も明けぬるに、今さら世の憂さも限りなう魂もと

ということになるならば、何としても命は長らえられそうにもないことと思うのは、嬉しいけれど、いよいよ

［11］（若君49を前斎院35に内大臣2がおさし寄せになるので、若君は母君と目を見あわせて大きな声でお話をなさりながら、お笑いになる顔つきが見たこともないほどかわいいのも、すぐに涙の霧に遮られて、よくもご覧になれない。

また会うことがありましょうか。千年も続く初花（若君）が見事に咲くとしても、私の身は煙となって春霞の空と見分けがつかなくなるのですから。

と斎院は涙を我慢しかねておいでになるのを、内大臣2は、「ああ不吉な。そんなふうにお考えになるべきではありません」と言って、

御一緒に、霞も隔てることなく咲き始めて

［12］――前斎院35のかねてのご希望であったし、そうすれば蘇生されることもあろうかと、五戒をお受けさせして、できることは万事なさったけれど、何の効もなく夜も明けてしまったので、今あらたに世のつらさも限りなく、内大臣2の魂も斎院と共に去ってしまったのか、呆然として、まった

もに去りにけるにや、心地もなきやうにて、さらに出づべうも覚え給はず。「さりとて籠りゐたらんも方々《かたがた》よろしからず、この御ためもいたう掲焉《けちえん》にやあるべき」と思せど、「よしやたちにし我名と何とありとても人の知らぬこともあらじを、生ける世の［三］（以上F′ウ）

くここから出ようともお思いになれない。「といってもここに籠ってじっとしているのも、いろいろな面でいいはずがない。前斎院の御ためにも、こうした浮名が非常に判然としてしまうことだろう」とお思いになるが、「まあ仕方がない。『立ってしまった我名が』というわけで、どうしたところで、人が知らないことはないだろうから、斎院はこの世に生きておいでの時も

●以下後半は、ほぼ省略はないと思しき一続きの叙述。

［13］第八年春。内大臣[2]、二月すぎまで前斎院[35]の喪に籠る。尚侍[45]から消息がある。

——ただ一房を添へさせ給ひけり。陸奥紙《みちのくにがみ》にいたうもつくろはず、やすやすと*書きなさせ給へるを、なほ古《いにし》へは限りもやありけんと、目もあやなるを、今さらうち置きがたく、さすがかやうにうち見る御返しなどもさもさまことなりける契りよ、と恨めしうもあはれにもつくづくと見給へるほどに、**おぼつかなかりぬべき片つ方は急がれずぞなりぬる。されどさしあたり胸うちさわぎてひき開《あ》け給へれば、あは**

［13］**——ただ桜の花一房を添えておありになるのだった。**入道宮[1]が、陸奥紙にまったく無造作にやすやすとお書きなしになっておられるのをご覧になって、内大臣[2]はやはり以前は自分の鑑賞眼には限度があったのだったと、眼も眩むほど見事なお手紙を今はうち置くこともできず、やはりこのようにして見るご返事からしても、入道宮とは本当に特別に普通とは異なる契りがあったのだ、と恨めしくも、あわれにも、しみじみとご覧になっているうちに、**ご返事があるかどうかはっきりわからなかった、もう一方の尚侍[45]（伏見大君）からは、別に急がずゆっくりとご返事があった。**しかし、とっさに胸が騒いでお引き開けになってみると、**心を打たれるこ**

れにも、（以上一オ）

（尚侍）**あはれとも問はばうつつの心地してさむるが夢と待ちつつぞ経《ふ》る**［二四］

とばかりほのかなる墨付きなど、これはこのはかなかりし人の御筋とぞ見ゆる。（内大臣）「入道の宮は世にめづらしき御筆のたちどなどの、いかに言ひやるべき方なう、かの過ぎにし御手は、際なう澄み通り上衆《じやうず》めかりしぞかし、げに何ごとも御身のほどに違《たが》はずをかしうもおはせしかな」と思ひ出できこえ給ふには、あはれよりほかのことなきに、

［14］内大臣②、前斎院㉟に仕えていた人々の今後を配慮する。

の（以上一ウ）こりの日数《かず》もいまいくほどならねば、出で給はんことも近うなりぬるを、このほどに見奉り馴れにし人々は、言ふかひなき御ことよりも、今はとかき絶え給はむほどのかなしさをなのめならず思ひ咽《むせ》びつつ、誰もこれにとまるべきならねば、いづくの上へか行き散りなんおのがじしの別れをさへ、かねて嘆き合へるを、かのとりわき思したりし人々なれば、いつも昔の御物語などをも語りき

とに、

「あわれ」という哀悼の言葉を私があなたにお掛けするとなれば、斎院とのお別れは現実となるような気持ちがして、これは夢にちがいないと、覚める時を待ちながら過ごしております。

とぐらい書いてある、ほのかな墨付きのご筆跡は、これはこのはかなく亡くなった前斎院の御筋の手と見える。内大臣は「入道宮は、世にもめずらしい御筆の墨蹟などがいかにも表現しようもなくお見事であり、あの亡くなった前斎院の御手は、際限もなく澄み通って高貴な風情があったのだった。本当に、何事もご身分相応に情趣に富んだお方であったよ」と思い出し申し上げておられると、しみじみとした思いにかられるばかりであるが、

［14］　今は、喪に籠る残りの日数も何日もないので、伏見からお出ましになる時も近くなって、この間に内大臣②を見奉り馴れてしまった伏見の人々は、言ってもかいもない前斎院㉟のご死去のことより、内大臣の、今はこれまでと息を引き取っておしまいになりそうな悲しさを推しはかり、並々ならず思って泣き咽びながら、誰もこの伏見にとどまることはできそうにもないので、どちらへか行って散り散りになってしまう自分たちの別離を、かねて嘆き合っていたのだが、故前斎院がとりわけ大切に思っておいでだった人々であるから、

こえ交はし、このほどに近う仕うまつり馴れたる（以上二オ）中務、小宰相などやうの人にぞ、（内大臣）「などか誰もなごりなき御ことのやうにおのが散り散りにはなるべき。過ぎにし御ことをもあはれに忍ばしく思はむ限りは白河の院にこそ候はめ。『眼に見ゆる我らはえなんほかほかへは思ひならじ』と見れば、残りの人々にもさこそ言はめ」などのたまふはかたじけなくあはれに嬉しきことに思ひたるも、さ言へどさりぬべき際こそあれ、この御ことによりてかたちをも変へ、さらでも生年《なまとしよ》寄り醜き顔したる（以上二ウ）人々など、また年頃の家司だつものの、黒髪《くろかみ》に白髪《しろかみ》まじりたるなどが、なま賢《さか》しうなほ世を待つにや、ひたすら藤《ふぢ》の衣《ころも》にもなり果つまじげなる気色なども、いとあはれにのみ覚え給へば、さまざま身にあまるほどの物賜ひ、いづくの柴の籬《まがき》の内にても、さてあるべきさまに思し置き[四]つつ、（内大臣）「なほもののさびしう、寄り所なく覚えば、みな三条殿へも参れ。また行く末ありぬべき人もものし給ふめれば、ながらへば、その世を待ちつけんことは（以上三オ）疑ひあらじ。などさるべうもなき齢《よはひ》のほどなれ」とのたまふを、

内大臣にいつも昔の御物語を申し上げ、お話を交わしたりして日ごろ、お仕えし馴れている中務、小宰相などのような女房に、内大臣は「前斎院にはみな一緒にお仕えしていたのだから、どうしてその名残もない御事のようにめいめいが散り散りに離れるべきだろうか。亡きお方をお気の毒に慕わしく思う人はみな、白河の院にお仕えすればよいではないか。『前斎院のお姿が目に見えているような私たちは、とてもほかへお仕えしようという気にはなれない』と思っているようだから、あとの残りの人たちにもそう言おうと思う」などおっしゃるのを、もったいなくしみじみと嬉しいことに思っている。そうは言ってもしかるべき身分の人はともかく、このご死去により出家した人、そうでなくともいい加減年取って醜い顔をしている人たちや、また年来家司めいた仕事をしてきた人で黒髪に白髪がまじっている者が、いかにも賢しげにもう一花咲かせようというわけか、一途に世を捨てて出家してしまうこともできにくそうな様子でいるのなどに対しても、非常に気の毒にお思いになるので、いろいろと身にあまるほどの物をお与えになり、どこの粗末な柴の垣根の内に住む者であろうとも、しかるべきしっかりとした配慮をお巡らしになって、「やはり物さびしく、頼り所がなく感じるのであれば、そういう者はみな三条殿へも参上しなさい。三条殿には、また将来が楽しみな方（若君48）がおいでになるようだから、長生きをして待っていれば、その方が成長してりっぱになられる時が来ることは疑いもあるまい。どうしてそんなことが

嬉しげに思ひて涙を流しても、またうち笑みなどし合へるを、若き者どもは堪へず笑ひけり。

［15］第八年三月一日すぎ。前斎院35の四十九日。内大臣2は入道宮1にいる、前斎院との間に誕生した若君49の成長に涙する。世間では、一条院の血筋の人々の短命を不安に思う。

かくて弥生の一日《ついたち》過ぎたる頃、御四十九日にて、さまざま尊きことどもし給ひつつ、日ついでよろしかりければ、まづ白河院へ参り給へれば、院はめづらしと待ちよろこびきこえさせ給ひて、何かと*御山籠りの心苦しういぶせかりつることなどのたまは（以上三ウ）するも、聞こえやらん方なく眩《まばゆ》く思されて、言少なにて立ち給ひつつ、入道宮の御方にて、若君見きこえ給へば、何の憂きことやらんとも知らず、心地よげにうち笑ひて、日頃にことのほかにおよすけにける顔つきのらうたさ、かの五千代の初花とて泣き給へりし面影など今さら堪へがたきまで思し出でらるるに、かつは入道宮の御覧ずる所もつつましけれど、御袖のみややしほどけくなりて、はかなかりし御物（以上四オ）語な

ありそうにもないほどの齢と言えようか」とおっしゃるのを嬉しく思って、涙を流しても、また笑顔を交わし合ったりしているのを、若い人たちは耐えきれずに笑ったのだった。

［15］　こうして、弥生の一日が過ぎたころ、前斎院35の御四十九日ということで、内大臣2はさまざま尊い仏事をお営みになり、日のついでがよかったので、まず白河院へ参上なさると、院9はめずらしいことだと待ちかねてお喜び申し上げられて、何かと内大臣の御山籠りの間、気の毒にもまた気掛かりにも思っておられたことなどをお話しになるのも、申し上げようもなく恥ずかしくお思いになって、言少なにお立ちになる。入道宮1の御方で、忘れ形見の若君49を見申し上げられると、若君は何のつらいことがあろうとも知らず、屈託もなくお笑いになって、日々ことのほかにご成長なさった顔つきの可憐さに、あの別れの時「千代の初花」と歌に詠んでお泣きになった故前斎院の面影が今さら耐えがたいほど思い出されるので、いっぽうでは入道宮がご覧になっておいでなので遠慮されるのだが、お袖は次第に涙に濡れてきて、はかなく亡くなられた前斎院のお話も、またこの方以外にどなたに、とお思いになるので、やはりお話を申し上げられると、つらさには馴れていらっしゃるはずの入道宮の尼衣のお袖は、耐えがたいほどに濡れて見えるのであった。

だいたい世間でも、「どうして一条院10のご子孫はこんな

どもまた誰にかはと思せば、なほ聞こえ給ふに、憂きには面馴れたる尼衣《あまごろも》の御袖は、堪へがたきまでぞ見えける。

　おほかた世の中にも、「いかなれば一条院の御末かくのみおはしますらん。故内大臣殿、この斎院ばかりこそ残らせ給へりつるを、うち続きいとあさましきことなり」などやすからず言ひけり。院の上も過ぎにし頃よりぞ、よろづ*聞きあはせさせ給ひて、若君をもことになべてにはあるまじかりける入道（以上四ウ）宮の御ためにも、（白河院）「この若君のたぐひにいとよかりなむ」などのたまはせて、なのめならずらうたきことに思ひきこえさせ給へるも、げにかの対の君の御腹のよりも気高く、今よりなまめかしきさまし給ひて、生ひ出で給ふままに、いとうつくしう、御本性《ほんじゃう》などもしめやかに思ひ入れたるさまにものし給ふを、大臣《おとど》もすぐれてあはれに見給ふに、涙ぐましうぞ思ひきこえ給ふ。

ふうに短命でいらっしゃるのだろう。故内大臣殿[3]と、この前斎院ぐらいが残っておいでだったのに、その前斎院も亡くなられるとは、ひき続いて本当にびっくりするばかりだ」など不穏なことを言うのだった。白河院[9]もいつのころからか、万事をお聞きあわせになり、形見の若君[49]をも、特に普通のお気持ちではあるはずのない入道宮の御ためにも、「この入道宮の若君[21]の友達として、ちょうどいいというものだろう」などとおっしゃって、一通りではなくいじらしいものとお思い申し上げておいでになるのも道理であり、本当にあの対の君[44]の御腹に生まれた若君[48]よりも気高く、今から上品で美しいご様子をなさって、成長されるにつれ非常にかわいらしく、ご性質も落ち着いて思慮深いご様子をなさっておいでの方であるから、大臣[2]もとりわけしみじみとご覧になって、涙がこぼれるほどにお思い申し上げておいでになる。

［16］第十二年二月。男宮をもたぬ帝4は、入道宮1の若君21を親王とする。若君には、生まれた時からすでに帝王の相が現れていた。尚侍45腹の女三宮52についてはここが初見である。

宮の若君は、月日に添へては、なのめならず光（以上五オ）ことにておはします御さま、ただかの昔をうつしとりたるやうにおはしますものから、御母宮の御方ざまに一際にほひ添ひて、えも言はずめづらかに見えさせ給ひつつ、はかなきこと、文の道、まことしき御才《ざえ》なども、生ひ出で給ふままに、昔には進みざまにおはしぬべきを、誰もあはれにもをかしうも見きこえ給へるに、帝、三十路《みそぢ》に近づかせ給ふまで、いかにも儲《まうけ》の君出でおはせず。

内侍督の御腹に*女一、女三宮、麗景殿に女二（以上五ウ）宮、おととしの秋の頃、中宮の御腹に出で来させ給へりしも女にて、四所までみなくちをしき御さまなれば、いくほどの御齢《よはひ》ならねど、今は末あるまじき御身にこそ、と朝夕《あさゆふ》思し嘆かせ給ふに、御夢などにも御覧じたりけることやありけん、（帝）「かの若君を御子になずらへて、坊に据ゑきこえむ」と院に申させ給へるに、さらなることなりや、おろか

［16］　入道宮の若君21が、月日に添えて、並々ならず、光るように美しくおいでになるご様子は、ただ父君故内大臣3をおうつしとりになったようではあるものの、御母宮1のほうにひときわ似た輝きを放っておいでになって、言いようもなくすばらしくお見えになるが、いっぽうで、ちょっとした遊びごとや、漢詩文の道、真面目な御学才なども、ご成長なさるにつれ、昔よりもずっと上達なさるであろうことを、誰もしみじみとまたおもしろく見申し上げておいでになるのだが、帝4には、三十歳に近づいておいでになるまで、どうしてもお世継ぎの皇子のご誕生はおありにならない。

尚侍45の御腹に女一宮50、女三宮52がおいでになり、麗景殿26に女二宮51が、そして、一昨年の秋のころ、中宮14の御腹にお生まれになった方も女宮53であって、四所までみな女宮という残念な御有様であるので、それほどの御齢ではないが、今は若宮の誕生は期待できない御身なのだ、と朝夕思い嘆いておいでであったが、御夢などでもご覧になったことがあったのか、「あの入道宮の若君21を皇子になずらえて、東宮にお据え申し上げたい」と院9にそのことをお話し申し上げになると、院は言うまでもないことだと、いい加減にお思いになるはずがない。「本当に誰も東宮にお立ちにならないということであるとすれば、この御計らいは特にすぐれたご着想に存じます。そしてまた男宮がお生まれになることでもあれば、それは申し上げるまでもない」と一通りではなくお喜び申し上げになって、そのままその二月のうちに帝のもと

に思さんや。（白河院）「まことに誰もつきたらぬとならば、この御計らひことにいみじう侍り。さてまた（以上六オ）出で来給ふたぐひあらば、そは聞こゆるに及ばず」となのめならずよろこび申し給ひて、やがてその如月《きさらぎ》のうちに御子になしきこえて入らせ給ふほどの儀式思ひやるべし。

[17]入道宮の若君[21]は十一歳。三月十九日元服、二十一日東宮に。入道宮[1]は女院となる。元服の場面は源氏物語桐壺巻、光源氏の元服の記述が想起される。

今年十一にならせ給へば、三月十九日御元服ありて、同じき二十一日に冷泉院にて春宮に立たせ給ふほど、言ふもおろかにめでたしとも浅うこそなりぬべき。変へま憂かりし御童姿、ひき変へ光添へたる御上げまさり限りなううつ（以上六ウ）くしげに、気高き御さまことに、かかるべき御山口は生《む》まれ出で給ひしよりただ人とやは見え給ひし。なれどなほ、さしあたりめづらかに昔の御たぐひにても、さてまじらはせ給はましかば、眩《まばゆ》くもありなまし、とさへ覚えつつ、うち見奉る人の涙落とさぬたぐひなきを、まし

で若君[21]を親王にし申し上げ、その宮中にお入りになる時の儀式のすばらしさは想像されるというものだ。

[17]　親王になられた若君[21]は今年十一歳におなりになったので、三月十九日にご元服があり、同三月二十一日に冷泉院で東宮にお立ちになる、その折のことは、言い表しようもないほどで、いくらごりっぱと表現しても物足りないことになってしまおう。変えるのも惜しいほどの御童姿であったが、ご元服となれば凛々しく一変して光がいっそう加わる髪上げのお姿は、限りなく愛らしく見え、気高いご様子は特別であって、このようになられる方の御兆しははっきりとしており、お生まれになった時から臣下の人とお見えになっただろうか。しかしやはり、さしあたって本当にめでたく、もし内大臣[3]がご在世であって、このように東宮として宮中の交じらいをなさるのであったなら、きっと眩いほどであったろう、とまで思いながら、見申し上げる人で涙を落とさないものはないが、まして院の上[9]の姫宮である母宮[1]などのお心の中が思いやられる。

東宮の宮司が定まり、何かとおめでたいことばかり多いこ

て院の上の母宮などの御心の中思ひやるべし。

宮司《みやつかさ》定まり、何かよろこびのみ繁き頃にて、入道宮も太上天皇になずらへて女院とぞ聞こゆる。変は（以上七オ）らぬ御身ならましかば、いま一際《ひときは》のきざみに上《かみ》なき位にこそ定まらせ給はましと、今さらあかず言ひ思ふ人もあれど、何としてもおろかならずかし。げによろづ乱れがちに心よからざりし御さまを、あなめでたの御宿世やとのみ聞こえさするを、院の上なども、今は我が御継《つ》ぎ絶えぬなども思されず、これよりほかに嬉しう笑《ゑ》ましきことなきに、大臣《おとど》の八重立つ雲のあなたに閉ぢ籠り給ひて見聞き給はぬことをあかずくち（以上七ウ）をしう誰も思せども、（入道関白）「我が思ひ寄らざらむ限りは、いかなる世の大事あるとも*消息はし給ふな」など中宮にも聞こえ給ひて、いぶせき世のならひなれば、かき絶えひたや籠りにて、尼上ばかりに（入道関白）「あからさまに京へ出でて見きこえ給へ」とのたまへど、（尼上）「我しもこと浅く今さら都を顧みるべきにもあらず。かうても聞き奉る嬉しさはいかばかりかは」とのたまひける。

ろであって、入道宮1も太上天皇に準じ女院と申し上げる。もしご出家なさらなかった御身であれば、もう一際上の皇太后宮の位にお定りになるはずだったのにと、今さら不満に言ったり思ったりする人もあるが、いずれにしても並々ではないことである。本当に、過去には妙な噂から何かと行き違いがあってご不快なご様子であったのに、今はまあ何とすばらしい御宿世だろうとみなが申し上げるのを、院の上なども、今は我がご血統が絶えてしまうなどともお思いにならず、これほど嬉しく喜ばしいことはない。入道関白13が八重立つ雲の遙か彼方の小倉山に閉じ籠っておいでになって、こうした慶事を見聞きなさらないことを不満足で残念だ、とどなたもお思いになるが、入道関白は、「私が自分からそう思わない限り、どんな世の大事があろうとも知らせてくださるな」などと御娘の中宮14にもお話し申し上げになって、うっとうしいのが世の習いというものだからすっかり縁を切ってひたすら山に籠りきったままなので、尼上12ぐらいには、「ちょっと京へ出てお逢い申し上げになればよいのに」とおっしゃるが、尼上は、「私としても未練がましく今さら都を顧みるつもりもありません。若君21が東宮に立たれたとお聞き申し上げる嬉しさは何とも言い表しようがありませんが」とおっしゃるのだった。

〔18〕小倉山の入道関白13、東宮21に逢うことを願う。白河院9、帝4、中宮14、東宮、小倉山に訪れる。

御心の内は、「この山にて目に見奉る*わざもがな」とのみかなはぬ（以上八オ）ことの願はれ給ふに、その年の秋、御山より日頃へて御文など奉り給ひければ、**院よりもこのこと急ぎ聞こえさせ給ひける御返に、さまざまあはれなることども聞こえ給ひて、**

（入道関白）「いとへども尽きぬ命に思ひわび捨てしこの世もゆかしかりけり〔二五〕

さるは、むげに近づきぬる心地し給ふれど、今は心などの乱るべき方も侍らず。なかなかかうさまことに定まり給はざりせば、見きこゆる方も（以上八ウ）侍らまし」と聞こえ給へるを、いみじうあはれに思されて、行啓あるべく*聞こえさせ給へれば、かれにもよろこび申し給ふさまなのめならず。院の上もやがて渡らせ給ふに、内裏《うち》よりも、「我とても遅れきこゆべきにあらず。このついでに対面あらん」とのたまはせて、行幸なるほどの儀式とり集《つど》へ、厳《いか》めしげなるを、出で入る月ならではかかる光を柴の網戸に待

〔18〕　入道関白13のお心の中では、「この小倉山にいるまで、東宮21をこの目で見奉ることがもしできるのであれば」と叶わぬことを願っておいでであった。その年の秋、御山の入道関白から、何日もたってお手紙などを内大臣2におさしあげになり、**白河院9からも東宮21の行啓のことを、急いでお知らせ申し上げてあったお手紙のご返事に、いろいろしみじみとしたお言葉を入道関白は内大臣に申し上げられて、**

「疎ましく思うのにいつまでも尽きない命を思いあぐねて、世を捨てて出家しましたが、やはりこの世も恋しいものなのでした。行啓という嬉しいことがあるのですから。

というのは、むやみに最期に近づいてしまった気持ちがいたしますものの、今は心が乱れるようなこともございません。かえってこのように特別な東宮という位にお定まりにならなかったとしたら、お会い申し上げる方法もございましたでしょうに」と申し上げられたのを、たいへんお気の毒にお思いになって、白河院9は小倉山に東宮が行啓をなさるべく申し上げられたところ、入道関白のほうでも、お喜びになってお礼を申し上げられる様子は一通りではないといういきさつがあった。東宮につづき院の上9もやがてお渡りになったが、帝4からも、「自分としても遅れずご一緒に伺いたい気持ちです。このついでにお会いしよう」とおっしゃって、行幸なさる折の儀式をさまざまに整え、盛大なお出ましとなった。出たり入ったりする月の光以外にはあるはずもないこうした光栄を、出家された柴の網戸の内にお待ち受け申し上げる入

ち受け奉りておろかに思されんやは。

［19］入道関白[13]、東宮[21]、院[9]などと対面。

何よりも春宮の御さま見たて（以上九オ）まつり給ひて、仏もえ心強からずこぼるる御涙の気色に袖うち濡らし給はぬ人なし。際ことに定まらせ給ひぬる御身のほどのかたじけなさと言ひ、御かたち有様、御用意、もてなしなどのおとなしう、ただ恋しき人の御面影に違《たが》はぬものから、さまことなる光添へて見えさせ給ふも、「ことわりなる御さまぞかし」と目かれせずうちまぼりきこえ給ふに、世をいとあはれげに御涙のこぼるるを、紛らはさせ給へる（以上九ウ）御けしきに、院もうちしほたれさせ給ひつつ、昔今の御物語心ことにて、この御ことの始め、上の思し寄らせ給ひしことなど聞こえさせ給へるに、（入道関白）「まことに中宮の思ふさまに御継ぎを伝へ給へらむを待ち聞きたらんは、ただなべてにて、*かばかり置き所なくめづらかには覚えざらまし」と思し続くるもあはれなり。上の御前もさばかりいはけなくおはしましまししより、またなくつかうまつり馴れ給ひ

道関白は、並々にお思いになるはずがあろうか。

［19］　何よりも先に東宮[21]のご様子を見申し上げになって、仏であってさえ心強くはいられずにこぼれる入道関白[13]の御涙のご様子に、袖をお濡らしにならない方はない。ひときわかけ離れた東宮の位にお定まりになったご身分のもったいなさといい、ご容貌、有様、ご用意、身のこなしなども大人びて、ただ恋しい故内大臣[3]の御面影そのままではあるが、いっそう特別な光が加わってお見えになる。「これも当然のご様子というものだ」と目が離せず見守り申し上げられると、世の中を非常にしみじみと感じて御涙がこぼれるのを、お紛らわしになるご様子に、白河院[9]も涙ぐまれ、昔今の御物語を、特別な思いをもって、この東宮に立たれた事の始めの事情、帝[4]がお思いつきになったことなどをお話し申し上げになると、「本当に中宮が思うように御跡継ぎをお生みになるのを待ち聞くというのはあたりまえのことで、これほど置き所がないくらいめずらしいこととは感じなかったであろう」とお思い続けになるのもあわれなことである。帝もあれほど幼くおいでになった時から、これ以上はないほどお仕えし馴れておいでになったのであるから、万事につけ普通に見申し上げられるはずもない。

しかば、なべて見きこえ給はん。

[20]入道関白[13]、自らの死期を八月半ばかと語る。院[9]、東宮[21]などと歌の唱和。

行幸《みゆき》の面目《めいぼく》をしほたれがちに（以上一〇オ）さまざまよろこびきこえ給ふもあかずあはれに思さるるに、暮れぬれば[六]帰らせ給ひぬ。

行啓夜に入りてあるべければ、少し御物語ありて、（入道関白）「この秋のなかばのほどなどは過ぐし侍らじと思ひ給ふれば、むげに近づきぬる心地して、いとなむ嬉しく侍る」とよろづ聞こえ給ふほどに**暁近くなりぬ。すでに帰らせ給ふに、泣く泣くよろこび申し給ひつつ、**

（入道関白）**身をも捨て世をもあきにし山の奥に**（以上一〇ウ）**かかる御幸《みゆき》は思ひかけきや**

とのたまへば、院も押しのごはせ給ひて、

（白河院）**「我ゆゑに世をば秋とも思ひ知れ心や千度《たび》行きかへりつつ**

聞こゆるもなのめなりや」とのたまはす。

[20]　入道関白[13]は行幸の名誉を、涙ぐみながら、さまざまお喜びになってお話しになるのも、院[9]と東宮[21]は飽くことなくあわれにお思いになるが、暮れてしまったのでお帰りになる。

中宮[14]の行啓が夜になってからあるはずなので、少し御物語をなさって、「この秋の半ばぐらいまでは、とても生きとどまることができそうにもないと存じておりますので、すっかりあの世に行くのが近づいてきた気持ちがして、とても嬉しゅうございます」といろいろお話をなさっているうちに、**暁近くなってしまった。すでに院はお帰りになるというので、入道関白は泣く泣くお礼を申し上げられて、**

身をも捨てて世にも飽いてしまった小倉山の奥に、このような院のおでましをお迎えするとは思いかけもしない光栄なことでございました。

とおっしゃるので、院も涙をお拭いになり、

「私のせいであなたは世を飽きられたのだと思い知ってください。私の気持ちは千度も行き返り乱れ果てて。

こう申し上げても充分ではありませんよ」と仰せになる。

次の日も、中宮がおいでになるはずなので、お待ち申し上げるということで、入道関白は下にあるお堂においでになる。昨日のさまざまなことが、そうは言っても、入道のお心に掛かっているので、院へもお手紙をおさしあげになる。入道関

次の日も中宮おはしますべければ、待ち奉りて下《しも》の御堂におはします。昨日のことどもさは言へど御心にかかりて、院ゆゐも御消息聞こえ奉り給ふ。春宮へは、（以上一一オ）

（入道関白）山伏の嘆きのもとをまれに出でて紐解く花を見しぞ嬉しき

とありける御返、

（東宮）いしにへの嘆きこりつむ山見てぞ憂きは我が身と思ひ知りぬる［二六］

御書きざまの限りなきを、尼上に見せきこえ給ひて、二所例の御袖絞るほどになりにけり。

［21］入道関白⑬、予告通り八月十五日死去。尼上⑫はそのまま山に残る。

その日は中宮に御対面などありて山に入り給ひにける後《のち》、常よりも御勤《つと》（以上一一ウ）めもまさり、清き衣《ころも》、袈裟奉りて世の常は西に向かひて掌《たなごころ》をあはせておはしけるほどに、まことに御みづから仰せられしに違《たが》はず、八月十五日につひに隠れ給ひぬとて御弟子たち集まりてとかく御わざ

白から東宮へは、

庵に住む山伏の私が嘆いて過ごすところ（投げ木のもと）から稀に出て、咲き初めた花のようなあなた様にお会いしたのは本当にうれしゅうございました。

とあった。東宮のお返事には、

昔の嘆き（投げ木）を切り積む山においでのお姿を見て、つらい自分の身の上であると思い知ったのでした。

東宮の御書きぶりが限りなく見事なのを、尼上⑫にお見せ申し上げられて、お二人はいつものようにお袖を絞るほど涙を流されたのだった。

［21］　入道関白⑬は、その日は中宮⑭にご対面などがあって、下のお堂から山にお戻りになってからのち、いつもよりもお勤めも一心になさり、清らかな衣、袈裟をおつけになって、いつも通り西に向かって掌を合わせておいでになるうちに、本当にご自分で仰せになった時と少しも違わず、八月十五日についにおかくれになってしまった、と言ってお弟子たちが集まって、あれこれのご葬儀をし終えてからのちに、入道関白御死去の詳細を尼上⑫は申し上げられたのだった。きっとそうするようにと入道は言い遺しておかれたのであろう。

つかうまつりて後《のち》に、かうかうと申し給ひける。さのたまひけるなるべし。かねて思し給へりしことをいづくにもあはれに尊がらせ給ふ。中宮なども今さら心細く見奉らせ給ひしことの近かりし、嬉（以上一二オ）しうもかなしうも思されけり。尼上の残りとまり給へることを、いづくにも心苦しがらせ給ひて、「何か。なかなか京にも出でさせ給へかし」とあれども、(尼上)「命長う遅れきこえぬるだにあるを、何しにかはこの山を立ち出づべき」と言ひ続け給ふもかつはことわりにて、ただ寂しかるまじう御殿人《とのびと》数多く、ありしよりけに誰も思し寄らせ給へり。

〔22〕第十四年八月。帝[4]譲位。それに先立ち、七月尚侍[45]立后。中宮[14]は皇太后宮に。

かくて一年《とせ》、二年《とせ》も過ぎにしかば、上も、「今はのど*やかにてあらまほしきを、春宮世を（以上一二ウ）しらせ給はむ、つゆ後ろめたかるべき御さまならず」とて、すべらせ給はんとあるを、院にもなほしばしといさかへさせ給へど、八月に御国譲りあるべきに定まりぬるに、上は、「尚《ないし》

予めご自分の死期を予想しておられたことをどなたもしみじみと尊いこととお思いになる。中宮なども、今さら、心細く見申し上げておられた入道とのご対面が近々あったことを、嬉しくもまた悲しくもお思いになった。尼上お一人が残っておいでになることをどなたもが気掛かりにお思いになって、「いや。かえって京にお出ましになったほうがよい」とお言葉があるけれども、尼上は「長生きをしてしまって入道関白の死出のお供ができなかったことでさえ恥ずかしいのに、どうしてこの山を立ち去ることができましょう」と言い続けておいでなのもいっぽうでは当然であり、ただおさびしくないように、お仕えする御殿人は数多く、以前よりも特にどなたも尼上のことを思いやっておいでになる。

〔22〕　こうして一、二年が過ぎて行ったので、帝[4]も「今はもうゆっくりと過ごしたいと思うのだが、東宮[21]のご様子にも世をお治めになるのに、心配な点はまったくない」とお思いになって退位なさろうというご意向であるのを、白河院[9]におかせられてもやはりもう少しこのままで、と議論なさったが、結局八月にご譲位があるということに定まった。帝は、「尚侍[45]を女御とさえ言わぬままなのが残念なことだ。特に取り立てて思っている私の志の証拠としてほかに何があろう。自分の治世の思い出として、尚侍をこれ以上ない位に決めておきたい」とお思いになるが、「尚侍は身分に不足が

侍《のかみ》を女御とだに言はずなりぬるくちをしさ。とりわき思ふ心ざしのしるしとも何をかせむ。我が世の思ひ出でにこれを上《かみ》なき位にも定めて見ばや」と思さるれど、「身の際のくちをしかるべきにあらねども、何とやらん漂《ただよ》はしかりし始めを人もいかが言ひ思はむ。院など（以上一三オ）も心よからず思されたりし御心の末、なほりがたくやあらむ」とあふなあふなは思されながら、聞こえさせ給へりけるに、「(白河院)何とも御心にてこそ世は侍れ。さやうに思されんことは聞こゆるに及ばず。『世にふりにし人なれば』など定めて、やすからず言ひなすたぐひも侍らむ。されどそは春宮かくてものし給はむうへは、昔をおとしむべきにもあらず」と御気色《きそく》よく聞こえさせ給へるを、上もなのめならず嬉しと思されて、七月に后《きさき》（以上一三ウ）に立ち給ふ。中宮をば皇太后宮と聞こえさせて、これをば皇后宮とぞ聞こゆる。

[23]皇后宮[45]に内大臣[2]より昔の関係を忘れぬようにとの歌あり。

宮司《つかさ》さまざまめでたきも、「みづからげにこは思ひ寄るほどのことかは」と、**かの[七]「秋のみ山の」とのたまはせし**

あるわけではないけれども、父入道宮[40]をなくされたりして何となく不安定であったお若いころのことを、人もどう言ったり思ったりするだろうか。院[9]などもご不快に思っておいでだった当時のお気持ちは、今でもそのままなのではないか」と慎重にお考えになりながら、尚侍の件をお話し申し上げられたところ、院は「何でもあなたのお気持ち次第の世というものですよ。そういうふうにお思いになるのなら、申し上げるに及ばない。『もう相当年を経た人だから、どんなものか』などと評定して、穏やかならず言いなす人たちもおりましょう。しかし東宮がこうしておいでになる以上、昔のことを言って貶すべきでもない」とご機嫌よくお話し申し上げられるので、帝も並々ならず嬉しいとお思いになって、尚侍は七月に后にお立ちになる。中宮[14]を皇太后宮と申し上げ、この尚侍を皇后宮と申し上げる。

[23]　宮司をいろいろりっぱに定めるにつけても皇后宮[45]は、「本当に皇后とは恐れ多くて自分から望んでなれる位ではない」と、**あの「秋のみやまの（今は苦しいが将来は皇后にでも）」と、昔、帝[4]がおっしゃったご予言が、その通り**

御かね言も思ひ知られて、涙もこぼれ給ふに、かの人知れぬあたりより、またかかることぞありける。

（内大臣）かきくれし夢にも床《とこ》を忘るなよさこそ雲路の常《とこ》となるとも

とあるも、今さらそら恐ろしう覚え給へど、過ぐし（以上一四オ）がたくや思されけむ、

（皇后）思ひ出づる世々の昔にかきくれて晴れ行く空の月もわかれず

とあるを世々の昔は身ひとつに思ふまじと見給ふものから、あはれなることのさまなり。［二七］

[24]帝[4]、譲位して冷泉院へ。十三歳の東宮[21]即位して帝となる。二十七歳の内大臣[2]は左大臣となり、内覧の宣旨を受ける。

かくて御国譲りありてもとの上は冷泉院へ渡らせ給ひぬ。内大臣《うちのおとど》、左大臣にて内覧の宣旨かうぶりて世の御後見《うしろみ》し給ふ。今年こそ二十七になり給ふ。むげに若き御ほどさまことに定まり果て給へる（以上一四ウ）御宿世のめでたさ、上は十三にならせ給へど、いかにぞや、かたなりなること

実現した今思い知られて、涙をおこぼしになるが、あの人知れぬ秘密の方《かた》（内大臣[2]）から、またこういうお便りがあったのである。

涙にかきくれた昔の逢瀬の床を、夢にもお忘れになるな。そのように雲路の常（床）としていつも宮中にいらっしゃる身になられても。

と書いてあるのを、皇后は今さらに恐ろしくお感じになるが、見過ごしにくくお思いになったのか、

思い出されてくる昔の世の一夜一夜のことは、すっかり涙にかきくらされ、晴れて行く空の月も見えないほどでございます。

とあるのを内大臣[2]は「昔の世の一夜一夜」とは、ご自身のことだけではなく秘密の子供のことも思うのだろうとご覧になるものの、しみじみとした事の成り行きである。

[24]　こうしてご譲位があり、もとの帝[4]は冷泉院へお渡りになった。内大臣[2]は、左大臣に昇進され、内覧の宣旨をいただいて帝の御後見をなさる。今年は二十七歳におなりになる。非常にお若いお年頃で、特別な国家の柱石にお定まりになった御宿世のすばらしさよ。帝[21]は十三歳におなりになったが、不思議なことに、少年めいた幼さもおありにならず、こちらが恥ずかしいほどごりっぱで、匂い立つように美しく、特別に気高く優雅なご様子でいらっしゃるのは当然と言ってもよい。本当に何ごともついに成るべくして成ったという感

もおはしまさず、恥づかしげに、にほひ多くさまことに気高く*なまめかせ給へるに、ことわりの御さまぞかし。げに何ごともつひにあるべき御ことなれど、さるは咲き出づる花などの心地して、あたらしくめでたき御代の雲居の月静かに照らして、風おさまれる野辺の気色、露の光もかひある秋にてなむありける。

［25］女院[1]は二品内親王の宣旨を受けた姫宮[46]（父は故一条内大臣[3]）を大切に育てる。

女院の姫宮も、二品内親王の宣旨かうぶらせ給ふままに、ただ女院の（以上一五オ）御さまに違《たが》はせ給はず、ことわりの御身をわけたる光なれど、さやはあるべきと昔の御さまならば、とりも違《たが》へぬばかりおはしますを、誰もあはれに見きこえさせ給ひつつ、言ひ知らずもてかしづき給ふさまなのめならず。さばかりよろづ隔てなくならひ給へる左大臣《おとど》などだに、うちとけ見きこえさせ給ふこともなく、まだいはけなくおはする御ほどを、あながちに深うもてなしきこえさせ給ふを、殿は、「などかかるべきぞ」となま心

じではあるが、そうは言っても咲き出た花のようで、清新なすばらしい御代の雲居の月が静かに照らし、風もおさまった野辺の景色の、露の光もそのかいがある秋というものであった。

［25］　女院[1]の姫宮[46]も、二品内親王の宣旨をおいただきになるに従って、成長されたお姿はただ女院のご様子にそっくりでおいでになり、それも当然、女院のご分身である光といったところだが、「そんなはずはない」と昔のご様子であればお二人を取り違えてしまうぐらいでおいでになるのを、どなたもしみじみと見申し上げられながら、言いようもなく大切にお世話申し上げられる様子は並々ではない。あれほど万事に隔てのないお扱いに慣れておいでだった左大臣[2]などでさえ、うちとけて姫宮を見申し上げられることもなく、まだあどけなくおいでになるお年ごろなのに、女院はむやみに深く秘蔵してお扱い申し上げられるのを、殿[2]は、「どうして、こうなのだろう」と何となく不快にお思いで、何心もなかったご幼少のころのお顔つきもお忘れにならないので、その時分から比類のなかった姫宮の御面影もいつも見申し上げ

やましう、何心なかりし（以上一五ウ）ほどの御顔つきも忘れ給はねば、たぐひなかりし御面影も常に見きこえまほしうゆかしけれど、あながちに聞こえ破るべきならで、さてのみ過ぐし給ふなりけり。御身のほどのことごとしさ、世の人の思ひきこえたるさまなど、御心のあかぬことあるべうもなく見ゆれど、昔に変らぬもの嘆かしさは絶ゆべくもあらぬ。

[26]左大臣[2]、内密の子、女一宮[50]を思う。対の上[44]のみを妻とすることにやや不満を感じる。

院の女一宮などの御ことの、（左大臣）「雲居のよそにいかなる御面影とだに、おぼつかなき年の隔て行く契りのほどの恨めしさ、対の（以上一六オ）上など聞こえて世にはいみじきことに言ひののしるめれど、さばかりを身のよすがにてあり果つべきこの世の中は、何に長らへける命のほどぞ」となべての世いとはしきまで恨めしう思ひ知られつつ、八馴れはまさらぬ御気色を、（左大臣）「かれもさすがに見知らずしもいかがおはせむ。されどいかにとやらん、かこち所あり、うち

たくお思いになるが、しいてご意向に背くべきでもないから、そうした状態のままでお過ごしになるのであった。ご身分のもののしさ、世間の人のお思い申し上げている様子など、左大臣のお心は不満足なことはあるはずもなく見えるが、昔に変わることのない嘆かしさは絶えるはずもない。

[26]　左大臣[2]は、実は我が子である院の女一宮[50]などの御ことも、「雲居のよそに隔てられてどんなお顔つきであったかとさえ、はっきりしないほど年月が隔たって行く皇后[45]との契りの恨めしさ、また私の妻、伏見の中君[44]を対の上など申し上げて世間ではたいそうなこととして評判になっているらしいが、この人ぐらいを自分の妻として終わってしまいそうなこの世の中は、いったい何のために長らえてきた命ということになるのだろう」と総じてこの世が厭わしいほど恨めしく思い知られるが、左大臣に対して充分にはうち解けられない対の上のご様子を、「あの方もさすがに、おわかりにならないことがどうしてあろうか。しかしどういうわけだろうか、愚痴を言いたい点があり、恨み言を言うと困ると思っているのだろう。人に対しては折々思いがけない気持ちを見

怨じなどせんにも、など思ひたらん。人にこそ折々思はぬ気色をもとり出ださめ、これは際離れてさやうにもあらば、我をこがまし（以上一六ウ）かりぬべき」。上、もとより憎からぬ御本性にて、おのづからも入《い》りおはすれば、うらなくうち笑みて何よかよとよろづ聞こえ合はせなどし給ふぞ、げにこの御宿世《すくせ》の極《きは》めなりける。九冷泉院などの世にゆかしう心にくきことにのみ思されたるを、大臣《おとど》も聞き給ひて、（左大臣）「さらば皇后宮にかへ奉らばや。それはしも、少しの命のかかり所にはなりなんかし」と覚え給ふに、をかしく一人ほほ笑まれ給ふ。

［27］第十八年秋。第六年春に生まれた女一宮[50]は十三歳にて裳着。十月二十日すぎ帝[21]のもとに入内。御局は藤壺。入内に際して、左大臣[2]の養女となる。

かくて女一宮十三にならせ給ふ年の秋（以上一七オ）御裳着のことありて、十月に内裏《うち》に参らせ給ふ。皇太后宮の御腹の姫宮ぞ、昔の御方ざまと言ひ、あらまほしきことなれど、いまだむげにいはけなくおはしますに、この宮は御

せてしまうこともあるが、この場合は格段なことなのだから、そういうことにでもなると、自分が愚かということになろう」とお思いになる。対の上はもともと愛情が深いご性質で、左大臣御自身がお部屋に入っておいでになれば、表裏なく率直にお笑いになって、あれこれと、万事話をお合わせになりなどなさるのが、本当にこのご夫婦の御宿世の極まりというものだ。冷泉院[4]などが対の上に非常に興味を持って心を引かれることに思っておられるのを、大臣[2]もお聞きになって、「そういうことならば皇后宮[45]とお替《か》え申し上げたいものだ。皇后のほうが、ちょっとした本命になりそうなものだから」と思われるので、おかしくなって一人苦笑いが浮かぶ。

［27］　こうして、女一宮[50]が十三歳におなりになった年の秋、御裳着のことがあって、十月には参内なさることになる。皇太后宮[14]の御腹の女四宮[53]は、昔の入道関白[13]の孫姫君でもあり、入内されてしかるべき筋ではあるが、現在はまだむやみにご幼少でいらっしゃるし、この女一宮はご容姿や有様が並々ではなく、特に光るようなごりっぱさをお持ちなので、いっぽうではその方《かた》を越えてということは具合が悪いとお思い申し上げられた結果なのであった。帝[21]はただもう冷泉院[4]のご養子のようでいらっしゃるから、「兄妹のような関係

かたち有様なべてならず、光ことにすぐれて見えさせ給へば、かつはひき越しにくく思ひきこえさせ給ふなりけり。上はひとへに我が御皇子《みこ》のさまにておはしませば、「あはひ悪しかりぬべし」とて、「皇后宮の御方ざま、対の上などもひとつに方々《かたがた》さりぬべき御ことなれ（以上一七ウ）ば」とて、大臣《おとど》の御女《むすめ》になしきこえ給へるを、人知れず嬉しく思して、私《わたくし》の心しらひなのめならざりけり。

さて十月二十日あまりに参らせ給ひぬれば、御局藤壺なり。さばかりの御なからひになのめならずと思されんことつゆもおろかならんやは。一〇なかなか言ひ立つるもくだくだしければ、そのほどの有様はとどめつ。上の御前も思ひやりさこそはと心にくく*おしはかりきこえさせ給ふに、ほどにも越えたる御心ざしたぐひなげなり。もとは故大政《おほき》（以上一八オ）大臣《おとど》の太郎、右大臣梅壺《むめつぼ》、左大将の承香殿など候ひ給へるをあながちならぬ御心ざしなれど、劣りまさりけぢめなく、めやすきさまにもてなさせ給へるを、二梨原なる御目移りいかならむと心苦しう見ゆれど、こはいかばかりなりとても、人の恨みあるべき御ことにぞあらぬや。

では具合が悪いだろう」と、「皇后宮[45]のご血統も、対の上[44]がご姉妹ということで、それぞれ両方ともしかるべく都合のよい御ことであるから」というわけで、左大臣[2]の御養女におさせ申し上げになったのを、左大臣は真実ご自分の内緒のお子様であるのだから人知れず嬉しいとお思いになって、内々の細かなご配慮は一通りではなかったのであった。

こうして女一宮は十月二十日過ぎに入内なさって、御局は藤壺である。これほどの御間柄なので、左大臣も特別にお思いになり、ほんのわずかでも平凡なことが混じるはずもない。かえって言い立てるのもくだくだしいので、そのころの有様を言うのは控える。帝も、どんな方かとご推測申し上げておいでになったが、それを越えた美しさに、ご愛情もほかに比べようがないほどである。もともと、故太政大臣[54]のご長男である右大臣[55]の御むすめ梅壺[56]、左大将[57]の御むすめ承香殿[58]などが伺候しておいでになるが、それほどご愛情が深いわけではなく、どなたに対しても劣りまさりの区別をなさらず、波風を立てることのないご寵愛ぶりであったが、梨原（大切な方）の御目移りはどうだろうかとお気の毒に見えるけれど、これはどのようにお思いになろうとも、人の恨みがありそうだ、といった御ことではまったくないのである。

［28］左大臣[2]、我が子、女一宮[50]の成長した姿を見たいと願い、わずかに見てその気高い姿を嬉しく思う。

対の上やがて候ひ給へば、大臣《おとど》は心やすくさもありぬべき折は近き御几帳のあたり物のくまぐまなどよりも、いかで御かたち見奉らんと（以上一八ウ）思せど、定かにはあらず、ただ人の御ほどの際なううつくしげにらうたく愛敬づきたる御さま、皇后宮にも似きこえ給へれど、これはなほ光ことに気高き御さますぐれて見え給ふは、いづれの方にかはと我が御身の御心おごりもせられ給ひけり。

冷泉院にも、「などてかうとうとしく」と聞こえ給ふとて、近き御几帳の隔てばかりにて候ひ給へば、御衣《ぞ》の裾、御袖のかかりなどほのぼの見えたるも、いまだかたなりにもありぬべき御年のほどに（以上一九オ）あさましうもてつけ、さるはかどかどしき言ふよしもなう見えさせ給ふを、げになどかひたすら我がものと見奉るまじきと、宿世くちをしく思し知られつつ、かの御心にも、誰かは聞こえ知らすべきなれば、ただよそのものにうとうとしくこそ思すらめ、と思ふも、げにいとあはれなり。

［28］　対の上[44]がそのまま女一宮[50]に付き添って伺候されるので、左大臣[2]は気やすく、何とかなりそうな時は、近くの几帳のあたりの物の蔭などから、どうかして女一宮の人品を見申し上げたいとお思いになるが、はっきりとは見えないものの、ただ宮のお姿は限りなくかわいらしくいじらしく見えて、魅力的でおありになるご様子は、母君の皇后宮[45]にも似ておいでになるが、この女一宮にはやはり特別な光が宿っておいでで気高いご様子がまさってお見えになるのは、どちらに似たのか歴然としている、と左大臣は実父であるご自分の御身を自慢したい気持ちにも自然におなりになる。

冷泉院においでの院[4]も「どうしてこんなに疎遠なのか」と申し上げられるということで、左大臣は近い御几帳の隔てがあるぐらいの場所に伺候なさると、御衣の裾や、お袖のかかっているところなどがほのかに見えているのも、まだ幼くて当然なご年齢であるのに驚くほど見事にふるまって、とはいえ才気が感じられ、言いようもなくお見えになるので、「本当に、どうして真っ当に、自分の娘として見申し上げることができないのだろう」と、宿世を残念にお思い知りになる。あの皇后[45]のお気持ちとしても、「どなたにもお話ししてお知らせすべきことでもないので、ただよそのものとして、うとうとしく思っておいでのことだろう」と思うのも、本当にとてもお気の毒である。

〔29〕第十九年四月。女一宮[50]立后、中宮となる。院[4]など、三月二十日すぎに白河院[9]の六十賀を催すべく計画する。関白殿[2]は〔24〕においてすでに左大臣に昇進。源氏物語末摘花巻の朱雀院行幸の記述などが想起される。

かくて年返りて四月にぞ冷泉院にて后に立たせ給ふ。中宮と聞こえさす。

今年は白河院六十路《むそぢ》に満ちさせ給へば、御賀のこと、院、女院、関白殿など、さまざま（以上一九ウ）思し営ませ給ひつつ、花の盛りを待ちて、三月二十日あまりのほどと定めさせ給へれば、その道の人々は、ものの調べを整へ、家々の君達舞などし給ふほど、耳かしがましきまでいづくも同じものの音《ね》絶えず。

〔30〕中宮[50]、皇太后宮[14]、皇后宮[45]も白河院へ。その有様に白河院[9]、昔を思い感慨にふける。

そのほどにもなりぬれば、中宮は聞こゆるにおよばず、皇太后宮、皇后宮も、もの御覧じに入らせ給ふべきを、さのみ同じ日は行幸などにさし合ひ、ものさわがしかりぬべ

〔29〕　こうして年が変わり四月には冷泉院において女一宮[50]は后にお立ちになる。中宮と申し上げる。

今年は白河院[9]が六十路にお至りになったので、そのお祝いのことを、院[4]、女院[1]、関白殿[2]などが、さまざまにお考えになって準備をなさり、桜の盛りを待って、三月二十日過ぎのころとお定めになってあったために、お祝いにかかわる道の人々は楽器の調整をし、それぞれの家の君達は舞の練習をなさるというわけで、そのころは耳にうるさいほどどちらも同じく音楽の響きが絶えない。

〔30〕　院[9]の六十の御賀が近づくと、中宮[50]は申し上げるまでもなく、皇太后宮[14]、皇后宮[45]も、お祝いの行事をご覧になりに白河院にお入りになることになったが、当日になると行幸などとかち合って、もの騒がしくなるだろう、というわけで、お三方ともその前の日にお入りになる。その儀式や有様は言いようもなくごりっぱである。皇太后宮の御方の出だし車は十五両で、紅の襲に桜の表着、萌黄の唐衣、そうは

し、とて、三所《ところ》ながら前の日ぞ入らせ給ふ。儀式、有様えも（以上二〇オ）言はず。皇太后宮の御方の出《い》だし車、十五両、紅《くれなゐ》のにほひに桜の表着《うはぎ》、萌黄の唐衣《からぎぬ》、さは言へど何ごとも一際《ひときは》心にくくよしある御さまなり。中宮の御方は紫のにほひに、山吹の表着、桜、萌黄の唐衣、皇后宮の十は、松襲に紅梅の表着、葡萄染《えびぞめ》の唐衣なりけり。いづれもいづれもおのが色に色を添へて、金《かね》を伸べ玉を貫き、うたてあるまでかかやき合ひたるに、次の日のつとめて冷泉院の御幸（以上二〇ウ）いととくありて、行幸は昼つけてある。儀式、また一際《ひときは》身の毛も立つばかりなるは、世の常のことなれど、ことなる君の御光にはよろづもてはやさるる。

　うち続き聞こえ給へる大臣《おとど》の御有様ぞ、作り合はせたらんことのやうにめづらかなる。心恥づかしげに薫り合ひたる御まみのわたりなど、さるはひとつにうち通ひ給へるを、主《あるじ》の院は左右に劣らずうつくしとのみうちまもらせ給ひつつ、「げに昔はさまざまあかずくちをしとのみ見きこえし女御子《みこ》たちの御末しも（以上二一オ）かう光を付き給ふことこそ」と、上の御さまなどにはかたじけなく御涙もこぼ

言っても、すべてに関してひときわ奥ゆかしく、風情があるご様子である。中宮の御方は紫の襲に、山吹の表着、桜、萌黄の唐衣、皇后宮の十両は、松襲に紅梅の表着、葡萄染の唐衣なのであった。どれもこれもそれぞれの色に更に色を添え、金を伸べ玉を貫き、過剰なほど輝き合っている。次の日の早朝、冷泉院[4]の御幸が非常に早くにあり、帝[21]の行幸は昼ごろにある。その儀式は、前日にまたひときわまさって、身の毛も立つほどすばらしいのは世の常のこととは言うものの、特別な帝の君の御光に引き立てられて万事は一段とはなやかに美しく見える。

　ひき続いて帝の御供をし申し上げられる左大臣・関白[2]の御有様は、まるで一緒に作り合わせてあるようにごりっぱである。こちらが恥ずかしいほどの美しさが漂っている御目のあたりなど、そうは言え、まるで一つと言っていいほど似通っていらっしゃるのを、主の白河院[9]は左右ともに劣らずかわいく美しいと思って見守っておいでになる。「本当に、昔はさまざま不満な点もあり、残念なことだと見申し上げていた皇女方の御子たちが、意外なことにこのような光に満ちて今輝いておいでになるとは」と、帝のご様子などには、もったいなくも御涙をおこぼしになるが、「ありて憂き世の」と思い決めておられた女院[1]のお心にも、今日の行幸をお待ちしてお迎え申し上げられるのは、これまで長らえてきた命のかいがあって嬉しく、喜びの御涙もますます満ちあふれるというものなのであった。

れさせ給ふに、「[三]ありて憂き世の」とのみ思し取りにし女院の御心にも、今日の行幸《みゆき》を待ち取りきこえさせ給ふには、経にける命嬉しうよろこびの御涙もいと所狭かりけり。

[31]賀宴が始まり、若君たちの舞姿に一同感銘を受ける。中でも左大臣の若君[48][49]たちの舞が興趣の中心となる。

かくてことども始まりぬれば、右大臣殿の三位中将、おとうとの六郎君、故式部卿の御子の中務宮の若君、左大将の権中将、藤大納言の弁少将などやうの高き家の君達（以上二一ウ）の、かたち有様いづれとなくをかしげにて、さるおもしろき花の陰は名にし負ふ白河の水の流れ、池の中島に左右の楽屋を作らせ給ひて、反橋《そりはし》を長う渡されて、入《い》り舞のほど、足踏みに従ひて八重の白雲吹きまがふ風に散りかかる花にも曇らぬ池の鏡[三]は、はるばると見わたされて、映れる舞の姿など、仏の御国思ひやられておもしろしともおろかなり。

殿の若君二所《ところ》、陵王楽《れうわうらく》なん舞ひ給へるうつくしさ、御かたち有様をは（以上二二オ）じめて、さは言へど、なずら

[31]　こうしてお祝いが開始されると、右大臣殿[55]の三位中将[59]、その弟の六郎君[60]、故式部卿宮[7]の御子の中務宮[61]の若君[62]、左大将[57]の権中将[63]、藤大納言[64]の弁少将[65]などのような名家の若君たちは、容姿も御有様もそろってすばらしく、いかにも美しい桜花の蔭には、名にし負う白河の水が流れ、池の中島に左右の楽屋をお作らせになって、そこに反橋を長くお渡しになり、終わりの入り舞に移るころには、足踏みに従って、八重の白雲が吹きまがう風に散りかかる花にも曇らない池の鏡は、はるばると見わたされ、その池の鏡に映っている若君たちの舞姿は、まるで仏の御国といった趣であり、おもしろいという言葉では言い尽くせないほどである。

左大臣殿[2]の若君がお二人[48][49]、陵王楽をお舞いになるかわいらしさ、ご容姿、有様を始めとして、そうは言っても比べられるものもないので、ものの興趣がみなその舞に集中し、帝を始め奉って、涙を流さぬ人はなく、たいへんな今日一番の面目でいらっしゃる。父左大臣もそれぞれにかわいいと見申し上げられる中でも、あの斎院[35]の忘れがたみの君[49]は、上品でいじらしく、お舞いになるしぐさも、対の御方[44]の若君[48]よりもう少し気持ちが籠っているようにお見えになるの

ひなる際だになければ、ものの興みなうつりて帝を*始め奉りて、涙を流さぬ人なくいみじき今日の映えにておはするを、大臣《おとど》もとりどりにうつくしと見きこえ給ふ中にも、かの忘れがたみの君はなまめかしうらうたげにて、し給ふわざなどもいま少し心あるさまに見え給ふを涙ぐましうあはれにぞ見きこえ給ふ。

［32］賀宴終了後、夜に入り月光のもとで歌の唱和がある。末尾の「むつかしければとどめつ」は省略の草子地。

かやうにてことども果てて、月おぼろにさし出でたるほど、御盃《さかづき》あまたたびに（以上二二ウ）なりぬ。

（冷泉院）
君が住む流れ久しき白河の花ものどけきにほひなりけり

（白河院）
春を経てかひある花の光とは古りにしものを白河の水

とある法皇の御かたへ、したり顔にめでたきに、大臣《おとど》の、上の御前に御かはらけ参らせ給ひて、

（左大臣）
よろづ世のにほひも若し桜花かかる行幸《みゆき》の春の心は

（以上二三オ）

を、涙ぐましくしみじみと見申し上げられる。

［32］　このようなふうに、白河法皇[9]の六十の賀の儀式も終了して、月が朧にさし出たころ、御盃が何度もめぐる。冷泉院[4]の御歌。

君が長くお住まいになり、流れも久しく続くこの白河に咲く桜花も、同じくおだやかな匂いを放っております。

つづいて

春を何回も過ごして、なお見るかいのある光るほどの花の輝きとは。古くから流れている白河の水なのに。

とある、法皇のお添えになった片一方の御歌は、ご自慢めいていてまことにすばらしく、また関白左大臣[2]が、帝[21]の御前に、御盃をさしあげられて詠まれる。

万世に続く匂いも若々しい桜の花、このような行幸《みゆき》の春の御幸いはまさにこの美しい桜が語っております。

盃をお取りになって、帝は、

小高い峰にこのように咲く山桜の木だけが、年を経る

とらせ給ひて、

（帝）山桜木高き峰にさてのみやふるにかひある行幸《みゆき》なるらむ［三八］

とのたまへる御気色用意は言ふ限りなく、めでたう見えさせ給ふに、古り給へる人々は例の涙所狭く、さまざま聞こえ出づめれど、むつかしければとどめつ。

［33］続いて管絃の遊びがあり、帝[21]は秘蔵の琴を弾く。

更け行くほどに月の光も霞をわけてえも言はず澄みのぼりたるに、上の御遊び始まりて昼にはさま変はりてなつか（以上二三ウ）しうおもしろきこと言ふ限りなし。殿の御笛も、今宵ぞ音《ね》の限り尽くし給ふ。冷泉院の御前《まへ》に御琵琶、式部卿宮和琴、左大将箏の琴、源大納言篳篥、三位中将笙の笛、中にも上の御前、昔の調べ変はらぬ琴《きん》の御琴《こと》の、女院の御世より伝へさせ給へるを、この折ならではと思さるるにや、おはします、弾かせ給へる、ただ古《いにし》への同じ御琴《こと》の音《ね》なれど、かれは澄みのぼる雲居をわけて言ふ限りなく音《ね》ばかりなりしを（以上二四オ）愛敬づき、たをやかなる

（降る）かいのある御幸と本当に知っておりましょう。
ご長寿の院がご覧になるのですから。

と仰せになるご様子やご態度は、言いようもなくごりっぱにお見えになるので、お歴々の方々はいつものように涙を流し、さまざま感想を申し上げるようだが、面倒なのでここでとどめておく。

［33］　更けて行くにつれ、月の光も霞を分けて言いようもなく美しく澄みのぼったころに、帝[21]の管絃の御遊びが始まり、昼とはまた様子が変わって親しみ深く、そのおもしろさは表現のしようもない。左大臣殿[2]の御笛も、今宵こそ音の限りを尽くしてお吹きになる。冷泉院の御前[4]は御琵琶、式部卿宮[66]は和琴、左大将[57]は箏《そう》の琴、源大納言[67]は篳篥、三位中将[59]は笙の笛、その中でも帝[21]は、昔の調べに変わらない琴《きん》の御琴《こと》の、女院[1]の御世からお伝えになったのがおありになるのを、この折でなくてはとお思いなのか、お弾きになるのは、ただ昔と同じ御琴《こと》の音《ね》ではあるが、故内大臣[3]のは澄みのぼる雲居を分けた言いようもない音《ね》であったが、この帝の御音は魅力が充分で、たおやかな母宮[1]の御音のほうを加えて、もう少し類のない妙音となっているのを、お祝いの席で憚るべき折というのに、今ここに昔のことが蘇って袖をおしぼりにならない方はない。

母宮の御方を添へて、いま少したぐひもなきを、言忌みすべき折もわかず、今さら昔を引き返し袖をしぼり給はぬ人なし。

［34］左大臣[2]の若君たちは、帝[21]の前で元服。中君[44]の若君[48]は中将、斎院[35]の若君[49]は少将となる。

大臣《おとど》の若君二所《ところ》ながら今宵よき夜とて御前《まへ》にて御冠《かうぶり》し給ふ。いづれも同じ御年《とし》十三になり給へど、対の上のはことのほかに先に生《む》まれ給へれば、次第のままにこの上《かみ》のさまなるを、大臣《おとど》はあかず思されけり。やがて位ども賜はり、中将、少将になり給ふ。（以上二四ウ）劣らぬ御＊上《あ》げ勝《まさ》りどもを、帝をはじめ奉りてうつくしと思しめしたり。[二九]

（以上二五オ）

［34］　左大臣[2]の若君はお二人とも、今宵は好い夜だからというので、帝[21]の御前で、御元服をなさる。いずれも同じお年で、十三歳におなりになるが、対の上[44]のお子様[48]はずっと早くお生まれになっておいでなので、年齢順というわけで兄君の扱いなのを左大臣は不満にお思いになるのだった。すぐに位を賜って、それぞれ中将[48]、少将[49]におなりになる。髪を結い上げたことでいっそう美しいお二人のご容貌を、帝を始め奉ってみな、かわいいとお思いになっておいでである。

巻四（冷泉本）注

引歌に関わる注末尾の※については、巻一の注冒頭（七六頁）の記述を参照。

一 大臣—大将[2]は、この春内大臣になったものとみて、冷泉本における現代語訳の呼称は当面「内大臣」とする。なお、〔24〕には「内大臣、左大臣にて内覧の宣旨かうぶりて」とあり、〔24〕以下は「左大臣」。

二 十市の里ならぬ嬉しさ—「暮ればとく行きて語らむ逢ふことのとをちの里の住み憂かりしも」（拾遺集・雑賀・一一九七・春日使にまかりて、帰りてすなはち女のもとに遣はしける・一条摂政〈伊尹〉）（拾遺抄・雑上・四六〇）（一条摂政集・三八）（大鏡・伊尹伝）※。

三 障り多みにて—「港入りの葦分け小舟さはり多み我が思ふ人に逢はぬ頃かな」（拾遺集・恋四・八五三・題しらず・人麿）。参考「あしわけのほどもことはりならぬにはあらねど」（在明の別・巻二）※。

四 三条殿—〔9〕に、内大臣[2]は中君[44]を若君[48]と共に、自邸三条邸の東の対に移したことが見える。

五 千代の初花—〔11〕の斎院[35]の歌参照。

六 帰らせ給ひぬ—いったん院、東宮の「帰京」という状況を述べ、以下に別れの唱和等を記す手法。

七 秋のみ山の—巻三〔四〕に見える帝[4]の歌「にごり江に思ひ入るとも澄み果てん秋のみ山の月とこそ見め」を指す。将来の皇后の位を示唆したもの。

八 馴れはまさらぬ—前出「などか、いたう狩場の小野にのみはなりまさり給ふ」（巻一〔三〕注四）。参考「（歌略）馴れはまさらぬ、などあるも、いつのほどにかと、をかしく御覧ず」（海人の刈藻・巻一）、「狩場の小野になりゆきたまふを」（狭衣物語・巻二）※。

九 冷泉院—同一人物である先の帝を[4]三条西家本の現代語訳では「嵯峨院」と呼称するが、冷泉本の訳ではこの叙述に従って「冷泉院」とする。

一〇 なかなか…—草子地的表現。

一一 梨原なる御目移り—前出「宮の御ことは、なほ、梨原にのみ思ひ出できこえ給ひつつ」（巻二〔一〇〕注一四）、「げにかの梨原なる片つ方に」（巻二〔六七〕注一一）。

一二 ありて憂き世の—「おとにのみききこしたきもけふぞ見るありてうき世のそでやおとると」（続後撰集・雑上・一〇一三・定家）、「苔ふかきいはやの床の村時雨よそにきかばやありて浮世を」（拾遺愚草・二四二五）、「そむくべきことわりなくは何をかは有てうき世のなぐさめにせん」（続後拾遺集・雑下・一一八四・読人しらず）※。参考「ありて憂き世はなど、今日ぞはじめて思し知られける」（狭衣物語・巻一）。参照「ありて憂き世と重ねてもあぢきなく」（いはでしのぶ巻八〔六〕注一〇）※。

三 仏の御国思ひやられて――「生ける仏の御国とおぼゆ」（源氏物語・初音巻）。参考「ただ仏のみくになり」（在明の別・巻三）※。

いはでしのぶ　梗概・年立・登場人物系図・校訂一覧・解題

梗概

【巻一】 年次 第一年春〜第三年秋

主な物語の場 一条院（関白[3]・一品宮[1]） 宮中（帝[9]・東宮[4]）

巻一は「いはでしのぶ」物語として現存している部分である。

物語の起筆部分は、「現在」であり、春の「一条院の桜」を眺めながら、一品宮[1]が「宮中の桜」を恋しく思っていると、そこに二位中将[2]が東宮[4]の手紙と「宮中の桜」を持って訪れるという、歌の言葉を散りばめて自在に操る場面描写から始まる。二位中将は一品宮の返事と一条院の桜を携え、一品宮の夫、大将[3]とともに東宮に帰参する。ここにおいて既に巻一の主要人物はほぼ揃う。一品宮、宮を妻とする大将、宮を秘かに恋う二位中将、の三人を主軸としてこの物語は進むからである。

次に物語は、定型に従い、「過去」に遡って改めてこの三人を一人ずつ紹介する。大将[3]は、今上帝[9]の御兄である故一条院[10]の御子である。一条院の御息所[12]は懐妊したが、一条院のかねての意向に従い、院逝去後、御息所は懐妊のまま大将（関白）[13]の妻となり、ここに大将[3]が誕生した。即ち、実父は一条院であり関白は養父ということとなるが、関白夫妻[13][12]はこの大将をたいへんにかわいがり大切に育てている。大将は万事に優れた人物として成人し、多くの女性と関わったものの、ある時隙を盗んで一品宮[1]と密かに逢い、現在は宮一筋にひたすら愛情を注ぐ。

一品宮[1]は、当代の帝[9]が掌中の珠として溺愛する女二宮。関白[13]の妹中宮[15]を母とし、並外れた美貌を持つ。帝はしぶしぶ大将[3]に一品宮との結婚を許し、大将は宮を一条院に迎えとる。

二位中将[2]は、帝[9]の孫にあたる優れた若君。母は女一宮[17]。右大臣左大将[19]がこの女一宮を盗み出し若君（二位中将）が誕生。母君女一宮は出産直後に逝去し、父右大臣[19]も一年後にあとを追う。父母を失った若君（二位中将）を祖父の帝は不憫に思い、中宮[15]が宮中に引き取って育てる。やがて二位中将となり一品宮[1]に「いはでしのぶ」（言葉には出さず秘かに恋いしのぶ）恋を抱く。

さて物語は起筆部分の「現在」に戻って進行する。こうした過去の経緯から、宮[1]は大将[3]の妻として一条院にありながら宮中を恋う気持ちが強い。四月末、宮を思う父帝[9]の招きにより里帰りし、そのまま宮中に滞在して、一同も集い、五月五日には、東宮[4]・一品宮[1]・女三宮[16]などが菖蒲に寄せて歌を唱和するなどの楽しいひとときがあった。大将[3]も参内し、御前では御遊があり、禄として、大将は員外の権大納言に昇進した。しかしこのような経緯があるために、帝は一品の宮を心外にも大将に連れ去られてしまった、という思いが消えず、宮のほうでも大将の愛情を充分に感謝しながら、宮中を慕う思いをいつも内包している。この帝と大将の微妙な心理的対立が以後の物語を大きく動かす。

さて、物語二年目の春には帝[9]は譲位され（白河院）、東宮[4]即位。二位中将[2]は中納言兼中将となる。三月、一品の宮[1]には若君[21]が誕生し、夏には白河院[9]の御前で若君の五十日祝がある。院・帝[4]ともに世継ぎとなる男皇子がおられず女宮のみであり、この若君は注目を集める。九月末、宮中で管絃の遊びがあったが、深夜宮中から退出する大将[3]と中将[2]は、お互いの恋の話に大いに戯れる。この時大将は中将を「修行者」とふざけて呼んだが、これは物語の上で中将の未来を予告した言葉として機能する。

冬のある月夜、宮中の藤壺のあたりで中将[2]に声を掛けた若い女性がある。中将は誘いのままに逢瀬を持ち、やがて帥宮姫君[27]と思い当たる。この姫君とはその後も逢瀬を重ねている。

十月十日余のことだが、殿の上[12]は物の怪により下京の帥中納言[37]邸に方違えした。お見舞に参上した大将[3]はその帰途、帥宮姫君[27]邸を訪れていた中将[2]の様子を垣間見する。姫君と歌を詠み交わした声までも聞かれ、中将は大いに狼狽する。この姫君は大将とも関係があるらしい。

翌夕、中将[2]は一条院に大将[3]を訪ねたが不在のため、一品宮[1]と語り「いはでしのぶ」恋に涙する。秀でた中将[2]には式部卿宮[7]の中君[29]・内大臣[30]の姫君[31]方などから婚姻の申し入れがあるが、心は宮にのみあって、院[9]から三条京極第を住まいとして与えられるものの、院・内裏・一条院を自在に通い歩く生活が続く。

三年目の春には右大臣[38]が逝去し、大将[3]は内大臣兼左大将となる。中納言中将[2]は、権大納言（兼右大将か）となる。内大臣[3]は一品宮[1]との間に生まれた若君[21]を非常に大切にし、いっぽう、養父母関白夫妻[13][12]には恩を忘れず孝養を尽くしている。

ある日のこと内大臣[3]は、帝[4]から宮[1]に送られた手紙を見る。その手紙に書き添えられていたのは一品宮の宮中を恋う手習歌であった。相変わらず一条院より宮中を思う宮の気持ちを知り、衝撃を受けた大将はさまざまに恨むので宮は困惑する。

内大臣[3]と権大納言[2]がたまたま出会って、お互いにふざけ合ったあの帥宮姫君[27]は、春の末頃、一品宮[1]に出仕し、宮の君と呼ばれる。姫君という身分上、心優しい一品宮は友人扱いをする。宮の君の誘いに応じて内大臣は、一品宮承知の上でこの宮の君と逢うこともあり、権大納言との密会の件をなじったりする。宮の君は脇役ではあるが、この物語としてはめずらしく、明るくこだわりのないしかも軽々しい女性として以後の巻にも登場を続ける。

秋になり、権大納言は一条院を訪れ、内大臣[3]・一品宮[1]・宮の君[27]・女房の管絃の合奏に笛を吹いて加わる。大納言も和歌を唱和するが、内大臣と宮の睦まじさを眼前にして、権大納言は改めて一品宮への想いに煩悶するほかはない。

【巻二】　年次　第三年九月～第五年三月
主な物語の場　一条院（内大臣[3]・一品宮[1]夫妻）　宮中　冷泉院　白河院

巻二は、伏見に住む姫君たちがあらたに加わり、物語はそこから大きな展開を見せ、登場人物間の関係は極めて複雑になる。

九月末、内大臣[3]は、春日詣の帰りに伏見に住む入道式部卿宮[40]を訪れる。この入道は内大臣の異母兄に当たり、故一条院[10]の第二皇子であるが、上[43]逝去の後に出家して伏見の山の庵に住む。病身の入道は心細さに二人の姫君の将来を案じ、一品宮1にひたすら愛情を注いでいる内大臣と知りつつ、姫君を妻にしてほしいと願う。内大臣は承知するはずもなく困惑するが、母君を失った姫君たちの世話をしながら伏見の麓に住む入道宮の妹、前斎院35に挨拶し、その折に姫君44・45を垣間見して、一品宮の面影を宿す大君45にいささか心を惹かれる。

十月初旬、伏見入道宮40の病状は進み、見舞に訪れた内大臣3に入道宮は当夜直ちに姫君との結婚を迫る。やむなく大君45と一夜を過ごしてみるとその美しさは例えようもなく、別れることができない思いである。内大臣は一品宮1に大君との結婚をありのままに語り、二日目の夜は宮とともに過ごすが、三日夜に伏見を訪れ、その後は折々に通う関係に至る。十月二十日頃から入道宮は重体に陥り、内大臣3は伏見に足繁く訪れる。この頃、宮1には懐妊の兆候があった。

十一月十日余、雪の夜、内大臣3は伏見の大君45を訪れ一夜を共にするが、入れ違いに、白河院9から一条院の一品宮1に消息があり、宮は箏の琴に内大臣不在の憂いを紛らわす。翌朝、入道宮40は逝去し、内大臣は弔問して後事万端を取りはからい、前斎院35はその配慮に深く感謝の念を抱く。

四年目の春、内大臣3は通うには遠すぎる伏見から大君45を京の大弐の乳母ⓔの家に移すことを考え、一品宮1にもその旨を明かし、前斎院35にも移転の事情を説明し、二月二十日過ぎの夜に、内大臣は大君を密かに大弐の乳母の邸に移転させる。大弐の乳母は、関白13・北の方12を訪れ、大君の存在を明かした。一品宮は、大君の存在を許容しているが心は慰まない。内大臣は大君を訪れることが多くなり、七月には歌を詠み交わした。結果的にこれが内大臣と大君の最後の出会いとなる。

いっぽう、一品宮1は臨月を迎え産気づくが極めて難産の様態である。加持祈禱を重ねるものの苦悶は五六日に及び、一端絶息するが、右大将2を使いとして迎えた葛城の聖の力により蘇生した。翌暁、物の怪（故伏見母君の霊）43が現れ、内大臣3に、大君45への夜離れに対する怨言を述べて退散し、一品宮は夜明けにやっと姫君46を安産した。内大臣は、この物の怪の一件があってから何となく大君への訪問は間遠になり、大君は嘆きを重ねる。

こうした中で、また新しい人物が突然紹介され、物語は更に展開する。故伏見母君43の姉妹で大君45の叔母に当たる尚侍47という方があり、帝4は幼い時から親しんで来られた。尚侍は内大臣3に疎まれている大君の状況を不憫に思い、八月に大弐の乳母ⓔたちの石山詣での留守中、大君を、気が晴れるかと宮中に招く。ところが大君は思いがけず帝寵を受け、内大臣を思い苦しむものの、帝は強く愛着しそのまま退出を許さない。

困惑した尚侍[47]・弁の乳母ⓕは、大君[45]の行方を内大臣[3]に隠蔽すべく工作し、前斎院[35]にも口止めする。内大臣は失踪を知り驚愕し、大弐の乳母ⓔも帰宅して唖然として自分の怠慢を責める。

奇怪な噂が白河院[9]の耳に入る。「内大臣[3]があまりに伏見大君[45]に愛着するので、院[9]・后[15]は大君を宮中に参入させた。内大臣は今では一品宮[1]を疎んでいる」。気性の激しい院は、噂を信じて内大臣に激怒し、一品宮と幼い姫君[46]を院に迎えとる意向を定める。一品宮のほうでも事情を聞き知り懊悩するが、逆らいきれずに院に戻ることを決意する。

十月一日、右大将[2]が迎えに参上し、宮[1]は名残を惜しみつつ内大臣[3]と若君[21]に別れ、姫君[46]とともに一条院を去り冷泉院に至る。宮は、院の強硬な意向に従い更に白河院に籠り、音信不通となって、内大臣・関白[13]・北の方[12]は悲嘆を重ねる。関白は、尚侍[47]から、帝[4]の大君[45]への執着に始まる詳しい実情を聞き、内大臣にその旨を告げる。

十一月、内大臣[3]は雪の夜に、母と別れてしまった無邪気な若君[21]を慈しみつつ一品宮[1]を思い、思い余った末、夜更けに秘かに白河院の一品宮を訪問したが、院の警戒は厳重を極め、内大臣はわずかに乳母子・大納言の君ⓑに会い、宮への取り次ぎを頼むが適わず、かろうじて七月に生まれたばかりの姫君[46]に対面することができたのみである。そのような状況で、内大臣[3]、関白夫妻[13][12]、帝[4]、伏見大君[45]、それぞれに悲嘆・煩悶を重ねる。

十二月末、白河院[9]・一品宮[1]は、来たる正月の朝覲行幸に備え、白河院から冷泉院へ渡御された。内大臣[3]は職掌柄、供奉の役を負うために、心身の不調と職掌上の相克の理由により致仕を希望するが聞き入れられず、院から行幸供奉を命じられる。翌春一月、内大臣はやむを得ず朝覲行幸に供奉するが、院も右大将[2]も、やつれ果てて面変わりした内大臣に驚き、それぞれに複雑な思いを抱く。内大臣の期待も空しく、一月七日過ぎて、院・一品宮ともに白河院に還御された。

内大臣[3]は、事態の好転を期待して一品宮[1]に文を贈るが、宮は返事を拒む。内大臣の思いを充分に汲みつつ、父院[9]の恩を優先して判断したとはいえ、やはり苦悩は深い。

鬱屈した内大臣[3]は、右大将[2]を話し相手として思いを慰める。右大将は同情はするものの一品宮[1]への「いはでしのぶ」恋にいよいよ煩悶する。

ここで巻一の冒頭、桜満開の場面の裏返しの如き状況が描かれる。内大臣3は、昔を想って、自邸一条院の桜と歌を冷泉院に在る一品宮1に贈る、という場面設定である。一品宮は、心のうちに返歌するのみ。折から冷泉院には、右大将2が来訪し、院9も渡御され、贈られた一条院の桜をめぐりそれぞれの感慨を抱くに至る。院は万事に優れた内大臣の不在を物足りなく思うものの、なおも彼を許さぬ気概に溢れる方である。

院9は四十余歳だが、なお若々しく精気に溢れ、宮1に仕えている宮の君27を離すことなく寵愛される（このあたりの精細には不明の部分がのこる）。右大将2は、一品宮1を思う一方で、宮がありながらも内大臣3が心を奪われている伏見大君45に、関心を寄せなくもない、とのこと。

巻二の終わりには巻一起筆部分の桜が再出していること、巻末尾の文言、などから、巻一と巻二は構造上、ある意味での一纏めの括りをなしているものと見られる。

以上の巻一、巻二を以って残存するこの物語の記述は実質上終了し、以下の巻三〜巻八は抜書本を中心とする、推定をともなう物語展開となる。

【巻三】　年次　第五年四月〜冬

巻三から巻八までは抜書本である三条西本によるため叙述がそれぞれ自立しており、物語の連続性が辿りにくく、推定の部分が多い。

さて、巻二の末尾には、伏見大君45に対して、内大臣3だけではなく大将2も関心を寄せていたことが語られ、出会いが暗示されていた。巻三はそれを受けて第五年の四月に、大将2が伏見大君45と秘かに契った翌朝の記述から始まる。大将は大君をいとしく思うものの、この出会いは却って一品宮1への思いを誘うこととなる。なお、伏見大君は内大臣3が妻として五条に迎え取った姫君であり、そののち帝4が寵愛されて宮中にとどめている旨の記事が巻二にあった。従ってこの巻三の大将[2]との逢瀬の場所ははっきりしない。いったん、五条に帰ったものか。この大君は三人の男性と関わったこととなる。

五月十九日、右大将[2]は一品宮[1]への「いはでしのぶ」恋に思い余り、いっぽうでは内大臣[3]の宮への思慕に強く同情して一条院を訪れ、仲の良い二人の貴公子はそれぞれの想いで月を眺めつつ合奏し、ほととぎすをめぐり唱和した。大将が伏見大君[45]と契ったことを内大臣が知っていたとすれば、このあたりは極めて複雑な機微を宿す記述として読める。

この時には既に尚侍として宮中に復帰していたと思しき伏見大君[45]の懐妊が、六月ごろ明らかとなり、帝[4]は我が子の誕生を期待して喜び、大君を将来「月」（皇后）として待遇したいとの思いを、歌を以って示唆する（この件は十四年秋に大君[45]の立后として実現するに至る）。大君は、時期を思い合わせ、懐妊が大将[2]との一夜の契りによるものと考えて、罪悪感に悩む。

秋七月、一品宮[1]との別れを嘆き続ける内大臣[3]がまどろんだ夢に、実父故一条院[10]とおぼしき気高い男性が現れ、宮との縁は来世を期待すべく諭す。ただし、内大臣は故一条院の死後に誕生したために父の顔を知らず、これは夢か幻かと思いまどう。

七月〈二十七日〉、白河院皇后宮[15]が逝去され、大将[2]は、実の母君を失ってのち我が子として育てられた故皇后を悼む。大将は更に白河院にいる一品宮[1]の御前で故皇后宮を偲ぶのだが、この行為が、一品宮への思いをいよいよ誘発し、激情に駆られた形でついに「いはでしのぶ」恋を宮に告白することとなる。宮の困惑は言うまでもなく、この世を背きたい意向を含んだ歌を詠むのみである。

九月、大将[2]は、一品宮[1]に届けられた哀切な文を見て内大臣[3]の深い思いを知り、自分の思いを重ねてその文に歌を書きつける。また、内大臣から文があり、一品宮は歌を返す。ということは、噂に激怒して二人を隔てていた白河院[9]の処置が緩くなっていることと、内大臣へはまったく返歌をしなかった宮との関係が変化したことを示すことになろう。こうした成り行きののち九月には内大臣が白河院を訪れ一品宮と語り、歌を詠み交わす。白河院も内大臣に同情する記述があるが、なぜこうした変化が生じたのかの経緯については必ずしも明らかではない。あるいは宮の明確な出家への表明やその経緯が物語本文に語られていたのであろうか。宮は出家の覚悟を固めはするものの、その思いは乱れに乱れ、故母后15を恋う、という部分は記述されている。

一品宮1は故母后15の菩提を弔うために母后の四十九日に当たる日に出家したのだろうか。具体的な叙述は見えないが次の冬の場面では既に入道宮となっている。

十月、一条院の内大臣3は一品宮1の出家を知り、落胆のあまり衰弱して病床に臥す身となる。大将2が一条院に見舞に訪れるのだが、翌夕、内大臣の容態は急変して人事不省に陥り、入道宮（一品宮）は秘かに一条院を見舞う。しかし、その思いも空しく内大臣は宮に歌を詠みかけ、宮の目前で静かに息を引き取る。二人の間に生まれた若君21は、とりあえず関白13に引き取られることとなった。

十月に至り、伏見大君（尚侍）45は懐妊して五条に退出し、かつて深い契りを結んだ故内大臣3を偲ぶ。

入道宮1は、故内大臣3を思って仏道に専心するほかはない。関白夫妻1312は、一条院を訪れ内大臣の遺筆の手習いを見出し涙にくれ、右大将2も来訪して、ともに故人を悼む。

内大臣3を失った関白13は、悲しみのあまり故内大臣の四十九日を前に出家の意向を固め、北の方12・中宮14に別れの言葉を述べる。その言を聞いた二人は驚き、悲嘆は深い。

故内大臣3の四十九日当日には、出家を前にした関白13が、故内大臣と宮1との間に生まれた若君21を連れて白河院を訪れ、若君は関白が自分を置いて去るのを鋭敏に感じ取る。関白は入道宮1・院9に面会し、また幼い姫君46にも対面して母宮1ゆずりの美しさに涙にくれるが、思いをふり切って若君を入道宮に託し、白河院を退出した。

【巻四】　年次　第六年春〜十九年春

この巻には冷泉家時雨亭文庫本が並行して関わる。冷泉本の前半は巻四に相当する部分的な断簡であり、後半は三条西家抜書本と重なるために、内容がかなり具体的に推定できることとなった。この両本を併せた形でその梗概を記すが、なお不明の部分も多い。冷泉本によって補うことのできる内容には●印を付した。

物語年次六年目の春。前年の冬、既に内大臣[3]は死去しており、人々の空白感は強い。冷泉院において、院[9]・若宮[21]と過ごす入道宮[1]は、遺された梅の花を見て一条院で共に暮らした故内大臣を偲び、歌を詠む。若君付きの弁の乳母ⓗは、内大臣が入道宮に心から深い愛情を注いでいた様子を語り、そのことを宮も首肯し、悲しみはまさる。

そのころ尚侍（大君）[45]は、姫君[50]を出産した。帝[4]の姫宮としての誕生であるが、実は大将[2]が、前年の四月ごろ秘かに契った折に宿した秘密の子であることが、その似通った顔つきからも歴然としている。

三月二十日余りの夜、大将[2]は有明の月に内大臣[3]を追想し、内大臣死去の悲しみから小倉山に隠棲した入道関白[13]を訪れる。入道は、小倉山から更に深い峰に籠りたいとの意向を洩らすので、大将は入道宮[1]を訪ねその様子を伝え、宮と歌を詠み合う。この頃に大将は、尚侍[45]と逢ったものと推定される。また、この春に、大将は内大臣（兼左大将）となったものか。

四月～五月ごろ、内大臣[2]は、伏見中君[44]と契り、以来時々通うようになる。美しいが姉の大君[45]のほうが少しまさる、といったところである。●伏見中君[44]は懐妊し、内大臣は、伏見の人々を手厚く世話する。●こうした状況のもとで、内大臣は中君を京へ迎えるべく、叔母君にあたる前斎院[35]と相談し、それを縁として次第に美しい前斎院に秘かに思いを寄せるようになった。●七月二十七日には故皇后宮[15]の一周忌の法要が行われる。

八月～九月ごろ、内大臣[2]は伏見を訪れ、前斎院[35]と契り暁に去る。思いがけない逢瀬に前斎院の驚きと悲しみは強い。内大臣は、妻の中君[44]に弁解の文を贈り、併せて、前斎院にも文を贈る。

十月、入道宮[1]は故内大臣[3]の一周忌に、一条院において六十僧恭敬の法要を盛大に催し、自筆の金泥の法華経を供養した。多くの上達部が参集し、内大臣[2]も伺候して、故人を悼んだのだが、その思いが募って宮への「いはでしのぶ」恋の気持ちを語る。宮は耳を傾けようとしない。その夜、故内大臣[3]が入道宮の夢に現れ、法華経供養のお陰で苦しみが少ない世界にいる旨を告げ、感謝する、と見えた。宮は故大臣の魂のためにいよいよ供養に努めようと思う。このあたりで入道宮にはこの世を捨てる思いが兆したのであろう。〈入道大臣[13]は、その意向どおり、小倉山の更に奥に隠棲する。〉

●冷泉院において、故内大臣3と一品宮1の間に生まれた姫君46の袴着があった。いっぽう二月二十日余、中君44は、若君48を出産したものと見られる。こうした経緯があって、葵祭の頃には、内大臣は、中君・若君48と前斎院35を京に移すことを考える。●斎院は躊躇するので、とりあえず中君と若君の二人だけが三条宮の東の対に移る。内大臣は、伏見に残った前斎院をいよいよ愛しく思う。

五月二十日余のことである。前斎院35の懐妊が明らかとなり、この事態に斎院の苦悩は深まる。十一月二十日余、前斎院は男児49を安産するものの、前斎院という身分と、内大臣2との秘密が世間に漏れることを恐れ、入道宮1に男児を託すことを相談する。こうしたつらさに苛まれて産後の体調は悪化し、命が危ぶまれるような状況に至る。

このように内大臣と女性たちの間には次々と子が生まれる。即ち、尚侍（大君）45との間には既に六年次の春、女児50が誕生、七年次には、中君44との間に、二月に若君48が誕生、前斎院35との間に、十二月に若君49が誕生。いずれも本当の父2を秘したものであって以後の物語の筋は錯綜する。

こうした経緯から、誕生したばかりの若君49は、五十日祝を前にして、十二月末に白河院の一品宮1のもとに引き取られる。前斎院35はますます衰弱するに至り、既に自ら死を覚悟して出家を志向する。斎院を慰めるもののやはり将来の時間を夢想する内大臣2と、自分の死を前提とした斎院の一途な思いとはすれ違い、嚙み合わない。

翌春には若君49の五十日祝があり、内大臣2は前斎院35を案じて消息し、前斎院は内大臣に出家の意向を含んだ返事をした。結果的にはこれが最後の歌となった。

危篤を知って内大臣2は伏見に急行するが、前斎院35は既に逝去。内大臣は人目を憚らずそのまま伏見で前斎院を悼み続けるので、叔母・姪の関係に加え恋がたきの関係にもある内大臣の妻、対の御方44の気持ちは複雑を極め、釈然としないものを含む。

二月二十日余まで、内大臣2は伏見において故前斎院35の喪に籠り、まどろんだ夢の中にもの思いに耽る前斎院の姿を見て、夢か現かと涙する。帝4も文をもって斎院の死を悼まれる。

●三月一日過ぎ頃、故前斎院35の四十九日を迎え、内大臣はさまざまな法要を営んで供養する。内大臣2は白河院へ赴き、院[9]・入道宮[1]・若君[49]らと対面した。白河院は出家するが時期は不明。

●翌年の秋、中宮[14]と帝[4]との間に女宮（女四宮）[53]が誕生した。〈これ以前に、麗景殿女御[26]に女二宮[51]、尚侍[45]に女三宮[52]が誕生している。〉

●二年後の春二月、白河院[9]は、気品高く成長した十一歳の若君[21]（父・故内大臣[3]、母・入道宮[1]）を帝[4]の御子に準じた親王とされる。●三月十九日には、この若君は元服し、二十一日、冷泉院において東宮となる。●入道宮は、太上天皇に準え、女院となる。

●小倉山の入道関白[13]は、若君[21]が東宮に立たれたことを非常に喜び、死期の近いことを悟って、東宮に会いたい旨を白河院[9]に消息する。

●その気持ちを受けて、白河院[9]・帝[4]・中宮[14]・東宮[21]が、深い峰から小倉山のふもとに下りた入道関白[13]を訪れ御対面があった。ここに至り院は、入道に対して、昔、噂を信じ入道宮[1]を故内大臣[3]から引き離した過ちを認め、院・入道の間柄は元に復した。

入道は、中宮と対面して後に、再び深い峰に戻り、八月十五日に即身成仏する。

●こうして一年がすぎた秋七月、昔の経緯から多少の危惧があったものの、帝[4]は尚侍[45]の立后を考え院[9]に相談し、問題なしとの承諾を得て、尚侍は皇后に立つ。●中宮[14]は皇太后宮となる。●こうした位に着いた皇后に対して、内大臣[2]は昔の自分との縁を忘れぬようにと釘をさす歌を贈り、皇后は恐ろしく思うが、何とかうまくかわした歌を返す。

●八月に帝[4]は譲位して冷泉院に移る。十三歳の東宮[21]が即位される。●内大臣[2]は左大臣となり、内覧の宣旨を被り関白となった。

●女院[1]の姫宮[46]は二品内親王の宣旨を被り、この美しい姫宮を女院は大切に育てている。

●関白[2]は、姫宮[46]や院の女一宮[50]（実は我が子）、対の上[44]（妻）・皇后[45]（女一宮[50]の母、秘密の契りを結ぶ）を思い、その複雑な関係にはさまざまな感慨が尽きない。

●数年後の秋には光る如く成長した十三歳の女一宮[50]の裳着が行われ、入内を前に関白[2]の養女となる。女一宮は実は養女ではなく、我が子ゆえに、関白の密かな喜びは大きい。

●十月二十日余、女一宮[50]は立后、帝[21]のもとに入内した。御局は藤壺である。後宮にはこれより前に、既に梅壺[56]、承香殿[58]などおいでになる。

●関白[2]は我が子、女一宮（藤壺女御）[50]の気品に溢れる成長した姿をわずかに見て喜ぶ。

●三月二十日過ぎには白河院[9]の六十御賀を白河において挙行すべく嵯峨院（冷泉院）[4]・女院[1]・関白[2]が計画をされる。●六十御賀には帝[21]・中宮[50]・皇后[45]・皇太后[14]の行幸啓、冷泉院[4]の御幸があり、極めて盛大に催される。管絃の遊びがあり、帝は秘蔵の琴を弾かれた。なお院[4]については冷泉本では統一して「冷泉院」と呼称。

●四月、女一宮[50]は立后、中宮となる。

賀宴当夜、関白[2]の若君二人[48]（母は対の上[44]）・[49]（母は前斎院[35]）は、陵王楽を見事に舞い、一同は感嘆する。帝[21]の前で元服し叙爵。位を賜りそれぞれ、中将、少将となる。二人の秘密の実父である関白は、兄の若君（母は対の上[44]）が中将、年齢順ということで弟の若君[49]（母は前斎院[35]）は少将と、位に差があるため、二人の女性への愛情の多少という面から、逆であって欲しいと少し残念に思う。

このように巻四は一条内大臣[3]の死去をうけて始まり、前斎院[35]、入道関白[13]の死去が語られ、同時に若君・姫君たちの成長と誕生が記されて、大きな世代交代の流れが生じている。詳細は不明であるとしてもその次世代の人々の誕生自体が、秘密・公然といった分かちを超え、死去した人々の遺志をうけて継承されたものであるだけに、この時間の経過に伴う生命感の躍動は見過ごし難い。高位への上昇がしばしば語られ、このことが登場人物の内心の苦悩といかに関わるかについての問題は、抜書本であるために推測するほかはない。おそらく以降の物語に引き継がれることとなろう。十三歳の女一宮[50]に対して「光」の比喩が見えることは一品宮[1]について次巻以降の女主人公たるべき資質を予告したものと見られる。

【巻五】　年次　第十九年春夏〜二十一年秋か

この巻は、おおまかに言えば、女院（一品宮）1と故内大臣3との間に生まれた姫宮46と、関白2との結婚、姫宮の出産が中心となる筋立てである。即ち、関白が姫宮と結婚したことにより、同じく姫宮に思いをかけていた嵯峨院4が敗れ去ったという一連の恋の物語である。関白は女院への「いはでしのぶ」恋の思いを、女院の子である姫宮に引き継ぐという形で実現した。しかし歌を中心とした極めて短い文の集成・羅列ともいうべき叙述が続き、細部の把握は極めて難しい。人物関係も歌の内容も推定によらざるを得ないために、梗概としても仮の筋だてを述べるにとどめる。

巻四は、物語十九年目の春、白河院9の六十賀の祝賀に、帝21をはじめ一同が白河に参上した場面で終わっている。巻五の冒頭はそれに直結し、桜の美しさのために白河の滞在が延びた、という場面から始まる。賀宴が一段落した伸びやかな雰囲気の中で、女院1が初めて皇后宮45と対面する、という場面が実現する。故内大臣3はこの二人の女性と関わっており二人の女性はその状況を充分に弁えていた。この出会いにより二人は互いの美質を直接認め合い、その共感から故内大臣を共に偲び、歌を詠み合う運びとなる。

いっぽう、関白2には、女宮たちを纏めて見る機会に恵まれたわけで、女院1・斎院16・皇后宮45・皇太后14・女四宮68・中宮50・姫宮46の姿を垣間見して、姫宮の卓絶した姿に心を奪われる。（女一宮50が立后し、中宮と称されることが巻四［29］に既に語られていた。）

白河院9は五月頃崩御したと見られ、関白2と女院1とおぼしき二人が、故人を悼み歌を贈る場面もある。関白2は、姫宮46をめぐって女院1と歌を贈答し、姫宮に近づく機会もあったが契るには至らず、煩悶を重ねていたもののの、やがて姫宮との結婚に至る。前述のようにこの姫宮の母は女院であり、巻一の起筆部分から関白の「いはでしのぶ」恋の対象であることが大きな主題として語られており、ここで女院の代替えとしてその子の姫宮を妻とする成り行きとなる。姫宮は関白邸（二条院）へ移り、女院は昔を思い姫宮と別れを惜しむ。

しかし嵯峨院4も、かねて想いをかけていた姫宮46の結婚を知って嘆き、祝いの品を贈りながらも恨みの歌をしばしば詠む。

姫宮46と結婚しながらやや満たされぬ思いを抱いていたゆえか、関白2は、六条中河の故帥宮28邸に住む昔馴染みの宮の君27を訪れて語るという場面もやや詳しく語られる。

やがて姫宮46に男子69が誕生し、祝いの歌が帝21かと思われる人物から贈られることもあった。

関白2は、中宮50に、父は嵯峨院4ではなく、実は自分である、という出生の秘密をほのめかし、中宮は惑乱する。中宮の母は現在の皇后宮45であり、かつて関白が秘かに契りを結び、そこに生まれた姫君が中宮、というわけである。故内大臣3が自分のものとしていた伏見大君（現皇后宮45）と関白2とのこの契りのことは、巻三の冒頭に見えており、この中宮の血筋の件は以後の物語の筋立ての上にも、大きく尾を引くこととなる。

【巻六】　年次　第二十一年秋か〜二十三年秋か

この巻は八巻の中で最も短い巻である。巻五末尾に中宮50の出生の秘密がほのめかされていたが、この巻六はそのことを受け不穏な雰囲気をもって始まる。中宮は、父は嵯峨院4ではなく関白2であることを知って嘆きは深い。嵯峨院とおぼしき人物が、関白と中将内侍ⓖの密談を立ち聞きし、関白と皇后45の昔の密通の結果中宮が生まれたことを知ってしまう。嘆きのうちに中宮に皇子70が誕生した。嵯峨院は折角の皇子が自分の孫ではないことから立腹し、いよいよ皇后を恨む。

19〜21年次の間に、中納言49は、女四宮68と結婚したものと見られる。

八月十五日、帝21が嵯峨に行幸し法要が営まれた。故白河院9・故入道関白13等の追善のためであろう。おそらくその夜のことと思われるが、宰相中将72が、中宮50を垣間見して心を奪われる、ということがあった。それを権中納言49が見て、戯れを交えて歌を応酬する。この宰相中将はここに初めて見える人物であるが、以後、特に物語の最終場面に至ると不思議にも大きな存在となる。当然、権中納言もこれからの物語を形作る中心的な人物として新しく据え直されており、ここは、物語の筋における大きな屈折点の端緒をなす部分と見られよう。二人の間には、親しい友人としてのくだけた応酬がたびたび見える。因みに権中納言は、関白[2]を父とし、故前斎院[35]を母とした非常に優れた人物であるが、何かと悩みは多く、ここに憂鬱な二人連れが新たに形成されたのである。

心の満たされない権中納言[49]は、新中納言典侍[73]と契って夜離れを重ね、妻の女四宮[68]に恨みをかう。この新中納言典侍も初出であるものの、以後は帝[21]との関係もあってたびたび登場する。

冬十二月、中宮[50]を恋う宰相中将[72]は、中納言の君ⓘに言い寄る一幕もあるが、そのかいもなく空しく年が暮れる、というところで巻を終える。

【巻七】　年次　第二十五年秋～二十七年春

巻七は、一つ一つの叙述が長いために、比較的筋も細部も辿りやすい。巻六から三年間の記事はなく、二十五年次の秋からこの巻は始まる。

皇后宮[45]は巻五・六に語られていた中宮[50]出生の件に悩み、出家され、三年前に亡くなったものと見られる。七月十四日、皇后宮の忌日に、嵯峨院[4]は同じく出家し、帝[21]・中宮ともに悲嘆にくれる。

権中納言[49]は、父関白[2]の邸である二条院の、西の対の部分を自分の「休み所」としていたのだが、八月二十日余、そこで新中納言典侍[73]と逢った。別れてから、権中納言は、父関白の寝殿に挨拶に訪れ、関白の北の方[46]を垣間見して、その美しさに心を奪われる。関白も、北の方を得た幸せを思い、昔をしみじみと回想するのであった。

これまでに新大納言[48]は（右）大将に昇進している。

巻六で登場した新中納言典侍[73]は、女児[78]を出産後、三月二十日余、帝[21]のもとに出仕した。なかなか美しく、才気のある女性である。帝は、他の男性と契りを重ねた、と典侍をからかう。

夏、三日月の夜、大将[48]は、帝のもとに出仕している新中納言典侍[73]を恨み、藤花によせて歌を詠む。折から、大将は弟の権中納言[49]に行き会い、歌を応酬する。二人は父を同じく関白[2]とする異母兄弟であるが、権中納言（母は故前斎院

[35]）が鬱々とした貴公子であるのに比して、兄の大将（母は中君[44]）は好色で積極的な貴公子の造型というべきであろう。
　六月のことだが、この大将[48]が、弟権中納言[49]の妻である女四宮[68]と秘かに逢瀬を持つ。権中納言は帰邸し、嘆きに沈む女宮を見て困惑するのみである。このあたりから権中納言の厭世や出家志向が語られるようになる。

　三月末、女四宮[68]は男児[75]を出産した。大将[48]は、宮に歌を贈るが、宮は悲しみに沈む。権中納言[49]は、生まれた男児の顔を見て、妻と兄大将[48]との関係を確信するものの、知らぬ顔を装っている。

【巻八】　年次　第三十一年秋～冬

　最終巻の巻八は、巻三～七と多少趣を異にし、歌を中心とした抜き書きというよりひと続きの物語性を持った叙述が続く。内容は、出家を決意した右大将[49]が、この世の様々な類縁にそれぞれ別れを告げるという一貫性を持ち、最後には唐突な形で吉野山への入山へ、と語り納められている。

　秋、右大将[49]は、出家の志を持ちつつ何年もの間、実行には至らなかった我が身を思い、ますます憂愁に沈んでいる。そこに権中納言[72]が訪れ、右大将の手習を秘かに見てその出家の志を知り、同じく秘めた恋に悩む身として同道を願うが、右大将は本心を明かさない。前述のように、この権中納言は巻六に登場し、中宮[50]の姿を垣間見して叶わぬ恋に身を焼いている。因みに、その素性は現存する物語の中では記述されておらず、系図的には孤立している。

　十一月、豊明節会の夜、権中納言[72]が中宮[50]方の女房、中納言の君ⓘと話しているのを右大将[49]が僅かに立ち聞きした。出家の志を念頭に置きつつ、中宮への思いを訴えているらしい。立ち去ろうとした右大将は、歌を詠みかけてきた新大納言君（系図不詳）と契りを結んだ。

　十二月に至ると、右大将の厭離の志は強まる。関白北の方（姫君）[46]に紛れ寄る機会があり、出家の前に思いを打ち明けておきたかった、と述べるが、ここも姫君に近づいて思いをはっきり言明する場面として注目されよう。ここに世を捨てる決意も固まる。いっぽう、自分の個人的な願望を優先し、母の女院[1]、父関白[2]等の恩愛に報いることができない悲しみと申しわけなさを、切実につらく思う。

十二月二十日余、右大将[49]は新中納言典侍[73]と最後の契りを結び、翌日、妻の女四宮[68]と若君[75]にそれとなく別れを告げる。年の暮にあたり、今日はそのまま伏見に行きしばらく滞在するが間もなく帰る、という口上に、女四宮もやや不審を感じた。

右大将[49]は、自邸を出て父関白[2]の二条院を訪問、ついで宮中に参内し、女院[1]に最後の対面をする。帝[21]との別れもつらい。帝からの勧めもあり、高麗笛をこれが最後とばかり音を惜しまず吹き一同は妙音に感嘆する。父関白[2]も笛の音を吹き伝えていたが、この音により昔を想起し、二十五歳に成長した我が子、右大将を感慨を籠めて見る。その関白も極めて若く美しい。宮中からの帰途には、供の人々にも自ずと右大将の眼が止まる。

夜、二条院に赴き、供人には、ここに泊まるので明朝迎えに来るようにと告げ、姫宮親子[46][69][76][77]の団欒を垣間見してそれとなく別れる。

右大将[49]は、義理の兄弟にあたる二位中将[69]に伝来の名笛を譲り、我が子姫君[78]の将来をも託した。ついで六歳になった姫君を間近に見て別れを惜しむ。また、姫宮[46]への文を女房の中務に託して去る姿を見て、中務も、右大将に同情して見送る。

こうして大切な人々との別れを万感の思いを抱きつつ惜しむのだが、いっぽう、そうした右大将[49]の言動に対して、相手は何らかの不安感を抱く、という記述を付け加えている点は注目に価いする。右大将[49]は、そのまま二条院から深更に出発し、暁に伏見に到着、まず、顔を知らぬ故母院（前斎院）[35]の墓に詣でる。

そこに追って来た人がある。それは何と権中納言[72]であった。二人は連れ立ち、共に吉野山へ赴いた、とか。

こうして物語の登場人物は次第に世代交代し、「いはでしのぶ」の恋自体は親（関白[2]）から子（右大将[49]）へと引き継がれる。たしかに、この世における恋は成就せず、出家という非常手段によって「いはでしのぶ」恋自体は成就した、という題名の主題の一貫性を堅持して終結したとも読めようか。

年立

年次	季節	事項	人物年齢
1	春	【巻一】 ○一条院に住まう一品宮1のもとに、二位中将2、東宮4の手紙と南殿の桜を持って訪れる〔一・二〕 ○二位中将2、一品宮1の返事と一条院の桜を携え、一品宮の夫、大将3とともに東宮4に帰参〔三〕 ○大将3の素姓―今上帝9の御兄である故一条院10の御子。大将（関白）13は養父にあたる。一条院10の晩年、御息所（三条内大臣女）12懐妊。一条院のかねての意向に従い院逝去後、御息所は懐妊のまま大将（関白）13の妻となり、大将3誕生〔四・五〕 ○関白13と殿の上12の間に、女君14誕生。東宮4の女御（淑景舎）となる〔五〕 ○男君（大将）3は学芸万事に優れ、養父大将（関白）13は限りなく愛情を注ぐ〔六〕 ○昨秋、男君（大将）3、一品宮1と密かに逢う。男君・一品宮、ともに懊悩〔七〕 ○一品宮1の素姓―関白13の妹中宮15を母とする女二宮。輝く美貌を持つ〔八〕 ○帝9、やむなく一品宮1との結婚を許し、男君3を権中納言兼左大将とする。男君は宮中の梅壺に通うが、やがて旧邸を改築した一条院に迎えとる〔九〕 ○二位中将2の素姓―今上帝9の御孫（今上帝の東宮時代の女御（貞観殿）18を母とする、女一宮17の御子）。 女一宮17誕生。三年後、母女御18逝去〔10〕	東宮9一四 女御18一六

夏

○関白13の弟にあたる右大臣左大将19、女一宮17を盗み出す。若君（二位中将）2誕生。母君女一宮逝去［一〇・一一］

○父右大臣19も女一宮17逝去一年後九月十六日に逝去。父母を失った若君（二位中将）2に、帝9・中宮15、愛情を注ぐ［一二］

○その春、若君2、元服し叙爵、二位中将となる。一品宮1に「いはでしのぶ」恋を抱く［一二・一三］

二位中将2一三

夏

○四月末、宮中を恋う一品宮1、父帝9の招きにより里帰りし、そのまま宮中に滞在［一三・一四］

○五月五日、東宮4・一品宮1・女三宮16、菖蒲に寄せて歌を唱和［一五・一六］

○大将3参内し、御前にて御遊。禄として、大将、員外の権大納言に昇進［一七・一八］

○一品宮1、懐妊。

春

二月、帝9譲位（白河院）。東宮4即位。これまでに中将2、中納言となる［一九］

○三月朔日頃、一品宮1、男君21を安産。

夏

白河院9の御前で男君21の五十日祝。院・帝4ともに世継ぎとなる男皇子を持たない［二〇］

秋

○七月、淑景舎女御14、立后し中宮となる。局は藤壺。後宮には他に左大臣の承香殿25、式部卿宮の麗景殿26などがいる［二一］

〈白河院の大宮15、皇后となるか〉

○九月末、中納言中将2参内し、帝4、大将3をも召して管絃の御遊［二二～二四］

深夜、宮中から退出する大将と中将、恋の話に戯れ合う［二五］

〈一条院后36逝去し、斎院35退下（参照→巻二［四］「去年の秋うせ給」）〉

冬

○二位中将2、見知らぬ女性と契る。故帥宮姫君27と思い当たり、逢瀬を重ねる［二六～二八］

○十月十日余、殿の上12、物の怪により下京の帥中納言37邸に方違え。見舞に参上した大将3、帰途、帥宮姫君27邸を訪れていた中将2の様子を垣間見する。中将は狼狽［二九～三一］

○翌夕、中将2、一条院を訪ね、一品宮1と語る。大嘗会後、女三宮16、斎院卜定の予定。

東宮4一八
一品宮1一七
二位中将2一四
白河院9四〇余（四三か）

3

春

中将、一品宮への「いはでしのぶ」恋に涙するが紛らわす［三三・三四］
○中将[2]には式部卿宮[7]の中君[29]・内大臣[30]の姫君[31]方から婚姻申し入れがあるが関心を示さない。院[9]より三条京極第を与えられるものの、院・内裏・一条院を自在に通い歩く［三五］
○左大弁宰相[33]一家、中将を後見［三六］
〈十一月、大嘗会。院の女三宮[16]、斎院に卜定〉
○右大臣[38]、逝去。大将[3]、内大臣兼左大将となる。中納言中将[2]、権大納言（兼右大将か）となる［三六］
○内大臣[3]は一品宮[1]所生の若君[21]を慈しみ、養父関白[13]には孝養を尽くす［三七］
○内大臣[3]、関白[13]邸より帰邸し、帝[4]の文に書き添えられた一品宮[1]の宮中を恋う手習歌を見て、自分の愛情の深さを述べ、恨む［三八〜四〇］
○帥宮姫君[27]、春の末頃、一品宮[1]に出仕するが軽々しい性格。宮の君と呼ばれる［四一］
○内大臣[3]、一品宮[1]承知の上で宮の君[27]と逢う。権大納言[2]との密会の件により宮の君をなじる［四二］

夏

○盛夏、権大納言[2]、内大臣夫妻[3][1]が寛いでいる折に一条院を訪れる。女房・宮の君[27]ら氷を弄ぶ［四三・四四］
○権大納言[2]、一条院を訪れ、内大臣[3]・一品宮[1]・宮の君[27]・女房の管絃の合奏に加わる。権大納言、内大臣、一品宮、和歌を唱和する。権大納言、一品宮への想いに煩悶する［四五〜四七］

秋

【巻二】
○九月末、内大臣[3]、伏見に住む入道式部卿宮[40]を訪れる。病身の入道宮、二人の姫君を案じ、将来を内大臣に委託［一〜三］
○伏見の入道式部卿宮[40]の素姓―故一条院[10]の第二皇子。上[43]逝去の後、三年後に出家、伏見の山に住む。内大臣[3]の異母兄［四］

入道[40]三五、六

4

冬

○内大臣3、姫君たちとともに伏見の麓に住む入道宮の妹、前斎院35に挨拶し姫君44 45を垣間見。一品宮1の面影を宿す大君45に心を惹かれる［四～七］
○内大臣3、帰邸し、一品宮1に伏見訪問を語り歌を詠み交わす［八］
○十月初旬、伏見入道40病篤く、内大臣3に姫君たち44 45との縁を懇望。
内大臣、伏見を訪れ、伏見大君45と結婚。一条院に帰邸し、伏見大君に後朝の文を贈る［九・一〇］
○内大臣3、一品宮1に伏見大君45との結婚をありのままに語る［一一］
○内大臣3、二日目の夜は一品宮1とともに過ごすが、三日夜に伏見を訪れ、その後折々に通う［一二］
○十月二十日余より、伏見入道40重篤。内大臣3、伏見へ足繁く通う［一三］
〈十月、一品宮1、懐妊の兆候〉
○十一月十日余、雪の夜、内大臣3、伏見の大君45を訪れる。
大君と一夜をともにするが、一品宮1を思い夜明け前に帰邸［一四～一六］
○雪の朝、内大臣3帰邸前に、白河院9より一品宮1に消息。一品宮、箏の琴に憂いを紛らわす。
内大臣帰着。歌を唱和し、一品宮を慰める［一七・一八］
○翌朝、入道宮40逝去。内大臣3、弔問して後事を取りはからう。前斎院35、配慮に感謝［一九］

前斎院35 二五
中君44 一三、四

春

○新春の伏見、前斎院35と姫君たち44 45、歌を詠み交わし慰め合う。
内大臣3、入道宮四十九日（正月二日か）の弔問に寄せて歌を遣り、大君45、返歌［二〇］
○内大臣3、大君45の京への移転を算段し、大弐の乳母ⓔに相談。一品宮1にもその旨を明かす［二一・二二］
○二月朔日頃、内大臣3一品宮1の若君21、袴着。大君45、移転に思い悩む［二三］
○二月二十余日の夕刻、内大臣3、伏見を訪れ前斎院35に大君45移転の事情を説明。
その夜、大君を密かに大弐の乳母ⓔの邸に移す。乳母、大君に好意を寄せ大切にかしづく［二四・二五］

夏　秋

○大弐の乳母ⓔ、関白[13]・北の方[12]を訪れ、伏見大君[45]の存在を明かす〔二六〕

○夏の末頃、一品宮[1]、伏見大君[45]を気遣い、絵物語などを送る〔二七〕

○七月、内大臣[3]、伏見大君[45]を訪れ、翌日も滞在。

翌々日の夕刻、帰邸。その夜、一品宮[1]、産気づく〔二八・二九〕

○一品宮[1]、難産。加持祈禱を重ねるが苦悶は五六日に及ぶ。右大将[2]も悲嘆。

院[9]の命により、右大将[2]、葛城の聖招請のため早朝出立。

夕刻、一品宮、絶息するが聖により蘇生。

翌暁、物の怪（故伏見母の霊）[43]現れ、内大臣[3]に、伏見大君[45]への夜離れに対する怨言を述べて退散。

一品宮、夜明けに女子[46]を安産〔三〇〜三二〕

○内大臣[3]、物の怪の一件を疎み、伏見大君[45]への訪問は間遠となる。大君、嘆き暮らす〔三三〕

○故伏見母君[43]の姉妹に当たる尚侍[47]に、帝[4]は幼時から親しまれる。尚侍は大君[45]の状況を不憫に思う〔三四〕

○八月十日、大弐の乳母ⓔたちの石山詣での留守中、伏見大君[45]、叔母尚侍[47]に招かれ宮中に入り、その夜、帝寵を受ける。大君は内大臣[3]を思い苦しむが、帝は強く愛着し退出を許さない。

尚侍・弁の乳母ⓕ、帝が大君を内裏に取り込められたことを内大臣に隠蔽すべく工作。前斎院[35]にも口止めする〔三五・三六〕

○内大臣[3]、伏見大君[45]の失踪を知り、驚愕。伏見に帰ったかと前斎院[35]を訪ねるが大君は不在〔三七・三八〕

○大弐の乳母ⓔ、石山より帰宅、伏見大君[45]の失踪に啞然とし、自分の怠慢を責める。

内大臣[3]、大弐の乳母の邸を訪れ、撫子の花に大君を偲び涙する。帰邸して、一品宮[1]に大君の失踪を語る〔三九・四〇〕

○「内大臣[3]があまりに伏見大君[45]に愛着するので、院[9]・后[15]は大君を宮中に参入させた。内大臣は今では一品宮[1]を疎んでいる」旨の奇怪な噂が白河院[9]の耳に入る。

冬

院、噂を信じ内大臣に激怒。一品宮[1]と姫君[46]を院に戻す意向を定める。
一品宮、事情を聞き知り懊悩するが院に戻ることを決意［四一～四四］

○十月一日、右大将[2]、迎えに参上し、一品宮[1]、一条院に名残を惜しみつつ内大臣[3]と若君[21]に別れ、去る［四五・四六］

〈宮の君[27]、ともに退出か〉

〈この頃、伏見大君[45]、五条の家に退出〉

○一品宮[1]、院[9]の意向に従い白河院に籠り、音信不通。内大臣[3]、茫然自失［四七］

○関白[13]、尚侍[47]より、帝[4]の大君[45]への執着から始まった詳しい実情を聞き、内大臣[3]に告げる［四八］

○院[9]の態度は変わらず強硬。関白[13]・北の方[12]、内大臣[3]、悲嘆を重ねる［四九・五〇］

○内大臣[3]、雪の夜に無邪気な若君[21]を慈しみつつ一品宮[1]を思う。

〈十一月二十日余〉、内大臣[3]、思い余り夜更けに雪中秘かに白河院の一品宮[1]を訪問。院の警戒は厳重を極める。

乳母子・大納言の君ⓑに会い、宮[1]への取り次ぎを頼むが適わず、幼い姫君[46]のみに対面［五一～五六］

○内大臣[3]、関白夫妻[13][12]、帝[4]、伏見大君[45]、それぞれに悲嘆・煩悶を重ねる。帝、大君に歌を送り、大君、返歌［五七・五八］

○十二月末、白河院[9]・一品宮[1]、正月の朝覲行幸に備え、白河院から冷泉院へ渡御。内大臣[3]、身の衰弱と職掌上の相克を考え、致仕を希望するが叶わず、行幸供奉を院に命じられる［五九］

5 春

○一月、内大臣[3]、朝覲行幸に供奉。院[9]・右大将[2]、憔悴した内大臣に驚き、それぞれに複雑な思いを抱く。

帝[4]、妹君一品宮[1]に対面。伏見大君[45]を思う［六〇～六二］

○一月七日過ぎて、院[9]・一品宮[1]ともに白河院に還御。

内大臣[3]、事態の好転を期待するものの実現せず。一品宮に文を贈るが、宮は返事を拒む。

内大臣3の思いを汲みつつ、父院9の恩を優先して判断したもの［六三］

○内大臣3、右大将2を話し相手として思いを慰める。右大将、一品宮1への「いはでしのぶ」恋に煩悶［六四］

○〈三月〉、内大臣3、昔を想い、一条院の桜と歌を冷泉院に在る一品宮1に贈る。一品宮、心のうちに返歌。

折から、右大将2参上。院9も渡御し、一条院の桜をめぐりそれぞれの感慨を持つ。院は内大臣3の不在を物足りなく思うものの、なおも許さぬ気概に溢れる［六五・六六］

○白河院9は四十余歳。宮の君27を寵愛。右大将2、一品宮1を思いつつ、伏見大君45に関心を寄せる［六七］

白河院9四〇余
（四六）

【巻三】

夏

○〈四月〉、大将2、〈五条の家で〉伏見大君45と秘かに契る［一］

○〈五月十九日〉、右大将2、大君45を想うものの、一品宮1へのいはでしのぶ恋に思い余り、内大臣3に同情して一条院を訪れる［二］

○夜、内大臣3と大将2、それぞれの想いで月を眺めつつ合奏し、ほととぎすをめぐり和歌を唱和［三］

〈伏見大君45、尚侍として宮中に復帰しているか〉

○〈六月〉、伏見大君45、懐妊。大将2との契りによると思しく大君は悩むが、帝4は喜び、大君の将来の立后を示唆する［四］

秋

○七月、内大臣3の夢に実父故一条院10が現れ、現在はつらくとも来世を期待すべく諭す［五］

○七月〈二十七日〉、白河院皇后宮15、逝去。大将2、故皇后を悼み独詠［六］

○大将2、白河院の一品宮1の御前で故皇后宮15を偲び、一品宮に「いはでしのぶ」恋を告白する［七・八］

○〈九月〉、大将2、一品宮1に届けられた文を見て内大臣3の深い思いを知り、その文に歌を

書きつける[九・一〇]
○夕暮れに内大臣[3]より文があり、一品宮[1]、返歌する[一一]
○九月、内大臣[3]、白河院を訪れ一品宮[1]と対面。白河院[9]、内大臣に同情[一三〜一四]
○一品宮[1]、出家を覚悟するものの、さまざまに思い乱れ、故母后[15]を恋う[一五・一六]
○〈九月十六日〉、右大将[2]、故皇后宮[15]の岩倉陵に詣でる[一七]
〈一品宮[1]、故母后[15]の四十九日のこの日に出家か〉

冬

○十月、内大臣[3]、一品宮[1]の出家を知り重病に臥す。大将[2]、一条院に内大臣を見舞う[一八]
○〈翌夕〉、内大臣[3]、人事不省。入道宮（一品宮）[1]、ひそかに一条院を訪れるが、臨終の内大臣、宮に歌を詠みかけ死去[一九]
〈若君[21]、関白[13]に引き取られる〉
○〈十月〉、伏見大君（尚侍）[45]、出産のため五条に退出。故内大臣[3]を偲ぶ[二〇]
○入道宮[1]、故内大臣[3]を思い、仏道に専心する[二一]
○関白夫妻[13][12]、一条院において故人[3]の遺筆の手習いを見出し涙する。右大将[2]も来訪し、ともに故人を想う[二二・二三]
○右大将[2]、霜枯れの庭に故人[3]を偲び、歌を詠む。女房新大納言の君、唱和する[二四]
○〈故内大臣[3]の四十九日を前に〉、関白[13]、出家の意向を告げ、北の方[12]・中宮[14]に今生の別れを述べる[二五]
○〈故内大臣[3]の四十九日〉、出家を前にした関白[13]、若君[21]を連れて白河院を訪れ、入道宮[1]・院[9]に面会。姫君[46]にも対面して涙する。若君[21]を入道宮[1]に託して退出。〈弁の乳母もともに移る〉[二六]

6

春

【巻四】（●は冷泉本による記事）
○〈一月〉、入道宮[1]、梅の花に故内大臣[3]を偲び、歌を詠む。弁の乳母ⓗ追懐し、内大臣が宮に心から深い愛情を注いでいた様子を語る[一・二]

7

春

○〈一月〜二月〉、尚侍45、女子50を出産。右大将2、尚侍に歌を送る［三］
〈右大将2、尚侍45と逢うか〉［四］
○三月（二十日余）、大将2、有明の月に内大臣3を追想し、小倉山に隠棲した入道関白13を訪れ、更に深い峰に籠りたいとの関白の意向を聞く［五・六］
○右大将2、入道宮1を訪ね、入道関白13の様子を伝え、歌を詠み合う［七］
〈この春、右大将2、内大臣（兼左大将）となるか〉
○〈四月〜五月〉、内大臣2、伏見中君44と契り、夜深く別れて、後朝の歌を贈るが、その夜、再び伏見を訪れ、以来、まれに通うようになる［八］［1］
●伏見中君44懐妊。内大臣2、伏見の人々を後見する［2］
●内大臣2、中君44を京へ迎えるべく前斎院35と相談し、次第に前斎院に思いを寄せるようになる［2］
●七月二十七日、故皇后宮15の一周忌の法要［2］
○〈八月〜九月〉、内大臣2、伏見を訪れ、前斎院35と契り暁に去る［3・4］
帰邸して前斎院に後朝の文を、中君44にも文を贈る［九・一〇］［5］
○〈九月か〉、内大臣2、妻の伏見中君44に弁解の文を贈り、併せて、前斎院35にも文を贈る［一一］
○十月、入道宮1、故内大臣3の一周忌に、一条院において六十僧恭敬の法要を催し、金泥の法華経を供養。
内大臣2も一条院に伺候し、故人を悼む。宮1への「いはでしのぶ」思いを語るが宮は耳を傾けない。その夜、故内大臣3が夢に現れ、入道宮に法華経供養の功徳ゆえに苦しみが少ない旨を告げて感謝する、と見える［一三〜一四］［6］
〈入道関白13、小倉山の更に奥に隠棲する〉［一三］
●冷泉院において、姫宮46の袴着［7］
●二月二十日余、中君44、伏見において男児48を安産［7］

年	季	事項	年齢
	夏	○四月、葵祭の頃、内大臣2、中君44・若君48と前斎院35を京に移すことを考える〔一五〕[8] ●中君44と若君48、前斎院35に別れ、三条宮の東の対に移る。内大臣2、前斎院を案じる[9] ○五月二十日余、前斎院35の懐妊が明らかとなり、内大臣2と対面（二月よりその気あり）。前斎院、この事態に苦悩が深まる〔一六〕[10]	中君44一八
	冬	○十一月二十日余、前斎院35、男児49を安産。浮名を憚り、入道宮1に男児を託すことを相談。内大臣2は、産後の健康が悪化して命を危ぶむ前斎院を慰める〔一七・一八〕 ○〈十二月末か〉、若君49、五十日祝を前に、白河院へ引き取られる。前斎院35の体調いよいよすぐれず、内心に死を覚悟し、出家を期す〔一九〕[11]	前斎院35二九
8	春	○〈一月十日、若君49の五十日祝〉内大臣2、前斎院35を案じて消息する。前斎院の体調すぐれず、内大臣に出家の意向を含んだ返事を贈る〔二〇〕 ○〈十一日か〉、内大臣2、伏見に急行するが、前斎院35は既に逝去。内大臣はそのまま伏見において前斎院を悼み続け、妻の対の御方44の気持ちは索然とする〔二一〕[12] ○〈二月〉二十日余まで、内大臣2、伏見で故前斎院35の喪に籠る。夢に前斎院を見る〔二二〕帝4、文をもって斎院の死を悼む。入道宮1、尚侍45とも歌の贈答〔二三・二四〕[13・14] ●三月一日過ぎ頃、故前斎院35の四十九日を迎え、さまざまの法要あり。内大臣2、白河院へ赴き、院9・入道宮1・若君49らと対面する[15]	
9		記事なし	
10	秋	●中宮14、帝4との間に女宮（女四宮）53を出産？〈これ以前に、麗景殿女御26に女二宮51、尚侍45に女三宮52誕生〉[16]	
11		記事なし	
12	春	●二月、白河院9、十一歳の若君21（父・故内大臣3、母・入道宮1）を帝4の御子に準じ、親王宣下[16] ●三月十九日、若君21元服し、二十一日、冷泉院において立坊[17] ●入道宮1、太上天皇に準え、女院となる[17]	若君21一一 帝4二九

年	季	事項	年齢
	秋	●小倉山の入道関白[13]、若君[21]が東宮となったことを喜ぶ。死期の近いことを悟り、東宮に会いたい旨を白河院[9]に消息［18］ ●白河院[9]・帝[4]・中宮[14]・東宮[21]、深い峰から小倉山に降りた入道関白[13]を訪れ対面する。院は入道に過ちを認め、和解する。入道、中宮と対面して後、深い峰に戻る［19・20］ ●八月十五日、入道関白[13]、西方浄土に向かい、即身成仏する［21］	
13		記事なし	
14	秋	●七月、尚侍[45]立后し、皇后と称される。中宮[14]は皇太后宮と称される。皇后、内大臣[2]と消息を交わす［22・23］ ●八月、帝[4]譲位して冷泉院へ。十三歳の東宮[21]即位。内大臣[2]、左大臣となり、内覧の宣旨を被り、関白となる［24］ ●女院姫宮[46]、二品内親王の宣旨を被る。関白[2]、姫宮[46]や院の女一宮[50]（実は我が子）を思い、対の上[44]・皇后[45]をめぐって、さまざまに思いをつらねる［25・26］	帝[21]一三 関白[2]二七
15		記事なし	
16		記事なし	
17		記事なし	
18	秋	●女一宮[50]、裳着。入内に際し、関白[2]の養女となる［27］	女一宮[50]一三
	冬	●十月二十日余、女一宮[50]、参入。御局は藤壺。後宮にはすでに梅壺[56]、承香殿[58]などが住む［27］ ●関白[2]、我が子女一宮（藤壺女御）[50]の成長した姿をわずかに見て喜ぶ［28］	
19	春	●三月二十日余、白河院[9]、六十御賀を白河院にて挙行。六十御賀には帝[21]・中宮[50]・皇后[45]・皇太后[14]の行幸啓、冷泉院（嵯峨院）[4]の御幸あり。盛大に催される［29・30］	白河院[9]六〇

			○賀宴当夜、関白の若君二人48（母は対の上44）・49（母は前斎院35）は陵王楽を見事に舞う。帝の前で元服し叙爵。位を賜りそれぞれ、中将、少将となる［二九］［32～34］	中将48 一三 少将49 一三
			【巻五】	
			○白河院御賀のため参集した帝21一行、そのまま白河に逗留［一］ 女院1、初めて皇后宮45と対面し、互いに故内大臣3を偲び歌を詠む［二～三］	
			○関白2、女宮たち（女院1・斎院16・皇后宮45・皇太后14・女四宮68・中宮50・姫宮46）を垣間見して、姫宮の卓絶した姿に心を奪われる。［四～六］	
	夏		●〈四月、女一宮50、立后し、中宮となる〉巻四［29］	
			○〈五月〉、〈白河院9か〉崩御。〈嵯峨院4か〉〈関白2か〉と女院1、〈故白河院9〉を悼み歌を詠む［七］	
			○関白2、姫宮46を恋い、女院1と歌を贈答する［八］	
		（不明）	○関白2、姫宮46に近づくが契るには至らず、歌を送る。 関白、姫宮への想いに煩悶を重ねる［九～一二］	
		（不明）	○関白2、〈姫宮46と契を交わす。女院1の承諾の上で〉、姫宮と結婚［一三・一四］	
		（不明）	○嵯峨院4、かねて想いをかけていた姫宮46の結婚を知って嘆き、恨みの歌を祝の小袿に付けて贈る。 女院1、嵯峨院に返歌する［一五・一六］	
		（不明）	○姫宮46、関白邸（二条院）へ移り、女院1、昔を思い姫宮と別れを惜しむ［一七］	
		（不明）	○嵯峨院4、嘆きの歌を詠む。また、姫宮46に櫛の箱を添えて歌を贈る［一八・一九］	
			○嵯峨院4、関白2に恨みの歌を贈る［二〇］	
20	春		○〈三月〉二十日、関白2、〈六条中河の故帥宮28邸に〉宮の君27を訪れて語る［二一］	
			○関白2、故内大臣3を偲んで歌を詠む［二二］	
		（不明）	○姫宮46に男子69誕生。祝いの歌に〈帝21か〉、姫宮に代わり、関白2、返歌［二三］	

	秋	○〈八月か〉、帝[21]、姫宮[46]に消息し、歌を贈答する［二四］
	（不明）	○関白[2]、中宮[50]に、嵯峨院[4]の姫宮ではなく、実は我が子であるという出生の秘密をほのめかす［二五］
21		【巻六】
	（不明）	○中宮[50]、父は嵯峨院[4]ではなく関白[2]であることを知り嘆く［一］
	（不明）	○〈嵯峨院[4]〉、関白[2]と中将内侍ⓖの密談を立ち聞きし、関白と皇后[45]が密通した昔のことを知る［三］
	（不明）	○中宮[50]に皇子[70]誕生。嵯峨院[4]は自分の孫ではないことから立腹し、皇后[45]を恨む［三］
	（不明）	○〈19～21年の間に、中納言[49]、女四宮[68]と結婚〉［八］
	〈秋〉	○若君[69]たちを見て、関白夫妻[2][46]、歌を詠む［四］
	秋	○八月〈十五日〉、帝[21]、嵯峨に行幸し、故白河院[9]・故入道関白[13]等を追善し、法要を営まれる［五］ その夜、宰相中将[72]、中宮[50]を垣間見して心を奪われる。それを権中納言[49]が見て、歌を応酬する［六・七］ ○権中納言[49]、新中納言典侍[73]と契る。妻の女四宮[68]、権中納言を恨む［八］
	冬	○十二月、中宮[50]を恋う宰相中将[72]、中納言の君ⓘに言い寄るが、そのかいもなく年が暮れる［九］
22		記事なし
23	秋	〈七月十四日、皇后宮[45]（すでに出家か）逝去〉巻七［一］
24		記事なし
25	秋	【巻七】 ○七月十四日、皇后宮[45]の忌日に、嵯峨院[4]、出家入道し、帝[21]・中宮[50]、ともに悲嘆にくれる［一］

		嵯峨院自身も出家により人々との離別を嘆くか［三］
		○八月二十日余、権中納言49、二条院西の対にて、新中納言典侍73と密会する。［三］別れて後、権中納言49、父関白2邸二条院を訪れ、関白北の方46を垣間見して、美しさに心を奪われる［四・六］
		関白2、北の方46を得た幸せを思い、昔を回想する［五］
26	春	〈新中納言典侍73、女児78を出産〉〈これまでに新大納言48、（右）大将に昇進〉 ○三月二十日余、新中納言典侍73、出産後、帝21のもとに出仕。帝は、他の男性と契りを重ねた典侍をからかう［七］
	夏	○〈三日月の夜〉、大将48、帝のもとにいる新中納言典侍73を恨み、藤花によせて歌を詠む。折から、大将48は弟の権中納言49に行き会い、歌を応酬する［八・九］ ○〈六月〉、大将48、弟の妻である女四宮68と秘かに逢う。権中納言49帰邸し、嘆きに沈む女宮に困惑する［10］
27	春	○三月末、女四宮68の男児75出産を知り、大将48、歌を贈る。権中納言49、男児の顔を見て妻と兄の関係を確信するが、知らぬ顔を装う［一一］
28		記事なし
29		記事なし
30		記事なし
31		【巻八】 〈これまでに、権中納言49→右大将に、兄（右）大将48→左大将に、宰相中将72→権中納言に、それぞれ昇進〉
	秋	○右大将49、出家の志を持ちつつ、憂愁に沈む［一］ ○権中納言72、右大将49の手習を見てその志を知り、同道を願う［二〜四］
	冬	○十一月、豊明節会の夜、右大将49、新大納言君と契る［五］

○〈十二月〉、右大将[49]、出家の志を固め、まず関白北の方（姫君）[46]に紛れ寄り、思いを打ち明けて別れを告げる［六］

○十二月二十日余、右大将[49]、新中納言典侍[73]と最後の契りを結ぶ。
右大将[49]、翌日、女四宮[68]と若君[75]にそれとなく別れを告げる［七・八］

○右大将[49]、自邸を出て父関白[2]の二条院を訪問、ついで宮中に参内し女院[1]に最後の対面［九］

○右大将[49]、帝の御前で高麗笛を披露、帝[21]・関白[2]をはじめ、一同妙音に感嘆する［一〇］
右大将[49]、供の人々にも心をとどめる［一一］

○右大将[49]、夜、二条院で姫宮親子[46][69][76][77]等の団欒を垣間見し、それとなく別れる［一二・一三］

○右大将[49]、二位中将[69]に伝来の名笛を譲り、我が子姫君[78]の将来を託す［一四～一五］

○右大将[49]、六歳の姫君[78]を間近に見て別れを惜しむ［一六］

○右大将[49]、姫宮[46]への文を女房の中務に託す。中務、右大将に同情して見送る［一七］

○右大将[49]、深更に都を離れ、暁に伏見に到着、故母院[35]の墓に詣でる［一八］

○右大将[49]、慕って来た権中納言[72]と連れ立ち、共に吉野山へ赴く［一九］

右大将[49]二五
姫君[78]六

登場人物系図

巻一

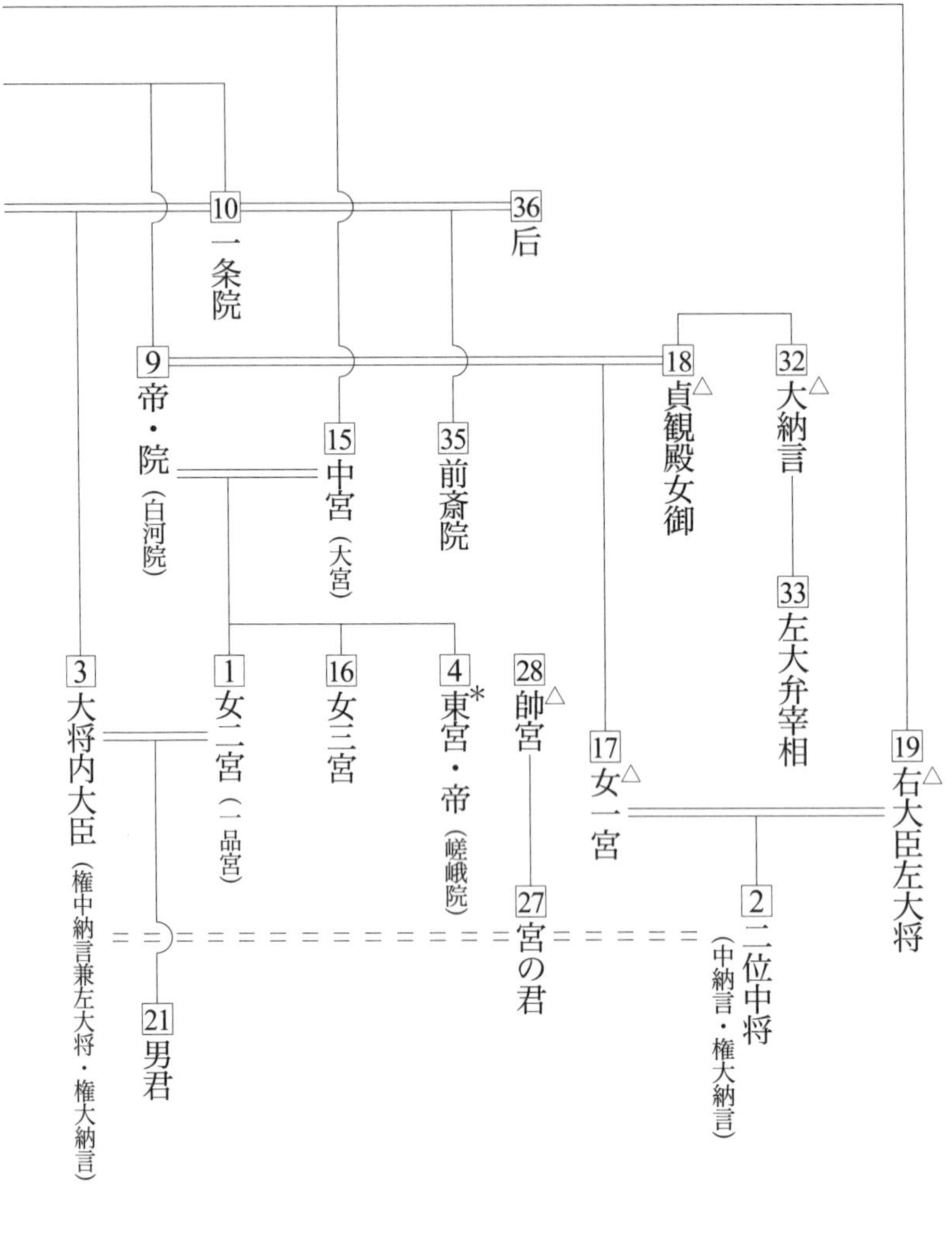

＊－同一人物
△－すでに故人

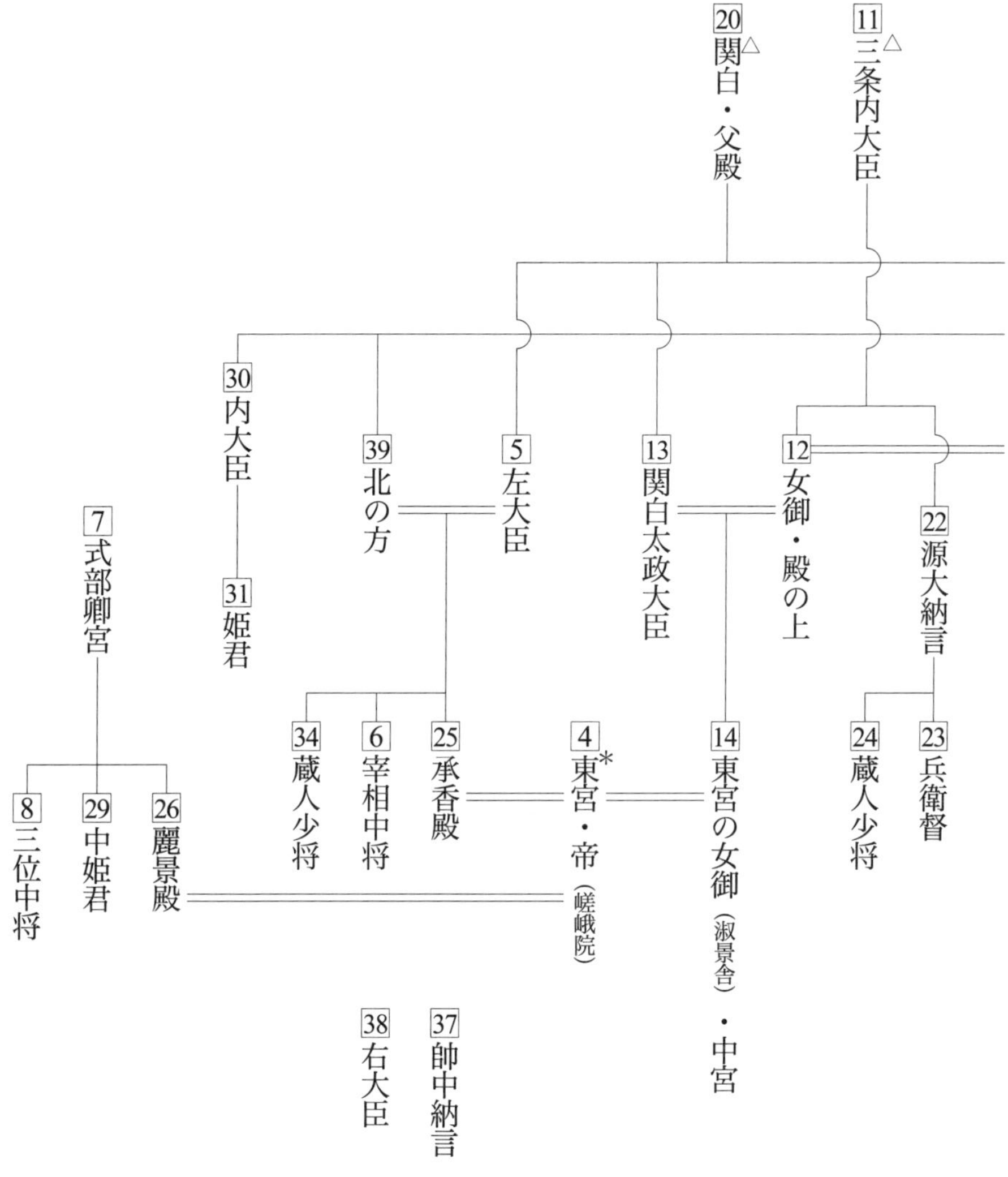

11 三条内大臣△
20 関白・父殿△
12 女御・殿の上
22 源大納言
13 関白太政大臣
5 左大臣
39 北の方
30 内大臣
31 姫君
7 式部卿宮
23 兵衛督
24 蔵人少将
14 東宮の女御（淑景舎）・中宮
4 東宮・帝*（嵯峨院）
25 承香殿
6 宰相中将
34 蔵人少将
26 麗景殿
29 中姫君
8 三位中将
37 帥中納言
38 右大臣

登場人物系図

巻二・三

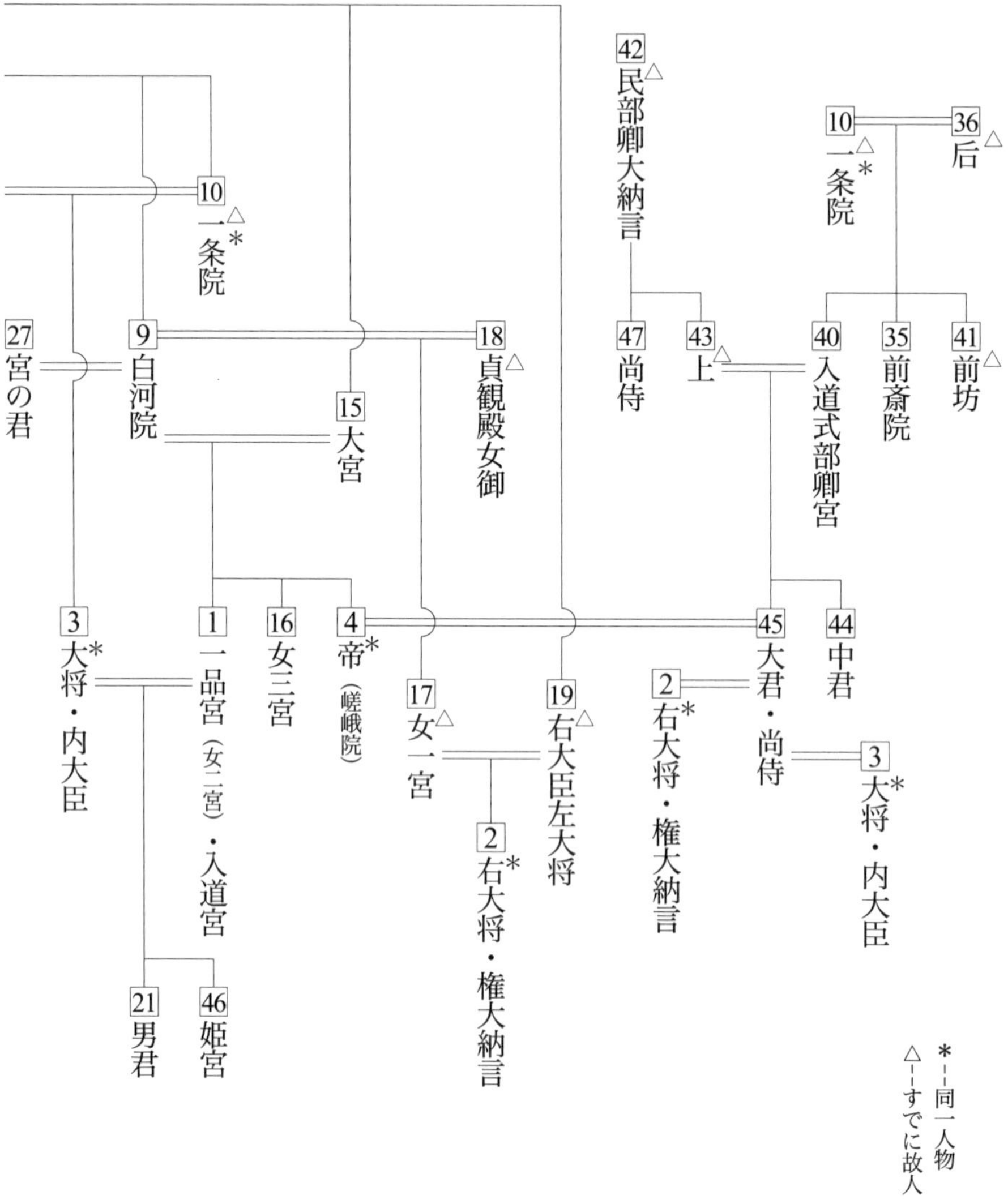

42 民部卿大納言△
10 一条院*△
36 后△
10 一条院*△
27 宮の君
9 白河院
18 貞観殿女御△
15 大宮
47 尚侍
43 上△
40 入道式部卿宮
35 前斎院
41 前坊△
3 大将*・内大臣
1 一品宮（女二宮）・入道宮
16 女三宮
4 帝*（嵯峨院）
17 女一宮△
19 右大臣左大将△
2 右大将*・権大納言
45 大君・尚侍
44 中君
2 右大将*・権大納言
3 大将*・内大臣
21 男君
46 姫宮
*…同一人物
△…すでに故人

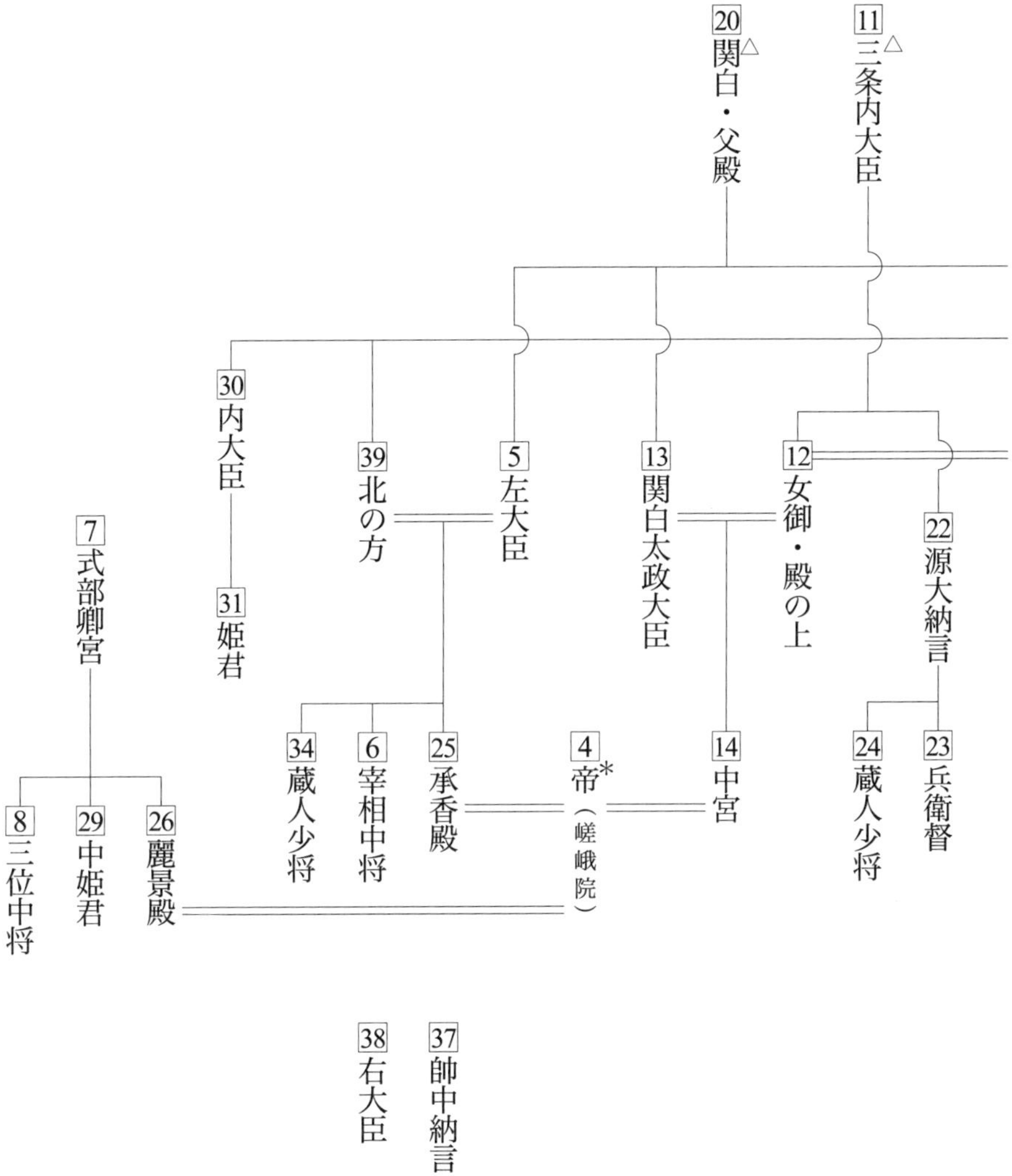

20 関白・父殿△
11 三条内大臣△
30 内大臣
39 北の方
5 左大臣
13 関白太政大臣
12 女御・殿の上
22 源大納言
7 式部卿宮
31 姫君
34 蔵人少将
6 宰相中将
25 承香殿
4 帝*（嵯峨院）
14 中宮
24 蔵人少将
23 兵衛督
8 三位中将
29 中姫君
26 麗景殿
38 右大臣
37 帥中納言

登場人物系図

巻四

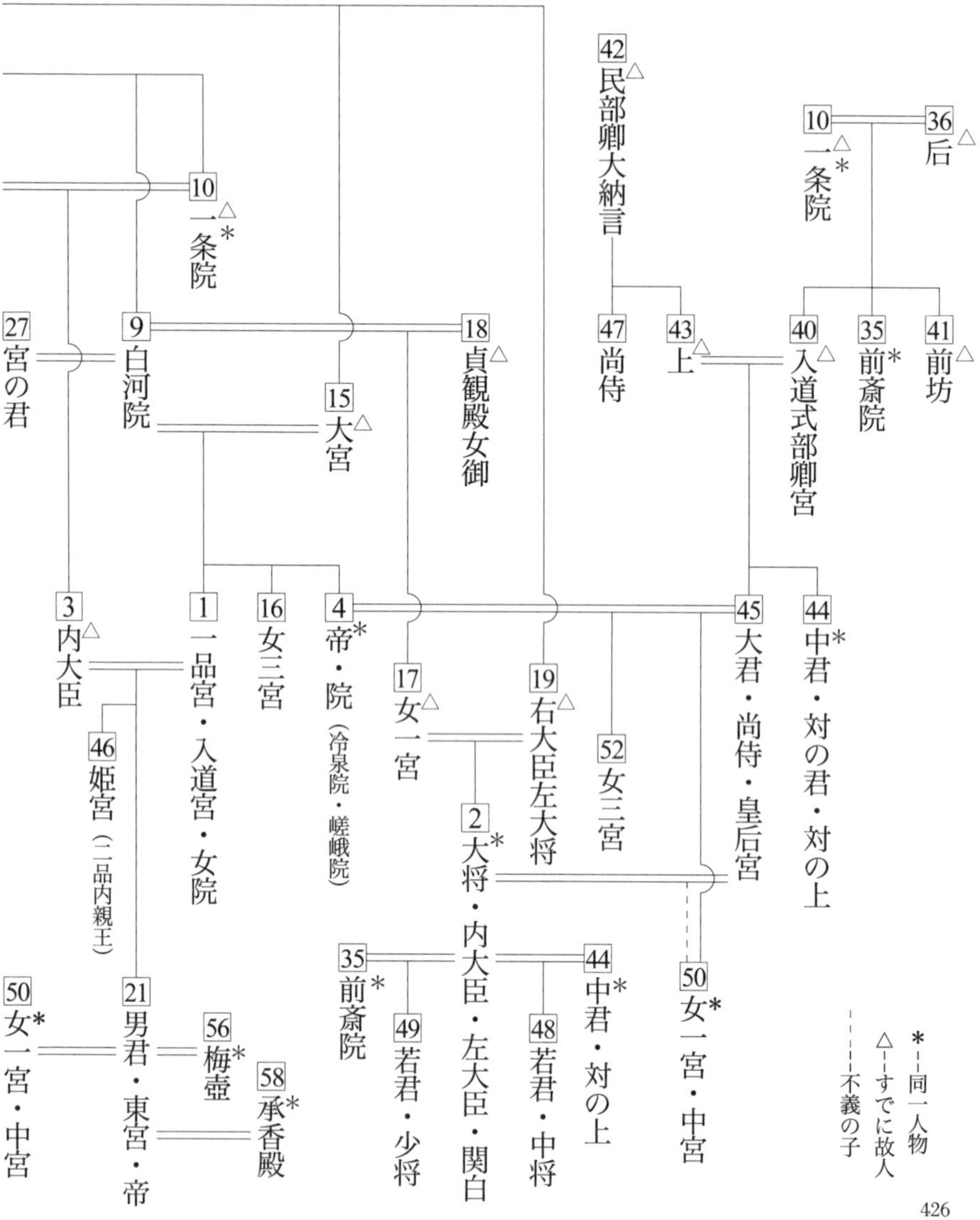

42 民部卿大納言△
10 一条院△*
36 后△
47 尚侍
43 上△
40 入道式部卿宮△
35 前斎院*
41 前坊△
10 一条院△*
27 宮の君
9 白河院
18 貞観殿女御△
15 大宮△
3 内大臣△
1 一品宮・入道宮・女院
16 女三宮
4 帝*・院（冷泉院・嵯峨院）
17 女一宮△
19 右大臣左大将△
52 女三宮
45 大君・尚侍・皇后宮
44 中君*・対の君・対の上
46 姫宮（二品内親王）
2 大将*・内大臣・左大臣・関白
35 前斎院*
44 中君*・対の上
50 女*一宮・中宮
49 若君・少将
48 若君・中将
50 女*一宮・中宮
21 男君・東宮・帝
56 梅壺*
58 承香殿*
*－同一人物
△－すでに故人
---不義の子

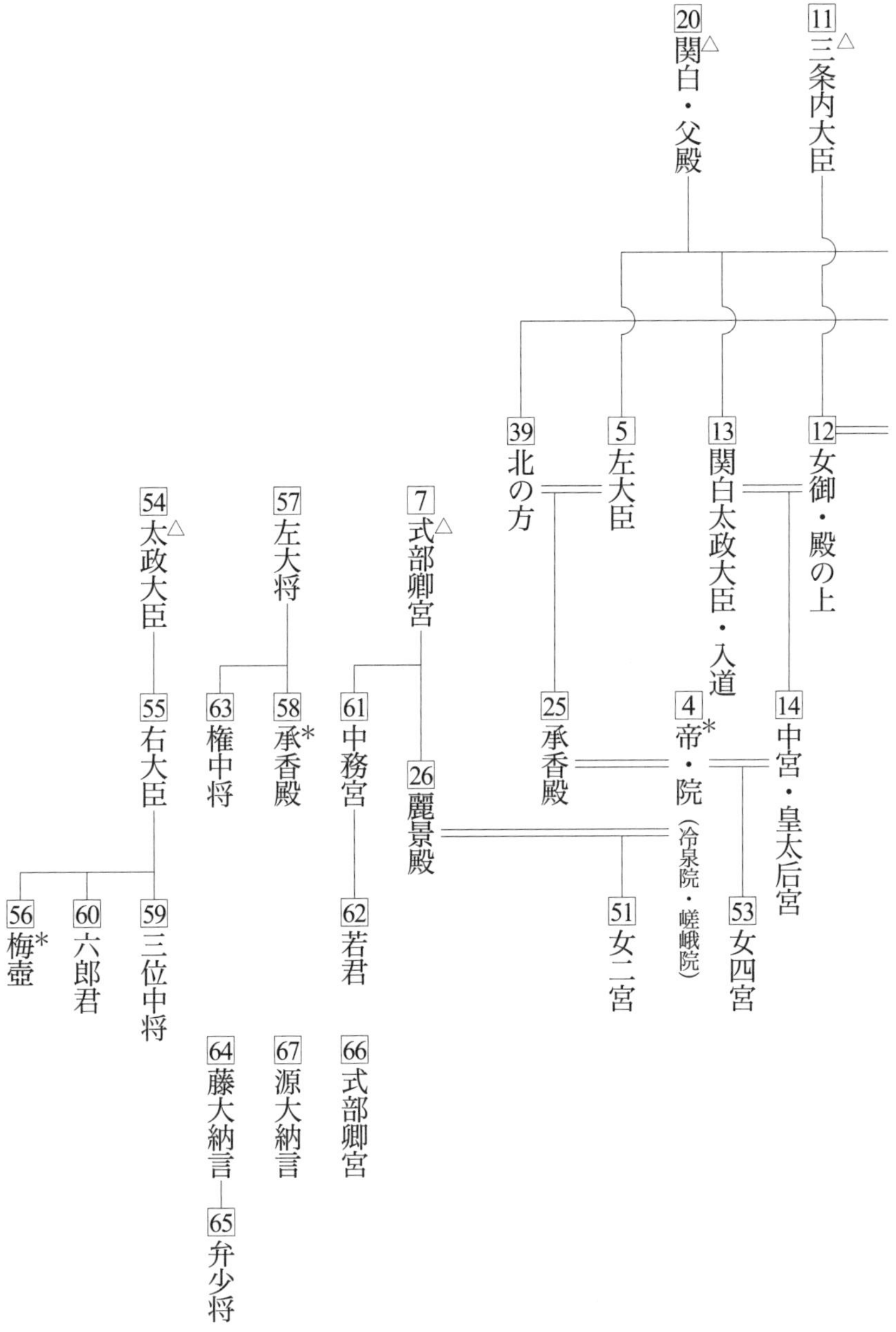
11 三条内大臣△
20 関白・父殿△
12 女御・殿の上
13 関白太政大臣・入道
5 左大臣
39 北の方
14 中宮・皇太后宮
4 帝・院*（冷泉院・嵯峨院）
25 承香殿
7 式部卿宮△
26 麗景殿
53 女四宮
51 女二宮
61 中務宮
62 若君
57 左大将
58 承香殿*
63 権中将
54 太政大臣△
55 右大臣
59 三位中将
60 六郎君
56 梅壺*
66 式部卿宮
67 源大納言
64 藤大納言
65 弁少将

登場人物系図

巻五・六

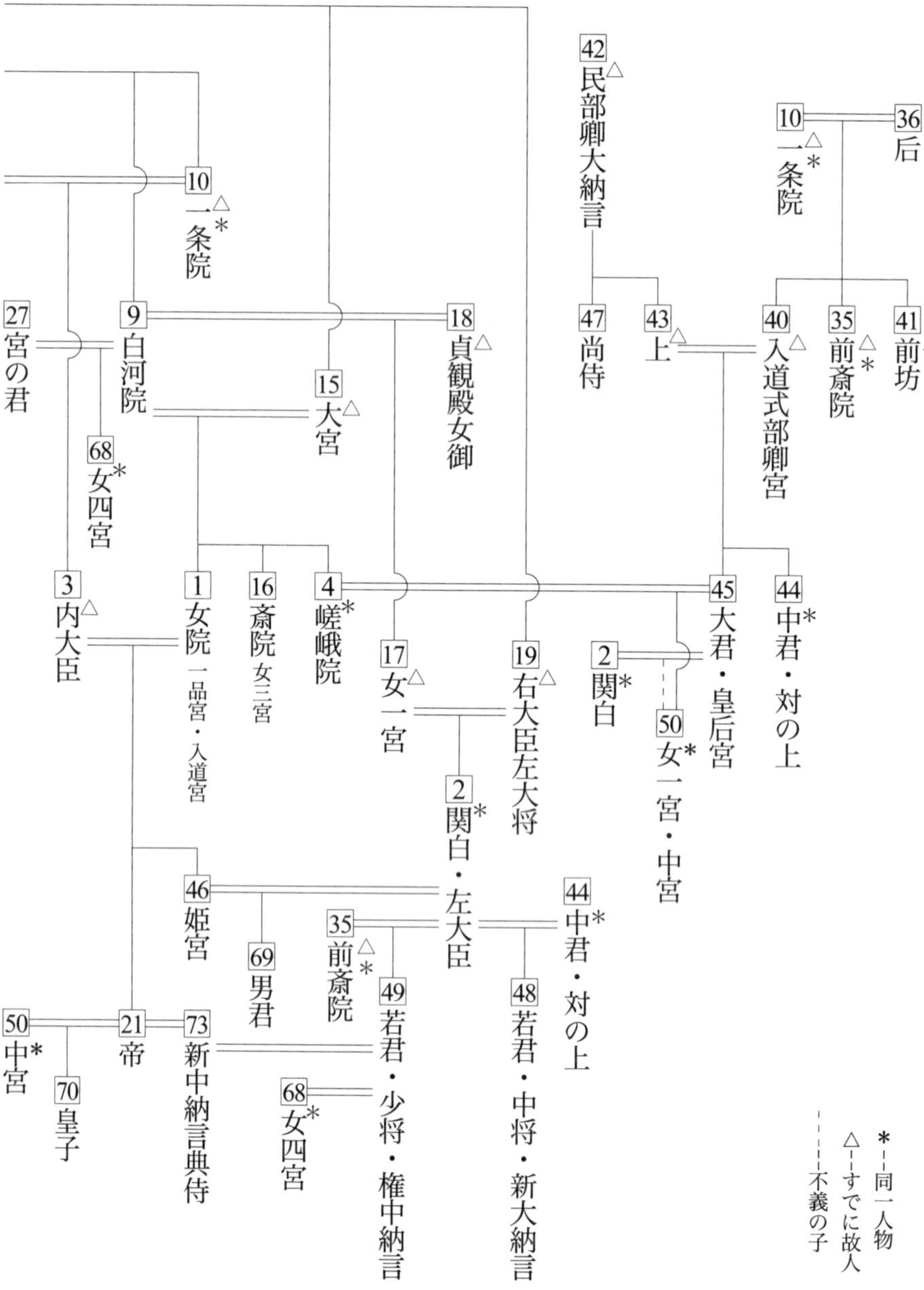

42 民部卿大納言△
10 一条院△*
36 后△
47 尚侍
43 上△
40 入道式部卿宮△
35 前斎院△*
41 前坊△
10 一条院△*
27 宮の君
9 白河院
18 貞観殿女御△
15 大宮△
68 女四宮*
3 内大臣△
1 女院 一品宮・入道宮
16 斎院 女三宮
4 嵯峨院*
17 女一宮△
19 右大臣左大将△
2 関白*
45 大君・皇后宮
44 中君・対の上*
50 女一宮・中宮*
2 関白・左大臣*
46 姫宮
69 男君
35 前斎院△*
44 中君・対の上*
49 若君・少将・権中納言
48 若君・中将・新大納言
50 中宮*
21 帝
73 新中納言典侍
70 皇子
68 女四宮*
*--同一人物
△--すでに故人
----不義の子

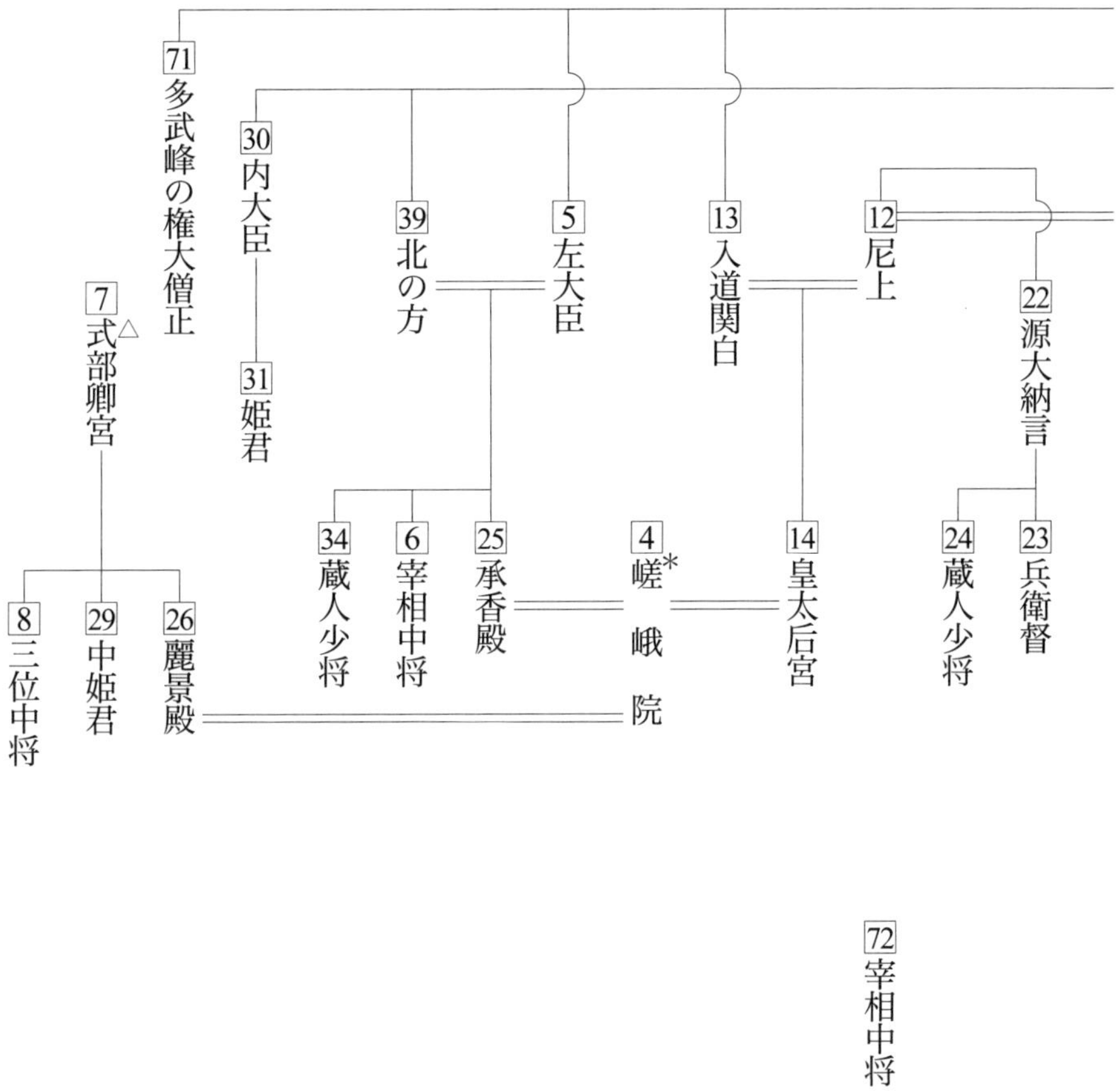
12 尼上
22 源大納言
23 兵衛督
24 蔵人少将
72 宰相中将
13 入道関白
14 皇太后宮
5 左大臣
4 嵯峨院*
39 北の方
25 承香殿
6 宰相中将
34 蔵人少将
30 内大臣
31 姫君
71 多武峰の権大僧正
7 式部卿宮△
26 麗景殿
29 中姫君
8 三位中将

登場人物系図

巻七・八

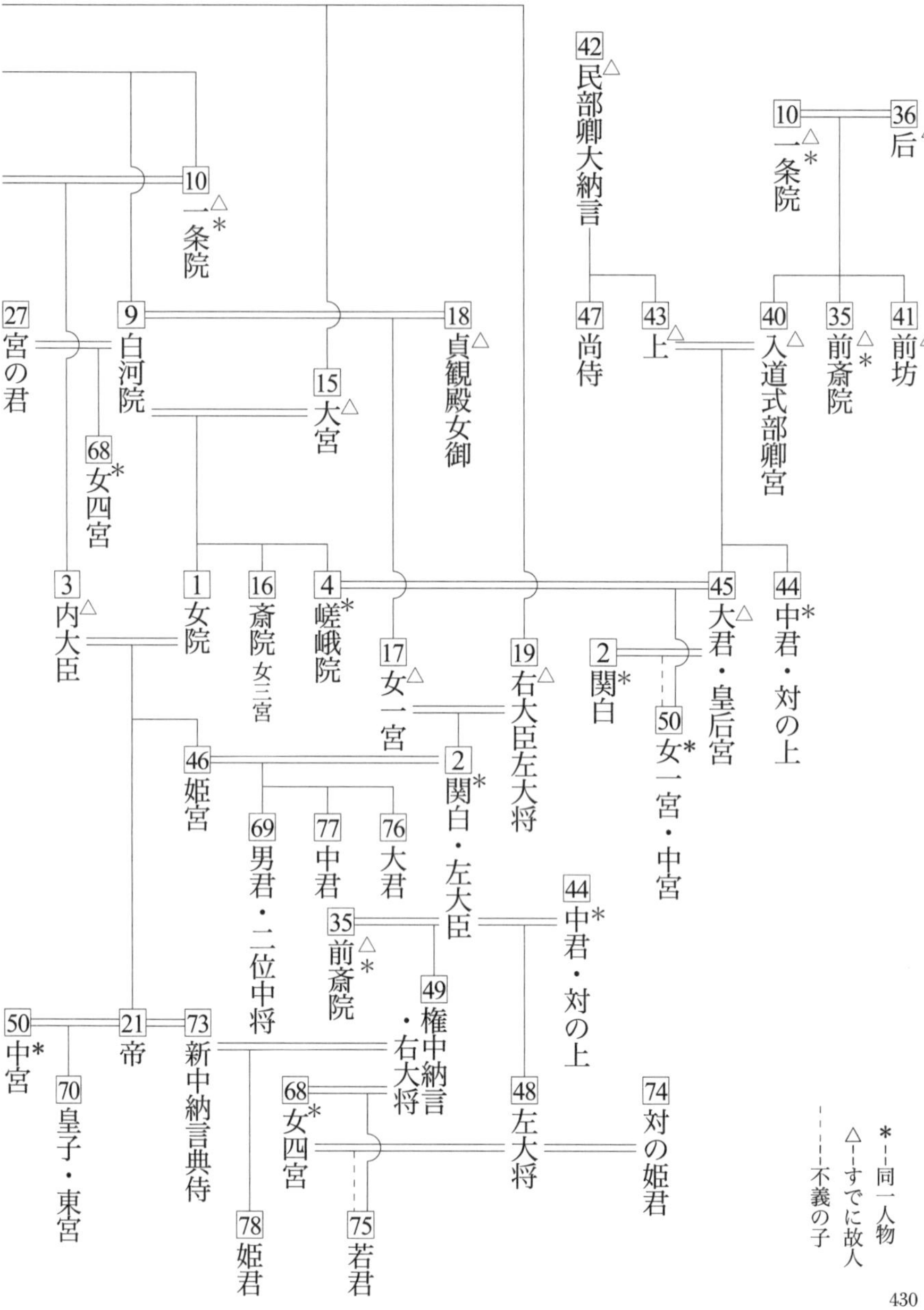

10 一条院 △＊
36 后 △
42 民部卿大納言 △
40 入道式部卿宮 △
35 前斎院 △＊
41 前坊 △
47 尚侍
43 上 △
45 大君・皇后宮 △
44 中君・対の上 ＊
2 関白 ＊
50 女一宮・中宮 ＊
19 右大臣左大将 △
18 貞観殿女御 △
17 女一宮 △
15 大宮 △
10 一条院 △＊
9 白河院
27 宮の君
68 女四宮 ＊
3 内大臣 △
1 女院
16 斎院 女三宮
4 嵯峨院 ＊
46 姫宮
2 関白・左大臣 ＊
69 男君・二位中将
77 中君
76 大君
35 前斎院 △＊
44 中君・対の上 ＊
49 権中納言・右大将
50 中宮 ＊
21 帝
73 新中納言典侍
70 皇子・東宮
68 女四宮 ＊
48 左大将
74 対の姫君
78 姫君
75 若君
＊―同一人物
△―すでに故人
-----不義の子

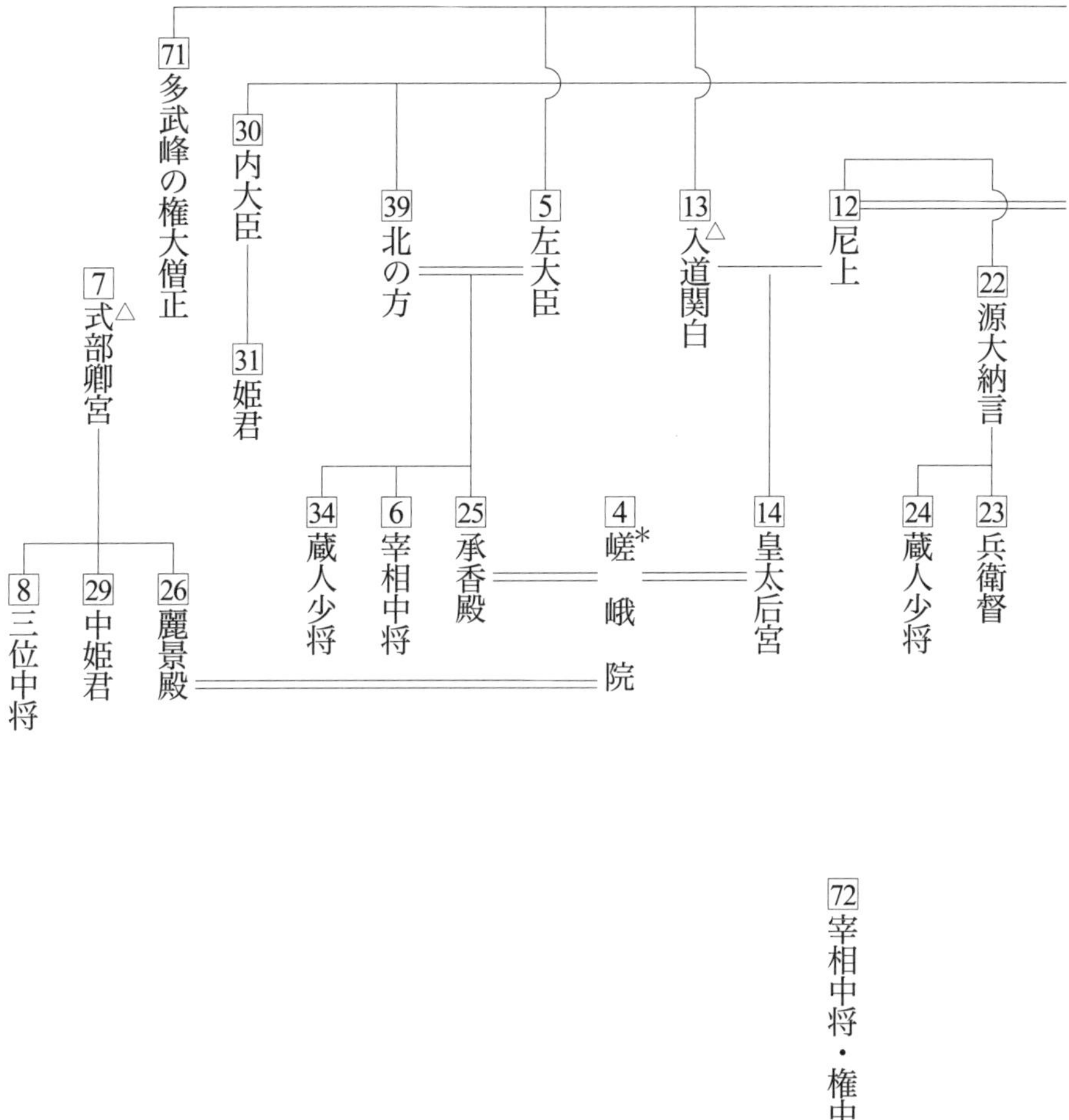
71 多武峰の権大僧正
30 内大臣
39 北の方
5 左大臣
13 入道関白△
12 尼上
22 源大納言
7 式部卿宮△
31 姫君
34 蔵人少将
6 宰相中将
25 承香殿
4 嵯峨院*
14 皇太后宮
24 蔵人少将
23 兵衛督
8 三位中将
29 中姫君
26 麗景殿
72 宰相中将・権中納言

登場人物系図

女房、他

〈一品宮1乳母家〉

ⓐ按察使乳母 ＝ 按察使大納言

（子）ⓒ中納言君（姫宮46乳母）

（子）ⓑ大納言君

頭中将 ＝ ⓒ中納言君

（子）子

〈一品宮1女房・侍女〉

中務君

宰相君

御匣殿

〈内大臣3乳母家〉

ⓔ大弐の乳母 ＝ 大弐

（子）ⓓ兄・少納言某（内大臣3随身）

（子）妹・少将（伏見大君45付）

（子）ⓗ弁の乳母（帝21乳母、のち三位か）

ⓗ弁の乳母 ＝ 右中弁某

（子？）73新中納言典侍

21帝 ＝ 73新中納言典侍

49右大将 ＝ 73新中納言典侍

（子）78姫君

丹後の乳母（右大将姫君78乳母）

〈白河院9女房〉

大輔の命婦（后宮15女房）

大弐三位（院9の乳母か）

〈白河院9使者〉

蔵人の少将某

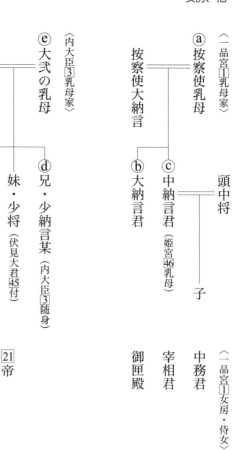

〈嵯峨院[4]女房〉

藤三位――按察使

新大納言

典侍

〈中宮[50]侍女〉

ⓘ中納言の君

〈宮の君[27]付〉

乳母（のち没）＝＝何の守

〈不明〉

新大納言の君

〈関白[2]家女房〉

宰相の君（北の方[46]侍女）

弁の乳母（中君[77]乳母か）

中務の君

〈伏見大君[45]付〉

ⓕ弁の乳母――ⓖ中将の君（のち内侍）

〈僧侶〉

葛城の聖

山の座主

なにくれの僧正

〈前斎院[35]侍女〉

小宰相

中務

宰相の君

〈右大将[49]従者〉

式部大夫

校訂一覧

最下段の「小木」は小木喬『いはでしのぶ物語　本文と研究』（笠間書院、一九七七・四）の該当頁、「集成」は市古貞次・三角洋一『鎌倉時代物語集成　第二巻』（笠間書院、一九八九・七）の該当頁・行を示す。

【巻一】 底本・京大甲本。校合本とその略号・京大乙本（乙）、三条西家本（西）、前田尊敬閣文庫本（前）

本文　頁・行	整定本文（参考諸本）	底本表記	備　考	小木	集成
11・4	雲居まで（西）	雲井にて		141	162・14
11・10	その帝（乙）	うへの御門		143	162・16
13・1	きこえじ（乙）	聞えへし		145	163・14
13・4	いつしか（乙）	早覧		145	163・15
13・5	思して（乙）	をしはり		145	163・15
14・10	人の耳	人の見ゝ	集成「人の見」	148	164・13
14・12	うち混ぜ	打ませ	小木「打させ」	148	164・14
14・18	千尋（意改）	千色		149	164・17
17・16	いかで少しをのみなり給ひしに	いかてすこしをのみなり給しに	意不明。乙本は「かひなくて」以下を「かゐあらんやは」とする	155	166・14
17・17	どもにや（乙）	ともにやを		155	166・15
25・6	なまめかしう（乙）	なよめかしう		168	171・4
27・1	女三宮の御方は	女三の御かたは	乙本「女二の宮の御方は」	172	172・5

27・3	下仕	しもつかい	乙本「しもつかへ」	173	172・6
27・15	花橘に（西）	花たち花も		173	172・14
31・12	奉らせ（意改）	たてまつらせて	集成「たてまつらせ」	182	175・6
31・17	前に（乙）	うへに		182	175・9
32・1	賜はり（乙）	給へり		183	175・11
34・3	ことわりの（乙）	事はり		187	176・17
35・2	なりけりかし（前）	成なりけりかし		188	177・11
35・15	給はむ（乙）	給はぬ		190	178・1
35・17	御身（乙）	いつの御程		190	178・2
36・13	生絹（乙）	すゝしの		192	178・10
37・12	まとはすめりしか（乙）	まとわすめりしかは		193	179・4
39・1	覚えて（意改）	おほして		196	180・1
39・16	いつはり（乙）	いつはかり		198	180・11
40・4	上衆（乙）	手上	「上手」とも解せる	198	180・15
40・7	中納言の（乙）	中納言も		198	180・16
40・8	上衆（乙）	手上	「上手」とも解せる	198	180・17
41・9	また立ち帰るは（乙）	みたち帰は		200	181・12
41・10	見給ふに（意改）	見たまふるに		200	181・12
43・6	奥へ	（読みにくい）	乙本・西本「おくさまへ」 小木「おくへ」集成「おくまへ」	204	182・14
43・12	関守もあらん（乙）	（読みにくい）	小木「関守つらん」 集成「関守つくらん」	204	182・17
44・13	馴れたり（乙・西）	ないたり		206	183・12

44・18	通ひ参ると（乙）	通参も		208　183・15
45・10	思いたらぬ（乙）	おほひたゝぬ		208　184・3
47・5	いとめづらしうて（乙）	いつめつらして		211　185・5
47・14	などのていに（乙）	なとていに		213　185・10
49・13	と思ふ（乙・西）	と思ひ		218　186・15
49・14	いとをかしう（乙・西）	いとをしう		218　186・15
50・10	心地に（乙）	心地にわ		220　187・6
50・14	とのたまへば（意改）	とて給へは		220　187・9
51・4	なにかと	何角		220　187・13
51・11	さかしらなし給ひそ（意改）	さかしなしり給そ		221　188・1
51・15	きこゆる（乙）	きこふる		221　188・3
53・17	などしどけなげに（乙）	しとけなけに		224　189・9
55・7	笑まれ（意改）	へまれ	乙本「えされ」	227　190・6
56・4	よりなりとも（乙）	よりとも		229　190・15
57・1	御母（乙）	御はら		231　191・7
57・5	故右大臣（意改）	故左おとゝ		231　191・8
57・6	多くは（乙）	おほえは		231　191・9
58・12	わりなき（乙・前）	我なき		233　192・6
58・16	かばかり（乙）	はかり		233　192・7
59・3	うちしほたれ給ふ（乙）	うちほれ給		234　192・11
59・13	いと疾う（乙）	いとたう		236　192・17
62・15	思ひきこえね（乙）	おもへきこえね		243　194・16
63・10	入り給はで	入給わて	小木「入給わて」	

本文頁・行	整定本文（参考諸本）	底本表記	備考	小木	集成
			集成「参給わて」	243	195・7
66・5	給へるを	給へるを	集成「給つるを」	249	197・4
66・10	ことなしび（乙）	ことならい		249	197・7
67・6	のたまふに（乙）	のたまふにすて〵		249	197・15
68・3	脱ぎすべして（乙）	ぬきすつして		252	198・7
68・7	宮の君（乙）	宮		253	198・10
68・13	秋の野の（乙）	秋の		253	198・13
69・1	面やう（乙）	思ふやう		253	198・17
69・1	ものの本たいにくうや	「にく」とも「に〵」とも読める	集成「物〵本たいにくうや」 小木「物〵本たいに〵うや」	253	198・17
69・7	たとしへなし（乙）	たとしくなし		253	199・4
70・11	透きたる（乙）	過たる		257	200・1
72・12	宰相（乙）	うしやう		262	201・5
73・10	むつごとども（乙）	むつことも		262	201・15
73・12	天つ（乙）	あつま		262	201・17
73・15	なぞり（意改）	あなつり		262	202・2
74・10	契らむ（乙）	ちきらぬ		265	202・10
75・8	風に（西）	風も		266	203・3

【巻二】 底本・書陵部本　校合本・京大甲本（116頁まで）、三条西家本

本文頁・行	整定本文（参考諸本）	底本表記	備考	小木	集成
84・6	しぼりぞ（意改）	しほれそ		271	207・4

84・7	など（甲・西）	ナシ	271	207・5
86・9	とまらん（甲）	まとはん	276	208・9
88・6	いづくにも（甲）	いつくも	279	209・13
89・6	末は（甲・西）	すゑはゝ	281	210・6
89・10	なれぬ（甲・西）	はれぬ	283	210・9
90・1	出でがてに（意改）	はやいてかてに	283	210・15
90・3	さすがに（甲）	さすか	284	210・16
90・3	格子（甲）	あらし	284	210・17
90・9	人の（甲）	人	285	211・3
91・14	ゆかりの（甲）	ゆかりは	287	211・17
93・10	思ひそめても（甲・西）	思ひそめてし	291	213・3
93・14	御顔（甲）	御かほゝ	291	213・5
94・3	御こと（甲）	御事は	293	213・9
95・5	ありてぞ（甲）	ありて	295	214・4
95・6	御暇を（甲）	御いとま	295	214・4
95・11	見まほしからずしも（甲）	みまほしからすも	295	214・7
96・7	給はず（甲）	給らす	296	214・15
96・10	初霜（甲）	はつ露	296	215・1
99・8	侍らざりけるか（甲）	はへらさりける	303	216・14
99・16	待たれぬ（甲）	まきれぬ	303	217・2
99・17	聞き給ふも（甲）	きかれ給も	303	217・2
101・2	わびしう（甲）	かなしう	306	217・14
102・1	更けゆく（甲）	ふけく	309	218・7

103・1	思ししる（甲・西）	おほしゝらる	311	219・1
103・4	らうたげに（甲）	らうたけさ	311	219・3
103・7	思ひ出でらるる（甲）	物おもひいてらるゝ	312	219・5
105・4	御夜ならば（甲）	夜ならは	316	220・7
112・4	せめて（甲）	せめても	328	224・17
112・13	一二度（甲）	一二と	331	225・6
112・18	大弐の乳母（甲）	大にのとのと	331	225・9
113・2	忍びてと（甲）	しのひて	331	225・10
113・14	少しの（甲）	（す）ゝこしも	331	226・1
114・4	ありぬべきに（意改）	ありぬへけに	333	226・4
117・13	とまれ（意改）	まれ	337	228・7
119・9	御本性	御本上	340	229・10
120・4	覚え侍る（意改）	おほ侍	342	230・1
123・15	明けて（意改）	あ□て	348	232・8
129・12	べければ（西）	ましけれは	356	236・6
134・1	迎へ（意改）	むかへに	364	239・3
134・6	あるべき（意改）	あるへへき	364	239・7
136・1	のたまはするに（西）	のたまはするも	367	240・9
136・2	うとましき心地す（意改）	うとましきにさす	367	240・9
138・9	給はぬ（意改）	給えぬ	371	242・1
140・17	うち涙ぐみて（意改）	うちなみたくひて	376	243・10
140・17	御覧じ出だしたる（意改）	御らんしいてたる	376	243・10
141・6	見奉り給ふ（西）	みたてまつらせ給	376	243・15

本文 頁・行	整定本文（参考諸本）	底本表記	備考	小木	集成
141・13	置きかへりけり（西）	おきかへりつゝ		376	244・2
142・15	わろき（意改）	わたる		379	244・12
147・1	右大将（意改）	左大将		386	247・5
149・14	参り給はん（意改）	まいり給へらん		391	249・2
153・7	霜（西）	つゆ		397	251・6
154・7	雪に（意改）	雪は		398	251・17
159・10	御額髪に（西）	御ひたいかみも		407	255・6
161・8	御情けならん（西）	御なさけなん		411	256・10
161・10	御袖の（西）	御袖のみ		412	256・11
163・9	聞き分き（意改）	きこへわき		415	257・16
169・8	顔変はりぞ（意改）	かほかはりそ		425	261・11
171・5	けしからで	（読みにくい）	集成「はづかしうてカ」と傍書	427	262・14
176・10	思ひ分くこともなかりしかど（西）	おもひわくことなりしかと		437	266・3
178・12	などは（意改）	なとには		441	267・11
179・10	見えさせ給ひし（意改）	見□□せ給し		444	268・3

【巻三】 底本・三条西家本（校合本はないため、すべて意改）

本文 頁・行	整定本文（参考諸本）	底本表記	備考	小木	集成
191・1	心地	こころち		451	297・10
191・8	千度や	千たひやゝ		451	297・14
193・5	月の顔	月のかほゝ		455	298・17

194・6	よそふるからの	よそふるあしの	集成「よそふるからの」	456	299・12
195・15	屈じいたき身に	くんしいた身		460	300・12
196・5	名には	何は		462	300・16
196・5	秋なれど	秋かれと		462	300・16
197・6	染め給ひて	そめ給てて	小木「そめ給て□」	464	301・9
200・4	あらんを	あらしお		469	302・14
202・13	心地にこそは	心ちにこそい		472	303・16
203・7	なつかしからぬさま	なつかしならぬさま		474	304・5
206・1	恥づかしさの	はつかしの		478	305・14
208・12	「限りあれば、これに過ぎたる内外はいかが」とて、うちほほ笑み給へど	かきりあれはこれにすきたるないけはいかゝとてうちほゝゐみ給へはかきりあれはこれにすきたるないけはいかゝとてうちほゝゐみ給へと		486	307・8
209・14	心地	こゝろち		488	308・3
211・5	消えとまるべき	きへとまるそ		490	309・2
215・13	新大納言の君	しん大こんの君		496	311・12
217・8	言ふもなのめにぞ	いふもなのめならすそ		499	312・10

【巻四】底本・三条西家本（校合本はないため、すべて意改）

本文 頁・行	整定本文（参考諸本）	底本表記	備考	小木	集成
224・12	おぼろけならで	ほゝけならで		507	314・1

225・13	濃さは	こきは		508 314・13
225・16	果て	めて		508 314・15
226・8	思ひ入れ給へりし	おもひ給いれ給へりし	集成「おもひ給いれ給し」	508 315・4
226・16	など	な□		508 315・8
229・4	弥生の二十日あまり	やよひの月あまり		514 316・10
233・17	筆に	筆もに	集成「筆に」	522 319・9
237・13	さも多う、我が身に	さもおほらか身に		529 321・16
239・3	盛りを	きかりを		529 322・15
239・8	夢と	ゆめは		530 323・1
239・10	ほの見し	ほのみて		530 323・2
240・11	さはや	さはや	集成「さやはカ」と傍注	535 323・11
242・7	なつかしさは	なつかし□□	集成「なつかしさは」	537 324・11
242・9	憂さは	うわさ		537 324・13
244・1	思ひしよりは	おひしよりは		539 325・6
244・4	何かと	なにこと		539 325・7
245・12	給ふるを	給へるを		541 326・6
247・2	うらもなげにて	うちもなけにて		542 327・5
249・12	なのめなり	なのめなし		548 328・15
250・11	我が名など	我なと		549 329・8
250・18	覚ゆべけれ	おほるへけれ		549 329・12
253・17	艶なる	ゑんなと		552 331・10
253・17	青鈍	あをわび		552 331・11
254・6	思しなりて	をはし成て		552 331・14

254・18	藤三位	とうしみ		552	332・6
256・2	さしあたり	さしあたる	集成「さしあたり」	553	332・16
257・2	院へも	ゐんゆへも		561	333・9
259・3	よろづ世のにほひも	よろつ世をにほひも	小木・集成「よろつ世を《の》にほひも」	566	334・8
259・3	深し	わかし	小木「ふかし」	566	334・8
259・5	咲くのみや（風葉集）	さへのみや		566	334・10
259・9	対の上のは	たいのうへは		568	334・12

【巻五】

本文 頁・行	整定本文（参考諸本）	底本表記	備考	小木	集成
266・17	もてなし	たてなし		571	335・8
267・7	のたまはするを	のたまはるを		571	335・13
268・11	恥づかしかりけり	はつかしかりぬり		572	336・6
272・6	劣らず	おとらはす		577	338・13
273・3	五月雨	時雨		582	339・5
273・11	思ひ給へね	思ひたまふらね		582	339・9
273・17	へだつれば	へたつれと		584	339・13
274・4	世なれど	世なれは		585	339・16
274・12	かたも	かた〱も		586	340・2
281・11	給ひしにも	たましにも		602	343・12
282・16	給ひにけるが	給ふにけりか		604	344・7

【巻六】

本文 頁・行	整定本文（参考諸本）	底本表記	備考	小木	集成
287・5	光には	ひかり□は	集成「ひかりには」	613	345・9
287・6	栄え行く	たへ行		613	345・10
289・3	言の葉ごとに	にのはことに		616	346・12
289・17	寄れる人	よらる人		618	347・4
290・3	見きこえけるより	みきこゑけりより		619	347・6
290・8	何か	なにしにか	集成「なにしか」	619	347・9
290・9	御ぬしからの	御ぬし□□の		619	347・10
290・14	気色	けいろ		619	347・13
290・18	雲はらふ	くもはらへ		619	347・16
291・3	思ひまさり	ゐまさり		619	347・17
291・7	聞く	きし		619	348・2
292・12	下葉枯れ行く	下はにかれ行		623	348・11
293・4	なめりと	めりと		623	349・1

【巻七】

本文 頁・行	整定本文（参考諸本）	底本表記	備考	小木	集成
299・1	いたまにも（ママ）	いたまにも		631	350・8
300・6	ひきすかり（ママ）	ひきすかり		637	351・3
300・9	もよほし顔	なよほしかほ		637	351・6

本文 頁・行	整定本文（参考諸本）	底本表記	備考	小木	集成
301・5	明けはなれぬに	ありはなれぬに		637	351・14
301・18	丁子染	ちやうしにめ		640	352・5
302・15	削ぎ目	すきめ		640	352・15
303・13	言ひきこえかくして	いひきこゑ返して		641	353・7
303・14	給ふを	給ふるを		641	353・8
305・8	いつをいつとなりなりすれば（ママ）	いつをいつとなりなりすれは		647	354・9
306・6	脅させ給ふも	おとせさせ給ふも		648	355・2
306・10	おほけなさぞと	おほせるさそと		648	355・5
306・12	馴るる	なれるゝ	集成「なれるゝ」	648	355・6
308・9	ことにのみ	ことのにのみ		653	356・1
309・18	思ひならひにしかば	思ひならいにしかわ		655	357・2
311・7	負ふまじき	おもふましき	小木「おふましき」	661	358・1
311・10	若君にて	わか君まて	小木「わか君にて」	661	358・2
312・2	よきほどに	よきほと		661	358・8
【巻八】					
316・8	誘はれば	さそいいれは		667	358・15
317・5	一人	もとり		667	359・7
317・18	ねたましきままに	ねやましきまゝに		668	359・15
317・18	ことづけしことなれど	ことつけしとなれと		668	359・15

318・7	とするに	とてするに	668 360・3
318・9	押し隠いて	をしかいて	668 360・4
318・9	出でんと	ひき出んと	668 360・4
320・5	思ひ入り給ふめるに	思ひ入給へるめるに	673 361・5
320・13	思ひ給へしを	おもひたまいしを	673 361・9
320・18	思ひ給ふるも	思ひ給へるも	673 361・12
321・11	げに	かに	673 361・17
322・1	いかさまにも	いかさまかも	673 362・5
322・10	過ごし給へぬるものかな	すこしたまいぬる物かな	679 362・10
323・13	そびやかに	そひやゝかに	679 363・7
325・8	からうじて	わらうして	684 364・10
325・9	立ち別れ給ひにし	たちわかれ給ふにし	684 364・10
325・9	たとふべき方なきに	たとふへきかたなさに	684 364・11
330・4	見きこえ給ふ	きこゑ給ふ	696 367・7
332・3	えも言はず	ゑにいわす	697 368・11
332・10	気色なども	けしきほとも	697 368・15
332・11	憂き世の中	傍注「おなしうき世」	697 368・16
332・11	雲	雪	697 368・16
336・12	伝はりたるとて	つたまたるとて	705 371・7
336・13	大将	中将	705 371・7
337・5	こぼれぬるを	こほれるを	705 371・14
341・9	きこゆるは	きこゆは	710 374・4
342・8	すさまじさ	すさましき	713 374・12

本文 頁・行	整定本文（参考諸本）	底本表記	備考	底本丁付
344・1	せきがたきを	せきたきを		713 375・6
344・12	あらぬ	あらん		714 375・12

【巻四】冷泉本　最下段の「底本丁付」は冷泉家時雨亭叢書四三『源家長日記　いはでしのぶ　撰集抄』（朝日新聞社、一九九七・一二）の丁付による。

本文 頁・行	整定本文（参考諸本）	底本表記	備考	底本丁付
352・2	めやすきほどに	めやすほどに		Eオ
353・13	覚え給ふ	おほ給		Cオ
354・13	片つ方へも	かたつかへも		Dオ
356・4	むつかしき	むつましき		C′ウ
356・9	誰をも	たれ□も		B′ウ
357・4	さかりににほひ満ち	さかりにほひみち		E′オ
358・14	逃れ方なう	のかれかたう		A′ウ
358・15	二月ばかりのこと	二月はかり○《より》のこと		A′ウ
358・17	いとど	い□□		A′ウ
360・10	書きなさせ給へるを、なほ	かきなさせたまへるなを		一オ
363・9	御山籠りの	御□こもりの		三ウ
364・7	聞きあはせさせ給ひて	きゝあかせさせたまひて		四ウ
365・12	女一、女三宮	女一○《女三の》宮		五ウ
367・12	消息はし給ふな	せうそくはしし給な		八オ
368・3	見奉るわざもがな	見たて○《あてゝ》まつるわさもかな		八オ
368・13	あるべく聞こえさせ	あるへ○《く》きこえさせ		九オ
369・15	かばかり	かは《か》り		一〇オ
372・13	のどやかにて	とやかにて		一二ウ

375・2	なまめかせ	なまめせ		一五オ
378・12	おしはかり	おしはり		一八オ
382・17	始め奉りて	はしめて《た》まつりて		二二ウ
385・9	御上げ勝り	御□けまさり		二五オ

解題

一、物語の概略

『いはでしのぶ』は様々な意味で〈未知〉を包含する物語である。

内容や文体は、『源氏物語』や『狭衣物語』等の流れを濃厚に受け継いだ物語であり、物語としての新しさを目指したというより、あえて古典的なものに踏みとどまるべく趣向を凝らした、という面が顕著である。その流れの中において『いはでしのぶ』の独自性はいかにあるか、という見極めが一つの問題であろう。

題名は巻一にある、作中人物、二位中将（関白）の歌「思ふこといはでしのぶの奥ならば袖に涙のかからずもがな」（五五頁）によるものと思われ、このことは同時に詠み手であるこの人物の占める重要性を示唆している感が強い。

成立年代は『無名草子』（一一九八～一二〇二）には言及がないものの『風葉和歌集』（一二七一）には物語中の歌が三十三首（詞書中に引用されたものを含めれば三十四首）見えるところから、鎌倉時代に成立したかとされ、作者も不詳である。しかし一方で『無名草子』『風葉和歌集』共に様々な面で再検討が活発になされている現在、両作品に関連する『いはでしのぶ』物語自体の把握を含め成立年代についても多角的な面からの検討が必要であろう。小木喬氏は『いはでしのぶ物語　本文と研究』において巻一の一文に見える引歌により『新勅撰集』（一二三五）から『続後撰集』（一二五一）の間の成立かと推定しておられる。

物語文には全体的に歌の引用が非常に多く、中でも『新古今集』が目立つことは「引用」という方法自体を考える糸口ともなり、更に、単なる「引用」という手法を超えた両者間における何らかの世界観の共有さえも思わせるものがある。本書の現代語訳ではこうした古典的な表現や文体をなるべく生かすべくつとめた。

物語には多数の人物が登場し、時間も長大であり複雑を極める。女性を慕うものの、最終的には志を遂げ得ない二人の男性の、遁世志向という結末に至る。

二、伝本・本文

『いはでしのぶ』の伝本は僅かであり、しかもそれぞれがやや異なった形態を持つ。具体的には、巻一・巻二には物語本文として数点の伝本が存在するが、巻二末尾の時点において物語としての筋は序章というべき部分で中断している。一方、それとは別に巻一から巻八までに及ぶ歌を中心とした短い本文を持つ「三条西家本」が存在する（現在は所蔵先不明）。この本文は全体的に原本を等質に概略したものではなく、歌を含む部分的な抜き書き本、あるいは断片の集成とみなされるものの、個々の部分をつなぎ合わせることにより、流れを大まかに把握することは可能である。ただし断片であるがために、歌を始めその意味内容は常に不確実を極め、推定によらざるを得ない、という限界が存在する。

こうした本文形態の状況下において、二形態の、質的に異なる混態的な本文を一括し一つの「作品」として遇することは適切であろうか。具体的に言えば『いはでしのぶ』の完本（八巻か）を想定し、①巻一・巻二のみの零本・残欠本が残存する、と見るか、②抜き書き本は『いはでしのぶ』ではあるものの概略本として別の存在と見るか、③何らかの形で両本を補完し、原態を想定するか、等についての問題であり、現況においては可否の判断自体が非常に困難である。

このような本文の状況の問題を充分認識しつつ、本書ではその正否の判断を一応保留し、③の方向性によって、現存する巻一・巻二に加え、抜き書き本の巻三から巻八までを附し、現況における仮の『いはでしのぶ物語　八巻』と見なして本文を定めた。このような特異な方法によるとしても、ここには『いはでしのぶ』物語としての独自な世界が存在していることと自体は紛れもないからである。この視点により作成した本文の量・長さは、「巻一と巻二」と「抜き書き本　巻三から巻八まで」とはほぼ同量、という偏りを持つ。

後に、三条西家本の巻四に相当する冷泉本（『冷泉家時雨亭叢書四十三』一九九七・一二　朝日新聞社）が出現するという僥倖を得た。この事態に伴い、巻四と対比すべく、巻八の巻末に冷泉本を別個に附載した。

三、底本および校訂

以上のように、この作品の伝本・本文の状況は複雑を極めるが、凡例に記したごとく、本書の底本ならびに校訂等に用いたものは以下の諸本である。

巻一及び巻二

＊京都大学蔵甲本（以下略称　甲）——巻一・巻二の一部

＊京都大学蔵乙本（略称　乙）——巻一・巻二の一部

＊前田育徳財団　尊経閣文庫本（略称　前）——巻一・巻二の一部

＊宮内庁書陵部本（略称　陵）——巻二

抜き書き本　巻三から巻八まで

＊三条西家本（略称　西）——歌を中心とした抜き書き本。巻一から巻八まで。

　校合本文ナシ

＊冷泉本（略称　冷）——三条西家本の巻四相当部分。冷泉家時雨亭文庫蔵。

書誌的な考察については前述の小木氏『いはでしのぶ物語　本文と研究』に詳細な記述がある。

なお各本を精査された横溝博氏によると、京大乙本について、現在は表紙が剥離し、原表紙が見える状態にあるということである。原表紙には題簽が添付されており、現在の題簽は元の題簽を透き写して現在の表紙にあらたに貼付したものであるとのことである。

「巻一・巻二」のみの本文が復数存在するということは、残欠と見るのが穏当であるが、一方、ある意味で「一纏り」の物語として「巻一・巻二」のみでも読まれた可能性を示すようにも思われる。特に京大甲本が内題に「いはて忍ふ 上」「いはて忍ふ 下」と記していることは興味深い（内題にそのように書かれてあるということは、巻二以降の存在を知らぬ人が、巻一・巻二の記載を廃し、「上・下」にあらためた可能性は存在しよう）。

活字刊行本としては次のものがあり、校訂の際に参考とさせていただいた。詳細については本書各巻校訂一覧の記載を参照されたい。

＊三条西公正氏『いはでしのぶ』（一九四九・一　古典文庫）
　抜き書き本　巻一〜巻八
＊小木喬氏『いはでしのぶ物語　本文と研究』（一九七七・四　笠間書院）
　巻一・巻二・抜き書き本（三条西家本）の巻三〜巻八
＊市古貞次氏・三角洋一氏編『鎌倉時代物語集成　第二巻』（一九八九・七　笠間書院）
　巻一・巻二に併せ、抜き書き本（三条西家本）巻一〜巻八を別だてとして掲載。

四、構成と内容

小木喬氏の『いはでしのぶ物語　本文と研究』の発刊によりテキスト並びに詳細な注釈が提示され、その後は文学史的側面や文学作品としての把握が可能となり、活発な研究・論議が展開し現在に至っている。もとより細部については不明であるが、大むねの全体像をもととして概略を辿ってみる。

物語の巻一冒頭は、内大臣邸の美しい桜のもと、一品宮が宮中の桜を思い憂愁に沈んでいる、内大臣は不在である、という、歌の詞を媒介とした場面描写に始まる。そこに二位中将が訪れ、語りつつあるところに、内大臣が立ち戻るのだが、この二人の男性の時間的な登場順序は物語全体の構成からしても非常に示唆的である。物語が進むにつれ内大臣は退場し、かわりに一品宮に対峙するのは二位中将であり、男性主人公として定位づけられるに至るからである。

書誌的な面ばかりではなく、内容的に見ても「巻一・巻二」には、物語に一応の序章的な切れ目の意識があったのではないだろうか。巻二の終結部分は、巻一の巻頭の場面を想起し意識してなぞるがごとき記述であり、特に、末尾の「……なりけりとや」という表現には、一応の締めくくり意識が感じられる。

年表的な時間として把握するなら、この物語は物語開始前の約十四年を含め、五十年以上の長大な「時」を包括する。

主要な登場人物は場面に応じて複数に及び、いずれも死に際して自己の覚悟と共に死後の血脈存続への意志を明確にし、その意志は未来の時間や事柄の方向性を拘束し更に複雑化して引き継がれて行く。複数の人物の意志である以上様々な葛藤が生じて、物語の内容はより複雑となり、特殊な時間を形成するに至る。物語の常套であるとはいえ、こうした家・血筋意識は「父は誰か」という問題として他の登場人物の視点から繰り返し語られる。

このように登場する人物はいずれも家意識を強烈に持ちつつ、その意識を家族形態としてみれば系図化することが困難であるほど多数化し、液状化している。それは男女、特に男性がその興の趣くまま女性に「逢う」からでもあって、その結果、何世代にも及ぶ時間的な展開が横の関係面からも錯綜するに至る。

天皇家に関しては、絶対的なものとしての尊厳が理念的にしばしば語られ物語を牽引する要をなす。しかし一方で皇統に属する個々の人物は必ずしも尊貴性ばかりではなく他の人物と同様な一人の人間として描かれることも、物語史の流れの上から非常に興味深い。

五、『いはでしのぶ』の題名と意味

仮に、最終的には世を捨てようとする二人の男性について見れば、愛着する女性に近づき、思慕の情を言葉によって語りかける叙述は両者ともに全く同様に描かれている。既に度々指摘されているように題名の「いはで」という否定形ではなくむしろ積極的な「いふ」という表現のほうがふさわしいことになる。逆に、むしろここでは特異な「いふ」を考えるほうがよいのかもしれない。文字通り女性に直接ものを言いたい、語りたい、という意志である。

前述のように、登場する大勢の男性たちは、一般にあまりにも無造作に女性と関わりを持ち、結果として「子」が誕生し、その血脈が複雑に絡みながら物語が展開して行く。それに反して巻八末尾の二人の男性は、愛する女性に「逢ふ」ことをせず、世をはかなみ遁世を志すことによって重要な人物たる存在を完成させる。ということは逢わずして「しのぶ」という行為自体が、むしろ例外的に稀有な価値として位置づけられる結果となる。

物語は「機会」を与え、「いはで（言はで）」と題しながらむしろ「いふ」のである。ここではじめて、逆説的に題名

「いはでしのぶ」の「言ふ」という行為が意味を持つこととなろう。一番大切な女性とはその機会があっても逢わず、「いはでしのぶ」という価値観自体の見直しが試みられ、本当に大事なものは行為としては侵犯しない、象徴的な言語表現に重きを置くという価値観は、あるいは『新古今集』的な世界にも通じるものがあるだろうか。

六、今後の問題

この物語は、テキストの問題もあって限界があるのは当然ではあるが、上述のように様々な矛盾したものを内包した動的な作品であり、物語史上、見過ごすことができないことは見てとれよう。全体として、人間の持つ高雅な精神性が問われていることも注目に価する。

『源氏物語』をはじめ『寝覚物語』『改作本夜寝覚物語』等との関係、更に具体的に『寝覚物語』末尾欠陥部（第四部）に想定される「怒《いか》る（冷泉）院」のイメージが、『いはでしのぶ』巻二の「怒《いか》る白河院」とどのように関わるか、などの問題もあり、この点については今後をまちたい。

物語史の上で「中世王朝物語」「鎌倉時代物語」等の呼称・位置づけ・意味・課題が活発に再検討されている現在、『いはでしのぶ』の今後の一層の検討が切に待たれる。

追補

横井孝氏「山岸徳平博士の現写本考――実践女子大学図書館山岸文庫蔵本識語識年資料から」（『実践国文学』91、二〇一七・三）に、京大研究室本「いはでしのぶ」を昭和五年、山岸博士が「人に委ねて」書写された現「山岸文庫本」に関する詳細な記述・報告があり、山岸博士は「いはでしのぶ」の研究に当時、強い意欲を持っておられたことが知られる。本書校了直前のため、此の件を「追補」とさせて頂くことをお許し頂きたい。

参考文献一覧

本文・複製・影印・索引

『いはでしのぶ三条西本』（三条西公正校訂、古典文庫、一九四九・一）
『書陵部蔵　いはでしのぶ』（宮内庁書陵部、便利堂、一九五七・三、解題・中野幸一）
『図書寮蔵　桂宮本叢書　第十六巻　物語二』（宮内庁書陵部編、養徳社、一九五九・二、解題・伊地知鉄男・橋本不美男）
『いはでしのぶ物語　本文と研究』（小木喬、笠間書院、一九七七・四）
『いはでしのぶ　書陵部蔵』（臨川書店、一九八一・一〈一九五七年版の複製出版〉）
『鎌倉時代物語集成　第二巻』（市古貞次・三角洋一編、笠間書院、一九八九・七）
『源家長日記　いはでしのぶ　撰集抄（冷泉家時雨亭叢書43）』（朝日新聞社、一九九七・一二、解題・三角洋一）
『鎌倉時代物語集成　別巻』（市古貞次・三角洋一編、笠間書院、二〇〇一・一一）

注釈

小木喬『いはでしのぶ物語　本文と研究』（笠間書院、一九七七・四）

辞典・事典

市古貞次「いはでしのぶ」（『増補改訂　日本文学大辞典　別巻』新潮社、一九五二・四）
久保朝孝「いはでしのぶ」（『解釈と鑑賞　特集　総覧・物語文学』至文堂、一九八〇・一）
神野藤昭夫「いはでしのぶ」（『研究資料日本古典文学　第一巻　物語文学』明治書院、一九八三・九）
小木喬「いはでしのぶ」（『日本古典文学大辞典　第一巻』岩波書店、一九八三・一〇）
三田村雅子「いはでしのぶ物語」（三谷榮一編『体系物語文学史　第四巻（物語文学の系譜II　鎌倉物語I）』有精堂、一九八九・一）
小木喬「いはでしのぶ物語」（『平安時代史事典　上』角川書店、一九九四・四）
辛島正雄「いはでしのぶ」（『日本古典文学大事典』明治書院、一九九八・一）

足立繭子「いはでしのぶ」（神田龍身・西沢正史編『中世王朝物語・御伽草子事典』勉誠出版、二〇〇二・五）

論文等

小木喬「新資料による「いはでしのぶ」の形態」（『岩波講座日本文学 附録「文学」』7、一九三一・一二→小木喬『鎌倉時代物語の研究』東宝書房、一九六一〈復刊、有精堂、一九八四・一〉）

小木喬「「いはでしのぶ」新考」（『文学』1-7、岩波書店、一九三三・一〇→小木喬『鎌倉時代物語の研究』東宝書房、一九六一〈復刊、有精堂、一九八四・一〉）

樋口良子「「いはでしのぶ」の研究」（『平安文学研究』20、一九五七・九）

植松加代子・竹尾ひさ子・中澤愛子「三条西家本「いはてしのふ」の性格について」（『甲南国文』21、一九七四・三）

伊井春樹「いはでしのぶ物語構想論――伏見宮の姫君たちの運命をめぐって」（『日本文学』25-5、一九七六・五→伊井春樹『源氏物語論考』風間書房、一九八一・六）

辛島正雄「中世物語史私注――『いはでしのぶ』『恋路ゆかしき大将』『風に紅葉』をめぐって」（『徳島大学教養部紀要（人文・社会）』21、一九八六・三→辛島正雄『中世王朝物語史論 下巻』笠間書院、二〇〇一・九）

ドナルド・キーン「物語に見る「本歌取り」――『いはでしのぶ物語』『とりかへばや物語』」（→ドナルド・キーン『古典を楽しむ 私の日本文学』朝日新聞社、一九九〇・一→『ドナルド・キーン著作集 第一巻』新潮社、二〇一一・一二）

ドナルド・キーン「反『源氏物語』――『松浦宮物語』『いはでしのぶ物語』」（→ドナルド・キーン『古典を楽しむ 私の日本文学』朝日新聞社、一九九〇・一→『ドナルド・キーン著作集 第一巻』新潮社、二〇一一・一二）

豊島秀範「『いはでしのぶ物語』論――主題を求めて」（『弘前学院大学・弘前学院短期大学紀要』26、一九九〇・三→豊島秀範『物語史研究』おうふう、一九九四・五）

神田龍身「方法としての「男色」――『石清水物語』『いはでしのぶ物語』『風に紅葉物語』」（『日本文学』39-12、一九九〇・一二→神田龍身『物語文学、その解体――『源氏物語』「宇治十帖」以降』有精堂出版、一九九二・八）

神田龍身「鎌倉物語の構造――系図と物語・序説」（『解釈と鑑賞』56-10、一九九一・一〇→神田龍身『物語文学、その解体――『源

氏物語』「宇治十帖」以降』有精堂出版、一九九二・八）
中村真一郎「いはで忍ぶ物語　風につれなき物語」（↓中村真一郎『王朝物語――小説の未来に向けて』潮出版社、一九九三・六〈新潮文庫、一九九八・一〉）
田中貴子「結婚しない女たち――鎌倉物語における「不婚皇女」の系譜」（『年刊日本の文学』3、一九九四・一二↓田中貴子『聖なる女――斎宮・女神・中将姫』人文書院、一九九六・五）
小松正「『いはでしのぶ』の尊敬表現」（『一関工業高等専門学校研究紀要』30、一九九五・一二）
小松正「『いはでしのぶ』の謙譲・丁寧表現」（『一関工業高等専門学校研究紀要』31、一九九六・一二）
豊島秀範「物語作品の世界　『苔の衣』・『いはでしのぶ』を中心に」（大槻修・神野藤昭夫編『中世王朝物語を学ぶ人のために』世界思想社、一九九七・九）
横溝博「冷泉家時雨亭文庫蔵「いはでしのぶ」について――主として断簡五紙の整序に関する考察」（『中古文学』62、一九九八・一二）
横溝博「冷泉本による『いはでしのぶ物語』補訂攷――三条西本の他巻記事についての復元と考証」（『平安朝文学研究』7、一九九八・一二）
横溝博「『いはでしのぶ物語』三条西家旧蔵本の本文について――現存本の表記・異文から窺えること」（『信州大学人文科学論集〈文化コミュニケーション〉』33、一九九九・三）
横溝博「『風葉和歌集』入集歌数上位の鎌倉時代物語の位相――散逸『御垣が原』物語を切り口にして」（『平安朝文学研究』8、一九九九・一二）
横溝博「『いはでしのぶ物語』の表現機構――皇統譜の喩としての桜」（『早稲田大学大学院文学研究科紀要（第3分冊）』45、二〇〇〇・二）
横溝博「『いはでしのぶ物語』開巻部の表現機構――一条院の桜・南殿の桜をめぐって」（『源氏物語と王朝世界――中古文学論攷第二十号』武蔵野書院、二〇〇〇・三）

助川幸逸郎「『恋路ゆかしき大将』における〈王権物語崩し〉――『いはでしのぶ』との差異が物語るもの」（『国文学研究』136、二〇〇二・三）
横溝博「系図的想像力」（神田龍身・西沢正史編『中世王朝物語・御伽草子事典』勉誠出版、二〇〇二・五）
横溝博「『いはでしのぶ』右大将の「あはれなる事」について――二位中将への告別の場面をめぐって」（中野幸一編『平安文学の風貌』武蔵野書院、二〇〇三・三）
横溝博「『いはでしのぶ』の右大将遁世譚の方法――『今とりかへばや』取りをめぐって」（『國語と國文學』80-6、二〇〇三・六）
横溝博「『いはでしのぶ』文体論序説――中世の歌ことば表現をめぐって」（『平安朝文学研究』12、二〇〇三・一二）
勝亦志織「『いはでしのぶ』試論――「しのぶ」ことの多義性から」（『物語研究』4、二〇〇四・三→勝亦志織『物語の「皇女」 もうひとつの王朝物語史』笠間書院、二〇一〇・三）
横溝博「『いはでしのぶ』の「末の松山」引用をめぐる試論――表現史における位相と諧謔性の胚胎について」（『国文学研究』143、二〇〇四・六）
勝亦志織「『いはでしのぶ』の一品宮――「一品宮」の降嫁」（『学習院大学大学院日本語日本文学』1、二〇〇五・三→勝亦志織『物語の「皇女」 もうひとつの王朝物語史』笠間書院、二〇一〇・三）
勝亦志織「『いはでしのぶ』の前斎院考」（『学習院大学大学院日本語日本文学』2、二〇〇六・三→勝亦志織『物語の「皇女」 もうひとつの王朝物語史』笠間書院、二〇一〇・三）
勝亦志織「『いはでしのぶ』の一品宮――皇女から女院へ」（『学習院大学国語国文学会誌』49、二〇〇六・三→勝亦志織『物語の「皇女」 もうひとつの王朝物語史』笠間書院、二〇一〇・三）
横溝博「中世王朝物語の通過儀礼」（小嶋菜温子編『〈平安文学と隣接諸学3〉王朝文学と通過儀礼』竹林舎、二〇〇七・一一）
大倉比呂志「『いはでしのぶ』論――〈喪失〉を中心に」（『学苑』807、二〇〇八・一→大倉比呂志『物語文学集攷――平安後期から中世へ』新典社、二〇一三・二）

助川幸逸郎「波頭　華麗なる『いはで』／醒めた『恋路』〜「物語の醍醐味」と「批評精神」〜」（『平安朝文学研究』17、二〇〇九・三）
野村倫子「物語の「女院」再考――平安後期及び鎌倉物語に『源氏物語』藤壺の影響を見る」（『平安文学研究・衣笠編』和泉書院、二〇〇九・三）
亀山明希「中世王朝物語研究――『恋路ゆかしき大将』について」（『あいち国文』3、二〇〇九・七）
勝亦志織「引用される〈女二の宮〉――『うつほ物語』から『いはでしのぶ』の一品宮へ」（『「記憶」の創生』二〇一二・三）
横溝博「『いはでしのぶ』典拠攷――韻文編（巻一）」（『東北大学文学研究科研究年報』62、二〇一三・三）
横溝博「『いはでしのぶ』典拠攷――韻文編（巻二）」（『東北大学文学研究科研究年報』63、二〇一四・三）
横溝博「『いはでしのぶ』典拠攷――韻文編（巻三〜八、冷泉家本）」（『東北大学文学研究科研究年報』64、二〇一五・三）
横溝博「後期物語から見る物語史――『源氏物語』の複合的引用と多重化する物語取り」（助川幸逸郎・立石和弘・土方洋一・松岡智之編『新時代への源氏文学8〈物語史〉形成の力学』竹林舎、二〇一六・五）

永井和子（ながい　かずこ）
一九三四年、東京生まれ。お茶の水女子大学卒業。学習院大学大学院修士課程修了。学習院女子大学名誉教授。著書に『寝覚物語の研究』『源氏物語と老い』『原文&現代語訳シリーズ　伊勢物語』、共著に『日本古典文学全集　枕草子』『新編日本古典文学全集　枕草子』『原文&現代語訳シリーズ　枕草子〔能因本〕』、編著に『源氏董草』『源氏物語へ　源氏物語から〈中古文学研究24の証言〉』ほか。

中世王朝物語全集　4
いはでしのぶ

二〇一七年五月一五日　第一刷　発行

校訂
訳者　永井和子

発行者　池田圭子

発行所　有限会社　笠間書院
〒一〇一-〇〇六四　東京都千代田区猿楽町二-二-三
電話　〇三-三二九五-一三三一（代）
FAX　〇三-三二九四-〇九九六
振替　〇〇一一〇-一-五六〇〇二

印刷・製本　シナノ印刷

装丁　大石一雄

ISBN978-4-305-40084-0

中世王朝物語全集

- ■1 あきぎり　福田百合子／浅茅が露　石埜敬子・伊藤　博・鈴木一雄
- ■2 海人の刈藻　妹尾好信
- 3 有明の別　中野幸一・横溝　博
- ■4 いはでしのぶ　永井和子
- ■5 石清水物語　三角洋一
- ■6 木幡の時雨　大槻　修・田淵福子／風につれなき　森下純昭
- ■7 苔の衣　今井源衛
- ■8 恋路ゆかしき大将　宮田　光／山路の露　稲賀敬二
- ■9 小夜衣　辛島正雄
- ■10 しのびね　大槻　修・田淵福子／しら露　片岡利博
- ■11 雫ににごる　室城秀之／住吉物語　桑原博史
- ■12 とりかへばや　友久武文・西本寮子
- 13 兵部卿宮　工藤進思郎／八重葎　神野藤昭夫／別本八重葎　神野藤昭夫
- 14 松浦宮物語　室城秀之・河添房江／雲隠六帖　三角洋一・小川陽子
- ■15 風に紅葉　中西健治／むぐら　常磐井和子
- ■16 松陰中納言　阿部好臣
- 17-18 夢の通ひ路物語　樋口芳麻呂・塩田公子
- ■19 夜寝覚物語　石埜敬子・伊藤　博・鈴木一雄
- ■20-21 我が身にたどる姫君　大槻　修・大槻福子・片岡利博
- 22 物語絵巻集（藤の衣物語絵巻　下燃物語絵巻　豊明物語絵巻　他）　伊東祐子
- 23 別巻

■…既刊